HENRIK SIEBOLD

Inspektor Takeda und das doppelte Spiel

W0295182

atb aufbau taschenbuch

HENRIK SIEBOLD ist Journalist und Buchautor. Er hat unter anderem für eine japanische Tageszeitung gearbeitet sowie einige Jahre in Tokio gelebt. Unter einem Pseudonym hat er mehrere Romane veröffentlicht. Zurzeit wohnt er in Hamburg.
Bisher erschienen als Aufbau Taschenbuch »Inspektor Takeda und die Toten von Altona«, »Inspektor Takeda und der leise Tod« und »Inspektor Takeda und der lächelnde Mörder«.
»Inspektor Takeda und das doppelte Spiel« ist auch als Audio-CD lieferbar.

Inspektor Takeda, bekennender Jazzfan, Saxophonspieler und mittlerweile hoch geachtet bei der Hamburger Polizei, hat schon viele Morde gesehen, doch als er in einem Hinterhof in Schnelsen eine Leiche entdeckt, ist er erschüttert. Ausgerechnet sein Landsmann Ryūtarō Matsumoto, den er mehrfach in japanischen Lokalen getroffen hat, wurde brutal hingerichtet. Was die Sache besonders heikel macht: Matsumoto war ein berühmter Fußballspieler, ein Star in Japan und beim HSV. Je genauer sich Takeda und seine Kollegin Claudia Harms die Motivlage anschauen, desto mehr Rätsel tun sich auf. Matsumoto war seit Wochen in einer Formkrise, er hatte Streit mit einem Mitspieler – und er ging bei einer Zen-Sekte ein und aus, die obskure Verbindungen nach Japan unterhält. Takeda und Claudia Harms beschließen, alles auf eine Karte zu setzen. Sie reisen nach Japan, um das Rätsel zu lösen – und kommen sich ganz nebenbei noch ein wenig näher.

Henrik Siebold

INSPEKTOR TAKEDA UND DAS DOPPELTE SPIEL

KRIMINALROMAN

aufbau taschenbuch

FSC
www.fsc.org
MIX
Papier aus verantwortungsvollen Quellen
FSC® C083411

ISBN 978-3-7466-3514-9

Aufbau Taschenbuch ist eine Marke der Aufbau Verlag GmbH & Co. KG

2. Auflage 2019
© Aufbau Verlag GmbH & Co. KG, Berlin 2019
Umschlaggestaltung www.buerosued.de, München
unter Verwendung eines Bildes von © mauritius images / Ingo Boelter
Gesetzt aus der Garamond Premier Pro durch Greiner & Reichel, Köln
Druck und Binden CPI books GmbH, Leck, Germany
Printed in Germany

www.aufbau-verlag.de

TEIL 1

1.

»Die fahren alle bei Rot.«

»Wer alle?«

»Alle halt. Und blinken tun sie auch nicht mehr. Ich finde, das steht für etwas.«

»Und für was?«

»Die Leute halten sich nicht mehr an die Regeln. Das Gefühl für die Gemeinschaft löst sich auf.«

»Du übertreibst.«

»Finde ich nicht. Aber fragen wir doch einfach Ken. Er hat den Blick von außen. Ken, was sagst du dazu?«

Inspektor Kenjiro Takeda löste seinen Blick nur widerwillig von dem köstlich nach Thymian und Rosmarin duftenden Lammkarree. Vor ihm auf dem Tisch standen außerdem Schüsseln mit Ofenkartoffeln, Gemüse und anderen Leckereien. Takeda hatte bisher nur gefrühstückt, hatte anschließend einen langen Tag auf dem Hamburger Polizeipräsidium verbracht. Vorhin war er noch im Dōjō des Polizeisportvereins gewesen und hatte zwei Stunden lang Aikido trainiert. Jetzt knurrte ihm der Magen. Doch gerade als Sandra Kamp, die Gastgeberin des Abends, das Essen auftragen wollte, war zwischen ihrem Mann Jochen und einem der anderen Gäste eine hitzige Diskussion über den Straßenverkehr ausgebrochen. Eigentlich ging es natürlich – wie so oft in letzter Zeit – um den Sittenverfall in Deutschland.

Volker Wegmann, der andere Gast, hatte nun ihm, Takeda, den Ball zugespielt. Der Inspektor brummte in seiner typisch japanischen Art und signalisierte damit tiefe Nachdenklichkeit. Dann nickte er entschlossen und sagte: »Einiges spricht sicherlich für deine Meinung, Jochen. Aber es gibt durchaus auch Argumente zugunsten deiner Position, Volker. Vielleicht sollten wir die Dinge so hinnehmen, wie sie sind, und einfach essen?«

Die übrigen Gäste sahen Takeda überrascht an, die Frauen zufrieden, die Männer enttäuscht. Konnte es sein, dass für Takeda damit alles gesagt war? Der eine hat recht – und der andere auch? Wie sollte man sich denn bitte schön bei so viel Ausgewogenheit gepflegt streiten?

Takeda spürte, dass er mit seiner Antwort kaum schneller zum Lammkarree kam, und fügte hinzu: »Meine Kollegen, die sich um Verkehrsdelikte kümmern, beklagen in der Tat das Verhalten auf der Straße. Einige Autofahrer wollen von Regeln nichts mehr wissen. Andererseits, wenn man Deutschland mit anderen Ländern vergleicht, dann geht es hier immer noch sehr gesittet zu, denke ich.«

»Ha!« Volker Wegmann blickte triumphierend zu seinem Kontrahenten. »Siehst du, Jochen, Ken gibt mir recht. Es gibt immer mehr Rowdies, und die Gesellschaft verfällt in Anarchie!«

Jochen Kamp schüttelte ärgerlich den Kopf. »Unsinn. Wenn überhaupt, gibt Ken mir recht. In anderen Ländern ist es viel schlimmer ... so viele Rowdies sind es also gar nicht. Aber was ist eigentlich mit euch anderen? Was denkt ihr?«

Am Tisch saß neben den Gastgebern und dem befreundeten Paar, Volker und Susanne, noch eine weitere Frau. Sie war alleine gekommen. Sie hieß Angelika, war Mitte vierzig und mit ihren langen aschblonden Haaren und ihrem klugen, ausdrucksstarken Gesicht genau Takedas Typ. Eben darum war sie auch hier und saß, keineswegs zufällig, direkt neben dem Inspektor. Es hatte sich herumgesprochen, dass Ken geschieden und seitdem ungebunden war. Sandra, die Gastgeberin – sie war Journalistin und hatte Ken auf einer Pressekonferenz kennengelernt –, hatte es im Vorfeld der Essenseinladung nicht an entsprechenden Bemerkungen mangeln lassen. *Angelika ist interessant, Ken. Sie war schon einmal in Japan. Und sie ist Single.*

Jetzt lächelte Angelika charmant und sagte: »Also, ich finde die Aufregung über die angebliche Anarchie auf den Straßen übertrieben. Mal ehrlich, als wir jünger waren, haben wir uns doch immer gewünscht, dass die Deutschen mal etwas italienischer werden. Jetzt ist es soweit, aber das passt auch wieder niemandem. Was ist denn so schlimm daran, wenn man mal bei Rot fährt?«

»Was schlimm daran ist?«, wiederholte Volker und zog seine Worte in die Länge. »Das kann ich dir sagen. Rotfahrer gefährden das Leben anderer Menschen! Sie blockieren die Kreuzungen, erschrecken Fußgänger, sind ein Ärgernis für Radfahrer …«

»Ja, aber in Italien oder Frankreich findest du dieses Verhalten doch auch in Ordnung?!«

»Klar! Aber da bin ich ja auch im Urlaub!«

Alle lachten, und an der Tischrunde kehrte Entspannung ein. Jochen zerteilte das Lamm und portionierte es auf die Teller, die anderen Gäste reichten die Schüsseln mit den Beilagen herum. Die Themen blieben nun leichtfüßig und fröhlich, jedenfalls einigermaßen. Es ging um das Bienensterben, den amerikanischen Präsidenten und die gesundheitlichen Effekte der Mittelmeerküche.

Angelika rückte nach dem Hauptgang dichter an Takeda heran und wollte wissen, ob er schon einmal in Italien gewesen war. Takeda verneinte.

Sie sah ihn mit großen Augen an. »Das ist schade, Ken. Es ist herrlich dort. Besonders in der Toskana. Die Landschaft, die Menschen, die Plätze in den Städten.«

Takeda lächelte fein. »All das ist in Deutschland auch nicht übel. Die Landschaft, die Menschen, die Plätze …«

»Schon. Aber es ist nicht dasselbe.« Angelika erklärte, dass sie im Frühjahr wieder einige Wochen in das Ferienhaus ihrer Schwester in der Nähe von Siena fahre. Es gebe dort viele Zimmer, so dass durchaus noch Platz für weitere Gäste sei. Man könne lesen, faulenzen, in der toskanischen Landschaft spazierengehen oder sich im blickgeschützten Hof splitternackt in die Sonne legen. Dabei blickte sie Takeda tief in die Augen, woraufhin der verlegen lächelte. Angelika gefiel ihm, und sie roch nicht weniger verführerisch als das mit Thymian gespickte Lammkarree. Noch vor nicht allzu langer Zeit hätte der Inspektor nicht nur geschnuppert, sondern auch gekostet.

Aber das war vorbei. Das halbe Jahr, das er nun in Deutschland war, hatte ihm geholfen, Klarheit über sich und sein Leben zu gewinnen. Er hatte es endlich geschafft, die chaotische Zeit, die seiner Scheidung gefolgt war, hinter sich zu lassen. Keine durchzechten Nächte mehr, keine Frauengeschichten, die zu nichts führten. Er war nun in einer Zeit der Klärung, der Beruhigung. Vielleicht war er sogar schon darüber hinaus. Und während in Takedas Gedanken verschwommen das Bild seiner Kollegin Claudia Harms auftauchte, sagte er zu Angelika: »Ich glaube, meine nächste Reise führt eher in den Norden, vielleicht nach Schweden oder Norwegen.«

»Sicher. Ist auch schön. Aber kalt«, entgegnete sie.

»Das habe ich auch gehört. Und doch soll es faszinierend sein. Groß und klar, mit viel Natur. Mit Ruhe.«

»Ruhe?«

»Mmh.«

Angelika nickte tapfer, Takeda senkte den Blick. Sie plauderten noch ein wenig weiter, doch die Leichtigkeit ihres Gesprächs war dahin. Angelika hatte die Botschaft verstanden. Es tat Takeda leid. Und doch war er im Reinen mit sich selbst.

Es war schon fast Mitternacht geworden und damit viel später, als sie es für einen Sonntagabend geplant hatten. Sandra, ihre Gastgeberin, bestand dennoch darauf, den Nachtisch zu servieren. Auch der sah köstlich aus, und Takeda wollte gerade seinen Teller mit Tiramisu und Panna Cotta beladen, als sein Handy klingelte. Er entschuldigte sich bei den übrigen Gästen, nahm das Gespräch an und lauschte der Stimme am anderen Ende der Leitung. Dabei gab er immer wieder Laute der Bestätigung von sich. Sein Gesicht bekam einen ernsten Ausdruck. Schließlich steckte er das Telefon wieder in die Tasche und sagte: »Liebe Freunde, es tut mir leid. Aber ich muss sofort weg. Etwas Schreckliches ist geschehen …«

2.

»Er hört neuerdings Schlager«, sagte Kriminalhauptkommissarin Claudia Harms und gab ein verständnisloses Schnauben von sich.

»Takeda? Ich dachte, der mag Jazz«, entgegnete ihre Freundin Gudrun überrascht. Sie saßen gemeinsam in einem portugiesischen Restaurant am Hafen, genossen einen Vinho Verde und warteten auf ihr Essen. Es war ungefähr dieselbe Zeit, zu der Takeda über Rotfahrer und Verkehrsrowdies diskutierte.

»Tut er ja auch. Aber neuerdings läuft im Auto Andrea Berg. Er meint, es gäbe nichts Besseres, um die geheimen Sehnsüchte und verborgenen Wünsche der Menschen in Deutschland kennenzulernen.«

»Vielleicht hat er ja recht? Ich meine, wenn man mal darüber nachdenkt ...«

Claudia prustete. »*Die Gefühle haben Schweigepflicht! Zehntausend Mädchen – doch du hast mich verführt!* Was, bitte schön, willst du aus solchen Sätzen über die Menschen lernen?«

Gudrun schenkte erst Claudia und dann sich selbst aus der Weinkaraffe nach, runzelte dabei die Stirn. »*Zehntausend Mädchen*? Das ist von Andrea Berg?«

»Nein, von den Flippers.«

»Okay, verstehe. Die Flippers. Dann hast du wirklich ein Problem!«

Claudia lachte. »Neulich haben wir uns deswegen sogar gestritten. Aber mit einem erstaunlichen Ergebnis.«

»Komm schon, spann mich nicht auf die Folter.«

»Ken und ich duzen uns jetzt.«

»Oh, das ist natürlich echt ... intim.«

Gudrun setzte ein spöttisches Lächeln auf, aber Claudia verzichtete darauf zu protestieren. Ihr war klar, dass es für jemand

Außenstehenden albern klingen musste. Aber sie wusste auch, dass es für Takeda ein ziemlicher Schritt war. Er war immer ein wenig distanziert. Japaner eben. Das Duzen war nichts, das er beiläufig tat. Es bedeutete ihm etwas, da war sie sicher. Und ihr bedeutete es auch etwas.

Gudrun riss Claudia aus ihren Gedanken und sagte: »Unser Essen kommt. Und dann erzähl mir doch mal, wie es dir sonst so geht. Schließlich haben wir uns ewig nicht gesehen.«

Der Kellner stellte zwei Teller mit Fischvariationen auf den Tisch, fragte dann, ob die Damen eine weitere Karaffe Wein wünschten. Sie sahen sich kurz an, nickten dann beide.

»Wie es mir sonst geht? Gute Frage. Gar nicht so leicht zu beantworten«, sagte Claudia.

Gudrun sah sie prüfend an. »Das klingt nicht unbedingt positiv.«

»So meine ich es nicht. Ich bin mir einfach nicht sicher, wie es mir geht. Alles in allem ist es in Ordnung. Nicht super, aber auch nicht mies. Irgendwo dazwischen.«

Gudrun kannte Claudia gut genug, um sich mit so einer Antwort nicht zufriedenzugeben. »Was ist los, Claudia?«

Claudia verschaffte sich Zeit, indem sie ihren Fisch zerteilte, sich ein Stück in den Mund schob und genießerisch die Augen schloss. Sie musste an den Nachmittag des gleichen Tages denken, als sie zum Schießstand gegangen war, um ihre Routine-Schießübung abzulegen. Ausgerechnet am Sonntag. Aber es war überfällig gewesen. Der Waffenwart im Präsidium hatte sich die Herausgabe der Patronen unterschreiben lassen, schließlich musste jeder abgegebene Schuss registriert werden. Claudia war auf die Schießbahn getreten, hatte sich den Gehörschutz aufgesetzt, einen festen Stand eingenommen. Sie fixierte die Waffe mit beiden Händen und drückte ab. Acht Schüsse, davon zwei wie vorgeschrieben auf die Beine, der Rest in die Brust. Einer in den Kopf. Allesamt Treffer. Eine tadellose Quote. Sie war eine gute Schützin, damals während ihrer Ausbildung, sogar die Beste ihres Jahrgangs. Und das, obwohl sie das Schießen hasste. Bisher hatte sie ihre Waffe noch nie im Ernstfall benutzen müssen. Obwohl, so ganz stimmte das nicht. Mehr als einmal hatte sie die Sig Sauer aus dem Schulterholster gezogen und auf einen Menschen gerichtet. Aber sie hatte nicht abgedrückt. Die Drohung war immer genug gewesen. Bei Takeda war das anders. Er hatte ihr schon vor längerem davon erzählt. Ein schiefgelaufener Einsatz in Tokio, die Erstürmung eines illegalen Bordells. Sein Vorgesetzter hatte ihm befohlen, abzudrücken, obwohl die Sicht schlecht war. Takeda hatte es nie wirklich ausgesprochen, doch wenn Claudia ihn richtig verstanden hatte, dann hatte er bei dem Einsatz ein Kind erschossen. Seitdem weigerte er sich, eine Waffe zu tragen, sogar wenn er dadurch sein eigenes Leben gefährdete.

Wie würde sie in einer lebensbedrohlichen Situation reagieren? Könnte sie abdrücken, wenn vor ihr eben keine künstliche Silhouette aus Pappe stünde, sondern ein echter Mensch? Sie wusste es nicht, und das war die ehrlichste Antwort, die sie geben konnte. Niemand wusste es, und zwar ganz egal, wie oft und wie realistisch man den Ernstfall probte ... aber darum ging es eigentlich auch gar nicht. Es ging darum, dass allein die Möglichkeit, es vielleicht tun zu müssen, etwas mit ihr machte. Weil sie zum Beispiel jetzt und hier mit ihrer besten Freundin in einem Lokal saß, einen launigen Abend genoss, aber unter ihrem Blazer eben ihre Waffe trug. Sie war in Rufbereitschaft, weswegen sie eigentlich auch keinen weiteren Wein trinken sollte. Die Frage nach Leben und Tod spielte im Leben einer Polizistin immer eine Rolle. Nicht unbedingt bewusst, jedoch irgendwo im Hintergrund. Es gab Kollegen und Kolleginnen, die gut damit zurechtkamen. Das waren diejenigen, die neben dem Dienst ein ganz anderes, gewöhnliches Leben hatten. Familie, Kinder, Hund, ein Haus in der Vorstadt. In deren Leben gab es eine Balance zwischen dem Normalen und dem Unerträglichen, das ihr Beruf nun einmal mit sich brachte. Wie stand es um Claudias Balance? Hatte sie die? Eher nicht. Weil sie keine Familie hatte, keine Kinder, keinen Hund und kein Haus in der Vorstadt. Und um ehrlich zu sein, wollte sie das alles auch gar nicht. Aber was wollte sie dann? Einen Japaner, der sie oft genug auf die Palme trieb? Der Schlager hörte? Und der ihr immer wieder so fremd war, dass sie glaubte, nicht das Geringste über ihn zu wissen? Konnte er ihr zu einer Balance verhelfen, die er doch im Zweifel selbst nicht hatte?

»Ich habe das Gefühl, in einer Warteschleife zu sein. Aber ich weiß nicht genau, worauf ich eigentlich warte«, erklärte Claudia. Sie sah Gudrun an und bat sie mit stummen Blicken darum, ihre Antwort nicht zum Anlass zu nehmen, ihr wieder ins Gewissen zu reden.

Gudrun verstand es. Sie griff über den Tisch nach Claudias Hand. »Ist in Ordnung, Claudi. Viele Leute entscheiden sich zu früh für etwas, weil sie Angst haben, sonst leer auszugehen. Davor hast du keine Angst, das weiß ich. Tu mir nur den Gefallen, nicht zu lange zu warten.«

Claudia fand zu ihrer Selbstsicherheit zurück, sagte: »So gut solltest du mich kennen. Wenn ich es wirklich nicht mehr aushalte, nehme ich mir, was ich haben will.«

»Und das ist gut so«, sagte Gudrun.

Claudia hatte gerade einen Espresso zum Nachtisch bestellt, als ihr Telefon klingelte. Das Präsidium, Einsatzzentrale. Sie lauschte in den Hörer, nickte und sagte: »Verdammte Scheiße ... Ja, ich sage ihm Bescheid. Bin unterwegs.«

Noch während sie Takedas Nummer wählte, sagte sie Gudrun: »Nimm es mir nicht übel, aber ich muss los.«

»Was ist passiert?«

Claudia schüttelte den Kopf. »Ich schätze mal, du wirst es morgen in der Zeitung lesen. Und zwar auf der ersten Seite.«

3.

Es war exakt zweiundzwanzig Minuten nach Mitternacht, als Inspektor Takeda mit seinem Dienstwagen auf einen Gewerbehof in Hamburg-Schnelsen einbog. Die Gegend war schmucklos, um diese Uhrzeit noch mehr als tagsüber. Handwerksbetriebe, Büros, Autowerkstätten, ein paar heruntergekommene Lagerhallen, umrahmt von ungepflegten Grünstreifen.

Takeda parkte den Wagen und stieg aus. Er entdeckte Claudias Peugeot, der vor einer Art Büro stand. Claudia selbst konnte er zunächst nicht sehen. Ihre Stimme hatte am Telefon angespannt geklungen. Sie hatte ihn gebeten, sich zu beeilen. Doch auf seine entsprechende Frage hin hatte sie sich keine näheren Informationen zum Geschehen entlocken lassen. Vielleicht weil sie selbst nichts wusste. Vielleicht aber auch, weil sie ihn nicht unnötig beunruhigen wollte. Letzteres war ihr allerdings nicht gelungen. Ganz im Gegenteil. Takeda hatte das unbestimmte Gefühl, dass das Verbrechen, für dessen Aufklärung er nun zuständig sein sollte, etwas mit ihm zu tun haben könnte.

Der Inspektor legte die letzten Meter zurück und erreichte den Parkplatz, der u-förmig von einem zweistöckigen Gewerbebau umschlossen wurde. Gerüche nach Müll, Öl, alter Farbe streiften seine Nase. Er blieb stehen und ließ die Szenerie auf sich wirken. Die Spurensicherung war offenbar schon vor Ort, hatte ihre hellen Scheinwerfer aufgebaut. In deren gleißendem Licht sah Takeda die Silhouetten der Kollegen wie in einem Schattenspiel. Sie eilten geschäftig hin und her, ein eingeübter, routinierter Ablauf. Markus Tellkamp, der Leiter der Spurensicherung, rief seinen Mitarbeitern Anweisungen zu, andere Kollegen stellten ihre durchnummerierten Wimpel zur Beweissicherung auf, im Hintergrund stand ein Ambulanzwagen mit geöffneter Heckklappe, direkt daneben ein Leichenwagen. Takeda entdeckte nun doch Claudia, die einen dampfenden Pappbecher in der Hand hielt und sich mit einem Mann unterhielt, der die Uniform einer Wachfirma trug. Eine Gruppe uniformierter Polizeibeamter stand etwas abseits, wartete offenbar auf Instruktionen durch die Kollegen von der Kripo. Immer wieder wurde die Szenerie zusätzlich durch das Blitzlicht des Tatortfotografen erhellt.

In dem Augenblick, in dem Takeda in den Lichtkreis der Scheinwerfer trat, veränderte sich die Szenerie schlagartig. All die hektische Bewegung, die der Inspektor gerade noch bewundernd beobachtet hatte, kam schlagartig zum Erliegen. Zeitlupenhaft richteten sich die Kollegen der Spurensicherung, die über den Boden gebeugt nach Indizien suchten, auf. Die Sanitäter, die tatenlos vor ihrem Wagen gestanden hatten, rückten mit langsamen Schritten näher. Claudia, gerade noch ins Gespräch vertieft, drehte sich mit besorgtem Blick in seine Richtung. Markus Tellkamp hob die Hand, wobei Takeda sich nicht sicher war, ob er ihm einen Gruß entrichtete oder ihn am Weitergehen hindern wollte.

Dann trat Takeda ins Zentrum des Geschehens, dorthin, wo die Lichtkegel der Scheinwerfer sich schnitten und eine Fläche von einigen Quadratmetern in gleißende Helligkeit tauchten. Ein Mitarbeiter der Rechtsmedizin, der am Boden hockte, stand als Letzter auf, so dass Takeda nun freie Sicht hatte.

Der Mann lag seitlich auf den alten Pflastersteinen des Hofes. Die Beine waren angewinkelt, sein Kopf verdreht, daher konnte Takeda zunächst nur seinen zertrümmerten Schädel sehen. Vermutlich ein seitlich aufgesetzter Kopfschuss durch eine großkalibrige Waffe, dachte er sofort. Vielleicht auch ein Schlag mit einem schweren Gegenstand, etwas aus Eisen, ein Wagenheber … aber, nein, die Wunde war zu groß, zu viel Knochenmaterial fehlte. Also doch ein Schuss. Eine dunkelrote, bereits eingetrocknete Blutlache ergoss sich über die Pflastersteine.

Takeda, dessen Augen sich allmählich an das helle Licht der Scheinwerfer gewöhnten, umrundete langsam die Leiche. All die vielen Kollegen standen in einem Kreis um ihn herum, waren inzwischen zu seinem Publikum geworden und beobachteten schweigend jede von Takedas Bewegungen.

Dann konnte der Inspektor das Gesicht des Toten sehen. Die schmalen, dunklen Augen, die feinen Lippen, das schwarze, zum Seitenscheitel gekämmte Haar, inzwischen an vielen Stellen blutverkrustet.

Takeda erkannte ihn sofort.

Ein Landsmann, ein Japaner.

Ryūtarō Matsumoto.

Matsu, wie sie ihn meistens riefen. Offensiver Mittelfeldspieler des HSV, Liga-Hoffnung der Mannschaft, Publikumsliebling hier in Hamburg und einer der populärsten Sportler in Japan. Dazu noch Werbe-Ikone, Stil-Ikone, Frauenschwarm, Vorbild für die Jugend, Mitglied der Nationalmannschaft.

Ein Superstar.

Erschossen und im eigenen Blut liegengelassen in einem Hamburger Hinterhof.

Takeda brauchte lange, um sich von dem Anblick loszureißen. Dann sah er hoch. Claudia kam auf ihn zu. Sie versuchte ein aufmunterndes Lächeln, das sie aber sogleich wieder einstellte, als sie seinen Gesichtsausdruck bemerkte. Stumm hielt sie ihm einen Kaffeebecher hin. Er nahm ihn, ohne zu trinken, blickte wieder auf den Toten. Die Linien, die Takedas fein geschnittenes Gesicht durchzogen, schienen in diesen Minuten tiefer zu werden. Claudia hatte ihn selten, nein, noch nie so erschüttert gesehen.

»Kanntest du ihn? Ich meine, persönlich?«

Es dauerte, bis er antwortete. »Kennen ist zu viel gesagt. Wir haben ein paar Mal miteinander gesprochen. Einmal haben wir sogar zusammen getrunken. Im Hotoke. Er war gerne dort.«

Claudia lächelte kurz. Das Hotoke war ein japanisches Lokal im Hamburger Hafen, in dem nicht nur Takeda regelmäßig speiste, sondern auch viele andere Japaner, die in der Hansestadt lebten.

»Das wird ganz schön für Aufruhr sorgen, oder? Ich meine, nicht nur hier in Hamburg. Sondern auch in deiner Heimat?«

Wieder dauerte es, bis Takeda antwortete. Dann war es mehr ein Flüstern, als spreche er mit sich selbst. »Stell dir vor, Thomas Müller würde erschossen. Boateng. Neuer. Das hier wird ein Erdbeben, Claudia.«

4.

Routine war wichtig. Routine war wie Medizin. Jeder Kollege von der Mordkommission wusste das. Routine hält dich davon ab, die Dinge an dich heranzulassen. Sie persönlich zu nehmen. Routine macht dir klar, dass du hier deinen Job erledigst und sonst nichts. Du bist nicht hier, um berührt zu sein. Du bist hier, um ein Verbrechen aufzuklären. Das machst du, so gut du es kannst, und dann hast du Feierabend und gehst nach Hause und denkst nicht länger darüber nach.

Claudia war klar, dass es diesmal anders sein würde. Vielleicht nicht für sie, aber ganz bestimmt für Takeda. So hatte sie ihn noch nie erlebt. Er stand kurz davor, die Fassung zu verlieren.

Nicht, dass Takeda etwas in der Richtung gesagt hätte. Aber sie kannte ihn inzwischen gut genug.

Der Tag, an dem sie ihn damals vom Flughafen abgeholt hatte, ihn zum ersten Mal gesehen hatte, lag nun über ein halbes Jahr zurück. Seitdem war viel geschehen. Sie hatten drei Fälle zusammen gelöst, hatten unendliche Stunden miteinander verbracht, hatten zusammen ermittelt, Zeugen befragt, Protokolle geschrieben. Doch sie waren auch zusammen im Kino gewesen, hatten Zeit verplempert, sich betrunken. Und sie hatten sich geküsst. Er hatte ihr das Leben gerettet.

Und jetzt stand Ken vor ihr und sein Gesicht war völlig versteinert. Nichts bewegte sich daran, nicht das kleinste Zucken, kein Zittern. Er war wie eingefroren, schien kaum zu atmen.

Was jetzt half? Routine.

Claudia rempelte Takeda freundschaftlich an, da kannte sie nichts. Sie sagte: »Der Tote ist von einem Wachmann gefunden worden, vermutlich hat der sogar den oder die Mörder gesehen. Ich habe vorhin schon kurz mit ihm gesprochen. Wir sollten ihn noch einmal ausführlicher vernehmen. Warten wir nicht zulange, noch ist die Erinnerung des Mannes frisch.«

Takeda trank nun doch von seinem Kaffee, trank mit großen, gierigen Schlucken. Dann zerknäulte er den Pappbecher und sah sich nach einer Möglichkeit um, ihn wegzuwerfen. Claudia nahm ihm wortlos den Becher aus der Hand, blickte sich kurz um, warf ihn dann durch die geöffnete Seitenscheibe in den Fußraum eines der abgestellten Streifenwagen. »Die Kollegen kümmern sich später drum.«

Immerhin, Takeda lächelte zum ersten Mal. Claudia. Bei jedem anderen Menschen würde so ein Verhalten tiefes Unverständnis in ihm auslösen. Missbilligung. Ach, bei ihr ja eigentlich auch. Aber trotzdem ... sie war, wie sie war, und das war gut so. Überhaupt, es war gut, dass sie da war.

Der Wachmann hieß Rüdiger Stork. Er war Ende sechzig, bezog jedoch eine so kleine Rente, dass er seine Nächte damit verbrachte, durch Hamburg zu fahren und in Gewerbeimmobilien nach dem Rechten zu sehen. Dazu hatte man ihm eine Uniform verpasst, die wohl kaum jemanden beeindruckte, und eine Dienstmütze, die so groß war, dass sie ihm über die Augen rutschte und er sie ständig nach oben schieben musste.

»Meine Frau hatte einen Schlaganfall und war ein Pflegefall. Dafür ist unser Erspartes draufgegangen. Sie ist vor zwei Jahren gestorben. Seitdem steht es eh nicht gut um meinen Nachtschlaf. Also kann ich genauso gut im Auto sitzen und ein paar Euro dazu verdienen.«

»Ja, natürlich, Herr Stork. Das Grundstück liegt also auf Ihrer üblichen Strecke?«, fragte Claudia.

»Richtig. Zweimal in der Nacht fahre ich auf den Hof und sehe mich um. Ich steige aus und überprüfe die Türen und Fenster zu den Werkstätten.«

»Um wieviel Uhr sind Sie heute hier eingetroffen?«

Stork sah auf seine altmodische Armbanduhr. »Das muss so um zwanzig nach elf gewesen sein. Es war die erste Station meiner Runde.«

»Sie beginnen immer hier?«

Stork schüttelte den Kopf. »Die Touren ändern sich jeden Tag. Die Zentrale gibt mir die Reihenfolge vor. Sie wissen schon, damit wir nicht ausgespäht werden. An jedem Objekt gibt es ein Relais, vor das ich meinen Chip halte. Dann wissen die Chefs, dass ich hier war. Wenn ich auch nur ein bisschen zu spät bin, rufen sie mich auf dem Handy an und wollen wissen, was los ist. Gerade mal Mindestlohn, aber die totale Kontrolle. So funktioniert das.«

»In Ordnung, was genau ist passiert, als Sie hier waren?«

»Passiert? Gar nichts. Wenn ich es richtig sehe, war der schon tot, als ich ankam.«

»Aber Sie haben ein anderes Auto gesehen? Das haben Sie vorhin jedenfalls erwähnt.«

»Ja, da war ein anderer Wagen.«

Claudia rollte mit den Augen. Das hier würde zäh werden. Und Ken war nicht unbedingt eine Hilfe. Er wirkte immer noch wie benommen. Jetzt beugte sich der Inspektor sogar zu ihr, fragte, ob sie die Befragung doch allein vornehmen könnte.

»Klar, kein Problem. Bist du in Ordnung?, fragte Claudia.

»Ich bin okay. Ich möchte nur etwas ausprobieren. Es ist ... ein Gefühl«, erklärte Takeda.

»Klar. Dann mache ich hier allein weiter.«

Er nickte ihr noch einmal zu, ging dann hinüber zur Mitte des Hofes, wo die Rechtsmediziner sich bereit machten, die Leiche abzutransportieren. Wenn Claudia es richtig beobachtete, signalisierte Takeda den Kollegen, damit noch zu warten. Sie wandte sich wieder an Stork. »Schildern Sie mir doch bitte noch einmal, wie das war, als Sie hier angekommen sind. Denken Sie auch an Kleinigkeiten, selbst wenn Sie Ihnen unwichtig vorkommen.«

»Sicher, mache ich. Aber vorher ...« Stork warf einen Blick in Takedas Richtung. »Ist Ihr Kollege auch Japaner? Wie der Tote?«

»Ja.«

»Ist das neuerdings so bei der Polizei? Für jedes Land habt ihr den richtigen Kollegen, oder was? Wenn also ein Türke umkommt, holt ihr einen Türken?«

Claudia musste lachen. »Ganz so ist es nicht. Es ist ein Austauschprogramm mit Tokio. Aber lassen wir das, Herr Stork. Gehen Sie davon aus, dass Ihre Aussage wahrscheinlich die heißeste Spur ist, die wir haben. Es ist also wirklich wichtig, dass Sie sich konzentrieren.«

»Schon gut, min Deern. Ich bin also noch vor halb zwölf mit dem Wagen von der Straße auf den Hof gebogen. Da habe ich dann schon gesehen, dass da ein Auto mitten auf dem Gelände stand. Die Scheinwerfer waren angeschaltet. Ich dachte, der gehört jemandem, der in einer der Firmen hier Überstunden macht. Als ich dann selbst angehalten habe, hat der plötzlich Vollgas gegeben und ist an mir vorbeigerauscht. Hat mich zwar geärgert, aber ich hab mir nichts dabei gedacht. Da hatte es wohl einer eilig. Dann bin ich ausgestiegen und sehe ihn da liegen.«

»War Ihnen klar, dass der Mann tot war?«

»Zuerst habe ich ja nicht mal wirklich erkannt, dass das ein Mensch ist. War ja schon dunkel. Hätte ja auch ein Kleiderbündel sein können.«

»Was haben Sie als Nächstes gemacht?«, fragte Claudia. Sie sah hoch und beobachtete, wie Takeda drüben vor dem Toten stand, dann plötzlich das Gleichgewicht verlor und hinfiel. Claudia sprang auf die Beine, rief: »Ken? Ken! Ist alles in Ordnung?«

Auch die übrigen Kollegen starrten auf den Inspektor, der nun auf dem Boden lag, einige stürzten auf ihn zu, um ihn zu helfen. Auch Claudia wollte schon losspurten, aber Takeda hob die Hand und rief: »Es ist alles in Ordnung. Mir geht es gut. Es ist ein Experiment.«

Claudia schüttelte ungläubig den Kopf. So schlecht ging es ihm wohl doch nicht. Sie wandte sich wieder Stork zu: »Also, wie war das jetzt?«

»Ich bin näher rangegangen und hab die Taschenlampe eingeschaltet. Dann war mir klar, dass da eben doch einer lag. Und dass dem nicht mehr zu helfen war.«

»Sie haben dann unmittelbar die Polizei verständigt?«

»Ja. Das heißt, ich habe erst einmal in der Zentrale angerufen.«

»Ach. Und warum?«

»Dienstvorschrift. Ist vielleicht nicht offiziell, aber die Chefs erwarten es. Bei unvorhergesehenen Vorkommnissen sollen wir uns rückversichern.«

»Haben Sie überprüft, ob der Mann am Boden wirklich tot war? Er könnte ja auch noch gelebt haben. Haben Sie nicht darüber nachgedacht, ob Sie eine Ambulanz anrufen sollten?«

»Doch, habe ich. Ich habe mich runtergebeugt und ihn mir angesehen. Jetzt mal ehrlich, man muss kein Arzt sein, um zu sehen, dass da nichts zu machen war, oder?«

Claudia nickte und machte sich ein paar Notizen. Hinten war Takeda wieder auf die Füße gekommen, ging jetzt in die Hocke und ließ sich erneut fallen. Allmählich ahnte Claudia, was er da trieb.

»Tragen Sie eigentlich eine Waffe?«, fragte sie Stork.

»Keine Pistole, aber Pfefferspray. Und einen Gummiknüppel. Den lasse ich allerdings lieber im Wagen, wenn ich aussteige. Macht nicht so viel Eindruck, wenn ein fast Siebzigjähriger damit rumfuchteln würde, oder?«

»Nein, vermutlich nicht«, sagte Claudia. Sie musste lächeln und verspürte zum ersten Mal so etwas wie Sympathie für den alten Mann. »Wollen Sie eigentlich einen Kaffee?«

»Da sag ich nicht nein.«

Claudia rief zu einem der uniformierten Polizisten hinüber,

dass er sich um das Getränk kümmern sollte. Der Kollege murrte, rief zurück, dass er kein Kellner sei, worauf Claudia erwiderte, dass sie dafür sorgen werde, dass er bald nur noch kellnern würde. Kurz darauf brachte der Kollege ein Tablett, nicht nur mit einem Kaffee, sondern gleich mit zwei. Claudia bedankte sich und entschuldigte sich für ihren Spruch. Der Kollege winkte ab. Sie nahm einen Schluck und sah, wie Takeda weiter über den Boden kugelte und in immer neuen Positionen zum Liegen kam.

»Ich will noch einmal auf den Wagen zurückkommen, der ja, wie Sie sagen, im Augenblick Ihres Eintreffens noch auf dem Hof stand, richtig?«, fragte sie den Wachmann.

»Das ist korrekt.«

»Wissen Sie, was es für ein Modell war? Erinnern Sie sich an die Farbe? Irgendwelche Details?«

»Nicht wirklich. Vielleicht war er so hellbraun. Oder beige. Der hatte ja die Lichter an, so richtig konnte ich ihn also nicht erkennen.«

»Groß? Klein? Kombi? Sportwagen? Kleinbus?«

»Es war ein größerer Wagen. Hätten wir früher wohl einen Jeep genannt. Heute nennen sie das *Suff*, glaube ich.«

»Sie meinen einen SUV, oder?«

»Genau.«

»Als der Wagen gestartet ist, konnten Sie da noch etwas erkennen? Wieviele Personen drinsaßen? Oder wer am Steuer war? Mann? Frau? Haarfarbe? Hautfarbe? Irgendetwas?«

»Nein, gar nichts. Der ist ja mit Vollgas an mir vorbeigerauscht.«

Claudia atmete tief ein und seufzend wieder aus. Takeda war drüben dazu übergegangen, auf dem Boden liegen zu bleiben und die Position des Toten zu imitieren. Es nötigte Claudia ein Lächeln ab, immerhin wusste sie, wie pingelig Ken mit seiner Kleidung war. Auch heute trug er einen Anzug, darüber seinen Trench. Den würde er morgen zur Reinigung bringen müssen. Falls er nicht ganz ruiniert war.

Claudia warf einen Blick auf ihre Notizen, sagte dann: »Sie haben vorhin gesagt, dass der Wagen zu dem Zeitpunkt, als sie auf den Hof fuhren, nicht in Bewegung war, sondern stand. Ist das richtig?«

»Ja.«

»Wie genau stand der Wagen?«

»Was?«

»Wie genau? Ich vermute ja, dass er so stand, dass Sie den Toten zunächst nicht sehen konnten.«

»Stimmt. Der Wagen stand davor. Den Matsu sah ich erst, als der Wagen weg war und ich zu Fuß über den Hof ging.«

»Haben Sie den Toten erkannt?«

»Sicher. Wer nicht? Ich lese die Zeitung. Auch den Sportteil.«

»Okay, gut. Aber noch mal zum Wagen. Der stand seitlich zu Ihnen, ist das richtig?«

Stork kaute nachdenklich auf der Unterlippe, nickte dann. »Ja, schräg, seitlich. Die Lichter waren an.«

»Haben Sie zu dem Zeitpunkt Personen auf dem Hof gesehen? Oder saßen welche im Auto?«

Der Wachmann überlegte kurz. »Da war niemand auf dem Hof. Oder wenn doch, dann haben sie hinter dem Auto gestanden. Ich habe jedenfalls niemanden gesehen.«

»Sie sagen *sie*, als wenn Sie sicher wären, dass es mehr als eine Person war. Wie kommen Sie darauf?«

Claudia spürte, dass Stork unter ihren Fragen zunehmend nervös wurde. Es half jedoch nichts. Sie konnte ihm das hier nicht ersparen. Oft erinnerten die Leute sich an mehr, als ihnen selbst bewusst war. Es kam darauf an, die richtigen Fragen zu stellen.

»Eine Person? Oder mehrere? Ich weiß es nicht, Frau Kommissarin. Ich habe ja niemanden gesehen. Und dann waren die oder der ja auch schon weg.«

Claudia machte sich erneut ein paar Notizen, nickte dann und sagte mehr zu sich selbst: »Es könnte gut sein, dass Sie den oder die Täter überrascht haben. Gut möglich, dass sie den Toten ansonsten gar nicht hier hätten liegen lassen. Und wir hätten ihn vermutlich erst in ein paar Tagen gefunden. Oder auch gar nicht.«

Der alte Mann sah Claudia ängstlich an, fragte: »Heißt das, ich muss vielleicht vor Gericht? Eine Aussage machen? Jemanden identifizieren und so etwas? Und die erfahren dann meinen Namen?«

Claudia schnaubte leise. »So weit sind wir noch lange nicht, Herr Stork. Und wenn es soweit ist, werden wir sehen, ob Ihre Aussage nötig ist. Aber kommen Sie bloß nicht auf die Idee, etwas zu verschweigen, nur weil Sie Angst haben.«

»Dann hätte ich doch von Anfang an die Klappe gehalten.« Stork blickte auf die Uhr, fragte dann: »Kann ich jetzt eigentlich los? Meine Runde weitermachen?«

Claudia blickte den alten Mann überrascht an, sah dann zu dem Sanitäter, der einige Meter weiter entfernt im Rettungswagen saß. Er hatte Stork vorhin untersucht, zuckte jetzt mit den Schultern. »Sie wollen heute Nacht noch arbeiten? Reicht es Ihnen denn nicht, was Sie erlebt haben?«

»Darauf können Sie einen lassen, dass mir das reicht. Aber wenn ich die Runde nicht zu Ende mache, gibt's kein Geld für heute Nacht. Das kann ich mir nicht leisten.«

Claudia sah Stork kopfschüttelnd an. »Ich kann Ihnen gerne eine Bestätigung schreiben, dass wir Sie gebraucht haben.«

Stork lachte heiser. »Wird meine Chefs bestimmt beeindrucken ... Nee, lassen Sie mal.«

»Wie auch immer, noch brauche ich Sie. Ich möchte noch einmal auf das Auto zu sprechen kommen. Sie sagten ja bereits, dass es ein SUV war. Fällt Ihnen noch irgendetwas dazu ein? Eine auffällige Antenne? Ein Spoiler? Eine Beschriftung oder irgendein anderes markantes Detail?«

Stork runzelte die Stirn, nickte dann langsam. »Jetzt, wo Sie es sagen. Da war eine Schrift auf der Seite des Wagens. Ich erinnere mich.«

»Was stand drauf?«

Stork presste die Lippen zusammen, dachte nach. »Ich weiß es nicht mehr. Ich habe nicht drauf geachtet. Ging ja auch ganz schnell. Aber da war eine Schrift, da bin ich mir sicher.«

Claudia hörte die Stimmen der Kollegen von der Rechtsmedizin, die um Takeda herumstanden, dann kurz applaudierten. Claudia traute ihren Ohren nicht. Sie bedankte sich bei Stork und bat ihn, dem uniformierten Kollegen seine Personalien zu geben. Sie ging hinüber zu der Stelle, an der Takeda und die übrigen Kollegen standen. Der Inspektor, der sie kommen sah, sagte: »Sieh mal, Claudia. Wir haben da etwas.«

Takeda kniete sich hin, und zwar auf eine Art, wie sie es bei ihm bisher nur im Dōjō gesehen hatte. Er klemmte die Fersen unter sein Gesäß, drückte die Knie auseinander, so dass seine Oberschenkel eine Art Dreieck bildeten. Dann ließ Takeda einen der Kollegen hinter sich treten. Der simulierte einen von seitlich hinten abgegebenen Schuss mit aufgesetzter Waffe. Takeda bäumte sich auf, fiel nach vorne, blieb schließlich mit angewinkelten Beinen und leicht verkrümmtem Oberkörper liegen.

Genauso hatten sie Ryūtarō Matsumoto vorgefunden.

Takeda kam wieder auf die Füße, sagte dann mit einer Stimme, der seine ungeheure Anspannung immer noch anzuhören war: »Das hier war kein Raubüberfall, Claudia. Es war auch kein Zufall, kein tragisches Versehen oder sonst etwas. Es war eine Hinrichtung.«

5.

Als Takeda den Schlüssel seines Wagens herumdrehte, sprang der Motor an und in der gleichen Sekunde drang Musik aus den Boxen. Jazz. Charlie Parker.

Claudia, die auf dem Beifahrersitz Platz genommen hatte, wollte eine spöttische Bemerkung machen. Keine Schlagermusik? Kein Semino Rossi? Keine Vanessa Mai? Dann aber beschloss sie, nichts zu sagen und die Musik zu genießen. Sie passte zu diesem Abend, zu dieser Nacht. Sie beruhigte.

Takeda lenkte den Wagen in Schrittgeschwindigkeit vom Hof, passierte dabei Claudias Peugeot. Sie hatte beschlossen, ihren Wagen stehen zu lassen und später oder auch morgen abzuholen.

Direkt außerhalb der Einfahrt stand eine Meute Pressevertreter, die wütend eingelassen werden wollten. Die uniformierten Kollegen hatten alle Hände voll damit zu tun, sie zurückzudrängen und davon abzuhalten, auf dem Gelände wichtige Spuren zu zerstören. In kleinen Gruppen wurden sie nach und nach auf den Hof gelassen, um aus genügend Abstand Fotos zu machen. Um es auf die Titelseiten am nächsten Morgen zu schaffen, war es vermutlich schon zu spät, dachte Claudia. Aber wen interessierte das heutzutage überhaupt noch? Zeitungen las doch sowieso niemand mehr. Das Internet hingegen wurde bestimmt jetzt schon mit den ersten Meldungen überflutet.

Für die Menschen war die neue Informationsfreiheit sicherlich ein Fortschritt. Nachrichten, allzeit und überall verfügbar. Für die Polizei hieß es aber eben auch, dass ruhige Ermittlungen jenseits der Öffentlichkeit nicht mehr möglich waren. Schon gar nicht, wenn das Opfer prominent war. Schlimmer als die Nachrichtenportale waren die sozialen Netzwerke. Die Leute schrieben sich dort nach jedem spektakulären Verbrechen die Finger wund. Erst kam die Lawine der Trauerbekundungen, dann die des Hasses und schließlich die der Kritik an den Ermittlungsbehörden. Es war jedes Mal dasselbe. Wenn eine Tat nicht binnen Stunden aufgeklärt war, gab es immer die Idioten, die der Polizei Unfähigkeit vorwarfen. Meistens waren es dieselben, die dann en passant das Todesurteil für den Täter oder die Täterin forderten. Natürlich bevor überhaupt klar war, was genau eigentlich passiert war und wer möglicherweise die Schuld daran trug … bis zur Lynchjustiz war es von da nur noch ein kleiner Schritt.

Claudia schüttelte ihre Gedanken ab und blickte aus dem Fenster. Sie bewegten sich in westlicher Richtung nach Halstenbek, einer kleinen Gemeinde außerhalb Hamburgs, in der viele Japaner wohnten. Dort gab es sogar eine japanische Schule, wie Takeda ihr einmal erzählt hatte. Auch Ryūtarō Matsumoto hatte dort eine Wohnung gemietet, wie sie dem Ausweis des Fußballers hatten entnehmen können. Den hatten sie – zusammen mit weiteren persönlichen Gegenständen – in der Innentasche seiner Jacke gefunden, die ein paar Meter vom Fundort der Leiche entfernt gelegen hatte, und zwar genauso feinsäuberlich zusammengefaltet, wie es Takeda normalerweise auch immer mit seiner Kleidung tat.

Sie mussten ein kurzes Stück auf die Autobahn. Claudia beugte sich nach vorne und stellte die Musik leiser, sagte zu Takeda: »Erzähl mir, was du über Matsumoto weißt, Ken. Du hast, glaube ich, einen ziemlichen Wissensvorsprung. Ich schätze mal, so gut wie jeder hat einen Wissensvorsprung im Vergleich zu mir.«

Takeda warf ihr einen fragenden Seitenblick zu. »Jeder?«

»Jeder, der sich für Fußball interessiert. Trifft für mich leider nicht zu.«

»Aber wir waren zusammen bei St. Pauli im Stadion. Ich dachte, du bist Fan?«

Claudia lachte. »Pauli ist etwas anderes. Da geht's um die Atmosphäre, und von der bin ich wirklich Fan. Was die Männer auf dem Rasen machen, ist mir ziemlich egal.«

Das war die reine Wahrheit. Die Stimmung im Millerntor-Stadion war einzigartig. Sie erinnerte Claudia an ein Rockkonzert. Es war einfach umwerfend, wenn die Spieler zu Hells Bells von *AC/DC* ins Stadion einliefen. Gänsehaut garantiert, unabhängig davon, dass es dabei eigentlich um Fußball ging. Ihr war es im Übrigen zu verdanken, dass Ken neuerdings an kalten Tagen immer eine St.-Pauli-Pudelmütze trug. Er sah einfach umwerfend damit aus.

»Das heißt, du könntest nicht einmal sagen, wo St. Pauli in der Tabelle steht? Oder der HSV?«, fragte Takeda.

»Tabelle? Habe ich schon mal von gehört, dass es so etwas gibt. Aber wo die stehen? Ich habe nicht die geringste Ahnung.«

»Ich verstehe«, sagte Takeda trocken. »Dann also ein bisschen Nachhilfe in Sachen Fußball oder genauer gesagt in Sachen Ryūtarō Matsumoto. Er stammt, wenn ich mich richtig erinnere, aus Saitama. Das ist gar nicht weit von Tokio entfernt. In Japan nennen ihn seine Fans nur *Ryū* oder auch *Za Duragon*!«

»Za was?«

Takeda räusperte sich, versuchte es etwas deutlicher: »*The Dragon*. Das ist Englisch. Soll es jedenfalls sein. Der Drachen.«

»Ach so, sag das doch gleich.«

»Hab ich versucht. Englisch ist für uns Japaner, nun ja, nicht einfach.«

»Genau wie für uns Deutsche. Aber egal, weiter.«

»Matsumoto hat seinen Spitznamen wegen des ersten Schriftzeichens, mit dem sein Vorname Ryūtarō geschrieben wird. *Ryū*. Es bedeutet Drachen. Den Spitznamen Matsu hat er nur hier in Deutschland.«

»Cooler Name. Der Drachen.«

»Matsu war schon als junger Spieler sehr talentiert. Seine Karriere begann bei Jef United in Chiba. Dann ist er zu den Urawa Reds in seine Geburtsstadt nach Saitama gewechselt. Dort war er dann zwei oder dreimal hintereinander Torschützenkönig der J-League, also der obersten Liga in Japan. Das ist gar nicht so lange her. In der Zeit ist er zum Superstar geworden, auch außerhalb des Sports. Du kannst in Japan praktisch keine Fernsehsendung sehen, ohne dass in der Werbeunterbrechung ein Spot mit Matsu läuft. Wir Japaner machen sowieso gerne Werbung mit Prominenten, und Matsu ist einer der begehrtesten. Er ist das Werbegesicht für grünen Tee, für Bier, für Instant-Nudelsuppen, Sportkleidung, Anzüge, Fertighäuser, was weiß ich. Dass er letztes Jahr nach Deutschland gewechselt ist, war natürlich eine Sensation.«

»Wobei er bei weitem nicht der Einzige war, oder? Ich meine, in der Bundesliga spielen doch inzwischen ziemlich viele Japaner. Das weiß ja sogar ich, die keine Ahnung von Fußball hat.«

»Ja, das stimmt. Sogar in den unteren Ligen spielen mittlerweile viele meiner Landsleute. Ich habe Matsus Wechsel im letzten Jahr auch deshalb genau verfolgt, weil er ja nur wenige Monate vor mir hier nach Hamburg gekommen ist. Ich erinnere mich, dass er in einem Interview sagte, dass er auch deshalb in die Bundesliga wechsele, weil er Deutschland bewundere. Er hat sich übrigens dann auch sehr darum bemüht, Deutsch zu lernen.«

»Und weißt du etwas über sein Privatleben?«

»Sagen wir es mal so. Er ist ... er war einer der begehrtesten Junggesellen Japans. Er ist reich, sieht gut aus und gilt auch noch als Musterbeispiel an Tugendhaftigkeit.«

»Und jetzt ist er tot«, sagte Claudia.

Takeda nickte betroffen. »Du kannst jetzt vielleicht noch ein wenig besser einschätzen, was die Nachricht in Japan auslösen wird.«

»Allerdings. Wie du sagtest, als wenn Müller oder Boateng ermordet worden wären,«, erwiderte Claudia.

Einige Augenblicke der Stille folgten. Beiden war klar, dass die Ermittlungen diesmal noch viel mehr vor den Augen der Öffentlichkeit stattfinden würden als ohnehin schon. Diesmal sah ihnen die ganze Welt, zumindest die ganze Fußballwelt auf die Finger.

»Du meintest ja, dass er reich ist«, nahm Claudia den Faden wieder auf. »Hast du vorhin sein Auto gesehen? Es stand am Rand vom Hof.«

»Ja, natürlich. Ein Golf. Ein deutsches Auto also.«

»Ob nun deutsch oder japanisch oder sonstwas, das meine ich nicht. Aber eben ein Golf ...«

»Du findest, das ist kein Wagen für einen erfolgreichen Promi?«

»Natürlich nicht. Die Fußball-Millionäre fahren doch sonst alle mit Porsches oder Hummern herum. Protzkarren. Und unser japanischer Superstar tuckert in einem Golf herum? Das fällt schon auf.«

Takeda lächelte. »Denk daran, dass Matsu als besonders tugendhaft galt. Er war sicherlich zigfacher Millionär, aber er lebte dennoch sehr bescheiden. Das wurde immer wieder in den Medien thematisiert, und dafür liebten ihn seine Fans. Alles, wofür er sich interessierte, war der Sport. Da gab er wirklich alles, bis zum Letzten. Wenn er in einem Spiel mal wieder das entscheidende Siegtor geschossen hatte und dann von den Reportern gefragt wurde, wie es ihm ging, sagte er meistens: *Shōrai ni motto gambaritai to omoimasu.*«

»Und was heißt das?«

»Dass er sich in der Zukunft noch mehr anstrengen möchte. Das sagen japanische Sportler immer, aber Matsu meinte es ernst. Er wollte sich nie auf seinen Erfolgen ausruhen, sondern sich immer weiter verbessern.«

Claudia pustete die Wangen auf, ließ dann die Luft geräuschvoll entweichen. »Trotzdem hat diesem großen Vorbild jemand ein Loch in den Kopf geschossen. Entweder war der Täter von Matsus Tugendhaftigkeit so genervt, dass er sie nicht ertragen hat. Oder – und das halte ich für wahrscheinlicher – das Bild, das du von ihm entwirfst, ist nicht ganz vollständig.«

Claudia spürte, dass ihre Worte Takeda einen Stich versetzten. Ihr war klar, dass der Inspektor normalerweise die gleichen Schlussfolgerungen gezogen hätte wie sie. Nur im Falle eines Landsmannes schien es ihm schwerzufallen. Klar, das hatte er ihr schon bei anderer Gelegenheit erklärt. Japaner gingen immer erst einmal davon aus, dass sie und ihre Landsleute nichts Unrechtes taten, also weder stahlen noch betrogen noch mordeten ... Als Polizeibeamter wusste Takeda natürlich, dass das nicht stimmte, doch Reste dieses unerschütterlichen Glaubens an die eigene Rechtschaffenheit besaß offenbar auch er.

Der Inspektor wollte soeben etwas erwidern, als die Stimme des Navigationsgerätes zu hören war. *Sie haben Ihr Ziel erreicht.*

6.

Ryūtarō Matsumotos Wohnung befand sich in einem typisch norddeutschen, rot geklinkerten Mehrfamilienhaus in einer unscheinbaren Seitenstraße. Genau wie sein Golf wollte die Unterkunft so gar nicht zur Vorstellung eines millionenschweren, mit Werbeverträgen überhäuften Spitzensportlers passen.

Für das Innere der Wohnung, zu der Claudia und Takeda sich mit dem Schlüssel, der sich ebenfalls bei Matsumotos Sachen befunden hatte, Zugang verschafften, galt dasselbe. Dort erwartete sie ein heilloses Durcheinander. Angefangen vom Flur über das Wohn- bis hin zum Schlafzimmer derselbe Anblick. Überall lagen Kleider, Schuhe, Unterwäsche herum, dazu unzählige Verpackungen von Instant-Nudelsuppen, Zeitungen, Bücher, Manga-Hefte, Dosen mit Nahrungsergänzungsmitteln, Kisten mit Modellbausätzen von Flugzeugen und Schiffen, Hanteln und andere Sportgeräte.

Das Durcheinander war so gewaltig, dass Claudia im ersten Moment glaubte, sie wären nicht die ersten Besucher in der Wohnung und jemand hätte die Räume auf der Suche nach etwas durchwühlt. Aber dazu passte nicht, dass die Möbel unangetastet waren. Keine Schublade war herausgerissen, keine Schranktür offen oder aus den Angeln gerissen. Nein, hier war einfach nur jemand sehr, sehr unordentlich.

Claudia stand inmitten des Chaos und sagte zu Takeda: »Sieht aus wie bei dir, findest du nicht?«

Takeda errötete. »So schlimm? Ich meine, bei mir?«

»Schon. Kann es sein, dass ihr Japaner nicht so auf Aufräumen steht?«

»Das ist möglich, aber noch wahrscheinlicher ist, dass alleinstehende Männer nicht auf Aufräumen stehen.«

Claudia prustete. »Es gibt ein deutsches Sprichwort. Ist ganz kurz, kann man sich darum gut merken: Männer sind Schweine.«

Takeda grinste. »Bezieht sich das nicht eher auf den Umgang mit Frauen?«

»Vermutlich. Passt aber zu beidem.«

Takeda wurde wieder ernst und sagte: »Dass jemand wie Matsumoto keine Zeit zum Aufräumen hat, finde ich naheliegend. Dass er sich aber keine Putzfrau leistet, ist sonderbar. Am Geld kann's kaum liegen.«

Claudia zog ein paar Latexhandschuhe über, stakste dann ziellos durch die Unordnung. Hier und da nahm sie etwas in die Hand, legte es dann wieder sorgsam an denselben Platz zurück. Vermutlich war es wirklich so, wie Takeda vermutete. Hier lebte einfach ein junger, alleinstehender Mann, der alles Mögliche im Kopf hatte, aber eben nicht, für Ordnung zu sorgen. Ken war wirklich genauso, davon hatte sie sich bei ihren Besuchen in seiner Wohnung überzeugen können. Allerdings musste man auch dazu sagen, dass Ken selbst, trotz des Chaos in seinen Zimmern, immer peinlich gepflegt und tadellos gekleidet war. Vermutlich war es bei Matsumoto genauso gewesen. Zuhause ein Schwein, aber draußen der schöne Schein.

Kein Wunder, dass diese Marie Kondo in Japan ein Superstar war und mittlerweile ja auch weltweit bekannt geworden war. Sie hatte aus dem Aufräumen eine Wissenschaft gemacht – vermutlich war es die einzige Art, wie man es den Japanern schmackhaft machen konnte.

Claudia war in das Wohnzimmer getreten und blickte sich unschlüssig um, als sie zu ihrer Überraschung auf dem flachen Couchtisch im Wohnzimmer ein Smartphone entdeckte. War das Matsumotos Gerät? Und wenn ja, warum hatte er es nicht mitgenommen, als er das Haus verlassen hatte?

Sie nahm das Gerät in die Hand, stellte fest, dass es per Gesichtserkennung gesperrt war. Sie wollte gerade Takeda rufen, als der ihr zuvorkam und von nebenan nach ihr rief. Er hatte kurz zuvor den dritten und kleinsten Raum der Wohnung betreten, dessen Tür als einzige verschlossen gewesen war. »Claudia? Komm doch mal rüber. Das hier ist interessant.«

Claudia steckte das Smartphone in die Tasche, ging über den Flur in das kleinste Zimmer der Wohnung – und war erstaunt.

Der Raum hatte vielleicht acht Quadratmeter und war anders als die übrigen Zimmer makellos aufgeräumt und blitzsauber. Außerdem war er mehr oder weniger leer. Im schwachen Licht einer kleinen Stehlampe sah Claudia nur ein einziges Sitzkissen, das mitten im Raum auf dem Boden lag, dazu stand an der Wand ein schmales Sideboard. Mehr nicht. In der Luft hing ein entfernter Duft nach Räucherwerk, vermischt mit Noten von Sandelholz, die sie an Takedas Rasierwasser erinnerten.

Claudia trat vor ein Plakat, das als einziger Wandschmuck an der Stirnseite des Zimmers hing, betrachtete es und schreckte regelrecht zurück. »Was für eine Scheiße ist das denn? Von wegen der tugendhafte Musterknabe Matsumoto …«

»Ich verstehe nicht«, sagte Takeda.

»Sieh doch hin.« Claudia deutete auf das Plakat, auf dessen oberer Hälfte ein riesiges Hakenkreuz zu sehen war, etwas kleiner darunter eine Buddhafigur, die vor einer Palme saß und meditierte. »Wir haben es ja wohl mit einem Nazi zu tun, oder? Gibt es das? Japanische Nazis?«

Takeda starrte abwechselnd zu Claudia und auf das Plakat, er brauchte wohl einige Zeit, um ihre Gedanken nachvollziehen zu können. Dann lachte er auf und erklärte kopfschüttelnd: »Natürlich gibt es japanische Nazis, sogar mehr, als man sich wünscht. Aber ich glaube nicht, dass Matsumoto einer war.«

»Und was soll dann das da?«

»Das ist ein Missverständnis. Das Hakenkreuz hat nichts mit Nazis zu tun. Es ist in Japan ein Symbol für den Buddhismus. Und sieh genau hin, die Haken zeigen in die andere Richtung als bei den Nazis, nämlich nach links.«

Claudia beugte sich vor, zuckte dann mit den Schultern.

»Stimmt, du hast recht. Es ist andersrum. Wäre mir gar nicht aufgefallen.«

Takeda hob vielsagend die Augenbrauen. »Du bist nicht die Erste, die darauf hereinfällt. In meiner Heimat gibt es sogar Überlegungen, das Symbol eben deswegen nicht mehr zu benutzen. Auf Straßenkarten und Hinweisschildern, die zu Tempeln führen, ist es immer drauf. Aber es führt zu oft zu Missverständnissen, vor allem bei ausländischen Touristen.«

»Okay, verstehe«, sagte Claudia. »Dann war Matsu also kein Nazi, sondern einfach nur Buddhist.«

»So sieht es aus. Offenbar sogar ein aktiv praktizierender. Ich denke, er hat in diesem Raum meditiert.«

Takeda betrachtete nun seinerseits das Plakat eingehender, sog zischend die Luft zwischen den Zähnen ein und stieß dazu nachdenkliche Brummlaute aus. Dann fuhr er mit dem Finger die kalligraphischen Schriftzeichen entlang, die neben Hakenkreuz und Buddha von oben nach unten liefen, murmelte dabei einige Silben vor sich hin.

»Was steht da?«, fragte Claudia.

»Ich bin mir nicht sicher. Es ist eine sehr schöne Kalligraphie, aber sie ist schwer zu lesen. Könnte sein, dass es ein Auszug aus einer buddhistischen Sutra ist. Ich müsste im Internet recherchieren oder jemanden fragen, der sich besser mit so etwas auskennt.«

Claudia merkte, dass Takeda seltsam nachdenklich geworden war. Sie wartete auf eine Erklärung, die jedoch unterblieb.

»Okay, vielleicht schaffst du es ja doch noch, die Zeichen zu entziffern. Ich sehe mich in der Zeit weiter drüben um«, sagte Claudia. Sie warf Takeda noch einen Blick zu, doch der war immer noch völlig in die Betrachtung des Plakats versunken. Schulterzuckend ließ sie ihn allein und kehrte ins Wohnzimmer zurück.

Claudia nahm wieder ein paar Dinge in die Hand, fand aber nichts, das interessant wirkte. Auf dem mit Unterlagen übersäten Schreibtisch stand ein Computer, daneben lagen stapelweise Briefe und Papiere, die meisten davon in Japanisch. Gut, dass sie

Takeda an ihrer Seite hatte. Der konnte das ja zum Glück alles lesen und dann entscheiden, ob es wichtig war oder nicht.

Claudia kehrte in den Flur zurück. Sie warf einen Blick auf ihre Uhr, es war inzwischen fast drei Uhr früh. Sie sollten für heute Schluss machen. Morgen mussten sich die Kollegen von der Spurensicherung die Wohnung sowieso noch einmal vornehmen. Vielleicht fanden die ja noch etwas Interessantes. Außerdem sollten sie sämtliche Papiere und Unterlagen in Kisten packen und ins Präsidium bringen, wo Ken sie dann durchsehen könnte.

Claudia rief zu Takeda hinüber, dass sie aufbrechen wollte. Der gab sich einverstanden, ging nun seinerseits noch einmal in das Wohnzimmer, wo er einige Unterlagen, die ihm spontan wichtig erschienen, zusammenklaubte, um sie spätestens morgen früh durchzugehen.

Sie wollten die Wohnung gerade verlassen, als sie vom Klingeln eines Handys aufgehalten wurden.

Takeda sah Claudia fragend an. »Ich glaube, es ist deins.«

»Nein, ist es nicht.«

Takeda deutete auf die Tasche ihres Blazers, aus der das Klingeln kam. Erst jetzt begriff Claudia, dass es das Handy war, das sie auf dem Wohnzimmertisch gefunden hatte. Sie holte das Gerät aus der Tasche. Im Display wurden kein Name und keine Nummer angezeigt, dafür ein paar japanische Schriftzeichen. Sie drehte das Display zu Takeda, der sah kurz darauf und erklärte: »Da steht nur, dass die Nummer des Anrufers nicht übertragen wird. Geh lieber dran.«

Claudia nickte, wischte dann über das grüne Hörersymbol. Zum Glück ließ sich trotz Gesichtserkennung das Gespräch annehmen. Die Verbindung stand, Claudia sagte jedoch nichts. Sie hielt das Handy so weit von ihrem Ohr entfernt, dass auch Takeda die Stimme des Anrufers hören konnte.

»Matsu? Bist du da? Mann, wieso hast du nicht angerufen? Red schon, wie ist es gelaufen?« Es war eine Männerstimme, die am anderen Ende der Leitung sprach, auf Deutsch.

Claudia zuckte mit den Schultern, hielt sich das Gerät jetzt doch ans Ohr und sagte: »Mein Name ist Harms, Kriminalpolizei. Mit wem spreche ich bitte?«

»Was?«

Claudia wiederholte ihre Worte. Am anderen Ende der Leitung sagte die Stimme: »Verdammte Scheiße.« In der nächsten Sekunde beendete der Anrufer die Verbindung.

Für einige Momente standen Claudia und Takeda stumm voreinander. Dann sagte er leise: »Ich befürchte, dass du recht hast. Ein Spitzensportler, der mitten in der Nacht angerufen wird – und ein Anrufer, der auflegt, nachdem ihm klar geworden ist, dass er mit der Polizei spricht ... Das Bild vom tugendhaften Ryūtarō Matsumoto scheint nicht vollständig zu sein.«

7.

Obwohl Takeda zutiefst erschöpft war und dringend Schlaf benötigte, machte er zuhause doch kein Auge zu.

Stattdessen saß er in Boxershorts auf seinem Futon, rauchte eine *Mild Seven* und trank ein Glas Yamazaki-Whiskey. Dazu hörte er Musik von John Coltrane. All das waren Dinge, die ihm normalerweise dabei halfen, zur Ruhe zu kommen.

Heute nicht.

Seine innere Anspannung wollte einfach nicht nachlassen, im Gegenteil. Es wurde schlimmer. Kein Wunder, denn gerade als er in seine Wohnung gekommen war, hatte sein Handy geklingelt. Eine japanische Nummer. Eine weibliche Stimme meldete sich und stellte zum stellvertretenden Innenminister durch, einem Mann namens Nakayama. In Japan war später Vormittag, und die Medien, so erklärte Nakayama gleich zu Beginn ihres Gesprächs, kannten kein anderes Thema als den Tod von Matsumoto. Der Vizeminister brüllte auf Takeda ein und machte ihm klar, dass der Inspektor nun nationale Verantwortung trage. Der Minister, die Polizei, ja ganz Japan erwarte von ihm eine schnelle Lösung des Falles! Ob er das verstanden habe? Gewiss, Herr Vizeminister, gewiss, er werde alles in seiner Macht Stehende tun, um die Dinge schnellstmöglich aufzuklären, versicherte Takeda und verbeugte sich dabei unentwegt und so tief, dass ihm der Rücken schmerzte.

Mit einer wütenden Bewegung drückte Takeda seine Zigarette im Aschenbecher aus. Dann beugte er sich vor und stellte die kleine, tragbare Soundanlage aus.

Der Jazz versagte in dieser Nacht, half ihm nicht zu entspannen. Dann musste es halt so gehen.

Stille erfüllte den Raum.

Takeda saß reglos da und lauschte ins Nichts.

Dann, ganz leise, nahm er den zarten, eiskalten Märzregen wahr, der von draußen leise ans Fenster klopfte. Die Tropfen waren sehr fein, es war ein *saiu*, ein leichter Regen, wie man auf Japanisch sagen würde. In Takedas Muttersprache gab es unendlich viele Worte, um den Regen zu beschreiben, viele davon waren lautmalerisch wie zum Beispiel *shitoshito* für anhaltenden Regen oder *zāzā* für einen heftigen Schauer. Schön war auch *potsupotsu* für die ersten Tropfen eines Unwetters, wobei, wenn es schon etwas nasser wurde, hätte man wohl eher von *parapara* gesprochen ...

In dieser Nacht war der Regen also *shitoshito*. Obwohl, ganz gelegentlich mischten sich ein paar dickere Tropfen in den feinen Schauer, klopften einer Schlagzeug-Improvisation gleich an die Scheibe. Takeda gelang ein Lächeln. Er schloss die Augen, konzentrierte sich ganz aufs Hören. Die noch kahlen Äste der Buche, die vor seinem Fenster wuchs, raschelten im Wind – eine vom Percussion-Besen gerührte Snare-Drum. Als der Wind kurz auffrischte, knarrte der Fensterrahmen – ein mutiges Solo, das etwas von einer gedämpften, stoßartig geblasenen Trompete hatte. Schließlich hörte Takeda das silberzarte Surren der Deckenlampe, eine entfernte Triangel, begleitet vom Plätschern eines der Heizkörper, einer etwas unbeholfenen und doch wunderschönen Gesangseinlage … Takeda fand die Ruhe, die Erlösung, nach der er sich sehnte. Das Leben war Jazz, die Musik war überall zu hören, in allen Dingen, auch wenn die angeblich stumm und unbelebt waren. Jazz. Wer das Geheimnis dieser Musik erkannt hatte, wusste, dass auch die Stille von Harmonie erfüllt war, dass die seltsamsten, entferntesten, widerstrebendsten Geräusche sich am Ende doch zum großen Orchester des Lebens fügten …

Mit diesen Gedanken legte Takeda sich auf dem Futon zurück, schloss die Augen und fiel in einen kurzen, traumlosen Schlaf.

8.

Als Claudia am Vormittag den voll besetzten Besprechungsraum der Mordkommission betrat, hatte sie das Gefühl, durch ein Wurmloch gefallen zu sein. Sie war gar nicht mehr im Polizeipräsidium, sondern in einer Eckkneipe mit Sky-Fernseher. Und es war auch nicht mehr Montagmorgen, sondern Samstagnachmittag. Der Eindruck wurde verstärkt durch die Rauchschwaden, die ihr Kollege Horst Kröger verbreitete, denn der hatte sich trotz Rauchverbot mal wieder eine Kippe angesteckt. Er erklärte gerade mit seiner tiefen, kratzigen Stimme: »Jetzt, wo Matsu weg ist, ist die Saison für den HSV gelaufen. Die Delle wird zu tief sein, um sie auszubügeln. Er war der beste Mann auf dem Rasen.«

»Blödsinn, jedenfalls wenn du die letzten Wochen meinst«, konterte Karsten Surbach, ein junger sportbegeisterter Kriminalhauptkommissar. »Matsu war im Formtief, der hat ja teilweise auf der Bank gesessen. Die Mannschaft wird's also verschmerzen.«

Klaus Dieter Haferkamp, der kurz vor der Pensionierung stand, lachte scheppernd und meinte: »Warum verpflichtet der Verein nicht wieder Kevin Keagan? Als Ersatz für Matsu, meine ich. Keagan ist zwar fast siebzig, aber da hättet ihr sofort wieder einen besten Mann auf dem Feld.«

Allgemeines Gegröle setzte ein, wurde abgelöst durch allerlei typisch hamburgische Kommentare zu Keagan, Kaltz und Uwe Seeler, den ewigen Helden des HSV.

Claudia stellte ihren Kaffeebecher ab und setzte sich an einen der Tische. Ungläubig schüttelte sie den Kopf. Offenbar führte das Thema Fußball nicht nur beim Durchschnittsdeutschen dazu, dass weite Areale des Großhirns abgeschaltet wurden, sondern auch bei hochspezialisierten Kripobeamten. Denn mal ehrlich, es gab genug ernsthafte Punkte am Fall Matsumoto, die sich besprechen ließen – die Auswirkungen auf den Tabellenplatz des HSV war nun wirklich nicht der wichtigste.

Zu ihrer Überraschung stellte sie fest, dass Takeda mitten unter den Kollegen saß und sich pudelwohl zu fühlen schien. Er führte mit mehreren Kollegen parallele Diskussionen über Jürgen Klopp, den möglichen Aufstieg Chinas zur Fußballgroßmacht und die Rolle der Millionen des Milliardärs Kühne auf die Einkaufsstrategie des HSV. Claudia konnte sich ein Lächeln nicht verkneifen. Es war noch gar nicht so lange her, dass der Inspektor stocksteif in den Besprechungen gesessen und angesichts der lockeren Sprüche der deutschen Kollegen ziemlich verstört gewirkt hatte. Offenbar hatte er sich angepasst, und es tat ihm gut. Claudia konnte nur hoffen, dass Takeda es nicht übertrieb, denn sonst würde er sich demnächst einen Schnäuzer wachsen lassen, seinen Vornamen in Manfred oder Dieter ändern und ein Reihenhaus in der Vorstadt beziehen. Und an Jazz wäre auch nicht mehr zu denken, ein Prozess, der ja offenbar mit seinem neuen Faible für Schlager schon begonnen hatte …

Die Stimmung wandelte sich schlagartig, als Holger Sauer, der Leiter der Mordkommission, den Raum betrat. Er nahm am Stirnende des Tischkreises Platz, grüßte kurz in die Runde und hielt dann die aktuelle Bildzeitung in die Höhe.

HSV-STAR KALTBLÜTIG HINGERICHTET.

Holger Sauer blickte von einem zum anderen, sagte dann mit bedeutungsschwerer Stimme: »Ich schätze mal, dass Sie alle den Artikel bereits gelesen haben, liebe Kollegen! Von den Frühsendungen im Fernsehen und Radio will ich gar nicht sprechen. Jedenfalls wird Ihnen klar sein, dass die Ermittlungen im Fall Matsumoto das Gegenteil von diskret sein werden. Das betrifft vor allem die Kollegen Harms und Takeda, die die Führung in dem Fall übernommen haben. Letztlich aber gilt es für uns alle. Wir werden uns im Lichte der Weltöffentlichkeit bewegen, und ich befürchte, dass diese Wortwahl keine Übertreibung ist. Kollege Takeda, können Sie das für die japanische Seite bestätigen?«

Takeda nickte und erklärte: »Ich habe heute Morgen das Internet durchforstet und mit den zuständigen Stellen in Japan telefoniert. Der Tod von Ryūtarō Matsumoto ist das Hauptthema sämtlicher japanischer Nachrichtensendungen. Die Kommentatoren zeigen sich erschüttert über seinen Tod. Auch die Bevölkerung ist sehr bewegt, davon zeugen die Reaktionen in den sozialen Netzwerken. Neben vielem anderen wird diskutiert, wie es um die Sicherheitslage in Deutschland ganz allgemein bestellt ist, wenn so etwas passieren kann.«

»Sie sehen es, liebe Kollegen«, nahm Sauer den Faden wieder auf. »Dies hier ist also alles andere als ein normaler Fall. Es steht viel auf dem Spiel, nicht zuletzt der Ruf unseres Landes, zumindest aber der unserer Stadt. Das wurde mir übrigens heute Morgen bereits telefonisch vom Innensenator wie auch vom Ersten Bürgermeister deutlich gemacht. Die Herren erwarten Ergebnisse – so schnell wie möglich.«

»Klar, es geht bestimmt schneller, wenn die Politiker Druck machen«, murmelte Claudia, leider nicht leise genug, so dass Sauer sie hören konnte.

Er warf ihr einen giftigen Blick zu, sagte dann aber mit erstaunlich versöhnlicher Stimme: »Sie werden es nicht glauben, Kollegin Harms, aber mir gefällt die Einmischung der Politiker auch nicht. Aber was soll ich machen?«

»Gegenhalten? Klarmachen, dass wir auch so unseren Job machen?«

Sauer rollte mit den Augen. »Ich denke, dass Ignorieren die bessere Taktik ist. Also vergessen wir es am besten. Und nun bringen Sie uns bitte auf den aktuellen Stand.«

Claudia stand auf und sagte in die Runde, zunächst mit einem Lächeln: »Die fußballerischen Folgen der Tat habt ihr nun erschöpfend besprochen, liebe Kollegen. Für den HSV wird die Saison nicht einfacher. Andererseits ist der Verein so etwas ja nun wirklich gewöhnt.«

Allgemeines Gelächter, dem Claudia ein paar Sekunden einräumte. Dann fuhr sie fort: »Ich gebe euch zunächst einen kurzen Überblick über den Sachstand, wobei ich mich vor allem auf die vorläufigen Befunde der Rechtsmedizin und der KTU beziehe. Der ausführliche Obduktionsbericht geht uns hoffentlich im Laufe des Tages zu, spätestens aber morgen früh. Dasselbe gilt für die Spurenauswertung am Tatort.« Sie holte Luft und warf einen Blick auf ihre Notizen. »Ryūtarō Matsumoto, der jedem von euch als Matsu bekannt ist, war sechsundzwanzig Jahre alt, japanischer Staatsbürger und seit neun Monaten in Hamburg ansässig. Er wurde gestern Abend vermutlich zwischen zweiundzwanzig Uhr dreißig und dreiundzwanzig Uhr auf dem Gelände eines Gewerbehofes in Hamburg-Schnelsen durch einen seitlich aufgesetzten Schuss in den Kopf getötet. Die Tat erfolgte mit einer großkalibrigen Handfeuerwaffe. Details zum Waffentyp und zur Munition erhalten wir im Rahmen des Gesamtbefundes von der Rechtsmedizin, beziehungsweise der KTU, sobald das Projektil überstellt wurde. Was die Kollegen der Rechtsmedizin bereits festhalten, ist, dass Matsumoto auf der Stelle tot war. So viel war übrigens jedem klar, der die Leiche gesehen hat. Dem Mann fehlte mehr oder weniger der halbe Hinterkopf. Aber gut, lassen wir das. Die Tat erfolgte wie gesagt auf einem Gewerbehof, wo auch Matsumotos Wagen aufgefunden wurde. Ob er selbst dort hingefahren ist oder jemand anderes ihn – möglicherweise unter Zwang – im eigenen Wagen dort hingebracht hat, ist offen. Wir werden noch heute prüfen, ob es eine Beziehung zwischen Matsumoto und einer der auf dem Hof angesiedelten Firmen oder auch eines dort tätigen Mitarbeiters gibt.«

Holger Sauer unterbrach Claudia und sagte: »Sie bekommen die Kollegen Surbach und Preuß zur unmittelbaren Unterstützung der Ermittlungen. Natürlich steht Ihnen darüber hinaus jeder andere aus der Abteilung, der Kapazitäten frei hat, ebenfalls zur Verfügung.«

»Danke, sehr gut«, sagte Claudia, wandte sich dann Surbach zu. »Karsten, dann würde ich dich bitten, dich später um die Firmen im Hof zu kümmern. Ottmar, du suchst dir bitte zwei der Assistenten zur Unterstützung und befragst systematisch alle in der Mannschaft und im Verein. Takeda und ich fahren später auch zum Gelände des HSV und verschaffen uns einen Eindruck, aber ihr geht dann bitte systematisch vor.«

»Alles klar«, bestätigte Ottmar Preuß. Auch Karsten Surbach nickte. Claudias Verhältnis zu den beiden war nicht das beste, aber sie hatten sich im Laufe der Jahre zusammengerauft. Beiden Kollegen fiel es schwer, sich von ihr, einer Frau, etwas sagen zu lassen. Da mussten sie aber nun einmal durch. Es war nichts, worüber Claudia länger als nötig nachdenken wollte.

Sie fuhr fort: »Wir gehen hypothetisch davon aus, dass die Täter – vermutlich war es mehr als ein Tatbeteiligter – den Gewerbehof gewählt haben, weil sie dort spät abends ungestört zu sein glaubten. Genau das war aber nicht der Fall. Gegen dreiundzwanzig Uhr zwanzig fuhr ein Mitarbeiter einer Überwachungsfirma im Rahmen einer Routinekontrolle auf den Hof. Der Mann heißt Rüdiger Stork und wurde bereits gestern Abend von mir vernommen, eine weitere Befragung erscheint mir aber notwendig. Jedenfalls sieht es so aus, dass die Täter sich bei Storks Eintreffen aller Wahrscheinlichkeit nach hinter ihrem abgestellten Fahrzeug versteckt haben. Kurz darauf sind sie mit hoher Geschwindigkeit geflohen. Personenbeschreibungen gibt es keine. Was Stork über das Fahrzeug sagen konnte, ist auch nicht gerade detailliert, aber immerhin wissen wir, dass es sich um einen braunen oder beigefarbenen SUV mit einer seitlichen Beschriftung handelt. Es kann also sehr gut sein, dass die Täter die Leiche beseitigen wollten, dabei aber von Stork gestört worden sind und daher die Flucht ergriffen haben. Das ist jedoch eine reine Mutmaßung.«

Claudia machte eine Pause, trank einen Schluck von ihrem inzwischen lauwarm gewordenen Kaffee. »Kommen wir zur möglichen Motivlage. Viel lässt sich dazu zum gegenwärtigen Zeitpunkt nicht sagen ... Es sei denn, der Kollege Takeda hätte inzwischen etwas Neues herausgefunden?«

Claudia blickte Takeda fragend an. Ihr Kollege räusperte sich und sagte: »Wir haben noch gestern Abend die Wohnung des Opfers aufgesucht. Von dort habe ich einige Papiere und Unterlagen mitgenommen, die mir nach grober Durchsicht wichtig erschienen. Fast alle Dokumente sind auf Japanisch. Darum kann man es wohl als glücklichen Zufall bezeichnen, dass ich ausgerechnet jetzt hier bei euch bin ...«

Die Kollegen lachten, quittierten Takedas Worte mit ein paar Kommentaren. Der Inspektor fuhr fort: »Ich habe die Unterlagen heute Morgen oberflächlich durchgesehen. Ich bin auf nichts gestoßen, das uns einen Hinweis geben könnte. Die Kollegen der Spurensicherung werden sich die Wohnung heute noch einmal vornehmen und die übrigen Papiere und alles, was sonst wichtig erscheint, hier aufs Präsidium bringen. Vielleicht findet sich ja noch etwas.«

Claudia nickte Takeda zu. »Ich möchte jetzt auf unser weiteres Vorgehen zu sprechen kommen. Logischerweise müssen wir uns zunächst sehr breit aufstellen und in alle denkbaren Richtungen ermitteln. Erst einmal wird nichts ausgeschlossen. Allerdings muss ich erwähnen, dass der Kollege Takeda gestern eine erste grobe Analyse der Tatbegehung durchgeführt hat, die für sich spricht. Ken, kannst du deine Erkenntnisse bitte noch einmal darstellen.«

Takeda nickte. »Ich bin von der Positionierung der Leiche ausgegangen und habe verschiedene Möglichkeiten durchgespielt, wie sich die Tötung abgespielt haben könnte. Ich halte es für wahrscheinlich, dass Matsumoto im Knien seitlich in den Kopf geschossen wurde. Wir müssen das natürlich noch weiter analysieren, doch ich möchte es so ausdrücken: Ryūtarō Matsumoto wurde regelrecht exekutiert. Ausnahmsweise also liegt die Bildzeitung mit ihrer Überschrift genau richtig. Es hat sich um eine Hinrichtung gehandelt.«

Plötzlich herrschte im Raum eine betroffene Stille. Von der Leichtigkeit, die noch vorhin geherrscht hatte, war nichts mehr zu spüren. Es war, als realisierten die versammelten Kollegen plötzlich, mit welch brutalem Verbrechen sie es zu tun hatten.

Claudia wartete ein paar Momente, sagte dann: »Was aus dieser Annahme folgt, dürfte auf der Hand liegen. Wir halten einen Raubmord für wenig wahrscheinlich. Viel eher müssen wir von einer gezielten Tötung ausgehen. Wir werden also unter Hochdruck Matsumotos gesamtes privates wie berufliches Umfeld durchleuchten. Im besten Falle stoßen wir da auf etwas, das ungewöhnlich ist und die weitere Richtung der Ermittlungen vorgibt.«

Holger Sauer unterbrach Claudia. »Ich möchte an dieser Stelle darum bitten, dass nichts davon an die Öffentlichkeit dringt. Die Spekulationen schießen bereits jetzt ins Kraut, aber wir wollen sie nicht noch mehr anheizen. Haben wir uns verstanden?«

Alle nickten.

Sauer fuhr fort: »Ach ja, ich habe vorhin mit den Kollegen von der Pressestelle gesprochen. Wie man sich vorstellen kann, laufen bei denen die Leitungen heiß. Die Kollegen wollen spätestens morgen Vormittag eine Pressekonferenz einberufen, egal, wie der Stand der Ermittlungen ist. Sie gehen davon aus, dass bereits heute im Laufe des Tages zahllose Journalisten aus dem In- und Ausland, besonders natürlich aus Japan anreisen werden. Die müssen wir dann mit irgendetwas füttern. Es muss ja nicht die Wahrheit sein. Aber gut, fahren Sie fort, Kollegin Harms.«

Claudia, deren Kehle sich plötzlich trocken und rau anfühlte, trank erneut von ihrem Kaffee. Sie machte sich ein paar Notizen, fuhr dann fort: »Sicherlich dürfen wir die Möglichkeit eines Hate-Crime, etwa aus rassistischen Motiven, nicht ganz ausschließen, schließlich war Matsumoto Asiate. Allerdings gilt dafür dasselbe wie für die Möglichkeit eines Raubmordes. Wir halten es für unwahrscheinlich. Üblicherweise wäre ein Opfer in einem solchen Szenario vor der Tötung zusammengeschlagen oder anderweitig gequält worden. Darauf deutet nichts hin. Habt ihr bis hierhin Fragen?«

Claudia blickte sich im Raum um, doch niemand meldete sich zu Wort. »Gut, dann will ich abschließend auf einen Punkt zu sprechen kommen, der uns bei den Ermittlungen ebenfalls weiterhelfen könnte. Gestern Nacht, noch während wir in Matsumotos Wohnung waren, hat jemand versucht, telefonisch Kontakt mit ihm aufzunehmen. Da wir sein Mobiltelefon hatten, konnten wir einige Worte des Anrufers aufschnappen. Ich denke, ich lehne mich nicht zu weit aus dem Fenster, wenn ich sage, dass dieser Anrufer zu wissen schien, was Matsumoto am Abend vorhatte. Es ist absolut vordringlich, dass wir diesen Anrufer ausfindig machen. Wir haben Matsumotos Smartphone zur Entschlüsselung den Kollegen der KTU anvertraut. Ich werde außerdem die Verbindungsprotokolle und eine Funkzellenauswertung anfordern.« Claudia machte eine Pause und sah sich in der Runde um. Sie fühlte sich erschöpft und brauchte dringend einen weiteren Kaffee. Noch besser wäre es, wenn sie nach Hause fahren und sich wieder ins Bett legen könnte. Aber sie ahnte, dass sie dazu frühestens sehr spät am Abend kommen würde. Sie sagte abschließend: »Wie ihr gemerkt habt, sind die Dinge noch ganz am Anfang. Mal sehen, wie es sich entwickelt. Wir werden heute als Erstes mit dem Trainer und der Mannschaft sprechen sowie Matsumotos privates Umfeld hier in Hamburg identifizieren. Hat einer von euch jetzt noch eine Frage oder eine Idee, die er unbedingt loswerden möchte?«

Claudia blickte sich in der Runde um. Niemand reagierte. Schließlich aber hob Takeda den Finger. Er wirkte dabei wie ein Schüler in einer Schulklasse. Claudia sah zu ihm hinüber und musste lachen. »Na, mein kleiner Ken. Was hast du denn zu sagen?«

Der Inspektor sah sie verständnislos an, Claudia schüttelte den Kopf. »Vergiss es. Also, schieß los. Worum geht's?«

»Ich würde gerne den Kollegen Karsten Surbach bitten, seine Worte von vorhin zu wiederholen.«

Der Angesprochene sah Takeda verwundert an, zuckte dann mit den Schultern. »Ich habe doch gar nichts gesagt.«

»Doch, und zwar, als wir über Fußball und die Folgen für den HSV gesprochen haben. Der Kollege Kröger meinte, dass der Verein den Verlust von Matsumoto in sportlicher Hinsicht nicht verschmerzen würde. Daraufhin hast du etwas erwidert. Bitte, wiederhole das.«

»Ach, das meinst du«, antwortete Surbach. »Ich habe gesagt, dass ich Horsts Einschätzung für Quatsch halte. Weil Matsu in letzter Zeit ohnehin nicht mehr wirklich die große Stütze der Mannschaft war. Völlig anders als am Anfang.«

»Kannst du das näher ausführen?«

Surbach zuckte mit den Schultern. »Das ist kein großes Geheimnis, sogar die Zeitungen haben darüber geschrieben. Seit Beginn der Rückrunde war Matsu in einem Formtief. Erinnert ihr euch an das Auftaktspiel im Januar? Matsu war an der Niederlage nicht unschuldig. Ganz schwache Performance. Seitdem ist es nicht besser geworden. Die ersten Leute sagen schon, dass der große Japaner in Wahrheit ein Fehlgriff war.«

Takeda nickte, warf dann Claudia einen vielsagenden Blick zu, bevor er sich wieder an Surbach wandte. »Weiß man etwas über die Gründe für Matsus Leistungsabfall?«

»Ich glaube nicht.«

»Dann sollten wir es schleunigst herausfinden. Mein Gefühl sagt mir, dass es sehr gut mit der Tat von gestern Nacht zusammenhängen könnte.«

9.

Der Tag, an dem vernünftige Polizeiarbeit nicht mehr möglich sein würde, war nicht mehr weit entfernt. Davon war Claudia fest überzeugt. Es lag an den Blumenmeeren, die Betroffene und Fans neuerdings an Tatorten niederlegten und die immer gewaltigere Ausmaße annahmen. Man könnte dem Ganzen vielleicht mit einem neuen Berufszweig begegnen, nämlich dem des forensischen Floristen, der sich liebevoll um die Trauergaben kümmerte ... Claudia hatte ein schlechtes Gewissen, als sie sich bei ihren ketzerischen Gedanken ertappte. Aber die Massen an Sträußen, Kränzen und Gestecken, die vor dem Volksparkstadion niedergelegt worden waren, brachen mal wieder alle Rekorde. Wie viel Quadratmeter waren das? Zwanzig? Fünfzig? Es war einfach unglaublich!

Andererseits hielt sich der Schaden in diesem Fall ja in Grenzen, weil Matsumoto gar nicht am Stadion ermordet worden war. Darum wurden durch die Blumen auch keine Spuren zerstört. Und wenn Claudia es recht bedachte, war es ja eigentlich eine nette, eine mitfühlende Geste, mit der die Menschen ihre Betroffenheit ausdrückten. Besonders süß war, dass sich inmitten der Blumen auch unzählige Origami-Kraniche befanden. Die falteten Japaner zwar eigentlich, wie Takeda ihr erklärte, um jemandem Glück oder Genesung zu wünschen. Aber die Fans wollten damit halt ihrem japanischen Idol einen letzten Gruß entrichten.

Claudia fuhr mit ihrem Peugeot bis fast ganz an den riesigen ovalen Bau des Stadions heran, stellte dann den Motor aus. Bevor sie ausstiegen, sagte sie zu Takeda: »Das wird jetzt ein ziemlicher Spießrutenlauf, Ken.«

»Ich verstehe nicht ...«, sagte Takeda unsicher.

»Wirst es gleich sehen.«

Claudia öffnete die Tür, und im gleichen Moment begann keine fünfzig Meter entfernt ein lautes Geschrei. Dann setzte eine Art

Stampede ein, bei der sich an die hundert Journalisten in Bewegung setzten und wie eine Büffelherde auf sie zugestürmt kamen.

»Am schlauesten ist es, wenn man sich stocksteif hinstellt und die Augen schließt. Mit Glück rennen sie dann einfach an einem vorbei«, erklärte Claudia.

Takeda lachte. »Ich befürchte, bei Journalisten nützt das nichts, die gehen nicht nach Bewegung, die riechen das Blut. Wie Vampire.«

»Stimmt. Aber es gibt ein Zauberwort. Es heißt: *Kein Kommentar!* Und wenn das nichts nützt, versuchen wir es mit *Verpisst euch, blödes Pack.*«

Takeda lachte erneut. »Ich bin mir nicht sicher, ob ich das über die Lippen bringe. Aber ich hätte ein paar hübsche japanische Schimpfworte auf Lager.«

Noch bevor er ein Beispiel nennen konnte, hatten die Journalisten sie erreicht. Sie umringten Claudia und ihn und richteten ihre Kameraobjektive und Mikrofone auf sie. Sie bestürmten sie mit Fragen, und Takeda konnte neben deutschen und englischen Stimmen auch zahlreiche japanische ausmachen.

»Gibt es schon eine heiße Spur?«

»Sind auch andere Fußballer gefährdet?«

»Ist die Tatwaffe sichergestellt?«

»Hat der Kaiser sich schon geäußert? Und ich meine nicht Beckenbauer!«

»Stimmt es, dass die Täter Matsu die Füße abgeschnitten haben?«

Das war der Augenblick, in dem Claudia die Nase voll hatte. Sie stemmte die Hände in die Hüften, sah die Journalisten scharf an, brüllte dann so laut los, dass die Masse schlagartig verstummte: »Wer hat das mit den abgeschnittenen Füßen gesagt?«

Der Reporter eines englischen Boulevardblattes meldete sich. Claudia sah ihn kopfschüttelnd an. »Wenn ich das jetzt kommentiere, fragen Sie mich dann als Nächstes, ob die Täter Matsu die Zunge gepierct oder die Fingernägel rot lackiert haben?«

»Haben Sie?«, fragte der Reporter ungerührt zurück.

Claudia wandte sich an Takeda, fragte flüsternd: »Sind die Journalisten in Japan auch so bescheuert?«

»Klar. Aber es gibt auch einige, die ihren Job möglichst gut machen wollen.«

Claudia sprach wieder lauter, sagte: »Meine Damen und Herren, bitte verstehen Sie, dass wir uns im Moment noch nicht äußern können. Wir stehen am Anfang unserer Ermittlungen, und zum jetzigen Zeitpunkt wäre alles nur reine Spekulation. Und die kriegen Sie ja auch sehr gut ohne uns hin. Im Übrigen bereiten wir für morgen Vormittag eine Pressekonferenz vor.«

Die Journalisten schwiegen zwei, drei Sekunden, dann setzte der nächste Tsunami von Fragen ein. So als hätte Claudia nichts gesagt.

Sie winkte nur ab und zog Takeda am Arm mit sich, steuerte das Trainingsgelände des HSV an, das unmittelbar südlich der Arena lag. Schon von weitem sah sie, dass die Ordner die Sichtschutzwände aufgestellt hatten, so dass der Trainingsplatz von außen nicht einzusehen war. Angesichts der vielen trauernden Fans und der Journalistenmeute war das nur zu verständlich. Noch verwunderlicher war, dass an so einem Tag überhaupt ein Training stattfand.

Mit ihren Dienstausweisen verschafften sie sich Einlass. Auf dem Trainingsplatz herrschte eine gedrückte Atmosphäre. Das war sofort zu spüren. Einige Spieler kickten zwar einen Ball hin und her, doch selbst das taten sie lust- und kraftlos. Ansonsten standen die jungen Männer in ihren Trainingsanzügen in Trauben zusammen und unterhielten sich. Der Trainer, ein Mann namens Harald Hunke, und seine Assistenten nahmen es offenbar hin, spornten niemanden zu etwas an, ließen die Dinge laufen.

Alles andere wäre ohnehin vergeblich gewesen.

Hunke wurde von einem seiner Assistenten auf Claudias und Takedas Erscheinen aufmerksam gemacht. Er wechselte noch ein paar Worte mit einigen Spielern, legte ihnen kameradschaftlich eine Hand auf die Schulter oder sprach tröstende Worte, setzte sich dann in Bewegung und kam quer über den Rasen herüber. Schon aus einigen Metern Entfernung rief er: »Polizei?«

Claudia nickte, wartete dann, bis Hunke so weit herangekommen war, dass sie in normaler Lautstärke reden konnte. »Mordkommission, Harms. Und das ist mein Kollege …«

»Takeda«, vervollständigte der Inspektor, verbeugte sich instinktiv.

Hunke lächelte wohlwollend. »Sie sind Japaner, oder? Ich habe von Ihnen in der Zeitung gelesen. Der japanische Inspektor bei der Hamburger Kripo. Gut, dass Sie sich um die Sache kümmern. Also, was kann ich für Sie tun?«

»Wir haben einige Fragen«, sagte Claudia. »Und meine erste ist, warum heute überhaupt ein Training stattfindet? Wundert mich, um ehrlich zu sein.«

Hunke atmete hörbar aus, erklärte dann: »Die Nachricht von Matsus Tod ist noch in der Nacht herumgegangen, per Twitter, Mail, SMS, was weiß ich. Die Letzten von uns haben heute beim Frühstück davon erfahren. Ich habe mich noch in der Nacht mit der Vereinsführung kurzgeschlossen. Wir haben gemeinsam entschieden, dass wir nichts am Trainingsplan ändern. Bei den Jungs liegen die Nerven blank. Aber genau darum ist es besser, ihnen einen gewohnten Rahmen zu bieten. Wie Sie sehen, halten wir es mit den Anforderungen in Grenzen. Nachmittags werden wir das Programm ein wenig hochfahren, körperliche Betätigung hilft, Spannungen zu lösen. Wir wollen nicht, dass die Jungs zu sehr Trübsal blasen oder sogar auf die Idee kommen, ihre Gefühle im Alkohol zu ertränken. Auch wenn es verständlich wäre … Sie müssen sich klarmachen, dass die Jüngsten im Kader gerade mal achtzehn Jahre alt sind. Kinder. Gestern Morgen hat Matsu noch mit uns hier auf dem Platz gestanden. So richtig kann es noch keiner von uns begreifen. Auch ich nicht.«

Einige der Spieler waren inzwischen herangetrottet, hielten allerdings respektvoll Abstand. Hunke rief hinüber und erklärte, wer der Besuch war und dass sie vielleicht auch noch Fragen beantworten müssten.

Dann wandte er sich wieder an die beiden Polizisten. »Wissen Sie eigentlich schon etwas? Stimmt es, dass man ihm in den Kopf geschossen hat?«

Claudia und Takeda wechselten einen kurzen Blick, dann sagte Claudia: »Ja, soweit stimmt es. Was die Hintergründe angeht, stehen wir noch ganz am Anfang.«

»Was für Hintergründe? Ich meine, es war doch Zufall, oder? Matsu ist das Opfer eines Wahnsinnigen geworden?«

»Wir halten im Moment alles für möglich, Herr Hunke.«

Hunke sah Claudia irritiert an, ahnte, dass er keine genauere Antwort erhalten würde, und sparte sich weitere Nachfragen. Er bot Kaffee an, was Claudia und Takeda annahmen.

Sie gingen gemeinsam zu einer Art Unterstand, wo Hunke aus einer Thermoskanne drei Pappbecher füllte. Claudia sagte: »Im Grunde interessiert uns alles, was Sie über Matsu wissen. Wie hat er sich ins Team eingefügt? Mit wem war er enger befreundet? Was wissen Sie über sein Leben außerhalb des Sports? Und wir wollen natürlich erfahren, ob Ihnen in letzter Zeit etwas an ihm aufgefallen ist.«

»Etwas aufgefallen?«

Takeda schaltete sich ein. »Hat er sich verändert? Hat ihm etwas zu schaffen gemacht? Gab es Probleme? Anscheinend war seine Leistung auf dem Platz nicht mehr so gut wie noch am Anfang der Saison. Haben Sie dafür eine Erklärung?«

»Wer sagt das?«

»Viele sagen das«, antwortete Takeda diplomatisch.

Hunke ruderte mit den Armen. »Sicher, da ist schon was dran. Matsu war nach der Winterpause nicht mehr in Topform ... aber ich fange lieber vorne an, oder?«

»Ja, natürlich«, sagte Claudia.

In der folgenden halben Stunde erfuhren Claudia und Takeda

die Geschichte eines jungen japanischen Fußballers, der erst in seiner Heimat zum Star herangewachsen und dann – nicht zuletzt unter dem Druck seiner Berater – in die weite Welt aufgebrochen war. Angebote gab es genug, und sogar Clubs wie Mailand oder Paris waren an ihm interessiert, lockten mit entsprechenden Summen. Matsu aber entschied sich für Deutschland und den HSV, verzichtete dafür sogar auf Geld, denn natürlich hätte er bei den großen europäischen Teams mehr bekommen. Hatte Matsu Gründe genannt, warum er unbedingt nach Deutschland wollte? Hatte er hier Freunde oder anderen Bindungen an das Land? Matsu selbst habe es einmal so erklärt, erläuterte Hunke, dass ihn Deutschland gereizt habe und er sich zu dem Land hingezogen fühle. Nach seinem Start im vergangenen Sommer hatte der junge Japaner sich schnell in die Herzen der Fans gespielt, vor allem dank seiner Einsatzbereitschaft. Denn die war wirklich vorbildlich, wenn nicht gar übertrieben ...

An dieser Stelle unterbrach Takeda den Trainer, um zu erfahren, was er damit meine. Hunke lächelte wehmütig. »Ich denke, es wird am deutlichsten, wenn ich einen Vergleich anstelle. Einige Spieler muss ich nach sechzig, siebzig Minuten vom Platz nehmen, weil sie einfach durch sind. Erst lässt der Wille nach, dann die Leistung. Matsu hingegen musste ich vom Platz nehmen, weil er genau das Gegenteil tat. Er ließ einfach nicht nach. Er verausgabte sich.«

»Was genau bedeutet das?«

Hunke rollte mit den Augen. »Wie viel Kilometer, glauben Sie, läuft ein Spieler im Durchschnitt in einer Bundesligapartie? Schätzen Sie mal.«

»Ich habe keine Ahnung«, sagte Claudia. Auch Takeda zuckte mit den Schultern.

»Im Schnitt sind es ungefähr zwölf Kilometer. Matsu erreichte den Wert in der Regel schon zur Hälfte der zweiten Halbzeit. Außerdem war der Anteil seiner Sprints höher als bei allen anderen. Kurz gesagt, er war nicht zu bremsen. Wie gesagt, die Fans liebten ihn dafür. Aber ich bin auch dafür da, dass sich meine Jungs nicht kaputt machen. Auch bei Fußballern muss man auf so etwas wie Nachhaltigkeit achten, selbst wenn das seltsam klingt. Genau das war Matsus Thema oder überhaupt das Thema der Japaner in der Liga. Nehmen Sie es mir nicht übel, Herr Takeda, doch Ihre Landsleute sind wie Forrest Gump. Wenn Sie einem Japaner sagen, dass er rennen soll, dann rennt er. Und wenn Sie ihm nicht irgendwann sagen, dass er wieder aufhören soll, dann rennt er im Zweifel, bis er umfällt. So wie diese Soldaten, die nach dem Zweiten Weltkrieg in der Südsee vergessen wurden.«

»In der Tat, so etwas ist vorgekommen«, bestätigte Takeda.

»Ich finde das Wahnsinn. Die haben noch in den siebziger Jahren in ihren Bunkern gelegen, weil ihnen einfach niemand gesagt hat, dass der Krieg vorbei ist.«

»Stimmt das wirklich?«, fragte Claudia.

»Ja, es entspricht der Wahrheit«, erklärte der Inspektor »Die letzten Soldaten sind sogar erst Anfang des Jahrtausends aufgetaucht, mehr als sechzig Jahre nach dem Krieg. Da waren sie schon über achtzig Jahre alt.«

»Verrückt«, sagte Claudia.

»Sicher, so kann man es sehen ... aber bitte zurück zum Fußball. Was hatte es mit Matsus Leistungseinbruch auf sich?«, fragte Takeda, für seine Verhältnisse erstaunlich unwirsch.

Hunke wiegte den Kopf- »Ich fand es nicht so dramatisch, wie einige Zeitungen geschrieben haben. Aber es stimmt schon, mit Beginn der Rückrunde war er verändert. Es waren kleine Ungenauigkeiten, an denen es zu merken war. Hier ein schlechter Pass, da verspringt ein Ball vom Fuß. Auf einmal ist er den entscheidenden Moment zu spät am Gegner ... Ich habe vermutet, dass er einen Infekt im Körper hat, aber in der Hinsicht war alles in Ordnung. Ja, irgendetwas hat ihn beschäftigt ...«

»Aber Sie wissen nicht, was?«

»Nein. Ich muss aber auch sagen, dass Matsu nicht sehr nahbar war. Ich weiß nicht, wie ich das am besten ausdrücken soll. Er war immer freundlich und kameradschaftlich. Trotzdem war da etwas

Distanziertes an ihm. Fragen Sie die Spieler danach, die werden Ihnen das besser erklären können.«

Claudia schaltete sich ein. »Mit wem sollten wir am besten sprechen? Mit wem war Matsu enger befreundet?«

»Da fällt mir vor allem Ermin Delibasic ein. Die beiden haben sich gut verstanden, was für uns alle ein wenig überraschend war.«

»Wieso?«

Hunke lächelte. »Matsu war still, zurückhaltend, sehr ernsthaft.«

»Und Delibasic?«

»Wenn Sie mit ihm sprechen, werden Sie es sehen.«

»In Ordnung. Welcher ist er denn?« Claudia sah in Richtung des Trainingsfeldes.

Hunke schüttelte den Kopf. »Ermin ist nicht zum Training erschienen. Wir haben ein paar Mal versucht, ihn anzurufen. Ohne Erfolg. Das ist in Ordnung. Ich denke, er braucht seine Zeit. Wie gesagt, er stand Matsu am nächsten.«

Claudia und Takeda bedankten sich. Bevor sie gingen, blickten sie noch einmal über den Trainingsplatz. Die meisten Spieler standen immer noch herum und unterhielten sich. Kinder hatte Hunke sie genannt. Kinder, deren Spielkamerad erschossen worden war. Wieder einmal dachte Claudia, dass jedes Verbrechen viel mehr Opfer forderte, als den Menschen klar war. Als den Tätern klar war. Der eigentlich Betroffene war tot. Aber all die anderen, die ihn kannten, mussten mit dem Verlust weiterleben.

10.

Claudia ließ Takeda am Institut für Rechtsmedizin heraus, bevor sie selbst weiter zur Wohnung von Ermin Delibasic fuhr.

Dr. Ludger Terzian, der Leiter des Instituts, hatte sich noch während ihres Aufenthaltes am Stadion gemeldet und mitgeteilt, dass die Obduktionsergebnisse vorlagen. Über die wollte er sprechen, und zwar vorzugsweise mit Takeda. Claudia hatte gelacht, vermutlich freute sich der exzentrische Mediziner auf eine Plauderstunde mit dem Inspektor. Die beiden Männer – so unterschiedlich sie auch waren – hatten sich angefreundet. Takeda und Terzian trafen sich regelmäßig außerhalb der Dienstzeiten, und zwar vorzugsweise im *Hotoke*. Dort unterhielten sie sich stundenlang über spektakuläre Verbrechen in Asien und Europa – in der Art wie Jungen Quartett spielten. Dabei betranken sie sich mit Sake oder Whiskey. Schien ihnen Spaß zu machen.

Claudia fuhr allein weiter in Richtung HafenCity. Sie überquerte die Niederbaumbrücke, ließ die Kehrwieder-Spitze rechts liegen, bog noch einmal um die Ecke und blickte schließlich auf das Gebäude, in dem Delibasic wohnte. Es war ein hochgeschossiger Bau, die Fassade mit viel Glas und Holz verkleidet. Sündhaft teuer, wie alles in dieser Gegend.

Nicht weit von hier entfernt war Markus Sassnitz ermordet worden, ein schwerreicher Internetunternehmer. Takeda und sie hatten den Fall aufgeklärt, wobei Takeda sich während der Ermittlungen in eine Affäre mit der Exfrau des Opfers gestürzt hatte. Selbst jetzt noch, mit einigem Abstand, verspürte Claudia einen Stich, als sie daran dachte. Ob Ken so etwas wieder tun würde? Und was war überhaupt mit ihm in Sachen Frauen? Hatte er etwas am Laufen? Und würde er ihr davon erzählen?

Claudia überlegte, wo sie den Wagen abstellen konnte, legte dann ihre Sonderberechtigung in die Windschutzscheibe und parkte den Peugeot direkt vor dem Haus im Halteverbot.

Sie könnte sich von ihrem Gehalt kaum eine Wohnung in dieser Gegend leisten und war schon froh, wenn sie überhaupt etwas Bezahlbares in der Stadt fand. Aber dann wollte sie wenigstens ihre sonstigen kleinen Privilegien auskosten.

Kurz darauf drückte Claudia auf den Klingelknopf neben Delibasics Namen, stellte sich dann so hin, dass sie von der halbrunden Kamerakugel erfasst wurde.

Hunke hatte ihr vorhin noch erzählt, dass Ermin Delibasic aus

Bosnien stammte, aber mit seinen Eltern schon als Jugendlicher nach Hamburg gekommen war. Er war mit seinen sechsundzwanzig Jahren genauso alt wie Matsumoto.

Es gab ein kurzes Schnarren in der Gegensprechanlage, dann bellte ihr eine ungeduldige Männerstimme entgegen: »Was?«

»Harms ist mein Name. Kriminalpolizei. Ich komme wegen …«

»Nicht jetzt! Komm später wieder.«

Ende. Der Fußballer hatte die Verbindung abgebrochen. Claudia starrte fassungslos auf die Gegensprechanlage und überlegte, was sie am meisten aufregte. Der Tonfall? Die Tatsache, dass Delibasic sie geduzt hatte? Oder dass er offenbar wirklich nicht aufmachen wollte?

Sie musste daran denken, dass Hunke die Freundschaft zwischen Matsumoto und Delibasic überraschend genannt hatte. Weil der Japaner eben still und zurückhaltend gewesen sei.

Jetzt wusste sie, was der Trainer gemeint hatte.

Sie klingelte erneut, erhielt jedoch keine Antwort. Also drückte sie einfach auf andere Klingelknöpfe, hielt ihren Dienstausweis in die Kamera und verlangte Einlass ins Haus. Der Türdrücker summte. Claudia trat ein, nahm den Fahrstuhl ins oberste Stockwerk, wo der Anordnung der Klingeln nach Delibasics Wohnung sein musste. Sie fand zwei Wohnungstüren vor, die beide keine Namensschilder trugen. Vor der einen Tür standen Kinderschuhe, an der anderen hing ein arabischsprachiges Emblem und direkt darunter ein HSV-Aufkleber.

War wohl eindeutig.

Claudia machte sich nicht die Mühe zu klingeln, sie hämmerte direkt an die Tür, die kurz darauf aufgerissen wurde. Ein untersetzter Mann, muskulös, tätowiert, unrasiert, ziemlich gutaussehend, starrte sie feindselig an. Er trug ein ärmelloses Top, dazu eine Trainingshose und Adiletten. Mit vor Wut zitternder Stimme sagte er: »Ich habe doch gesagt, nicht jetzt. Hauen Sie ab! Ich will mit niemandem reden.«

Immerhin siezte er sie jetzt. War aber auch egal. Claudia war in Stimmung. Da verfrühstückte sie solche Idioten mit links.

Sie zog erneut ihren Dienstausweis aus der Tasche und hielt ihn hoch. »Mit mir werden Sie reden, Herr Delibasic. Jede Wette.«

»Ach ja?«

»Entweder hier und jetzt. Oder Sie kriegen eine Freifahrt im Streifenwagen aufs Präsidium. Sie haben die Wahl.«

»Scheiße«, sagte der Fußballer.

»Finde ich auch. Ändert aber nichts am Ergebnis. Wir müssen miteinander reden.«

Der Fußballer schnaubte, gab aber die Tür frei. Er wirkte auf einmal müde und erschöpft. »Kommen Sie rein. Tut mir leid. Ich will ja reden. Aber ... Matsu war mein Freund. Ich kann einfach nicht glauben, was passiert ist.«

Die harte Fassade bekam Risse. Die Tränen waren gar nicht so weit entfernt, trotz des Machogehabes. Die Trauer des Fußballspielers war so gewaltig, dass es Claudia plötzlich berührte. Wie Hunke gesagt hatte, es waren eigentlich noch Kinder. Jungs, die einfach nur Ball spielen wollen. In diese Welt aus Ehrgeiz, Geld und großen Träumen war die brutale Realität eingebrochen und hatte viel mehr zerstört als nur ein einziges Menschenleben.

Die untere Ebene der Wohnung wurde von einem einzigen riesigen Raum eingenommen. Viel Glas, viel Licht. Hinten stand ein Küchenblock, weiter vorne eine Sofalandschaft mit einem riesigen Fernseher. Davor waren Schiebetüren, die sich im Sommer öffnen ließen, so dass Zimmer und Dachterrasse eine Einheit bildeten. Eine freistehende Treppe führte hinauf in den oberen Stock, wo sich vermutlich Schlafzimmer und Bad befanden.

»Schick.«

Delibasic zuckte nur mit den Schultern. »Sie glauben gar nicht, wie egal mir das im Moment ist.«

»Wohnen Sie allein hier?«

»Meine Freundin ist oft hier. Aber die hat noch eine eigene Wohnung. So gesehen wohne ich allein.«

Claudia zeigte auf das Sofa. Weißes Leder, eckförmig, sündhaft teuer. »Darf ich?«

»Klar. Wollen Sie was trinken?«

»Gerne. Am liebsten ein Wasser.«

Der Bosnier machte sich in der Küchenzeile zu schaffen, füllte eine Karaffe mit Wasser, stellte zwei Gläser auf ein Tablett und brachte alles zu Claudia. Sie bedankte sich lächelnd. Macho durch und durch, aber Manieren hatte er trotzdem.

Allerdings gehörte Claudias Aufmerksamkeit etwas ganz anderem. Seiner Stimme. Sie glaubte sie schon im ersten Moment unten an der Gegensprechanlage erkannt zu haben. Im Laufe der Minuten, die sie nun hier war, waren die letzten Zweifel verflogen.

Claudia trank einen Schluck Wasser, sah den Bosnier dann direkt an und fragte: »Warum haben Sie Matsu gestern Nacht angerufen? Was wollten Sie von ihm? Und warum mitten in der Nacht?«

Delibasic zuckte sichtbar zusammen, hatte sich aber schnell wieder im Griff. Sein Gesicht wurde wieder abweisend. »Keine Ahnung, wovon Sie reden. Ich habe ihn nicht angerufen.«

»Doch, haben Sie. Ich weiß es, weil ich am Apparat war.«

»Schwachsinn.«

Claudia blieb ruhig. Sie rief sich die Worte in Erinnerung, die sie gehört hatte, nachdem sie an Matsumotos Handy gegangen war. War ja noch nicht so lange her. Gute zwölf Stunden. *Matsu? Bist du da? Wieso hast du nicht angerufen? Red schon, wie ist es gelaufen?*

Claudia wiederholte die Worte laut, sah Delibasic abwartend an. Er aber zuckte nur mit den Schultern. »Ich weiß nicht, wovon Sie sprechen.«

»In spätestens drei Tagen haben wir die Verbindungsprotokolle von Matsumotos Handy. Dann wissen wir, ob Sie es waren oder nicht. Wollen Sie es darauf ankommen lassen?«

»Sie reden Scheiße.«

Claudia lachte. »Sie gucken gerne amerikanische Spielfilme,

stimmt's? Wahrscheinlich mit Jason Statham? Gerard Butler? Ich weiß, dass die so mit der Polizei reden. Aber hier in Deutschland, in der Realität kommt das nicht gut an.«

»Schon klar. Vergessen Sie es.«

Claudia gönnte ihm ein paar Momente. Sie waren auf einem guten Weg, da war sie sicher. Mit milderer Stimme sagte sie: »Er war Ihr Freund. Also helfen Sie mir. Wenn Sie derjenige waren, der Matsumoto angerufen hat, dann geben Sie es zu. Auch wenn es Ihnen jetzt vielleicht falsch erscheint. Was wollten Sie von ihm? Und wissen Sie, was er gestern Abend vorhatte, bevor er getötet wurde?«

Claudia konnte sehen, wie es in Delibasic arbeitete. Das Verletzliche kämpfte mit dem Harten, die Erschöpfung mit der Wut, die Vernunft mit dem Trotz.

Dann aber war der Kampf entschieden. Und es war nicht die Vernunft, die gewonnen hatte. »Glauben Sie es mir, ich habe keine Ahnung, was los war. Ich habe nicht angerufen. Ich würde es sagen, wenn's so wäre.«

Claudia trank von ihrem Wasser. Konnte es sein, dass sie sich irrte? Sicher, möglich war es. Also musste sie den langen Weg gehen und die Auswertung der Handydaten abwarten. »Also schön, lassen wir das. Dann erzählen Sie mir von Matsu. Wie war er? Wie haben Sie sich angefreundet? Was haben Sie so zusammen gemacht?«

Delibasic war immer noch misstrauisch, entspannte sich nach und nach jedoch. Dann lächelte er sogar und sagte: »Am Anfang dachte ich, Matsu ist ein Alien. Echt jetzt. Ich hatte bis dahin noch nicht mit Japanern gespielt. Matsu war ein Kampfzwerg, technisch astrein, in Sachen Kondition unschlagbar. Vielleicht ein wenig zu verspielt. Das Problem haben viele Japaner in der Liga. Beim Stangendribbling sind sie schneller als alle anderen. Aber wenn da ein echter Kerl steht, der ihnen den Weg blockiert, würden sie sich am liebsten verbeugen und höflich fragen, ob sie mal vorbei dürfen. Genauso war Matsu. Mal eine gelbe Karte riskieren, weil man einfach durchgeht, das war undenkbar für ihn. Ist schon witzig, oder? Die Typen können im Zweifel alle Karate oder Judo oder so einen Scheiß, aber dann wieder sind sie so soft, dass sie einfach umgemäht werden.«

Delibasic lachte auf, und auch Claudia musste lächeln. Eine hübsche Vorstellung. Takeda war ja irgendwie genauso. Bei ihm würde es sie auch nicht wundern, wenn er sich vor einem Tatverdächtigen verbeugte und um Verzeihung bat, bevor er ihm die Handschellen anlegte. Obwohl Takeda sie ja im Zweifel auch alle zu Kleinholz verarbeiten konnte.

»Wie haben Sie sich angefreundet? Wie fing das an?«

Delibasic grinste. »Ich habe ihn umgehauen. Im Training. War natürlich keine Absicht, so etwas passiert. Da war er ganz frisch im Team. Matsu musste ein paar Tage Pause machen, Dehnung im Außenband oder so was. Hunke hat von mir verlangt, dass ich ihn zu Hause besuche und mich entschuldige. Also bin ich zu Matsu rausgefahren und habe ihn in seinem Dreizimmerloch besucht. Wie kann der nur so wohnen? Unfassbar. Ich meine, der Typ ist echt ein Star, ja? Wusste ich zuerst ja auch nicht. An dem Tag hat er mir Videos gezeigt von den ganzen Werbespots, in denen er mitspielt. Hey, der könnte hier das ganze Haus mieten, wenn er wollte. Oder im Hotel Atlantik wohnen. Oder sich jeden Tag ein neues Mädchen mit nach Hause nehmen. Interessierte ihn aber alles nicht.«

»Was hat ihn denn interessiert?«

Delibasic grinste erneut, nun hatte es etwas Anzügliches. »Bis er mich kennengelernt hat, nur der Sport. Aber ich habe ihm die Augen geöffnet.«

»Was heißt das konkret?«

»Er hatte ja ein paar Tage trainingsfrei, wegen seiner Verletzung. Musste man ausnutzen. Ich habe ihm den Kiez gezeigt. Hat bis zum nächsten Morgen gedauert. Das war neu für Matsu. Aber es hat ihm Spaß gemacht.«

Claudia musste ebenfalls lächeln. »Sie fügen ihm eine Verletzung zu und als Entschädigung zeigen Sie ihm St. Pauli. Klingt wie ein fairer Deal.«

»Wir haben etwas getrunken, waren in einer Shisha-Bar, haben uns ein paar Shows angesehen. Frauen, Sie verstehen schon. Aber das war nicht so richtig sein Ding. Der Typ war ein Mönch. Er war obendrein auch cool, das war mir nach der Nacht klar. Er war sauber im Kopf. Das hat mich beeindruckt.«

»Was meinen Sie damit?«

»Matsu wusste einfach, was er wollte. Sehen Sie mal, ich kriege alle drei Wochen von Hunke einen Einlauf, weil ich irgendeinen Mist baue. Zu spät zum Training, zu viel Alkohol, zu viel mit Freunden abhängen. Das Leben genießen. So etwas. Matsu hatte solche Probleme nicht. Der war ein Krieger, der war fokussiert. Darum ja auch dieses ganze Meditationszeug ...« Delibasic legte die Hände ineinander, wackelte mit dem Kopf und wollte damit wohl eine Buddhafigur imitieren. »Matsu wollte, dass ich das auch mache. Zen. Meditieren. Rumsitzen und nichts tun. Meinte, dass es gut für mich wäre. Um eben auch klar zu werden.«

»Und? Hat es funktioniert?«

»Ist nichts für mich. Ich bin Muslim. Ich gehe in die Moschee, um klar zu werden. Das reicht mir.«

Claudia nickte und machte sich ein paar Notizen. Sie dachte über das bisherige Gespräch nach und kam zu dem Ergebnis, dass Delibasic nicht log. Genauso klar war allerdings, dass er nicht alles sagte. Vielleicht war es Zeit, direkter aufs Ziel zuzusteuern.

»Haben Sie eine Idee, warum Ihr Freund erschossen wurde?«

»Und wenn es so wäre?«

»Dann sollten Sie es mir sagen. Also?«

»Natürlich nicht. Ich habe keine Ahnung, welche Sau ihm das angetan hat.«

»Und wenn ich Ihnen nicht glaube?«

»Dann ist das Ihr Problem.«

Seine Stimme war zu laut, zu aggressiv, zu abwehrend, als dass Claudia ihm geglaubt hätte. Delibasic wusste etwas. Die spannende Frage war, warum er nicht darüber reden wollte.

Claudia schloss kurz die Augen, blickte den Bosnier dann ganz direkt an. Es war Zeit, wieder einen Gang hochzufahren. Doch gerade, als sie etwas sagen wollte, klingelte ein Telefon. Das Festnetz.

Der Fußballer entschuldigte sich, stand auf und nahm das Gespräch an. Claudia hörte schwach eine Männerstimme, die am anderen Ende der Leitung auf ihn einredete. Delibasic sagte lange Zeit nichts, beendete das Gespräch nur mit einem knappen: »Ja, ist gut. Ich komme.«

Er legte das Telefon zurück auf die Basis und kehrte zum Sofa zurück. »Das war Hunke. Ich soll mich im Stadion blicken lassen.«

»Das hätten Sie doch schon heute Vormittag tun müssen, oder?«

»Sicher. Ging aber nicht. Ich konnte nicht.«

»Warum nicht?«

»Weil ich total fertig war! Ich habe nicht geschlafen. Meine Gedanken drehen durch. Wegen Matsu. Weil die Schweine ihn einfach abgeknallt haben.«

»Das verstehe ich. Wann haben Sie eigentlich davon erfahren?«

»Wie jetzt?«

»Ich möchte wissen, wann Sie erfahren haben, dass Matsu tot ist.«

»Gestern Nacht.«

»Wann genau? Und wie?«

»Weiß ich nicht mehr. Habe eine WhatsApp bekommen oder so.«

»Können Sie mir die zeigen?«

Der Bosnier zögerte, schüttelte dann den Kopf. »Dafür brauchen Sie einen Beschluss, oder nicht?«

»Wenn jemand nichts zu verbergen hat, sollte es auch so gehen.«

»Hey, ich sag's nochmal. Ich hab nichts damit zu tun, ja?«

»Das habe ich auch gar nicht gesagt, Herr Delibasic.«

Claudia lächelte, aber der Fußballer starrte sie umso wütender an. Sie fragte sich, ob er sich gleich auf sie stürzen würde. Dann aber sackte er förmlich in sich zusammen, schüttelte nur den Kopf. Ein paar Tränen flossen.

Aber sagen wollte er immer noch nichts.

Kurz darauf verließ Claudia die Wohnung. Sie setzte sich in ihren Wagen, ohne allerdings loszufahren. Sie gönnte sich ein paar Minuten Ruhe, machte sich Notizen, dachte noch einmal über das Gespräch nach. Noch während sie so dasaß, sprang die Lichtanlage über der Tiefgarageneinfahrt des Hauses an, nur ein paar Meter entfernt. Ein grünes Lämpchen erlosch, ein rotes ging an. Am unteren Ende der schrägen Zufahrt setzte sich ratternd ein Lamellentor in Bewegung. Kurz darauf schoss ein cremefarbener SUV die Auffahrt hinauf und bog auf die Straße. Die ganze Seite des Wagens war mit dem Schriftzug eines Vereinssponsors verziert, eine bekannte Firma, die Heizungen herstellte. Am Steuer saß Ermin Delibasic.

11.

»Was wissen Sie eigentlich über *Seppuku*, Takeda-San?«

Ludger Terzian, langjähriger Leiter des Instituts für Rechtsmedizin und international anerkannte Koryphäe auf dem Gebiet der Todesermittlung, strich sich mit der Hand über seinen kahlgeschorenen Schädel. Wie so oft erinnerte er Takeda an den berühmten wie gewitzten Zen-Mönch Ikkyū, eine Art japanischer Till Eulenspiegel.

»Sie meinen das, was in Deutschland zumeist Harakiri genannt wird?«

»Richtig. Was hat es damit auf sich?«

Terzian geleitete den Inspektor durch die Korridore des Instituts in Richtung Sektionsraum. Zuvor hatten sie in Terzians Büro einen Kaffee getrunken. Den Aquavit, den der Mediziner Takeda angeboten hatte, hatte der Inspektor abgelehnt.

Während der septische Geruch immer stärker wurde, sagte Takeda: »Ich bin natürlich kein Experte. Aber allgemein gesprochen war *Seppuku* über viele Jahrhunderte eine verbreitete Art der Selbsttötung in meiner Heimat. Allerdings war sie der Kaste der Samurai vorbehalten. Viele Menschen denken, dass es dasselbe wie Selbstmord bedeutet, also freiwillig erfolgte. Das stimmt jedoch nicht. *Seppuku* war in aller Regel eine Form der Todesstrafe, die zum Beispiel nach einer Verfehlung durch einen Daimyo-Fürsten verordnet wurde. Dadurch allerdings, dass der Verurteilte sie sozusagen an sich selbst vollstreckte, war es ihm möglich, auf diese Art seine Ehre wiederherzustellen. Berühmt geworden ist eine Variante des *Seppuku*, die man *Junshi* nennt, was so viel wie glücklicher Abschied bedeutet. Davon sprechen wir, wenn ein untergebener Samurai seinem verstorbenen Lehnsherren freiwillig in den Tod gefolgt ist. Diese Art des *Seppuku* ist allerdings schon vor vielen Jahrhunderten verboten worden. Es starben einfach zu viele Männer dadurch.«

»Und dennoch ist es auch danach noch vorgekommen«, ergänzte Terzian, und die Begeisterung, die er dabei empfand, war ihm anzuhören. »Ihr japanischer General Nogi ist, glaube ich, ein berühmtes Beispiel.«

Takeda nickte. »Das ist richtig. General Nogi hat sich 1912 das Leben genommen, um dem verstorbenen Meiji-Kaiser in den Tod zu folgen. Seine Frau wiederum ist dann ihrem Gatten in den Tod gefolgt, auch das war in früheren Zeiten durchaus üblich.«

»Die Nazis haben eben diesen Nogi in Deutschland übrigens zum Helden verklärt. Wussten Sie das? Er galt ihnen als Musterbeispiel an Gehorsam und Todesverachtung. Hitlers Lieblingsjournalist Roland Strunk hat über ihn im Völkischen Beobachter geschrieben. Besonders toll fanden die Nazis, dass Nogi im Krieg gegen Russland Anfang des Jahrhunderts Zehntausende Soldaten geopfert hat, was er sich selbst allerdings nie verziehen hat.«

Takeda sagte, ohne zu zeigen, ob ihm Terzians Erklärung bekannt war: »In Tokio gibt es ein kleines Museum für den General. Dort ist sogar das Schwert ausgestellt, mit dem er sich selbst entleibt hat ... eine gewisse Verklärung des Themas hat sich also bis zum heutigen Tag erhalten. Rein rechtlich gesehen ist *Seppuku* jedoch zu Beginn der Meiji-Zeit verboten worden. Das war nur konsequent, schließlich wurden damals ja auch die Samurai als offizielle Kaste abgeschafft.«

»Faszinierend, Inspektor. Aber erklären Sie mir doch bitte, wie genau ein *Seppuku* eigentlich vor sich gegangen ist. Das interessiert mich am meisten.«

Während Terzian das fragte, hielt er dem Inspektor die Schwingtür zum großen Sektionsraum auf. Takeda war schon einige Male hier gewesen, so dass ihn die Umgebung nicht mehr allzu sehr verstörte. Am heutigen Tag schien zudem wenig los zu sein. Die meisten der Tische waren leer, und der einzige vorhandene Leichnam war mit einem weißen Tuch abgedeckt.

»Das Ritual folgte einem strengen Ablauf«, erklärte Takeda. »Nach Wochen oder auch Monaten der mentalen Vorbereitung fand der eigentliche zeremonielle Akt statt. Der zum *Seppuku* verurteilte Samurai zog sich einen weißen Kimono an, kniete dann vor den Zeugen auf einem weißen Tuch. Er entblößte seinen Oberkörper und schlitzte sich mit einem Kurzschwert den Bauch auf. Die Klinge wurde knapp unterhalb des Nabels angesetzt. Nach dem ersten Stich wurde die Schneide nach rechts gezogen, gedreht und, sofern derjenige noch dazu in der Lage war, nach oben gerissen. Ein Sekundant hat den Todeskandidaten schließlich mit einem Schwerthieb enthauptet und ihn so von seinen Qualen befreit. Es war sehr wichtig, dass dies zum genau richtigen Zeitpunkt erfolgte, also nicht zu früh, aber auch nicht zu spät. Schließlich galt das *Seppuku* nur dann als erfolgreich, wenn der Samurai während der gesamten Zeremonie keinerlei Schmerzenslaute von sich gab. Im besten Falle sollte sogar sein Gesicht einen Ausdruck der Ruhe und Gelassenheit zeigen. Nur dann galt das *Seppuku* als ehrenhaft.«

Mit Takedas letzten Worten trat Terzian an den Sektionstisch heran und lüftete mit einer schwungvollen Bewegung das Leichentuch. Takeda blickte auf den nackten Körper von Ryūtarō Matsumoto. Der Anblick des durch die Schusswunde zerstörten Schädels war ihm vertraut. Neu hingegen war der blutrote Einstich eine Handbreit unterhalb des Nabels. Takeda fuhr regelrecht zurück, als er die Wunde sah, spürte dann, wie seine Beine schwach wurden, so dass er instinktiv nach Halt an der Kante des Sektionstisches suchte. »Aber ... bedeutet das etwa, dass Matsumoto *Seppuku* begangen hat? Haben Sie mich deshalb danach gefragt?«, fragte er, seine Stimme fast nur noch ein Flüstern.

»Ich will es zumindest nicht ausschließen, Inspektor. Eben darum war es mir so wichtig, dass Sie heute persönlich kommen und wir darüber sprechen.«

»Ich verstehe.«

Terzian blickte Takeda besorgt an. »Wollen Sie vielleicht doch einen Schnaps, Inspektor? Würde Ihren Kreislauf wieder in Schwung bringen.«

»Nein danke, Professor«, sagte Takeda und schüttelte den Kopf. Ein Lächeln wollte ihm nicht gelingen. »Geben Sie mir bitte einen Moment, um meine Gedanken zu sortieren.«

»Sie haben alle Zeit der Welt.«

Takeda schloss die Augen und konzentrierte sich auf seinen Atem, so erlangte er recht schnell seine innere Ruhe zurück. Er wusste, dass wenig Zweifel an Terzians Diagnose bestehen konnte. Im Grunde hatte er selbst doch schon Ähnliches vermutet, sich dann nur die entsprechenden Schlussfolgerungen verwehrt. Weil es ihm zu seltsam, zu bizarr erschienen war. Und doch war er schon gestern am Tatort zu dem Ergebnis gekommen, dass Matsumoto zum Zeitpunkt seines Todes gekniet haben musste, und zwar in der traditionellen *Seiza*-Haltung – eben jener knienden Sitzweise, die auch beim *Seppuku* eingenommen wurde. Zuvor hatte Matsumoto sein Jackett ausgezogen und fein säuberlich zusammengefaltet, hatte dann aber wohl Hemd und Unterhemd anbehalten.

Also stimmte es wirklich? War Matsumoto auf die rituelle Art der Samurai gestorben? Aber warum hier, mitten in Deutschland? Und warum er, ein junger Fußballer, der auf dem Zenit seines Erfolges stand?

Takeda öffnete die Augen und trat wieder näher an den Sektionstisch, nahm die rot schimmernde Wunde an Matsumotos Bauch in Augenschein. »Sind Sie sicher, dass die Verletzung von einer Klinge stammt? Als wir die Leiche gestern Abend am Tatort begutachtet haben, ist mir nichts in der Richtung aufgefallen. Vor allem schien mir seine Kleidung unversehrt zu sein.«

Terzians Gesicht war nun ernsthaft, schließlich wusste der Mediziner, dass von seinen Untersuchungsergebnissen der Fortgang der Ermittlungen abhing. »Um Ihre erste Frage zu beantworten: Ja, ich bin mir sicher. Es ist eine Stichverletzung, zugefügt mit einer ausgesprochen scharfen, vorne spitz zulaufenden Klinge. Allerdings ist die Wunde nicht sehr tief, hat kaum die Unterhaut durchstoßen. Rein äußerlich war deshalb nicht viel zu sehen, auch weil der Kopfschuss unmittelbar danach erfolgt sein muss.«

»Ich verstehe nicht ganz.«

»Matsumoto – oder auch jemand anderes – hat die Klinge angesetzt, aber nicht wirklich zugestochen. Dann wurde auch schon geschossen. Der Exitus trat sofort ein. Daher hat die Wunde am Bauch nicht lange und nicht stark geblutet. Die Kleidung hat logischerweise im Bereich seines Unterleibes kaum Blutspuren aufgewiesen.«

»Aber sie müsste von der Klinge zerschnitten worden sein. Ich glaube nämlich nicht, dass Matsumoto zum Zeitpunkt der Tat seinen Oberkörper entblößt hatte und die Täter ihn hinterher wieder angekleidet haben. Haben Sie die Kleidung untersucht und Entsprechendes gefunden?«

»Habe ich. Hemd und Unterhemd waren an der entsprechenden Stelle zerschnitten. Es war ein sehr feiner Schnitt, der kaum zu sehen war, was wiederum für die Güte der Klinge spricht. Ich habe die Kleidungsstücke an die Kollegen von der Kriminaltechnik weitergegeben. Vielleicht finden die noch verwertbare Spuren.«

Takedas gesunde Gesichtsfarbe kehrte allmählich zurück. Die Nachdenklichkeit aber blieb und würde ihn so schnell nicht verlassen. »Wenn ich Sie richtig verstehe, glauben Sie also, dass wir es gar nicht mit einem Mord zu tun haben? Jedenfalls nicht im engeren Sinne? Ist das richtig?«

»Das ist eine Interpretationsfrage, Takeda-San. In medizinischer Hinsicht hat der Schuss in den Kopf Matsumotos Leben beendet. Wie gesagt, die Stichverletzung im Unterleib war nicht tief und keinesfalls lebensbedrohlich. Juristisch gesehen bleibt es also eine Fremdtötung. Ob es sich aber um Mord handelt oder ob Matsumoto vielleicht aus freien Stücken sterben wollte und sein Sekundant auf seinen Wunsch hin geschossen hat, müssen Sie selbst herausfinden.«

»Letzteres wäre eine Art Sterbehilfe.«

»Wenn auch auf sehr exotische Weise«, bestätigte Terzian.

Takeda blickte ein letztes Mal auf den Körper des toten Fußballers, bat Terzian dann, ihn wieder zu bedecken. Schließlich sagte er: »Wissen Sie was? Ich nehme jetzt doch einen Aquavit. Sie haben recht, meinem Kreislauf wird es guttun.«

Terzian strahlte. »Gute Entscheidung, Inspektor. Und damit sie nicht so einsam trinken müssen, genehmige ich mir auch einen.

12.

»*Seppuku*? Was soll das sein? Eines dieser komischen japanischen Gerichte, die du so gerne isst? Irgendetwas mit Saugnäpfen und Glibberkram dran?«, fragte Claudia mit einem ungläubigen Kopfschütteln.

Takeda, der wieder zu ihr ins Auto gestiegen war, nachdem sie ihn an der Rechtsmedizin abgeholt hatte, musste lachen. »Es hat nichts mit Essen zu tun. *Seppuku* ist das, was hierzulande *Hara-*

kiri genannt wird. Beide Worte werden übrigens mit denselben Schriftzeichen geschrieben, nur in umgekehrter Reihenfolge. Wörtlich bedeutet es, sich den Bauch aufzuschlitzen.«

Claudia schüttelte unwirsch den Kopf. »Um ehrlich zu sein, ist es mir ziemlich schnuppe, wie man es schreibt. Was mich mehr interessiert ... Du und Terzian wollt wirklich darauf hinaus, dass Matsu Selbstmord begangen hat? Mit einem Schwert? Im Ernst, jetzt?«

»Es wäre korrekter, von Selbsttötung zu sprechen. Aber ich glaube nicht, dass er es freiwillig getan hat. Und zwar, weil er die Klinge zwar angesetzt, aber nicht wirklich zugestochen hat. Dann ist er erschossen worden.«

»Also bleibt es dabei, richtig? Matsumoto ist erschossen worden. Es war Mord. Nix *Seppuku*«, sagte Claudia und gab sich wenig Mühe, ihre Skepsis zu verbergen. Für ihre Ohren klang das Gerede über die rituelle Selbsttötung nach einem dieser abstrusen Themen, mit denen Terzian und Takeda sich eben stundenlang beschäftigen konnten – in den meisten Fällen mit reichlich Alkohol. Ihre Nase verriet ihr, dass dieser Tag keine Ausnahme machte, die beiden hatten getrunken. Obwohl es gerade einmal Mittag war. Na ja, andererseits musste sie zugeben, dass Takeda insgesamt ziemlich nüchtern wirkte.

»Das Problem ist«, erklärte der Inspektor, »dass ich nicht hundertprozentig ausschließen würde, dass Matsumoto eben doch freiwillig gehandelt hat.«

»Und wie kommt dann die Kugel in seinen Kopf?«

»So meine ich es nicht. Er hatte natürlich einen *Kaishakunin*.«

»Einen was?«

»Einen *Kaishakunin*, einen Sekundanten. Wir können jedoch nicht ausschließen, dass er ihn um diesen Dienst gebeten hat. Tatsächlich hat es ein solches Szenario früher, also im alten Japan, immer wieder gegeben. Das eigentliche Aufschneiden des eigenen Bauches blieb eine symbolische Geste, und dann hat der Sekundant denjenigen mit dem Schwert geköpft.«

»Ach so, und weil hier in Hamburg gerade kein Schwert zur Hand war, nimmt man eine Magnum? So ungefähr?«

Takeda nickte. »Ja, so ungefähr.«

Claudia fädelte sich auf die B5 ein, die an dieser Stelle eigentlich vierspurig war. Der Verkehr war wegen der vielen Baustellen zäh und zugleich aggressiv. Ständige Spurverengungen führten zu Staus und Drängelei. Es war wohl nur eine Frage der Zeit, bis ein Autofahrer einmal ausrastete und vor Wut ein paar Fußgänger überfuhr. Oder auch einen Bauarbeiter, nur dass es die ja gar nicht gab. Jedenfalls sah man nie einen! Die Baubeamten der Stadt schienen zu glauben, dass man die Straßen nur abriegeln musste und sie sich dann von ganz allein reparierten. Vielleicht durch Zauberei. Magie statt Muskelkraft. Es war zum Kotzen.

Claudia war froh über die unfreiwillige Unterbrechung ihres Gesprächs. Auch als der Verkehr wieder flüssig lief, ließ sie noch ein paar Momente der Stille verstreichen. Erst dann sagte sie: »Folgender Vorschlag: Wir lassen das mit dem *Seppuku* einfach mal so stehen. Weil es ja höchstwahrscheinlich gar keinen Unterschied macht. Matsumoto ist erschossen worden, und wir müssen denjenigen finden, der das getan hat. Richtig?«

»Richtig.«

»Ich habe nämlich auch etwas Interessantes herausgefunden. Also, du wirst es nicht glauben. Ermin Delibasic, Matsumotos Freund und Teamkamerad vom HSV, ist derjenige, der in der Nacht auf seinem Handy angerufen hat. Er leugnet es zwar, aber ich habe seine Stimme sofort erkannt. Wenn du mit ihm redest, wirst du mir recht geben, da gehe ich jede Wette ein.«

»Interessant. Hast du ihn damit konfrontiert?«

»Und ob.«

»Wie hat er reagiert?«

»Er leugnet, doch das wird ihm nicht viel nützen. Spätestens mit den Verbindungsprotokollen werden wir ihn festnageln können. Aber das ist nicht alles. Er fährt einen beigen SUV mit einer Beschriftung auf der Seite.«

Takeda sah sie überrascht an, legte dann die Stirn in Falten und schüttelte ungläubig den Kopf. »Willst du damit sagen, dass Delibasic möglicherweise der Täter ist? Das ergibt doch keinen Sinn. Wegen des Anrufs, meine ich. Warum sollte er Matsumoto auf dem Handy anrufen, wenn er ihn vorher umgebracht hat?«

»Dass das unlogisch ist, ist mir auch klar«, sagte Claudia und kaute auf ihrer Unterlippe. »Aber Menschen machen verrückte Dinge. Vielleicht hat er auch angerufen, um sich ein Alibi zu verschaffen. So etwas haben wir schon erlebt.«

»Sicher, doch dann hätte er den Anruf ja nicht ableugnen dürfen.«

Claudia seufzte erschöpft. »Das weiß ich selbst, Ken. Es passt nicht zusammen. Aber feststeht, dass Delibasic etwas weiß, über das er nicht spricht. Wir müssen herausfinden, warum. Und ich kann mir sogar vorstellen, in welche Richtung es geht. Jedenfalls so ungefähr.«

»Und die wäre?«

Claudia berichtete Takeda davon, was Delibasic ihr über sein Kennenlernen mit Matsumoto erzählt hatte. Die Verletzung, der Besuch zuhause, der Kiezbesuch, die Peepshows.

Takeda begleitete ihre Worte mit einem beständigen Nicken, sagte dann jedoch: »Ich verstehe noch nicht so ganz, worauf du hinauswillst.«

»Mein Gott, Ken. Ist das so schwer zu verstehen? Ein ernsthafter junger Japaner wird von seinem bosnischen Kumpel in die Freuden des sündigen Lebens eingeführt. Rotlicht-Milieu. Prostitution, Drogen ... so genau weiß ich es doch auch nicht. Es ist erst einmal nur ein Gefühl. Es hat etwas damit zu tun, dass ich einfach zu oft mit so Jungs wie diesem Delibasic zu tun hatte. Der ist ein typisch deutsches Migrantenkind. Ziemlich ausgekocht. Voller Wut. Einer, der auf Regeln scheißt. Wenn der nicht zufällig ein großes Fußballtalent wäre, könnte ich dir sagen, was aus dem geworden wäre.«

»Und was?«, fragte Takeda.

»Jedenfalls nichts Legales. Und im Zweifel gilt das sogar auch jetzt, trotz Fußball und des ganzen Geldes, das er dort verdient.«

»Du meinst, Delibasic ist in verbotene Geschäfte verwickelt?«

»So, wie er sich benimmt, würde ich es zumindest nicht ausschließen.«

»Ist das nicht ein Vorurteil?«

»Schon, aber ... erinnerst du dich daran, wie er reagiert hat, als ich mich am Telefon als Polizistin zu erkennen gegeben habe. Weißt du noch, was er gesagt hat?«

»*Verdammte Scheiße* ...«, wiederholte Takeda die Worte, die sie gemeinsam an Matsumotos Handy gehört hatten.

»Spätestens in dem Moment hätte doch jeder normale – und vor allem jeder unschuldige – Mensch gefragt, was los ist und warum sich ein Polizist am Handy eines Freundes meldet, richtig? Aber Delibasic flucht und legt auf. Jetzt mal ehrlich, Ken, das stinkt zum Himmel, oder?«

Takeda nickte. Dann sah er aus dem Fenster. Sie hatten die City Süd erreicht, eine eher trostlose Büroklotz-Landschaft, die an einige ebenso trostlose Geschäftsdistrikte in Tokio erinnerte. Claudia fuhr über die Elbbrücken, von denen aus sich der Blick über die HafenCity und den dahinterliegenden Hafen öffnete. Möwen, Kräne, große Pötte. Einmal mehr verstand Takeda, warum die Hamburger so stolz auf ihre Stadt waren.

Während sie auf die Veddel abbogen und den kleinen Grasbrook passierten, fragte Takeda sich, ob sich seine und Claudias Geschichten eigentlich widersprachen. Matsumoto gerät unter dem Einfluss von Delibasic in irgendwelche krummen Dinge hinein. Er fällt fußballerisch ab, alles wächst ihm über den Kopf. Und so beschließt er zu sterben. *Seppuku.*

Es gab nur einen Punkt, der ihn störte. Niemand würde einem jungen Japaner dabei helfen, auf so eine Art aus dem Leben zu scheiden. Jedenfalls kein Deutscher. Und vermutlich auch kein Bosnier.

Aber ein Japaner.

Nur dass ein solcher Japaner bisher weder in seiner noch in Claudias Geschichte vorkam.

Takeda schüttelte die Gedanken ab, fragte dann: »Eines hast du mir bisher übrigens nicht verraten. Wohin fahren wir eigentlich?«

Claudia schwenkte gerade in eine von hohen Containerlandschaften gesäumte Straße ein, die, wenn Takeda richtig orientiert war, nach Steinwerder führte. Mitten ins Herz des Hamburger Hafens.

»Stimmt. Also, Hunke hat mich vorhin nochmal angerufen, gerade als ich mit Delibasic fertig war. Er meinte, wir sollen unbedingt mit einem Mann namens Henningsen sprechen. Der hätte Matsu ebenfalls nahegestanden und könnte uns vielleicht weiterhelfen.«

»Und wer ist dieser Henningsen?«

»Ein reicher Hamburger Geschäftsmann mit Fußballleidenschaft und einem besonderen Faible für japanische Spieler. So hat es Hunke ausgedrückt.«

Kurz darauf erreichten sie ihr Ziel. Claudia parkte den Wagen. Sie stiegen aus und fanden sich vor einem alten, aus roten Backsteinen errichteten Bau wieder, der bestimmt über hundert Jahre alt war. Hanseatisch, traditionell, respekteinflößend. Über dem Tor, das neben dem Gebäude auf ein Werksgelände führte, stand auf einem Schild: Henningsen & Söhne – Schiffsausrüster seit 1854.

13.

Claudia mochte zweireihige Sakkos bei Männern nicht. Wenn sie dann auch noch dunkelblau waren und Goldknöpfe hatten, bekam sie eine regelrechte Krise.

Dumm nur, dass ausgerechnet in Hamburg die Chance groß war, mit eben dieser Mode konfrontiert zu werden. Und je maritimer es wurde, desto klarer war, was die Typen trugen.

Peer Henningsen war da leider keine Ausnahme.

»Bitte, kommen Sie herein«, sagte der großgewachsene Firmenchef, machte hinter seinem Schreibtisch eine einladende Geste und knöpfte zugleich mit der anderen Hand sein Sakko zu.

Das Büro war groß und holzgetäfelt, an den Wänden hingen goldgerahmte Marinebilder, die stolze Windjammer zeigten, historische Fregatten, aber auch graue Kriegsschiffe in aufgepeitschtem Wasser, aus deren Bordkanonen rotes Mündungsfeuer schoss.

Henningsen umrundete seinen Schreibtisch, streckte erst ihr, dann Takeda die Hand entgegen. Mit hanseatisch spitzem *S* sagte er dann: »Ich habe natürlich gehört, was passiert ist. Ryū Matsumoto, hinterrücks erschossen. Unfassbar. Ich hoffe, dass Sie den Täter bald bekommen. Bitte, setzen Sie sich. Kaffee oder Tee?«

Claudia wie auch Takeda nickten dankbar, entschieden sich für Tee. Der Firmenchef führte sie zu einer Sitzecke, die durch eine große Glasvitrine vom übrigen Raum abgetrennt war. Darin standen maßstabsgerechte Schiffsmodelle, darunter wiederum historische Typen wie auch moderne Frachter, Tanker, sogar U-Boote.

Henningsen, der Claudias neugierige Blicke bemerkte, erklärte: »Das sind alles Schiffe, an denen wir mitgebaut haben. Die meisten davon sind übrigens in Japan vom Stapel gelaufen.«

Diesmal waren es Takedas Blicke, die eine Erklärung forderten.

Henningsen aber fragte zunächst nach Takedas Hintergrund, zeigte sich beeindruckt, dass ein japanischer Polizist in Hamburg im Einsatz war, erklärte schließlich: »Mitsubishi, Kawasaki, Ōshima, das sind alles Werften, mit denen wir zusammenarbeiten. Es sind sogar unsere wichtigsten Kunden.«

Ein Klopfen an der Bürotür unterbrach sie, eine Mitarbeiterin steckte ihren Kopf ins Zimmer und sah ihren Chef fragend an. Henningsen gab den Tee in Auftrag, tat das allerdings in einem freundlichen Tonfall, der Claudias ersten Eindruck milderte. Abgesehen von der Mode war Henningsen durchaus sympathisch. Der Mann war schätzungsweise Mitte fünfzig, schlank, großgewachsen, hatte die gesunde Gesichtsfarbe eines Seglers. Kleider machen Leute, im Guten wie im Schlechten.

Claudia kam aufs Thema zu sprechen. »Harald Hunke vom HSV hat uns geraten, Sie zu kontaktieren. Er meinte, dass Sie Matsumoto kannten und uns ein paar nähere Auskünfte über ihn geben könnten.«

»Sicher, Sie sind schon richtig hier, allerdings müssen Sie im Grunde nicht mit mir, sondern mit meinem Vater sprechen. Er ist derjenige, der sich um unsere japanischen Freunde kümmert und der auch engeren Kontakt zu Matsumoto hatte. Als unsere Empfangsdame Ihren Besuch angekündigt hat, habe ich ihn sofort angerufen. Er ist auf dem Weg hierher, aber vielleicht kann ich ja zumindest einen Teil Ihrer Fragen beantworten.«

»Versuchen wir es einfach«, sagte Claudia. »Vielleicht erklären Sie uns erst einmal, woher Sie den Toten überhaupt kannten – oder auch Ihr Herr Vater.«

»Ja, natürlich«, sagte Henningsen, wurde dann von einem erneuten Klopfen unterbrochen. Die Sekretärin betrat den Raum und balancierte ein großes Tablett zum Tisch. Dort stellte sie drei Tassen ab, dazu eine Teekanne, eine Schale mit Kandis, ein Milchkännchen, alles feinstes Porzellan. Der Tee duftete köstlich und aromatisch, und Claudia musste sich eingestehen, dass auch so etwas nicht ganz selten zu den hanseatischen Goldknopf-Sakko-Trägern gehörte. Die wussten, was ein richtig guter Tee war.

Nachdem alle einen ersten Schluck von dem Darjeeling genommen hatten – der Geschmack übertraf den Duft sogar noch –, erklärte der Firmenchef: »Ich hole einfach mal ein wenig aus, schließlich haben wir ja noch ein paar Minuten, bis mein alter Herr hier ist. Die Firma Henningsen Schiffsausrüster gibt es seit mehr als hundertfünfzig Jahren, sie ist seitdem in Familienbesitz. Allerdings ist der Name inzwischen nicht mehr so ganz treffend. Wenn man das Wort Ausrüstung hört, denkt man vermutlich an Fender für die kleine Jolle oder auch an Schwimmwesten fürs Schlauchboot. Es hat auch tatsächlich mit solchen Dingen angefangen, mit Takelage, Seilen, Fendern, Seilklemmen, Klampen und so weiter. Also alles, was nicht fest an Bord verbaut ist.«

Takeda blickte ratlos drein, Claudia, die ja früher selbst mit ihrem Vater segeln war, klopfte ihm mütterlich auf den Oberschenkel und sagte leise: »Das ist Deutsch für Fortgeschrittene. Erkläre ich dir später.«

Henningsen fuhr fort: »Mit dem Ende der Segelschifffahrt drohte unsere Firma unterzugehen. Aber meine Familie hat erfindungsreiche Männer hervorgebracht, die den Betrieb in die modernen Zeiten der Dampf- und schließlich der Motorschifffahrt überführten. Heute verbauen wir modernste Klima- und Maschinenlüftungsanlagen, Brandschutztechnik und die damit verbundene Schalt- und Kontrolltechnik. Da ist Henningsen & Söhne weltweit führend. Aber wo werden Schiffe heutzutage gebaut? Jedenfalls nicht mehr an der Nord- und Ostsee. Korea, China, Japan sind die Länder, die den Weltmarkt mehr oder weniger unter sich aufgeteilt haben, jetzt mal von ein paar Spezialschiffen abgesehen. Darum ist es nicht übertrieben zu sagen, dass mein Großvater und auch mein Vater die Firma erneut vor dem Untergang gerettet haben, denn sie haben die Verbindungen zu den japanischen Werften hergestellt.«

»Wann genau war das?«, erkundigte sich Takeda.

»Was meinen Großvater angeht, ging es schon in den zwanziger Jahren los. Das war damals nicht unproblematisch wegen der Bestimmungen im Versailler Vertrag. Die maritime Wirtschaft stand unter Beobachtung. Aber die Existenz der Firma war in Gefahr, da wird man erfindungsreich. Mein Großvater hat als noch ganz junger Mann unsere erste Vertretung in Japan aufgebaut und lange geleitet, eine weitsichtige Entscheidung. Spätestens seit den fünfziger Jahren mauserte sich Japan zur weltgrößten Schiffsbaunation. Inzwischen haben die asiatischen Nachbarn ziemlich aufgeholt, aber im Vergleich zu Deutschland ist Japan immer noch ein Gigant. Wir machen gute siebzig Prozent unseres Umsatzes allein mit den Japanern, dann noch einmal weitere zwanzig Prozent mit China und Korea. Mein Vater hat die Niederlassung in Yokohama ebenfalls lange geleitet, das war in den sechziger und siebziger Jahren, bevor er dann nach dem Tod meines Großvaters hier in Hamburg auf dem Chefsessel Platz nahm. Lange Rede, kurzer Sinn, mein alter Herr ist seit jenen Jahren ein großer Freund Ihrer Heimat, Herr Takeda, ein richtiger Japan-Freak ... zugegeben, das Wort klingt bei einem älteren Herrn ein wenig seltsam, aber es läuft schon darauf hinaus.« Henningsen lachte, machte dann eine wedelnde Handbewegung und fuhr fort: »Als er wieder zurück in Hamburg war, hat er Japan vermisst und darum eine Art deutsch-japanischen Freundeskreis aufgebaut. Das ist sein Steckenpferd, seitdem er sich aus dem aktiven Geschäft zurückgezogen hat. Er kümmert sich vor allem um junge Japaner und Japanerinnen hier in der Stadt. Das ist für die nicht immer ganz einfach, befürchte ich. Mein Vater ist über achtzig. Er tut zwar wirklich viel für seine Schützlinge, aber er erwartet eben auch, dass sie ihm bei seinen Erinnerungen an seine Zeit in Yokohama zuhören ...« Henningsen rollte mit den Augen, und vor Claudias und Takedas innerem Auge entstand das Bild eines alten Deutschen, der endlose Monologe hielt, während ihm junge Japaner zu Füßen saßen und innerlich vor Ungeduld fast platzten.

Henningsen fuhr fort: »Die meisten dieser Japaner sind junge Angestellte der Reedereien und Speditionen hier in der Stadt. Aber es sind auch Studentinnen vom Konservatorium dabei und eben Sportler. Der erste Fußballer in unserem Kreis war übrigens Takahara, ich weiß nicht, ob sie sich noch an ihn erinnern? Er hat ja überhaupt die neuere Ära der japanischen Spieler hier in Deutschland eingeleitet, das war Anfang der zweitausender Jahre. Danach gab es ja noch einige weitere, bis eben jetzt zu Matsumoto.«

Henningsen nickte einige Male und schien seinen eigenen Ausführungen nachzusinnen. Er trank einen Schluck Tee, sagte dann: »Ich habe Ryūtarō einige Male getroffen, er war ein wirklich feiner Kerl. Es ist erschütternd, was mit ihm passiert ist. Mein Vater ist, seit er die Nachricht gehört hat, ziemlich aufgelöst ...«

Wie auf ein Stichwort wurde die Tür aufgestoßen, diesmal ohne ein Klopfen. Der Senior, Klaus-Heinrich Henningsen, betrat den

Raum, und obwohl er sich auf einen Gehstock stützte, strahlte er etwas Kraftvolles, Selbstbewusstes aus. Mit dem eleganten Anzug, englischer Stil, dem schlohweißen, fein gescheitelten Haar und dem zerfurchten, ausdrucksvollen Gesicht schien er keine Zweifel daran zu lassen, dass man immer noch mit ihm rechnen musste.

Der alte Mann trat an den Tisch heran, von dem Claudia und Takeda sich inzwischen erhoben hatten. Während Claudia sich dann allerdings nur mit einem kurzen Händedruck und einem eher gegrunzten »Guten Tag« begnügen musste, hatte der Senior für Takeda sehr viel wärmere Worte übrig. Und nicht nur das: Henningsen senior sprach dabei sogar Japanisch. Für Claudias Ohren, auch wenn sie den Inhalt nicht verstand, klang es fließend und äußerst gekonnt.

Takeda verbeugte sich, stellte sich auf Japanisch vor, sagte dann aber mit einem Seitenblick auf Claudia: »Ihr Japanisch ist beeindruckend, Herr Henningsen. Ich denke aber, wir sollten mit Rücksicht auf meine Kollegin nun auf Deutsch miteinander sprechen.«

»Sicher, sicher. Die jungen Leute kümmern sich ja sowieso nicht mehr um Fremdsprachen. Die denken wahrscheinlich, dass ihre Telefone für sie übersetzen können. Weil sie ja sowieso nichts anderes tun, als auf die Dinger zu starren.«

Claudia spürte, wie ihr das Blut ins Gesicht schoss. Nicht vor Scham, sondern vor Wut. Aber sie wäre nicht sie, wenn sie nach so einer Beleidigung, denn nichts anderes waren Henningsens Worte, klein beigegeben hätte. Sie setzte ein zuckersüßes Lächeln auf und sagte: »Sie haben völlig recht, Herr Henningsen. Die jungen Leute haben ihre Gehirne in ihre Smartphones ausgelagert. Ich glaube, viele ältere Menschen würden das am liebsten auch tun, aber sie sind einfach zu blöd, um die Geräte zu bedienen.«

Henningsen sah sie kurz an, kam dann aber wohl zu dem Ergebnis, dass sie ihm nicht einmal eine Erwiderung wert war. Er ließ sich auf einem der Sessel nieder, herrschte dann seinen Sohn an, ihm einen Kaffee zu besorgen, und wandte sich wieder an Takeda:

»Und? Wissen Sie schon, wer es war? Wer Matsumoto, den armen Kerl, erschossen hat?«

»Es tut mir leid, aber so weit sind wir leider noch nicht. Wir stehen erst am Anfang der Ermittlungsarbeiten, sind jedoch zuversichtlich, das Ganze schnell lösen zu können.«

»Das ist gut zu hören. Worauf fußt Ihre Zuversicht, wenn ich fragen darf?« Die Augen des Alten waren hellwach und verrieten, dass sein Geist trotz des hohen Alters messerscharf war.

»Das darf ich Ihnen leider nicht mitteilen, aufgrund der laufenden Ermittlungen«, sagte Takeda und verbeugte sich erneut. »Aber die Spurenlage lässt sich als gut bezeichnen.«

Das war natürlich eine glatte Lüge, die allerdings ihre Wirkung nicht verfehlte. Henningsen nickte anerkennend, wirkte vielleicht sogar ein wenig überrascht.

Der Alte überwand seine kurze Irritation und sagte: »Gut so, dann können sie demjenigen, der es getan hat, ja hoffentlich bald die Handschellen anlegen. Abscheuliches Verbrechen …« Dann ließ der alte Mann wieder einige Sätze auf Japanisch folgen, stieß am Ende ein heiseres Lachen aus.

Takeda sah kurz zu Claudia, antwortete dann mit ruhiger Stimme: »Sie haben recht, Herr Henningsen. In Japan würde dem Täter möglicherweise die Todesstrafe drohen. Aber ob man daraus direkt schließen kann, dass die Deutschen zu weich und weinerlich geworden sind, vermag ich nicht zu beurteilen.«

Henningsens Gesichtsausdruck bekam etwas Verächtliches. »Sind Sie ein Linker, Herr Takeda?«

»Ich bin Polizist.«

Henningsen stutzte kurz, lachte dann erneut. »Gute Antwort, Inspektor. Aber lassen wir das, Sie sind ja nun sicherlich hier, weil Sie etwas über Matsumoto erfahren wollen.«

»So ist es. Uns würde zum Beispiel interessieren, ob Sie eine Erklärung dafür haben, dass seine Leistungen auf dem Fußballfeld in den letzten Wochen nachgelassen haben.«

Der alte Mann schürzte die Lippen. »Nachgelassen? Das ist ein bisschen schwach ausgedrückt. Der Mann hat nur noch Mist abgeliefert. Eine Katastrophe! Das hat mich dann doch überrascht.«

Claudia warf Takeda einen erstaunten Seitenblick zu. Hatte Henningsen junior vorhin nicht gemeint, sein Vater sei wegen Matsumotos Tod ziemlich aufgelöst? Das klang jetzt nicht wirklich danach. Wenn überhaupt eine Gefühlslage aus seinen Worten herauszuhören war, dann war es Wut und Enttäuschung.

Peer Henningsen meldete sich zu Wort. »Sehen Sie es meinem Vater bitte nach ... Sie müssen wissen, dass unsere Firma den HSV seit vielen Jahren unterstützt und dafür einiges an Geldmitteln aufwendet. Da macht es natürlich keine Freude, wenn ein hoffnungsvoller Spieler die Erwartungen nicht erfüllt, die in ihn gesetzt wurden.«

Der Senior stieß ein herablassendes Schnauben aus, ignorierte ansonsten den Einwurf seines Sohnes und sagte zu Takeda: »Vielleicht ist Ihr Landsmann einfach mit den hiesigen Umständen nicht klargekommen. Da wäre er ja nicht der Erste, nicht wahr? Die jungen Kerls wachsen in Japan in einem Land auf, das kaum Verbrechen und nicht einmal Gaunereien kennt. Dann gehen sie ins Ausland und begegnen den Menschen dort mit einer gewissen Naivität. Hier in Deutschland sind sie ja noch gut aufgehoben, nur dass sie in einer Stadt wie Hamburg kaum noch Deutsche treffen. Das muss ich meinen jungen Japanern bei meinen Kaminrunden immer wieder einbläuen. Nehmt euch in Acht, ihr seid nicht mehr in Japan! Haltet die Augen auf! Aber was meinen Sie, wie oft sie dann beim nächsten Mal dasitzen und sich beklagen, weil ihnen die Brieftaschen gestohlen oder an der Haustür irgendein Unsinn aufgeschwatzt worden ist. Ja, die Japaner sind einfach zu gut für diese Welt!«

»Im Falle von Matsumoto war es leider mehr als ein gestohlenes Portemonnaie«, entgegnete Takeda.

»Sicher«, sagte Henningsen. »Aber es läuft auf dasselbe hinaus, da bin ich mir sicher. Er war naiv und hat die Gefahren unterschätzt. Und dann endet es halt so.«

»Hat er Ihnen gegenüber vielleicht erwähnt, dass ihm etwas Sorgen bereitete oder dass er in irgendeiner Form Schwierigkeiten hatte?«

Henningsen dachte kurz nach, sagte dann: »Vor ein paar Wochen hatte Ryūtarō mich um ein Gespräch gebeten und war dann zu uns nach Hause gekommen. Wir haben vor dem Kamin gesessen und geplaudert, und ja, da hat er etwas angedeutet.«

»Das ist ausgesprochen interessant für uns. Was genau hat er gesagt?«

Der alte Mann schloss die Augen, schien in seiner Erinnerung zu stöbern. Ohne die Augen wieder zu öffnen, sagte er: »Er meinte, er habe einen dummen Fehler begangen und wisse nun nicht, wie er den wieder korrigieren könne. Er hätte schon längst mit jemandem darüber sprechen sollen, habe sich aber aus Scham nicht getraut …«

»Hat er konkret gesagt, worum es ging?«

Henningsen öffnete die Augen und lächelte. »Mein Gefühl sagte mir, dass es um Liebesdinge ging. Um eine Frau. Aber Sie kennen doch Ihre Landsleute, Takeda-San. Alles bleibt im Ungefähren. So war es auch bei Ryūtarō. Vermutlich wollte er mich nicht mit allzu genauen Einzelheiten belasten.«

Takeda nickte. »Sie haben recht, so würde man sich in Japan verhalten.«

Claudia, die zunehmend ungeduldig wurde, mischte sich wieder ein. »Hat er bei seiner Beichte vielleicht einen Namen erwähnt? Irgendwelche Details, die uns weiterhelfen könnten?«

Der Alte schüttelte den Kopf. »Hat er nicht. Das habe ich doch gerade erläutert. Hören Sie doch bitte zu.«

Claudia prustete empört, sparte sich aber eine Antwort.

Takeda wartete einige Momente, fragte dann: »Eine letzte Frage, Herr Henningsen. Wissen Sie zufällig, mit welchen anderen Japanern hier in Hamburg Matsumoto engeren Kontakt pflegte?«

»Nein, leider nicht. Um das zu erfahren, sollten Sie sich unter Ihren Landsleuten hier in der Stadt umhören.«

»Sicher, das werde ich tun.«

»Er ist allerdings immer gerne zu meinen Kaminrunden gekommen. Dazu gehören auch zahlreiche Japaner. Ich werde nachfragen, ob sich da jemand näher mit ihm angefreundet hat. Oder ob vielleicht jemand sonst etwas weiß. Spontan kann ich Ihnen leider nicht helfen.«

Claudia sagte: »Wir wissen, dass Matsumoto mit einem seiner Mitspieler enger befreundet war, Ermin Delibasic. Hat er vielleicht ihn betreffend etwas gesagt?«

»Delibasic? Der Jugoslawe?«

»Er ist Bosnier«, stellte Claudia richtig.

»Erwähnt hat er ihn nicht. Aber wenn Sie mich fragen, dem sollten Sie mal auf den Zahn fühlen.«

»Warum sagen Sie das?«

Wieder trat etwas Verächtliches in Henningsens Züge. »Delibasic ist sicherlich ein guter Fußballer, aber sonst ... kein guter Charakter. Moslem. Der dürfte seinen Fuß nicht über meine Schwelle setzen.«

Claudia rollte mit den Augen, sparte sich aber jeden Kommentar. Sie sah zu Takeda hinüber, der ihr zunickte. Es war Zeit zu gehen.

Sie waren bereits aufgestanden, als Takeda sich noch einmal an den Senior wandte. »Herr Henningsen, eine Frage habe ich doch noch. Es scheint, dass Matsumoto ein gläubiger und auch praktizierender Buddhist war. Können Sie mir darüber vielleicht etwas sagen?«

Der Alte blickte Takeda an, zögerte aber mit einer Antwort. »Wie kommen Sie darauf?«

»Er hatte in seiner Wohnung einen Meditationsraum. Vermutlich spielt es gar keine Rolle, aber wir wollen ein umfassendes Bild gewinnen.«

Henningsen nickte. »Matsumoto hat Zen praktiziert. Bei der *Tōzaikai*.«

»*Tōzaikai*?«, wiederholte Takeda fragend.

»So heißt seine Glaubensgemeinschaft. Sie unterhält hier in Hamburg so eine Art Tempel. Aber fragen Sie mich nicht nach Einzelheiten.«

Takeda zog sein Notizbuch hervor, machte sich ein paar Stichworte. Er bedankte sich und verließ gemeinsam mit Claudia das Büro.

14.

Am späten Nachmittag setzte ein kalter Sprühregen ein. Das Thermometer schwankte um den Gefrierpunkt, und auf den Straßen bildete sich an einigen Stellen eine dünne Eisschicht. Die Fußgänger schlichen vorsichtig über die Bürgersteige, während die meisten Autofahrer unbeirrt ihr Gaspedal durchtraten und die Straßen der Stadt zur üblichen Rennbahn machten.

An solchen Tagen hasste Claudia Hamburg. Überhaupt hasste sie den ganzen Norden von Deutschland, von Europa, ach der ganzen Welt.

Es war März, und damit sollte doch eigentlich der Frühling beginnen. Aber von wegen! Nach einigen milden Tagen kehrte der Winter mit Macht zurück, und als Hamburger musste man am Ende doch wieder bis April warten, bevor es zuverlässig wärmer wurde.

Vielleicht sollte sie auswandern. Irgendwohin, wo es immer warm war. Nach Mallorca oder Teneriffa. Oder in die Südsee. Andererseits wüsste sie genau, was dann los wäre. Sie würde an einem Palmenstrand sitzen und trotz des schönen Wetters immer nur an Hamburg denken.

Weil es einfach die schönste Stadt der Welt war. Und da nahm man so ein blödes Pisswetter halt in Kauf.

Claudia steuerte ihren Peugeot in westlicher Richtung, auf dem gleichen Weg, den sie am Vormittag schon einmal mit Takeda zurückgelegt hatte.

Sie hatte Ken gefragt, ob er mitkommen wolle, aber der meinte, dass er lieber nach Hause fahren und sich durch die Papiere wühlen wollte, die aus Matsumotos Wohnung stammten. Er hatte in der Nacht zum größten Teil private Unterlagen und Briefe mitgenommen; vielleicht fand sich ja in denen ein brauchbarer Hinweis. Außerdem wollte er sich noch mit dieser Sekte befassen, der *Tōzaikai*, in der Matsumoto Mitglied war.

So wie sie Takeda kannte, würde er vermutlich die ganze Nacht durcharbeiten. Japaner eben. Sie selbst würde das ja im Zweifel auch tun, vor allem, wenn es eine heiße Spur gab.

Von der konnte bisher jedoch keine Rede sein. Sicher, sie hatten ein paar Anhaltspunkte. Der beste davon war ihrer Meinung nach Delibasic. Aber sonst? Da war diese merkwürdige Sache mit dem *Seppuku*, der vermeintlichen Selbsthinrichtung Matsumotos. Aber wofür sollte das stehen? Dass sie es im Zweifel gar nicht mit einem Mord zu tun hatten? Daran wollte sie einfach nicht glauben. Und Takeda selbst glaubte es ja auch nicht.

Es war und blieb Mord, nur dass er offenbar auf bizarre und sehr japanische Art ausgeführt worden war. Konnte man daraus schließen, dass der Täter ein Japaner war? Takeda schien das zu glauben, doch Claudia hielt die Schlussfolgerung für verfrüht. Es gab in Deutschland jede Menge Japan-Fans, die mit Schwertern herumhantierten, seltsame Mangas lasen oder sonst wie ein Japan-Faible hatten. Bei ihrem letzten Fall waren sie mit so etwas konfrontiert worden, hatten einen siebzehnjährigen Schüler lange Zeit für einen grausamen Mehrfachmörder gehalten, der seine Taten nach dem Vorbild einer abgedrehten Manga-Serie beging. Claudia hielt es absolut für möglich, dass ein Deutscher Matsumoto ein Schwert in die Hand drückte und ihn mit vorgehaltener Waffe dazu zwang, sich selbst den Bauch aufzuschlitzen, nur um ihn dann doch zu erschießen …

Jetzt hatten sie außerdem noch den eher unkonkreten Hinweis von dem alten Henningsen erhalten, dass da eine Frau im Spiel sein könnte. Aber auch das blieb erst einmal ohne jeden Zusammenhang. Außerdem, selbst wenn Matsumoto Liebeskummer hatte – würde er sich deswegen gleich in den Kopf schießen lassen? Oder würde ein gehörnter oder aus anderen Gründen eifersüchtiger Nebenbuhler das tun? Bisher sprach nichts dafür.

Auf der Fahrt von Henningsen zurück ins Präsidium hatten sie sich deswegen sogar gestritten. Der Auslöser war, dass Claudia meinte, Henningsen sei ein alter Nazi.

»Glaubst du das wirklich?«, hatte Takeda voller Ernsthaftigkeit gefragt.

»Ja, Nazi im Sinne von Vollidiot.«

»Ich verstehe. Es ist also nur ein Schimpfwort.«

»Aber eines, das passt. Ich meine, das Gerede von ihm war doch unerträglich, oder? Todesstrafe, keine Deutschen mehr in Hamburg, junge Leute, die angeblich alle weich in der Birne sind – und Muslime lässt er nicht ins Haus! Ein kleiner Nazi-Vorwurf ist da doch nicht übertrieben, oder? Sei nicht immer so kleinlich.«

»Ich bin nicht kleinlich. Ich versuche nur, genau zu sein.«

»Das meine ich ja.«

Daraufhin flogen für ein paar Minuten ziemlich die Fetzen zwischen ihnen; vermutlich hatten sie geklungen wie ein altes Ehepaar. Claudia hatte es irgendwie sogar gefallen. Normalerweise konnte sie sich nämlich nicht mit Männern streiten. Oder nein, es war noch anders. Sie konnte sich sehr wohl mit Männern streiten, aber das war in aller Regel dann auch das Ende der Beziehung. Sie hatte einfach nicht die Geduld, nicht den Optimismus, um bis zu einer Versöhnung durchzuhalten. Gudrun hatte es ihr oft genug vorgeworfen und gemeint, dass Streit einfach dazu gehöre und es falsch sei, sofort Reißaus zu nehmen, sobald es mal mit einem Mann ein bisschen schwierig wurde. Sie hatte ja recht, aber die kopfmäßige Einsicht allein half Claudia nicht weiter. Ihr Fluchtinstinkt war einfach stärker und setzte sich jedes Mal durch.

Takeda war da eine rühmliche Ausnahme. Mit ihm konnte sie sich herrlich streiten, und trotzdem freute sie sich drauf, ihn danach wiederzusehen.

Na ja, andererseits stand das für nichts. Schließlich hatte sie mit Takeda keine Beziehung. Nicht einmal eine Affäre. Er war ein Kollege. Sonst nichts.

Und trotzdem war es ein Fortschritt. Irgendwie.

Claudia setzte den Blinker und nahm den Abzweig, der zur Arena führte. Im Schritttempo fuhr sie weiter und erreichte den großen Parkplatz vor dem Trainingsgelände, wo sie am Vormittag mit Takeda gewesen war.

Im Zweifel war sie sowieso zu spät dran, und niemand wäre mehr hier. Ihre Blicke glitten über die wenigen abgestellten Autos.

Doch sie hatte Glück. Dort stand der beige SUV mit der großformatigen Aufschrift auf der Seite.

Claudia blickte sich um, sah aber niemanden in der Nähe. Auch das Trainingsgelände schien verlassen zu sein. Im Zweifel waren die Spieler im Inneren der Arena, trainierten im Kraftraum oder wurden massiert.

Sie stieg aus, zog ihr Smartphone aus der Tasche und machte ein paar Aufnahmen von Delibasics Fahrzeug. Dann stieg sie wieder ein, fuhr vom Stadiongelände hinunter und fädelte sich auf der Straße in Richtung Rahlstedt ein.

15.

Inspektor Takeda saß an seinem Küchentisch und aß laut schmatzend ein Cup-Noodle-Gericht mit der Geschmacksrichtung Krabbe und Kimchi. Es war ganz gut, dass Claudia nicht dabei war, unter anderem wegen der Lautstärke, mit der er die Nudeln in den Mund saugte. Aber nicht nur deswegen. Immer wenn Takeda eines der praktischen Schnellgerichte in einer Styroporschüssel im Präsidium aß, kritisierte sie ihn dafür. Sie hielt ihm vor, dass er – abgesehen von dem ganzen Müll, den er produzierte – zu wenige Nährstoffe, dafür aber zu viele Geschmacksverstärker zu sich nehme. Sicher, mit alldem hatte sie recht. Aber er liebte die in wenigen

Minuten fertig zubereiteten Ramen-Nudeln nun einmal. Da war er durch und durch Japaner.

Takeda stellte die Schüssel ab, beugte sich vor und betätigte ein paar Tasten an seinem Laptop, der ebenfalls auf dem Tisch stand. Er recherchierte schon seit Stunden über die Shinshūkyō, die sogenannten neuen Religionen in seiner Heimat. Entgegen der landläufigen Meinung gehörten keineswegs alle Japaner dem Shintoismus oder Buddhismus an. Millionen seiner Landsleute hatten sich dem eher kuriosen Glaubens-Mix einer der kleineren Glaubensgemeinschaften verschrieben, die in der Regel Elemente der großen Weltreligionen mit Vorstellungen von Geistern oder paranormalen Fähigkeiten verbanden.

Die schlagzeilenträchtigste der Neureligionen war zweifellos die *Aum*-Sekte gewesen. Ihr blinder, aber charismatischer Anführer Shōkō Asahara war besessen gewesen von der Vorstellung des nahenden Weltuntergangs. In seinem Auftrag hatte die Sekte im Jahr 1995 in der Tokioter U-Bahn einen Anschlag mit dem Giftgas Sarin verübt, bei dem ein gutes Dutzend Menschen ums Leben gekommen und Tausende verletzt worden waren. Asahara war, nachdem er lange Jahre im Gefängnis gesessen hatte, schließlich gehängt worden.

Eine neue Internetseite baute sich auf dem Bildschirm auf, die ihm weitere Informationen über die *Tōzaikai* lieferte, die Shinshūkyō, der Ryūtarō Matsumoto angehört hatte. Übersetzt bedeutete der Name Ost-Westliche-Gesellschaft, was ein eher nichtssagender Name zu sein schien. Die Sekte war mit knapp zweihunderttausend Anhängern eine eher kleine Shinshūkyō. Einige dieser Anhänger stammten auch aus dem Ausland, insbesondere aus Russland und Westeuropa und hier vor allem aus Deutschland. Insofern durfte es Takeda nicht wundern, dass die *Tōzaikai* auch in Hamburg einen Tempel unterhielt, genau wie Klaus-Heinrich Henningsen gesagt hatte.

Der Glaube der Gemeinschaft basierte offenbar auf Versatzstücken aus verschiedenen Naturreligionen, darunter dem Shintoismus, dem koreanischen Schamanismus, aber auch alten europäischen Glaubenssystemen wie dem keltischen Druidentum und dem germanischen Götterglauben. Im Kern der Sekte stand allerdings der Zen-Buddhismus, was insofern nicht überraschte, da sie in den fünfziger Jahren von einem Zen-Anhänger gegründet worden war. Hidekazu Kawamura, von seinen Anhängern respektvoll Kawamura Rōshi genannt, also weiser Lehrer, hatte zu seinen Lebzeiten als hochgebildeter Mann gegolten. Unter dem Eindruck des Zweiten Weltkrieges hatte er sich von den bestehenden Religionen abgewandt, da die den Krieg ja nicht hatten verhindern können. Stattdessen wollte er eine wahrhafte Weltreligion gründen und nahm daher viele Elemente aus Ost und West in seinen Glauben auf. Der Zen-Buddhismus bildete das Zentrum seiner Lehre, da der Zen ja als *Glaube ohne Glaube* galt, also ohne große theologische Konstrukte oder Dogmen auskam. Er gründete in erster Linie auf seiner spirituellen Praxis, dem so genannten *Zazen*, also der sitzenden Meditation.

All das erklärte das Emblem der *Tōzaikai*, das Takeda zum ersten Mal in der Wohnung des toten Ryūtarō Matsumoto gesehen hatte und vor dem Claudia so sehr erschrocken war. Unter dem buddhistischen Hakenkreuz war eine meditierende Buddha-Figur zu sehen. Dahinter war eine palmenartige Pflanze mit zwei großen Blättern abgebildet, welche die verschiedenen Naturreligionen symbolisierte.

Takeda, der seit Stunden auf den Bildschirm starrte, rieb sich die geröteten Augen. Dann räkelte und streckte er sich, stand schließlich auf und ging durch die Räume seiner Wohnung, bevor er sich wieder hinsetzte. Er war müde, sehnte sich nach Schlaf, dachte aber nicht daran, ins Bett zu gehen.

Die Recherche über die Sekte hielt ihn gefangen. Besonders fesselten ihn Berichte darüber, dass die *Tōzaikai* offenbar trotz der bescheidenen Mitgliederbasis über erhebliche finanzielle Mittel verfügte. Von den Anhängern wurden regelmäßig finanzielle Zuwendungen erwartet, natürlich freiwillig. Gerade die Prominenten unter ihnen schienen erhebliche Beiträge zu leisten. Matsumoto wurde auf der Webseite zwar nicht erwähnt, dafür jedoch andere Sportler und Fernsehstars, die große Summen gespendet hatten. Mit dem Geld, so erfuhr Takeda, leistete die Glaubensgemeinschaft unter anderem weltweite Friedensarbeit. Viele Anhänger gingen dafür auch in gefährliche Krisenregionen, wo sie sich unter Einsatz ihres Lebens für die Bevölkerung einsetzten. Allein im Irak und Syrien waren dabei in den zurückliegenden Jahren mehrere *Tōzaikai*-Anhänger ums Leben gekommen. Es war ein offenes Geheimnis, dass die Schulung im Zen-Buddhismus die Anhänger der Sekte besonders mutig agieren ließ. Kritiker wiederum sprachen von Verwegenheit oder Leichtsinn.

Takeda dachte an sein Gespräch mit Ludger Terzian zurück und die Tatsache, dass Matsumoto *Seppuku* verübt haben könnte. Dass der Fußballer sich nun als Anhänger des Zen-Buddhismus – wenn auch in einer etwas kuriosen Stilrichtung – entpuppte, bestärkte diese Vermutung. Schließlich bestand eine gewisse Wahlverwandtschaft zwischen den japanischen Samurai und der Zen-Richtung des Buddhismus. Beiden wurde so etwas wie Todesmut, wenn nicht gar Todesverachtung nachgesagt, den Samurai im soldatischen Sinne, den Zen-Buddhisten im spirituellen Sinne. Diesen wie jenen ging es darum, das eigene Ich zu überwinden und so Erleuchtung zu erlangen. Einher ging damit, die Angst vor dem Tod hinter sich zu lassen, schließlich war man nur noch ein Teil des großen Ganzen. Tatsache war, dass die Samurai, die von ihren Führern zum *Seppuku* verurteilt worden waren, sich zuvor oft wochenlangen Zen-Übungen hingaben, um sich auf ihren Tod vorzubereiten.

Takeda konnte zwar noch nicht genau sagen, wohin ihn diese Erkenntnisse führten, aber er war sich sicher, dass sie am Ende zur Aufklärung des Falles beitragen würden. Auch wenn Matsumoto in Deutschland zu Tode gekommen war, so erschien es ihm immer mehr so, dass sein Tod etwas durch und durch Japanisches war.

Takeda überlegte gerade, ob er sich noch eine weitere Cup-Noodle-Portion gönnen sollte, als es an der Tür klingelte. Er sah auf die Uhr. Es war schon nach elf und damit reichlich spät für einen überraschenden Gast. Dann aber erschien ein Lächeln auf seinem Gesicht. Es konnte nur Claudia sein, die da klingelte. Sie war der einzige Mensch, den er in Hamburg kannte, der um eine solche Uhrzeit unangekündigt in seiner Wohnung auftauchen würde. Hatte sie vielleicht im Laufe des Abends etwas für den Fall Entscheidendes entdeckt, das sie mit ihm besprechen wollte?

Takeda ging in den Flur und drückte den Türöffner. Durch die angelehnte Wohnungstür sah er, dass im Treppenhaus das Licht betätigt wurde, dann hörte er Schritte auf der Treppe.

Kurz darauf tauchte am letzten Treppenabsatz die schlanke Gestalt einer Frau auf. Aschblond, attraktiv, mit einem vielversprechenden Lächeln auf den Lippen.

»Oh«, sagte Takeda.

»Das klingt nicht wirklich erfreut«, sagte sie lächelnd.

»Angelika ... es ist nur, ich hatte dich nicht erwartet.«

Es war Angelika, deren Nachnamen er nicht einmal kannte, die Frau, die bei der Essenseinladung neben ihm gesessen hatte – und der er doch eigentlich zu verstehen gegeben hatte, dass er kein Interesse hatte.

Offenbar war sein Signal nicht deutlich genug gewesen.

»Ich hätte anrufen sollen, oder?«, fragte sie, sah ihn dabei aber keck an.

»Nein, äh, es ist nur ...«

»Ich war in der Nähe, Kenjiro. Und da dachte ich, ich schaue einfach mal spontan bei dir vorbei. Ich fand, dass wir uns gut verstanden haben. Und, na ja, wir könnten vielleicht einen Tee trinken.«

»Einen Tee?«

»Oder einen Kaffee.«

Inzwischen war Angelika dicht an den Inspektor herangetreten. Er roch ihre Haut, ihr Parfum, erhaschte, als sie ihr langes Haar mit einer schwungvollen Bewegung nach hinten warf, einen Blick auf ihren makellosen Nacken.

»Dann äh … komm doch rein, Angelika. Es ist nett, dass du mich besuchst.«

»Schön, dass du dich freust. Ich frage mich nur … na ja, ob du dich anziehst? Oder ob ich mich ausziehen soll?«

Takeda sah sie ratlos an. Angelika lächelte spöttisch und ließ ihren Blick demonstrativ an Takeda herabgleiten. Erst jetzt wurde dem Inspektor bewusst, dass er nur eine Boxershorts und ein T-Shirt trug.

»Stimmt. Das ist eine gute Frage«, sagte Takeda und gab die Tür für sie frei.

16.

Ein paar Stunden zuvor, am frühen Abend, erreichte Claudia den Flachdachbungalow in Rahlstedt, in dem Rüdiger Stork wohnte. Der Bau stammte aus den siebziger Jahren. Milchverglaste Haustür, Kieselvorgarten, daneben ein Carport. Die Siedlung lag im Schatten einiger hochgeschossiger Sozialbauten, deren Balkone mit alten Möbeln, Krimskrams und Müll vollgestellt waren. Claudia konnte sich gut vorstellen, dass die Bewohner der Bungalows jeden Tag hinüber zu den Hochhäusern blickten und dabei das gute Gefühl hatten, es irgendwie geschafft zu haben.

»Ich hatte in der Zentrale der Bewachungsfirma angerufen, aber dort sagte man mir, dass Sie heute frei haben, Herr Stork«, sagte Claudia, nachdem der alte Mann ihr die Tür geöffnet hatte.

»Ja, ja, das stimmt. Ich mache nur drei Nächte in der Woche. Ich bin neunundsechzig Jahre alt. Mehr schaffe ich nicht.«

Claudia kramte ihr Handy aus der Tasche. »Ich möchte Ihnen ein Foto zeigen und wissen, ob Sie darauf den Wagen erkennen, den Sie am Tatabend auf dem Hof gesehen haben.«

»Komm doch rein, min Deern. Es ist zu kalt, um das an der Tür zu erledigen.«

»Das muss nicht sein. Es geht ganz schnell.« Sie wischte mit klammen Fingern auf ihrem Bildschirm herum, um das Bild zu öffnen, dass sie auf dem Parkplatz des HSV geschossen hatte.

»Ich habe Tee da. Schön heiß. Wenn Sie wollen, auch mit Schuss.« Stork sah sie mit einem vorsichtigen Lächeln an, das eigentlich eine Bitte war.

»Ach, warum nicht. So eilig habe ich es nicht«, sagte Claudia. Sie folgte Stork durch einen engen Flur, rechts die Kellertreppe, links Gästeklo und Garderobe. Sie traten ins Wohnzimmer. Polstermöbel, Schrankwand, Fernseher, Essecke. An den Wänden hingen Kinderfotos, Enkelfotos, Hundefotos. Claudia stellte sich davor und fragte: »Wie viele Enkel haben Sie?«

Storks Miene erhellte sich. »Drei. Zwei Jungen, ein Mädchen. Der älteste, Hinnerk, ist jetzt auch schon ... fast zwanzig. Als Junge war der oft hier. Die Mädchen gehen noch zur Schule. Miriam ist gerade für ein Jahr in Amerika. Wer hätte das gedacht, dass es einer von uns mal soweit bringt. Bildhübsch, die Mädchen.«

»Und Ihre Kinder?«, fragte Claudia. Sie sah sich die Fotos an und war nicht sicher, welche der Erwachsenen Storks Kinder waren, welche eingeheiratet. Die Bilder durften einige Jahre alt sein, und da waren sie schätzungsweise in ihrem Alter, müssten jetzt also Anfang oder Mitte vierzig sein.

Stork machte sich in der Küche zu schaffen, rief durch die geöffnete Tür: »Sandra ist die Älteste. Die mit den roten Haaren. Und Oliver ist der Jüngere, der mit der hübschen Frau.«

Claudia beugte sich vor, besah sich ein Foto, das ein Paar vor einem Wohnmobil zeigte. Die beiden Kinder, die offenbar zu ihnen gehörten, waren auf dem Bild knapp vor dem Teenageralter. Es stimmte, die Frau hatte lange braune Haare, große Augen, war wirklich hübsch. Im Hintergrund des Bildes sah man einen von Nadelbäumen umsäumten See, in dem sich der Himmel spiegelte.

»Wo ist das Foto aufgenommen worden?«, fragte Claudia.

»In Schweden. Die sind immer nach Schweden, jedes Jahr. Camping. Mit dem Wohnmobil. Das war noch in den guten Zeiten.«

Claudia wollte fragen, was er damit meinte, als Stork mit einem Tablett ins Zimmer kam, darauf zwei Becher mit gezeichneten Hunden drauf, eine Teekanne, eine Flasche Hansen-Rum.

War es wirklich heute gewesen, fragte Claudia sich, dass sie im Büro der Firma Henningsen gesessen und ebenfalls Tee getrunken hatte? Aus Tassen, die so edel und teuer waren, dass sie hier, in dieser Umgebung, grotesk gewirkt hätten?

Stork setzte sich auf einen Sessel und deutete auf das Sofa. »Nehmen Sie Platz, Frau Kommissarin. Wollen Sie Ihren Tee pur oder doch lieber mit Schuss?« Er zeigte auf die Rumflasche, lächelte dazu.

»Ach, warum nicht. Ich nehme einen.«

»So ist recht. Bei dem Wetter kann ein guter Schluck nicht verkehrt sein.«

Claudia hatte ihr Handy längst wieder eingesteckt. Stork erklärte ihr, was es mit den guten und den weniger guten Zeiten auf sich hatte. Storks Sohn Oliver hatte vor einigen Jahren in die Kasse seiner Firma gegriffen. Erst waren es nur ein paar hundert Euro gewesen, aber weil das niemand merkte, war er mutiger geworden und hatte sich bei den Tausendern bedient. »Der war völlig von Sinnen. Wie konnte er das nur tun? Von uns hat er das nicht ... Sein Chef wollte auf eine Anzeige verzichten, wenn Oliver den Schaden beglich. Konnte er natürlich nicht, also hat er uns, seine Eltern, angepumpt. So viel hatten wir doch auch nicht. Wir haben einen Kredit aufgenommen und haben ihm das Geld gegeben. Aber sein Chef, der hat nie etwas davon gesehen. Oliver hat gespielt. Das wussten wir damals bloß nicht.«

Claudia nickte nur. Sie hörte solche Geschichten oft. Das brachte ihr Job mit sich. Aber das hier war etwas anderes. Sie saß doch schon längst nicht mehr als Kommissarin hier. Darum ließ sie es an sich ran. Sollte sie vielleicht besser nicht tun.

Stork atmete seufzend aus. »Es ist alles kaputt gegangen. Oliver war im Knast, seine Frau ist gegangen und hat die Kinder mitgenommen. Für meine Frau war das noch schlimmer als für mich.

Ich weiß nicht, was ihr mehr weh tat, dass ihr Sohn ein Verbrecher ist oder dass er einfach nicht mehr kam, nach der Entlassung. Er konnte uns einfach nicht mehr in die Augen sehen. Sie ist krank dran geworden. Heute weiß ich nicht einmal mehr, wo er lebt … ach, lassen wir das. Was ist mit Ihnen, Frau Kommissarin? Haben Sie Familie? Kinder?«

Claudia trank einen zweiten Grog. Sie fragte sich, wie sie jemandem wie Stork von ihrem Leben erzählen sollte. Davon, dass sie Single war und alle Beziehungsversuche gegen die Wand fuhr, weil sie einfach nie mit irgendetwas und irgendwem zufrieden war.

Also erzählte Claudia davon, dass sie sich gegen den Lebensweg entschieden hatte, den ihre Eltern für sie vorgesehen hatten. Kein Jurastudium, keine Karriere bei der Staatsanwaltschaft, sondern Polizistin. Sie machte das gerne. Aber gut fürs Privatleben war so ein Job halt nicht. Abends arbeiten, nachts arbeiten, mit Leuten Umgang haben, mit denen man eigentlich kein Wort wechseln wollte. Und nein, sie hatte keine Kinder und nicht einmal einen Mann. Noch wäre beides möglich, aber vielleicht wäre sie einfach nicht gemacht dafür.

Stork nickte und sagte mit leichter Stimme, ganz ohne Vorwurf: »Alles hat seinen Preis. Sie müssen wissen, dass sie am Ende, wenn Sie so alt sind wie ich, ganz allein dasitzen werden.«

»Das tun Sie doch auch«, sagte Claudia, bereute ihren Spruch aber gleich darauf.

Stork blieb gelassen, er lächelte sogar. »Sicher. Aber ich habe meine Erinnerungen. Sie werden sich vielleicht nur daran erinnern, dass Sie nie den Mut hatten, sich zu entscheiden.«

Claudia senkte den Blick. Sie trank von ihrem Grog aus der kitschigen Hundetasse. Er schmeckte ihr so viel besser als der Tee bei Henningsen am Mittag. Weniger Aroma, aber mehr Wärme. In jeder Beziehung.

Claudia blieb bis spät am Abend bei Stork, sah sich Fotoalben an, hörte Geschichten von Urlauben und sonnigen Zeiten. Schließlich brachte sie das mit der Aufnahme von Delibasics Auto hinter sich. Stork blickte lange auf das Bild. Er war sich nicht sicher. Aber eher nicht. Vielleicht lag es an der Farbe des Wagens, vielleicht an der Schrift. Er konnte es nicht genau sagen, aber nein, jetzt wollte er sich doch festlegen. Das war nicht der Wagen, den er auf dem Hof gesehen hatte.

Claudia bedankte sich, stand dann in der Kälte vor dem Haus. Gleich würde sie in ihr Auto steigen und nach Hause fahren, wo niemand auf sie wartete.

17.

Kriminalhauptkommissar Horst Kröger blickte mit hungrigen Augen auf seine beiden Mettbrötchen. Er rieb sich freudig die Hände, biss dann herzhaft in eine der Brötchenhälften und sagte mit vollem Mund: »Mensch, Takeda. Solltest du unbedingt mal probieren. Gibt nichts Besseres als ne Metthälfte zum Frühstück. Dazu eine Tasse guten Kaffee, und du hast Power bis zum Mittagessen. Na ja, oder du haust dir vormittags noch ne Kleinigkeit rein …«

Mit diesen Worten schob der treuherzige Kröger seinen Teller zu Takeda hinüber, bellte gleichzeitig in Richtung der Tresenkraft in der Polizeikantine: »Gisela! Mach mal noch zwei Mett, eins für mich, eins für unseren Pokemon. Der fällt uns sonst noch vom Fleisch.«

Gisela bestätigte lachend die Bestellung. Takeda nickte gequält und sagte: »Danke, Herr Kröger.«

»Kein Problem. Und jetzt sag endlich Horst zu mir, wir sind doch Kollegen! Und die Harms, die duzt du doch inzwischen auch … das ist ja fast schon verheiratet.«

Der Inspektor blickte Kröger überrascht an. Der lachte lauthals heraus, so dass sich ein Regen voller Brötchenkrümel und Mettstücken über den Tisch ergoss.

»War nur ein Spruch, Takeda. Du weißt doch, was ich von der

Harms halte. Die ist ne Drahtbürste, jedenfalls nach außen. Aber da drin …« Kröger klopfte sich auf den Brustkorb. »… ist sie ein Goldstück.«

Takeda musste lächeln. Die Formulierung mit der Drahtbürste wäre ihm nicht unbedingt eingefallen, aber sie traf zweifellos zu. Genau so war Claudia. Rau und oftmals ungefällig nach außen, aber mitfühlend und verletzlich im Inneren. Eine anstrengende Mischung. Doch auch eine ganz besondere.

Takeda musste an den Moment denken, als Angelika gestern Abend in seine Wohnung gekommen war. Mit ziemlich eindeutigen Absichten. Er hatte sich ganz japanisch gegeben, jedenfalls nach außen hin, und eben das getan, was sie besprochen hatten. Er hatte Tee gekocht. Insgesamt drei Kannen, eine nach der anderen. Zuvor hatte er sich etwas übergezogen. All das waren Botschaften, die sie, wenn auch widerwillig, verstand. Am Ende hatte Angelika sich mit einem Wangenkuss und einem bedauernden Schulterzucken von ihm verabschiedet. Auch ihm hatte es leidgetan. Aber es war nicht zu ändern. Er hatte sich entschieden.

Takeda trank einen Schluck Kaffee, fasste sich dann ein Herz und biss in das Brötchen, das Kröger ihm herübergeschoben hatte. Es war gewöhnungsbedürftig. Nicht nur wegen des Fleisches, sondern vor allem wegen der rohen Zwiebelringe. Vielleicht sollte er künftig immer etwas Mett zuhause haben, um es überraschendem Damenbesuch anzubieten. Das dürfte sicherlich schneller wirken, als Unmengen an Tee zu kochen.

Zu Kröger gewandt sagte er, nun ebenfalls mit vollem Mund: »Morgen bringe ich ein japanisches Frühstück für dich mit, Horst. Du wirst es lieben, das verspreche ich dir.«

»Was isst man denn da so?«

»Allerlei Kleinigkeiten. Ein Stück gerösteten Fisch mit Sojasauce, Algensalat, eingelegtes Gemüse, vielleicht ein paar Fischrogen. Und natürlich eine Schale Reis mit einem rohen Ei darauf.«

Kröger blickte ihn mit wässrigen Augen an. »Ach, lass mal, Ken. Ich bin mit meinen Brötchen ganz zufrieden.«

Takeda besorgte sich einen weiteren Kaffee. Er war müde, da er, nachdem Angelika gegangen war, mehr oder weniger die ganze Nacht durchgearbeitet hatte. Er war den gesamten Stapel an Notizen, Rechnungen, Behördenschreiben und auch privaten Briefen durchgegangen, die er aus Matsumotos Wohnung mitgenommen hatte. Offenbar hielten dessen Eltern – zumindest seine Mutter – nichts von E-Mails, sie schrieb per Hand. Es waren in schöner Schrift verfasste Briefe, in denen sie über Alltäglichkeiten berichtete, über das Wetter, den Garten, die Nachbarn. In einigen Passagen nahm sie Bezug auf Briefe, die Matsumoto offenbar seinerseits geschickt hatte. In den frühen Schreiben aus dem letzten Jahr drückte er Freude über seinen Aufenthalt in Hamburg aus und dass er sich in der Mannschaft gut aufgenommen fühlte. Die jüngeren Briefe hingegen zeigten recht deutlich, dass sich Matsumoto verändert hatte und in einer Krise befand. Die hatte offenbar in den ersten Tagen des Januars begonnen. Aus den Briefen ging allerdings nicht hervor, was in jener Zeit vorgefallen sein könnte. Die Mutter tröstete ihren Sohn, riet ihm, seine Zuversicht nicht zu verlieren, die Dinge würden sich sicherlich wieder zum Guten wenden. In einem Brief, der Matsumoto vor rund vier Wochen erreicht hatte, zeigte sich die Mutter ernsthaft besorgt. Aus den Zeilen konnte Takeda herauslesen, dass sie ihren Sohn auch angerufen hatte. Matsumoto hatte offenbar seinen bevorstehenden Tod angedeutet. Dann aber stieß Takeda auf einen nur wenige Tage alten Brief, der zeigte, dass der Fußballer die Talsohle seiner Niedergeschlagenheit überwunden, seine Ängste hinter sich gelassen hatte. Von Problemen oder gar Tod war keine Rede mehr. Die Mutter zeigte sich erleichtert und freute sich über seinen neuen Lebensmut.

Nachdem Takeda die Unterlagen gesichtet hatte, hatte er im Internet die neuesten japanischen Nachrichtensendungen gesehen. In mehreren Clips war eben diese Mutter zu sehen, deren Briefe er soeben gelesen hatte. Sie stand mit Ryūtarōs Vater vor ihrem Häuschen in Saitama und wurde von Journalisten belagert. Die Mutter – sie hieß Emiko und war etwa fünfzig Jahre alt – weinte vor den Kameras, während der Vater – Hideyo, er war im selben Alter – mit letzter Kraft versuchte, seine Fassung zu bewahren. Gefragt, ob er sich vorstellen könne, was mit Ryūtarō geschehen sei, schüttelte er wütend den Kopf, sagte, dass sein Sohn nur das zufällige Opfer eines Wahnsinnigen geworden sein könne. Und er erwähnte genau das, was Takeda auch den Briefen entnommen hatte, nämlich dass Ryūtarō Matsumoto nach einer Zeit der Niedergeschlagenheit wieder zu neuer Zuversicht gelangt sei, was seinen Tod umso tragischer mache.

Takeda riss sich aus seinen Gedanken los, ließ seinen Blick durch die Kantine schweifen. Kröger, der ihm immer noch gegenübersaß, war in die allmorgendliche Lektüre der Bild-Zeitung vertieft. Andere Kollegen saßen in Gruppen beisammen, sprachen über Fußball, Fernsehserien, neue Handymodelle, geplante Urlaube. Takeda merkte, wie sehr er sich bereits an diese so typisch deutsche Mischung aus biederer Ernsthaftigkeit und verbeamteter Gemütlichkeit gewöhnt hatte. Einige der Kollegen verbrachten nicht unbeträchtliche Teile ihres Arbeitstages eben hier in der Kantine. Es hielt sie nicht davon ab, auf jede Nachfrage nach ihrem Befinden laut über den unglaublichen Stress zu klagen. Verwunderlich daran war weder die vermeintliche Faulheit der deutschen Kollegen noch ihre dreisten Lügen, sondern die Tatsache, dass sie in Wahrheit eben trotzdem ungeheuer fleißig und pflichtbewusst waren. Vielleicht sogar mehr als seine japanischen Landsleute, die sich eine solche Lockerheit nach außen hin nicht erlaubten und brav an ihren Schreibtischen saßen, dort aber eben auch nicht unbedingt produktiv waren.

Takeda warf einen Blick auf seine Uhr, leerte dann den letzten Schluck aus seiner Kaffeetasse. Horst Kröger gähnte, sah ihn dann fragend an. »Was denn? Ist es schon so weit?«

»Lagebesprechung. Wir sind sogar schon fünf Minuten zu spät.«

»Also pünktlich.«

Takeda lachte. »Das wollte ich damit sagen.«

18.

Der Tempel der *Tōzaikai* befand sich im Stadtteil Harvestehude, eine von Hamburgs besten Lagen. Auf der Suche nach der richtigen Adresse fuhren Takeda und Claudia eine kopfsteingepflasterte Allee hinunter, die von herrschaftlichen Villen gesäumt wurde. An den Pforten der Vorgärten sahen sie Messingschilder mit den Namen großer Anwaltskanzleien und exklusiver Ärztegemeinschaften. Hier sollte der Tempel einer buddhistischen Sekte sein? Es bewies in erster Linie, dass die *Tōzaikai* wirklich viel Geld haben musste, ganz so, wie es Takeda im Internet gelesen hatte.

Hinter ihnen lag eine kurze Lagebesprechung, gefolgt von einer umso längeren Pressekonferenz. Das Hamburger Präsidium hatte selten einen solchen Ansturm an Pressevertretern aus dem In- und Ausland erlebt wie an diesem Vormittag. An die zweihundert Journalisten von Zeitungen, Radio- und Fernsehstationen aus der ganzen Welt waren erschienen und hatten sie mit Fragen bombardiert. Fast zwei Stunden lang mussten Claudia und Takeda, unterstützt von Sauer und den Kollegen von der Presseabteilung, immer neue, immer blumigere Worte dafür finden, dass sie bisher noch keine Ahnung hatten, was hinter Matsumotos Ermordung steckte.

Danach folgte noch eine kurze, aber umso unangenehmere Unterredung mit Sauer und dem Polizeipräsidenten, zu der dann, ganz zufällig natürlich, auch noch der Hamburger Innensenator stieß. Der Politiker machte keinen Hehl daraus, dass japanische Dienststellen, von der Polizei bis zum Innenministerium, hinter den Kulissen gehörigen Druck ausübten. Von diplomatischen Verwerfungen und einem bröckelnden Vertrauen Japans in die deutschen Sicherheitsbehörden war die Rede – und davon, dass Takedas Tage in Hamburg gezählt sein könnten, sollte nicht schnellstmöglich ein Täter präsentiert werden.

Claudia wollte sich gerade zum vierten oder fünften Mal über den Senator auslassen, als Takeda abrupt den Wagen stoppte. Er deutete aus dem Fenster. Sie waren angekommen, und ihre Erwartungen wurden sogar noch übertroffen. Das, was sich Tempel nannte, war eine prachtvolle Gründerzeit-Villa, die zudem noch frisch saniert zu sein schien. Hohe Fenster, Stuck, ein makellos gepflegter Vorgarten im japanischen Stil. Neben der Klingel war ein Emblem, das den Buddha und die Palme zeigte. Auf das Hakenkreuz hatte man offenbar aus guten Gründen verzichtet.

Nachdem sie geklingelt hatten, öffnete ein junger Mann die Tür und führte sie in einen Vorraum. Er würde die Äbtissin des Tempels sofort informieren, erklärte er, sie sollten bitte warten und schon einmal die Schuhe ausziehen. Claudia wollte protestieren, aber da stand Takeda schon in Socken neben ihr. Sie fügte sich in ihr Schicksal. Dann ermittelte sie halt auf Strümpfen.

Kurz darauf erschien Beate Rödinger, die Leiterin des Tempels, die offenbar den Rang einer Äbtissin bekleidete. Claudia schätzte sie auf Mitte vierzig. Sie war attraktiv, Typ esoterische Heilpraktikerin, hatte lebhafte, wache Augen, denen nichts entging. Ihre Kleidung war schlicht, aber elegant, Leinen, Erdtöne, einfacher Schnitt. Um den Hals trug sie eine Art Lätzchen mit einem japanisch wirkenden Muster, es hatte wohl mit ihrer Stellung als Tempelvorsteherin zu tun.

»Sie sind bestimmt wegen Ryūtarō hier, richtig?«, fragte die Äbtissin.

»Ja. Soweit wir wissen, war er ein Mitglied Ihrer Glaubensgemeinschaft«, erklärte Claudia.

Rödinger nickte. »Ryūtarō gehörte seit einigen Jahren zur *Tōzaikai,* war also bereits in Japan Mitglied. Er hat uns noch am Tag seiner Ankunft in Deutschland das erste Mal aufgesucht und war seitdem regelmäßig hier, um an den Meditationen teilzunehmen, zumindest wenn es sein Training zuließ. Sie können sich vorstellen, dass wir alle sehr schockiert über das sind, was passiert ist.«

Ihre Worte waren aufrichtig gemeint, das war zu spüren. Claudia erklärte: »Wir sind hier, weil wir mehr über ihn erfahren wollen, besonders über die Menschen, mit denen er Umgang hatte. Aber wir interessierten uns natürlich auch ganz allgemein für ihre … äh … Sekte.«

Die Äbtissin lächelte zwar weiter, sagte aber mit etwas kühlerer Stimme: »Ich gebe zu, dass wir das Wort Sekte nicht gerne hören, auch wenn es im religiösen Sinne nicht falsch ist. Es hat aber hier in Deutschland einen unguten Klang. *Tōzaikai* ist seit vielen Jahren vom japanischen Kulturamt als Glaubensgemeinschaft anerkannt, der jetzige Ministerpräsident war sogar Gast bei der Eröffnung unseres neuen Haupttempels in Tokio. Die UNO hat uns für unsere internationale Friedensarbeit offiziell ausgezeichnet.«

Claudia nickte und sparte sich jeden weiteren Kommentar. Was sollte sie auch zu so einem Tsunami aus Beweisen sagen, dass es sich um eine seriöse Gruppierung handelte?

Die Äbtissin bat sie, ihr in ihr Büro zu folgen, auf dem Weg dorthin jedoch die Gläubigen im Haus möglichst nicht anzusprechen.

»Wieso? Herrscht Schweigepflicht oder so etwas?«, fragte Claudia

»Nicht generell. Aber einige unserer Mitglieder sind im Retreat. Während dieser Phasen sind sie tatsächlich angehalten, zu schweigen, jedenfalls außerhalb der *Dokusan*, der Einzelgespräche mit mir oder einem der anderen Lehrer. Wenn es Sie interessiert, kann ich Ihnen später gerne mehr dazu erklären.«

Was die Äbtissin meinte, wurde Claudia sofort klar, als sie durch eine weitere Tür in die eigentlichen Tempelräume traten. Im ersten großen Zimmer saß eine Riege von vielleicht zwölf Männern und Frauen und meditierte. Sie saßen kerzengerade da, hatten die Beine gekreuzt und den Blick gesenkt. Die Luft roch leicht nach Weihrauch. Die Räume waren ansonsten leer, nur hier und dort hing ein Rollbild an der Wand.

Claudia blieb stehen und beobachtete die Meditierenden für einen Moment. Sie war fasziniert von ihrer absoluten Regungslosigkeit und Konzentration. Ein weiterer Mann, der wie die Äbtissin ein Lätzchen vor der Brust trug, hielt eine Art Dreschflegel in der Hand. Er schritt langsam an der Reihe der Meditierenden vorbei. Dann blieb er vor einem jüngeren Mann, dessen Kopf kahlgeschoren war, stehen und murmelte einige Worte. Der junge Mann verbeugte sich, verharrte dann in einer leicht nach vorne gerichteten Haltung. Der Aufseher verbeugte sich ebenfalls, hob dann den Dreschflegel in die Höhe und ließ ihn einige Male mit Wucht auf den Rücken des jungen Mannes niedersausen. Es gab ein knallendes Geräusch, von dem sich die übrigen Meditierenden allerdings nicht irritieren ließen. Sie zuckten nicht einmal, wie Claudia feststellte. Ganz anders als sie selbst, denn ihr war schon der Anblick der Schläge in die Glieder gefahren.

»Haben Sie nicht gerade etwas von Friedensarbeit gesagt? Die Prügelstrafe haben Sie aber trotzdem, oder was?«, fragte sie, und ihr Gesichtsausdruck ließ keinen Zweifel darüber aufkommen, was sie von der Szene mit dem Dreschflegel hielt.

Die Äbtissin lächelte nachsichtig. »Sie verstehen das falsch, Frau Kommissarin. Die Tradition des *Keisaku*, so nennen wir den Holzstab, ist in vielen Richtungen des Zen-Buddhismus üblich. Es ist keine Strafe. Es hilft den Adepten dabei, mit wachem Geist zu meditieren. Wenn Sie den jungen Mann fragen, würde er Ihnen bestimmt sagen, dass ihm die Schläge gutgetan haben.«

»Gehört für mich in die Abteilung SM, aber gut, die Geschmäcker sind verschieden.«

Beate Rödinger runzelte die Augenbrauen, wies Claudia und Takeda dann mit einer Handbewegung an, ihr weiter zu folgen. In einem weiteren Raum knieten mehrere Gläubige auf dem Boden und vollführten eine Art Sprechgesang. Es waren eintönige, mehr gemurmelte als offen ausgesprochene Silbenfolgen, bei denen Claudia nicht sicher war, welche Sprache es war. Vielleicht Japanisch, aber genauso gut könnte es Chinesisch oder Indisch oder sonst etwas sein. Die Äbtissin erklärte, dass hier buddhistische Sutren rezitiert würden.

Über eine Treppe gelangten sie in den ersten Stock, wo sie ein Büro betraten, das wiederum ganz normal wirkte. Ein Schreibtisch, auf angenehme Art unordentlich, mehrere Aktenregale, Telefon, Computer, Drucker. An der Wand hingen ein paar gerahmte Fotografien und eine japanische Bildrolle, auf der ein einziger mit dicker schwarzer Tusche gemalter Kreis zu sehen war.

Sie nahmen auf zwei Besucherstühlen gegenüber des Schreibtischs Platz, Rödinger bot Tee oder Wasser an.

Claudia und Takeda entschieden sich für Tee. Die Äbtissin machte sich daraufhin an einem Sideboard zu schaffen, auf der eine japanische Teekanne und ein Wasserkocher stand. Sie schüttete ein paar Teeblätter in die Kanne, ließ das Wasser aufkochen und wartete, bis es sich wieder ein wenig abgekühlt hatte. Bei jedem Handgriff wirkte sie ruhig und konzentriert, ohne jedes überflüssige Tamtam. Claudia musste sich eingestehen, dass die Frau sie faszinierte. Einerseits schwebte sie irgendwie über den Dingen, aber andererseits war sie auch ganz auf dem Boden der Tatsachen. Normalerweise stand sie nicht auf diese Sorte selbstgestrickte Frauen. Aber bei Beate Rödinger war es anders.

Nachdem die Äbtissin drei Tassen gefüllt hatte, reichte sie sie auf einem Tablett an Claudia und Takeda. Der herbe Duft des Grüntees erfüllte das Büro.

»Bevor Sie Ihre Fragen stellen, würde ich auch gerne etwas wissen.« Rödinger blickte fragend zu Takeda, »Sind Sie wegen Matsumoto aus Japan angereist, Herr Inspektor?«

Takeda schüttelte den Kopf und erklärte in kurzen Worten, dass er seit nunmehr einem halben Jahr im Rahmen eines Austauschprogramms bei der Hamburger Kriminalpolizei arbeitete und nun mit dem Fall Matsumoto betraut war.

»Ich wusste nicht, dass es einen japanischen Inspektor bei der hiesigen Polizei gibt. Das klingt interessant, ich würde bei Gelegenheit gerne mehr darüber erfahren«, erklärte Rödinger, wobei ihre Blicke wohlwollend auf Takeda ruhten.

»Sicher, bei Gelegenheit«, fiel Claudia ihr ins Wort, »aber erst einmal sind wir dran.«

»Ja, natürlich. Verzeihung.« Die Äbtissin schenkte Claudia ein

Lächeln, das keinen Zweifel daran ließ, dass sie sie durchschaute. »Was möchten Sie wissen? Wie kann ich Ihnen bei Ihren Ermittlungen helfen?«

Takeda ergriff das Wort und sagte: »Uns hilft alles weiter, wodurch wir mehr über Ryūtarō Matsumoto erfahren, also wie er war, wie er gelebt hat, was seine Vorlieben waren. Besonders würde uns interessieren, ob es eigentlich im Vorfeld irgendwelche Anzeichen dafür gegeben hat, dass er in Schwierigkeiten gesteckt haben könnte.«

Rödinger nickte nachdenklich und schloss für einen Moment die Augen. Dann sagte sie: »Ryūtarō war ein sehr ernsthafter junger Mann. Er gehörte *Tōzaikai* seit ungefähr zwei Jahren an. Er hat die Meditationspraxis von Anfang an mit großem Einsatz betrieben. Das habe ich auch hier erlebt. Ich denke sogar, seine Entscheidung, hier nach Hamburg zu kommen, hatte damit zu tun, dass es hier einen Tempel gibt.«

»Sie meinen, es war für ihn wichtiger, als die Frage, in welchem Fußballteam er spielt?«, fragte Claudia überrascht.

Die Äbtissin wiegte den Kopf. »Das weiß ich nicht, aber ich kann sagen, dass spirituelle Dinge für Ryūtarō sehr wichtig waren. Ich denke mal, wenn ein anderes, vielleicht berühmteres Team ihm angeboten hätte, dort zu spielen, hätte er sich sicherlich dafür entschieden. Aber so war er doppelt glücklich, nach Hamburg kommen zu können, denn hier fand er beides, eine fußballerische wie auch eine spirituelle Heimat.«

Claudia wechselte einen kurzen Blick mit Takeda. Ob er auch an die Worte von Hunke dachte, dem Trainer? Der hatte gesagt, dass Matsumoto auch nach Mailand oder Paris hätte gehen können, sich aber für den HSV entschieden hatte. Die Äbtissin täuschte sich also.

Rödinger fuhr fort: »Dass Ryūtarō als Spitzensportler sich zu *Tōzaikai* und zur Zen-Meditation hingezogen fühlte, ist übrigens keine Ausnahme. *Zazen* stärkt die Konzentration, hilft dabei, weniger anfällig für Ablenkungen zu sein. Die Anhänger sind zielstrebiger, fokussierter. Darum sind einige Sportler bei uns Mitglied.«

»Sind auch andere Fußballer dabei? Vielleicht Teamkameraden von Matsumoto?«, fragte Takeda.

»Ja, tatsächlich. Es gibt einen weiteren Spieler aus Ryūtarōs Mannschaft. Er hat ihn einmal mitgebracht, und es hat ihm so gut gefallen, dass er seitdem regelmäßig herkommt.«

Claudia erkundigte sich nach dem Namen des Spielers. Rödinger nannte ihn, und Takeda nickte wissend, während sie mit den Schultern zuckte. Typisch Ken. Der hatte bestimmt schon in der Mordnacht alles über den HSV im Internet recherchiert und kannte seitdem alle Namen und wichtigen Ereignisse in der Vereinsgeschichte auswendig. Irgendwie waren alle Japaner anscheinend ein bisschen Zen-Buddhisten, sie waren konzentriert, zielstrebig und nicht so anfällig für Ablenkungen.

Claudia wartete kurz, fragte dann: »Mich würde interessieren, woran Sie und die *Tōzaikai*-Anhänger eigentlich genau glauben, jetzt im religiösen Sinne, meine ich.«

»An nichts.«

»An nichts?«, wiederholte Claudia überrascht. »Und dafür wird man dann von der Regierung als Glaubensgemeinschaft anerkannt?«

Die Äbtissin lachte auf eine sympathische Art. »Sehen Sie, Zen ist im engeren Sinne kein religiöser Glaube. Obwohl ... wir leben schon mit dem Gefühl, dem Pfad zu folgen, den der Buddha vor uns beschritten hat. Aber das ist etwas anderes, als wenn wir hier im Westen von Religion sprechen. Zen ist jenseits der Worte, jenseits theologischer Glaubenssätze. Es ist eine unmittelbare Begegnung mit sich selbst, mit der Wirklichkeit, mit der großen Stille.«

Takeda, der sich nebenbei Notizen machte, fragte: »Wenn ich es richtig sehe, dann bezieht sich *Tōzaikai* nicht nur auf den Zen-Buddhismus, sondern auch auf andere Traditionen. Welche Rolle spielen die?«

»Zur Anfangszeit von *Tōzaikai*, also in den fünfziger Jahren, haben manche naturreligiöse Vorstellungen eine Rolle gespielt. Darum ist *Tōzaikai* auch kein klassisches Zen wie die *Rinzai-* oder die *Sōtō*-Schule. Sehen Sie, unser erstes spirituelles Oberhaupt, Kawamura Rōshi, war, wie viele Japaner seiner Generation, durch die Erfahrung des Krieges und der Atombombenkatastrophen von Hiroshima und Nagasaki geprägt. Er wünschte sich nichts so sehr wie Versöhnung und Frieden auf der Welt. Die großen Religionen aber hatten sich in den Dienst der kriegführenden Länder stellen lassen. Die Naturreligionen hingegen waren unschuldig. Darum wurden gewisse, man würde sagen, heidnische Vorstellungen zu einem Teil von *Tōzaikai*. Daher rührt auch unser Name, die Ost-westliche Gemeinschaft. Heutzutage und für unsere Mitglieder aber ist in erster Linie die zen-buddhistische Meditation wichtig.«

Takeda nickte und brummte einige Male nachdenklich. Dann deutete er auf eine der Fotografien, die an der Wand hingen. Die Aufnahme zeigte einen älteren Japaner mit einem asketischen, tief zerfurchten Gesicht, von dem doch eine Art Strahlen auszugehen schien. Er fragte: »Ist das dort Kawamura Rōshi?«

»Ja, das ist unser Gründer und Großmeister. Er ist im Jahr 1981 im hohen Alter von über einhundert Jahren verstorben. Seitdem ist sein Sohn unser spirituelles Oberhaupt. Wir hoffen sehr, dass er im nächsten oder übernächsten Jahr nach Deutschland kommt, aber leider ist auch er schon in einem hohen Alter und scheut weite Reisen.«

Takeda stand auf und betrachtete das Schwarz-Weiß-Foto des greisen Japaners, der in ein traditionelles Priestergewand gekleidet war. Daneben hing ein weiteres, ebenfalls schwarzweißes Bild, das wiederum den Sektengründer zeigte, diesmal neben einem Europäer, dem er die Hand reichte. Die Äbtissin, die Takedas Blick folgte, erklärte: »Das Foto dürfte aus den fünfziger Jahren stammen. Der Mann neben Kawamura ist Karlfried Graf Dürckheim. Haben Sie schon einmal von ihm gehört? Graf Dürckheim hat als junger Mann einige Jahre in Japan gelebt und war anschließend einer der wichtigsten Vermittler des Zen-Buddhismus in Deutschland. Unser Meister und er standen bis ins hohe Alter im Austausch.«

Takeda nickte, schritt weiter zu einer weiteren Aufnahme, die aus derselben Zeit stammte. Sie war stark vergrößert und leicht unscharf. Auf dem Bild stand Kawamura Rōshi neben zwei anderen Männern, von denen einer wiederum Europäer war. Takeda kniff die Augen zusammen. »Die Männer neben Kawamura, wer sind sie?«

Beate Rödinger stand auf, trat neben Takeda und sagte: »Der etwas jüngere japanische Herr ganz rechts, das ist Heijiro Nishimori. Er ist ein alter Wegbegleiter von Kawamura Rōshi und unterstützt unsere Gemeinschaft seit vielen Jahren ausgesprochen großzügig. Auch er ist inzwischen hochbetagt.«

»Heijiro Nishimori ...«, wiederholte Takeda nachdenklich, sann dem Namen nach, schien aber nicht darauf zu kommen, wo er ihn schon einmal gehört hatte. »Und der andere, europäische Herr?«

Takeda deutete auf einen schlanken, hochgewachsenen Mann mit streng gescheiteltem Haar.

»Das ist, oder ich sollte besser sagen, war ebenfalls ein Förderer unserer Gemeinschaft, übrigens hier aus Hamburg«, erläuterte die Äbtissin. »Er heißt Theodor Henningsen, ist aber leider schon vor vielen Jahren verstorben. Herr Henningsen hat aus beruflichen Gründen lange Jahre in Japan gelebt und kannte aus jener Zeit Kawamura Rōshi. Zum Glück ist seine Verbundenheit auf seinen Sohn Klaus-Heinrich übergegangen, der inzwischen auch die achtzig Jahre überschritten hat. Ihm verdanken wir es, dass wir dieses wunderschöne Haus nutzen können. Es gehört ihm, er überlässt es uns großzügigerweise.«

Takeda und Claudia wechselten einen Blick und konnten ihre Überraschung kaum verbergen. Henningsen hatte nichts von einer solchen Verbindung zu der Sekte erwähnt.

Rödinger, der die Reaktion nicht entging, fragte: »Sie kennen Herrn Henningsen?«

Takeda schürzte die Lippen. »Nur flüchtig. Ist er ein aktives Mitglied von *Tōzaikai*?«

»Nein. Er besucht uns nur gelegentlich, etwa zu einem Vortragsabend oder wenn wir Gäste aus Japan empfangen. Seine Verbundenheit mit unserer Gemeinschaft hat wohl eher nostalgische Gründe. Herr Henningsen ist – genau wie sein Vater – ein großer Freund der japanischen Kultur. Er kümmert sich rührend um junge Japaner hier in Hamburg, die zum Beispiel hier studieren. Ich glaube, er hat auch Ryūtarō als eine Art Mentor betreut. Sie sollten unbedingt mit ihm sprechen, er kann Ihnen sicherlich einige Auskünfte über Ryūtarō geben.«

»Das werden wir sicherlich tun«, sagte Takeda ausweichend.

Er nahm wieder Platz. Als die Äbtissin anbot, weiteren Tee zuzubereiten, stimmte er genau wie Claudia bereitwillig zu. Anschließend sprachen sie eine weitere Stunde über Matsumoto und mögliche Probleme oder gar Feindschaften, die der junge Japaner in Hamburg gehabt haben könnte. Beate Rödinger beschrieb, dass Matsumoto im vergangenen Jahr, als er in Hamburg ankam, zunächst recht ausgelassen gewesen sei. Seit Anfang des Jahres aber habe sich das schlagartig geändert, der junge Mann habe niedergeschlagen und sorgenvoll gewirkt. Zu der Zeit habe er dann, offenbar um seine Depression zu überwinden, seine spirituelle Praxis deutlich ausgeweitet.

»Das heißt, er kam öfter zur Meditation?«, fragte Claudia.

»Allerdings. Er war fast täglich hier, blieb oft bis spät abends oder sogar bis in die Nacht, hat viele Stunde *Zazen* geübt. Er hatte mich gebeten, nicht darüber zu sprechen, schließlich erwarteten seine sportlichen Betreuer, dass er regelmäßig und genug schlief.«

»Wissen Sie, woher dieser religiöse Eifer kam?«

Die Äbtissin presste die Lippen zusammen, so dass sie zum ersten Mal nicht mehr lächelte. »Ich weiß nicht, ob ich mit Ihnen darüber reden darf. Ich unterliege zwar nicht im engeren Sinne einer Schweigepflicht, aber …«

Claudia und Takeda warteten, dass Rödinger fortfuhr, doch als sie stumm blieb, ergriff Takeda das Wort: »Meinen Sie nicht, dass es angesichts der Umstände besser wäre, wenn Sie ganz offen mit uns sprechen?«

Die Äbtissin sah dem Inspektor ins Gesicht, lächelte dann doch wieder, wenn auch auf eine traurige, schmerzvolle Art. »Ich will es einmal so ausdrücken. Ich habe mich zu Anfang über Ryūtarōs neu erwachten spirituellen Eifer gefreut. Mir entging allerdings nicht, dass er auf eine kämpferische, ja verzweifelte Art meditierte. So etwas mag es durchaus geben. Gerade in Phasen, in denen ein innerer Durchbruch bevorsteht, kann es sogar angebracht sein, mit dem Eifer eines Soldaten zu meditieren. Immerhin geht es um etwas, das größer ist als alles andere in unserer Existenz ... aber bei Ryūtarō konnte ich spüren, dass er ein Getriebener war, dass er sozusagen gegen etwas anmeditierte.«

»Und was könnte das gewesen sein?«

»Ich habe ihn im Rahmen der *Dokusan*, der Gespräche, die ich mit jedem Meditierenden führe, danach gefragt. Aber er hat mich nicht in sein Inneres blicken lassen. Trotzdem bin ich mir sicher, dass er vor etwas Angst hatte.«

»Vielleicht davor zu sterben? Weil er wusste, dass sein Leben vor dem Ende stand?«

Takedas Frage folgte zunächst eine tiefe, eine betroffene Stille. Dann sagte Beate Rödinger: »Ja, das halte ich für möglich.«

»Hat er etwas in der Richtung erwähnt?«

»Nein, ich konnte jedoch seine Furcht spüren. Sie war existentiell. Das ist mir vorher nicht so recht klar gewesen, aber jetzt im Nachhinein habe ich keine Zweifel daran.«

»Haben Sie eine Idee, was dahintersteckte oder warum jemand Matsumoto nach dem Leben getrachtet haben könnte?«

»Nein. Aber ich hoffe sehr, dass Sie es herausfinden. Es würde uns alle hier erleichtern. Ryūtarōs Tod liegt wie ein Schatten auf unserer Gemeinschaft und bedrückt uns alle sehr.«

Den letzten Worten der Äbtissin folgte erneut ein bitteres Schweigen. Takeda machte sich erneut ein paar Notizen. Claudia stand auf und betrachtete ihrerseits die alten Fotografien. Theodor Henningsen sah sowohl seinem Sohn als auch seinem Enkel ähnlich, stellte sie fest. Der alte Japaner, Nishimori, erregte hingegen sofort ihren Abscheu. Er strahlte etwas Verschlagenes, Halbseidenes aus. Mit dem pomadisierten Haar und den glänzenden Lackschuhen sah er aus wie ein Gangster.

Claudia drehte sich zur Äbtissin um und fragte, ob sie das Bild abfotografieren könne. Rödinger nickte stumm, und Claudia machte mit ihrem Smartphone eine Aufnahme.

Beate Rödinger deutete schließlich auf ihre Uhr und erklärte, dass sie sich nun leider um ihre Tempelpflichten kümmern müsse. Sie begleitete ihre Gäste bis zur Außentür der Villa, wo sie sich verabschiedeten.

Bevor sie endgültig gingen, wandte sich Claudia ein letztes Mal an die Äbtissin: »Darf ich Ihnen noch eine letzte Frage stellen? Sie hat nichts mit dem Anlass unseres Besuches zu tun.«

»Ja, natürlich. Fragen Sie.«

»Es klingt vielleicht ein wenig sonderbar, aber ... sind Sie eigentlich erleuchtet? Ich meine, darum geht es doch im Zen-Buddhismus, oder?«

Die Äbtissin sah Claudia verdutzt an und lachte auf. Dann sagte sie mit amüsierter Stimme: »Ich glaube, darüber sollten eher andere urteilen. Wenn Sie mich fragen, würde ich sagen, dass das überhaupt keine Rolle spielt.«

19.

»Was Menschen verschweigen ist oft interessanter als das, was sie aussprechen, findest du nicht?«, fragte Inspektor Takeda.

»Kommt drauf an«, antwortete Claudia.

»Ich meine Henningsen. Es ist schon erstaunlich, dass er Matsumoto nicht nur über den Fußball kennt, sondern auch über die *Tōzaikai*. Genauso, dass er selbst mit der Gemeinschaft verbunden ist und ihr sogar diese Villa in bester Lage zur Verfügung stellt. Nichts davon hat er uns gegenüber erwähnt.«

Takeda und Claudia gönnten sich eine Auszeit im Bistro des gar nicht so weit vom Tempel entfernt gelegenen Elysée-Hotels. Der Kaffee war köstlich, und die Sandwiches konnten sich auch sehen lassen. Sie hatten beide Hunger, und es war höchste Zeit zum Mittagessen.

»Klar. Ich war auch ziemlich baff«, meinte Claudia. »Andererseits kann es natürlich auch sein, dass es ihm einfach nicht wichtig erschien.«

»Sicher, das könnte sein.«

Claudia prustete. »Du hast ja recht. Eine solche Villa in dieser Lage ist ein Vermögen wert. Was man da an Miete bezahlen müsste, will ich gar nicht wissen. Wenn Henningsen das Haus dieser *Tōzaikai* einfach so überlässt, ist das schon ein ziemliches Engagement. Ich frage mich nur, ob es etwas mit unserem Fall zu tun hat.«

Takeda lächelte. »Henningsen ist ein Japanfreund. Vielleicht steckt wirklich nichts weiter dahinter. Aber ich finde, wir sollten ihn danach fragen. Warum fahren wir nicht einfach nach dem Essen zu ihm?«

»Mach du das. Ich möchte ins Stadion und mit Matsumotos Teamkollegen sprechen, mit dem Spieler, der ebenfalls Mitglied in der *Tōzaikai* ist. Könnte interessant sein.«

Der Kellner brachte die Sandwiches. Es waren prall gefüllte Toastbrote, deren reichhaltiger Inhalt aus Salat, Käse, Schinken und Tomaten mühevoll von Zahnstochern zusammengehalten wurde. Claudia fragte sich, wie sie da reinbeißen sollte, ohne dass der Inhalt herausquoll und auf ihrem Schoß oder dem Fußboden landete.

»Ich fand's in diesem Tempel übrigens nur halb so schlimm, wie ich es mir vorgestellt hatte. Eigentlich war es sogar richtig interessant«, erklärte Claudia.

»Wieso hattest du überhaupt Befürchtungen?«

»Wegen dem, was du mir über diese neuen Religionen erzählt hattest. Wie hieß das noch einmal auf Japanisch?«

»Shinshūkyō«, sagte Takeda.

»Genau. Und weil du über die Aum-Sekte gesprochen hast. Darum dachte ich wahrscheinlich, dass die Typen bei *Tōzaikai* auch irgendwie verrückt sein müssen. Aber diese Frau Rödinger, die Äbtissin, wirkt ziemlich normal. Sie hat mir gut gefallen.«

»Mir auch.«

»Ach, echt?«

Ihre Blicke trafen sich kurz. Takeda sparte sich eine Antwort. Er trank von seinem Kaffee, biss dann so vorsichtig in sein Sandwich, dass Claudia sich angestachelt fühlte, es anders zu machen. Sie nahm ihr Sandwich ebenfalls in die Hand, riss den Mund so weit auf, wie es nur ging, und schlug ihre Zähne appetitvoll in ihr Brot. Dann sagte sie mit vollem Mund: »Interessant war doch, was sie über Matsumotos Verhalten in den zurückliegenden Wochen gesagt hat.«

Takeda starrte irritiert auf Claudias vollen Mund. »Du meinst, dass er in der letzten Zeit vor seinem Tod so verzweifelt meditiert hat? Und dass er Angst hatte?«

»Genau. Er wusste also, dass ihn etwas bedrohte. Und das könnte durchaus bedeuten, dass er seinen Mörder gekannt hat.«

Takeda nickte nachdenklich. »Du erinnerst dich doch, was ich dir über *Seppuku* erzählt habe, oder?«

Claudia sah ihn neugierig an. »Die Verurteilten nutzten die Zeit bis zu ihrem Tod mit intensiver Meditation …«

Takeda nickte nur stumm. Dann sagte er: »Es gibt nur eine Sache, die nicht zu passen scheint. Ich habe dir doch erzählt, dass ich in der letzten Nacht die Briefe von Matsumotos Mutter gelesen habe. Die, die sie ihm aus Japan geschickt hat. Aus ihren Zeilen geht hervor, dass es Matsumoto unmittelbar vor seinem Tod wieder besser ging und er seine Niedergeschlagenheit überwunden hatte.«

»Und trotzdem ist er gestorben. Tja, vielleicht täuschen wir uns ja auch, und es ist alles Unsinn, was wir bisher vermuten. Vielleicht war es eben doch einfach nur ein Raubüberfall oder etwas in der Richtung.«

»Glaubst du das?«, fragte Takeda.

»Nein.«

»Ich auch nicht.«

Claudia starrte auf ihr Sandwich und merkte, dass ihr der Appetit vergangen war. Zum ersten Mal hielt sie es für möglich, dass Takedas Vermutung eben doch stimmte. Vielleicht war Matsumotos Ermordung wirklich ein japanisches Todesritual gewesen.

Aber wenn es so war, dann gab ihnen das doch einen entscheidenden Hinweis. Takeda hatte ihr erklärt, dass *Seppuku* in aller Regel eine Art von Todesstrafe war, nur dass der Verurteilte sie sozusagen an sich selbst vollstreckte. Dadurch hatte er die Möglichkeit, seine besudelte Ehre wiederherzustellen.

Wenn das stimmte, dann war doch die entscheidende Frage, wodurch Matsumoto seine Ehre beschmutzt haben könnte. Und wer war in der Position, ihn daraufhin zum Tode zu verurteilen?

20.

»Zeitverschwendung«, sagte Ottmar Preuß, nachdem Claudia das Besprechungszimmer betreten hatte, das die Kripo in den Räumen der HSV-Akademie, direkt neben der Arena und dem Trainingsgelände, eingerichtet hatte. Preuß, unterstützt von zwei uniformierten Kollegen, befragte systematisch alle Mitspieler von Matsumoto, ebenso wie den Trainerstab und alle sonstigen Mitarbeiter des Vereins, vom Platzwart bis zum Kantinenpersonal.

»Weil?«

Preuß zuckte mit den Schultern. »Die sind alle völlig fertig wegen Matsu. Aber brauchbare Informationen kommen keine heraus.«

»Ihr habt doch gerade erst angefangen. Bisschen voreilig, oder?«

»Trotzdem, der Trend ist eindeutig. Manche heulen, manche sind stinkwütend. Aber wissen tut keiner etwas.«

Claudia ließ sich auf den Stuhl neben Preuß sinken. Die beiden uniformierten Kollegen waren bei Claudias Erscheinen vor die Tür gegangen. Frische Luft schnappen. Verständlich. Dem Geruch nach zu urteilen, war der Raum früher einmal eine Umkleidekabine gewesen. Jungmännerschweiß und alte Strümpfe. Leckere Mischung. Kein Wunder, dass Ottmar schlechte Laune hatte. Andererseits, wenn man eine empfindliche Nase hatte, war man bei der Kripo sowieso falsch. Der Raum war die reinste Parfümerie im Vergleich zu dem, was sie sonst schon mal aushalten mussten. Ganz oben auf der Liste standen Exhumierungen, vor allem, wenn die Bestattung erst wenige Wochen zurücklag. Leichenfunde in Wohnungen waren auch übel, denn die Fälle, in denen die Toten friedlich in den Zustand der Mumifizierung übergingen, waren eher die Ausnahme. Wenn man eine solche Wohnung betrat, sollte man tunlichst als Erstes auskundschaften, wo das nächste Waschbecken oder die Kloschüssel war, denn an den Cocktail aus Fäulnis und Madengewimmel konnte man sich einfach nicht gewöhnen.

»Soll heißen, du hast keine Erkenntnisse, mit denen wir etwas anfangen können? Verstehe ich dich richtig?«

Ottmar Preuß schob ein Klemmbrett mit einem grob skizzierten Formular zu Claudia rüber. Links standen die Namen der Spieler und sonstigen HSV-Mitarbeiter, rechts jeweils einige Stichpunkte zu ihren Aussagen. »Wir haben bisher in erster Linie mit den Mitspielern gesprochen. Bis wir die und alle anderen durch haben, wird es dauern. Ist ein großer Betrieb, so ein Verein.«

»War wirklich gar nichts Brauchbares dabei?«

»Wie man's sieht«, sagte Preuß grinsend. »Wir haben zum Beispiel herausgefunden, dass Matsu nach dem Duschen seine Handtücher immer brav zusammengefaltet hat, dass sein Spind ein Vorbild an Ordentlichkeit war, dass er am Anfang Probleme mit den Schuhen hatte, dass ihm das Mittagessen in der Kantine nicht geschmeckt hat, dass die kleinen Japanerinnen, die ihm ab und zu beim Training zugejubelt haben, wirklich süß waren. Er war immer zu einem Selfie bereit. Überhaupt war Matsu ein Vorbild an Höflichkeit und Rücksichtnahme. Und wenn er überhaupt einen Fehler hatte, dann den, dass er einfach zu fleißig war. Wenn die anderen schon in der Kneipe saßen, hat er immer noch ein Sondertraining eingelegt. Ein Ronaldo-Typ. Da ist schon ein gewisser Neid herauszuhören.«

Claudia zuckte mit den Schultern. »Was sagt dein Gefühl? Irgendetwas in Sicht, das als Motiv in Frage kommt?«

»Nichts. Sage ich ja.«

»Sonst? Irgendwelche Informationen zum Todestag? Ist jemandem etwas aufgefallen?«

»Das war ja der Sonntag. Da fand nur eine Trainingseinheit am Nachmittag statt, weil die Mannschaft am Tag davor gespielt hat. Matsu war wie immer pünktlich da und hat brav mitgemacht. Niemand hat etwas Ungewöhnliches bemerkt. Matsu wirkte auch nicht sonderlich nervös oder abgelenkt. Im Anschluss hat er sich noch eine Massage gegönnt. Dann hat er das Gelände gegen sechzehn Uhr verlassen. Mit dem eigenen Wagen.«

»Also hat er an dem Tag kein eigenes Sondertraining abgehalten? Von wegen Ronaldo ...«

»Anscheinend nicht. Wie gesagt, er ist gegen sechzehn Uhr gefahren. Danach hatte niemand mehr Kontakt mit ihm.«

Claudia warf erneut einen Blick auf die Liste. »Hast du eigentlich Ermin Delibasic schon befragt?«

»Nein. Im Alphabet wäre er einer der Nächsten, aber wenn ich es richtig sehe, ist er heute nicht hier.«

»Interessant. Weißt du, warum?«

»Nein. Müssten wir Hunke fragen. Wolltest du etwas Bestimmtes von ihm?«

»Mit ihm reden.«

»Ist er verdächtig?«

Claudia zuckte mit den Schultern. Die ehrlichste Antwort wäre, dass Delibasic selbst es gerade mächtig darauf anlegte, genau das zu werden. Wenn Stork den Wagen wiedererkannt hätte, würde sie ihn jetzt vermutlich von einem Streifenwagen abholen und ins Präsidium bringen lassen. Und wenn die Kollegen ihn nicht antrafen, hätte sie nicht übel Lust, ihn zur Fahndung auszuschreiben. Aber so? Claudia sagte mit unentschlossener Stimme: »Weiß ich noch nicht. Zumindest könnte er etwas wissen. Er war wohl aus der Mannschaft am engsten mit Matsu befreundet. Falls er später noch auftaucht, ruf mich bitte an, okay?«

»Wird gemacht.«

Claudia wandte sich an den uniformierten Beamten, der inzwischen in den Raum zurückgekehrt war. »Es gibt einen Spieler namens Tim Sielhahn. Den würde ich gerne mal sprechen. Könntest du mir den bitte mal ranholen. Ich habe ein paar spezielle Fragen an ihn.«

»Geht klar.«

»Danke.«

Der Uniformierte stand auf und verließ den Raum. Preuß sah Claudia fragend an, und sie erklärte ihm, dass sie und Takeda im *Tōzaikai*-Tempel auf Sielhahns Namen gestoßen waren. Er sei Mitglied in der gleichen buddhistischen Sekte wie Matsumoto. Könnte also sein, dass er ebenfalls näheren Kontakt zu dem Toten hatte.

Tim Sielhahn hatte ein kantiges Kinn, volle dunkelblonde Haare, einen gepflegten Dreitagebart. Er war Mitte zwanzig, ein gutaussehender junger Mann. Aber das Beste an ihm war diese melancholische Sehnsucht in seinen Augen, die Claudia wirklich gut gefiel. So etwas hätte sie einem Fußballspieler nicht zugetraut. Zu sensibel. Überraschend.

»Nett, dass Sie sich Zeit nehmen. Setzen Sie sich«, sagte sie, als Sielhahn den Raum betrat, dabei noch leicht außer Atem war.

»Ist doch klar. Ich hoffe, ich kann helfen.«

»Kommen Sie direkt vom Platz?«

»Ich war im Kraftraum.«

»Die Zeiten wo einfach nur gebolzt wurde, sind vorbei, stimmt's?«

Sielhahn lächelte. »Ich würde sagen, dass beides sein muss. Nur fit sein schießt auch keine Tore.«

Seit Sielhahn den Raum betreten hatte, wurde der Schweißgeruch von seinem intensiven Deo überlagert. Nicht unangenehm, aber ein bisschen übertrieben. Das taten die jungen Männer anscheinend neuerdings alle, dachte Claudia. Es war ihr im Präsidium aufgefallen. Wenn sie eine Besprechung mit den Jungs von der Bereitschaftspolizei hatte, war der Aftershave-Geruch oft so penetrant, als hätte einer CS-Gas gesprüht.

»Wie fühlen Sie sich? Ich meine wegen der Sache mit Matsumoto? Sie persönlich, aber auch die anderen im Team?«, fragte Claudia.

»Was glauben Sie?«

»Sagen Sie es mir.«

»Beschissen.«

»Und etwas genauer?«

Sielhahn zuckte mit den Schultern. »Traurig. Wütend. Fassungslos. Geschockt ... muss ich weitermachen?«

»Ja, bitte«, sagte Claudia. Dann schob sie hinterher: »Ich weiß, dass es schwer ist. Aber es ist wichtig.«

»Klar, verstehe ich«, sagte Sielhahn. Er dachte ein paar Momente nach, dann fügte er mit vorsichtiger Stimme hinzu: »Alles, was ich gerade aufgezählt habe, stimmt. Aber am stärksten ist das Gefühl, dass es mir unwirklich vorkommt. Ich glaube, das geht allen in der Mannschaft so. Wir haben das Gefühl, als wenn es am Ende gar nicht stimmt und Matsu morgen wieder auf dem Platz steht. So als wenn es gar nicht wirklich passiert wäre.«

»Ich weiß, was Sie meinen. Ich erlebe so etwas öfter. Es dauert immer einige Tage, bis man wirklich begreift, dass ein Mensch nie wieder zurückkehrt. Zumal, wenn er so plötzlich und auf eine so schreckliche Weise aus dem Leben gerissen wurde.«

Sielhahn nickte, schien Claudia aber gar nicht wirklich zugehört zu haben. »Aber dann, in den Momenten, wo ich eben doch weiß, dass es wirklich passiert ist, dann haut es mich um. Das war auch heute Morgen beim Training so. Da kommt ein Ball, der Trainer brüllt was, wir üben einen Spielzug, was weiß ich ... aber es geht einfach nicht. Ich stehe da und kann mich nicht rühren. Der Kopf ist wie ausgeschaltet. Der Körper auch. Und dann frage ich mich sogar, was das eigentlich alles noch soll. Der Fußball, der Verein, die Fans, die Liga. Ein Mensch ist erschossen worden! Warum hören wir nicht einfach auf mit dem ganzen Mist?!«

Claudia wartete eine Weile. Es hätte sie nicht überrascht, wenn Sielhahn angefangen hätte zu weinen. Aber es passierte nicht. Er saß ihr gegenüber und schüttelte nur immerfort den Kopf.

»Wann müssen Sie eigentlich wieder spielen? Ich meine, wann ist die nächste Liga-Begegnung?«, fragte sie schließlich.

Sielhahn gab ein Schnauben von sich. »Zu bald. Viel zu bald.«

»Das heißt, am Wochenende?«

»Freitagabend.«

»Könnte man das Spiel nicht verschieben?«

»Da müssen Sie Hunke fragen. Kann sein, dass die in den oberen Etagen darüber sprechen. Aber es ist wohl nicht so einfach. Die Liga ist eng getaktet. In der Woche danach ist ein Pokalspiel. Die Psychotypen, die mit uns reden, meinen außerdem, dass es besser für uns wäre, wenn wir auflaufen. Und zwar ganz egal, ob wir gewinnen oder verlieren. Ein paar von uns finden, dass Ryūtarō genau das von uns erwartet hätte. Er selbst wäre ja auch so gewesen. Immer weitermachen, egal, wie kaputt du bist, egal, wie elend du dich fühlst. Nie aufgeben.«

»Hat er sich elend gefühlt?«

»Was? Nein, das habe ich nur so gesagt.«

Claudia nickte, wartete erneut kurz, fragte dann: »Sie nennen ihn Ryūtarō. Das ist ungewöhnlich, die meisten sagen Matsu.«

Sielhahn zuckte mit den Schultern. »Ich mochte Ryūtarō lieber. Oder einfach nur Ryū. The Dragon. Ist ein cooler Name. Er passte zu ihm.«

»Wie kam es eigentlich, dass Sie sich für die Zen-Meditation interessiert haben und mit zur *Tōzaikai* gegangen sind?«

Sielhahn lächelte in wehmütiger Erinnerung. »Das lag schon an ihm, an Ryūtarō, an seiner ganzen Art. Die hat mich vom ersten Tag an fasziniert. Ryū war mehr als nur Sportler. Ich weiß nicht, wie ich das beschreiben soll ... Stellen Sie sich mal eine Umkleidekabine vor einem Spiel vor. Wir haben uns schon warm gemacht, gleich geht es los. Du hörst sechzigtausend Leute, die draußen in der Arena Schlachtgesänge brüllen und dem Anstoß entgegenfiebern. Vielleicht spricht der Trainer noch ein paar Worte, von wegen ihr geht da jetzt raus und ihr werdet gewinnen und so. Jeder hat sein Ritual. Beten, Kniebeuge machen, Spielzüge im Kopf durchgehen ... Aber Ryū, der saß einfach nur da und hat sich nicht gerührt. Am Anfang haben wir uns lustig drüber gemacht, haben ihn geschubst und so. Er hat auch gelacht. Aber dann hat er einfach weitergemacht. Augen zu, grader Rücken, totale Stille. Er hat nie groß erklärt, was das soll. Den meisten war es egal. Aber ich habe kapiert, dass das so wie in Last Samurai war, Sie wissen schon, der Film mit Tom Cruise. Ryū war kein Spieler, der war ein Krieger. Aber ein friedlicher Krieger. Trotzdem, für ihn ging es immer um alles oder nichts ... na ja, und irgendwann habe ich ihn gefragt, ob er eigentlich so etwas wie ein Geheimrezept hat. Da hat er mir von der *Tōzaikai* erzählt, vom Zen, von der Meditation. Er wollte gar nicht, dass ich mitkomme, aber ich habe drauf bestanden und war sofort begeistert. Dabei ist es gar nichts Großes, gar nichts Geheimnisvolles. Das Zen, meine ich. Still sitzen. Nicht denken. Sein. Aber nach und nach überträgt es sich auf alles, was du machst. Nicht denken. Machen. Es verändert dein Leben.«

Claudia war beeindruckt, wie sie sich eingestehen musste. Sie dachte an die Begegnung mit Beate Rödinger. Sie war ja auch fasziniert von der Äbtissin gewesen, dachte seitdem darüber nach, es selbst mit der Zen-Meditation zu versuchen.

Trotzdem war da noch etwas anderes. Etwas, das sie an Sielhahn irritierte, ohne dass sie sagen konnte, was genau es war. Instinkt. Gefühl.

»Waren Sie mit Matsu eigentlich über Ihr gemeinsames Interesse an der Meditation hinaus in engerem Kontakt? Waren Sie befreundet?«

»Um ehrlich zu sein, ich hatte es gehofft. Und Ryū schien auch Lust dazu zu haben. Wir haben öfter mal miteinander gequatscht, haben nach dem Training noch bei den Autos gestanden. Aber so richtig ist es nicht dazu gekommen. Ryū war zurückhaltend. Ich weiß nicht genau, vielleicht sind Japaner ja so. Eine Zeitlang dachte ich, dass er auftaut und wir Kumpels werden. Einmal war er sogar bei mir. Das war ein ganz lockerer Abend. Wir haben einen Film gesehen, Playstation gespielt. Aber danach war es auch schon wieder vorbei damit. Als ich ihn wieder mal gefragt habe, hat er mich abblitzen lassen. Ich weiß nicht, irgendwie schien er Angst zu haben, wenn man ihm näherkam. Als hätte er ein Geheimnis.«

»Was ist mit Ermin Delibasic? Der war doch ziemlich eng mit Matsumoto befreundet, oder?«

Sielhahns Gesicht verdüsterte sich sofort, als Claudia Delibasics Namen erwähnte. Er nagte an seiner Unterlippe, sagte dann mit einer fast feindseligen Stimme: »Das hat keiner kapiert. Ermin ist so etwas wie das Gegenteil von Ryū. Wenn Sie es nicht weitersagen, dann würde ich es so ausdrücken: Ermin ist echt ein Arschloch. Warum es zwischen den beiden geklappt hat … keine Ahnung.«

Claudia sah Sielhahn neugierig an. Die plötzliche Emotionalität des Spielers war trotz der Umstände überraschend, zumal es nicht unbedingt Trauer oder Wut war, die aus ihm sprach. Eher schon Enttäuschung. Frustration. Zurückweisung. Und dann dieses Wort: Abblitzen … Claudia schloss die Augen. Etwas tief in ihrem Inneren meldete sich, ein Gefühl, das sie gut kannte. Es stellte sich immer ein, wenn sich bei Ermittlungen überraschend ein paar entscheidende Puzzlestückchen zusammenfügten und ein Bild ergaben – ein Bild, mit dem sie niemals gerechnet hatte.

Zen? *Seppuku*? Japan?

Nichts davon spielte eine Rolle.

Es ging um etwas völlig anderes.

Sie wartete noch einen Moment, sagte dann: »Ich weiß jetzt nicht, wie ich Sie das fragen soll, Herr Sielhahn, aber … wenn Sie sagen, dass Sie sich eine Freundschaft von Ryū Matsumoto erhofft haben, was genau meinen Sie damit?«

Sielhahn sah Claudia erstaunt an, blickte sich dann um, als versichere er sich, dass sie wirklich allein im Raum waren. »Ich kapiere Ihre Frage nicht.«

Claudia ruderte mit der Hand in der Luft. »Ist doch nicht so schwer zu verstehen. Welche Art von Freundschaft haben Sie sich von Matsumoto erhofft? Nur miteinander Playstation spielen? Oder ging es von Ihrer Seite aus um mehr?«

Sielhahns Gesichtsausdruck verzog sich im Zeitlupentempo, wandelte sich von einem Ausdruck der Überraschung nach und nach zur wutverzerrten Fratze. Dann sagte er mit leiser, zitternder Stimme: »Matsumoto ist erschossen worden. Und Sie fragen mich, ob ich … ob ich in ihn verknallt war, oder was?«

»Ja, genau das tue ich. Und ich wäre froh, wenn Sie mir antworten würden.«

Sielhahn schüttelte nur den Kopf, sprang von seinem Stuhl auf und verließ türenknallend den Raum.

Claudia blickte ihm stumm nach, spürte ihrerseits wiederum Ottmar Preuß' fassungslose Blicke auf sich.

Das nannte man ja wohl einen Treffer.

21.

Inspektor Takeda steuerte seinen BMW von Harvestehude in Richtung Altona. Er passierte das Altonaer Theater, fuhr am prächtigen Altonaer Rathaus vorbei und bog nach rechts ab, wo ihn die Elbchaussee weiter nach Westen führte. Rechts und links dieser wohl berühmtesten Straße Hamburgs, einmal von der Reeperbahn abgesehen, standen alte prachtvolle Patriziervillen, aber auch moderne, durchgestylte Neubauten.

Die Elbe, die er gelegentlich zwischen den Gebäuden sehen konnte, spiegelte den tiefhängenden grauen Himmel wider. Der Fluss wirkte matt und kraftlos, genau wie Takeda selbst, wie alle Menschen. Es war Anfang März, aber von Frühling war nicht das Geringste zu spüren, im Gegenteil, es war kalt und nass und schien gar nicht richtig hell zu werden.

Takeda durfte sich über seine Müdigkeit nicht wundern. Er hatte die beiden letzten Nächte kaum geschlafen. Doch das war es eben nicht allein. Er hatte das Gefühl, dass das milchige Licht, das über der Stadt lag, auch den ganzen Fall einhüllte. Alles schien seltsam konturlos und verschwommen zu sein. Wenn man sich den Dingen näherte, wichen sie zurück, so dass man am Ende unsicher war, ob man nicht von vorneherein einer Illusion erlegen war.

Takeda erreichte die Höhe von Othmarschen, wo sich die Elbchaussee sanft nach unten neigte, um schließlich auf den Fähranleger von Teufelsbrück zu stoßen. Sein eigentliches Ziel befand sich auf der rechten Straßenseite. Er setzte den Blinker und zog den Wagen vor ein großes schmiedeeisernes Tor. Es öffnete sich genau in dem Augenblick, in dem er mit dem Wagen dicht davor fuhr. In langsamem Tempo rollte er eine knirschende Kiesauffahrt empor, die nach der ersten Kurve den Blick auf ein großes klassizistisches Herrenhaus eröffnete, dem Sitz der Familie Henningsen.

Takeda parkte auf einer freien Fläche neben einer offen stehenden Garage, in der ein silberfarbener Jaguar sowie ein großer Geländewagen standen, deren Nummernschilder beide die Buchstabenkombination HS zeigten – Henningsen & Söhne, wie Takeda vermutete.

Er stieg aus, trat vor das Portal des Hauses und klingelte. Lange Zeit geschah nichts. Dann wurde die Tür geöffnet. Klaus-Heinrich Henningsen schien nicht im Geringsten von seinem Erscheinen überrascht zu sein, vielleicht hatte er Takeda zuvor schon durch eines der Fenster beobachtet. Er empfing ihn mit einem Lächeln. »Inspektor, wie schön, dass wir uns so unerwartet schnell wiedersehen. Ich nehme an, die Sache mit Matsumoto führt Sie zu mir?«

»So ist es, Herr Henningsen.«

»Dann kommen Sie herein. Ich hoffe, ich kann behilflich sein und Ihre Fragen beantworten.«

Der Hausherr trug Cordhosen und eine legere Strickjacke. Er geleitete den Inspektor durch eine Vorhalle und einen Flur in ein großzügiges, rustikal eingerichtetes Wohnzimmer. Ähnlich wie im Büro der Firma hingen auch hier Marinebilder an den Wänden, dazu einige großformatige Ölgemälde. Ein goldgerahmtes Porträt zeigte, wie der Hausherr erläuterte, Heinrich Owe Henningsen, den Ahnherrn der Familie und Gründer der Firma Henningsen & Söhne. Die übrige Einrichtung bestand aus englischen Teakmöbeln und Vitrinen. In denen waren kostbare Antiquitäten ausgestellt, darunter japanische Netsuke-Figuren und antikes Imari-Porzellan. Vor einem Kamin, der allerdings nicht brannte, waren mehrere Sessel und ein Sofa arrangiert. In der Mitte stand ein großer Couchtisch.

»Nehmen Sie Platz, Inspektor. Ich lasse Tee bereiten, wenn Sie möchten.«

»Vielen Dank.«

Henningsen ging zur Tür, rief in unwirschen Worten einige Anweisungen, kehrte dann zurück. Gemeinsam nahmen sie auf den Sesseln vor dem Kamin Platz. Henningsen forderte Takeda auf, zu rauchen, wenn ihm danach sei, dieser neumodische Nichtraucher-Wahn sei etwas Furchtbares. Überhaupt sei es doch absurd, dass neuerdings alles Mögliche verboten werde, Rauchen, Trinken, Dieselautos, Plastiktüten, und gleichzeitig werde das Land mit Menschen überflutet, die sich nicht im Geringsten um die deutschen Gesetze scherten. Ja, das Land sei völlig außer Sinnen geraten, dem werde er als Japaner doch sicherlich zustimmen.

Takeda nickte höflich und erklärte auf japanische Art, dass man diese Dinge sicherlich zurecht beklagen könne, auch wenn es möglicherweise und mit gleichem Recht auch andere Meinungen dazu gebe. In Wahrheit aber dachte er an Claudias Einschätzung, die den alten Henningsen nach ihrer ersten Begegnung zum Nazi gestempelt hatte. Es war gut, dass sie heute nicht dabei war. Sie hätte Henningsens Sprüche kaum mit japanischer Contenance ertragen.

Der Gastgeber, dem Takedas Zurückhaltung nicht entging, betrachtete den Inspektor aufmerksam. »Sie müssen sich nicht zurückhalten, Inspektor. Sagen Sie, was Sie denken, dann weiß ich wenigstens, woran ich bei Ihnen bin.«

»Ich werde mir Mühe geben.«

Henningsen lächelte. »Aber gut, Sie sind nicht hier, um über Politik zu sprechen. Wie sieht es also aus? Haben Sie den Unhold, der Matsumoto auf dem Gewissen hat?«

»Noch nicht, Herr Henningsen. Wir sind aber auf dem besten Wege dorthin.«

»Das ist gut zu hören. Trotzdem vermute ich, dass es etwas gibt, wodurch ich Ihre Arbeit unterstützen kann. Lassen Sie es mich also bitte hören.«

»Da ist tatsächlich eine Sache, die mich interessiert. Meine Kollegin und ich haben heute den Tempel der *Tōzaikai* besucht. Dort erfuhren wir, dass das Gebäude, in dem sich der Tempel befindet, Ihnen gehört und Sie es der Glaubensgemeinschaft überlassen. Wir fragen uns, warum Sie uns das nicht gleich bei unserem ersten Gespräch gesagt haben.«

Henningsen sah den Inspektor an, und es hatte fast den Anschein, als wäre er enttäuscht. So, als wenn er mit härteren Anwürfen gerechnet hätte. »Ach, das meinen Sie. Es ist einfach zu erklären. Obwohl ich zugeben muss, dass ich tatsächlich nicht gerne darüber spreche.«

»Wie kommt das?«

»Sofort, Inspektor. Ich will nur vorher sehen, wo unser Tee bleibt. Einen kleinen Moment, Takeda-San.«

Henningsen nahm seinen Gehstock zur Hand, erhob sich und

verließ das Zimmer. Durch die angelehnte Tür konnte Takeda hören, wie draußen leise, strenge Worte gewechselt wurden. Es kam ihm sogar vor, als würde Japanisch gesprochen. Takeda wollte gerade aufstehen, als die Tür aufgestoßen wurde. Henningsen kehrte ins Zimmer zurück, gefolgt von einer jungen Japanerin in einem prächtigen Kimono. Das Mädchen, das Takeda auf Anfang zwanzig schätzte, trug ein Tablett mit Teegeschirr. Er musste zugeben, dass man sie nicht anders denn als bildhübsch bezeichnen konnte. Ihr Gesicht war wohlproportioniert, ihr hochgestecktes Haar glänzte seidenschwarz und erlaubte den Blick auf eine perfekte Nackenlinie. Mit ihrer zarten Figur bewegte sie sich anmutig und mit winzigen, ein wenig schlurfenden Schritten, ganz so, wie es dem ästhetischen Ideal seiner Heimat entsprach. Takeda vermutete, dass das Mädchen eine klassische Ausbildung genossen hatte, daher also nicht nur einen Kimono zu tragen wusste, sondern auch tanzen und die Shamisen-Laute spielen konnte, zudem die Teezeremonie beherrschte.

Henningsen, der Takedas Blick bemerkte, erklärte: »Das ist Haruko. Ich bin verwitwet, wie Sie vielleicht wissen, und sie geht mir hier im Haus zu Hand. Aber eigentlich ist sie, nun ja, eine Art Andenken an Japan. Ich hänge sehr an Ihrer Heimat, Inspektor, wie ich vielleicht schon bei unserem ersten Zusammentreffen erwähnte. Es freut mich, tagtäglich ein bisschen Japanisch zu hören. Außerdem kommen gelegentlich Briefe von alten Freunden aus Tokio oder Yokohama, die Haruko mir vorliest.«

»Es freut mich zu hören, dass Sie Japan auch nach so vielen Jahren immer noch verbunden sind«, sagte Takeda höflich. Er hatte keinen Zweifel daran, dass das Mädchen, das schüchtern den Blick gesenkt hielt, Henningsens Mätresse war, eine Tradition, die der reiche Unternehmer offenbar auch aus Japan übernommen hatte.

Haruko kniete sich vor den Couchtisch, stellte das Tablett ab und verteilte Tassen und kleine Teller mit Gebäck. Immer wieder sah sie dabei zu Takeda, auch wenn sie, sobald der Inspektor ihren Blick erwiderte, schüchtern nach unten schaute. Nur ein einziges

Mal blieb sie im Augenkontakt, zeigte dabei zwar keinerlei Regung, und doch hatte Takeda das Gefühl, dass es eine Art stummes Signal war, dessen Sinn ihm allerdings entging. Es wirkte, als wollte Haruko etwas sagen, was sie hier, in Henningsens Beisein, nicht konnte.

Er musste also eine Gelegenheit finden, allein mit ihr zu sprechen. Darum würde er sich später kümmern.

Mit anmutigen Bewegungen bereitete Haruko den Sencha-Tee zu und füllte ihn in die Becher. Dann verbeugte sie sich erneut, erhob sich und verließ mit wiederum schlurfenden Schritten den Raum.

Nachdem Haruko fort war, sagte Henningsen: »Ich liebe diese jungen Mädchen aus Ihrer Heimat, Inspektor. So anmutig und still. Und gehorsam. Danach sucht man hierzulande vergeblich. Die deutschen Frauen sind vorlaut und egoistisch. Kein Wunder, dass keine Ehe länger als ein paar Jahre hält und keine Kinder mehr geboren werden.«

»Ich fürchte, das ist in Japan nicht anders. Die Scheidungsraten sind hoch und die Geburtenraten niedrig, genau wie in Deutschland.«

»Und darum gehen unsere Völker dem sicheren Untergang entgegen. Ich weiß, so ein Satz klingt furchtbar, aber das kleine Einmaleins genügt, um die Richtigkeit der Aussage zu erkennen. Aber wenn man so etwas hierzulande ausspricht, wird man bespuckt und angepöbelt. Tja, diejenigen, die heutzutage am lautesten über falsche Fakten krakeelen, verschließen selbst die Augen vor den einfachsten Wahrheiten.«

Takeda trank von dem grünen Tee, der auf den Punkt richtig zubereitet war und köstlich schmeckte. »Sie schulden mir noch eine Antwort, Herr Henningsen.«

»Tatsächlich? Worüber sprachen wir gleich?«

»Über den *Tōzaikai*-Tempel und das Haus, in dem er sich befindet.«

»Richtig, richtig. Das Haus in Harvestehude ... das ist wie gesagt kein ganz einfaches Thema für mich, Inspektor. Ich bin Ihrer Heimat seit vielen Jahren eng verbunden und versuche auch hier in Hamburg die deutsch-japanischen Beziehungen zu fördern. Vor einigen Jahren erreichte mich über Vermittlung von Bekannten die Anfrage der *Tōzaikai*-Gemeinschaft, die in der Stadt einen Tempel einrichten wollte. Dazu wurde eine Immobilie gesucht. Ich war gerne bereit zu helfen und überließ ihnen das Haus, das Sie inzwischen kennen. Ich rede nicht gerne über diese Sache, da sie mir leider einigen Ärger mit meiner Familie eingebracht hat. Sehen Sie, mein Sohn hält meine Großzügigkeit für völlig unangemessen. In Wahrheit will er natürlich selbst in dem Haus wohnen. Darum bedrängt er mich immer wieder, den Mietvertrag mit der *Tōzaikai* zu kündigen. Aber noch bestimme ich in der Familie, wie die Dinge zu sein haben.«

»Ich verstehe«, sagte Takeda und machte sich einige Notizen. Tatsächlich aber nutzte er die kurze Gesprächspause, um seine Gedanken zu sortieren. Henningsens Aussagen waren zweifelllos schlüssig und überzeugend. Vollständig waren sie hingegen nicht.

»Wenn ich es richtig sehe, Herr Henningsen, dann ist Ihre Familie mit dem Gründer der *Tōzaikai*, Kawamura Rōshi, bekannt. Ist das richtig?«

Zum ersten Mal zeigte der alte Unternehmer ein leises, kaum wahrnehmbares Zeichen der Verunsicherung, das er jedoch sofort wieder überwand. Er räusperte sich und erklärte: »Sie sind erstaunlich gut informiert, Inspektor. Darf ich fragen, woher Sie Ihr Wissen beziehen?«

»Aber natürlich. Mir ist das Foto aufgefallen, das im Büro von Beate Rödinger, der Äbtissin des Tempels, hängt. Es zeigt, wenn ich es richtig gesehen habe, Ihren Herrn Vater zusammen mit Kawamura Rōshi und einem Mann namens Nishimori.«

»Ach, das Foto ... ja, es stimmt, mein Vater, der vor mir unsere Niederlassung in Yokohama geleitet hat, pflegte einen geschäftlichen Kontakt mit Heijiro Nishimori. Der wiederum war, wie Sie vielleicht wissen, bereits in den fünfziger Jahren ein führender Unternehmer in der japanischen Werftenindustrie. Es ist nicht übertrieben zu sagen, dass damals kaum ein größeres Geschäft im maritimen Bereich ohne Zustimmung von Nishimori zustande kam. Insofern waren wir natürlich froh über den guten Kontakt. Er hat uns so manche Tür geöffnet.«

»Und Herr Nishimori hat dann wiederum Ihren Vater mit Kawamura Rōshi bekannt gemacht?«

Henningsen nickte und sah dabei forschend in Takedas Gesicht. »Wenn ich ehrlich bin, weiß ich das gar nicht so genau. Diese Dinge sind wirklich sehr, sehr lange her.«

»Dann besteht heute kein Kontakt mehr zu Nishimori?«

»Aber nein. Der Mann dürfte an die hundert Jahre alt sein. Er hat sich schon vor langer Zeit aus dem aktiven Geschäft zurückgezogen. Obwohl ich höre, dass er immer noch rüstig ist. Er lebt jetzt im Kreise seiner engsten Angehörigen.«

»Ich verstehe«, sagte Takeda. Er trank von dem köstlichen und vermutlich ungeheuer teuren Sencha-Tee, der zudem auf perfekte Art zubereitet war. Er ließ einige Momente verstreichen. Dann räusperte er sich und sagte: »Da ist noch etwas, das ich ansprechen wollte. Sie wollten sich freundlicherweise unter den jungen Japanern umhören, die Sie zu Ihren Gesprächsrunden einladen. Es ging um die Frage, zu wem Matsumoto hier in der Stadt vielleicht näheren Kontakt hatte. Und ob vielleicht einem Ihrer Schützlinge etwas aufgefallen ist.«

Henningsen lächelte. »Ich wäre ohnehin darauf zu sprechen gekommen, Inspektor. Es hat sich nämlich tatsächlich etwas ergeben, das von Interesse für Sie sein könnte.«

»Bitte, berichten Sie.«

»Ich habe nach unserem Gespräch Haruko, sie hilft mir bei solchen Dingen, gebeten, einige meiner japanischen Schützlinge anzurufen. Den einen oder anderen habe ich auch selbst kontaktiert. Bei einem dieser Gespräche wurde mir zugetragen, dass es nach einem Kaminabend hier im Haus tatsächlich zu einer Art Vorfall gekommen ist. Das ist jetzt wohl etwa sechs Wochen her.«

»Was genau ist passiert?«

Henningsen machte eine dämpfende Handbewegung. »Es ist vermutlich nur eine Lappalie und dürfte kaum etwas mit dem Mord zu tun haben. Aber da Sie nun einmal danach gefragt haben, will ich es nicht unerwähnt lassen. Im Anschluss an eines der Treffen kam es draußen vor dem Haus offenbar zu einem Streit, an dem Matsumoto beteiligt war. Die meisten Teilnehmer der Runde waren bereits gegangen. Matsumoto, der mit dem eigenen Auto gekommen war, wollte gerade in seinen Wagen steigen, als ihn ein anderer Teilnehmer der Runde angesprochen und ihm lautstarke Vorwürfe gemacht hat. Dabei ging es offenbar um eine junge Dame, die ebenfalls zu meinem Gesprächskreis gehört und für die dieser junge Mann gewisse Gefühle hegt. Er hatte den Verdacht, dass Matsumoto sie ebenfalls für sich gewinnen wollte. Er forderte ihn auf, das zu unterlassen. Dabei scheint es recht heftig zur Sache gegangen zu sein.«

»Sie meinen, Matsumoto und dieser andere junge Mann sind handgreiflich geworden?«

»Soweit ging es wohl nicht, aber es stand kurz davor.«

»Und ein anderer Teilnehmer hat das beobachtet?«

»So ist es. Ich kann Ihnen gerne den Namen des Streithahns geben, dann können Sie ihn selbst noch einmal befragen. Die junge Dame, um die es geht, scheint von alldem übrigens nichts zu wissen.«

»Das ist in der Tat interessant. Ich möchte unbedingt mit den Beteiligten sprechen.«

Henningsen stand auf und ging zu einem Sekretär hinüber, der auf der anderen Seite des Zimmers stand. Er notierte einige Daten auf einem Zettel, kehrte zurück und gab ihn Takeda. Der blickte auf einen männlichen und einen weiblichen Namen mit dazugehörigen Adressen und Telefonnummern.

»Es ist gut möglich, dass uns das weiterhilft, Henningsen-San.«

»Ich bin gerne behilflich, Inspektor.«

Takeda verstaute den Zettel in seiner Brieftasche. »Ich habe nun keine weiteren Fragen mehr. Es war ein sehr aufschlussreiches Gespräch. Vielen Dank für Ihre Hilfe.«

Takeda stand auf. Der alte Mann ergriff seinen Stock und folgte seinem Beispiel.

»Wenn sich doch noch etwas ergibt, Inspektor, stehe ich zu Ihrer Verfügung. Sie sind jederzeit in meinem Haus willkommen.«

»Das ist sehr freundlich.«

Takeda verbeugte sich, fragte dann, ob er wohl vor seinem Aufbruch noch einmal das stille Örtchen aufsuchen dürfe – ein Ausdruck im Deutschen, den der Inspektor liebte und gerne benutzte, wie er Henningsen erklärte.

Der Unternehmer lachte und beschrieb Takeda den Weg. Daraufhin verließ der Inspektor mit schnellen Schritten den Raum.

In der Vorhalle orientierte er sich kurz, sah auf die von Henningsen beschriebene Tür, ging dann aber in der anderen Richtung einen gefliesten Flur entlang, der in den gegenüberliegenden Flügel des Hauses führte. Ein sanfter Essensduft und das Brummen eines Kühlschranks im ansonsten ruhigen Haus wiesen ihm den Weg. Die Küche.

Haruko saß an einem Küchentisch und war in ihr Smartphone vertieft, ein kontrastreicher, aber in Japan durchaus üblicher Anblick: traditionelle Kleidung und moderne Technik. Wie viele junge Japanerinnen hatte Haruko ihr Smartphone mit unzähligen Anhängern und Glücksbringern verziert, so dass es eigentlich völlig unhandlich und schwer geworden war.

Als sie Takeda bemerkte, legte sie das Telefon beiseite, stand auf und verbeugte sich wortlos.

»Kann es sein, dass Sie mir etwas sagen möchten?«, fragte Takeda auf Japanisch.

Haruko nickte schüchtern. Sie setzte gerade dazu an, etwas zu sagen, verstummte dann aber abrupt und drehte sich in Richtung Tür.

Auch Takeda hörte es. Schritte, begleitet vom Aufsetzen eines Gehstocks. Henningsen.

Takeda reagierte blitzschnell, griff in seine Sakkotasche und reichte dem Mädchen seine Visitenkarte, erklärte, dass er jederzeit zu erreichen sei. Haruko nahm die Karte entgegen und ließ sie im Ärmel ihres Kimonos verschwinden, als auch schon die Küchentür aufgestoßen wurde.

»Hier ist aber nicht das stille Örtchen, Inspektor«, sagte Henningsen. Er versuchte amüsiert zu wirken, was ihm nur schlecht gelang.

»Verzeihung. Ich habe mich wohl in der Tür geirrt.«

»So etwas passiert.« Henningsen ließ seine Blicke zwischen Takeda und Haruko hin und her wandern, fand dann zu einem überzeugenderen Lächeln. »Ich kann Sie verstehen, Inspektor. Haruko ist eine Augenweide. Ich nehme es Ihnen also nicht übel.«

Takeda errötete und blickte schüchtern zu Boden. »Sie haben mich ertappt, Henningsen-San.«

»Nun, vielleicht hat Haruko ja eine Freundin, die einmal bereit wäre, sich mit Ihnen zu treffen. Was meinen Sie? Ich könnte da sicherlich etwas arrangieren.«

Takeda verbeugte sich. »Sie sind zu großzügig, Henningsen-San.«

»Ich bitte Sie, Inspektor. Das ist doch eine Kleinigkeit. Wir hören voneinander, richtig?«

»Ganz gewiss.«

Der Unternehmer geleitete ihn zur Tür, wo sie sich erneut verabschiedeten. Takeda ging über den Kies zu seinem Wagen, erhaschte dabei erneut einen Blick in die offene Garage. Nun konnte er den Geländewagen genauer sehen. Das Fahrzeug war beigefarben und trug an der Seite das Logo und den Namen der Firma Henningsen & Söhne.

22.

»Ist ja gut, Otti. Ich hab's verstanden. Du musst ja nicht gleich völlig ausrasten«, sagte Claudia in ihr Handy. Sie stand in der Wohnung von Ryūtarō Matsumoto und hatte eigentlich der eigentümlichen Stille in der Wohnung eines Toten nachgesonnen, als ihr Telefon geklingelt hatte. Das war jetzt gute zehn Minuten her, und seitdem versuchte sie, ihren Kollegen Ottmar Preuß von der Palme zu holen, auf den sie ihn offenbar selbst hinaufgetrieben hatte.

Schien aber sinnlos zu sein.

Ottmar schrie und beschimpfte sie, wurde dabei mitunter so laut, dass Claudia ihr Smartphone gar nicht ans Ohr halten musste. Sie konnte ihn auch so verstehen.

Als Preuß kurz Luft holte, grätschte Claudia dann doch in seinen Redefluss. »Mein Gott, Ottmar. Jetzt mach nicht so ein Drama daraus. So schlimm ist es doch auch wieder nicht.«

»Nicht so schlimm? Machst du Witze? Du weißt gar nicht, was hier los ist. Der ist völlig ausgetickt, nachdem du weg warst. Redet von Verleumdung, Rufschädigung und Schadensersatz.«

Claudia gab ein erschöpftes Schnaufen von sich. »Es war ein Schuss ins Dunkle. Ich bin meinem Gefühl gefolgt. Das tun wir doch öfter mal, oder nicht? Wir konfrontieren Leute mit Vorwürfen, auch wenn wir keinen Beweis dafür haben. Sehen, wie sie drauf reagieren und so. Tust du das nie? Hast du noch nie einem Verdächtigen auf den Kopf zugesagt, dass du ihn für einen Mörder hältst, obwohl du dir nicht sicher bist?«

»Das ist etwas anderes. Vor allem ist es bei weitem nicht so schlimm, wie einem Fußballer zu unterstellen, dass er schwul ist.«

Claudia konnte gar nicht anders, sie musste lachen. »Das meinst du jetzt nicht ernst.«

»Und ob. Schwul und Liga, das geht gar nicht. Außerdem ist es im Fall von Tim Sielhahn totaler Schwachsinn. Das hätte ich dir auch sofort gesagt, wenn du mich einfach mal gefragt hättest.«

»Seine Andeutungen ließen anderes vermuten. Glaub mir, es klang so, als wenn er bei Matsumoto hätte landen wollen, aber abgeblitzt wäre. Abgeblitzt, genau das Wort hat Sielhahn benutzt.«

»Mann, Claudi. Liest du denn keine Zeitung?«

»Nicht den Sportteil.«

»Die Klatschseiten würden reichen. Sielhahn ist alle drei Wochen mit einer neuen Tusse abgebildet. Der ist ein Gigolo, Claudi! Ein Hengst!«

Claudia musste wieder lachen. »Und es kann nicht sein, dass er auf andere Hengste steht? Bist du dir da so sicher?«

Für einen Augenblick blieb es still in der Leitung, dann schrie Preuß erneut los, meinte dass Sielhahn so unschwul wie nur irgendwer sei und dass Claudia sich total verrannt habe. Und dass sie sich verdammt nochmal entschuldigen solle.

Claudia beendete die Verbindung.

Als sie dann wieder von der Stille der Wohnung umgeben war, ärgerte sie sich natürlich schwarz, und zwar über sich selbst. Für einen kurzen Moment hatte sie doch tatsächlich geglaubt, der Lösung des Falles näher gekommen zu sein. Preuß' und Sielhahns Reaktion bewiesen es ja im Nachhinein. Wo Homosexualität auf Liga-Fußball traf, wurde es aggressiv. Und da hätte auch ein spektakulärer Mord nicht verwundert.

Aber wie es aussah, lag sie daneben.

Nur gut, dass sie nicht sofort Takeda angerufen und ihm von ihrem Verdacht erzählt hatte. Der hätte sich im Zweifel auch nur aufgeregt.

Obwohl, hätte er? Jedenfalls bestimmt nicht so wie Preuß.

Das Geräusch der Türklingel ließ Claudia aufschrecken. Es war stürmisch und ungeduldig, erstarb dann und wurde durch ein ungeduldiges Hämmern an der Wohnungstür abgelöst.

»Moment, ich komme ja«, rief Claudia. Sie trat an die Wohnungstür, hatte schon die Klinke in der Hand, als sie doch noch einmal zögerte. Sie schlug ihren Blazer zurück, zog ihre Dienstwaffe aus dem Schulterholster und entsicherte die Waffe. Sicher war sicher. Wer wusste schon, mit wem Matsumoto sich eingelassen hatte. Dann erst öffnete sie vorsichtig die Tür.

Erstaunt blickte Claudia in die Gesichter zweier älterer Damen, die nicht minder überrascht zurückschauten. Claudias erster Gedanke war, dass die Zeugen Jehovas offenbar auf Hausbesuch waren. Allerdings hätten sie sich vermutlich an Matsumoto, der ja nun einmal Zen-Buddhist war, die Zähne ausgebissen.

Bevor Claudia etwas sagen konnte, kam ihr eine der beiden Damen zuvor. Sie war schätzungsweise Mitte siebzig, trug ein braunes, gar nicht so unflottes Kostüm.

»Wer sind Sie? Und was machen Sie in der Wohnung von Herrn Matsumoto?«

»Harms ist mein Name, Kriminalpolizei.«

»Wirklich?« Beide Damen sahen Claudia in unverhohlenem Misstrauen an. Erst jetzt fiel ihr auf, dass sie weder Mäntel noch Jacken trugen und daher vermutlich im gleichen Haus wohnten.

Claudia lächelte und sagte: »Warten Sie, ich zeige Ihnen meinen Dienstausweis.«

»Das wäre nett.«

Die Resolutheit der beiden Frauen bröckelte etwas, als sie Claudias Dienstwaffe bemerkten, die sie immer noch in der Hand hielt und erst jetzt ins Holster zurückschob.

Claudia holte ihren Ausweis hervor. »Bitte, überzeugen Sie sich selbst. Und dann wäre es nett, wenn Sie mir ebenfalls sagen, wer Sie sind.«

Die zweite Dame, die legerer in einer einfachen Hose und einer Bluse mit aufgedruckter Perserkatze gekleidet war, studierte gewissenhaft Claudias Dienstausweis, reichte ihn ihrer Begleiterin und sagte: »Der scheint echt zu sein. Ich heiße Gabriele Meyer, ich wohne oben im zweiten Stock.«

»Und ich bin Ursula Dresen, ich wohne direkt über Herrn

Matsumoto. Schrecklich, was geschehen ist. So ein höflicher junger Mann.«

»Wir haben Stimmen in der Wohnung gehört und haben uns gewundert. Ihre Kollegen von der Spurensicherung haben ihre Arbeit ja bereits beendet. Darum wollten wir nachsehen, ob alles seine Richtigkeit hat.«

»Aufmerksame Nachbarn sind wichtig. Gut so, meine Damen«, erklärte Claudia. »Aber wenn Sie mich jetzt entschuldigen würden. Ich habe zu tun.«

»Wollen Sie uns denn gar nicht befragen? Vielleicht können wir ja etwas Wichtiges zur Aufklärung des Falles beitragen?«, fragte Ursula Dresen, halb enttäuscht und halb vorwurfsvoll.

»Richtig«, pflichtete Gabriele Meyer bei. »Die Befragung des privaten Umfeldes eines Mordopfers gehört schließlich zu einer gründlichen Ermittlungsarbeit dazu. Die Nachbarschaft darf nicht ausgelassen werden! Immerhin kennen wir Herrn Matsumoto seit dem Tag, an dem er hier eingezogen ist.«

»Er war sogar schon einmal oben bei mir, und wir haben gemeinsam Tee getrunken«, fügte Ursula Dresen hinzu. »Er hatte vorbildliche Manieren, da können sich unsere jungen Leute eine Scheibe von abschneiden.«

»Bei mir war er zwar nicht. Wir haben aber oft im Hausflur miteinander gesprochen. Da könnte es ja immerhin sein, dass ich vielleicht das eine oder andere aufgeschnappt habe. Und mit der richtigen Fragetechnik erinnere ich mich vielleicht sogar daran«, fügte Gabriele Meyer mit pfiffigem Gesichtsausdruck hinzu.

Claudia schüttelte sanft den Kopf. Das hier war ungefähr so zielführend, als würde sie Matsumotos Zimmerpflanzen befragen. Die einzige Frage war die, ob die beiden Damen eher der Tatort-Fraktion angehörten und immer dem Sonntagabend entgegenfieberten. Oder ob sie mehr auf die Krimis im zweiten Programm standen, und darum der Sonnabend ihr heiliger Tag war. Eines von beidem traf aber auf jeden Fall zu, schließlich erlebte Claudia so einen Auftritt nicht zum ersten Mal.

Claudia überlegte, ob sie die beiden Damen einfach einmal mit der Nase auf die Realität stupsen sollte, die leider sehr viel grausamer war als ein Fernsehkrimi.

Dann aber rief sie sich zur Ordnung. Die Hausbewohner zu befragen stand ja sowieso noch aus, sie hatte es sich für die nächsten Tage vorgenommen. Dann fing sie einfach schon einmal mit den beiden Damen an.

»Also schön, dann erzählen Sie mir doch einmal, was Sie über Herrn Matsumoto wissen. Besonders interessiert mich, ob Ihnen in den letzten Wochen vielleicht etwas Ungewöhnliches aufgefallen ist.«

Die beiden Nachbarinnen wechselten einen triumphierenden Blick. Dann senkte Gabriele Meyer die Stimme, beugte sich zu Claudia vor und sagte: »Ob uns etwas aufgefallen ist? Das will ich meinen. Und zwar vorgestern Abend, also am Sonntag! Da hatte Herr Matsumoto Besuch. Und es hat einen furchtbaren Streit gegeben.«

»Wie bitte?«

»Da staunen Sie, was? Wir haben alles genau gehört.«

»Was haben Sie genau gehört?«

»Wollen Sie nicht mit hochkommen? Da ist es gemütlicher, und wir können Ihnen alles ausführlich erzählen.«

»Also schön«, sagte Claudia. Sie blickte die beiden Damen immer noch erstaunt an. So konnte man sich täuschen.

23.

In der Mathematik gab es den Begriff der Eleganz, ein überraschendes Wort im Zusammenhang mit Zahlen und Formeln, es schien ja eher etwas mit Mode zu tun zu haben. Gemeint war, wie Takeda wusste, dass die beste Lösung für ein mathematisches Problem sich durch eine überraschende Schlichtheit und Schönheit auszeichnete. Egal, wie knifflig eine Aufgabe auch war, und egal, wieviele Generationen von Denkern sie zu lösen versucht hatten, am Ende sollte der Beweis so simpel und einleuchtend sein, dass die Fachwelt sich fragte, warum nicht schon viel früher jemand darauf gekommen war.

Takeda fragte sich seit längerem, ob dasselbe für die Lösung von Kriminalfällen galt. Konnte der Beweis, der einen Mörder am Ende überführte, so schlicht und überzeugend sein, dass man sich ebenfalls fragte, warum man nicht schon viel früher darauf gekommen war?

Rund zwei Stunden nach seinem Gespräch mit Henningsen spazierte Takeda durch den Jenischpark, einem nach englischem Vorbild gestalteten Landschaftsgarten im Hamburger Stadtteil Othmarschen – nicht weit von Klaus-Heinrich Henningsens Villa entfernt. Haruko hatte ihn schon überraschend schnell, nachdem er die Villa an der Elbchaussee verlassen hatte, angerufen und um ein Treffen gebeten; sie hatte den Park als Treffpunkt vorgeschlagen. Da die Zeit nicht ausgereicht hätte, um zum Präsidium zurückzukehren, hatte er den Wagen am Jachthafen von Teufelsbrück abgestellt und sich zunächst in dem Ponton-Café mit einem Kaffee gestärkt.

Jetzt lief er durch den Park und genoss die frische Luft und die Bewegung. Vom oberen Ende der großen Wiese aus reichte der Blick bis hinab auf die Elbe, die einen trägen, winterlichen Eindruck machte. Gelegentlich schob sich ein Containerfrachter vorüber, war dann für kurze Zeit in seiner riesigen stählernen Mächtigkeit sichtbar, verschmolz aber schon bald mit den Nebelschwaden, die ihrerseits in den tiefhängenden bewölkten Himmel übergingen.

Claudia hatte ihn vor diesen Tagen im späten Winter gewarnt, an denen es in Hamburg gar nicht richtig hell zu werden schien und in denen man das Gefühl hatte, dass die Zeit eingefroren war und es niemals Frühling werden würde.

Takeda gefiel die Stimmung dennoch, zumindest wenn er hier draußen sein konnte, ein wenig entfernt vom Trubel der Stadt.

Hier konnte man glatt vergessen, dass man überhaupt in einer Großstadt war, konnte meinen, irgendwo in einem ländlichen Nirgendwo zu sein, in dem das Leben gemächlich dahinschlich, in dem niemand es eilig hatte und die einzig wichtige Veränderung die der Jahreszeiten war.

Als Takeda Haruko schließlich erblickte, war er überrascht. Die bildhübsche junge Frau wirkte ganz anders als noch vor knapp zwei Stunden, ja, er zweifelte sogar kurz, ob sie es überhaupt war. Statt eines Kimonos trug Haruko nun Jeans und einen farbenfrohen Mantel, hatte sich einen meterlangen Strickschal um den Hals gewickelt und trug auf dem Kopf ein Basecap mit Strass-Besatz und *AC/DC*-Aufschrift. Sie wirkte wie ein normales, ein wenig überdrehtes japanisches Girlie in den frühen Zwanzigern, und niemand wäre wohl auf die Idee gekommen, dass sie in Wahrheit eine in den klassischen Künsten ausgebildete Geliebte eines alten deutschen Unternehmers mit Japan-Faible war.

»Fühlst du dich wohl, Haruko?«, fragte Takeda, nachdem die junge Frau zu ihm aufgeschlossen hatte. Sie begrüßten sich mit einer Verbeugung, wobei Haruko den Kopf sehr viel tiefer neigte als der Inspektor. Er war der Ältere, beließ es eher bei einem Kopfnicken, benutzte außerdem eine weniger höfliche Sprache, die dem deutschen Duzen gleichkam. Eigentlich war ein einziger Blick ausreichend, um zu wissen, dass Haruko sich alles andere als wohl fühlte. Sie wirkte unsicher, ja geradezu verängstigt, behielt auf gehetzte Art die Umgebung im Auge.

»Dies ist ein guter Ort zum Treffen«, erklärte sie, ließ Takedas eigentliche Frage unbeantwortet. »Ich komme sowieso fast jeden Tag hierher, um ein wenig spazieren zu gehen. Henningsen-Sama wird also keinen Verdacht schöpfen.« Sie benutzte die Endsilbe *Sama*, die höflicher und respektvoller war als das übliche *San*.

Takeda sparte sich eine Nachfrage und kam direkt auf den Grund ihres Treffens zu sprechen. »Ich denke, du hast mich um dieses Treffen gebeten, weil du mir etwas sagen möchtest. Worum geht es?«

Haruko presste die Lippen zusammen und nickte ernsthaft. »Sie haben mit Henningsen-Sama über Herrn Nishimori gesprochen, richtig? Und er meinte, dass er und Nishimori-San keinen Kontakt mehr hätten. Aber das stimmt nicht, Inspektor.«

»Hast du uns belauscht?«

»Die Tür stand offen und ich konnte nicht anders, als Ihrem Gespräch zuzuhören.«

»Ich verstehe. Aber egal, du sagst also, Henningsen und Nishimori haben weiterhin miteinander zu tun?«

»So ist es, Inspektor.«

Takeda sah das Mädchen leicht ratlos an. »In Ordnung, aber ist das wichtig? Ich meine, du weißt schon, warum ich mit Henningsen gesprochen habe? Und in welcher Sache ich ermittle?«

Haruko senkte schüchtern den Blick. »Ja, natürlich. Wegen Matsumoto-San, der auf so schreckliche Weise ums Leben gekommen ist.«

»Also?«

Sie begannen, langsam durch den Park zu schlendern, doch schon nach wenigen Schritten blieb Haruko wieder stehen. Sie sah Takeda mit verängstigtem Gesicht an, sagte schließlich mit leiser Stimme: »Die beiden, also mein Herr und Nishimori, haben vergangene Woche miteinander telefoniert. Es ging um Matsumoto-San. Sie waren sehr aufgebracht. Und nur wenige Tage später war er tot.«

Nun war Takeda elektrisiert. Er fasste Haruko mit beiden Händen an den Schultern. »Was willst du damit sagen? Dass die beiden etwas damit zu tun haben?«

»Das weiß ich nicht, Inspektor. Ich weiß nur, was ich gehört habe.«

»Dann sag mir, worüber genau die beiden gesprochen haben.«

»Matsumoto hat ihnen Sorgen bereitet, weil er etwas nicht tun wollte, das mein Herr und Nishimori-San von ihm verlangt haben. Darum waren sie sich einig, dass eine schnelle Lösung für das Problem gefunden werden müsse.«

»Das wurde so gesagt? Eine schnelle Lösung für das Problem? Und damit war Matsumoto gemeint?«

Haruko wirkte zögerlich. »Sie haben am Telefon gesprochen, darum konnte ich nur hören, was Henningsen-Sama sagte. Aber ja, er hat es so gesagt. Er war wütend und meinte, Matsumoto sei eine große Enttäuschung. Alles habe sich anders entwickelt als erwartet. Und daran sei ein Mann namens Deriba schuld.«

»Deriba?« Takeda schüttelte verwundert den Kopf, schnalzte dann mit der Zunge und sagte: »Meinst du vielleicht Delibasic, den Fußballer?«

Haruko nickte nachdrücklich. »Ja, richtig. So haben sie ihn genannt. *Deribazicchu* …«

Takeda lächelte nachsichtig. Der Name war schon für Deutsche ein Zungenbrecher, aber für Japaner war er nahezu nicht auszusprechen. Ihm selbst ging es nicht anders. »Und hast du verstanden, was genau sie meinten? Welche Rolle hat Delibasic gespielt?«

»Ich bin mir nicht sicher. Aber sein Name ist schon früher gefallen, wenn Matsumoto zu Besuch war. Und immer ist Henningsen-Sama laut geworden. Er meinte, dieser Deriba-San hätte einen schlechten Einfluss auf ihn, würde ihn vom Weg abbringen. Er solle ihn nicht mehr treffen, sondern sich an das halten, was abgesprochen war.«

»Und was war das? Was ist abgesprochen worden?«

»Das weiß ich nicht.«

»Aber Henningsen wollte, dass Matsumoto die Freundschaft zu Delibasic beendet?«

»Ja.«

Takeda schüttelte verwundert den Kopf. »Ich dachte, Henningsen sei eine Art Mentor für Matsumoto gewesen, ein älterer Freund und Wegweiser. War er in der Position, solche Dinge von seinem Schützling zu verlangen?«

Haruko zuckte kläglich mit den Schultern. »Ich denke, er konnte es. Matsumoto war oft bei Henningsen-Sama. Immer ging es sehr streng zu. Matsumoto musste immer alles erzählen, was er tat oder nicht tat, und mein Herr hat es ihm gestattet oder auch verboten. Das mit Deriba-San passte ihm von Anfang an nicht. Henningsen hat all das wiederum stets mit Nishimori am Telefon besprochen. Die Entscheidungen hat dann am Ende er getroffen.«

»Nishimori?«

»Ja.«

Takeda schüttelte erneut den Kopf. Wie passte all das zusammen? Wieso berieten ein alter Deutscher und ein fast hundertjähriger Japaner, was ein junger Fußballer zu tun und zu lassen hatte? Vor allem, wo war die Verbindung zwischen Nishimori und Matsumoto? Er fragte Haruko danach, doch auch sie konnte die Frage nicht beantworten.

»Na gut«, fuhr Takeda fort. »Wann genau war dieses Telefonat zwischen Henningsen und Nishimori? Das, in dem sie über eine schnelle Lösung des Problems gesprochen haben?«

»Das war letzte Woche. Vielleicht am Montag oder Dienstag. Ich weiß es nicht mehr genau. Nishimori hat gesagt, dass er jemanden nach Deutschland schicken würde, der sich darum kümmert.«

»Wie bitte?« Takeda blieb abrupt stehen. »Bist du sicher?«

»Ja.«

»Und mit diesem *darum kümmern* war Matsumoto gemeint?«

»Ich denke ja.«

»Aber hast du nicht gerade selbst gesagt, dass du nur Henningsens Worte hören konntest?«

Haruko nickte verschüchtert. »Das ist richtig. Aber ich konnte es aus der Antwort von Henningsen-Sama heraushören. Er fragte, wann der Mann in Deutschland eintreffen werde. Und dann ist der Mann auch wirklich gekommen.«

»Ein Japaner? Zu Henningsen?«

»Ja, Inspektor.«

Takeda schloss für einen Moment die Augen. Er hatte die ganze Zeit gewusst, dass ein Japaner eine Rolle bei Matsumotos Tod gespielt hatte. Endlich bekam er einen konkreten Hinweis, dass er mit seiner Vermutung richtig lag.

»Wann war das?«

»Am Samstag.«

»Also einen Tag vor Matsumotos Tod. Hast du diesen Mann gesehen? War er bei Henningsen?«

»Ja, er war dort. Aber gesehen habe ich ihn nicht. Henningsen-Sama hat mich in mein Zimmer geschickt. Ich durfte nicht dabei sein.«

»Und stand vielleicht zufälligerweise wieder die Tür offen, so dass du etwas hören konntest?«

»Ein wenig«, sagte Haruko mit einem schüchternen Lächeln.

»Worüber haben die beiden gesprochen?«

»Zunächst blieb es sehr allgemein. Über Deutschland und Japan. Und über Nishimori, den Henningsen-Sama sehr bewundert. Ich glaube, das kommt daher, dass schon sein Vater und Nishimori-San befreundet waren.«

»Davon habe ich gehört.«

»Aber dann wurde das Gespräch laut.«

»Du meinst, sie haben sich gestritten? Henningsen und der Besucher aus Japan?«

»Es war kein Streit. Aber Henningsen-Sama war sehr böse an dem Tag. Überhaupt war er ... anders. Es hing mit Matsumoto zusammen. Er war sehr wütend. Noch mehr also sonst.«

»Wie ging es dann weiter?«

»Sie haben vereinbart, dass der Mann ...«

»Weißt du, wie er hieß?«

»Nein, sie haben keinen Namen genannt.«

»In Ordnung, weiter.«

»Sie haben vereinbart, dass er sich mit Matsumoto noch am selben Abend treffen und auch noch einmal mit ihm reden sollte. In aller Deutlichkeit.«

»Das wurde so gesagt? In aller Deutlichkeit?«

»Ja, das waren die Worte.«

»Ist es zu dem Treffen gekommen?«

»Ja.«

»Weißt du etwas darüber?«

»Nein, leider nicht, Inspektor«

»Wo haben sich die beiden getroffen?«

»Auch das weiß ich nicht.«

Sie erreichten den bewaldeten Teil des Parks, der östlich der großen Wiese lag und spazierten weiter im Schatten der noch kahlen Bäume. Takeda blickte nachdenklich zu Haruko, die auf niedlich stolpernde Art neben ihm herging. Ihre Art, sich zu bewegen, entsprach ganz dem Geschmack vieler japanischer Männer. Für sie mussten Mädchen und junge Frauen möglichst kindlich erscheinen, auf süße Art hilflos und naiv sein. Sogar im Bett sollten sie sich ängstlich geben und den Sex eher ertragen als genießen, während die Männer sie dominierten. Nichts davon entsprach Takedas Vorstellungen, aber er wusste, dass er damit wohl eine Ausnahme war.

Takeda musste an das Fahrzeug denken, das er in Henningsens Garage gesehen hatte. Ein SUV mit seitlicher Aufschrift. Nun kam die Aussage von Haruko hinzu. Konnte also Henningsen der Täter sein? Oder zumindest in den Tod von Matsumoto verwickelt sein?

Aber was war das Motiv?

Und welche Rolle spielte Heijiro Nishimori, der japanische Unternehmer, der ja ebenso wie Henningsen in die Sache verwickelt war? Takeda musste unbedingt mehr über ihn herausfinden.

Noch hatte sich der Nebel nicht gelichtet. Noch blieben die Dinge unscharf und verschwommen. Und doch hatten sie ein wenig an Kontur gewonnen.

Takeda sah Haruko nun ganz direkt an, auch wenn er sie dadurch einschüchterte. »Ich frage dich noch einmal, Haruko. Glaubst du, dass Henningsen etwas mit Matsumotos Tod zu tun hat? Steckt Nishimori dahinter? Glaubst du, dass der Japaner, der zu Besuch war, ihn getötet hat?«

Haruko riss die Augen auf, wollte etwas sagen, verstummte dann aber doch wieder.

»Bitte, Haruko-San, du musst es mir sagen, wenn du etwas weißt.«

Die junge Japanerin blickte ihn weinerlich an und sagte mit gehauchter Stimme: »Henningsen-Sama ist immer sehr gütig zu mir, Herr Inspektor. Dennoch ist er ein böser Mann. Sein Herz ist dunkel und voller Hass auf viele Dinge. Ja, ich glaube, es stimmt, was Sie sagen.«

Takeda nickte nachdenklich. Er wusste, dass er sich jetzt eigentlich freuen müsste oder wenigstens erleichtert sein sollte. Tatsächlich aber spürte er, wie eine tiefe Müdigkeit von ihm Besitz ergriff. Er bat Haruko darum, ihren Eindruck näher zu beschreiben. Das Mädchen suchte nach Worten, beschrieb dann Dinge, die er ja auch schon selbst bei Henningsen erlebt hatte. Er behandele seinen Sohn und die übrigen Angestellten der Firma schlecht. Seine Frau, die inzwischen verstorben wäre, hätte er gehasst. Er sei oft herrisch, äußere sich ausländerfeindlich, obwohl er bei Japanern eine Ausnahme mache. Er sehe Deutschland und auch Japan dem Untergang nahe, rede immer wieder davon, dass es Zeit sei, etwas zu unternehmen. Matsumoto war irgendwie Teil dieses Plans, hatte darin eine Aufgabe zu erfüllen. Doch worin genau die bestanden habe, das wisse sie nicht.

Takeda stellte noch weitere Fragen, merkte aber, dass das Mädchen nicht mehr viel Konkretes zu sagen hatte. Auch erkundigte er sich nach der deutsch-japanischen Kaminrunde, zu der Henningsen junge Deutsche und Japaner einlud, erwähnte den Streit, der zwischen Matsumoto und einem anderen Teilnehmer ausgebrochen war. Doch davon schien Haruko nichts zu wissen.

Schließlich sagte Takeda: »Ich danke dir für dieses Gespräch, Haruko-San. Ich verspreche dir, dass Henningsen nichts davon erfahren wird.«

»Ich hoffe, ich konnte nützlich sein, Herr Inspektor.«

Sie verabschiedeten sich am östlichen Eingang des Parks. Haruko würde von dort zu Fuß zur Villa Henningsens zurückkehren. Takeda blickte ihr nach und fragte sich, wie es der jungen Frau wohl möglich sein könnte, trotz all dieser Gefühle, die sie ihm offenbart hatte, sich vielleicht noch am gleichen Tag dem alten Mann wieder hinzugeben.

Aber die Antwort darauf hatte Henningsen selbst während ihres Gesprächs vorhin gegeben. In Japan gäbe es eben noch Frauen, die sich zu fügen wüssten. Damit hatte er wohl recht.

24.

Zur selben Zeit saß Claudia in einem bieder eingerichteten Wohnzimmer im ersten Stock eines Mietshauses in Halstenbek und wurde mit einem klassischen und höchst aromatischen Filterkaffee bewirtet.

Ursula Dresen, ihre Gastgeberin, und Gabriele Meyer, ihre Nachbarin, schilderten, was sie an dem Tag, an dem Matsumoto zu Tode gekommen war, beobachtet hatten. Am frühen Abend hatte der Japaner einen Besucher empfangen, und obwohl Matsumoto sonst immer sehr ruhig gewesen sei, sei es dabei erschreckend laut zur Sache gegangen. Matsumotos Besucher habe so laut geschrien, dass er im ganzen Haus zu hören gewesen sei.

»Haben Sie mitbekommen, worum der Streit ging?«, fragte Claudia.

Gabriele Meyer erklärte: »Am Anfang nicht. Obwohl wir uns, nun ja, große Mühe gegeben haben, alles genau mitzubekommen. Nicht, dass wir neugierig wären ...«

»Natürlich nicht«, sagte Claudia.

»Sie müssen wissen, dass Gabriele und ich hier bei mir in der Wohnung waren. Wir haben Tee getrunken und gescrabbelt. Zuerst war nur das Gebrüll zu hören«, erklärte Ursula Dresen mit einem Lächeln. »Aber als der Besucher von Herrn Matsumoto gehen wollte und der Streit im Hausflur weiterging, da konnten wir jedes Wort verstehen.«

»Und? Was wurde gesagt?«, fragte Claudia.

»Der andere Mann, also der Besucher, meinte, dass Herr Matsumoto es bitter bereuen würde, wenn er es täte.«

»Wenn er was täte?«, fragte Claudia, wedelte dazu auffordernd mit den Händen.

Gabriele Meyer zuckte mit den Schultern. »Das wissen wir nicht. Aber er meinte wörtlich: Wenn du das tust, bist du tot, Alter! So sprechen die jungen Leute ja neuerdings! Immer sagen Sie *Alter* hinter ihren Sätzen, obwohl sie ja noch so jung sind. Jedenfalls hat er es genauso gesagt: Glaub mir, dann wirst du es bitter bereuen! Wenn du das tust, bist du tot.«

Claudia machte sich ein paar Notizen. »Was hat Matsumoto erwidert?«

Ursula Dresen legte sich die Fingerspitzen an die Schläfen, sagte dann mit aufs äußerste konzentrierter Stimme: »Er meinte, es wäre ihm egal. Er hätte keine Wahl. Also ganz wörtlich: Es ist mir egal. Ich muss es tun. Daraufhin sagte der andere Mann: Ich habe dich gewarnt. Du wirst es bereuen.«

»Du wirst es bereuen ...«, wiederholte Claudia. »War das eher eine Drohung? Oder eine Warnung?«

Die beiden Damen sahen sich an, zuckten beide ratlos mit den Schultern. Gabriele Meyer erklärte: »Auf jeden Fall war der Tonfall sehr böse. Vielleicht war es eher eine Drohung. Wir hatten beide Angst.«

Claudia nickte, fragte dann: »Haben Sie diesen anderen Mann sehen können?«

»Nein. Wir haben nur gehört, was im Flur gesprochen wurde. Ich stand zwar an der Wohnungstür, um besser verstehen zu können ... aber man kann von dort nicht nach unten sehen.«

»Und Sie, Frau Dresen?«

Die Angesprochene errötete leicht. »Ich war hier im Wohnzimmer.«

Claudia sah sie abwartend an, ihr Tonfall verriet, dass sie zögerte, alles zu sagen. »Okay, Sie waren im Wohnzimmer. Und dann?«

»Ich habe aus dem Fenster gesehen. Von hinter dem Vorhang.«

»Das ist doch wunderbar! Sie konnten den Mann also sehen, als er das Haus verließ?«

»Ja, schon. Aber nicht so richtig. Es war ja schon dunkel. Und er trug so eine Kapuze über dem Kopf.«

»Sie meinen einen Hoodie?«

»Nein. Ich meine so ein Sweatshirt mit Kapuze.«

Claudia rollte mit den Augen. »Egal. Ist Ihnen sonst etwas an dem Mann aufgefallen? Irgendein markantes Merkmal? Oder konnten Sie erkennen, wohin er gegangen ist?«

»Er ist in ein Auto gestiegen, das vor der Tür stand. Dann ist er mit quietschenden Reifen losgefahren. Am Anfang ist der Wagen sogar hin- und hergeschlittert, weil er so schnell fuhr. Ich hatte Angst, dass es gleich einen Unfall gibt.«

Claudia lächelte fein. »So, wie ich Sie einschätze, meine Damen, haben Sie sich bestimmt das Kennzeichen des Wagens gemerkt, stimmt's?«

Ursula Dresen und Gabriele Meyer sahen sich an, schüttelten dann beide mit dem Kopf. Die Dresen erklärte: »Nein, das nun nicht. Wie gesagt, es war ja dunkel. Und der Wagen fuhr so schnell ...«

Claudia seufzte enttäuscht. »Was ist mit dem Auto? Wissen Sie, was für ein Typ es war? War irgendetwas auffällig daran? Die Farbe vielleicht?«

»Tja, ich weiß nicht. Es war ein großer Wagen. Ich glaube hell. Weiß oder beige. Aber sicher bin ich mir da nicht.«

»Denken Sie nach, Frau Dresen. Das ist wirklich wichtig.«

»Tja, also, wie gesagt. Es war ein großes Auto. Ein SUV. Mein Sohn hat einen ganz ähnlichen.«

Claudia starrte Ursula Dresen an. Einem Instinkt folgend zog sie ihr Handy aus der Tasche, machte ihre Fotogalerie auf und wischte die Aufnahme herbei, die sie von Delibasics Wagen angefertigt hatte. Es war dasselbe Bild, das sie auch schon Rüdiger Stork gezeigt hatte. »Sehen Sie sich bitte dieses Bild an, Frau Dresen. Könnte das der Wagen gewesen sein?«

Die alte Dame nahm das Smartphone in die Hand und führte es sich dicht vor die Augen. Dann ließ sie das Gerät wieder sinken, sah Claudia an und sagte mit triumphierender Stimme: »Das war das Auto. Gar kein Zweifel. Ich erkenne es wieder. Und jetzt fällt mir auch ein, dass auf der Seite diese Werbung stand. Die Firma kenne ich doch, von denen ist auch die Heizung hier im Haus.«

»Sind Sie sich sicher, Frau Dresen?«

»Absolut.«

Claudia spürte, wie eine tiefe Anspannung von ihr abfiel, wie immer, wenn sie das Gefühl hatte, dass ein Fall sich seiner Aufklärung näherte.

Sie stand auf und sagte: »Vielen Dank, meine Damen. Ich glaube, Sie können stolz auf sich sein. Es ist gut möglich, dass Sie uns entscheidend weitergeholfen haben.«

25.

Shin Ishikawa war ein etwas graugesichtiger, aber gutmütiger Angestellter, der die Hamburger Vertretung einer japanischen Werft leitete. Takeda hatte ihn im *Hotoke* kennengelernt, wo sie sich gelegentlich über eine Schüssel Nudeln oder eine Donburi-Schale hinweg über Neuigkeiten aus der Heimat ausgetauscht hatten. Der Inspektor hatte ihn nach seinem Gespräch mit Haruko angerufen und war dann auf direktem Weg zu Ishikawas Firmensitz in der City Süd gefahren.

»Ishikawa-San, sehr freundlich, dass Sie mir ein wenig Ihrer kostbaren Zeit opfern«, sagte Takeda und verbeugte sich, nachdem ihn eine junge Office-Lady zu seinem Büro geführt hatte.

»Das ist doch selbstverständlich, Inspektor. Bitte, kommen Sie herein. Nehmen Sie Platz. Möchten Sie Tee?«

»Sehr gerne.«

Ishikawa führte ihn in eine Besprechungsecke, in der alte, schon reichlich durchgesessene Sofas und Sessel standen. »Sie sind also wegen Ryūtarō Matsumoto hier? Schlimme Sache ... aber ich wüsste nicht, wie ich Ihnen dabei weiterhelfen könnte.«

Takeda lächelte und machte eine dämpfende Handbewegung. Er wollte die unverkennbare Anspannung Ishikawas lindern. Der Angestellte hatte zwar keinerlei Anlass dazu, aber ein Gespräch mit einem Polizisten, der in einer Mordsache ermittelte, war für niemanden einfach.

Takeda wartete kurz, da die Angestellte mit einem Tablett hereinkam und mit einer höflichen Verbeugung eine dampfende Tasse *Ocha*, grünen Tee, vor ihn stellte. Der Inspektor bedankte sich, wartete bis die junge Frau den Raum wieder verlassen hatte.

»Der Grund meines Besuches ist der, dass ich etwas über einen Mann namens Heijiro Nishimori erfahren möchte. Ich habe vorhin ein wenig im Internet gestöbert und schon das eine oder andere gelesen ... Ich weiß, dass Nishimori im Schiffbau tätig war. Und da Sie ja im selben Gewerbe tätig sind, dachte ich, dass ich von Ihnen vielleicht Dinge hören könnte, die möglicherweise nicht so ohne weiteres zugänglich sind.«

»Heijiro Nishimori? Der Industrielle?«, fragte Ishikawa mit verblüffter Stimme. »Ich bin mir gar nicht sicher, ob der überhaupt noch unter uns weilt.«

»Doch, doch. Er ist zwar inzwischen mit nahezu einhundert Jahren hochbetagt und hat sich offenbar weitgehend aus der Öffentlichkeit zurückgezogen. Aber er lebt. Er scheint sogar bei guter Gesundheit zu sein«, erklärte Takeda.

»Sehen Sie, das wusste ich gar nicht. Es stimmt schon, ich habe Nishimori einige Male getroffen. Das ist allerdings Ewigkeiten her ... Darf ich fragen, wieso die Sache mit Matsumoto Ihr Interesse an Nishimori geweckt hat?«

Takeda hatte mit Ishikawas Frage gerechnet, fühlte sich nun aber doch ertappt. Mit etwas verlegener Stimme sagte er: »Ich möchte es so ausdrücken, Ishikawa-San. Viele kleine Schritte ergeben am Ende möglicherweise einen großen Schritt. Von daher kann ich Ihre Frage so recht nicht beantworten. Hinterher ist man bekanntlich immer klüger.«

»Sicher, ja ... viele kleine Schritte«, wiederholte Ishikawa. Er verstand durchaus, dass Takeda keine näheren Auskünfte erteilen wollte. Er trank seinerseits einen Schluck Tee, schloss dabei die Augen und konzentrierte sich. Dann sagte er: »Ich übertreibe gewiss nicht, wenn ich sage, dass Nishimori ein sehr ungewöhnlicher Mann ist. Ich war in den frühen achtziger Jahren als junges Firmenmitglied in der strategischen Abteilung unseres Konzerns tätig. Bevor Sie mich fragen, was das sein soll, erkläre ich es lieber. Wir haben den Kontakt zur Politik und in die Behörden gehalten. Sie können sich vorstellen, dass das mit einem Einsatz verbunden ist, den man nur als junger Angestellter leisten kann ...«

Ishikawa deutete pantomimisch an, ein Glas zu leeren. Takeda lächelte verstehend.

Der Niederlassungsleiter fuhr fort: »Glauben Sie mir, es war bei weitem nicht nur Sake, Inspektor. Die Herren in den Ministerien wollten auf vielerlei Weise bei Laune gehalten werden. Die Wirtschaft ist nun einmal darauf angewiesen, eng mit der öffentlichen Hand zu kooperieren. Nishimori war damals der Ehrenpräsident des Werftenverbandes und darum bei vielen Banketten und Konferenzen dabei. Obwohl er schon nicht mehr jung war, war er immer noch eine sehr beeindruckende Erscheinung. Ausgesprochen charismatisch. Obwohl, wie Sie sicherlich wissen, böse Zungen auch anderes über ihn erzählen.«

Takeda deutete eine Verbeugung an. »Um eben das zu hören, bin ich hier, Ishikawa-San.«

Der Niederlassungsleiter stand auf und schloss die Tür zu seinem Büro. »Es zieht ein wenig, Inspektor. Von daher ...«

»Ja, natürlich. So habe ich es auch empfunden.«

Ishikawa nahm wieder Platz und fuhr fort: »Um all das zu verstehen, muss ich ein wenig in die Vergangenheit gehen. Nishimoris Karriere begann, soweit ich informiert bin, in den fünfziger Jahren, als er etwa Mitte dreißig war. Damals hat er einen rasanten Aufstieg in der Schiffbauindustrie gemacht und ist schnell zu einer der führenden Figuren der Branche geworden. Sie wissen sicherlich, dass der Schiffbau in der Nachkriegswirtschaft unserer Heimat eine enorme Rolle gespielt hat. Es war eine der Schlüsselindustrien für den Aufstieg Japans zur globalen Wirtschaftsmacht. Von daher erklärt sich auch Nishimoris großer Einfluss über die Werftenindustrie hinaus und besonders in die Politik. Er hat ein beeindruckendes Vermögen aufgehäuft und war zudem lange Jahre eine der prägenden Stimmen im *Keidanren*, dem Wirtschaftsverband.«

»Ich verstehe«, sagte Takeda. »Dieser Einfluss in die Politik – wie hat der sich bemerkbar gemacht?«

Ishikawa versank kurz in Erinnerungen, schüttelte dabei lächelnd den Kopf. »Nishimori war ein donnernder Redner und hat keine Gelegenheit versäumt, sich zu äußern. Seine Vorträge waren beeindruckend, aber auch furchterregend. Vergessen Sie nicht, wir reden über die Zeiten des Kalten Krieges. Nishimori hat sich früh als konservativer Hardliner hervorgetan, der den Politikern, die ihm wohlgesinnt waren, ebenfalls gerne behilflich war. Durch seine Rolle in der Schiffbaubranche war er früh in die Auseinandersetzungen mit den Gewerkschaften und anderen linken Kräften verwickelt. Er war nicht zimperlich und hat sich tatkräftige Hilfe gegen die Aufwiegler gesucht. Und zwar dort, wo sie ihm angeboten wurde.«

Takeda hob vielsagend die Augenbrauen. »Wir sprechen über die *Yakuza?* Vermute ich richtig?«

Ishikawa nickte. »Absolut, Inspektor. Die Syndikate haben in der Unterdrückung der Streikbewegung in jenen Jahren eine große Rolle gespielt, und Nishimori war einer der Strippenzieher im Hintergrund. Anschließend hat er seine Truppen überall dort zur Verfügung gestellt, wo sie benötigt wurden, etwa um öffentliche Bauvorhaben durchzusetzen. Die Politik hat sich nicht undankbar gezeigt und Nishimoris Wirtschaftspläne wohlwollend begleitet. Ein Problem dabei war allerdings, dass Nishimori als zu rechtslastig galt. Sie wissen schon, er hielt die konservativen Werte hoch und verehrte den Kaiser, aber eben noch ein wenig mehr, als wir es alle tun. Darum hatte er auch nie ein Problem damit, sich mit Radikalen einzulassen. Er soll mit seinem Vermögen die Antikommunistische Liga finanziert haben, die in Südostasien aktiv war. Ende der sechziger Jahre aber ist er dann endgültig zu weit gegangen, als er sich mit dem Putschversuch von Yukio Mishima solidarisch erklärte.«

Takeda blickte sein Gegenüber erstaunt an. »Mishima? Das ist der Schriftsteller, der einen Militärputsch ausrufen wollte und sich anschließend das Leben genommen hat?«

»Richtig. Mishima ist einer der bedeutendsten Literaten unserer Heimat, Inspektor. Er war mehrfach für den Nobelpreis nominiert. Aber er war ein politisches Irrlicht. Nachdem sein Versuch, im Jahr 1970 eine rechte Revolution anzuzetteln, schiefgegangen war, hat er auf traditionelle Art *Seppuku* begangen. Seitdem wird er in nationalistischen Kreisen wie ein Heiliger verehrt.«

Takeda versank für einen Moment in tiefe Grübeleien. Er durfte das, was er von Ishikawa hörte, nicht überbewerten, zumal diese Ereignisse lange zurücklagen. Andererseits musste er sofort an Klaus-Heinrich Henningsen denken, der ja ganz offensichtlich ebenfalls politisch rechts stand und zugleich Verbindungen zu Nishimori hatte. Und nun hatten sie es mit einem toten Fußballer zu tun, der ebenfalls *Seppuku* begangen hatte. Und alle diese Männer waren wiederum auf die eine oder andere Art mit der *Tōzaikai*-Sekte verbunden ... Konnte das Zufall sein? Wohl kaum. Aber ließ sich darauf eine Hypothese zur Aufklärung von Matsumotos Tod aufbauen? Es war zumindest nicht einfach. Außerdem konnte er sich ausmalen, wie seine deutschen Vorgesetzten im Polizeipräsidium reagieren würden, wenn er mit einer solchen Geschichte ankam!

Oder noch einfacher – wie würde Claudia reagieren? Er konnte es sich denken. Sie würde ihn für verrückt erklären.

Takeda erhob sich von seinem Platz, war dabei immer noch tief in Gedanken versunken.

»Ist alles in Ordnung mit Ihnen, Inspektor?«, fragte Ishikawa.

»Ja, es ist alles bestens. Vielen Dank für Ihre Auskünfte, Ishikawa-San. Es ist gut möglich, dass Sie mir weitergeholfen haben.«

26.

»Sie haben gelogen, Herr Delibasic.«

»Ach ja?«

Claudia nickte süffisant. »Sie waren am Tatabend bei Matsumoto zuhause. Und Sie haben sich mit ihm gestritten. Dafür gibt es Zeugen. Ich bin gespannt, wie Sie uns das erklären wollen.«

Claudia war mit Ottmar Preuß erneut in dem kleinen Befragungsraum auf dem Gelände des HSV. Zuvor hatten sie die beiden Kollegen, die Preuß unterstützten, hinausgeschickt. Sie wollten mit Delibasic alleine sprechen.

Der Fußballer verschränkte trotzig die Arme vor der Brust, sah Claudia und Preuß mit vorgeschobenem Kinn an. »Und jetzt glauben Sie, ich habe Matsu umgebracht, oder was?«

»Haben Sie?«

»Blödsinn! Er war mein Freund, mein Bruder.«

»Vielleicht glaube ich Ihnen sogar. Trotzdem spielen Sie mir etwas vor, und ich frage mich, warum. Sie sollten endlich offen und ehrlich mit uns reden. Gerade dann, wenn Matsu Ihr Bruder war, wie Sie sagen.«

»Ich scheiße auf die Polizei.«

Claudia und Preuß wechselten einen Blick, rollten beide mit den Augen. Solche Sprüche zu hören war fast normal geworden, es gehörte zum Polizeialltag. Darum tat's nicht mehr ganz so weh. Aber Spaß machte es eben auch nicht.

Claudia hatte inzwischen mit Takeda telefoniert, und der hatte ihr erzählt, was er von Haruko, der japanischen Mätresse Henningsens, erfahren hatte. Für ihre Ohren ergab das Ganze zwar noch nicht wirklich Sinn. Andererseits hatte sich bestätigt, dass Delibasic in dem ganzen Fall eine entscheidende Rolle spielte. Anders war nicht zu erklären, warum Henningsen den Kontakt zwischen Matsumoto und dem Bosnier unterbinden wollte. Unklar war nur, ob Delibasic dabei nun eine positive oder negative Rolle spielte.

Claudia setzte ein giftiges Lächeln auf und sagte: »Ich mache Ihnen einen Vorschlag, Herr Delibasic. Mein Kollege legt Ihnen jetzt Handschellen an. Dann fahren wir gemeinsam aufs Präsidium und unterhalten uns dort weiter. Draußen stehen zwar nicht mehr ganz so viele Journalisten wie gestern, aber es sind immer noch genug. Glauben Sie mir, dann können Sie Ihr Foto morgen auf sämtlichen Zeitungen der ganzen Welt sehen. In Japan kriegen Sie vielleicht sogar eine Sondersendung im Fernsehen. Und dann, ja, dann könnte ich es sogar verstehen, dass Sie auf uns scheißen. Weil sie dann nämlich selbst ziemlich am Arsch sind.«

Delibasic brauchte ein paar Sekunden, bis seine Fassade wieder stand. Aber noch war er nicht bereit, klein beizugeben. Er verschränkte die Arme vor der Brust und erklärte mit trotziger Stimme: »Wenn Sie das tun, verklage ich Sie. Und glauben Sie mir, ich kann mir gute Anwälte leisten. Sie nicht.«

Claudia sah erneut zu Preuß hinüber, diesmal mit einem ungläubigen Kopfschütteln. Der blieb zunächst ganz gelassen, drehte sich dann jedoch mit einer plötzlichen Bewegung zu Delibasic um und schrie ihn ohne Vorwarnung an: »Mach das Maul auf, du Vollidiot. Du kapierst gar nichts, was? Wenn du etwas mit der Sache zu tun hast, dann kriegen wir dich sowieso. Und wenn du sauber bist, dann solltest du uns besser sagen, was du weißt. Du reitest dich sonst immer tiefer in die Scheiße, verstehst du? Und da nützt dir dann auch kein Anwalt mehr!«

Claudia musste zugeben, dass Preuß den besseren Ton fand. Delibasic sah sie zwar immer noch feindselig an, aber in seinem Gesicht stand nun genauso deutlich geschrieben, dass er Angst hatte.

Gut so. Jetzt konnten sie endlich anfangen.

»Also? Wir hören«, sagte sie mit drängender Stimme, machte dazu eine auffordernde Handbewegung. Es war Erfahrungssache. Das Fenster war auf, aber nicht für lange.

Delibasic legte die Hände vors Gesicht und atmete einige Male schnaufend ein und aus. Dann sagte er mit leiser, heiserer Stimme: »Was wollen Sie wissen?«

Claudia holte ihr Notizbuch hervor, blätterte ein paar Seiten zurück, erklärte dann: »Ich werde Ihnen jetzt etwas vorlesen, Herr Delibasic. Ich bin gespannt, was Sie dazu sagen. Also, es geht los: Wenn du das tust, bist du tot, Alter! Glaub mir, dann wirst du es bitter bereuen! Wenn du das tust, bist du tot ... Daraufhin sagt dann Matsumoto: Es ist mir egal. Ich muss es tun ... Und dann kommen Sie wieder: Ich habe dich gewarnt. Du wirst es bereuen.« Claudia machte eine Pause, beobachtete das völlig erstarrte Gesicht des Bosniers, fragte dann: »Diese Worte haben Sie zu Matsumoto gesagt, und zwar wenige Stunden, bevor er erschossen wurde. Ich möchte von Ihnen wissen, was Matsumoto vorhatte und warum das Ganze offenbar gefährlich war? Sie haben ja immerhin mit dem Schlimmsten gerechnet ... Also, ich höre!«

Es kämpfte in Delibasic. Noch war sein Trotz nicht endgültig besiegt. Er schüttelte den Kopf, sagte leise, fast murmelnd: »Sie kapieren es einfach nicht, Frau Kommissarin.«

»Dann erklären Sie es mir, verdammt. Haben Sie diese Worte gesagt? Ja oder nein?«

»Ja. Aber es ist trotzdem Schwachsinn. Das war doch ... Mann, wie soll ich das erklären? Ich wusste, dass Matsu in Schwierigkeiten steckt. Ich war bei ihm, um ihn davon abzuhalten. Das war keine Drohung oder so. Das war ne Prophezeiung. Und verdammt, ich habe recht gehabt. Die Schweine haben ihn abgeknallt. Noch am selben Abend. Seitdem frage ich mich jede Stunde zehn Mal, warum ich ihn nicht in seiner Wohnung so grün und blau geschlagen habe, dass er nicht mehr aus dem Haus gehen konnte! Verstehen Sie? Ich hätte es verhindern können! Ich hätte es verhindern müssen! Aber ich hab's verkackt.«

Diesmal brach der Damm, und die Tränen flossen. Der harte Typ wurde zum kleinen Jungen, der seinen Kumpel verloren hatte. Seinen Bruder.

Claudia spürte, wie die Spannung nachließ, in ihr, im Raum.

Sie gab Delibasic ein paar Momente. Dann ging es weiter.

»Okay, was war das denn für eine Scheiße, in der Matsumoto gesteckt hat?«

Der Fußballer starrte sie an, rang immer noch um Fassung, sagte: »Weiß ich nicht.«

»Ach?«

»Echt nicht.«

Claudia schnaubte, sah dann zu Preuß rüber. »Ottmar, die Handschellen.«

Delibasic hob die Hände. »Nicht so schnell. Ich weiß es wirklich nicht. Jedenfalls nicht so genau.«

»Na, dann halt ungefähr.«

»Ist ja gut. Ich brauch was zu trinken.«

»Kein Problem.«

Claudia stand auf, nahm Preuß' Sprudelflasche, die auf einem Tisch in der Ecke stand, ignorierte dessen Protest und füllte einen Pappbecher für Delibasic. Der nickte ihr zu, leerte den Becher in einem Zug. Er wischte sich über den Mund und sagte: »Wie ich Ihnen schon in meiner Wohnung gesagt habe, Matsu war am Anfang echt nicht mein Typ, okay? Strebermäßig, unlocker, humorlos. Trotzdem haben wir uns angefreundet. Das hat mich selbst ja auch überrascht. Im Laufe der Wochen bekam ich mit, dass er eigentlich eine coole Sau ist. Voll im Fokus, ein Krieger. Ein Samurai. Aber irgendwann bekam ich auch mit, dass er Probleme an den Hacken hatte. Ich glaube, das hatte etwas mit seinem Zen-Scheiß und diesem Tempel zu tun. Ich glaube, der wollte aus dem Laden aussteigen, aber die wollten das nicht. Und es war ernst, so viel war auch klar.«

»Hat er Ihnen das so gesagt?«

»Nicht direkt.«

»Aber?«

»Er hat angefangen, über Leben und Tod und so zu schwafeln, immer öfter. Dass dein Körper ja sowieso nur die Hülle ist und so. Der hat geahnt, dass die Luft dünn wird für ihn.«

»Wann war das?«

»Keine Ahnung. Anfang des Jahres, so ungefähr.«

»Gut, weiter.«

»Zuerst dachte ich, dass es wieder so ein Japan-Ding ist. So zenmäßig, von wegen, lebe den Moment, weil du gleich schon tot sein kannst und so. Aber dann wurde mir klar, dass es um etwas anderes ging. Matsu hatte wirklich Angst zu sterben, verstehen Sie? Die wollten, dass er etwas tut, keine Ahnung, was. Sie hatten ihn in der Hand. Aber er wollte nicht mehr mitmachen. War wohl auch mein Einfluss. Dann haben sie ihn bedroht …«

»Wer ist sie?«

»Das weiß ich nicht genau. Irgendwie hat dieser alte Knacker was damit zu tun. Der, bei dem Matsu immer Rapport erstatten musste.«

»Sie meinen Klaus-Heinrich Henningsen?«

»Glaub schon. So genau weiß ich das nicht. Irgendwie hängen die alle zusammen, dieser Henningsen, die Tempeltypen, irgendwelche Japaner. Wie gesagt, alle waren sauer auf Matsu. Darum haben die extra einen aus Japan geschickt, um ihn zu bearbeiten. Den wollte Matsu an dem Abend treffen. Und ich denke, der war's. Der hat ihn erschossen.«

Der unsichtbare Japaner, dachte Claudia. Der, von dem Takeda von Anfang geglaubt hatte, dass es ihn gab. Der Sekundant. Diese Haruko hatte ihn auch erwähnt. Und ausgerechnet Delibasic bestätigte es jetzt.

Claudia schloss kurz die Augen, doch seltsamerweise trat ihr als Erstes das Bild von Beate Rödinger vor Augen. Die Frau hatte ihr gefallen. Und jetzt sollte sie zu einer Sekte gehören, die ihre Mitglieder umbrachte, wenn sie aussteigen wollten? Die irgendwelche Dinge von ihren Mitgliedern verlangte und sie tötete, wenn die sich weigerten? Konnte sie sich so in einem Menschen täuschen? Und welche Rolle spielte Henningsen dabei, der dieser Sekte immerhin das Haus finanzierte? Hinzu kam außerdem ein uralter Japaner namens Nishimori, den sie auf dem Foto im *Tōzaikai*-Tempel gesehen hatten. Takeda war überzeugt davon, dass auch der eine entscheidende Rolle spielte.

Sie öffnete wieder die Augen, schüttelte die Gedanken ab und wandte sich Delibasic zu. »Dieser Japaner, der hergeschickt wurde, haben Sie den gesehen?«

»Nein.«

»Aber Matsu hat Ihnen von ihm erzählt?«

»Ja.«

»Hat er einen Namen erwähnt?«

Delibasic schüttelte nur stumm den Kopf.

»Hatte Matsu Angst vor ihm?«

Nicken.

»Aber Sie sind sich sicher, dass er sich mit eben diesem Japaner am Sonntagabend treffen wollte?«

»Sicher nicht. Aber ich glaube es. Die hatten sich schon am Abend vorher getroffen.«

»Sie meinen am Samstag?«

»Ja. Da sind die zusammen essen gegangen. Schien eine Art Friedensschluss zu sein, alles ganz easy. Matsu hat es mir erzählt. Es gab Nudelsuppe, da stand er sowieso total drauf, und jede Menge Bier. Danach schien alles in Ordnung zu sein. Aber dann wollte der Typ Matsu noch einmal treffen. Eben am Sonntag, spät abends. Ich habe ihm gesagt, er soll da nicht hingehen. Weil eben gar nichts in Ordnung war.«

»Bevor er zu dem Treffen aufbrach, haben Sie sich gestritten – ist das richtig?«

»Ja.«

»Wozu diente das Treffen? Und wieso rechnete sogar Matsumoto selbst damit, dass man ihn töten könnte?«

»Ich weiß es nicht. Darüber wollte er nicht reden. Er hätte sich auf etwas eingelassen, aus dem er nicht mehr rauskomme. Aber es wäre auch ganz egal. Weil er sowieso sterben würde.«

»Das hat er gesagt?«

»Ja, verdammt. Darum wollte ich doch, dass er da nicht hinfährt. Aber er hat nicht auf mich gehört.«

Claudia stand auf, füllte sich selbst einen Becher mit Sprudel, trank ihn ebenfalls in einem Zug aus. Dann wandte sie sich wieder an den Fußballer. »Warum haben Sie mir das alles nicht von Anfang an erzählt?«

Delibasic atmete schnaubend, ja verächtlich aus. »Habe ich doch schon gesagt. Weil Matsu mein Freund war. Und weil ich die Schweine, die ihn auf dem Gewissen haben, selbst umbringen wollte. Hatte ich jedenfalls vor, in der Nacht, als ich erfahren hatte, dass er tot ist. Und am nächsten Tag auch noch, als Sie bei mir waren. Ich wollte in den Tempel gehen und alles kurz und klein schlagen.«

»Ich bin Polizistin. Sie sollten mir so etwas nicht erzählen.«

»Schon klar. Ich tue es sowieso nicht. Was würde es auch schon bringen?«

»Gute Entscheidung.«

Claudia sah zu Preuß hinüber, der schüttelte den Kopf. Keine weiteren Fragen von seiner Seite.

»Ich habe noch eine Sache«, sagte Claudia. »An dem Abend, als Matsumoto gestorben ist, das waren also wirklich Sie am Telefon, richtig? Jetzt können Sie es ja sagen.«

Delibasic nickte. »Ich wollte wissen, was los war. Wie das Treffen mit dem Japaner gelaufen ist. Ich habe mir beschissene Sorgen um Matsu gemacht. Als Sie dann dran waren, wusste ich sofort, was Sache war.«

Claudia ließ ein paar Sekunden der Stille verstreichen, fragte dann: »Werden Sie eigentlich spielen? Am Freitag?«

Delibasic wischte sich die Tränen aus den Augen. »Eigentlich kann ich es nicht. Keiner von uns kann es. Aber wir werden es tun. Für Matsu. Wir werden für ihn da raus gehen. Und wir werden gewinnen.«

»Ich drücke Ihnen die Daumen und danke für heute. Es kann gut sein, dass wir Sie noch einmal brauchen. Erst einmal hilft es uns weiter.«

»Holen Sie sich den Typen, okay?«

»Werden wir. Verlassen Sie sich drauf.«

27.

Ramen kam im Vergleich zu manch anderen japanischen Köstlichkeiten recht schlicht daher. Das Gericht bestand lediglich aus der Suppe, den Nudeln und dem Topping, zum Beispiel fettem Schweinebauch, Gemüse oder Kamaboko-Fischpastete.

Und doch hielt Takeda Ramen für eine hohe Kunst. Bei der Suppe beispielsweise mussten die Zutaten das richtige Verhältnis haben, was die jahrzehntelange Erfahrung eines guten Kochs voraussetzte. Dasselbe galt für die Nudeln, die zu dick oder zu dünn, zu weich oder zu hart, zu lang oder zu kurz sein konnten. Die Meisterschaft aber zeigte sich bei den übrigen Beigaben, bei denen Fleisch und Gemüse, Fischkuchen und kleingehackte Frühlingszwiebeln in der genau richtigen Menge zugegeben werden mussten. Man konnte ungeheuer viel falsch machen. Doch wenn alles stimmte, dann war Ramen für den Inspektor die Speise mit dem höchsten Glücksfaktor überhaupt.

Der Inspektor war daher nicht undankbar, dass ihm der Fall Matsumoto unverhofft die Möglichkeit einräumte, nacheinander sämtliche Ramen-Lokale Hamburgs aufzusuchen. Den Anlass dazu hatte Claudia gegeben, nachdem sie ihm von ihrem Gespräch mit Ermin Delibasic berichtet hatte. Auch sie war also auf den bisher namen- und gesichtslosen Japaner gestoßen, den Matsumoto offenbar zweimal getroffen hatte, einmal am Vorabend seines Todes und einmal am Abend der Tat. Kombiniert mit den Umständen des Mordes, der nach Takedas Einschätzung eben nur von einem Japaner verübt worden sein konnte, schien es ganz so, als wären sie der Auflösung des Falles einen bedeutenden Schritt nähergekommen. Delibasic hatte sich erinnert, dass der Täter am Abend zuvor mit Matsumoto Nudelsuppe gegessen hatte, sprich Ramen.

Der Hinweis war schwach, aber es war der beste, den sie hatten. Daher hatte Takeda gemeinsam mit Claudia eine Liste sämtlicher Ramen-Lokale in der Stadt erstellt. Dann hatten sie sich wieder getrennt, damit jeder jeweils die Hälfte der Lokale aufsuchte. Überall stellten sie die gleiche Frage, ob Matsumoto am Samstag vergangener Woche in Begleitung eines anderen Japaners ihr Lokal besucht habe. Der Fußballer war bekannt genug, dass sich die Wirte oder das Personal in jedem Fall an ihn erinnert hätten. Notfalls hätten sie noch ein Foto des Ermordeten zeigen können.

Das Problem war, dass er in den vier Lokalen, die er bisher besucht hatte, immer nur ein Kopfschütteln zur Antwort bekommen hatte.

Das Ramen-Restaurant *Oishii* im Hamburger Stadtteil Ottensen war das letzte Lokal auf Takedas Liste. Claudia, mit der er zwischendurch telefonierte, hatte ebenso keinen Erfolg gehabt. Sie hatte ihre Liste bereits abgearbeitet und machte sich jetzt auf den Weg, um Takeda im *Oishii* zu treffen.

Das Lokal war am frühen Abend nur spärlich besucht. Das Betreibespaar war Mitte dreißig. Hiro Yamashita trug eine Brille und gab sich intellektuell, sein Partner – im Geschäft wie im Leben und im Bett – hieß Gentarō Sakai. Er war korpulent und gab sich auf lustige Art tuntig. Beide hatten Japan verlassen, um einem Leben, das vorwiegend aus Arbeit und ewigen Bürostunden bestand, zu entgehen. Eigentlich hatte es sie nach Berlin gezogen, doch schon bei ihrem ersten Besuch in Hamburg war ihnen klar geworden, dass die Hansestadt um ein Vielfaches spannender und lebenswerter war als die Hauptstadt, ja, dass Berlin insgesamt völlig überschätzt und eigentlich ganz und gar furchtbar war. Daher hatten sie entschieden, hier an der Elbe ihre Zelte aufzuschlagen.

Beide Männer begrüßten Takeda mit einem lauten *Irasshaimasei*, wie es in Japan üblich war, Hiro mit sonorer Stimme, Gentarō in einem kieksenden Singsang, als wäre er im Stimmbruch.

Takeda nahm an einem der hinteren Tische Platz. Kurz darauf erschien Gentarō mit schlurfenden Trippelschritten, stellte ein Glas Wasser und ein Oshibori-Händetuch vor den Inspektor und fragte ihn nach seinen Wünschen. Takeda überlegte, ob er überhaupt noch etwas essen konnte und ob er nicht ohnehin besser auf Claudia warten sollte. Der Duft in dem Lokal war jedoch so köstlich, dass er beschloss, doch etwas zu sich zu nehmen. Er entschied sich für eine *Nitamago-Ramen* mit gekochtem Ei und *Wakame*-Seetang sowie eine Portion *Gyōza*, gebratene japanische Maultaschen, die er über alles liebte. »*Kashikomarimashita*«, zwitscherte Gentarō, verbeugte sich, rief dann seinem Freund hinter dem Tresen die Bestellung zu. Er wollte in die Küche gehen, blieb dann jedoch an Takedas Tisch stehen und beugte sich vertraulich zu ihm: »Sagen Sie mal, Sie hübscher Kerl, sind Sie nicht der japanische Inspektor, der hier in Hamburg arbeitet?«

»So ist es«, bestätigte Takeda, stellte sich mit Namen vor und verbeugte sich.

»Was für eine Ehre! Inspektor Takeda hier in unserem Restaurant! Gottchen, das muss ich posten! Gestatten Sie mir, ein Selfie von uns zwei Hübschen zu machen?«

Takeda rollte mit den Augen, ließ es aber lächelnd über sich ergehen. Nachdem das Bild geschossen war, fragte Gentarō: »Sagen Sie, Inspektor, stimmt es, dass Sie den Tod von Ryū Matsumoto, dem Fußballer, untersuchen?«

»Das ist korrekt.«

»So eine schreckliche Geschichte. Wir sind völlig verstört. Stellen Sie sich vor, er war am Tag vor seinem Tod hier bei uns zum Essen.«

Takeda blickte Gentarō überrascht an. »Um ehrlich zu sein, um eben danach zu fragen, bin ich hergekommen. Und natürlich auch, um zu essen.«

»Er war in Begleitung eines Landsmannes, den wir gar nicht leiden konnten. Als wir dann erfahren haben, was passiert ist, haben wir uns sofort gefragt, ob der Kerl etwas damit zu tun haben könnte.«

»Das ist ausgesprochen interessant, Herr Gentarō. Können Sie diesen anderen Herren vielleicht beschreiben?«

Gentarō stockte, legte sich in einer theatralischen Geste die Hand auf die Brust und fragte mit weit aufgerissenen Augen: »Ist das jetzt ein Verhör, Inspektor? O Gott, wie aufregend! Ich glaube, da muss ich erst einmal nach hinten gehen und meine Frisur und mein Make-up in Ordnung bringen.«

Takeda wedelte mit der Hand: »Sie sehen blendend aus, also fahren Sie bitte fort. Die Informationen könnten entscheidend für unsere Ermittlungen sein.«

Hiro, der inzwischen Takedas *Ramen* und die *Gyōza* zubereitet hatte, mischte sich ein: »Gen-Chan, bring dem Inspektor sein Essen ... und ja, Inspektor, ich habe den Mann auch gesehen. Ein unangenehmer Mensch. Er war sehr herrisch und hat uns herumkommandiert, als wären wir seine Sklaven. Gossensprache, verstehen Sie? Außerdem krochen dem Kerl die Tätowierungen aus allen Öffnungen seiner Kleider, aus den Ärmeln, dem Kragen, sogar den Hosenbeinen.«

»Wollen Sie damit sagen, dass er ...?«

»*Yakuza!* Ohne jeden Zweifel«, bestätigte Hiro.

Gentarō nickte nachdrücklich. »Ich war froh, als er aus dem Laden heraus war. Mit solchen Leuten möchte man nichts zu tun haben.«

Takeda sah keinen Grund, an der Einschätzung der Wirtsleute zu zweifeln. Denn anders als in anderen Ländern gaben sich die Mitglieder der japanischen Mafia kaum Mühe, unerkannt zu bleiben. Neben ihrer typischen Slangsprache verrieten sie sich oft durch ihre Kleidung, die alten amerikanischen Spielfilmen nachgeäfft zu sein schien, und eben durch Tätowierungen am ganzen Körper – sehr zum Leidwesen normaler junger Japaner. Die blickten neidisch auf ihre Altersgenossen in den USA und Europa, wo Tätowierungen fast schon eine Selbstverständlichkeit waren. In Japan hingegen waren sie eben wegen der *Yakuza* bei gewöhnlichen Leuten verpönt. Erst neuerdings gab es Zeichen der Lockerung, so dass junge Leute trotz kleinerer Tattoos Aussichten auf eine Anstellung in einer etablierten Firma hatten.

»Konnten Sie denn hören, was die beiden gesprochen haben? Ich meine, Matsumoto und sein unfeiner Begleiter?«

»Leider nicht, Inspektor. Das heißt, am Anfang hat der Kerl laut herumkrakeelt, aber das war alles nur Unsinn. Später dann hat er leise auf den armen Fußballer eingeredet. Es schien ziemlich ernst zu sein, und der arme Ryū wirkte völlig verstört.«

»Sie haben wirklich keine Ahnung, worum es gegangen sein könnte?«

Gentarō machte eine Geste des Bedauerns. Dann servierte er dem Inspektor die *Ramen* und die *Gyōza*. Ein verführerischer Duft stieg Takeda in die Nase, und er verdrängte für einige Augenblicke die überraschende Neuigkeit. Stattdessen kostete er mit geschlossenen Augen von den Speisen.

Er hatte seine Nudeln gerade zur Hälfte gegessen, als Claudia das Lokal betrat. Gentarō, der ihre suchenden Blicke bemerkte, geleitete sie zu Takedas Tisch. Dort klatschte er applaudierend in die Hände und sagte auf Japanisch zu Takeda: »Schade, dass Sie auf das falsche Geschlecht stehen, Inspektor. Aber wenigstens haben Sie sich eine wirklich Hübsche ausgesucht.«

»Sie ist meine Kollegin, Gen-Chan. Nichts sonst.«

Claudia setzte sich, wirkte ziemlich erledigt. »Was hat er gesagt?«

Gen-Chan kam Takeda zuvor und sagte auf Deutsch: »Sie sind sehr hübsch, liebes Fräulein. Ich habe den Inspektor zu seiner guten Wahl beglückwünscht. Er meint zwar, dass Sie nur eine Kollegin sind, aber so guckt kein Mann eine Frau an, wenn er nicht mehr für sie empfindet.«

Claudia sah Gen-Chan erstaunt an, wurde rot, brach dann in

lautes Gelächter aus, was sie angesichts ihrer Laune bis gerade eben noch nicht für möglich gehalten hätte. Dann sagte sie zu dem Japaner: »Wer sagt denn, dass er mich gewählt hat? Könnte doch auch umgekehrt sein?«

Gentarō hielt sich erschrocken die Hand vor den Mund, kicherte und sagte auf Japanisch: »Die deutschen Frauen sind einfach zu selbstbewusst. Aber unser Inspektor, der schafft das, da bin ich mir sicher.«

Gen-Chan verschwand in der Küche und ließ Claudia und Takeda in einem peinlich berührten Schweigen zurück. Sie verkroch sich hinter der Speisekarte. Von wegen selbstbewusst, Gen-Chans Worte hatten sie bis aufs Mark durchgerüttelt, und sie wusste gar nicht, wo sie hinschauen sollte.

Nachdem auch Claudia etwas zu Essen bestellt hatte, erklärte Takeda ihr, dass das Lokal der Treffer war, auf den sie gehofft hatten. Matsumoto sei am Abend vor seinem Tod hier gewesen. Und nicht nur das! Takeda wiederholte, was er von den beiden Wirtsleuten erfahren hatte. Claudia sah ihn erstaunt an. »*Yakuza?* Echt jetzt?«

»Ja, echt jetzt.«

»Okay, das ist ... überraschend.«

»Nicht nach dem, was ich inzwischen über Heijiro Nishimori erfahren habe.«

»Der alte Sack, den wir auf dem Foto im Tempel gesehen haben.«

»Genau. Nishimori ist zwar Zeit seines Lebens ein erfolgreicher Unternehmer gewesen. Aber er hat sich immer wieder der *Yakuza* bedient, um seine Drecksarbeit erledigen zu lassen. Und er steht immer noch in engem Kontakt mit Henningsen.«

Claudia blickte Takeda kopfschüttelnd an. »Das Ganze scheint allmählich Sinn zu ergeben. Nur eine Sache ist bisher völlig rätselhaft ...«

»Das Motiv«, ergänzte Takeda ihren Satz.

»Wir wissen, dass Henningsen und Nishimori etwas von Matsumoto verlangt haben, was der nicht bereit war zu tun. Aber was?«

»Und wieso musste er dafür sterben?«

Claudia gab ein Schnauben von sich. »Oder läuft es am Ende darauf hinaus, dass Matsumoto selbst ein *Yakuza* war?«

»Glaube ich nicht«, antwortete Takeda ernsthaft. »Und noch etwas macht mich stutzig. Es ist eigentlich nicht die Art der *Yakuza*, solch spektakuläre Taten zu begehen. Sie agieren eher im Verborgenen. Ein Mord, der international für Schlagzeilen sorgt, ist wirklich ungewöhnlich.«

Claudia nickte nachdenklich. »Vergiss nicht, was wir von Rüdiger Stork, dem Wachmann, erfahren haben. Er hat den oder die Mörder höchstwahrscheinlich bei ihrer Tat überrascht. Wir können also davon ausgehen, dass sie eigentlich vorhatten, Matsumotos Leiche verschwinden zu lassen. Dann wäre bis heute unklar, was eigentlich passiert ist. Matsumoto würde als Vermisstenfall behandelt.«

»Trotzdem war es von dem Kerl ungeheuer leichtsinnig, sich so offen mit seinem Opfer zu zeigen, oder? Sie waren sogar hier und haben vor den Augen wildfremder Menschen miteinander Ramen gegessen.«

»Es spricht dafür, dass sich unser Mafioso sehr sicher gefühlt hat. Zum Beispiel, weil er längst wieder in Japan ist.«

»Es besteht zwar kein Auslieferungsabkommen, aber bei einer solchen Tat würde er im Zweifel dennoch überstellt. So dumm ist nicht einmal die *Yakuza*, das nicht zu wissen.«

»Also halten wir fest, dass alles keinen richtigen Sinn ergibt.«

Takeda hob hilflos die Schultern, stimmte mit einem Nicken zu.

Claudias Ramen wurde gebracht. Sie nahm die Stäbchen zur Hand und begann mit den Nudeln zu kämpfen, die ihr aber immer wieder entglitten und zurück in die Schale fielen. Es führte nicht nur dazu, dass sie nichts essen konnte, sondern dass sie außerdem binnen Minuten voller Suppenspritzer war.

»Ich zeige es dir«, sagte Takeda. Er stand auf und setzte sich neben sie. Dann umfasste er ihre Hand mit seiner und führte sie so, dass sie die Stäbchen gut halten konnte. »Du nimmst ein paar Nudeln zwischen die Stäbchen, beugst dich über die Schüssel, und dann saugst du sie einfach mit Schwung in deinen Mund. Möglichst laut übrigens.«

Claudia versuchte es, und es klappte tatsächlich. Sie lachte zufrieden, erklärte dann jedoch: »So weit, so gut. Nur das mit dem Schlürfen läuft nicht. Das boykottiere ich.«

»Aber warum?«

»Weil es unappetitlich ist.«

»Ganz im Gegenteil. Es ist eine Kunst, und alle Japaner bewundern dich dafür, wenn du es kannst.«

»Ja, und alle Deutschen halten mich für ein Ferkel.«

»Das Lokal hier zählt als japanisches Territorium. Es gibt hier keine Ferkel.«

»Zeig es mir noch einmal. Das mit den Stäbchen.«

Erneut ergriff Takeda ihre Hand und führte sie. Claudia schloss die Augen.

»Du musst schon hinsehen«, ermahnte er sie in gespielter Strenge.

»Ja, ja.«

Takeda blieb noch eine Weile neben ihr sitzen, kehrte dann auf seinen Platz zurück. Claudia lachte und schlürfte nach und nach die gesamte Ramen-Portion auf.

Sie hatten schon bezahlt und wollten gehen, als Inspektor Takeda in der Tür verharrte und sich dann wieder umdrehte.

»Was ist los?«, fragte Claudia.

»Ich habe eine Idee …« Er wandte sich an Gentarō. »Sag mal, Gen-Chan. Hast du eigentlich mit Matsumoto auch ein Selfie gemacht, an dem Tag, als er hier war?«

»Natürlich, Inspektor. So ein berühmtes Kerlchen lasse ich mir doch nicht entgehen.«

»Darf ich das Bild mal sehen?«

»Sehen Sie doch auf unser Facebook-Profil. Das beste habe ich gepostet.«

»Das heißt, du hast mehr als eine Aufnahme gemacht?«

»Schon. Ich wollte doch gut drauf aussehen.«

»Gib mir mal dein Smartphone.«

Takedas Stimme klang nun ernst und ließ keinen Widerspruch zu. Gentarō zog sein Smartphone aus der Tasche, suchte die entsprechenden Bilder heraus. Dann hielt er das Telefon so, dass Takeda und Claudia es sehen konnte.

Es waren insgesamt vier Aufnahmen, auf denen Gentarō neben Matsumoto stand und ihm den Arm um die Schultern legte. Bei zwei Bildern hatte er in spaßhafter Manier die Kamera schräg gehalten, so dass auch ein Teil des Lokals im Hintergrund zu sehen war. Auf einem dieser Bilder saß halbverdeckt ein Japaner im Hintergrund. Er trug einen leuchtend roten Anzug, als wäre er eine Figur in einem Batman-Film, und fläzte sich auf seinem Stuhl. Sein von der Kamera seitlich abgewandtes Gesicht war oberhalb der Stirn abgeschnitten, aber einigermaßen erkennbar. Außerdem sah man im Ausschnitt seines aufgeknöpften Hemdes seine tätowierte Brust.

»Ist das der Mann, mit dem Matsumoto hier war?«

»Ja, Inspektor. Wie er leibt und lebt. Sie sehen ja selbst, was von ihm zu halten ist.«

»Allerdings. Kannst du mir das Bild auf mein Handy rüberschicken, Gen-Chan?«

»Sicher, Inspektor, kein Problem.«

28.

»Hältst du diese Haruko eigentlich für glaubwürdig?«, fragte Claudia.

»Absolut. Sie ist sehr verängstigt. Aber ich denke, dass sie die Wahrheit sagt. Zumindest, soweit sie die Dinge einschätzen kann.«

»Henningsen ist ein böser Mann ... Das ist nicht gerade präzise, finde ich.«

Claudia und Takeda saßen in seinem Wagen und waren auf dem Weg zu einer Adresse im Stadtteil Lokstedt, nicht allzu weit vom Universitätskrankenhaus entfernt. Dort sollte Hiroyuki Uemura wohnen, der junge Japaner, der im Haus von Henningsen Streit mit Matsumoto hatte. Sie versprachen sich nicht viel von dem Besuch, aber es gehörte dazu, auch diesem Hinweis nachzugehen. In der Anlage lief Musik von Thelonious Monk, nachdem Claudia die Beatrice-Egli-CD herausgenommen und unsanft ins Handschuhfach gestopft hatte.

Takeda, der am Steuer saß, warf ihr einen Seitenblick zu. »Du hast recht, was Haruko angeht. Mehr können wir jedoch nicht von ihr verlangen. Wir müssen selbst herausfinden, was es mit ihrer Bemerkung auf sich hat.«

»Du hast sie zwar Henningsens Freundin genannt, aber ich habe schon verstanden, dass sie eher eine Art Konkubine ist. Das Mädchen ist fast sechzig Jahre jünger als er. Wir sollten zumindest skeptisch mit ihren Aussagen umgehen. Es könnte ja auch sein, dass sie ihrem Sugar-Daddy etwas anhängen will, um Geld aus ihm rauszupressen.«

»Das wäre möglich. Andererseits hat Delibasic ihre Geschichte bestätigt. Zumindest, was den Japaner angeht. Dazu die Aussagen von Hiro und Gentarō. Das spricht doch für sich, oder?«

Claudia schien hin- und hergerissen zu sein. »Klar, aber wie wir schon gesagt haben, es bleibt eine entscheidende Lücke. Delibasic meinte, dass Henningsen Matsumoto in der Hand gehabt hätte, vermutlich zusammen mit Nishimori, was wir wiederum von Haruko wissen. Er sollte etwas für sie tun, hat sich aber geweigert. Eben darum haben sie diesen Yakuza aus Tokio kommen lassen. Und am Ende begeht Matsumoto *Seppuku*, genau wie dieser Schriftsteller nach seinem Putschversuch.«

»Yukio Mishima ... der wiederum von Nishimori unterstützt wurde.«

Claudia stieß ein bitteres Lachen aus. »Ich stelle mir das Gesicht des Staatsanwalts vor, wenn wir ihm unsere Geschichte auftischen. Ein alter Deutscher und ein noch älterer Japaner engagieren einen Yakuza-Gangster, der einen jungen Fußballer nach Samurai-Manier umbringt. Unsere Hauptzeugin ist ein zwanzigjähriges Kimono-Girl, und unser bester Sachhinweis ist ein verrückter Nobelpreiskandidat, der sich vor vielen Jahren in Tokio den Bauch aufgeschlitzt hat.«

»Du meinst, er wird uns nicht glauben?«

Claudia versicherte sich mit einem Seitenblick, dass Takedas Frage ironisch gemeint war. »Doch, klar glaubt er uns. Genauer gesagt, er glaubt, dass wir total verrückt sind. Wenn wir ihm vorher eine Flasche Sake einflößen, haben wir vielleicht bessere Chancen. Aber selbst dann ... im Ernst, Ken. Mit dem, was wir bisher haben, bekommen wir nicht einmal einen Durchsuchungsbeschluss für Henningsens Haus.«

»Was schlägst du also vor?«

Claudia zuckte mit den Schultern. »Dass wir weiterwühlen. Ich glaube, dass wir auf dem richtigen Weg sind. Aber wir brauchen mehr Beweise – Zeugen, Aussagen, Belastungsmaterial. Was genau sollte Matsumoto für Henningsen und Nishimori tun? Warum hat er sich dagegen gewehrt? Und warum, verdammt, wurde das zum Anlass, ihn umzubringen?«

Sie erreichten ihr Ziel, und Takeda parkte den Wagen. Hiroyuki Uemura wohnte in einem unscheinbaren Mietshaus, schätzungsweise aus den fünfziger Jahren. Der Bau war dreistöckig, hatte halbrunde Balkone mit gestreiften Balustraden und stand direkt am vielbefahrenen Lokstedter Steindamm, der hier vierspurig war und zwei Busspuren in der Mitte hatte.

Sie klingelten. Kurz darauf meldete sich eine Männerstimme in der Gegensprechanlage. Sie nannten ihre Namen, der Türsummer ertönte, sie stiegen zwei Treppen hinauf. Oben an der Wohnungstür empfing sie ein hagerer, blasser Japaner, den Claudia auf Ende zwanzig schätzte. Aber Japaner auf ihr Alter zu schätzen war fast unmöglich, das hatte sie inzwischen verstanden. Wahrscheinlich musste man es wie bei Bäumen machen, man musste sie aufschneiden und die Ringe zählen.

Takeda erklärte ihr Anliegen, dass es um Ermittlungen im Mordfall Matsumoto gehe und dass sie Uemuras Namen und Adresse von Klaus-Heinrich Henningsen erhalten hätten, an dessen deutsch-japanischen Kaminrunden er wohl teilnehme. Dort habe er, so ihr Wissensstand, auch Ryūtarō Matsumoto kennengelernt. Uemura nickte mit ausdruckslosem Gesicht und sagte in einem stark gebrochenen Deutsch: »Bitte, kommen Sie herein. Ich beantworte gerne alle ihre Fragen.«

Er gab die Tür frei und ließ sie in eine kleine, ziemlich unordentliche Wohnung eintreten, die von ferne an die von Matsumoto erinnerte. Hier allerdings waren es keine Sportklamotten, die herumlagen, auch nicht die Spiele einer Game-Konsole, sondern Bücher, Papiere und Zeitschriften, und das gleich stapelweise. Das meiste davon schien mit Medizin zu tun zu haben.

»Sind Sie Mediziner?«, fragte Claudia.

»Ja. Ich schreibe am Universitätskrankenhaus meine Doktorarbeit«, erklärte Uemura, nickte und brummte nach japanischer Manier dazu.

Claudia blickte in das Wohnzimmer und fragte sich, wie die Unordnung, zu der Japaner offenbar neigten, in ihr Bild vom Zen passte. Schließlich ging es im Zen, so viel hatte sie schon verstanden, um innere und durchaus auch äußere Aufgeräumtheit. Es blieb rätselhaft. Sie würde Takeda später danach fragen. Obwohl, konnte der etwas dazu sagen? Seine Wohnung sah ja genauso aus.

Dann dachte sie wieder an Marie Kondo und ihren weltweiten Erfolg mit ihren Aufräumbüchern und Sendungen. Auch das war wohl typisch japanisch. Sie machten aus einer alltäglichen Verrichtung eine Art spirituelle Übung, entwickelten eine Form dazu, der man folgen konnte. Auch das war Zen.

»Welches ist Ihr Forschungsgebiet?«, fragte Takeda, nachdem

sie an einem Tisch in der kleinen Küche Platz genommen hatten. Claudia lächelte, es war typisch Takeda. Er verhörte oder befragte Menschen nicht, er plauderte. Und er las dabei in ihnen, beobachtete ihre Körpersprache, ihre kleinen, unbewussten Signale.

Uemura erklärte, dass er auf dem Gebiet der Kardiologie forsche und dort internationale Vergleiche anstelle. Japan zeichne sich durch eine für ein Industrieland erstaunlich niedrige Rate an Herzinfarkten aus. Er sei Teil eines internationalen Forschungsprojektes, dass die Ursachen erforsche, also Faktoren wie die Ernährung, die Arbeitszeiten, die Schlaf- und Freizeitgewohnheiten. Übrigens sei der Konsum von grünem Tee durchaus etwas, dem einige Erklärungskraft eingeräumt würde – ob sie vielleicht welchen trinken wollten?

Takeda und Claudia nahmen das Angebot gerne an. Der Doktorand machte sich an einem Wasserkocher zu schaffen und bereitete eine Kanne vor, in die er Teeblätter aus einer schön verzierten Dose streute. Er ließ das Wasser erst aufkochen, dann wieder ein wenig abkühlen, füllte ein wenig heißes Wasser in die drei Becher, schüttete es wieder aus. Die Prozedur diente dazu, die Gefäße anzuwärmen, damit der Tee anschließend schön heiß blieb. Ein Ritual. Dann füllte er die Kanne, wartete vielleicht eine halbe Minute, füllte den Tee in die Becher und stellte sie auf den Tisch.

Uemura stellte noch ein Schälchen mit *Osembei*-Keksen, glasierte Reiscracker, auf den Tisch und nahm dann wieder Platz. Claudia trank von dem Tee, der bitter und zugleich aromatisch nach Heu und Land, nach Meer und Salz schmeckte.

Dann fragte sie: »Wie gefällt es Ihnen in Hamburg?«

Plaudern konnte sie schließlich auch.

Uemura wirkte übermüdet, hatte dunkle Ringe unter den Augen und antwortete in einem eher leiernden Tonfall, als referiere er etwas, das er gelesen hatte: »Es ist sehr schön. Eine bezaubernde Stadt.«

»Wie lange sind Sie schon hier?«

»Seit etwa zwei Jahren. Ich würde gerne mehr von der Stadt sehen, auch von der Umgebung. Aber leider bin ich meistens in der Klinik und mit meiner Forschung beschäftigt.«

»Wollen Sie danach hier in Deutschland bleiben? Oder kehren Sie nach Japan zurück?«

»Das habe ich noch nicht entschieden, aber ich denke, ich gehe zurück. Ich habe Aussichten, an der Tokio-Universität, der *Tōdai*, eine Stelle zu bekommen. Das ist verlockend ... aber Sie sind nicht gekommen, um über meinen Beruf zu sprechen, oder?«

Claudia lächelte. »Da haben Sie allerdings recht.«

Sie sah Takeda auffordernd an, er sollte übernehmen. Der Inspektor verstand und wandte sich an Uemura: »Wie ich schon eingangs sagte, Sie haben Ryū Matsumoto gekannt, ist das richtig?«

»Ja, das stimmt. Wir kannten uns.«

»Können Sie uns etwas über Ihr Verhältnis sagen?«

»Unser Verhältnis? Was meinen Sie?«

Takeda wiederholte die Frage auf Japanisch. Uemura nickte, sagte dann, wiederum auf Deutsch: »Ich verstehe übrigens, warum Sie mich das fragen. Sie spielen auf unseren Disput an, den wir im Hause von Herrn Henningsen hatten. Ich kann es Ihnen gerne erklären. Nur einen kleinen Moment bitte.«

Er legte sich die Hand auf den Bauch, um anzudeuten, dass er einem Bedürfnis nachgehen müsse, stand dann auf und verließ die Küche. Claudia fragte sich instinktiv, ob es ein Fluchtversuch werden sollte. Dann aber hörte sie die schlurfenden Schritte Uemuras im Flur, danach eine Tür, die abgeschlossen wurde, vermutlich das Badezimmer. Das Geräusch der Toilettenspülung, gefolgt vom Rauschen eines Wasserhahns. Dann Stille.

Und plötzlich ein Knall, laut, ohrenbetäubend.

Ein Schuss.

Claudia starrte Takeda an. Der war genauso elektrisiert wie sie. Sie sprangen beide vom Tisch auf, rannten den Flur entlang bis zur geschlossenen Badezimmertür.

»Herr Uemura? Was ist los?«

»Uemura? Reden Sie!«, schrie Takeda, erst auf Deutsch, dann auf Japanisch.

Die Badezimmertür war verriegelt. Claudia legte kurz ihr Ohr an die Tür und lauschte. Nichts zu hören. Absolute Stille. Dafür ein typischer Geruch. Scharf und metallisch. Nitropulver. Sie hämmerte gegen die Tür. »Machen Sie auf! Sagen Sie etwas!«

Keine Reaktion.

»Geh zur Seite«, sagte Takeda.

Sie trat zurück, Takeda warf sich mit der Schulter gegen die Tür, einmal, zweimal, bis sie splitternd aus dem Rahmen brach.

Uemura lag in der Nische zwischen Wand und Kloschüssel. Die Wände hinter und neben ihm waren blutgesprenkelt, dem Mann fehlte das halbe Gesicht. Seine Hand hielt immer noch die Waffe. Er musste sich in den Mund geschossen haben, schräg nach oben, absolut tödlich, keine Überlebenschance.

Claudia fühlte sich wie betäubt. Sie wandte sich an Takeda, dem es genauso ging, und fragte leise: »Ist das die Art, wie Japaner ein Geständnis ablegen?«

29.

Wenige Stunden später hatte sich die Wohnung in Lokstedt in eine Landschaft aus Beweismittelerhebung, Spurensicherung und Ermittlungsarbeit verwandelt. Kollegen in weißen Schutzanzügen stapften durch die Räume, verteilten ihre Asservatennummern, machten Fotos, öffneten Schränke und Schubladen, sichteten Unterlagen. Ständig wurde Takedas Name gerufen, wenn wieder einmal ein Dokument oder andere Dinge gefunden wurden, die auf Japanisch waren. Dann wollten die deutschen Kollegen wissen, ob das Material wichtig war oder wegkonnte. Die Rechtsmedizin hatte Uemuras Leiche längst abtransportiert. Claudia redete auf dem Flur mit Nachbarn, von denen ohnehin keiner schlief. Die Männer und Frauen standen in einer Traube vor Uemuras Wohnungstür, waren aufgelöst, weinten oder redeten in einem fort. Claudia versuchte, ihnen ein paar brauchbare Informationen zu entlocken. Ja, der junge Japaner sei ein wenig sonderbar gewesen, bekam sie zu hören. Höflich sei er schon gewesen, aber auch sehr zurückhaltend, ja geradezu scheu. Besonders in den letzten Tagen habe Uemura sich seltsam verhalten, habe anders als früher im Treppenhaus nicht einmal mehr gegrüßt. Und in den Nächten habe man ihn in der Wohnung herumpoltern gehört ... aber dass er ein Mörder sei, nein, das habe man nicht gedacht. Und dass er sich nun auf eine solche Art selbst gerichtet habe?! Schrecklich, ganz schrecklich. Etwas wirklich Zielführendes bekam Claudia allerdings nicht zu hören.

Schließlich kehrte sie in die Küche zurück, setzte sich an den Küchentisch. Hier hatten sie und Takeda vor nunmehr knapp drei Stunden mit Uemura Tee getrunken. Nichts ahnend.

Dabei hatte der Brief mit dem Geständnis da schon vor ihnen gelegen, hier auf dem Küchentisch. Ein weißes Kuvert aus schönem Papier, angelehnt an eine Dose mit Keksen. Takeda hatte den Brief, nachdem ihn ein Kollege von der Spurensicherung gefunden hatte, gelesen und übersetzt. Claudia war dabei gewesen. Das Schreiben bestand aus einem einzelnen Bogen, eine Art Büttenpapier, das mit senkrechten Reihen wunderschöner Schriftzeichen beschrieben war.

Noch bevor Takeda die Zeilen las, sagte er, dass es eine klassische ästhetische Handschrift sei, was bei Vertretern von Uemuras Generation nicht selbstverständlich sei. Dann überflog er den Brief, las ihn ein zweites und ein drittes Mal. Claudia saß neben ihm und wartete voller Ungeduld. Schließlich ließ der Inspektor den Bogen sinken, sah sie erschöpft an.

»Was steht drin?«

»Das ist nicht so einfach zu sagen.«

»Also ist es kein Abschiedsbrief, kein Geständnis, keine Erklärung?«

»Doch. Aber es ist mühsam, schlau daraus zu werden.«

Der Brief, erklärte Takeda, sei zweifellos all das, was Claudia aufgezählt habe, doch zugleich sei er ein Manifest der Wirrheit und Paranoia. Zum einen beichtete Uemura unumwunden, Matsumoto getötet zu haben, er schilderte das Geschehen in allen Einzelheiten: der Parkplatz in Schnelsen, das Messer, das Angebot an Matsumoto, sich selbst das Leben zu nehmen, in dem er sich den Bauch aufschlitzte. Aber da Matsumoto dazu nicht in der Lage gewesen sei, war ihm, Uemura, nichts anderes übriggeblieben, als ihm in den Kopf zu schießen. Denn sterben musste Matsumoto in jedem Fall, sein Verrat und seine Überheblichkeit konnten nicht ungesühnt bleiben. Schließlich habe Matsumoto ihn aufs Schändlichste gedemütigt, indem er der Frau, die Uemura für sich erwählt hatte, Avancen gemacht hatte. Um sein Glück zu finden, habe er, Uemura, keine andere Wahl gehabt, als Matsumoto zu töten ... Danach, so erklärte es Takeda, verliere sich der Brief in wirren Anschuldigungen gegen alle möglichen Menschen, die Uemura angeblich verfolgten, ihm das Leben schwermachten, ihn bedrohten. Bei seiner Arbeitsstelle im Universitätskrankenhaus versuchten die deutschen Ärzte angeblich, ihm heimlich Psychopharmaka zu verabreichen, um ihn zu zerstören. Er wehrte sich dagegen, sie schnitten ihn, es schaukelte sich auf, niemand redete mehr mit ihm. Überall nur Feinde, im Supermarkt, auf der Straße, die Nachbarn im Haus. Er habe getan, was zu tun war, und scheide nun glücklich aus dem Leben ...

Takeda blickt Claudia schließlich an. Sie mussten es nicht aussprechen. Uemura hatte offenbar alles schon vor längerem vorbereitet gehabt, hatte mit dem Auftauchen der Polizei gerechnet. Vermutlich hatte er sogar schon die Pistole in seinem Badezimmer deponiert. Als sie ihn dann ganz direkt nach Matsumoto gefragt hatten, war er hinübergegangen und hatte sich erschossen.

Ein Streifenwagen war inzwischen zu Ayaka Watanabe gefahren, der Studentin, die Uemura in seinem Brief erwähnte und deren Name ja auch Henningsen genannt und für Takeda aufgeschrieben hatte. Sie sagte aus, dass sie Uemura nur flüchtig von den Gesprächsrunden im Hause Henningsens kenne. Sie habe eigentlich nie länger mit ihm gesprochen. Matsumoto, den sie auch kaum kenne, habe sich aber keinesfalls an sie herangemacht. Sie könne sich das alles nicht erklären …

Inzwischen lag die junge Frau selbst im Krankenhaus und wurde beobachtet. Noch im Beisein der Polizisten hatte sie einen Nervenzusammenbruch erlitten, inzwischen schlief sie.

Claudia verließ die Küche und ließ sich von den Kollegen, die noch da waren, die neuesten Ergebnisse vortragen.

Viel war es nicht. Christine Meltendorf von der KTU bestätigte, dass die Waffe, mit der Uemura sich erschossen hatte, dieselbe sein könnte, mit der auch Matsumoto erschossen worden war. Letzte Sicherheit würde eine ballistische Untersuchung bringen.

Takeda wiederum hatte sich Uemuras Handy angenommen. Es war nicht gesperrt, und er hatte eine abgehende Nachricht gefunden, die an Matsumoto gerichtet war und aus der Nacht stammte, in der der Fußballer erschossen worden war. Sie beschrieb den Weg zum Gewerbehof in Schnelsen und gab als Zeit für das Treffen zweiundzwanzig Uhr dreißig an. Fragte sich nur, warum Matsumoto sich auf ein Treffen an solch einem Ort eingelassen hatte. Und woher stammte das Auto, mit dem Uemura zum Tatort gefahren war? Einen eigenen Wagen schien er nicht zu besitzen. War es also Henningsens SUV? Oder hatte Uemura ihn gemietet?

Claudia seufzte und wirkte ein wenig gedankenverloren dabei. Trotz aller offenen Fragen, trotz der Tragik war das Ganze aus ermittlungstechnischer Sicht ein wichtiger Schritt. Ein Selbstmord, durch den ein anderer Mord aufgeklärt wurde – zumindest, wenn sich der bisherige Stand bewahrheitete. Sie würde einen Bericht schreiben, der zur Staatsanwaltschaft ging. Die würde dann entscheiden, ob überhaupt ein Verfahren eröffnet werden würde. Der Täter war tot. So viel stand offenbar fest.

Was aber war mit den ganzen Dingen, die Takeda und sie sich zurechtgelegt hatten? Die Aussage von Haruko, von Delibasic, von Beate Rödinger? Was war mit Henningsen und Nishimori?

Mit Yukio Mishima und dem *Seppuku*? Hatten sie sich das alles nur eingebildet? Waren sie Phantomen hinterhergejagt?

Ganz bestimmt nicht.

Sie mussten dranbleiben und den Dingen auf den Grund gehen. Sie konnte nur hoffen, dass sie von Sauer und der Staatsanwaltschaft grünes Licht dafür bekamen.

Claudia atmete erschöpft aus und ließ sich tiefer in den Stuhl sinken. In den nächsten Tagen würde noch genug Zeit bleiben, darüber nachzudenken.

Außerdem würden sie und Takeda sicherlich noch eine Untersuchung der Kollegen von der Internen über sich ergehen lassen müssen. Ein Suizid in Anwesenheit ermittelnder Beamter, so etwas musste immer genau ausgeleuchtet werden. Hatten die Beamten – sprich sie und Takeda – sich korrekt verhalten? Hatten sie vielleicht den Verdächtigen unnötig unter Druck gesetzt? Hatten sie es an Aufmerksamkeit mangeln lassen, und war es nicht fahrlässig gewesen, den Verdächtigen allein ins Badezimmer gehen zu lassen?

Verdammt, hinterher ist man immer klüger, dachte Claudia. Das hier war, weiß Gott, auch für sie kein Spaß. War ihr und Takeda ein Vorwurf zu machen? Nein. Aber es würde die Zeitungen garantiert nicht davon abhalten, in den nächsten Tagen das Gegenteil zu behaupten. Im Zweifel war immer die Polizei schuld.

Irgendwann waren nur noch sie und Takeda in der Wohnung. Sie hatten die Wohnungstür geschlossen, es war ruhig. Claudia spürte eine unglaubliche Müdigkeit in sich. Am liebsten hätte sie sich einfach hier, inmitten des ganzen Chaos auf dem Boden eingerollt und geschlafen.

Sie ging hinüber in das kleinste Zimmer der Wohnung, in dem Takeda stand. Er hatte überhaupt die meiste Zeit, seit der Schuss gefallen war, hier gestanden. Er hatte nicht viel gesagt, hatte zwischendurch sogar die Augen geschlossen. Als könnten die Wände ihm etwas erzählen, dass von dem Bewohner nicht mehr zu erfahren war.

Der Raum war im Gegensatz zu allen anderen Zimmern aufgeräumt und ordentlich, sogar mehr oder weniger leer. Die Luft roch leicht nach Räucherstäbchen und an der Wand hing ein Plakat. Das umgekehrte Hakenkreuz, die Palme, der Buddha.

30.

Die Deutschen hatten einige ungewöhnliche Eigenschaften; eine davon war zweifellos ihre Starrköpfigkeit. Sie glaubten fest daran, dass die Wahrheit stets mit dem Recht einherging, sie auch aussprechen zu dürfen.

Takeda war sich nicht ganz sicher, woher diese Eigenart rührte. Es hatte wohl mit all den großen deutschen Denkern zu tun, die dieses Volk geprägt hatten, mit Kant und Hegel, mit Marx, Luther und vielen anderen. *Hier stehe ich und kann nicht anders.* Es war der deutscheste aller Sätze.

So bewundernswert diese Einstellung war, sie führte leider ständig zu Streit. Claudia war das beste Beispiel. Sie konnte einfach nicht zurückstecken, leise sein, Ältere oder Höhergestellte reden lassen. Nicht, wenn sie das Gefühl hatte, die Wahrheit auf ihrer Seite zu haben.

Vier Tage waren vergangen, seit sich Hiroyuki Uemura in ihrem Beisein das Leben genommen hatte. Alle an der Aufklärung Beteiligten waren an diesem Vormittag im Präsidium zu einer – keineswegs vorläufigen, sondern endgültigen – Abschlussbesprechung zusammengekommen, darunter auch der Polizeipräsident und der Innensenator.

Außerdem war ein Mann namens Kotaru Yasuda in den großen Konferenzraum gekommen, saß nun hier mit dem ausdruckslosen Gesicht eines mächtigen Buddha in der Runde. Oder, wie Claudia es im Stillen ausdrückte, wie ein sehr schlecht gelaunter Buddha.

Yasuda stand im Range eines Regierungsrates und war eigens vom japanischen Innenministerium nach Hamburg entsandt worden, um den Fortgang der Ermittlungen zu begleiten.

Der Regierungsrat war bereits vorgestern in Hamburg eingetroffen und hatte sich nicht gerade beliebt gemacht. Besonders bei Claudia.

Dabei hatte sie sich zunächst sogar darauf gefreut, endlich einmal einen Kollegen von Takeda kennenzulernen. Einen anderen Japaner.

Aber schon nach einem halben Tag war es mit der Freude vorbei gewesen. Yasuda kam ihr wie das Gegenteil von Takeda vor. Ken war ja meistens freundlich und aufmerksam, immer höflich, gelegentlich auch schon mal tollpatschig, alles in allem aber auf eine beeindruckende Art aufgeschlossen. Yasuda hingegen gab sich wie der Vize-Kaiser persönlich. Er blickte kühl und hochherrschaftlich um sich, ignorierte die meisten deutschen Beamten und machte nur bei Holger Sauer und anderen Vorgesetzten eine Ausnahme. Denen schenkte er sogar ein ansatzweises Lächeln. Alle anderen, inklusive Claudia, hielt er offenbar für so niedere Existenzformen, dass er sie nicht weiter zu beachten brauchte.

Takeda hatte zudem noch eine sehr spezielle Erfahrung mit Yasuda gemacht. Der Regierungsrat hatte sich von ihm kurz nach seiner Ankunft zum Tatort in Stellingen fahren lassen. Dort hatte er sich ein wenig umgesehen und Takeda dann klargemacht, warum er eigentlich in Deutschland war. Der Innenminister persönlich habe sich mit dem Fall Matsumoto befasst, und daraufhin habe man in Nagatachō, wie Tokios Regierungskreise oft genannt wurden, beschlossen, dass der Fall nun möglichst schnell zu den Akten gelegt werden sollte. Die Tat eines eifersüchtigen Wahnsinnigen, der zudem noch Japaner war, sei zwar zweifellos tragisch. Aber das sei allemal leichter zu vermitteln als undurchsichtige Verwicklungen mit den *Bōryokudan*, einem feineren Ausdruck für die *Yakuza*. Und eine Spur, die zu hochgestellten Persönlichkeiten aus der japanischen Wirtschaft führte, die sei erst recht unerwünscht. Ob Takeda das verstanden habe? Ja, habe er, bestätigte Takeda und verbeugte sich tief vor dem Regierungsrat.

Er hatte Claudia von dem Gespräch erzählt. Sie war natürlich stinksauer. Und auf seine Versicherung hin, dass man mit einem Mann wie Yasuda besser nicht diskutieren solle, hatte sie nur mit einem verächtlichen *Pffft* reagiert. Das werde sich noch zeigen, ob man eben nicht doch besser diskutierte, gerade mit jemandem wie Yasuda.

Als Takeda an diesem Vormittag das Konferenzzimmer betrat, hatte er daher eine gewisse Ahnung von dem, was kommen würde.

Und es kam dann auch.

Zunächst aber begann die Konferenz mit den unvermeidlichen feierlichen Ansprachen. Als Erstes meldeten sich der Senator und der Polizeipräsident zu Wort. Sie lobten Holger Sauer als herausragende Führungskraft der Mordkommission, betonten die besonderen Verdienste von Claudia Harms und Inspektor Takeda. Auf erstaunliche Art habe sich die Sinnhaftigkeit des deutsch-japanischen Austauschprogramms der Polizei gezeigt, in diesem Fall sogar doppelt und dreifach. Auch die übrigen Kollegen der Abteilung hätten Beachtliches geleistet, zumal sie in der heißen Ermittlungsphase weder auf tarifliche Zusicherungen noch Arbeitszeitbegrenzungen gepocht hätten. Vorbildlich. Insgesamt sei die so überraschend schnelle Aufklärung des Falls wieder einmal ein beeindruckendes Beispiel für die weltweit beneidete Effizienz der deutschen Sicherheitsbehörden ...

Spätestens da schaltete Claudia ab. Dabei hatten die hohen Herren nicht einmal unrecht. Sie und Takeda hatten in den zurückliegenden Tagen wirklich vorbildliche Arbeit geleistet und konnten daher wirklich viele Fragen im Fall Matsumoto klären, der nun auch ein Fall Uemura geworden war.

Die Waffe, mit der Uemura sich selbst gerichtet hatte, war tatsächlich dieselbe, mit der Matsumoto erschossen worden war. DNA-Anhaftungen an der Leiche belegten zweifelsfrei Uemuras Anwesenheit am Tatort. Gespräche mit dessen Kollegen am Forschungsinstitut der Universitätsklinik ergaben, dass der Doktorand unverkennbare Anzeichen einer psychischen Erkrankung zeigte, darunter Symptome, die auf eine paranoide Schizophrenie hindeuteten. All das ließ keinen Zweifel daran aufkommen, dass Hiroyuki Uemura der Mörder von Ryū Matsumoto war. Der Abschiedsbrief, inzwischen auch von Spezialisten in Tokio analysiert, legte eine wahnhafte Eifersucht als Motiv nahe.

So weit, so gut. Aber es gab eben auch jede Menge offener Fragen. Woher stammte der Wagen, mit dem Uemura zum Tatort gefahren war und den Rüdiger Stork, der Wachmann, gesehen hatte? Woher hatte sich Uemura die Tatwaffe beschafft? Und hatte er wirklich allein gehandelt. Schließlich hatte Stork damals vermutet, dass mehr als eine Person am Tatort gewesen war. Wo war das Messer oder Kurzschwert, mit dem Matsumoto sich zunächst selbst hatte entleiben sollen? Welche Rolle spielte die *Tōzaikai*-Sekte, der Täter wie Opfer angehörten?

Beate Rödinger hatte bei einer erneuten Befragung bestätigt, dass auch Hiroyuki Uemura tatsächlich ein Mitglied gewesen war, und zwar schon in Japan. Hier in Hamburg sei er nur selten im Tempel gewesen. Auch sie bestätigte, dass Uemura sich seltsam verhalten habe, und ja, sie würde eine psychische Erkrankung bis hin zu Andeutungen einer Schizophrenie nicht ausschließen. Mehr hatte auch sie jedoch nicht zur Klärung des Falles beitragen können. Dass Matsumotos Tod damit zusammenhängen könnte, dass er die Sekte habe verlassen wollen, wies sie entrüstet zurück. *Tōzaikai* wolle Menschen frei machen, und dazu gehöre es selbstverständlich, dass jeder kommen und gehen könne, wie es ihm beliebte. Claudia glaubte ihr und kam zu dem Ergebnis, dass Ermin Delibasic, der genau dies ja vermutet hatte, falsch lag.

Die meisten Rätsel gab ihnen immer noch Ryūtarō Matsumoto selbst auf. Seine seltsamen Todesahnungen hatten lange vor dem Streit mit Uemura begonnen. Warum hatte der Fußballer, sollte er sich von dem Medizin-Doktoranden bedroht gefühlt haben, sich nicht an den HSV oder die Polizei gewandt? Und welche Rolle spielte Klaus-Heinrich Henningsen, der Täter wie Opfer gekannt hatte? Wie überhaupt kam die seltsame Beziehung zwischen Henningsen und Matsumoto zustande, in der zudem noch Heijiro Nishimori im Hintergrund die Fäden zu ziehen schien?

Und letztlich: Wieso hatte sich Ryū Matsumoto am Vorabend seines Todes mit einem Mitglied der *Sumida-Gumi* getroffen, eines der führenden *Yakuza*-Syndikate in Tokio? Dessen Identität hatte Takeda mithilfe des Fotos aus der *Ramen*-Bar, das er an Kollegen in Tokio weitergeleitet hatte, eindeutig klären können. Der Mann hieß Mitsuto Morinaga und nannte sich mit Spitznamen Sling. Ebenso bestätigt war die Tatsache, dass eben dieser Morinaga zwei Tage nach dem Mord wieder in Japan eingereist war, und zwar mit einer Maschine aus Prag, vermutlich also, um seinen Aufenthalt in Deutschland zu verschleiern.

Das Problem war, dass all die hochgestellten Herren, die an diesem Vormittag blumige Lobesreden auf die Polizei hielten, von diesen ganzen offenen Fragen nicht das Geringste wissen wollten. Sie waren einfach froh, dass der Fall gelöst war und nun allmählich aus den Medien verschwand.

Claudia tröstete sich, indem sie an den Freitagabend dachte. Sie und Takeda waren beim HSV-Spiel im Stadion gewesen. Es hatte eine Schweigeminute für Matsumoto gegeben, dazu ein paar einfühlsame Wort durch Mitglieder der Vereinsführung. Die Spieler waren mit Trauerflor aufgelaufen. Der Höhepunkt war die Fan-Choreographie zu Beginn der zweiten Halbzeit gewesen. Die gesamte Nordkurve, wo die Hardcore-Fans standen, hatte kleine Pappschilder in die Höhe gehalten, die zusammen das riesige Abbild eines Drachen zeigten – um genau zu sein, eines weinenden Drachens. *Ryū The Dragon Matsumoto. Wir werden dich nie vergessen.* Das Bild war sogar in der Tagesschau gezeigt worden, wie auch, so hatte Takeda berichtet, in allen japanischen Nachrichtensendungen.

So sehr Claudia sich auch bemühte, sie schaffte es letztlich nicht, hier einfach zu sitzen und die Klappe zu halten. Und in dem Maße, wie ihre Vorgesetzten und die Politiker sich selbst lobten, wurde sie sauer. Was war da los? Kollektive Amnesie? Waren die Herren vielleicht am Abend zuvor gemeinsam saufen gewesen? Und hatten danach einfach vergessen, was sie und Takeda in der Fallakte festgehalten hatten? Nämlich, dass hier noch dringender Ermittlungsbedarf bestand?

Regierungsrat Yasuda war der Letzte auf der langen Rednerliste. Anders als in den zurückliegenden Tagen verzichtete er auf Takedas Dienste als Übersetzter und sprach überraschenderweise selbst auf Deutsch. Es war holprig, aber verständlich. Wahrscheinlich hatte man deswegen ihn ausgewählt und nach Hamburg geschickt.

Yasuda begann mit einer Eloge auf die deutsch-japanischen Beziehungen. Zwei alte ehrwürdige Kulturnationen, deren Kooperation in ungebrochener Tradition stehe und eine glorreiche Zukunft verspreche ... Dann blickte der Regierungsrat bedeutungsschwer von einem zum anderen, räusperte sich und sagte: »Meine Herren, meine Dame. Der Fall Matsumoto ist glücklicherweise nun endgültig geklärt, und dafür danke ich Ihnen im Namen der japanischen Regierung ganz ausdrücklich. Wichtig ist vor allem, dass die Angelegenheit nicht zu einer Belastung im Verhältnis unserer beiden Länder geführt hat. Die japanische Nation musste demütig anerkennen, dass Täter wie Opfer aus ihren eigenen Reihen stammten, ein Faktum, das uns zutiefst beschämt. Umso dankbarer sind wir für die Professionalität, mit der die Angelegenheit letztlich aufgeklärt wurde.«

Zum Abschluss seiner Rede hielt der Regierungsrat eine japanische Tageszeitung in die Höhe, es war die Ausgabe des gestrigen Tages. Auf dem Titelbild waren ein paar Schriftzeichen, die Claudia und die deutschen Kollegen natürlich nicht lesen konnten sowie ein großes Foto von Matsumoto und ein kleineres von Uemura. Der Regierungsrat erklärte: »Die Überschrift besagt, dass ganz Japan erleichtert ist, weil der grausame Mord an dem großen Sportidol nun aufgeklärt ist. Ich freue mich, Sie in dem Punkt an meiner Seite zu wissen, dass wir nichts unternehmen sollten, um dieses Gefühl der Erleichterung zu stören.«

Dabei blickte er zu Claudia und Takeda, und während der Inspektor nun selbst wie ein schlecht gelaunter Buddha aussah, kochte es in Claudia über. Sie konnte nicht anders. Sie musste jetzt einfach etwas zu dem ganzen Blödsinn sagen, der hier geredet worden war.

Takedas erster Reflex bestand darin, Claudia zurückzuhalten. Obwohl sie ja zweifellos recht hatte. Aber darum ging es gar nicht. In Japan zählte eben nicht nur die Wahrheit, sondern genauso die Stellung, das Alter, die Erfahrung und die Macht desjenigen, der sich äußerte. Und je mehr dieser Attribute ein Redner auf sich vereinigte, desto mehr Unsinn konnte er öffentlich von sich geben, ohne dass ihm jemand widersprach. Darum hätte Yasuda in Japan vermutlich sogar verkünden können, Matsumoto sei von Außerirdischen oder nordkoreanischen Agenten ermordet worden, ohne Widerspruch zu ernten.

Aber Takeda tat es nicht. Er hielt Claudia nicht zurück. Weil er wusste, dass sie das hier brauchte. Für ihr seelisches Gleichgewicht. Für ihre Selbstachtung.

Claudia stand also auf. Und dann war es soweit. Sie knallte Yasuda erst stichwortartig die noch ungeklärten Fragen in dem Fall an den Kopf, wurde dann ganz leise und sagte fast schon flüsternd: »Sie haben doch gerade davon gesprochen, dass ganz Japan erleichtert ist, richtig, Herr Yasuda?«

»Das ist korrekt, Frau Harms.«

»Meine feste Überzeugung ist es, dass wahre Erleichterung so lange unmöglich ist, so lange man die Dinge einfach unter den Teppich kehrt. So lange man einen schönen, aber verlogenen Schein erzeugt. Und so lange, hören Sie jetzt bitte genau hin, man eindeutige, fallbezogene Hinweise unterdrückt.«

Yasudas Gesicht versteinerte, dann sagte er mit einer Stimme, die an Verachtung nicht zu überbieten war: »Wir Japaner brauchen sicherlich keine Belehrungen von Ihnen über die Arbeit der Polizei und das Verfolgen von Spuren, Frau Harms! Ich rechne Ihre lächerliche Bemerkung daher Ihrer beruflichen Unerfahrenheit zu. Sie als weibliches Mitglied in den Reihen der Mordkommission müssen vermutlich Ihre Kompetenz besonders betonen, um alle Zweifel, berechtigte wie unberechtigte, daran auszuräumen.«

Claudia lachte ungläubig. Sie wollte etwas antworten, verstummte wieder, setzte erneut an – schüttelte dann aber einfach nur den Kopf. Ein kurzer Blick in die Runde – irgendwer, der ihr zur Seite sprang? Der diesem Ekeltypen die Meinung geigte? Niemand? Ah, doch. Der Innensenator!

Dann aber erlebte Claudia die nächste böse Überraschung. Der Senator machte eine beschwichtigende Geste in ihre Richtung und sagte dann mit einem Lächeln zu Yasuda hin: »Herr Regierungsrat, lassen Sie mich kurz der werten Kollegin etwas erklären ... Liebe Frau Harms, ich wiederhole gerne noch einmal, dass Sie sich in dieser Sache wirklich als hervorragende Ermittlerin ausgewiesen haben. Ich darf Sie aber auch freundlich daran erinnern, dass die Arbeit der Ermittlungsbehörden immer das gesamte Bild im Auge behalten muss. Und dazu gehören mitunter eben auch Belange von übergeordneter Bedeutung wie beispielsweise das gedeihliche Miteinander der Stadt Hamburg mit ihren japanischen Partnern. Da die Täterschaft im Fall Matsumoto als geklärt gilt, ist es nicht nur der Wunsch der japanischen Seite, sondern ausdrücklich auch der meines Hauses, dass wir keine überflüssigen Energien in die weitere Aufklärung unwichtiger Falldetails investieren. Und damit, liebe Kollegin, ist das Thema erschöpfend behandelt. Haben wir uns verstanden?«

Claudia brauchte einen Augenblick, um zu verstehen, was hier gerade abging. Sie wollte etwas erwidern, brachte zunächst aber kein Wort über die Lippen. Es ging einfach nicht. Schließlich gelang ihr gerade mal ein knappes: »Echt, jetzt?«

Der Senator griente. »Ja, echt jetzt, Frau Harms. Also reißen Sie sich gefälligst zusammen.«

Diesmal brauchte Claudia nur wenige Sekunden, um zu reagieren. Sie stand auf und ging langsam zur Tür, gefolgt von den Blicken aller versammelten Herren. Als sie fast schon draußen war, drehte sie sich noch einmal um und sagte in die Runde: »Ihr vermutet richtig, Jungs. Das Mädchen geht jetzt pinkeln. Erscheint mir sinnvoller, als weiter eurem Geschwafel zuzuhören. Guten Rückflug, Herr Regierungsrat. Und die anderen Herren? Herr Präsident? Senator? Fliegen Sie auch irgendwohin? Zum Beispiel dahin, wo der Pfeffer wächst? Wäre nicht nicht die schlechteste Wahl. Auf Wiedersehen.«

Claudia stapfte raus und knallte die Tür zu.

Alle im Raum blickten konsterniert auf die geschlossene Tür. Obwohl nein, nicht alle. Takeda war eine Ausnahme. Er dachte einmal mehr, dass er die Deutschen immer lieber gewann. Besonders Claudia. Wegen ihrer Dickköpfigkeit. Das war zwar nicht immer ganz einfach. Aber wirklich liebenswert.

31.

Über die Köhlbrandbrücke zu fahren war wie fliegen. Claudia liebte es. Man nahm unten, unweit der Autobahn, eine Schleife, so als wollte man Anlauf holen. Dann erreichte man die Rampe, und im besten Falle gab man jetzt richtig Gas. Man ließ den Hafen mit den Containerterminals unten zurück und hob ab in den endlosen Hamburger Himmel. Es war wie in einem Flugzeug, einem Zeppelin, einer Rakete. Die Schwerkraft hörte auf zu existieren.

Klar, man brauchte schon gute Nerven dafür. Aber die hatte Claudia. Nicht, dass sie frei von Höhenangst und Schwindel gewesen wäre. Aber darauf kam es gar nicht an. Man musste seine Ängste annehmen, sie sogar genießen. Weil sie das Erlebnis sogar noch einzigartiger machten.

Es war der Abend desselben Tages. Yasuda war weg, war erst nach Berlin zur Botschaft gefahren und würde bald nach Japan zurückkehren. Claudias Abgang aus dem Konferenzraum hatte glücklicherweise keine ernsten Konsequenten gehabt. Sauer war sauer, der Senator pikiert, und Yasuda hielt sie für unzurechnungsfähig. Doch niemand wagte es, ihr mit Disziplinarmaßnahmen zu kommen. Nicht im Moment. Sie war ja schließlich die Heldin, die den Mord an dem berühmten japanischen Fußballer aufgeklärt hatte. Und die in Hamburg wie in Japan so vorbildlich für Erleichterung gesorgt hatte.

Claudia war zusammen mit Takeda in dessen Dienst-BMW unterwegs. Sie saß am Steuer, darauf hatte sie bestanden. Takeda würde sich im Zweifel nämlich nicht trauen, Vollgas zu geben. Das musste man aber. Sonst war es nur das halbe Vergnügen.

Sie erreichten den Scheitelpunkt der Brücke, wo die Fahrbahn für einige Meter nahezu waagerecht war. Man hatte eine atemberaubende Sicht auf die Stadt und den Hafen, besser als von irgendwo sonst.

»Bis du bereit?«, fragte Claudia.

»Nein.«

»Komm schon, Ken. Es kann uns nichts passieren. Wir sind die Polizei.«

»Aber es ist Unrecht!«

»Klar. Darum macht es ja auch so einen Spaß.«

Claudia drückte den Fensterheber, und die Scheibe surrte nach unten. Sie streckte den Arm hinaus, klemmte das rotierende Behelfsblaulicht auf das Dach. Dann hielt sie an.

Mitten auf der Brücke.

»Und? Tut gar nicht weh, oder?«, fragte sie.

»Wir können in Teufels Küche kommen.«

»Auf jeden Fall. Aber ist gar nicht so schlimm da. Glaub mir, ich war schon öfter dort.«

Sie öffnete die Tür, stieg aus und trat an den Fahrbahnrand. Es war streng verboten, auf der Brücke anzuhalten. Aber dieser beschissene, nervenzehrende Job als Bulle musste wenigstens ein paar gute Seiten haben.

Claudia kletterte über die Leitplanke, so dass sie ganz dicht ans Brückengeländer treten konnte. Takeda folgte ihrem Beispiel.

Gemeinsam blickten sie auf das Panorama der Stadt, den Hafen, die Elbe, weiter hinten die Kirchtürme und die Elbpromenade. Claudia liebte Hamburg, es war ihre Heimat. Ihr Herz.

Aber sie musste auch zugeben, dass es die Art von Liebe war, die eine Frau vermutlich für einen Mann empfand, der nicht immer nett zu ihr war. Hamburg hatte ihr schon so einige Schläge verpasst, hatte sie mit einer unfassbaren Brutalität und Hemmungslosigkeit an den Rand dessen gebracht, was sie ertragen konnte. Mehr als einmal hatte sie darüber nachgedacht zu gehen. Alles hinschmeißen, die Marke abgeben, die Stadt verlassen. Am Ende tat sie es dann doch nicht. Weil sie Hamburg nun einmal liebte. Es gehörte dazu, die düsteren Seiten der Stadt zu ertragen. Es war Teil ihres Jobs, es war Teil ihres Lebens. Sie musste hierbleiben und dafür sorgen, dass Hamburg sich besserte. Es war nicht ihr Beruf, es war ihre Berufung. Sie musste es tun, bis zum bitteren Ende.

»Es geht also um Politik. Traurig, oder?«, fragte Claudia leise, kam damit auf die Konferenz vom Vormittag zu sprechen.

»Zum Kotzen«, bestätigte Takeda.

»Ich hätte erwartet, dass mir wenigstens Holger Sauer zur Seite springt. Ich mag ihn nicht unbedingt, aber ich hätte nie gedacht, dass er sich so an die Leine nehmen lässt.«

»Alle haben sich an die Leine nehmen lassen. Sogar der Senator. Oder noch schlimmer, sie sind sich einfach einig. Der Mörder ist gefasst, der Fall geklärt. Keine weiteren Fragen, bitte sehr.«

»Sie haben uns einen Maulkorb verpasst. Dazu Hand- und Fußfesseln. Wir dürfen uns nicht mehr rühren, jedenfalls nicht, wenn uns etwas an unserer Karriere liegt.«

Takeda lächelte. »Sicher, so stellen sie es sich vor …«

Claudia sah ihn neugierig an. »Was willst du damit sagen?«

»Dass ich nicht glaube, dass du dir so einfach einen Maulkorb und Fesseln anlegen lässt. Und ich ebenso wenig! Oder täusche ich mich?«

»Du meinst, wir machen trotzdem weiter?«

Takeda ließ sich Zeit mit einer Antwort, sagte schließlich: »Du hast es selbst gesagt. Wahre Erleichterung tritt erst ein, wenn man nichts unterdrückt und allen Hinweisen nachgegangen ist. Ich denke, das sollten wir tun.«

Claudia rückte an Takeda heran und legte ihren Kopf auf seine Schulter. Es war früher Abend. Die Stadt verschmolz mit den grauen Schlieren der Dämmerung. Lichter gingen an, die Straßen wurden zu roten und weißen Lichterketten.

»Als dieser Yasuda aufgetaucht ist, dachte ich schon, du wirst wieder ganz ... ich weiß nicht ... japanisch. Er schien dich wirklich in die Tasche zu stecken. Aber es freut mich, dass es nicht so ist.«

Takeda hatte einen wehmütigen Zug um den Mund. »Es ist kompliziert, Claudia. Wie du schon sagst, ich bin Japaner. Ich kann mit Yasuda nicht so reden wie du.«

»Wieso nicht?«

»Weil ich ihm zu verstehen geben muss, dass ich seinen Rang und seine Autorität anerkenne. Er erwartet es, und wenn ich es nicht erfülle, würde er das sicherlich in Japan melden.«

»Und dann?«

»Würde man mich zurückbeordern.«

»Du meinst, weil wir bösen Deutschen dich zur Aufmüpfigkeit verführt haben? Anscheinend denkt Yasuda das ja ohnehin schon. Seine Sprüche waren ziemlich eindeutig. So ein Arschloch!«

»Richtig, so ein äh ...«

»Na, komm, sprich es aus. Wird dir guttun«, sagte Claudia lächelnd.

Takeda sagte es und lächelte stolz. Dann wurde er wieder ernst. »Der Umgang mit Yasuda zeigt mir den Unterschied zwischen euch Deutschen und uns Japanern. Wenn ihr jemanden nicht mögt oder wenn er sich in euren Augen danebenbenimmt, dann haltet ihr es für eure moralische Pflicht, es demjenigen auch zu sagen. Weil ihr euch sonst selbst unaufrichtig vorkommt. Wir Japaner hingegen erfüllen unsere Rolle, das ist das Wichtigste. Es ist ganz egal, was wir über jemanden denken. Und wenn wir es demjenigen doch sagen, dann so subtil, dass er nichts dagegen unternehmen kann.«

»Wie sagt man denn subtil, dass jemand ein Vollidiot ist?«

»Oh, es gibt Wege.«

»Die tun aber nicht so gut, oder?«

Takeda lachte. »Da hast du vermutlich recht. Ich kann es jedoch nicht ändern. Sieh mal, wir Japaner lernen von frühester Kindheit an, unseren Platz in der Gesellschaft einzunehmen und die Erwartungen unserer Umgebung zu erfüllen. Das gilt für die Eltern, die Geschwister, die Lehrer, die älteren Schüler. Danach für die Kommilitonen an der Uni, die Arbeitskollegen, die Vorgesetzten ... Immer gibt es ein oben und ein unten. Wichtig ist, dass du deinen Platz einnimmst. Das ist normal für uns. Wir kennen es nicht anders.«

Claudia dachte nach, fragte dann: »Und was passiert, wenn mal einer deiner Landsleute eben nicht das tut, was die Gesellschaft erwartet? Bricht dann sofort allgemeine Anarchie aus? Die öffentliche Ordnung kollabiert, und alle Japaner tanzen auf den Tischen?«

Takeda zuckte mit den Schultern. »Vermutlich nicht. Aber die Leute haben Angst davor.«

»Die spinnen, die Japaner.«

»Die Deutschen aber auch.«

»Findest du?«

»O ja! Ich gebe dir gerne ein paar Beispiele. Wenn man hierzulande einen Kellner im Lokal ermahnt, dass er die Bestellung noch nicht aufgenommen hat, ist er beleidigt und kommt gar nicht mehr zum Tisch. Wenn man am Bahnhof fragt, ob ein Zug pünktlich ist, wird man angeschnauzt. Wenn ein Schüler eine schlechte Note bekommt, fordern seine Eltern nicht von ihm, fleißiger zu lernen, sondern verklagen die Schule. Wenn jemand einem die Vorfahrt nimmt und man sich beschwert, zeigt er einem den Stinkefinger. Wenn man ...«

Claudia unterbrach ihn lachend. »Ist ja gut, Ken. Ich hab's verstanden. Du hast recht, wir spinnen wirklich.«

»Die Menschen in Deutschland nehmen sich einfach zu wichtig! Und darum sind alle ständig gekränkt oder wütend. Jeder fühlt sich unterdrückt, schlecht behandelt und missachtet. Das kennen wir Japaner nicht, weil wir die Dinge einfach nicht so persönlich nehmen ... und um auf Yasuda zurückzukommen. Natürlich gefällt es mir nicht, wie er sich verhält. Am Ende ist es mir aber egal, was er sagt. Ich mache das, was ich für richtig halte.«

Claudia spürte wieder das gleiche Kribbeln wie vorhin. »Was hältst du denn für richtig?«

»Das, was ich vorhin schon gesagt habe. Wir sollten weitermachen.«

»Und was stellst du dir konkret vor?«

Takeda zuckte mit den Schultern. »Eigentlich müssten wir uns Henningsen vorknöpfen. Er steckt mit drin, da gehe ich jede Wette ein. Vielleicht war es sogar sein Wagen, den Uemura benutzt hat. Oder er war sogar selbst am Tatort dabei. Aber das wird schwierig, eben wegen der hohen Herren. Die würden uns sofort zurückpfeifen, wenn wir Henningsen unter Druck setzen.«

»Befürchte ich auch«, stimmte Claudia zu.

»Also sollten wir versuchen, diesen *Yakuza* ausfindig zu machen. Sling Morinaga. Wir müssen klären, was er von Matsumoto wollte. Es würde mich nicht wundern, wenn uns das zu Heijiro Nishimori führt, der grauen Eminenz, die im Zweifel im Hintergrund die Fäden zieht. Das jedenfalls hat Haruko gesagt.«

»Das Problem ist nur, dass alle beide nicht in Deutschland sind, sondern in Japan.«

»Ich weiß.«

Claudia sah Takeda überrascht an. »Du meinst ...?«

»Sicher. Ich sehe keine andere Möglichkeit.«

»Im Ernst, jetzt?«

»Im vollen Ernst. Hast du Angst?«

Claudia löste ihren Kopf von Takedas Schultern, suchte Blickkontakt. »Klar habe ich Angst.«

»Ich auch.«

»Aber wir schaffen es, oder?«

»Auf jeden Fall.« Takeda blickte über die Stadt in der Dämmerung. »Dann ist es entschieden?«

»Ja, es ist entschieden. Wir tun es.«

Claudia war schwindelig. Sie fühlte sich von ihrer eigenen Courage überwältigt. Es war genau wie mit Vollgas über die Köhlbrandbrücke zu fahren. Es war gefährlich, es raubte einem den Atem. Aber es tat auch ungeheuer gut.

»Ich muss nur noch mal nach Hause, ein paar Sachen packen«, erklärte sie.

»Ich genauso. Es dauert aber nicht lange. Von mir aus kann es schon heute Abend losgehen.«

Claudia trat dicht an Takeda heran, blickte mit ihm über die Elbe und über die Silhouette der Stadt. Sie spürte ihr Herz wummern. Jetzt gab es kein Zurück mehr. In viel mehr als nur einer Hinsicht.

TEIL 2

32.

Tokio. Hauptstadt, Kaiserstadt, Wirtschaftsmetropole. Zehn Millionen Einwohner, dreiundzwanzig Bezirke. Hochhäuser und Holzhäuser, Highways und U-Bahnen, Luxusläden und Straßenstände, Tempel und Schreine, Gucci und Kimono.

Tokio. Von Feuersbrünsten eingeäschert, von Bomben zerstört, immer wieder aufgebaut. Reicher als ganze Länder, innovativer als jedes Labor, optimistisch und quirlig und ständig von einer neuen Zerstörung durch das nächste große Erdbeben bedroht …

Claudia hatte all das während des Fluges im Reiseführer gelesen, den sie sich schnell noch am Flughafen besorgt hatte.

Aber all das waren nur Zahlen, trockene Fakten, schnödes Bücherwissen.

Jetzt stand sie an einer großen Kreuzung unweit des Hibiya-Parks, und rund um sie herum ragten riesige Hochhäuser in den Himmel. Ein nie endender Strom von Passanten hüllte sie ein, der Straßenverkehr rauschte, die Luft roch süß nach Frühlingsblüten und rußig nach Verkehr. Alles war so verwirrend. Es war schön, berauschend, exotisch, technisch, imposant. Auch beängstigend. Ja, genau, beängstigend.

Es lag vor allem daran, dass es einfach zu schnell gegangen war. Vor nicht einmal vierundzwanzig Stunden hatte sie mit Takeda auf der Köhlbrandbrücke in Hamburg gestanden.

Jetzt war sie hier, mitten in Tokio.

Takeda stand neben ihr, sah sie fragend an. »Was ist los?«

Claudia lachte. »Kann ich dir sagen. Ich bin irgendwo in Tokio, in einem Stadtviertel, dessen Namen du mir dreimal gesagt hast, aber den ich mir trotzdem nicht merken kann. Und ich frage mich, was ich hier eigentlich mache.«

»Yūrakuchō.«

»Was?«

»So heißt das Stadtviertel.«

»Ja, super. Ich meinte das eher im übertragenen Sinne.«

»Ich weiß«, sagte Takeda lächelnd. »Aber es ist nicht so schwer. Du bist hier, um mit mir einen Mord aufzuklären. Einen Mord, von dem wir zwar wissen, wer ihn begangen hat, aber dessen Hintergründe immer noch im Dunklen liegen.«

Claudia nickte. Ken hatte ja recht. Es war genauso, wie er sagte. Sie wusste das. Aber auch das waren nur Informationen ...

Aus einem nahegelegenen U-Bahn-Eingang strömten immer neue Männer und Frauen, und alle waren schlank und schick angezogen. Sie eilten an ihnen vorüber, und Claudia hatte keine Ahnung, was in diesen Menschen vorging, ob sie auf dem Weg zu ihren Arbeitsplätzen waren oder schon auf dem Weg nach Hause. Sie konnte sich nicht wirklich vorstellen, was sie bewegte, wovon sie träumten. Vor dem Eingang eines Restaurants, direkt hinter ihnen, stand eine schick gekleidete junge Frau, die sich vor den Passanten verbeugte und auf die aktuellen Gerichte aufmerksam machte. Ein Lautsprecherwagen fuhr vorbei, auf dessen Ladefläche Männer in dunklen Anzügen standen, die durch Megafone Ansprachen in die Umgebung brüllten. An einer der Fassaden über ihnen glitzerte ein riesiger Werbebildschirm und warb abwechselnd für Nudelsuppe und Handys, aber vielleicht auch für irgendetwas anderes. Claudia wusste es nicht, sie konnte es nicht deuten, weil sie nun einmal kein Japanisch verstand.

»Würdest du mich in den Arm nehmen, Ken?«

»Was?«

»Nimm mich in den Arm, und wenn es nur ganz kurz ist.«

»Natürlich. Auch lange.«

Er trat an sie heran und legte seine Arme um Claudia. Sie schloss die Augen und schmiegte sich an ihn, roch den Sandelholzduft seiner Haut, spürte seine Kraft, spürte seine Zuversicht. Es tat so verdammt gut.

Noch im Flugzeug war auch sie voller Zuversicht gewesen. Sie hatte sich gesagt, dass es einfach nur eine Art Rollentausch war.

Ken war in Hamburg der Fremde, für den alles neu und anders und verwirrend war. Er hatte mehr als einmal bewiesen, dass eben das ein Vorteil sein konnte. Weil er Dinge sah, die für sie, überhaupt für alle Deutschen unsichtbar waren. Verborgen unter einem Schleier der Selbstverständlichkeit. Claudia würde in Japan nun denselben Vorteil haben, das sagte sie sich immer wieder. Noch während die Maschine im Landeanflug auf den Flughafen Haneda war, hatte sie sich toll und unbesiegbar gefühlt. Aber schon als sie durch den Terminal gingen, spürte sie eine erste Verunsicherung. Fremde Gerüche. Schilder, die sie nicht lesen konnte, verwirrende Lautsprecherdurchsagen, ein so entsetzlich streng blickender Zollbeamter. Dann hatte Ken vor einem sprechenden Fahrkartenautomaten gestanden und auf seltsam beschriftete Tasten gedrückt. Eine hoch auf Stelzen führende Einschienenbahn hatte sie in die Innenstadt gebracht. Claudia stand am Fenster und blickte hinaus auf eine graue, seltsam kühle Stadtlandschaft und ihr Selbstbewusstsein bröckelte dahin …

Es tat gut, dass er sie festhielt. Sie konnte sich auf ihn verlassen. Und sie konnte sich auf sich selbst verlassen. Das musste sie sich nur immer wieder sagen.

Claudia öffnete die Augen und löste sich von Takeda. Ihr gelang ein Lächeln. Sie sagte: »Ich brauch nen Kaffee, und zwar dringend. Und etwas zu essen wäre auch nicht verkehrt.«

Takeda lächelte. »Genau das hätte ich dir jetzt auch vorgeschlagen. Direkt da drüben gibt es ein kleines Café, in dem ich schon früher oft war. Es wird dir gefallen.«

33.

»*Aimu berri gurattu tomito yu.*«

Claudia sah den jungen Mann überrascht an, sagte dann mit einem entschuldigenden Lächeln auf Englisch: »Es tut mir leid, aber ich spreche leider kein Japanisch.«

Takeda, der neben ihr saß, grinste. »Das war kein Japanisch. Asano-Kun hat auch versucht, Englisch zu sprechen. Vielleicht gibst du ihm eine zweite Chance?«

»Oh … äh, ja sicher«, stammelte Claudia.

»Wie gesagt, es war ein Versuch«, erklärte Takeda. »Er hat ja nur acht Jahre lang Englisch an der Schule gehabt und danach mehrere Feierabendkurse besucht. Er ist also Anfänger.«

Takeda grinste noch breiter, sagte dann ein paar japanische Sätze zu seinem jungen Kollegen, der in dem Café zu ihnen gestoßen war. Er hieß Jun Asano, aber Takeda nannte ihn Asano-Kun, was für einen jungen, niederrangigen Kollegen offenbar die normale Anrede war.

Asano-Kun schoss die Röte ins Gesicht. Er ließ einen ganzen Reigen an Verbeugungen in Claudias Richtung folgen, begleitet von einem unentwegten *»Eimu sorry. Puriezu forugibu me!«*

Claudia unterdrücke ein Lachen und erklärte: »Vergessen Sie es. Mein Englisch ist doch auch unterirdisch.«

Asano aber ließ es nicht gelten. Er schloss die Augen, konzentrierte sich und wiederholte seine Eingangsworte, dieses Mal allerdings um einiges verständlicher: »*I am very glad to meet you. Ich freue mich, Sie kennenzulernen.*«

Claudia verbeugte sich nun ebenfalls und sagte: »Claudia Harms *to mōshimasu. Dōzo yoroshiku.*«

Takeda hatte ihr die japanische Begrüßung im Flugzeug beigebracht. Auf diese Weise sagte man seinen Namen und drückte seine Freude über das Kennenlernen aus. Claudia fand, dass sie es ganz gut herübergebracht hatte. Der junge Asano aber starrte sie erschrocken an, wandte sich hilfesuchend zu Takeda, dann wieder zu Claudia: »*Aimu sorry. Ai dontu speaku Gahman.*«

Claudia lag daraufhin vor Lachen unter dem Tisch. Takeda gab seinem jungen Kollegen einen freundschaftlichen Klaps auf den Kopf und schimpfte ihn in gespielter Strenge auf Japanisch aus. »Du Idiot! Sie hat sich auf Japanisch vorgestellt, nicht auf Deutsch. Das hast du doch wohl verstehen können, oder etwa nicht?«

»Selbstverständlich, Inspektor. Verzeihung. Ich bin wirklich ein Idiot.«

»Dann los, entschuldige dich bei ihr.«

Der junge Asano wurde noch röter, falls das überhaupt möglich war. Er verbeugte sich erneut vor Claudia und sagte: »Aimu sorry. Your Japanezu izu berri gutto!«

Langsam hatte Claudia den Bogen heraus. I am sorry, Your Japanese is very good. Sie verstand ihn, aber es half nichts. Sie musste immer noch lachen – etwas, das sie vor einer guten halben Stunde, als sie mit Takeda zwischen den Hochhäusern gestanden hatte, noch nicht für möglich gehalten hätte.

Das hier war offenbar die erste und vielleicht auch wichtigste Lektion, die Japan für sie bereithielt: Verständigung war etwas sehr, sehr Anstrengendes.

Aber immerhin, alle Beteiligten gaben sich große Mühe.

Nach und nach beruhigten sie sich alle wieder. Claudia bestellte eine weitere Tasse Kaffee, forderte Takeda dann auf, mit Asano-Kun alles Erforderliche zu besprechen. Und zwar auf Japanisch. Damit es nicht zu Missverständnissen kam. Sie selbst hätte nichts dagegen, für ein paar Minuten einfach einmal abzuspannen.

Takeda nickte und begann dann ein konzentriertes, ernstes Gespräch mit seinem Kollegen. Asano war – das hatte Claudia vorhin bereits mitbekommen – der einzige seiner japanischen Kollegen, den Takeda über ihren Aufenthalt informiert hatte. Weitere Mitwisser hätten die Dinge nur unnötig kompliziert gemacht, schließlich hatte Claudia keinerlei Berechtigung, hier in Japan Ermittlungen durchzuführen. Streng genommen war es bei Takeda genauso, schließlich war er zurzeit nach Deutschland abgeordnet und damit hier in Japan ebenfalls nicht im Dienst. Außerdem galt der Fall Matsumoto ja offiziell als geklärt. Er war zu den Akten gelegt worden, und Takedas japanische Vorgesetzte – allen voran Regierungsrat Yasuda – hatten keinen Zweifel daran gelassen, dass man keinen Wert auf tiefergehende Nachforschungen legte.

Während die beiden Männer redeten, lehnte Claudia sich zurück und genoss ihren Kaffee. Es ging ihr besser. Nicht zuletzt, weil das Café wirklich ein hübscher, gemütlicher Ort war – auch wenn es auf eine bizarre Art unwirklich erschien. Der Laden hieß *Petit Paris* und befand sich im achtunddreißigsten Stockwerk eines Hochhauses, das wiederum durch eine unterirdische Mall mit unzähligen anderen Gebäuden verbunden war. Das Café selbst war eine Art Haus im Haus, reichte über zwei Stockwerke und war originalgetreu wie ein französisches Bistro eingerichtet. Die Mitarbeiter trugen Garçon-Uniformen und hatten Strohhüte auf dem Kopf, um die Flatterbänder in den französischen Nationalfarben gewickelt waren. Auf ihren Schürzen stand in großen Buchstaben *Oh Lala*. Im Hintergrund liefen alte Chansons mit Akkordeonbegleitung.

Es war ein wenig wie in Disneyland. Aber der Kaffee und die Croissants waren phantastisch. Als sie sich bei der Kellnerin lobend geäußert hatte, hatte die ihr erklärt, dass der Besitzer des Cafés viele Jahre in Paris gelebt und das Handwerk bei einem echten Boulanger erlernt habe. Alle Zutaten würden direkt aus Frankreich importiert.

Klar, dachte Claudia. Das erklärte auch, warum das Croissant umgerechnet fast sieben Euro kostete.

Durch das getönte Fenster neben ihrem Tisch konnte Claudia über die endlose Stadt blicken. Abgesehen von der grünen Insel in der Mitte – das Gelände des Kaiserpalastes – wurde Tokio ganz von Grau- und Weißtönen beherrscht. Ein endloses Häusermeer, aus dem hier und dort Ensembles von Wolkenkratzern ragten. Ganz hinten am Horizont schimmerten blass die Umrisse des *Fujisan*, des heiligen Berges Fuji. Es wäre ein großes Glück, dass man ihn sehen könne, hatte Ken ihr erklärt, denn an den meisten Tagen sei der Berg unsichtbar hinter dem Dunst der Stadt verborgen. In seiner Jugendzeit in den siebziger und frühen achtziger Jahren habe man ihn sowieso fast nie sehen können, denn damals sei Tokio noch fast täglich von einer schwarzen Smog-Glocke eingehüllt gewesen. Im Vergleich dazu sei die Stadt heutzutage sehr sauber und freundlich geworden.

Claudia dachte daran, wie Takeda sie vorhin im Arm gehalten hatte. Ihre Verunsicherung war verschwunden. Aber jetzt, während sie aus dem Fenster blickte, fragte sie sich trotzdem, wie sie dort unten, inmitten dieser unendlichen Stadtlandschaft als Ermittlerin wirken sollte. Im Reiseführer hatte gestanden, dass die zehn Millionen Einwohner, die offiziell in der Stadt lebten, ja nur den eigentlichen Kern von Tokio ausmachten. In der gesamten Präfektur betrug die Einwohnerzahl über dreizehn Millionen Menschen, die zudem noch Tag für Tag durch viele Millionen Pendler verstärkt wurden. Und in der gesamten Metropolregion betrug die Bevölkerung knapp vierzig Millionen. Hatten sie und Takeda da eine Chance, diesen Sling Morinaga zu finden? Den *Yakuza*-Gangster, der eigens nach Deutschland gereist war und den Ryū Matsumoto am Tag vor seinem Tod in Hamburg getroffen hatte? Und der eben im Zweifel in der Mordnacht ebenfalls am Tatort gewesen war, auch wenn er offenbar nicht selbst geschossen hatte?

Claudia sah aus den Augenwinkeln, wie der junge Asano-Kun Takeda einen Umschlag reichte. Ken öffnete ihn und blätterte durch ein ansehnliches Geldbündel, das er dann auf verschiedene seiner Taschen verteilte. Einige Scheine reichte er Claudia. Es waren, so überschlug sie, weit über hunderttausend Yen, an die tausend Euro. »Hier, Taschengeld für Japan«, erklärte er lächelnd.

»Nett. Kriegen das alle Touristen?«

»Nur die, die hier etwas Wichtiges zu erledigen haben.«

»Im Ernst, Ken. Was ist das für Geld? Wieso kannst du es so einfach bekommen? Zumal wir doch gar nicht offiziell hier sind.«

Ken nickte nachdenklich, presste dabei die Lippen zusammen. Dann sagte er: »Auf inoffizielle Art sind wir eben doch offiziell hier. Würdest du mir da zustimmen? Schließlich machen wir keinen Urlaub.«

»Klar, das stimmt schon …«

»Na, siehst du. Dann sind wir doch einer Meinung. Das Geld gehört einer Kasse meiner alten Abteilung, die auch auf inoffizielle Art offiziell ist. Gelegentlich muss man Dinge bezahlen, für die man keine Quittung verlangen kann. Das ist in Hamburg doch nicht anders, oder?«

Claudia rollte mit den Augen. »Du hängst eindeutig mit den falschen Kollegen herum. In Hamburg, meine ich.«

»Die falschen, richtigen Kollegen ... Steck das Geld bitte ein, Claudia. Wir sind nicht zu unserem Vergnügen hier. Das solltest du nicht vergessen.«

Sie zuckte mit den Schultern. »Schade. Das habe ich mir nämlich gerade für ein paar Minuten eingebildet.«

Takeda lächelte. »Vielleicht gelingt es uns ja ab und zu. Es wäre schön.«

Asano, der ihrem Geplänkel verständnislos gelauscht hatte, erhob sich vom Tisch, verbeugte sich gegenüber Takeda so tief, dass sein Oberkörper fast waagerecht stand. Dann lächelte er Claudia an und sagte: »*Itu wozu ei gureito pureja mitingu yu.*«

Claudia lächelte ebenfalls und sagte: »*Za pureja wozu onu mei saito!*«

Asano strahlte und verkündete Takeda stolz auf Japanisch, dass er in der letzten Stunde offenbar große Fortschritte im Englischen gemacht habe. Er verabschiedete sich, wollte schon gehen, verharrte dann und schlug sich theatralisch gegen die Stirn. Er öffnete seine Umhängetasche und entnahm ihr zwei Mobiltelefone, die er auf den Tisch legte. Dann nickte er Claudia und Takeda noch einmal zu und ging.

Takeda steckte eines der Geräte ein, reichte das andere an Claudia. »Asano hat uns außerdem zwei Zimmer in einem Hotel besorgt. Er kümmert sich darum, dass unsere Koffer von der Gepäckaufbewahrung im Flughafen dorthin gebracht werden. Hier ist die Karte des Hotels.«

Claudia nahm das Kärtchen entgegen, auf dessen Rückseite ein paar miniaturisierte Fotos des Hotels abgebildet waren. »Wow.

Sieht ganz schön teuer aus, der Schuppen. Lass mich mal raten – die Zimmer bezahlt auch eure schwarze Kasse?«

»Es ist nicht die schwarze Kasse. Die gibt es natürlich auch, aber die ist für andere Dinge gedacht. Unsere Ausgaben übernimmt die … sagen wir einmal *graue* Kasse.«

»Klasse. Wie viele Farben gibt es noch?«

»Einige.«

Claudia schüttelte lachend den Kopf. Was sollte sie auch sagen? Sie war in Japan. Sie blickte nicht durch.

Takeda wartete einige Augenblicke, fragte dann: »Wie fühlst du dich? Bist du müde und möchtest erst einmal ins Hotel? Oder wollen wir direkt loslegen?«

»Du meinst, wir machen uns auf die Suche nach Morinaga?«

»Darum werde ich mich kümmern. Für dich hatte ich etwas anderes im Sinn.«

»Ach? Und was?«

»Du könntest die Eltern von Ryū Matsumoto besuchen. Ich denke, es ist wichtig, dass wir mit ihnen reden.«

»Auf jeden Fall. Aber bist du sicher, dass ich das schaffe? Ganz allein?«

»Warum denn nicht? Asano hat mir die Adresse aufgeschrieben. Er meinte, dass die beiden nicht gut auf die japanische Polizei zu sprechen sind. Offenbar sind meine Kollegen nach dem Tod ihres Sohnes nicht sehr zimperlich mit ihnen umgegangen. Sie wollten wohl herausfinden, ob Ryū in krumme Geschäfte verwickelt war.«

»Was ja durchaus sein könnte.«

»Sicher. Aber ohne konkrete Hinweise hätten wir die trauernden Eltern wohl etwas zurückhaltender befragt. Wie auch immer. Asano kümmert sich außerdem darum, Heijiro Nishimori ausfindig zu machen. Es scheint schwer zu sein. Der Mann besitzt zahlreiche Immobilien im ganzen Land, und niemand weiß genau, wo er jeweils ist. Außerdem empfängt er so gut wie keine Besucher mehr.«

»Hoffen wir, dass Asano trotzdem Erfolg hat. Aber zurück zu meiner Frage – ich soll wirklich allein mit Matsumotos Eltern sprechen?«

Takeda nickte nachdrücklich. »Sie sprechen Englisch und sogar ein wenig Deutsch. Sie haben einen Kurs besucht, weil sie ihren Sohn in Hamburg besuchen wollten.«

»Dann kann ja nichts schiefgehen.«

»Eben«, sagte Takeda trocken. »Du kannst mich jederzeit anrufen. Die Nummern des jeweils anderen Gerätes sind in die Handys eingespeichert.«

»Kein Problem, Ken. Ich rede mit den Eltern. Aber bevor wir uns trennen, tu mir bitte noch einen Gefallen.«

»Sehr gerne.«

»Schreib mir die japanischen Worte für *Hilfe* und für *Ich will sofort wieder nach Hause* auf.«

34.

Vor dem Fenster des Vorortzuges flog eine endlose Landschaft aus kleinen Einfamilienhäusern, mehrstöckigen Mietskasernen und einförmigen Bürogebäuden vorbei. Auch hier waren die Fassaden weiß oder grau, gelegentlich einmal braun oder rostrot. Alles wirkte modern und sauber, bis auf einige wenige Hütten oder Schuppen, die aus morschem Holz und Wellblech bestanden, Überbleibsel vergangener, ärmerer Zeiten.

Der Zug brachte Claudia in Richtung Norden aus der Stadt hinaus. Obwohl, *hinaus* war eigentlich das falsche Wort, denn sofort hinter der Grenze von Tokio begann die nächste Stadt, ohne dass man hätte sagen können, wo die eine Gemeinde zu Ende war und die nächste begann.

Claudia war stolz auf sich. Sie hatte es tatsächlich bis in den richtigen Zug geschafft. Takeda hatte ihr, bevor sie sich getrennt hatten, empfohlen, sich mit einem Taxi nach Saitama bringen zu lassen, die Stadt, in der das Ehepaar wohnte. Es würde vermutlich zehn- oder sogar zwanzigtausend Yen kosten – hundertfünfzig Euro. Aber für eben solche Zwecke sei das Geld aus der grauen Kasse ja bestimmt. Nachdem Ken verschwunden war, hatte Claudia wirklich versucht, ein Taxi zu bekommen. Leider ohne Erfolg. Die ersten paar Wagen waren einfach an ihr vorbeigefahren, obwohl sie eindeutig nicht besetzt waren. Dann hatte endlich ein Wagen gehalten. Als der Fahrer bemerkte, dass Claudia kein Wort Japanisch konnte, weigerte er sich loszufahren. Auch der Zettel, auf den Takeda ihr die Adresse geschrieben hatte, nützte nichts. Der Mann, der eine Mütze und weiße Handschuhe trug, klammerte sich an sein Steuer und blickte stur nach vorne, reagierte weder auf Claudias freundliche Bitten noch auf ihre weniger freundlichen Flüche.

Vollidiot. Dann halt nicht.

Also war sie wieder ausgestiegen und hatte den nächsten U-Bahnhof aufgesucht. So schnell ließ sie sich nicht unterkriegen! Irgendwie würde sie ihr Ziel schon erreichen! Und wenn es den ganzen restlichen Tag dauerte!

Kurz darauf hatte sie vor einer riesigen bunten Streckenübersicht gestanden, die ungefähr so übersichtlich war wie ein Plan des gesamten bekannten Universums. Immerhin, der Fahrkarten-Automat sprach ein gut verständliches Roboter-Englisch – allerdings erst, nachdem Claudia wütend auf ihn eingehämmert hatte und ein anderer freundlicher Fahrgast dann für sie auf den richtigen Knopf gedrückt hatte. Ob sie am Ende die richtige Fahrkarte gekauft hatte? Claudia hatte keine Ahnung. Aber immerhin war sie durch die Absperrung auf den Bahnsteig gelangt und in einen Zug gestiegen. Es war sogar der richtige. Zweimal musste sie dann noch umsteigen, irrte dabei durch kilometerlange Katakomben, die wie endlose Shoppingmalls wirkten. Sie wurde dabei von gefühlt einer Million Berufspendlern überholt, durchlitt mehrere Fast-Nervenzusammenbrüche, stärkte sich zwischendurch mit einem zuckersüßen Dosen-Cappuccino, gab einem regungslos dastehenden Bettelmönch ein paar Münzen, bestaunte eine Gruppe wunderschöner junger Schulmädchen in Matrosen-Uniformen und schaffte es schließlich zu ihrer eigenen Verwunderung, den Zug in die richtige Richtung zu erwischen.

Tokio, du wirst mich nicht fertig machen! Auch wenn du dir richtig Mühe gibst!

Nun saß sie auf einem bequemen Sitz und ruckelte in Richtung Norden. Nach und nach machte sich Müdigkeit in ihr breit. Claudia hatte während des Nachtfluges kaum ein Auge zugemacht, hatte erst einen Film gesehen, dann im Reiseführer geblättert und schließlich einfach ihren Gedanken nachgehangen. Takeda schlief die meiste Zeit friedlich neben ihr wie ein kleiner Junge, wobei sein Schlummertrunk nicht aus einer heißen Milch, sondern einem doppelten Whiskey bestanden hatte. Offiziell hatten sie und Takeda sich eine Woche Urlaub genommen, und zwar per kurzer, formloser E-Mail. Holger Sauer hatte ihren Antrag ohne Zögern genehmigt, ihr sogar in seiner Antwortmail zu dem Entschluss gratuliert. Ob sie irgendwo hinfahre? Auf eine Insel, hatte sie geantwortet, im sicheren Wissen, dass Sauer an Sylt oder Amrum dachte.

Jetzt also saß sie im Zug nach Saitama, der Heimatstadt Ryūtarō Matsumotos, im Norden von Tokio. Claudia blickte auf den faltbaren Streckenplan, den sie unterwegs eingesteckt hatte. Für ihr Auge sah es zwar immer noch nach Universum aus, aber ein wenig blickte sie inzwischen durch. Sie hatte noch vier oder fünf Stationen vor sich bis Urawa, dem Stadtteil, zu dem sie wollte.

Schließlich kündigte die Durchsage ihren Zielbahnhof an. Claudia stand auf und blickte nach draußen. In der Ferne sah sie erneut einige Hochhäuser aufragen, vermutlich das Zentrum von Saitama. Eine Augenweide war das Ganze nicht gerade. Aber davor hatte Takeda sie schon im Flieger gewarnt. Japan, seine Heimat, sei nicht unbedingt schön, jedenfalls nicht auf den ersten Blick und nicht überall. Das gelte besonders für die Städte. Aber sie dürfe sich nicht abschrecken lassen, solle weiterhin die Augen aufhalten. Dann böten sich immer wieder überraschende Anblicke, die einem in ihrer Ästhetik eben doch den Atem raubten … Bisher hatte Claudia wenig in der Richtung entdeckt. Ein paar Tempel, an denen der Zug vorbeigeflitzt war, ein paar Parks mit alten knorrigen Bäumen, ein paar moderne Gebäude mit einer faszinierenden futuristischen Architektur. Aber sie würde sich an Takedas Ratschlag halten und sich nicht entmutigen lassen.

Eine Dreiviertelstunde später stand Claudia in einer schmalen, ruhigen Wohnstraße vor einem von einer grauen Mauer umgebenen Einfamilienhaus. Die Pforte stand offen, so dass sie direkt an die Haustür herantreten konnte. Neben der Klingel hing ein Bambusschild, auf dem zwei japanische Zeichen in Pinselschrift standen. Claudia verglich sie sorgfältig mit dem Zettel, den Ken ihr geschrieben hatte. Kein Zweifel, das hier war das Haus der Familie Matsumoto. Claudia schloss kurz die Augen, sammelte sich und drückte dann mit einem zuversichtlichen Lächeln auf den Klingelknopf.

Kurz darauf wurde die Tür geöffnet. Eine vielleicht fünfzigjährige Frau öffnete die Tür und sah Claudia überrascht an. Die Frau wirkte erschöpft, vielleicht sogar kränklich und war dennoch auf eine leidende, ausdrucksvolle Art schön. Sie sagte mit freundlicher Stimme ein paar Worte auf Japanisch, deren Inhalt Claudia unschwer erraten konnte.

»Wer sind Sie? Was kann ich für Sie tun?«

»Ich heiße Harms. Ich freue mich, Sie kennenzulernen.« Claudia wiederholte die wenigen japanischen Worte, die sie kannte. Dass sie Polizistin war, konnte sie nicht ausdrücken, wollte es auch gar nicht. Sie war als Touristin hier und stellte Fragen, weil sie neugierig war. Ihren Beruf würde sie nur zur äußersten Not nennen, immerhin hatte sie keine offizielle Berechtigung, hier zu ermitteln, tat sie es doch, könnte das zu diplomatischen Verwicklungen führen. Und sie könnte ohne weiteres in einer Gefängniszelle landen.

Emiko Matsumoto, die Mutter des toten Ryūtarō, legte nun ein deutliches Misstrauen an den Tag. In stark gebrochenem Englisch fragte sie: »Was wollen Sie von uns, Frau Harms?«

»Ich möchte mit Ihnen über Ihren Sohn sprechen.«

Das Misstrauen im Gesicht der Frau wurde durch eine kurze, heftige Trauer abgelöst, die aber sogleich wieder verschwand und einer bitteren Entschlossenheit Platz machte. »Sind Sie von der Presse? Wir möchten nicht mit Ihnen sprechen.«

»Ich bin keine Journalistin.«

»Warum also?«

Claudia hörte im Inneren des Hauses Schritte, dann eine männliche Stimme, die eine Frage an die Frau richtete. Schließlich erschien das Gesicht eines Mannes in der Tür. Er wirkte sympathisch, wenn auch ebenfalls erschöpft und von Trauer gezeichnet. In deutlich besserem Englisch fragte er: »Warum sprechen Sie über unseren Sohn? Wissen Sie nicht, dass er tot ist?«

»Doch, das weiß ich.«

»Aber ...« Der Mann, Hideyo Matsumoto, Ryūtarōs Vater, wollte etwas sagen, verstummte dann jedoch abrupt. Er starrte Claudia unumwunden an. »Ich weiß, wer Sie sind! Sie sind die Polizistin aus Deutschland. Ich habe Ihr Bild in der Zeitung gesehen. Sie haben den Mörder meines Sohnes gefangen! Sagt man so? Sie haben ihn überführt! Das ist das richtige Wort. Bevor er sich das Leben nahm.«

Claudia nickte, bestätigte die Vermutung von Matsumoto. Sie rief sich die Pressekonferenz in Erinnerung, die Uemuras Tod gefolgt war. Viele der japanischen Journalisten hatten Fotos gemacht. Kein Wunder, dass ihr Bild hier in den Zeitungen erschienen war.

»Was können wir für Sie tun, Frau Polizistin?«, fragte Hideyo Matsumoto, nicht einmal unfreundlich. »Warum sind Sie den langen Weg aus Deutschland hierhergekommen?«

»Es ist so, dass ich ... ich würde mich gerne mit Ihnen über Ihren Sohn unterhalten. Ich habe zahlreiche Fragen.«

»Aber der Fall ist geklärt, ist es nicht so? Was gibt es also noch dazu zu sagen?«

»Sie haben recht, der Fall gilt als geklärt. Aber das heißt eben nicht, dass wir auf alles eine Antwort haben. Im Gegenteil.«

Die Eheleute tuschelten leise miteinander. Dann gab die Frau die Tür frei und sagte mit einer Verbeugung: »Bitte, treten Sie ein, Frau Polizistin.«

»Danke sehr. Das ist sehr freundlich von Ihnen.«

Claudia trat in einen Vorraum, in dem verschiedene Paar Schuhe und ein Schirmständer standen. Von dort ging es einen Absatz hinauf in die Wohnfläche des Hauses. Dort kniete sich Emiko Matsumoto nieder und stellte Claudia ein paar Pantoffeln bereit.

Ken hatte Claudia zum Glück erklärt, wie die Häuser in Japan funktionierten. Der *Genkan*, der niedrig gelegene Eingangsbereich, war der einzige Ort, wo man im Inneren des Hauses Schuhe trug. Im Wohnbereich jedoch war das streng verpönt. Claudia zog daher ihre Schuhe aus, trat empor und schlüpfte in die Pantoffeln, bedankte sich dabei. Dann folgte sie dem Ehepaar durch einen Flur in ein westlich eingerichtetes Wohnzimmer, in dem ein Esstisch mit vier Stühlen stand. Der Raum ging in ein weiteres Zimmer über, das mit Tatami-Matten ausgelegt war. Dort stand ein niedriger Tisch, ein *Kotatsu*. Auch davon hatte Ken ihr erzählt. Unter der Tischplatte war ein kleines, elektrisch betriebenes Öfchen angebracht. Außerdem lag eine Decke über den Tischkanten, so dass man seine Beine darunter strecken und sich wärmen konnte.

Das Ehepaar bemerkte Claudias Blicke, die Frau fragte, ob sie es vorziehe, auf dem Boden zu sitzen.

»Hai«, sagte Claudia auf Japanisch. »Sehr gerne.«

Emiko und Hideyo Matsumoto lächelten. Die immer noch gespannte Atmosphäre lockerte sich etwas.

»Sind Sie zum ersten Mal in Japan?«, fragte Hideyo.

»Ja. Ich bin erst vor wenigen Stunden angekommen.«

»Dann ist es eine Ehre für uns, dass wir Sie in unserem Haus begrüßen dürfen. Bitte, fühlen Sie sich wohl bei uns.«

Die Eheleute verbeugten sich noch einmal, und Claudia hätte sie am liebsten in den Arm genommen. Die Trauer um ihren ermordeten Sohn war so spürbar, dass sie sich auf Claudia übertrug und sie niederdrückte. Sie kam aus der Stadt, in der das Unglück geschehen war, und es wäre nicht überraschend gewesen, wenn ihr die Eltern mit Ablehnung begegnet wären.

»Es ist wirklich sehr freundlich von Ihnen, dass Sie mich empfangen«, sagte Claudia und verbeugte sich ihrerseits.

Hideyo machte eine abwehrende Bewegung mit der Hand. »Aber nein, es ist nicht der Rede wert. Bitte, setzen Sie sich.«

Die letzten Worte sagte er sogar auf Deutsch, wies dabei in Richtung des *Kotatsu*.

»Ich werde Tee zubereiten. Einen kurzen Moment bitte«, sagte Emiko, verschwand in Richtung Küche.

Claudia nahm an dem niedrigen Tisch Platz, steckte die Beine unter die Decke und genoss sofort die wohlige Wärme. Sie blickte sich um, sah die vielen Fotos von Ryūtarō an den Wänden. Bilder aus seiner Schulzeit, von seinem ersten Fußballteam, seinem Aufstieg zum Profi, in verschiedenen Rollen als Werbeträger, schließlich in der Uniform des HSV ... Dann entdeckte Claudia das seltsame hölzerne Gebilde, das in der Ecke des Raumes stand. Es sah aus wie eine kleine Kommode, deren Türen offenstanden. Davor lagen einige Mandarinen, standen Schalen mit Reis und Küchlein. Auf einem Halter aus Porzellan glimmte ein Räucherstäbchen.

Hideyo Matsumoto, der Claudias Blicke bemerkte, erklärte, nun wiederum ins Englische wechselnd: »Das ist unser Hausaltar zum Andenken an unsere verstorbenen Vorfahren. So etwas gibt es in vielen japanischen Häusern. Es ist eine buddhistische Tradition.«

Einem Instinkt folgend fragte Claudia: »Sind Sie ebenfalls bei der *Tōzaikai*, dieser buddhistischen Sekte? Hat der Hausaltar etwas damit zu tun?«

Die Miene des Vaters verdüsterte sich. Er schüttelte unwirsch den Kopf. »Wir haben nichts mit *Tōzaikai* zu schaffen. Gar nichts!«

Claudia sah ihn forschend an, sagte: »Es tut mir leid. Ich wollte nicht …«

Sie wurden unterbrochen, da Emiko in den Raum zurückkehrte. Sie kniete sich mit einem Tablett vor den niedrigen Tisch, stellte eine Teekanne und drei Becher sowie ein Schälchen mit Gebäck auf den Tisch. »Es tut mir leid, dass ich Ihnen nicht mehr anbieten kann. Hätten wir gewusst, dass Sie kommen …«

»Aber nein, das ist mehr, als ich erwarten kann. Vielen Dank.«

Die Eheleute setzten sich ebenfalls an den Tisch, steckten ihre Beine unter den *Kotatsu*. Die Frau schenkte Tee ein und forderte Claudia auf zu trinken. Sie plauderten eine Weile über Belanglosigkeiten. Claudia erzählte von ihrem Flug und ihren ersten Eindrücken aus Japan. Das Ehepaar berichtete, dass es sich so sehr darauf gefreut hatte, ihren Sohn in Deutschland zu besuchen. Aber daraus würde nun ja leider nichts.

Für einige Moment herrschte ein betretenes Schweigen. Dann lachte Emiko, wedelte mit der Hand und sagte mit überraschend fröhlicher Stimme: »Aber lassen wir doch die traurigen Themen. Sie möchten uns Fragen stellen. Bitte, wir versuchen zu helfen, soweit wir es können.«

Claudia sah die Frau an, bewunderte ihre Tapferkeit. »Wie Sie vorhin selbst sagten, der Mörder Ihres Sohnes ist von uns identifiziert worden. Der Mann heißt Hiroyuki Uemura, das haben Sie sicherlich bereits gehört. Er hat sich noch vor seiner Verhaftung das Leben genommen.«

»Immerhin hat er auf die Art Anstand bewiesen«, sagte Hideyo Matsumoto.

»Ja, so kann man es wohl sehen. Vielleicht wollte er aber auch nur verhindern, dass wir ihm Fragen stellen. Fragen, die er nicht beantworten wollte – oder nicht beantworten durfte.«

»Ich verstehe nicht ganz …«, sagte Hideyo, ergriff dabei die Hand seiner Frau, die auf stille Art zu weinen begann.

»Ich will es ganz direkt sagen. Mein Kollege und ich, wir glauben die Geschichte nicht unbedingt, die uns Uemura sozusagen posthum aufgetischt hat. In seinem Abschiedsbrief steht etwas von einer Frau, um die er und Ihr Sohn gerungen hätten, und dass Eifersucht sein Motiv gewesen wäre. Möglich ist das natürlich. Aber es könnte genauso gut auch ganz anders gewesen sein.«

Das Ehepaar wechselte einen stummen Blick. Dann verzog sich Hideyos Gesicht in einem bitteren, still in ihm kochenden Zorn und er sagte mit gepresster Stimme: »Auch wir glauben, dass viele Dinge ungeklärt sind. Aber die Polizei, die japanische Polizei, hat uns gesagt, dass wir uns zufriedengeben sollen. Alles sei aufgeklärt. Unser Sohn sei das Opfer eines Landsmannes geworden, der in der Fremde den Verstand verloren habe. Es gebe keine offenen Fragen, und daher sollten wir nicht für unnötige Schwierigkeiten sorgen.«

Claudia sah ihn überrascht an. »Das hat man Ihnen so gesagt?«

»Mehr als einmal.«

Sie schüttelte verwundert den Kopf. »Ich würde gerne noch einmal auf das zurückkommen, worüber wir vorhin sprachen. Die *Tōzaikai*. Ich hatte das Gefühl, dass Sie kein sehr gutes Bild von der Sekte haben. Ist das richtig?«

Hideyo ergriff wieder tröstend die Hand seiner Frau, sagte dann: »Ich muss das erklären. Sehen Sie, unser Sohn hat eine wunderbare Karriere als Sportler gemacht. Die Menschen haben zu ihm aufgesehen und ihn bewundert. Wir waren sehr stolz auf ihn. Aber irgendwo auf seinem Weg hat er den Halt verloren. Wir wissen nicht, wodurch dieser Wandel ausgelöst wurde. Vielleicht wurde ihm alles zu viel. Das ist jetzt etwa zwei Jahre her. Auf einmal war er nicht mehr er selbst. Und dann ist er eben der *Tōzaikai* beigetreten. Am Anfang haben wir nicht einmal etwas dagegen gehabt. Wir hatten die Hoffnung, dass er dort neue Zuversicht findet. Der Zen-Buddhismus gehört zu unserer Kultur, er ist etwas Gutes. In der Meditation kann einem klar werden, dass die kleinen Sorgen des Alltags völlig unbedeutend sind. Aber nach und nach mussten wir einsehen, dass die *Tōzaikai* alles noch viel schlimmer machte. Ryūtarō hat sich uns entfremdet. Wir haben oft monatelang nichts von ihm gehört. Wenn er doch mit uns gesprochen hat, haben wir ihn gebeten, die Sekte zu verlassen. Aber davon wollte er nichts hören.«

»Was genau, glauben Sie, geschieht dort, in der Sekte?«

Das Ehepaar wechselte einen Blick, und dann sagte Hideyo Matsumoto mit leiser, kaum hörbarer Stimme: »Die *Tōzaikai* ist eine Todessekte. Als mir das klar wurde, habe ich geahnt, dass es schrecklich enden würde. Und genau so ist es geschehen.«

»Aber ich verstehe das nicht«, wandte Claudia ein. »Die *Tōzaikai* ist doch offiziell von der Regierung anerkannt. Da können die doch nicht einfach irgendwelche seltsamen Dinge mit ihren Mitgliedern anstellen?«

Hideyos Gesicht versteinerte, und er sagte: »Unser Sohn und sein Mörder, dieser Uemura, sie waren beide Mitglieder von *Tōzaikai*. Sie sind beide nun tot. Aber, Frau Polizistin, was Sie vielleicht nicht wissen – die beiden sind bei weitem nicht die einzigen.«

Claudia sah ihn überrascht an. »Das wusste ich wirklich nicht. Erklären Sie es mir bitte.«

»Es findet vor jedermanns Augen statt, war sogar in der Presse und im Fernsehen, jedenfalls hier in Japan. Die *Tōzaikai* schickt junge Leute in Hilfseinsätze in gefährliche Gebiete, in den Krieg. Mehrere von ihnen sind dabei getötet worden.«

Claudia erinnerte sich daran, dass Takeda etwas in der Richtung erwähnt hatte, nachdem er zur *Tōzaikai* recherchiert hatte. Wenn sie es richtig in Erinnerung hatte, waren die jungen Leuten bei humanitären Einsätzen in Syrien oder im Irak ums Leben gekommen. »Das, was Sie erwähnen, waren doch Unfälle, oder nicht? Das heißt, sicher, die jungen Leute sind ermordet worden, aber nicht durch Sektenmitglieder oder Ähnliches, sondern durch Terroristen! Ist das nicht etwas anderes?«

»Ja, vielleicht. Aber wir glauben es nicht mehr. Nicht nach dem, was mit unserem Sohn geschehen ist. Und wir sind nicht die

Einzigen. Es gibt andere Eltern, die der Sekte Vorwürfe machen. Gerade heute treffen Sie sich, um zu demonstrieren. Wir wollten teilnehmen, doch uns fehlt die Kraft. Aber Sie, Frau Polizistin, Sie sollten dort hinfahren und es sich ansehen. Sprechen Sie mit diesen Eltern. Vielleicht glauben sie Ihnen mehr als uns …«

Claudia nickte. Sie war sich nicht sicher, ob die Eheleute in ihrer Trauer Dinge sahen, die es nicht wirklich gab, oder ob etwas an ihren Verdächtigungen dran war. Sie würde mit Takeda darüber sprechen müssen.

»Es gibt da noch einen Punkt. Ist Ihnen bekannt, ob Ihr Sohn Kontakte zur Organisierten Kriminalität hatte?«

»Sie meinen die *Yakuza*?«

»Darauf läuft es hinaus.«

Erneut wechselte das Ehepaar einen Blick, und Emiko Matsumoto schluchzte erneut auf. Mit verweinter Stimme sagte sie: »Wieso nur fragen uns das alle? Das ist doch verrückt. Ryūtarō hatte nichts mit Verbrechern am Hut! Er war ein guter Junge.«

»Wen meinen Sie mit alle?«

Hideyo Matsumoto antwortete: »Die Beamten der japanischen Polizei haben uns dieselbe Frage gestellt.«

»Ach. Und wann war das?«

»Das war schon vor einigen Tagen. Eigentlich sofort, nachdem wir von Ryūs Tod erfahren haben.«

Claudia schaffte es nicht, ihr Erstaunen zu verbergen. »Haben die Beamten gesagt, warum sie diese Frage stellen?«

»Wir wollten das auch wissen, aber wir haben keine Antwort erhalten.«

»Wurde ein Name erwähnt? Vielleicht Sling Morinaga? Oder Nishimori?«

»Nein, kein Name. Aber wie kommen Sie darauf? Bitte erklären Sie es uns.«

»Das kann ich nicht. Noch nicht. Aber das wird sich ändern, das verspreche ich Ihnen.«

Claudia trank von ihrem Tee, schloss dabei die Augen. Ihr war schwindelig. Das lag sicherlich am mangelnden Schlaf. Doch nicht nur. Wenn die japanische Polizei so früh den Verdacht hatte, dass eine Spur zu den *Yakuza* führt, dann muss auch dieser Regierungsrat, dieser Yasuda, davon gewusst haben. Warum hat er kein Wort davon gesagt? Und warum beharrten er und die hiesigen Behörden so vehement darauf, dass der Fall abgeschlossen war?

35.

Zur selben Zeit stand Inspektor Takeda vor einem kleinen, unscheinbaren Immobilienbüro in der Nähe des Bahnhofs Shinagawa. Wie bei diesen Läden üblich, war das Schaufenster mit Annoncen und Skizzen zugeklebt, die auf freie Mietobjekte aufmerksam machten, dazu die Wohnfläche in dem in Japan üblichen Flächenmaß nach der Anzahl der Tatami-Matten angaben. Außerdem wurde man auf die Kaution sowie das Schlüsselgeld aufmerksam gemacht, das man mit Vertragsunterschrift dem Vermieter zu bezahlen hatte. Unter den Angeboten fanden sich Apartments aller Preiskategorien, aber auch ganze Häuser und Ladengeschäfte. Dafür, dass das Büro so klein war, schien es gut im Geschäft zu sein.

Sobald Takeda durch die automatische Schiebetür eingetreten war, sprangen alle Angestellten in dem Büro von ihren Schreibtischen auf, verbeugten sich und schmetterten im Chor ein *Irasshaimase* – ein herzliches Willkommen.

Takeda zählte fünf Schreibtische, die hinter einem Tresen angeordnet waren. Während die meisten Angestellten sich wieder setzten, blieb ein junger Mann in einem schlichten dunkelblauen Anzug stehen und sah ihm erwartungsvoll entgegen.

»Herr Gast, wie kann ich Ihnen behilflich sein? Bitte kommen Sie zu mir«, sagte der junge Angestellte und verbeugte sich in Takedas Richtung.

Der Inspektor nickte ihm zu, blieb jedoch keineswegs stehen.

Stattdessen klappte er ungefragt das bewegliche Element des Tresens hoch, trat in den Bereich mit den Schreibtischen, überhörte die irritierten Proteste der Angestellten und steuerte geradewegs auf die Tür zu, die in den Hinterraum des Ladens führte.

Bevor er die Tür öffnete, drehte er sich noch einmal um, nickte den verdutzten Angestellten zu und erklärte: »Ich spreche jetzt mit eurem Sektionschef, und dabei möchte ich nicht gestört werden. Und hört bloß mit dem Theater auf. Verstanden?«

»Aber ... aber ... das geht so nicht, Herr Gast«, sagte der junge Mann im Anzug und wirkte dabei wie ein defekter Roboter, der sich immer weiter verbeugen wollte.

Ein anderer der Angestellten hingegen wechselte auf einmal in einen schnoddrig klingenden Tonfall und meinte zu seinem Kollegen: »*Satsu dazei!* Das is'n Bulle. Spar dir also die Mühe, der macht sowieso, was er will.«

Der Inspektor beachtete sie nicht weiter. Er trat in den hinteren Raum und knallte die Tür zu.

Die Zeiten, in denen man die *Yakuza* ausschließlich in Bordellen, Pachinko-Spielhallen oder ihren offiziellen, oftmals durch ein Türschild kenntlich gemachte Niederlassungen antreffen konnte, waren schon seit längerem vorbei. Heutzutage konnte man ihnen genauso gut in Speditionen, Pfandhäusern, in den Etagen von Investmentbanken oder eben in Immobilienfirmen begegnen. Der Wandel weg von den klassischen Geschäftsfeldern wie Prostitution, Drogenhandel oder Glücksspiel hatte schon in den achtziger Jahren eingesetzt und bizarre Blüten getrieben. Die *Yakuza* drohten mit ihren Scheinfirmen im Wertpapierhandel, im Immobiliensektor und in der Bauwirtschaft eine ernstzunehmende Größe zu werden. Nicht zuletzt deshalb waren in den vergangenen Jahren immer schärfere Gesetze erlassen worden, um die Aktivitäten der Syndikate zurückzudrängen. Die deutlichsten Wirkungen zeigten Vorschriften, die Privatfirmen verpflichteten, Anti-*Yakuza*-Klauseln in all ihre Verträge aufzunehmen. Seitdem hatten es die Syndikate schwer, Büroräume anzumieten, Autos zu kaufen oder offizielle Beziehungen zu normalen Firmen zu unterhalten. Genau wie einige Kritiker vorhergesagt hatten, führte es allerdings nicht dazu, dass die Syndikate verschwanden oder auch nur nennenswert dezimiert wurden. Im Gegenteil, sie bemühten sich seitdem erst recht darum, hinter einer Fassade der Scheinlegalität abzutauchen, so dass selbst Kenner nicht mehr unbedingt sagen konnten, ob eine Firma nun eine Unternehmung der Verbrecher war oder nicht. Gegenüber dem Ausland ließ sich aber offiziell behaupten, dass Japan nun ein ganz normales Land geworden war, in dem sauber zwischen legaler Wirtschaft und Mobstern unterschieden wurde. Ziel erreicht.

In dem Hinterzimmer des Immobilienmaklers roch es nach abgestandenem Bier und kaltem Zigarettenrauch. Auf einem Regal stand ein stummgestellter Fernseher, in dem ein Porno lief. Ein untersetzter Mann in einem zu kleinen Poloshirt saß an einem von Papieren übersäten Schreibtisch und spielte mit einem Gameboy. Er hatte stoppelkurze Haare und eine deutlich sichtbare Narbe im Gesicht. Zwischen Shirt und Hosenbund quoll ein feister, kunstvoll tätowierter Bauch heraus, was ihn aber nicht zu stören schien. Bei Takedas unvorhergesehenem Eintreten hatte er nicht einmal hochgesehen, sondern nur schnodderig gerufen: »Hey, ihr Schwachköpfe, ich habe gesagt, dass ich nicht gestört werden möchte. Ich habe zu tun.«

Takeda trat an den Schreibtisch, befreite den mit Unterlagen vollgestapelten Besucherstuhl von seiner Last und setzte sich. »Was hast du denn zu tun, Goro-Chan? Musst du Donkey Kong retten? Oder begleitest du Super Mario durchs Monster-Labyrinth?«

Goro, der, wenn Takeda es richtig in Erinnerung hatte, eigentlich Tetsuro Hara hieß und ursprünglich koreanischer Abstammung war, ließ den Gameboy sinken und verzog sein Gesicht zu einem breiten Grinsen. Erschrocken oder auch nur ärgerlich war er nicht. Lässigkeit gehörte zum Berufsethos. »Inspektor! Was für eine Überraschung! Ich dachte, sie haben dich in eines der Barbarenländer abgeschoben. Was verschafft mir die Ehre?«

Takeda musste unwillkürlich lächeln. Er gestand es sich ungern ein, aber er hatte diesen schmutzigen, für Uneingeweihte nur schwer verständlichen *Yakuza*-Slang vermisst. Fühlte sich nach Zuhause an.

»Ich hatte Sehnsucht nach der Heimat. Und nach dir, Goro. Darum habe ich den langen Weg nach Tokio gemacht. Aber was hast du eigentlich mit deinen Haaren gemacht? Ich habe dich noch mit geölter Elvis-Tolle vor Augen. Was ist passiert?«

»Elvis ist tot, Inspektor. Ich hab's leider jetzt erst erfahren. Darum wurde es Zeit für eine neue Frisur.«

»Passt zu dir. Man sollte zu seiner Hässlichkeit stehen.«

Goro war um die fünfzig und trug an vier seiner zehn Finger künstliche Prothesen, um die abgetrennten Glieder zu verbergen, die er sich als Zeichen seiner Reue gegenüber seinem *Oyabun*, seinem Syndikatschef, selbst abgetrennt hatte. Er rieb sich über seine Stoppelhaare und sagte: »Wir sind nicht alle solche Schmuckstücke wie du, Inspektor. Aber weißt du was? Die Fische im Hafen fressen deine Augäpfel genauso aus deinem Schädel wie bei jedem anderen. Also bilde dir nicht zu viel drauf ein.«

Takeda musterte Goro neugierig. Der scharfe Tonfall passte nicht zu ihm und zeigte, wie nervös der Gauner war. »Ich habe Lust auf einen Kaffee, Goro. Meinst du, deine Jungs besorgen mir einen?«

»Na sicher, Inspektor. Du kannst auch etwas zu essen bekommen. Oder ein Mädchen. Wir erfüllen dir jeden Wunsch, das weißt du doch.«

»Ein Kaffee reicht.«

»Bescheiden wie immer. Du hättest Mönch werden sollen, Inspektor. Obwohl nein, ein Mönch hätte das Mädchen angenommen. Oder auch einen Knaben ...«

»Du musst es ja wissen, Goro.«

Goro verbeugte sich vor dem Inspektor, schrie dann mit heiserer Stimme in Richtung Tür: »Hey, ihr faulen Arschgeigen da vorne. Besorgt mal zwei Kaffee, aber auf der Stelle.« Dann senkte er seine Stimme wieder: »Also, Inspektor. Was führt dich her? Ich nehme mal an, dass es nicht um eine neue Wohnung geht, richtig?«

»Ich suche einen deiner Kollegen, Sling Morinaga. Kennst du ihn? Und weißt du, wo er ist?«

Goro zuckte mit den Schultern. »Und wenn? Was willst du von ihm?«

»Meinst du nicht, ich bin derjenige, der die Fragen stellt?«

»Komm schon, Inspektor. Ich muss doch auch etwas davon haben.«

»Sling hat vor kurzem eine Reise nach Deutschland gemacht, und ich wollte mit ihm über seine Eindrücke plaudern. Außerdem interessiert mich, wer ihm das Ticket spendiert hat.«

Goro lachte heiser. »Interessant. Aber ich befürchte, ich kann dir nicht helfen. Ich habe Sling schon eine ganze Weile nicht gesehen.«

»Und wer hat ihn gesehen?«

»Keine Ahnung. Bis vor kurzem hat er sich in der *Shitamachi*, in der Unterstadt, herumgetrieben. Er hat in ein paar der Freudenhäuser in der Gegend von Shinkoiwa nach dem Rechten gesehen. Die Jungs, die die betreuen, kommen in die Jahre und werden mit den renitenten Gästen nicht mehr fertig. Sling hingegen macht so etwas Spaß. Ist halt ein Heißsporn. Frag mal bei Shimada nach, der kann dir vielleicht helfen.«

Takeda kramte seine Zigaretten heraus, worauf Goro sich nach vorne beugte und ihm Feuer gab. Das wollte etwas heißen. Einer der Untergebenen betrat das Büro. Er hielt ein Tablett, auf dem zwei Dosen *Georgia Blend Milk Coffee* standen. Es war Takedas Lieblingssorte. Der Untergebene öffnete die Dosen, füllte den Inhalt in Tassen um, stellte eine vor Takeda und die andere vor seinen Boss. Unter Verbeugungen zog er sich wieder zurück.

Takeda trank von seinem Kaffee, genoss ihn mit geschlossenen Augen. Das Getränk war nicht wirklich gut und nicht mit einem von Hand aufgegossenen Filterkaffee zu vergleichen. Und doch hatte Takeda diesen typischen Geschmack vermisst, der ihn von Ferne an seine Frühzeit bei der Polizei erinnerte, wo er ständig auf der Wache die Nächte durchgemacht und pro Schicht mindestens zehn der Dosen geleert hatte.

»Wieso bist du eigentlich so nervös, Goro?«, fragte der Inspektor.

»Bin ich nicht.«

»Du schwitzt.«

»Ist genetisch bedingt.«

»Red keinen Blödsinn. Ich frage mich, ob du vielleicht doch etwas über Sling weißt, das mich interessieren könnte.«

»Ich weiß absolut gar nichts, Inspektor.«

Takeda war klar, dass Goro in einem Dilemma steckte. Er musste dem Inspektor etwas liefern, durfte sich jedoch auch nicht zu weit aus dem Fenster lehnen. Nicht, wenn er nicht einen weiteren seiner ohnehin nur noch wenigen Finger opfern wollte.

Takeda griff in seine Hemdtasche und fächerte ein paar Zehntausend-Yen-Scheine auf, ein paar hundert Euro, legte sie vor Goro auf den Tisch. »Sieht gut aus, oder? Dürfte deine Abgaben an den Oyabun für diese Woche decken. Also?«

Goro schielte auf die Geldscheine, seufzte schließlich und sagte: »Es sind allerlei Gerüchte im Umlauf, Inspektor. Sling hat sich angeblich selbstständig gemacht und arbeitet jetzt auf eigene Rechnung. Du weißt, dass der Oyabun so etwas nicht leiden kann. Jeder andere wäre dafür im Fluss gelandet, aber Sling scheint einen Schutzgeist zu haben. Irgendjemand von ganz oben.«

»Fällt dir ein Name ein?«

Goro schüttelte den Kopf. »Und wenn du mit ’nem ganzen Koffer voller Scheine ankämst, Inspektor. Ich bin nicht lebensmüde.«

»Sag mir wenigstens, um welche Branche es geht. Glücksspiel, vielleicht Fußballwetten?«

Goro schüttelte den Kopf. »Blödsinn, nein. Das ist doch längst alles ins Internet gewandert.«

»Geht's um Politik?«

»Scheiße, Inspektor. Lass mich in Ruhe. Ich habe schon zu viel gesagt.«

Der *Yakuza* zog ein Taschentuch aus der Hosentasche und wischte sich über die inzwischen schweißnasse Stirn.

Takeda sah ihn interessiert an. Es schien, als habe er einen Treffer gelandet. »In Ordnung, Goro. Entspann dich.«

»Wie gesagt, sieh dich in Shinkoiwa um. Sprich mit Shimada.«

»Werde ich machen. Und ich wäre dir wirklich dankbar, wenn du nicht gleich zum Hörer greifst und meinen Besuch ankündigst. Kann ich mich darauf verlassen?«

»Sicher, Inspektor. Und du erzählst nicht herum, dass du hier warst, in Ordnung?«

Takeda nickte und erhob sich von seinem Stuhl.

»Danke für den Kaffee.«

»Gerne, Inspektor. Bist du jetzt eigentlich zurück in der Stadt?«

»Nur für eine Woche. Auf Heimaturlaub. Im Prinzip lebe ich immer noch bei den Barbaren.«

»Wie hältst du das nur aus? Das stinkende Gesocks ...«

»Es ist gar nicht so schlimm, Goro. Die sind zwar auf den ersten Blick wirklich alle seltsam. Aber wenn man sich an sie gewöhnt hat, kann man sich dort richtig wohlfühlen.«

Goro sah ihm kopfschüttelnd nach, nahm dann seinen Gameboy wieder zur Hand und spielte weiter.

36.

Für die Rückfahrt aus Saitama entschied Claudia sich doch für ein Taxi. Es klappte ohne Probleme, da das Ehepaar Matsumoto den Wagen per Telefon orderte und dem Fahrer genau erklärte, wohin der westliche Gast zu fahren wünschte.

Na also, warum nicht gleich so!

Claudia stieg im Fond ein, die Tür schloss sich automatisch. Sie winkte dem Ehepaar noch einmal zu, das zum Abschied vor die Tür getreten war.

Dann setzte sich der Wagen in Bewegung, fuhr erst langsam durch die kleinen Sträßchen der Nachbarschaft, bog dann auf einen hohen, auf Stelzen geführten Highway ein. Claudia sah aus dem Fenster und hing ihren Gedanken nach. Die gut zwei Stunden, die sie bei den Matsumotos verbracht hatte, waren traurig und zugleich auch schön und herzerwärmend gewesen. Das Ehepaar hatte Vertrauen zu ihr gefasst und von seiner Trauer und Bitterkeit berichtet, die durch den harschen Ton der japanischen Ermittlungsbehörden nicht gerade gelindert worden war. Emiko hatte alte Fotoalben hervorgekramt und Claudia Bilder aus Ryūtarōs Kindheit und Jugend präsentiert. Die ersten Aufnahmen zeigten den Jungen bei seiner Einschulung und seinen frühen Erfolgen als Fußballer in der Schülermannschaft. Nach dem Abschluss war er Profi geworden und hatte einen Vertrag bei den Jefs in Chiba unterschrieben, war dann zurück in seine Heimatstadt zu den Urawa Reds gewechselt. Hier entwickelte er sich zu dem Star, der dann nach Hamburg gewechselt war.

Der Wagen näherte sich dem Zentrum Tokios, und der Verkehr wurde zäher, kam schließlich ganz zum Erliegen. Das Taxi steckte irgendwo im Labyrinth mehrerer, in vielen Stockwerken übereinander verlaufender Highways fest, Die Straße, obwohl sie hoch über der Erde lag, wurde rechts und links von grauen, hochgeschossigen Bürogebäuden eingerahmt. Der Fahrer drehte sich um und murmelte etwas von *Rasshu Aua* und *to mani Carsu in Tokio*. Claudia winkte lächelnd ab, meinte, dass sie es nicht eilig hätte. In Wahrheit war sie sogar dankbar für die Pause. Während das Taxi sich im Schritttempo vorwärtsquälte, überkam sie eine unbändige Müdigkeit, der sie sich schließlich ergab. Sie fiel in einen kurzen, traumlosen Schlaf, während das Taxi sie zurück ins Herz der japanischen Hauptstadt brachte.

Eine gute Dreiviertelstunde später schreckte Claudia hoch. Sie fühlte sich für kurze Momente verwirrt und orientierungslos. Dann fiel ihr ein, wo sie war und dass sie in einem Taxi saß. Es war also kein Traum gewesen.

Der Wagen hielt an. Der Fahrer drehte sich nach hinten und sagte, dass sie da seien. Claudia sah aus dem Fenster. Auf der anderen Seite der Straße hatten sich vielleicht zwei Dutzend Menschen versammelt und skandierten wütende Sprechgesänge. Das war also die Demonstration, von der das Ehepaar Matsumoto ihr erzählt hatte.

Claudia drückte dem Fahrer ein paar Scheine in die Hand, zögerte aber auszusteigen und fragte: »Ist es gefährlich? Ich meine, die Demonstration?«

Der Fahrer wedelte mit der Hand und sagte: »Nein, nein. Nicht gefährlich. Keine *Gewaruto*! Keine Sorgen machen.«

»Keine Gewalt?«

»Richtig. Keine *Gewaruto*!«

Claudia lächelte, anscheinend gehörte das Wort zu den deutschen Lehnwörtern, von denen es durchaus einige im Japanischen gab. Auch das hatte Takeda ihr erklärt. Die meisten stammten aus der Medizin und dem Alpinismus, einige waren aber auch mit Marx und dem Kapital ins Japanische eingewandert. Vermutlich gehörte *Gewaruto* zur letzten Kategorie.

Claudia stieg aus, und das Taxi raste davon. Drüben, auf der anderen Straßenseite, wo auch die Demonstranten waren, befand sich der Haupttempel der *Tōzaikai*. Das Gebäude war anders als erwartet kein ehrwürdiger hölzerner Tempel, sondern ein riesiger moderner Betonbau, dessen geschwungene Form wohl an einen Wassertropfen erinnern sollte.

Claudia verspürte immer noch ein Zögern, vielleicht, weil sie Angst hatte, vielleicht auch, weil sie nicht sicher war, was genau sie eigentlich erreichen wollte. Dann aber nickte sie entschlossen und überquerte die Straße.

Die Demonstranten nahmen zunächst keine Notiz von ihr. Sie

sah, dass auf den Plakaten die Porträts von jungen Männern und Frauen zu sehen waren – vermutlich die, die bei den Hilfseinsätzen ums Leben gekommen waren. Die Bilder waren stark vergrößert und dadurch leicht aufgepixelt. Außerdem waren Schriftzeichen zu sehen, die Claudia nicht lesen konnte. Waren es die Namen der Menschen auf den Fotos? Oder Protestparolen? Sie wusste es nicht.

Ein älterer Mann unter den Demonstranten hielt ein Megafon in der Hand und hielt eine monotone Ansprache, die die übrigen Demonstranten immer wieder mit lauten Rufen bestärkten. Gelegentlich schlüpften Männer und Frauen zwischen den Demonstranten hindurch und betraten oder verließen das große Gebäude, nahmen von den Protesten offenbar keine Notiz. Zwei Streifenwagen standen etwas weiter die Straße hinunter, griffen allerdings nicht ein. Offenbar waren sie dort für alle Fälle postiert worden.

Claudia sprach eine Demonstrantin an, die aber anscheinend kein Englisch konnte und nur entschuldigend lächelte. Sie versuchte es bei einem Mann, vermutlich der Großvater des jungen Mannes, dessen Foto er emporhielt. Der Mann lächelte ebenfalls freundlich, redete dann in einem Sermon auf Japanisch auf sie ein. Claudia zuckte entschuldigend mit den Schultern, versuchte mit Gesten klarzumachen, dass sie ihn nicht verstand.

Sie war unschlüssig, was sie tun sollte. Sollte sie einfach in den Tempel hineingehen? Doch wie ging es dann weiter? Sie könnte sich als spirituelle Sucherin ausgeben und so vielleicht etwas in Erfahrung bringen.

Claudia hatte gerade die ersten Schritte in Richtung des großen gläsernen Portals zurückgelegt, als eine Stimme in einem stark amerikanisch gefärbten Englisch sie zurückhielt: »Sind Sie sicher, dass Sie da reingehen wollen?«

Claudia drehte sich um und sah in das Gesicht eines jungen, westlichen Mannes, vielleicht dreißig Jahre alt. Sein Haar war lang, sein Gesicht gut geschnitten. Er trug Jeans und eine Stoffjacke und hatte einen Rucksack über der Schulter.

»Ja, das hatte ich eigentlich vor«, erklärte sie.

»Würde ich an Ihrer Stelle nicht tun. Nicht, wenn Sie leben wollen.«

»Ach, tatsächlich?«

»Fragen Sie die Demonstranten hier. Die würden Ihnen sicherlich dasselbe sagen.«

»Ich hab's versucht, aber ich kann leider kein Japanisch. Vielleicht erfahre ich von Ihnen ja Näheres.«

Das Gesicht des jungen Mannes verzog sich zu einem breiten Grinsen. »Klar. Aber nur, wenn Sie dafür einen Kaffee mit mir trinken gehen.«

Claudia musste spontan lachen. So platt war sie lange nicht mehr angebaggert worden, schon gar nicht von einem Mann, der deutlich jünger war als sie selbst. Na ja, so deutlich dann auch wieder nicht, aber ein paar Jahre dürften es schon sein.

Sie hob demonstrativ die Schultern und erklärte: »Ich überlege es mir. Aber erst möchte ich eine Antwort haben. Worum geht's bei der Demo? Ach ja, und wie Sie heißen würde ich auch ganz gerne erfahren.«

Er streckte seine Hand aus und sagte: »Jeff Menzinger. Ursprünglich aus San Francisco, aber schon seit einigen Jahren in Tokio. Ich blogge über Japan, und das nicht ohne Erfolg. Die Zahl meiner Follower wächst von Tag zu Tag.«

»Claudia. Ganz neu in Japan und interessiert in Sachen Buddhismus. Nett, Sie kennenzulernen.«

»Sie sind aus Deutschland, oder? Ihr Akzent verrät's.«

»Aus Hamburg.«

»Wow. Tolle Stadt. Ich war noch nie da, aber es muss großartig sein.«

Claudia lächelte. »Sogar noch großartiger. Aber Sie schulden mir immer noch eine Erklärung.«

»Sicher. Also, vor einigen Wochen sind drei junge Japaner in Syrien ums Leben gekommen, auf ziemlich bestialische Art. Sie sind in die Hände von Terroristen geraten und enthauptet worden. Die drei waren dort für die *Tōzaikai*, die ja auch humanitäre Hilfsaktionen unternimmt. Es war nicht das erste Mal, dass so etwas passiert ist. Vor gut einem Jahr sind zwei Mitglieder in Afghanistan verschollen, vermutlich auch tot. Es gab aber auch Vorfälle im Irak und in afrikanischen Krisengebieten. Die Demonstranten sind zum größten Teil Eltern und Angehörige der Toten. Sie meinen, dass die Einsätze zu riskant gewesen sind. Das Leben ihrer Kinder wäre von der Sekte leichtfertig aufs Spiel gesetzt worden.«

Claudia nickte. »Ich habe davon gehört. Wie ist Ihre Einschätzung? War der Einsatz zu riskant?«

»Das ist eine komplizierte Geschichte und gar nicht so einfach zu erklären. Aber bei einer Tasse Kaffee kriege ich es hin. Also?«

»Einverstanden.«

»Dann folgen Sie mir, direkt um die Ecke ist der perfekte Ort für uns.«

Kurz darauf saß Claudia mit Jeff in einer Starbucks-Filiale und genoss einen Cappuccino mit Extra-Shot Espresso und einen Blaubeer-Muffin. Jeff hatte sich für einen entkoffeinierten Soja Latte mit Karamellgeschmack entschieden. »Kein Koffein, kein Zucker, keine Milch. Ist alles Gift«, erklärte er.

»Aber Gift, das Spaß macht«, meinte Claudia.

Jeff zuckte mit den Schultern. »Immerhin gönne ich mir ja das Karamellaroma.«

»Wenn Ihnen das reicht ... Aber zurück zum Thema. Was hat es mit dem Hilfseinsatz in Syrien auf sich?«

»Um das herauszufinden, bin ich hergekommen, eine wirklich letzte Antwort habe ich auch noch nicht.«

Claudia runzelte die Stirn, sagte in theatralischer Strenge: »So war das aber nicht abgemacht. Ich dachte, Sie wissen Bescheid.«

»Tue ich ja auch. Also immer mit der Ruhe. Ein bisschen was habe ich ja noch auf Lager. Die *Tōzaikai* ist schon seit ein paar Jahren immer mal wieder in den Medien, meistens mit durchaus positiven Schlagzeilen. Weil die Mitglieder dort hingehen, wo sich niemand anderes mehr hintraut. Also nicht einmal die UNO oder Ärzte ohne Grenzen. Jemen, Ostkongo, Syrien, die Favelas von São Paulo, so etwas.«

»Klingt mutig.«

»Ja, vielleicht. Vielleicht ist es aber auch verrückt. Selbstmörderisch, um genau zu sein. Außerdem stellen manche Leute die Frage, ob die jungen Leute wirklich freiwillig in die Einsätze gehen.«

»Oder ob sie von der *Tōzaikai* dazu gezwungen werden? Meinen Sie das?«

»Genau.«

»Was sagen denn die Betroffenen? Die meisten sind doch lebendig zurückgekommen? Die müssen doch wissen, ob sie freiwillig dort waren.«

Jeff winkte ab. »Aus denen kommt selten etwas Sinnvolles heraus. Die reden meistens über Zen-Buddhismus und die großartige spirituelle Erfahrung, in Lebensgefahr zu sein. Todesmut ist in Japan eine hohe Tugend. War es immer schon.«

»Sie spielen auf die Kamikaze an, richtig?«

Jeff lachte. »Es gibt Kritiker, die genau diesen Vergleich ziehen. Nur, dass die jungen *Tōzaikai*-Mitglieder nicht in Flugzeuge gesetzt werden, um andere zu töten, sondern in Hilfskonvois, um in Krisengebieten zu helfen. Aber für die Angehörigen ist es am Ende gar nicht so unähnlich. Sie beweinen ihre toten Söhne und Töchter.«

Claudia nickte nachdenklich. Sie spürte, dass alles, was Jeff sagte, eng mit ihrem Fall zusammenhing. Wo jedoch die Verbindung genau war, konnte sie nicht sagen. Noch war es nur ein undeutliches Gefühl, eine Ahnung. »Was ist denn mit den japanischen Behörden? Gehen die den Vorwürfen nach? Es kann ja nicht erlaubt sein, junge Menschen zwangsweise in so gefährliche Einsätze zu schicken. Das wäre ja … Mord.«

Jeff grinste. »Sehen Sie, jetzt wird es interessant Es gibt Leute, die behaupten, dass die *Tōzaikai* von gewissen politischen Kräften im Land protegiert wird. Die halten ihre schützende Hand über die Sekte, wenn es mal wieder Negativschlagzeilen gibt. Und darum finden auch keine behördlichen Ermittlungen statt. Ob das Ganze stimmt oder nicht, weiß ich nicht. Aber genau das will ich herausfinden.«

Claudia trank einen Schluck Kaffee, konzentrierte sich und fragte: »Aber warum? Ich meine, warum sollte die Politik die *Tōzaikai* schützen?«

Jeff schielte auf Claudias Muffin, den sie erst zur Hälfte gegessen hatte. Sie bemerkte seine Blicke, sagte lächelnd: »Doch Lust auf Gift bekommen? Greifen Sie zu, ich kann noch mehr besorgen.«

»Gemacht.« Jeff nahm den halben Muffin und steckte ihn sich ganz in den Mund, sagte dann schmatzend: »Wenn schon Gift, dann die volle Dosis.«

»Verschlucken Sie sich nicht.«

»Ich gebe mir Mühe.«

Claudia nutzte die Zeit, in der Jeff mit dem Muffin kämpfte, um neuen Kaffee zu besorgen. Als sie sich wieder setzte, wischte Jeff sich gerade den Mund mit seinem Ärmel ab. »Lecker.«

»Darum habe ich Ihnen noch einen mitgebracht.«

»Sie wollen mich verführen.«

»Nur zu Kaffee und Kuchen. Alles andere können Sie sich aus dem Kopf schlagen.«

»Haben Sie etwa einen Freund?«

»Das geht Sie gar nichts an.«

»Also haben Sie keinen.«

»Und Sie kriegen doch keinen weiteren Muffin, wenn Sie so weitermachen.«

»Schon gut. Ich halte die Klappe ... Kommen wir lieber aufs Thema zurück. Sie wollen wissen, warum ein Verein wie die *Tōzaikai* politische Protektion genießt. Um das zu verstehen, muss ich Ihnen erst einmal ein wenig über dieses Land erzählen. Dann können Sie die Dinge besser einordnen. Einverstanden?«

»Absolut, legen Sie los.«

Jeff biss in seinen neuen Muffin, war diesmal allerdings zurückhaltender, so dass er schnell wieder sprechen konnte. »Ich will es so formulieren: Japan, dieses alte, großartige, faszinierende Land, ist in einer tiefen Krise, und das schon seit vielen Jahren. Das betrifft keineswegs nur die Wirtschaft. Obwohl auch das eine Rolle spielt. Denken Sie an die großen Marken, die in den achtziger Jahren noch jedes Kind kannte. Sony, Toyota, Sega, Mazda, was weiß ich. Und heute? Heute ist Samsung oder Huawei angesagt.«

»Stimmt schon. Andererseits kenne ich viele Leute in Hamburg, die ein japanisches Auto fahren.«

»Klar, die sind ja auch immer noch gut. Trotzdem, bis in die frühen neunziger Jahre hatten die Leute Angst vor Japan! Wir Amerikaner dachten, die Japaner kaufen uns unser Land unter dem Hintern weg! Sie waren der Feind! Sie waren Godzilla, der durch den Pazifik schwimmt und die USA niederwalzt. Bei euch Deutschen war das genauso. Eure Arbeiter bei VW oder Mercedes haben in Protestaktionen japanische Autos angezündet. Und heute? Heute machen wir uns alle eher Sorgen um Japan. Nicht nur wegen der Wirtschaft, sondern auch wegen der ganzen anderen Katastrophe.«

»Sie meinen Fukushima?«

»Nicht nur. Die japanische Bevölkerung schrumpft und altert wie in keinem anderen Land! Und denken Sie an das geographische Umfeld. Keine tausend Kilometer entfernt ist ein verrückter Diktator in Nordkorea, der mit seinen Atomraketen herumspielt. Und dann ist da China, der neue Gigant, der immer selbstbewusster wird. Als würde das alles nicht reichen, haben die Japaner jetzt auch noch einen Kaiser, der freiwillig vom Thron abgedankt hat, weil auch er sich zu alt fühlt! So etwas hat es noch nie gegeben. Die Japaner sind verunsichert.«

»Kommt mir nicht unbekannt vor. Bei uns in Deutschland gibt es Leute, die die Dinge ganz ähnlich sehen. Nur, dass es nicht China ist, sondern Russland, vor dem sie Angst haben.«

»Klar, ist in den USA genauso. In all diesen Ländern gibt es politische Kreise, die meinen, dass es fünf vor zwölf ist, dass alles den Bach hinuntergeht. Eben auch hier in Japan, vielleicht sogar hier besonders! Diese Rechten, nicht nur radikale Kräfte, sondern auch durchaus gemäßigte, schwafeln ungehemmt von der großen nationalen Erneuerung, die nötig ist, um den Untergang aufzuhalten. Sie träumen von der Wiedergeburt des großen japanischen Reiches. Und sie meinen es zunehmend ernst, sind kurz davor, auf die Barrikaden zu gehen. Vielleicht sind sie es sogar schon längst, wir merken es nur noch nicht.«

Jeff hatte immer lauter gesprochen, dazu wild mit den Armen gerudert. Inzwischen hatten sich einige der übrigen Gäste zu ihnen herumgedreht, was der junge Amerikaner gar nicht zu merken schien.

Erst jetzt, da er eine Pause machte, flaute das Interesse der übrigen Café-Besucher wieder ab. Claudia war nicht undankbar dafür. Es war eine Berufskrankheit. Als Polizistin mied man Aufmerksamkeit, egal, ob man gerade im Job war oder nicht. Und jetzt war sie schließlich im Job.

Sie ließ das Gehörte ein wenig sacken, fragte dann mit leiser Stimme: »Okay, das ist alles echt spannend. Aber was hat es mit der *Tōzaikai* zu tun?«

»Das kommt jetzt, Claudia. Werden Sie also nicht ungeduldig. Es hat etwas mit besagten rechten Zirkeln zu tun, über die ich gerade sprach.«

Jeff sah Claudia herausfordernd an. Sie tat ihm den Gefallen und fragte mit gespannter Stimme: »Und was? Ich meine, junge Leute in riskante Hilfseinsätze zu schicken klingt nicht nach japanischen Nazis.«

»Sagen Sie! Weil Sie Japan nicht kennen. Sehen Sie, viele von den *Uyoku*, so nennt man hier die Rechtsradikalen, teilen alle eine feste Überzeugung. Die jungen Japaner sind einfach zu weich geworden. Überhaupt, die ganze Nation ist zu weich geworden! Wenn Japan wieder zu alter Macht auferstehen soll, dann muss sich das als Allerersten ändern. An der Stelle kommt die *Tōzaikai* ins Spiel. Diese riskanten Einsätze im Ausland – natürlich unter humanitären Vorzeichen – sind in Wahrheit Teil der nationalen Läuterung. In diesen Einsätzen müssen die jungen Menschen beweisen, dass sie bereit sind, ihr Leben für eine Sache einzusetzen. Und notfalls zu sterben …«

»Also doch so wie damals, meinen Sie? Wie die Kamikaze-Flieger?«

»Wenn Sie so wollen, ja. Und jetzt kennen Sie auch die Antwort auf Ihre ursprüngliche Frage. Was hat die *Tōzaikai* mit den rechten Kräften hier im Land zu tun? Sie müssen sich das Ganze als ein Netzwerk vorstellen, das aus tausenden von kleinen Puzzleteilen besteht, die zum Teil voneinander wissen, zum Teil aber auch einfach nur für die gleiche Sache einstehen. Dazu gehören eben nicht nur die *Uyoku*-Gruppen, sondern auch normale Journalisten, Historiker, Beamte, aber auch Politiker. Es gibt Leute, die sagen, dass alles Teil eines Plans ist, mit dem die Uhr zurückgedreht werden soll. Und zwar bis zu einer Zeit, in der Japan noch eine Großmacht war, die gefürchtet wurde.«

Claudia schürzte die Lippen, wiegte den Kopf hin und her. »Klingt eher nach Verschwörungstheorie.«

Jeff lachte. »Stimmt. Aber ab und zu ist es eben keine Theorie, sondern wirklich eine Verschwörung. Aber selbst wenn man es nicht glaubt und die Dinge ein paar Etagen tiefer hängt, steht eines dennoch fest. In Japan hängt alles mit allem zusammen. Die Religion, die Politik, und im Zweifel sogar die *Yakuza*, die ja auch politisch rechts stehen.«

Claudia sah Jeff überrascht an. »Wow, das ist … interessant.«

Der Amerikaner musterte Claudia, fragte dann mit einem schelmischen Lächeln. »Mir fällt gerade ein … sind in Hamburg nicht vor kurzem zwei *Tōzaikai*-Mitglieder ums Leben gekommen? Der Eine war, glaube ich, ein berühmter Sportler. Ich habe davon in der Zeitung gelesen. Und jetzt treffe ich Sie direkt vor dem Haupttempel der Sekte. Seltsamer Zufall, oder?«

Claudia schaffte nur ein müdes Lächeln. »Zufälle sind doch immer seltsam, oder?«

37.

Eine Geruchswolke aus schalem Bier, Schweiß und blumensüßem Parfum schlug Takeda entgegen, als er das *Pink Soap Heaven* betrat, ein Billig-Etablissement in der Nähe des Bahnhofs Shinkoiwa. Man nannte diese Gegend *Shitamachi*, Unterstadt, da hier zu Zeiten der Shogunats-Herrschaft die niederen Stände der Kaufleute und Handwerker gelebt hatten. Bis heute hielt sich ein Image von proletarischer Kultur und hemdsärmeliger Gemütlichkeit, auch wenn die Gegend sich durch Neubauten und Zuzug neuer Einwohner längst völlig verändert hatte.

Eine Schar Thaimädchen hockte in knappen Dessous in den Ecken des *Pink Soap* und wartete auf Freier. Da Prostitution offiziell verboten war, nannten sich solche Läden oft Gesundheitsstudios oder Badeanstalten, und offiziell boten die Mädchen nur Massagen oder Hautpeelings an. Jeder wusste, dass die Wahrheit eine andere war, aber niemanden störte es.

Die Mama-San, eine lebenskluge Mittfünfzigerin mit einem murmelgroßen Muttermal an der Oberlippe, begrüßte Takeda mit einer rauen, tiefen Stimme. »Hey, Hübscher, willst du erst essen und trinken oder direkt aufs Zimmer? Wir haben gerade ein paar frische Mädchen reinbekommen, da ist bestimmt die Richtige für dich dabei.«

Takeda winkte ab. »Lass gut sein. Ich bin hier, weil ich mit Shimada reden möchte.«

»Shimada?«

»Na, komm schon. Dein Aufpasser.«

»Bist du ein Bulle?«

»Und wenn?«

Die Mama-San hob vielsagend die Augenbrauen. »Dann habe ich oben etwas ganz Besonderes für dich. Eine Russin, blond und mit Brüsten, unter denen du erstickst, wenn du nicht aufpasst. Du musst nur warten, bis der Leiter des Bezirkskommissariats von ihr runter ist. Geht natürlich aufs Haus.«

Takeda lachte auf. Osteuropäische Prostituierte standen seit langem hoch in Kurs, in Japan wie in ganz Asien. Der Traum, einmal im Leben eine weiße Frau im Bett zu haben, öffnete so manche Brieftasche. »Also, was ist jetzt? Wo steckt Shimada?«

»Der ist drüben im Altersheim, direkt im Nachbarhaus. Geh hinten raus und benutz die Außentreppe. Klopf dreimal an.«

»Im Altersheim?« Takeda sah die Mama-San fragend an.

»Du wirst schon sehen, was ich meine.«

Gerade als Takeda auf die Hintertür zusteuerte, betrat ein alternder Geschäftsmann die kleine Karaoke-Bühne. Er trug Krawatte und Sakko, hatte aber seine Hose abgelegt, so dass er untenrum nur noch seine Boxershorts und Socken anhatte. Bestimmt war er Unterabteilungsleiter in einer Versicherung oder einer Handelsfirma, arbeitete sechzig Stunden die Woche, war verheiratet und hatte Kinder, vor denen er den sittenstrengen *Otōsan*, den Familienvater, mimte. Hier im *Pink Soap* verbrachte er seine paar freien Stunden im Monat, und die zelebrierte er, indem er mit angetrunkener Stimme ein Lied von Frank Sinatra zum Besten gab und später vermutlich alkoholselig in den Armen eines der Mädchen einschlief, ohne dass es überhaupt zum Akt kam.

Takeda lächelte. Es war eben doch *Shitamachi*.

Kurz darauf trat er durch die Tür in die obere Etage des Nachbarhauses, und er wusste sofort, warum die Mama-San vom Altersheim gesprochen hatte.

An mehreren Tischen saßen gut zwei Dutzend Greise zwischen sechzig und achtzig Jahren, rauchten Kette und spielten im Lärm der klackernden Spielsteine Mah-Jongg. Genauer gesagt, waren es tätowierte Greise, denen allen ein paar Fingerglieder fehlten. Es waren ausrangierte oder pensionierte *Yakuza*, die alte Garde. Sie trafen sich hier und vertrödelten ihre beschäftigungslosen Tage mit Mah-Jongg und Erzählungen von ruhmreicheren Zeiten.

Tatsächlich war die Überalterung auch für die *Yakuza* längst zu einem Problem geworden, wie Takeda wusste. Für viele der alten Berufsverbrecher war das besonders hart, da sie über keine oder nur eine geringe Pension verfügten. Die Berichte, dass sich einige der Alten nicht anders zu helfen wussten, als Taschendiebstähle oder kleinere Überfälle zu begehen, häuften sich. Genauso symptomatisch waren die Nachrichten, dass immer mehr junge Männer die Arbeit bei den Syndikaten scheuten, weil sie ihnen einfach zu anstrengend war. Zu viele Alte, kaum noch Junge – die *Yakuza* waren in jeder Hinsicht ein Abbild der ganzen japanischen Gesellschaft.

Shimada, der mit Vornamen Tadao hieß, war der Jüngste im Raum, er war vielleicht Mitte vierzig, ein kräftig gebauter Rundschädel, der genauso freundlich wie skrupellos sein konnte. Mit seinen Schweinsäuglein sah er zum Inspektor hinüber, grinste dann und sagte im breitesten *Yakuza*-Slang: »Ich werde verrückt, Inspektor Takeda. Was machen Sie denn hier? Habe ich einen umgebracht, ohne es zu merken?«

»Sag du es mir, Shimada. Zutrauen würde ich es dir, wäre wohl nicht das erste Mal«, antwortete Takeda.

»Ich bin sauber, ich schwöre. Neuerdings bin ich nur noch eine Art Hausmeister und betreue Immobilien in der Umgebung. Nichts, wofür Sie mich hochnehmen könnten.«

»Darum bin ich auch gar nicht hier. Ich habe ein paar Fragen an dich.«

»Fragen?«

»Genauer gesagt suche ich einen Kollegen von dir, Sling Morinaga.«

Takeda entging nicht, dass Shimadas Gesicht kurz zusammenzuckte. »Was ist mit ihm?«

»Nichts, was dich etwas anginge. Weißt du, wo er steckt oder wer es mir sagen kann?«

Shimadas Gesicht blieb nun ausdruckslos. »Kann schon sein, dass ich etwas weiß, Inspektor. Aber ich sag's Ihnen erst, wenn Sie sich hinsetzen und wir ein paar Spielchen machen. So wie in alten Zeiten, was sagen Sie?

Shimada bedeutete seinem Sitznachbarn, seinen Platz für Takeda zu räumen. Der erhob sich widerwillig. Takeda stand unschlüssig neben dem Tisch, hing den Erinnerungen nach, die ihn schlagartig überkamen. In seiner schlimmsten Zeit nach seiner Scheidung von Makiko hatte er nicht wenige Nächte in Hinterzimmern wie diesem verbracht und bis zum Morgengrauen Mah-Jongg gespielt. Das ursprünglich chinesische Spiel war auch in Japan populär, obwohl das Interesse bei der jüngeren Generation nachließ. Das Geld, das dabei zu gewinnen war, hatte Takeda nie interessiert, schon eher die Aussicht, für ein paar Stunden oder eine ganze Nacht alle Sorgen des Alltags zu vergessen.

Inzwischen war er geläutert und verspürte keinerlei Lust mehr zu zocken. Aber er hatte Shimadas Andeutung verstanden. Ohne ein paar Runden am Spieltisch würde er kaum die erwünschten Auskünfte erhalten.

Also ließ Takeda sich auf dem freien Stuhl nieder und nickte den beiden anderen Spielern zu. Die machten ein paar Scherze, dass sie nicht gerade scharf darauf seien, den Abend mit einem Polizisten zu verbringen, versenkten dann aber doch die 136 aus Bambus und Elfenbein geschnitzten Steine in dem Loch in der Tischmitte. Dort nahm sie ein Automat mit einem mechanischen Surren in Empfang, mischte sie automatisch durch, schichtete sie zu perfekt gezogenen Mauern auf und ließ sie wieder auf der Oberfläche des Tisches auftauchen. Diese Art von automatischen Mah-Jongg-Tischen war inzwischen weit verbreitet. Takeda mochte sie nicht, er fand, dass das Mischen per Hand und das Aufbauen der Mauern ein Teil des Spiels war. Mit der Meinung stand er jedoch allein da, und was nützte es, darüber zu diskutieren.

Mah-Jongg war kein kompliziertes Spiel, es glich dem europäischen Rommé. Die Herausforderung bestand in der unglaublichen Geschwindigkeit, in der es gespielt wurde. Mit großer Fingerfertigkeit sortierten die Männer am Tisch ihre eigenen Steine, dreizehn an der Zahl, begannen dann, reihum aufzunehmen und abzuwerfen, fluchten oder lachten dabei, nahmen ihre Punktestäbchen auf, rechneten lautstark ihre Gewinne oder Verluste hoch, wurden ungeduldig, wenn einer der Mitspieler auch nur eine Sekunde zu lang zögerte.

Takeda brauchte keine halbe Runde, um wieder in Übung zu kommen. Ein Drilling Bambus, eine Abfolge Zahl, eine Kombination Blumen- und Drachensteine. Er entschied sogar ein paar Spiele für sich und spürte seinen Ehrgeiz erwachen. Shimada schenkte ihm Whiskey ein und gab ihm Feuer, sobald Takeda sich eine Zigarette zwischen die Lippen geschoben hatte. Alles wie in alten Zeiten. Man spielte, gewann oder verlor, drosch harte Sprüche dabei. Man war, egal ob Gangster oder Polizist, einträchtig vereint …

Dann aber schreckte Takeda auf, er blickte auf seine Uhr. Es ging auf Mitternacht zu, ohne dass er es gemerkt hatte. Er war ziemlich angetrunken, doch das war sein geringstes Problem. Ein Blick auf sein Handy verriet ihm, dass Claudia einige Male versucht hatte, ihn zu erreichen. Er hatte das Gerät auf lautlos gestellt und nicht mitbekommen, dass sie angerufen hatte. Verdammt, wie hatte er das nur vergessen können!

»Schluss jetzt, Leute. Ich muss los. Es war mir eine Freude, mit euch zu spielen. Shimada, auf ein Wort.«

»Sicher, Inspektor. Wie vereinbart. Ich komme mit nach unten vor die Tür.«

»In Ordnung.«

Takeda stand auf und warf ein paar Scheine auf die Tischplatte. Eigentlich war er nichts schuldig, aber die alten Männer freuten sich im Zweifel über die Aufbesserung ihrer nicht vorhandenen Rente.

Dann stand er mit Shimada auf der Straße. Der Gangster druckste herum, strich sich über seinen kahlrasierten Schädel, sagte schließlich: »Sie suchen also Sling Morinaga?«

»Habe ich doch gesagt. Weißt du, wo er steckt?«

»Er ist ausgestiegen. Er ist keiner mehr von uns. Dafür mischt er jetzt bei einer Truppe mit, die Yūkokurengō heißt. Das sind Politische. Ein kleiner Haufen, aber wild entschlossen. Die haben ihr Hauptquartier unten in Kawasaki.«

»Du meinst, es sind *Uyoku*?«, fragte Takeda und benutzte ebenfalls die gängige Bezeichnung für rechtsradikale Gruppen, von denen es im Land Hunderte gab, kleine wie große, einflussreiche wie bedeutungslose.

»Sicher. *Uyoku*. Die Gruppe scheint neu zu sein.«

»Gehören die zu euch? Sind sie Teil der Familie?«

Auch das war bekannt. Viele *Yakuza*-Syndikate unterhielten enge Verbindungen in die rechte Szene, zumal die Gangster selbst in aller Regel auch stramme Nationalisten waren. Nicht wenige *Uyoku*-Gruppen waren mehr oder weniger Unterabteilungen der *Yakuza*-Syndikate, durch die sie ihre politischen Aktivitäten entfalteten. In anderen Fällen war es umgekehrt, und die politischen Aktivitäten dienten nur als Camouflage für ihre verbrecherischen Unternehmungen.

»Nein, nein. Die haben nichts mit uns zu tun. Die sind unabhängig. Keine Ahnung, woher die ihr Geld bekommen. Aber davon haben sie gerüchtehalber ziemlich viel. Sling passt zu denen. Er war schon immer ein rechter Spinner, der den Kaiser anbetet und am liebsten jedem Amerikaner die Kehle durchschneiden würde. Und jedem Kommunisten sowieso.«

Takeda schüttelte nachdenklich den Kopf. »Wieso lässt euer Oyabun Sling so einfach ziehen? Oder hat diese Gruppe ihn freigekauft?«

Der Oyabun war das mächtige Oberhaupt jedes *Yakuza*-Syndikats. Das Wort hieß eigentlich Elternteil oder Vater, was deutlich machte, dass die Syndikate sich als Familienersatz für ihre Mitglieder verstanden. Die Rangniederen hießen wiederum Kobun, also Kinder, was zeigte, dass sie im Gegenzug für die Aufnahme in die Familie totalen Gehorsam schuldeten. Dass ein Syndikatsmitglied einfach ausstieg und sich einer fremden Vereinigung anschloss, egal ob die nun ihrerseits ein *Yakuza*-Clan oder eben eine politische Vereinigung war, war ungewöhnlich.

»Ich habe nicht die geringste Ahnung, Inspektor. Doch wenn ich Ihnen einen Rat geben darf … lassen Sie es bleiben und fahren Sie wieder nach Deutschland zurück. Sie verbrennen sich die Finger, wenn Sie weiter nach Sling suchen. Und dasselbe gilt für Ihre kleine deutsche Freundin. Sie wollen doch nicht, dass der was passiert, oder?«

Takeda sah Shimada überrascht an. »Was weißt du von ihr? Wieso weißt du überhaupt von ihr?«

Shimada schüttelte nur den Kopf und murmelte leise: »Ich habe Sie gewarnt, Inspektor Die Sache ist eine Nummer zu groß für Sie. Hauen Sie ab, bevor es zu spät dafür ist.«

38.

Claudia hatte das Rätsel gelöst. Sie wusste jetzt, worin das Geheimnis der japanischen Kultur bestand! Oder besser gesagt, warum die Japaner so entspannt und gleichzeitig so fleißig und konzentriert waren.

Von wegen Zen! Es lag einfach daran, dass sie sich jeden Abend in kochendes Wasser legten.

Das Blöde war nur, dass die Methode bei Westlern nicht funktionierte. Im Gegenteil, sie führte bei ihnen sogar zum sofortigen Ableben. Das war jedenfalls Claudias erster Gedanke, als sie vorsichtig ihre Hand ins große, luxuriöse *Ofuro*-Becken im obersten Stockwerk ihres Hotels hielt.

Das traditionelle Gemeinschaftsbad war riesengroß, fast ein mittlerer Swimmingpool und aus dunklen Bruchsteinen gelegt; es war zudem in eine künstliche, ebenfalls aus Steinen gestaltete Gartenlandschaft eingebettet. Und das alles im 47. Stock eines supermodernen Wolkenkratzers im Bezirk Shinjuku. Es war wunderschön und ließ jeden Wellnessbereich, den Claudia in

Deutschland gesehen hatte, blass erscheinen. Das Außergewöhnlichste war, dass die äußere Wand des Raums komplett verglast war und einen Blick von hoch oben über das nächtliche, millionenfach funkelnde Tokio bot.

Die Frage blieb allerdings bestehen, wie sie es in das kochend heiße Wasser hinein- und irgendwann auch wieder hinausschaffen sollte. Sie könnte sich ja einen Asbestanzug anziehen, überlegte Claudia. Ansonsten würde es vermutlich noch die nächste Stunde dauern, bis sie sich soweit an die Wassertemperatur gewöhnt hatte, dass sie mehr als einen großen Zeh oder eine Hand hineinhalten konnte.

Claudias eigenes Zimmer in dem internationalen Luxushotel, in dem Asano-Kun sie und Takeda untergebracht hatte, verfügte natürlich auch über ein Bad, inklusive edler Walk-In-Dusche und einer kleinen eigenen Wanne. Aber der Hotelkatalog hatte mit tollen Bildern für das Gemeinschaftsbad geworben, das angeblich zu den zehn schönsten Bädern Japans gehörte. Daraufhin hatte Claudia den bereitgelegten Yukata-Bademantel angezogen, den Aufzug bestiegen und war nach ganz oben gefahren. Vorschriftsmäßig hatte sie sich zunächst an einem der Waschplätze gereinigt und die Haare gewaschen, hatte sich dann sorgfältig abgespült, damit sie keinesfalls Seifenreste mit in das große Badebecken nahm. Und dann hatte sie es versucht. Bisher vergeblich.

Vermutlich wegen der späten Stunde – es war schon nach zehn Uhr am Abend – war Claudia bisher der einzige Gast im Bad gewesen. Jetzt aber hörte sie das Geräusch der Schiebetür am Eingang, dann eine japanische Frauenstimme. Sie blickte sich um, sah eine schlanke, wunderschöne Japanerin mit hochgestecktem Haar, die auf einem der kleinen Holzschemel Platz nahm und sich ebenfalls erst einmal sorgfältig wusch. Dann trat die Frau neben sie, lächelte und glitt in einer fließenden Bewegung ins kochende Wasser hinein. Sie sah Claudia an, reimte sich wohl zusammen, was los war, und sagte in perfektem Englisch: »Am besten gehen Sie in zwei Schritten vor. Erstens sagen Sie sich, dass das

Wasser gar nicht wirklich so heiß ist, sondern dass Sie es einfach nicht gewöhnt sind. Und dann müssen Sie langsam, aber stetig hineinsteigen. Wenn Sie sich zu viel Zeit lassen, schaffen Sie es nicht.«

»Ist es wirklich so einfach?«

Die Frau lachte. »Aber natürlich. Es ist alles nur im Kopf.«

»Okay, ich werde es versuchen.«

Claudia setzte sich auf den Rand der Wanne, steckte einen Fuß ins Wasser, dann den zweiten, tauchte anschließend bis zum Knie und weiter bis zur Hüfte hinein, schaffte es dann tatsächlich, komplett ins Wasser zu gleiten.

Die Japanerin lächelte ihr zu und erklärte: »Ach ja, und drittens ist es wichtig, dass Sie aus tiefster Seele seufzen. Das kühlt und tut gut.«

»Da wäre ich sogar selbst draufgekommen«, sagte Claudia und tat dann genau das, was die Dame empfahl: Sie seufzte.

Und zwar aus tiefster Seele.

Das heiße Wasser tat so unglaublich gut, sie fand keine Worte dafür. Die ganze Anspannung des Tages, ihre Erschöpfung, ihre Nachdenklichkeit fielen von ihr ab.

Sie war nur noch im Hier und Jetzt.

Mit vorsichtigen Bewegungen glitt Claudia an den Rand der Wanne hinüber, wo das heiße Wasser direkt an die Glasscheibe stieß. Der Anblick war atemberaubend. Direkt neben der Wanne ging es steil hinab in die Tiefe. Wie viele Meter mochten es sein? Hundert? Zweihundert? Unten war eine mehrspurige Straße zu sehen, auf der sogar jetzt noch, zu dieser späten Stunde, die Autos lange Reihen roter und weißer Lichter bildeten.

Claudia lächelte und schüttelte ungläubig den Kopf. Sie hätte nie gedacht, dass das nächtliche Tokio einen so eigenen, faszinierenden Reiz ausübte. Ihr Hotel war umgeben von anderen, zum Teil noch mächtigeren Hochhäusern, auf deren Dächern die roten Positionslampen für die Flugzeugte blinkten. Darunter erstreckte sich in allen Richtungen die endlose glitzernde Stadtlandschaft.

Nur das große Areal des Kaiserpalastes, das sie schon am Mittag gesehen hatte, klaffte wie ein dunkles, finsteres Herz im Zentrum des endlosen Häusermeeres.

Vorhin, auf dem Weg zurück zum Hotel hatte Claudia es sich nicht nehmen lassen, doch noch einmal Touristin zu spielen. Zumal Takeda nicht zu erreichen war und nicht an sein Handy ging. Sie hatte keine Lust gehabt, allein im Hotel zu sitzen und auf ihn zu warten. Also war sie vom Starbucks, wo sie mit Jeff gesessen hatte, mit der U-Bahn nach Shibuya gefahren, einem der beliebten Amüsier- und Einkaufsviertel der Stadt. Dort hatte sie in einem Café gesessen und hinab auf die berühmteste Kreuzung der Welt geblickt, die *Shibuya-Crossing*. Bei jeder Grünphase strömten aus allen Richtungen Tausende Menschen in alle Richtungen über die Straße, bildeten eine wuselnde, chaotische Menge, die jedoch immer friedlich blieb. Niemals schienen Menschen zusammenzustoßen, sich anzurempeln oder sich anzukeifen, wie es in Deutschland oder in jedem anderen westlichen Land unvermeidbar gewesen wäre. Während Claudia hinausblickte, hatte sie an das gedacht, was Jeff ihr erzählt hatte, an die konservativen oder sogar rechtsradikalen Netzwerke, die Japan dem Untergang geweiht sahen und das Land zurück zu alter Macht und Stärke führen wollten. Angeblich gehörte auch die *Tōzaikai* in dieses Netzwerk. Ihre Aufgabe bestand darin, die verweichlichten jungen Menschen wieder an die alten Tugenden von Tapferkeit und Todesmut heranzuführen. Denn nur dann könne sich Japan gegen seine immer mächtigeren Feinde wie zum Beispiel Nordkorea oder China behaupten ... Je länger Claudia diesen Gedanken sacken ließ, desto mehr gelangte sie zu dem Schluss, dass irgendwo auf dieser Linie das Motiv liegen musste, aus dem Matsumoto getötet worden war. Vielleicht war der Fußballer den Machenschaften der Sekte auf die Schliche gekommen und wollte sie öffentlich machen? Oder sollte Matsumoto womöglich sogar selbst in einen gefährlichen Kamikaze-Einsatz geschickt werden? Das würde immerhin seine Todesahnungen erklären! Aber warum war er dann in Deutschland getötet worden? Und welche Rolle spielte Klaus-Heinrich Henningsen dabei?

Was allerdings so gar nicht in dieses Bild passen wollte, war die Tatsache, dass die *Tōzaikai* ursprünglich als Friedenssekte gegründet worden war. Und auch der Buddhismus war doch eine durch und durch friedliche Religion. Wieso also sollte ausgerechnet eine solche Vereinigung Teil eines rechtsradikalen Netzwerkes sein? Darauf hatte auch Jeff keine Antwort gehabt. Aber er hatte Claudia am Ende ihres Gesprächs den Namen eines Mannes genannt, der ihr bei der Frage vielleicht weiterhelfen könnte. Er hieß Andrew Borsich, war Brite und jesuitischer Pater und galt zugleich als einer der geachtetsten Experten für den japanischen Buddhismus. Sie würde ihn am nächsten Tag treffen, die Verabredung hatte sie bereits vorhin am Telefon mit Borsich vereinbart.

In dem Café in Shibuya vorhin waren ihr am Ende all diese Überlegungen unwirklich vorgekommen. Alle Japaner, die sie bisher getroffen hatte, ob es die Eltern von Ryū Matsumoto waren, die Menschen in der Bahn, Takedas Kollege oder auch Ken selbst, sie alle waren so höflich und rücksichtsvoll ... Konnte es in einem solchen Land denn wirklich rechtsradikale Verschwörer geben? Menschen, die junge Leute in lebensgefährliche Missionen schickten, nur um auf diese Weise die nationale Tugend zu stärken? Wie passte das zusammen mit dem Bild, das Claudia bisher von den Japanern gewonnen hatte?

Oder war es in Wahrheit einfach so, dass sie Japan und die Japaner missverstand? Dass sie einfach keine Ahnung hatte, wie diese Menschen tickten?

»Worüber denken Sie nach?«

Die Stimme der Japanerin, die mit ihr im Bad war, schreckte Claudia aus ihren Gedanken. Sie drehte sich um und blickte überrascht in das Gesicht der Frau, die dicht an sie herangerückt war.

Zu dicht für Claudias Geschmack.

»Ach, an gar nichts. Ich bin neu in Japan und habe über die vielen Eindrücke nachgedacht.«

»Ich verstehe. Bitte, drehen Sie sich um, ich massiere Ihnen die Schultern. Es wird Ihnen guttun.«

»Aber ...«

»Haben Sie keine Scheu. Wir Japaner machen das immer so.«

Claudia lächelte und drehte sich tatsächlich um. Sie kannte das schon von Ken, der ihr im Büro auch immer mal wieder die Schultern geknetet hatte. Bei den ersten Malen hatte es Claudia irritiert, weil es ihr sehr intim vorkam. Inzwischen aber hatte sie es zu genießen gelernt.

Sie spürte die erstaunlich kräftigen Hände der Frau auf ihrem Körper. Mit ihren Daumen drückte sie tief in Claudias von der langen Reise entsetzlich verspannte Muskeln am Nacken und an den Schultern.

»Und wie sind Ihre ersten Eindrücke? Gefällt es Ihnen?«, fragte die Japanerin.

»Sehr sogar. Japan ist ein faszinierendes Land. Aber vieles ist mir noch sehr rätselhaft.«

»Das ist nicht verwunderlich. Sie sind ja erst heute angekommen.«

Die Hände der Frau arbeiteten sich Claudias Rücken hinunter und dann wieder hinauf zu ihrem Hals, kneteten gekonnt die Seiten, Claudia genoss es, wollte sich ganz der wohligen Behandlung hingeben. Aber dann wurde ihr klar, was die Frau gerade gesagt hatte. »Ich habe Ihnen gar nicht erzählt, dass ich erst heute angekommen bin.«

»Nein, haben Sie nicht.«

»Nehmen Sie sofort Ihre Hände von mir.«

»Ist es nicht angenehm für Sie?«

»Nein. Hören Sie auf.«

Claudia wollte sich von der Frau lösen, aber deren Hände schlossen sich plötzlich um ihren Hals, drückten auf ihren Kehlkopf, wenn auch bisher nur mit wohl dosierter Kraft. »Es tut mir leid, Claudia, aber ich werde nicht aufhören.«

»Wieso kennen Sie meinen Namen?«, röchelte Claudia.

»Lassen Sie lieber mich die Fragen stellen. Meine erste lautet folgendermaßen: Wieso kommen Sie in dieses Land, das nicht das Ihre ist, und mischen sich in Dinge ein, die Sie nichts angehen?«

Die Hände der Frau schlossen sich fester um ihre Kehle, drückten ihren Kehlkopf nun auf schmerzhafte Art nach innen. Claudia spürte dabei eine Kraft, gegen die sie sich kaum würde wehren können.

»Lassen Sie mich sofort los! Sofort! Ich schreie sonst«, röchelte sie.

»Sie werden nicht schreien können, Claudia.«

»Ich …«

Der Druck der Hände wurde plötzlich so stark, dass Claudia keine Luft mehr bekam. Sie konnte auch nicht mehr sprechen, geschweige denn schreien. Panik überkam sie, sie begann um sich zu schlagen, wollte sich aus der Umklammerung befreien, was ihr aber nicht gelang. Schon spürte sie, wie ihr schwarz vor Augen wurde …

Nur unbewusst, wie ein traumhaftes Geräusch, hörte Claudia, wie die Außentür des Bads geöffnet wurde. Eine Gruppe mehrerer Japanerinnen betrat schwatzend den Raum, blickte neugierig herüber. Im selben Moment ließ die Angreiferin von ihr ab, rutschte jedoch noch einmal dicht an sie heran und sagte flüsternd in Claudias Ohr: »Sie sind hiermit gewarnt worden. Fahren Sie zurück nach Deutschland. Noch einmal werden Sie nicht davonkommen.«

Mit einer letzten, heftigen Bewegung drückte die Frau Claudias Kopf unter Wasser. Claudia spürte sofort wieder Panik in sich aufsteigen, doch nur Sekundenbruchteile später war da niemand mehr, der sie festhielt.

Claudia tauchte auf, schnappte nach Luft. Sie brauchte einige Augenblicke, um wieder klar sehen zu können. Ihr war schwindelig, und sie war immer noch von Panik erfüllt. Die Gruppe der neuen Badegäste blickte irritiert in ihre Richtung.

»Ist alles in Ordnung?«, fragte eine der Frauen.

»Wo ist die Frau, die gerade mit mir im Wasser war?« Claudias Stimme klang krächzend und war kaum zu verstehen.

»Die Dame ist gerade gegangen«, sagte eine der Frauen. »Sie schien es eilig zu haben.«

Claudia hangelte sich am Rand des Beckens entlang zum Ausstieg, schlüpfte aus dem Wasser und blieb kauernd auf den Steinen sitzen.

39.

Eine halbe Stunde später saß Claudia an der Hotelbar. Sie trank einen doppelten Whiskey und lauschte dem Klavierspieler, der im Hintergrund Evergreens klimperte und damit das Geplauder der übrigen Gäste untermalte.

Der Vorfall im Bad kam ihr unwirklich vor, wie ein böser Traum. Obwohl es doch gerade eben erst passiert war.

Oder hatte sie sich in ihrer Übermüdung alles nur eingebildet?

Die Flecken, die sie vorhin im Spiegel an ihrem Hals gesehen hatte, sagten etwas anderes.

Nachdem sie sich im Bad einigermaßen erholt hatte, bestand Claudias erster Impuls darin, auf ihr Zimmer zu gehen, ihre Sachen zu packen und sofort zum Flughafen zu fahren. Irgendein Flugzeug würde sie schon noch kriegen, und es wäre ihr völlig egal gewesen, wohin es sie gebracht hätte.

Hauptsache weg aus Japan.

Dann aber hatte sie sich weiter beruhigt, und in ihr war ihr Trotz erwacht. Derselbe Trotz, der sie oft in Schwierigkeiten gebracht und sie genauso oft wieder daraus gerettet hatte.

Sie wäre mit dieser blöden Schlampe fertig geworden, hätte die ihr ernsthaft etwas tun wollen. Sie war Polizistin, sagte Claudia sich, sie hatte zu kämpfen gelernt. Sie hätte geschlagen und getreten, notfalls gekratzt, gebissen oder gespuckt. So schnell ließ sie sich nicht unterkriegen. Nicht sie. Bestimmt nicht.

Allein auf ihrem Zimmer hatte sie dann aber auch nicht bleiben wollen. Und zu allem Überfluss konnte sie Takeda immer noch nicht erreichen. Sein Handy klingelte zwar, aber er ging nicht dran. Wo steckte er? Warum meldete er sich nicht? War er auch in Gefahr?

Claudia hatte sich angezogen, war voller Misstrauen gegenüber allem und jedem in den Fahrstuhl gestiegen und in die Bar hinaufgefahren, die sich ebenfalls in einer der oberen Etagen befand. Erst hier, wo sie endlich wieder unter Leuten war, hatte sie sich sicher gefühlt. Sie bestellte einen Whiskey, genoss die Wärme, die er ihr spendete, und begann darüber nachzudenken, was das Erlebnis im Bad zu bedeuten hatte.

Waren es die Machenschaften der *Tōzaikai*? War die Sekte so mächtig, dass sie Warnungen ausstieß und im Zweifel Killer beauftragte? Vielleicht war es ja wirklich so, dass die Sekte sich der *Yakuza* bediente, um ihre Schmutzarbeit erledigen zu lassen? Claudia konnte nur hoffen, dass Takeda mehr Erfolg gehabt und diesen Morinaga ausfindig gemacht hatte. Das würde sie bei der Beantwortung dieser Frage ziemlich sicher ein gutes Stück voranbringen.

Beim zweiten Whiskey wurde Claudias Entspannung tiefer. Der Klavierspieler gab *As time goes by* zum Besten, den Evergreen aus *Casablanca*. Claudia nippte an ihrem Getränk, einem Suntory Yamazaki, der zwar ein unglaubliches Geld kostete, aber das war ihr jetzt auch egal. Außerdem war es ja nicht ihr Geld.

Sie ließ ihre Blicke über das Barpublikum schweifen. Es waren zum größten Teil Geschäftsleute, viele Westler, einige Japaner, hübsche Frauen, einflussreiche Männer. Vielleicht lernte sie ja einen einsamen Hollywoodstar kennen, der für Werbeaufnahmen in Tokio war. So etwas passierte doch in Hotelbars in Tokio.

Dann endlich klingelte ihr Handy. Takeda. Er war auf dem Weg zurück ins Hotel; er sei spätestens in einer halben Stunde da.

»Ist alles in Ordnung?«, fragte er.

»Nein.«

»Was ist los?«

»Ich erzähle es dir, wenn du zurück bist.«

»Ich beeile mich.«

»Ich warte in der Bar auf dich.«

»Und Claudia, sei bitte vorsichtig.«

»Für die Warnung ist es zu spät.«

»Aber …«

»Es ist gutgegangen, Ken. Aber es fühlt sich immer noch beschissen an. Mach schnell, in Ordnung?«

»Ich fliege.«

Claudia packte das Handy in ihre Tasche. Ihr gelang ein Lächeln. Sie wollte keinen Hollywoodstar. Sie wollte ihn, Takeda. Sie wollte, dass er in die Bar kam und wieder seine Arme um sie legte. So wie heute Mittag, an der Kreuzung am Hibiya-Park. Sie hatte sich geborgen und sicher gefühlt.

Und wer weiß, vielleicht konnte sie ihm ja einmal dasselbe Gefühl geben. Schließlich war das keine Einbahnstraße, das Aufpassen und das Geborgenheit-Geben.

40.

Die Stadt Kawasaki lag langgestreckt am Tama-Fluss, wirkte wie eingequetscht zwischen den beiden riesigen Nachbarn Tokio und Yokohama. Wobei niemand so recht sagen konnte, wo die eine Stadt aufhörte und die andere begann, denn im Grunde war alles ein einziges Meer aus Häusern und Fabriken, aus Straßen, Highways und Kanälen.

Es war der nächste Morgen, und während Asano-Kun, Takedas junger Kollege, die Toyota Limousine über die Schnellstraße in südliche Richtung steuerte, blickte Takeda gedankenverloren aus dem Fenster. Rechts und links der auf Stelzen geführten Straße dehnte sich eine unwirtliche Industrielandschaft aus Lagerhallen und Kraftwerken, aus Stahlwerken und chemischen Produktionsanlagen aus.

Takeda war entsetzt gewesen, nachdem er gestern Abend erfahren hatte, was Claudia zugestoßen war. Er selbst hatte ja ebenfalls eine Warnung erhalten, von Shimada, aber die war freundlich gewesen. Claudia hingegen hatte um ihr Leben gebangt. Wenn nicht weitere Gäste in das Bad gekommen wären, hätte es schlimm enden können. War es also überhaupt eine Warnung gewesen? Oder hatte jemand eine Killerin auf Claudia angesetzt?

Aber wer steckte dahinter? Wer wusste überhaupt, dass sie hier waren, und hatte ein Interesse daran, dass sie wieder verschwanden?

Takeda gelangte gestern Abend zu der Ansicht, dass die Antwort auf diese Frage keine Rolle spielte. Die Vorstellung, dass Claudia zu Schaden kam, und dann noch hier in seiner Heimat, war unerträglich.

»Wir fahren zurück nach Deutschland. Direkt morgen früh«, hatte er gesagt, noch während sie in der Hotelbar saßen.

Claudia fasst sich an den Hals, schüttelte zugleich aber den Kopf. »Auf keinen Fall.«

»Es ist hier einfach zu gefährlich!«

»Und wenn schon. Wer immer mich angegriffen hat, soll sich nicht einbilden, dass ich mich von so etwas einschüchtern lasse. Nein, jetzt ziehen wir die Sache erst recht durch.«

»Aber ...«

»Kein aber!«

»Schon gut, doch dann bleiben wir ab jetzt immer zusammen, in Ordnung? Ich lasse dich keine Sekunde mehr aus den Augen.«

Claudia lächelte. »Das heißt, wir übernachten heute Nacht in einem Zimmer?«

Takeda forschte in ihrem Gesicht, entdeckte ihr Lächeln, lächelte selbst. »Du bist unglaublich, Claudia.«

»Du auch. Und ich sage ja.«

Sie war dann tatsächlich auf seinem Zimmer geblieben, das zum Glück – oder auch nicht – über zwei Betten verfügte. Als er aus dem Bad kam, lag sie schon im Bett, und er konnte die Umrisse ihres Körpers unter dem Laken sehen. Er stand da und starrte sie an, ewige Minuten. Voller Sorge, voller Zuneigung. Dann aber riss er sich von ihrem Anblick los, schalt sich selbst für seine taktlosen Gedanken. Claudia war gerade erst einem Anschlag entronnen, sie brauchte Ruhe, sonst nichts.

Takeda legte sich in das andere Bett und löschte das Licht. Schlafen konnte er jedoch nicht. Sie hingegen hatte sich ihrer Erschöpfung ergeben und atmete langsam und regelmäßig. Er lauschte ihr und dachte dabei an das Gespräch mit Shimada. Auch was Claudia über die *Tōzaikai* herausgefunden hatte, fügte sich in dieses neue Bild. Offenbar wurde die Sekte von politischer Seite aus protegiert und hielt junge Menschen dazu an, in lebensgefährliche Einsätze zu gehen. Offiziell ging es dabei um humanitäre Hilfe in Krisenregionen, doch zugleich sollten die alten Tugenden der Härte und des Todesmutes wiedererweckt werden ... eines Todesmutes, wie ihn Uemura in ihrem Beisein bewiesen hatte? Und wie ihn möglicherweise auch Matsumoto gezeigt hatte?

Nein, bei Matsumoto war es Mord gewesen, da war er sicher. Der junge Fußballer wollte nicht sterben. Sie wussten es von Delibasic, und auch die Briefe seiner Mutter hatten es gezeigt. Matsumoto hatte zuletzt wieder Lebensmut gefasst. Aber warum hatte er dann sterben müssen? Waren sie am Ende wirklich einer Verschwörung auf der Spur? Claudia hatte ihm von ihrem Gespräch mit dem jungen amerikanischen Blogger erzählt, der eben das zu glauben schien. Claudia hatte dessen steile These ein wenig spöttisch wiedergegeben – und doch hatte er gespürt, dass sie sie nicht für unmöglich hielt. Jedenfalls nicht mehr nach dem, was ihr in dem Hotelbad passiert war.

Und er? Was glaubte er? Im Moment noch gar nichts. Das war wohl die ehrlichste Antwort, die er geben konnte. Die Dinge waren noch zu unklar und verschleiert. Nichts wollte sich so recht zusammenfügen, auch wenn die Zahl der Teile, die sie kannten, zunahm. Sling Morinaga und die *Yakuza*, Heijiro Nishimori und der rechte Putsch des Yukio Mishima, die *Tōzaikai* und die toten Sektenmitglieder. Aber wie genau hing all das zusammen? Und wieso führte die Spur nach Deutschland, zum toten Matsumoto und zu Klaus-Heinrich Henningsen? Das war noch völlig unklar …

»Wir sind gleich da, Inspektor«, sagte Asano-Kun und riss den Inspektor aus seinen Gedanken. Der junge Assistent setzte den Blinker und verließ den Highway. Links von ihnen lagen Industrieanlagen, dahinter glitzerte das Meer in der Bucht von Tokio. Rechts reihten sich Lagerhallen und riesige Kraftstofftanks aneinander. Asano bog in eine kleine Seitenstraße. An deren Ende lag ein Stück Brachland, das von einem hohen Maschendrahtzaun umgeben war. Neben einem Tor hingen japanische Kriegsflaggen, die an hohen Bambusstangen aufgezogen waren, dazu allerlei Transparente mit politischen Forderungen, allen voran die Rückgabe der Südkurilen und die Sicherung der Senkaku-Inseln. All das ließ unschwer erkennen, dass sie ihr Ziel erreicht hatten. Hier war das Hauptquartier der Yūkokurengō, der rechtsradikalen Gruppe, der Sling Morinaga angeblich beigetreten war. Ob er den Mann hier finden würde? Claudia war nicht mitgekommen, sie hatte andere Pläne, und so hatten sie sich, entgegen ihrer Abmachung aus der Nacht, eben doch wieder getrennt. Takeda hatte ihr eingeschärft, vorsichtig zu sein, und die Sorge um sie begleitete ihn in jeder Minute.

Die meisten rechtsradikalen Gruppen in Japan kämpften für ähnliche Ziele. Stets ging es darum, das politische System der Gegenwart abzuschaffen, die Stellung des Kaisers zu stärken und die Erziehung der Jugend wieder patriotischer auszurichten. Vor allem aber sollte Japan die masochistische Einstellung gegenüber der eigenen Kriegsvergangenheit ablegen, die dem Land durch die Amerikaner aufgezwungen worden sei. In Wahrheit sei der Zweite Weltkrieg keineswegs ein Verbrechen gewesen, sondern der Versuch, Asien von der Kolonialherrschaft der Europäer zu befreien. Angebliche Kriegsverbrechen seien die Erfindung der Siegermächte, um Japans nationalen Stolz zu brechen. Für die Gruppen bestand der wichtigste Schritt daher darin, endlich eine eigene starke Armee aufzubauen, was Japan sich in seiner unseligen Nachkriegsverfassung selbst versagt hatte …

Der größte Unterschied zu rechtsradikalen Gruppen in anderen Ländern bestand darin, dass in Japan durchaus auch führende Politiker ähnliche Ideen verfolgten, bis hin in höchste Regierungskreise. Es lag nicht zuletzt daran, dass Japan nach dem Krieg nie zu einer eindeutigen Haltung gegenüber der Zeit des Militarismus und der grausamen Kämpfe gefunden hatte. So kam es, dass schon bald nach dem Krieg wieder zahlreiche Politiker in Amt und Würden waren, die auch schon vor 1945 das Land regiert hatten. Sie hatten Netzwerke geschaffen, die über all die Jahrzehnte bis zum heutigen Tag wirkmächtig waren.

So gesehen konnte man sich natürlich fragen, wogegen die rechten Gruppen in Takedas Heimat eigentlich kämpften, wenn sie sich doch eigentlich mit der Regierung oft einig waren?

Masato Maeda, so hieß der Präsident der Yūkokurengō, empfing Takeda und Asano in einem kabuffartigen Büro, in dem neben zwei Schreibtischen und einigen altmodischen Bücherregalen eine ebenfalls in die Jahre gekommene Sitzgruppe stand. An den Wänden hingen Bilder des Kaisers, General Tojos und Adolf Hitlers, auf einem Regal darunter standen Modellfiguren aus Manga-Serien wie *Ultraman* und *Kamen-Rider*.

Takeda schätzte Maeda auf Mitte dreißig, ein schmaler Brillenträger mit linkischen Bewegungen, der in seinem Drillichanzug eher albern als einschüchternd wirkte.

Durch ein Fenster des Kabuffs konnte Takeda hinaus in die große Halle blicken. Dort war eine Art Dōjō eingerichtet worden, in dem rund zwanzig junge Männer militärische Exerzitien durchführten. Sie machten Liegestütze, übten Nahkampfsequenzen und gingen mit Holzstangen aufeinander los, die offenbar Bajonette darstellen sollten.

Sie nahmen auf der Sitzgruppe Platz. Maeda sparte sich alle japanischen Höflichkeiten und sagte: »Ich habe eigentlich weder

Zeit noch Lust, mit Ihnen zu sprechen, Inspektor. Darum fassen Sie sich bitte kurz. Was wünschen Sie von mir?«

»Ich suche eines Ihrer Mitglieder, Sling Morinaga.«

»Einen Mann dieses Namens kenne ich nicht.«

»Vielleicht ist er Ihnen unter dem Namen Mitsuto Morinaga bekannt.«

»Und wenn es so wäre? Was wollen Sie von ihm?«

»Ich würde gerne mit ihm sprechen.«

»Tut mir leid. Er ist nicht hier.«

»Aber Sie bestätigen, dass er ein Mitglied Ihrer Vereinigung ist?«

»Es ist möglich, dass er das einmal war.«

»Kommen Sie schon, Maeda, lassen Sie sich nicht alles aus der Nase ziehen.«

Maeda legte die Fingerspitzen zusammen und dachte mit geschlossenen Augen nach. Dann blickte er Takeda an und fragte: »Habe ich damit zu rechnen, dass Sie oder Ihre Behörde gegen unsere Vereinigung vorgeht? Wenn dem so ist, würde ich das Gespräch gerne an dieser Stelle beenden.«

Takeda verstand sofort, dass Maedas Worte nichts anderes waren als der Vorschlag, ein Geschäft miteinander einzugehen. Die Idee war gut, hatte nur den Nachteil, dass Takeda eigentlich nichts zu bieten hatte. Er war ja zurzeit gar nicht im aktiven Dienst in Japan. Aber das hatte er Maeda gegenüber wohlweislich nicht erwähnt, und so entschloss sich der Inspektor zu bluffen. »Ich kann Ihnen versichern, dass nichts dergleichen geplant ist, Herr Maeda. Ich bin lediglich an Morinaga interessiert. Wenn ich heute mit ein paar brauchbaren Informationen rechnen kann, dann werde ich in der Behörde sicherlich kundtun, dass man Ihre Vereinigung in nächster Zeit in Ruhe lässt.«

»Ich merke, dass Sie ein vernünftiger Mann sind, Inspektor. Ich verlasse mich auf ihr Wort. Morinaga ist vor etwa einem halben Jahr hier bei uns aufgetaucht und hat um Aufnahme gebeten. Sie sind über seine Vergangenheit im Bilde? Dann verstehen Sie sicherlich auch, dass wir von seinem Auftauchen überrascht waren. Wir mussten selbstverständlich davon ausgehen, dass Morinaga im Namen der Sumida-Gumi, seiner alten *Yakuza*-Vereinigung, spricht und sozusagen ein Emissär war.«

»Dem war aber nicht so?«

»Nein. Offenbar hatte er sich von der Sumida-Gumi losgesagt. Dennoch witterten wir Ärger und wollten ihn nicht in unseren Reihen aufnehmen. Nun war es aber so, dass uns Morinaga, nun ja, finanzkräftige Investoren zu vermitteln versprach, die interessiert wären, unsere politischen Absichten zu fördern. Er konnte seine Worte mit einigen Barschaften plausibel machen.«

»Er kam mit Geld in den Taschen?«

»Mit sehr viel Geld, ja. Und zwar in bar.«

»Woher kam das Geld?«

»Das wollte er nicht sagen. Wir befürchteten, dass er in die Kasse des Syndikats gegriffen hatte, und lehnten ab, etwas anzunehmen. Niemand möchte in Unfrieden mit der *Yakuza* leben, schon gar nicht mit einer mächtigen Vereinigung wie der Sumida-Gumi. Morinaga konnte uns aber deutlich machen, dass das Geld von woanders stammte.«

»Nämlich woher?«

»Das weiß ich nicht, Inspektor.«

»Fiel der Name Nishimori in dem Zusammenhang?«

Takeda, der sein Gegenüber genau beobachtete, merkte ein kurzes Zucken in Maedas Gesicht. Dann aber hatte er sich wieder unter Kontrolle und sagte in scheinbar neutralem Tonfall: »Nein, das sagt mir nichts. Und bitte drängen Sie nicht weiter, ich kann dazu nichts sagen.«

»In Ordnung, weiter.«

»Wir haben Morinaga also trotz aller Bedenken aufgenommen. Er entpuppte sich in den Monaten danach jedoch als schwieriges Mitglied. Offenbar ging er davon aus, durch seine Finanzmittel auch sofort entscheidend mitbestimmen zu dürfen. Dies konnten wir nicht akzeptieren.«

»Sie haben das Geld also genommen, wollten ihn aber nicht darüber entscheiden lassen, wofür es ausgegeben werden soll?«

»Wir sind nicht käuflich, Inspektor. Durch niemanden. Eben das unterscheidet uns von der korrupten Elite unseres Landes. Wir haben Morinaga in Aussicht gestellt, als einfaches Mitglied zu wirken und genau wie jeder andere nach und nach aufzusteigen. Dazu ist es nicht gekommen.«

»Er ist wieder gegangen?«

»Sagen wir so, er ist zunehmend unregelmäßig zu unseren Treffen erschienen. Dann haben wir mitbekommen, dass er versucht hat, einige unserer jungen Mitglieder für eine Art geheimen Zirkel zu rekrutieren. Ein schlimmer Verrat, den wir gnädigerweise lediglich durch einen Ausschluss geahndet haben.«

»Sie hätten ihn lieber umgebracht?«

Maeda neigte den Kopf. »Wenn Sie es so ausdrücken wollen.«

»Ich verstehe. Ist Ihnen bekannt, was er mit diesem inneren Zirkel vorhatte?«

Maeda lachte auf. »Morinaga ist ein Wirrkopf. Er hatte immer wieder davon gesprochen, dass die Zeit des großen Kampfes unmittelbar bevorstehe. Eine Handvoll entschlossener Männer sei wertvoller also eine Armee voller Schwächlinge.«

»Hat er das so gesagt?«

»Ja. Und er hat nicht einmal unrecht.«

»Die Zeit des großen Kampfes ... was hat er damit gemeint?«

»Das weiß ich nicht.«

»Hat er jemals eine Neureligion namens *Tōzaikai* erwähnt?«

Takeda beobachtete Maeda erneut genau, damit ihm nicht die kleinste Reaktion seines Gegenübers entging. Maeda aber schüttelte den Kopf und schien die Wahrheit zu sagen: »Nein. Mir ist die Vereinigung durchaus ein Begriff, doch Morinaga hat nie darüber gesprochen.«

»Hat er erwähnt, dass er Verbindungen nach Europa hat? Vielleicht nach Deutschland?«

Diesmal schlug Maeda die Augen nieder, bevor er antwortete,

eine Regung, die Takeda sehr wohl registrierte. »Deutschland? Nicht, dass ich wüsste. Wieso sollte er?«

»Das soll Sie nichts angehen, Maeda.«

»Wie Sie meinen.«

»Meine letzte Frage ist recht simpel. Wissen Sie, wo ich Morinaga finden kann?«

Maeda herrschte einen seiner Assistenten an, ihm sein Notizbuch vom Schreibtisch zu holen. Dann sagte er zu Takeda: »Ich gebe Ihnen seine Adresse, natürlich ohne Garantie, dass er dort noch wohnt. Es ist ein kleines Haus nördlich von Ikebukuro.«

»Danke, Herr Maeda.«

»Ihr Dank ist nicht nötig. Halten Sie sich einfach an unsere Absprache.«

Nachdem Takeda das Bürokabuff verlassen hatte, beobachtete er noch für einige Augenblicke die trainierenden jungen Männer. Sie gingen mit äußerster Härte gegeneinander vor, droschen mit ihren Holzattrappen aufeinander ein oder warfen sich zu Boden. Ließ es einer von ihnen an Entschiedenheit mangeln, wurde er sofort von einer Art Vorturner ermahnt. Der trug eine deutsche SS-Uniform, ein unter japanischen Rechten durchaus beliebtes Kleidungsstück.

Erst jetzt sah Takeda, dass unter den jungen Leuten auch einige Frauen waren. Er musste an Claudia und den Vorfall im Hotelbad denken.

Hatte Maeda vielleicht die ganze Zeit gelogen? Oder war Sling Morinaga erfolgreich darin gewesen, einige Mitglieder der Truppe abzuwerben?

41.

»Pater Andrew? Sind Sie da?«

Claudia war zum Campus der Komazawa-Universität gefahren und hatte sich bis zu einem schmucklosen Nebengebäude am Rand des Geländes durchgefragt. Nun stand sie vor einer verschlossenen Bürotür.

»Pater Andrew? Ich hatte gestern angerufen …« Claudia klopfte erneut gegen die Tür; wieder erhielt sie keine Antwort. Sie drehte sich um, blickte ratlos den mit altem, brüchig wirkendem Linoleum ausgelegten Flur entlang. Sollte sie unverrichteter Dinge wieder gehen? Eigentlich war das nicht ihre Art. Also wandte sie sich wieder der Tür zu und drückte die Klinke hinunter. Die Tür war unverschlossen. Na, also.

Claudia fand sich in einem dämmrigen, verstaubten Zimmer wieder, das schwach von einer einzelnen Stehlampe erhellt wurde. Vor ihr breitete sich eine unübersichtliche Landschaft aus Bücherstapeln und meterhoch geschichteten Papieren aus. Hinter einem ebenfalls von allerlei Unterlagen übersäten Schreibtisch saß ein alter, schon zur Zartheit zusammengeschrumpfter Mann, der von seinem Schreibblock aufsah und Claudia mit kleinen, hellwachen Augen musterte. »Sind Sie das Mädchen aus Deutschland? Claudia …?«

»Harms. Für ein Mädchen fühle ich mich ein wenig zu alt. Aber der Rest stimmt.«

»Verzeihung, Frau Harms. Ich wollte nicht … Kommen Sie herein und schließen die Tür. Ich reagiere nie auf Klopfen. Wer den Mut hat, dennoch hereinzukommen, kann mich sprechen. Bei allen anderen kann es nicht sonderlich wichtig gewesen sein.«

Claudia lachte. »In einem so höflichen Land wie Japan sind die Chancen nicht sehr hoch, dass überhaupt jemand hereinkommt, oder?«

»Das ist richtig.« Der alte Mann lächelte ebenfalls.

Pater Andrew Borsich war über achtzig Jahre alt, ein Jesuit, der seit einem halben Jahrhundert in Japan lebte und hier an der Universität immer noch in der Lehre tätig war. Er war aktiver Zen-Buddhist, was offenbar kein Widerspruch zu seinem christlichen Glauben war, und galt als einer der besten Kenner des Zen-Buddhismus überhaupt. Jeff Menzinger, der Blogger, den Claudia vor dem *Tōzaikai*-Tempel kennengelernt hatte, hatte ihr seinen Namen genannt.

»Was halten Sie von einem Tee, Claudia?«

»Sehr gerne.«

»Ich mache schwarzen, nicht grünen, falls es Sie nicht stört. Ich bin nach all den Jahren sicherlich mehr Japaner als irgendetwas anderes, aber beim Tee bin ich meinem britischen Naturell treu geblieben. Darjeeling. Mit Milch. Etwas anderes kommt mir nicht in den Becher.«

Der Pater stand mühsam auf und stellte einen Wasserkocher an, der ein winziges Fleckchen auf einem Aktenregal für sich behauptete. Währenddessen blickte Claudia über den Schreibtisch. Die ausgebreiteten Unterlagen waren sämtlich auf Japanisch, und auch der Schreibblock des Paters war mit winzigen Schriftzeichen vollgeschrieben.

Borsich, der Claudias Blicke bemerkte, sagte: »Überschätzen Sie das Ganze bitte nicht. Sogar nach einem halben Jahrhundert in diesem Land habe ich das Gefühl, mit der Sprache immer noch meine Kämpfchen führen zu müssen ... na ja, neulich war ich mal wieder in einer Fernsehsendung zu Gast, und danach gab es offenbar weniger Beschwerdeanrufe als sonst. Ein paar Fortschritte scheine ich also gemacht zu haben.«

»Ich glaube, Sie untertreiben, Pater. Jeff meinte, dass es kaum einen Europäer gäbe, der so tief ins Japanische und die japanische Kultur eingetaucht sei wie Sie.«

Der Pater lachte heiser. »Es beweist nur, dass der junge Mann ein Heißsporn ist. Nach gerade einmal drei Jahren im Land traut er sich ein Urteil zu. Das ist das Übel der Welt, Claudia, glauben Sie es mir. Die Menschen urteilen zu schnell. Klüger wäre es, sie würden sich mehr Zeit damit lassen.«

»Tja, das ist ein Problem, Pater. Die Menschen haben keine Zeit mehr.«

Der alte Mann lachte auf. »Sie sind hier, um etwas über den Zen-Buddhismus zu erfahren, richtig?«

»Ja, das stimmt.«

»Dann erkläre ich Ihnen jetzt schon einmal das Wichtigste. Wann immer auch Sie das Gefühl haben, keine Zeit zu haben, setzen Sie sich einfach hin und tun gar nichts. Ob Sie dabei die Beine unterschlagen und die Hände zusammenlegen, wie es der Buddha getan hat, oder ob sie in einem bequemen Sessel Platz nehmen, spielt keine Rolle. Wichtig ist nur, dass Sie absolut gar nichts tun, im besten Falle denken Sie nicht einmal etwas. Sie werden schnell merken, dass die Zeit die größte aller Illusionen ist, vielleicht nur noch übertroffen von der Illusion, keine Zeit zu haben.«

Claudia bedankte sich für den Tee, den der Pater vor sie auf die Tischplatte stellte. Er selbst ließ sich auf seinem Stuhl nieder und bewegte in einer bedächtigen Bewegung den Teebeutel auf und ab, wickelte das daran befestigte Schnürchen schließlich um einen Löffel und quetschte den Beutel aus. Laut schlürfend nahm er einen Schluck.

»Ich möchte es unbedingt ausprobieren. Zu meditieren, meine ich«, erklärte Claudia.

»Was hält Sie davon ab?«

»Na ja, bisher hatte ich einfach … keine Zeit.«

Claudia musste selbst lachen, als sie das sagte. Der Pater lächelte fein und eine Spur spöttisch. »Vermutlich muss man ein gewisses Alter erreichen, um zu erkennen, dass die wichtigen Dinge im Leben in einem unermesslichen Reichtum vorhanden sind. Freiheit, Liebe, Zeit … Man sollte sich das klarmachen, bevor es zu spät ist!«

Der Pater lauschte seinen eigenen Worten nach, winkte dann

ab und murmelte leise, dass wohl niemand die sentimentalen Einsichten eines Greises hören wolle. Dann sprach er wieder mit lauterer Stimme: »Also, Claudia, was speziell möchten Sie wissen?«

»Ich möchte etwas über Zen erfahren. Und noch genauer etwas über die *Tōzaikai*. Ich war gestern vor dem Haupttempel, wo eine Demonstration stattfand. Es ging um drei verstorbene Mitglieder. Die jungen Leute sind in Syrien bei einem Hilfseinsatz ums Leben gekommen.«

»Ich habe davon gehört«, sagte Pater Andrew. Er nahm einen weiteren Schluck Tee, bei dem er erneut laut schlürfte. Dann schnalzte er mit der Zunge und sagte: »Verzeihen Sie meine schlechten Trinksitten. Dieses Geschlürfe, schrecklich. Aber nach so vielen Jahren färbt Japan einfach ab ... also Zen-Buddhismus und *Tōzaikai*. Beides große Felder, beides interessant.«

»Jeff Menzinger meinte, dass die Regierung der Sekte viel Spielraum lässt und nicht gegen ihren Leichtsinn vorgeht. Glauben Sie das auch?«

Pater Andrew sinnierte Claudias Worten nach, nickte schließlich. »Ich bin altmodisch. Ich fange die Dinge gerne vorne an. Nicht umgekehrt.«

»Ja, natürlich. Verzeihung.«

»Sie wollen etwas über Zen lernen, fangen wir also damit an. Was ist Zen-Buddhismus?«

Claudia verstand es als Frage, wollte antworten, aber der Pater hob die Hand, antwortete dann selbst: »Die Insider, vor allem die westlichen, würden eine solche Frage wahrscheinlich mit einem einzigen Wort beantworten: Nichts. Zen ist nichts. Das finden sie gewitzt. Vielleicht würden sie auch nur lächeln. Oder sie würden eine Blume hochhalten. Wissen Sie warum? Ich meine, das mit der Blume?«

»Nein.«

»Als Buddha, also der historische Shakyamuni, einen Nachfolger suchte, hat er all seine Jünger um sich versammelt. Aber anstatt eine gelehrte Ansprache zu halten, hielt er einfach nur eine Blume in die Höhe. Seine Jünger starrten ihn ratlos an. Außer Kasho, denn der hat verstanden und gelächelt. Und so hat Buddha ihn zu seinem Nachfolger gemacht.«

»Das ist eine schöne Geschichte«, sagte Claudia. »Aber ich bin mir nicht sicher, ob ich sie verstehe.«

»Das ist nicht so schwer. Sehen Sie, der Zen-Buddhismus ist im Grunde genau dieses Lächeln angesichts einer Blume. Oder um es anders auszudrücken, Zen ist die ungebrochene Tradierung der Weisheit Buddhas über unzählige Generationen hinweg bis in die Gegenwart, weitergegeben von Meister zu Schüler, die ihrerseits zu Meistern wurden. Kein Glaubensgebäude, keine Theorie, keine Theologie. Einfach nur eine emporgehaltene Blume, einfach nur das direkte Erkennen. Das ist unser Ziel, dem streben wir Zen-Buddhisten nach. Wir nehmen die Haltung des Buddha ein und versenken uns in uns selbst. Denn alles, wonach wir suchen, ist längst schon da. Wir müssen es nur erkennen. Möchten Sie noch einen Tee?«

»Was? Ach so, ja gerne.«

Pater Andrew lachte schelmisch, stand auf und stellte erneut den Wasserkocher an. Während das Wasser siedete, sagte er: »Eigentlich wissen Sie jetzt alles Wichtige. Haben Sie noch weitere Fragen?«

»Wie gesagt, ich würde gerne etwas über die *Tōzaikai* erfahren.«

»Die *Tōzaikai*. Kawamura Rōshi, natürlich …«

Der Pater stellte erneut eine Tasse vor Claudia, nahm dann Platz und vollführte sein Teebeutel-Ritual. »Sehen Sie, was ich Ihnen gerade über den Zen gesagt habe, stimmt zwar, hat aber auch einen großen Nachteil. Es tut so, als bewegte sich der Zen jenseits der Geschichte, als hätte sich seit den Zeiten des historischen Buddha nichts geändert.«

»Aber das stimmt nicht?«

»Natürlich nicht. Alles hat eine Geschichte, alles ist historisch bedingt, auch der Glaube. Auch der Zen. Und diese Historie ist etwas, das Menschen machen … Das sollte man niemals vergessen. So ist der Zen auf seinem Weg von Indien über China erst etwa im 13. Jahrhundert nach Japan gekommen. Hier ist er dann, wie manche sagen, zu seiner wahren Blüte gelangt und tief mit der hiesigen Kultur verschmolzen. Darum denken die Menschen auch immer, Zen sei etwas Japanisches, dabei könnte er genauso gut etwas Indisches, Chinesisches oder Vietnamesisches sein. Übrigens denken die Japaner selbst das auch, aber das nur am Rande. Wenn Sie mich fragen, wie soll Sitzen in Stille eine Ursprungsnation haben? Ein alberner Gedanke, nicht wahr?«

»Absolut.«

»Der Zen hat sich nach seiner Ankunft in Japan in verschiedene Schulen aufgespaltet, ein bisschen eine eigene Wahrheit möchte ja doch jeder haben. Aber dann, zur Mitte des neunzehnten Jahrhunderts, als Japan in die Moderne aufbrach, wurde es auf einmal schwierig für den Buddhismus in diesem Land. Also nicht nur für Zen, sondern auch für Shingon und Tendai und was wir da nicht alles an buddhistischen Schulen haben. Da kamen die schwarzen Schiffe der Amerikaner, dann die Meiji-Restauration, durch die der Kaiser wieder an die Macht gelangte und Japan die nationale Karte spielte. Plötzlich war Buddhismus in den Augen der Nationalisten etwas Fremdes, schließlich stammte er ja aus Indien. Für einige Jahre wurde er regelrecht bekämpft, was in einem so zutiefst buddhistisch geprägten Land wirklich schwer vorstellbar ist. Aber es ist geschehen. Tempel wurden geschlossen oder haben gebrannt … Wie reagierten die Buddhisten? Auf sehr japanische Art. Sie haben sich angepasst. Sie stimmten in das Hohelied auf Kaiser und Nation mit ein. Mehr als das. Buddhistische Gelehrte erklärten auf einmal, dass Kaiser, Land und Zen gar nicht voneinander zu trennen seien. Der Kriegerkult, der Tennokult, der Geist des Zen – alles eins! Japan hat damals im Namen des Kaisers und des Vaterlandes einige Kriege geführt, erst gegen China, dann gegen Russland, immer wieder gegen Korea. Viele, auch hochgestellte Zen-Priester haben ihren Teil zu diesem nationalistischen Sturm beigetragen, haben bei der spirituellen und moralischen Mobilmachung der Soldaten mitgewirkt. Lesen Sie die Bücher von Daisetz Suzuki, dem der Westen viele Jahre lang fast sein ganzes Wissen über Zen verdankte. Ein kluger, sehr gelehrter Mann, der über die Einheit von Schwert und Zen im japanischen Mittelalter philosophiert hat. Jetzt aber ging es nicht mehr um die Schwerter der Samurai, es ging um die Gewehre einer modernen japanische Armee, um ihre Panzer und Schlachtschiffe. Auch das sollte eins mit dem Zen sein! O ja, Vertreter aller großen Zen-Schulen haben sich in den Dienst des Vaterlandes gestellt und dem millionenfachen Morden tatenlos zugesehen. Schlimmer noch, sie haben dazu beigetragen, indem sie die vielleicht größte spirituelle Errungenschaft des Zen, nämlich die Angst vor dem Tod zu überwinden, in den Dienst der imperialen Armee gestellt haben. Stellen Sie sich das vor, Claudia! Soldaten, die keine Angst davor haben, in der Schlacht zu sterben! Welcher Feldherr, welcher Führer würde davon nicht träumen? Es ist niederschmetternd ...«

Der alte Pater wirkte nun noch zerbrechlicher, noch zarter als ohnehin schon. Er saß in seinem Stuhl, das Gesicht zerfurcht, und schüttelte in ferne Gedanken versunken den Kopf.

»Davon wusste ich nichts«, sagte Claudia leise.

»Da sind Sie nicht die Einzige. Viele wissen es nicht oder wollen es nicht wissen. Hier in Japan wie auch in Europa. Für sie steht Zen ja außerhalb der Geschichte, Sie erinnern sich? Die Blume des Buddha ... Wie könnte die reine Lehre jemals schuldig geworden sein! Welche Dummheit und welch schlimmes Vergehen an der eigenen Sache. Denn der wahre Zen ist mutig, er verschließt nicht die Augen, auch nicht vor den eigenen Missetaten. Aber ich will der Wahrheit die Ehre geben und nicht verschweigen, dass in den zurückliegenden Jahren viele Zen-Schulen ihr Unrecht anerkannt haben und öffentliche Worte der Entschuldigung gefunden haben. Im Vergleich mit Ihrer Heimat war das reichlich spät, Claudia. Das Stuttgarter Bekenntnis der evangelischen Kirche in Deutschland erfolgte schon im Herbst des Jahres 1945. Die Zen-

Schulen haben bis 2001 gebraucht, um Worte zur eigenen Schuld zu finden. Aber wie der aufrichtige Zen-Buddhist sagt: lieber spät als nie.«

»Aber was ist nun mit der *Tōzaikai*, Pater? Welche Rolle spielt die Sekte in dieser Geschichte?«

»Keine große. Und doch eine sehr eindeutige. Ich habe mich vor einigen Jahren einmal mit der *Tōzaikai* beschäftigt. Nachdem Sie mich angerufen haben, habe ich meine alten Unterlagen noch einmal hervorgeholt.« Der Pater hielt einige zusammengetackerte Blätter in die Höhe, offenbar ein abkopierter Zeitschriftenartikel. Er reichte sie Claudia, die etwas ratlos auf die japanischen Zeichen blickte. »Keine Sorge, der Aufsatz ist zweisprachig, die englische Übersetzung ist auf den hinteren Seiten. Das Wichtigste kann ich Ihnen aber auch erzählen. Sehen Sie, Hidekazu Kawamura, den seine Anhänger ehrerbietend Kawamura Rōshi nennen, war kein ordinierter Zen-Priester. Er hat in den vierziger Jahren, also während der schlimmsten Kriegszeit, als fortgeschrittener Laie gewirkt. Sein wichtigstes Amt war das eines Zen-Lehrers in einer eigens auf Betreiben der Kriegsregierung gegründeten Zen-Schule für Offiziere. Die Mächtigen in diesem Land wussten eben, dass der Zen das beste Mittel war, um opferbereite Soldaten hervorzubringen. Das Vieh, das freiwillig, ja mit Begeisterung zur Schlachtbank marschiert ... Das war übrigens einer der Gründe, aus dem die deutschen Nazis ein großes Interesse an der japanischen Kultur hatten. Aber das nur am Rande. Es gibt, wie Sie vielleicht wissen, in Bezug auf Japan das hässliche Wort vom Tenno-Faschismus. Manche sprechen auch vom Zen-Faschismus. Ich mag diese Begriffe nicht und möchte sie nicht verwenden. Vielleicht mit einer einzigen Ausnahme, nämlich in Bezug auf Kawamura Rōshi.«

»Aber ... das verstehe ich nicht«, sagte Claudia leise, schüttelte dabei ungläubig den Kopf. »Ich habe in Hamburg mit einer Mitarbeiterin der *Tōzaikai* gesprochen. Sie ist eine tolle, faszinierende Frau. Sie hat mir auch erzählt, dass die *Tōzaikai* sich weltweit für Friedensprojekte einsetzt.«

Der Pater sah Claudia mit einem mitleidigen Lächeln an. »Sie wissen es doch längst selbst, oder? Bei diesen Friedensmissionen starben mehrere junge Menschen. Überlegen Sie selbst! Denken Sie an die Rolle des Zen im Krieg. Es ist nicht vorbei damit. Oder sagen wir so, in der *Tōzaikai* ist es nicht vorbei damit. Dort hat der soldatische, der selbstmörderische Zen überlebt. Es geht der Sekte nicht um Friedensmissionen. Es geht ihr darum, dass die Anhänger ihre spirituelle Tiefe beweisen müssen, indem sie sich in Lebensgefahr begeben. Die *Tōzaikai* ist eine Sekte, die eine Art Todeskult pflegt. Sie ist ein Überbleibsel aus Japans finstersten Zeiten. Zeiten, die nach Ansicht einiger hier im Land wiederkehren sollen.«

Der Pater gönnte Claudia einige Momente der Stille, um die Informationen zu verarbeiten. Dann sagte er mit milderer Stimme: »Verstehen Sie mich nicht falsch. Viele Anhänger der *Tōzaikai*, insbesondere im Ausland, sind wohlmeinende Menschen auf der Suche nach spiritueller Tiefe. Sie wissen gar nichts von dieser anderen, dieser düsteren Seite der Sekte. Aber lesen Sie die letzten Seiten, die ich an meinen Aufsatz geheftet habe. Was dort steht, habe ich niemals veröffentlicht. Erstens, weil ich es nicht beweisen kann, und zweitens, weil ich ein vorsichtiger Mensch bin. Die *Tōzaikai* – oder zumindest Teile davon – genießen politische Protektion in Japan. Es ist nicht ungefährlich, sich mit ihnen anzulegen.«

»Wem sagen Sie das …«, murmelte Claudia. Der Pater sah sie fragend an, doch sie verzichtete darauf, deutlicher zu werden. Sie fühlte sich erschöpft und hatte das Gefühl, dass ihr Kopf schwirrte.

Einer spontanen Eingebung folgend kramte sie ihr deutsches Smartphone aus der Tasche, öffnete die Galerie und suchte das Bild heraus, das sie im Büro von Beate Rödinger geschossen hatte. Es zeigte die alte Fotografie, auf der der alte Henningsen zusammen mit Heijiro Nishimori und Kawamura Rōshi zu sehen war.

Sie reichte das Gerät an den Pater und fragte: »Kennen Sie zufällig die Personen auf diesem Bild?«

Der Pater blickte lange Zeit auf das Bild, sagte schließlich. »Die beiden japanischen Herren sind mir durchaus bekannt. Aber was den europäischen Herren angeht, da muss ich passen. Wie gesagt, lesen Sie meinen Aufsatz.«

»Er heißt Theodor Henningsen, ein Unternehmer aus Hamburg. Er ist inzwischen verstorben. Die Familie macht seit vielen Jahrzehnten Geschäfte hier in Japan und unterstützt die *Tōzaikai.*«

»Genau wie Heijiro Nishimori ...«, ergänzte der Pater. Er blickte erneut auf das Bild, sagte schließlich: »Ich habe einen Bekannten, der an der Tokio-Universität, der Tōdai, unterrichtet. Er ist Historiker und ein Landsmann von Ihnen, ein Deutscher. Zeigen Sie ihm das Foto. Ich könnte mir vorstellen, dass er Ihnen etwas dazu sagen kann.«

»Das werde ich tun. Vielen Dank.«

Claudia stand von ihrem Stuhl auf. »Darf ich Sie noch einmal anrufen, wenn ich weitere Fragen habe, Pater?«

»Sicher. Oder kommen Sie einfach auf eine Tasse Tee vorbei. Meine Bürotür ist wie der Zen-Buddhismus – immer offen. Man muss nur den Mut haben einzutreten. Und lassen Sie mich zum Abschied bitte noch eine Sache klarstellen. Der Zen-Buddhismus hat wie nichts anderes mein Leben geprägt. Ich bin ein großer, demütiger Anhänger des Zen. Aber ich kann die Augen nicht davor verschließen, dass die Menschen einfach alles missbrauchen, sogar die Spiritualität.«

42.

»Du siehst gut aus, Kenji. Erholt. Deutschland scheint dir zu bekommen.«

Makiko strahlte ihn an. *Kenji.* Niemand außer ihr nannte ihn so.

»Ich könnte von dir dasselbe sagen. Du siehst gut aus. Die Ehe scheint dir gutzutun«, sagte Takeda.

Makiko, die früher oft so blass und kränklich gewirkt hatte, strahlte nun etwas Gesundes, ja Kraftvolles aus. Es ging ihr gut, und das freute ihn.

Obwohl die Zeit drängte, hatte er sie unbedingt treffen wollen, und so hatten sie sich am westlichen Eingang des Koganei-Parks verabredet. Im ersten Moment waren sie unsicher gewesen, ob sie sich nur verbeugen oder doch lieber in den Arm nehmen sollten. Schließlich entschieden sie sich für Letzteres, und es zeigte beiden, dass die Spannung, die unmittelbar nach der Scheidung zwischen ihnen geherrscht hatte, der Vergangenheit angehörte.

Früher waren sie oft in den Park von Koganei gekommen. Sie waren unter den blühenden Kirschbäumen spazieren gegangen oder hatten gemeinsam auf einer Decke gelegen und in den Himmel gesehen.

Es waren Erinnerungen an ferne Zeiten, an schöne Zeiten, aber auch an unwahre, verlogene, das musste Takeda sich eingestehen. Seine Ehe mit Makiko war nicht glücklich gewesen, für ihn nicht und für sie auch nicht. Er war derjenige gewesen, der betrogen und gelogen hatte. Er hatte Makiko unendlich verletzt. Dass sie sich nun ohne Groll begegnen konnten, erleichterte ihn sehr.

Sie spazierten in gemächlichem Tempo in Richtung des Freiluftmuseums und dann weiter über die große Wiese. Es war ein warmer Frühlingstag, und die Knospen an den Bäumen verrieten, dass die Kirschblüte kurz bevorstand.

»Ich war überrascht, als du mich angerufen hast … Ich wusste gar nicht, dass du in Japan bist«, sagte Makiko.

»Es ist nur für ein paar Tage, ein spontaner Entschluss. Ich habe kaum jemandem Bescheid gesagt.«

Makiko blieb stehen, sah ihn mit zusammengekniffenen Augen an. Sie kannte ihn immer noch besser als irgendjemand sonst. »Es hat mit deinem Job zu tun, oder? Du bist hier, um zu ermitteln?«

Takeda nickte. »Es ist nichts Offizielles. Darum sag bitte niemandem, dass wir uns gesehen haben.«

»Ist es gefährlich?«

»Mich hat man bisher in Ruhe gelassen, aber mein Partner ist angegriffen worden.«

»Dein Partner?« Wieder kniff Makiko die Augen zusammen, lächelte dann. »Du redest von dieser Frau, oder? Von dieser Deutschen? Du hast sie erwähnt in dem Brief, den du mir zur Hochzeit geschrieben hast.«

»Ja, das ist richtig. Sie heißt Claudia.«

»So wie Claudia Schiffer. Ist sie genauso schön?«

»Anders ... aber lass uns nicht von ihr sprechen.«

Makiko kicherte mit ihrer silberhellen, mädchenhaften Stimme und hielt sich dabei die Hand vor den Mund. »Warum? Ist es dir peinlich?«

»Aber nein. Es ist einfach nur unwichtig.«

»Ich kenne dich, Kenji.«

»Bitte, hör auf«, sagte er, aber die Strenge in seiner Stimme war nur gespielt.

»Du bist verliebt in sie! Ich sehe es dir an.«

Takeda schwieg und ging einfach weiter, während Makiko stehen blieb und immer noch lachte. Er wartete, bis sie zu ihm aufgeschlossen hatte. »Ich weiß es nicht, Makiko. Ich weiß nicht, was sie mir bedeutet. Sie ist kein einfacher Mensch. Sie ist sehr launisch. Und oft ist sie so laut! Ganz egal, ob sie lacht oder etwas erzählt ... obwohl nein, das stimmt nicht, sie kann auch sehr still und verletzlich sein. Ich denke, sie weiß selbst nicht, was sie vom Leben erwartet. Das macht es nicht einfach.«

»Und du? Weißt du, was du vom Leben erwartest?«

Takeda zuckte hilflos mit den Schultern. »Ich versuche, mir über die Dinge klar zu werden. Über mich selbst ...«

Makiko zog eine Schnute und brummte, um die Ernsthaftigkeit ihres Zuhörens zu zeigen. »Hast du ihr das gesagt? All das, was du mir gerade gesagt hast?«

»Nein.«

»Vielleicht solltest du es tun. Ich bin mir sicher, dass sie sich darüber freuen würde.«

»Ach, Makiko, du kennst sie nicht.«

»Aber ich kenne dich. Ich wünsche dir, dass du das Richtige tust, Kenji.«

Nun war es Takeda, der stehenblieb. Er starrte Makiko an, verbeugte sich dann tief vor ihr und sagte mit zitternder Stimme: »Ich weiß nicht, ob ich es jemals gesagt habe, aber wenn nicht, dann ist es jetzt höchste Zeit. Es tut mir leid, Makiko. Alles, was ich dir angetan habe. Meine Untreue, meine Wechselhaftigkeit, meine Unfähigkeit, dich zu ...«

»Hör auf, Kenji. Bitte, hör auf.« Ihre Stimme war leise geworden, sie hatte Tränen in den Augen. »Es ist nicht nötig, dass du so etwas sagst. Ich habe einen guten Mann gefunden und führe ein Leben, das mich zufrieden macht. Vielleicht werde ich eines Tages lernen, ihn zu lieben. Das weiß ich nicht. Aber das ist ganz allein mein Problem. Versprich mir nur eines, Kenji. Tu ihr nicht dasselbe an wie mir, in Ordnung? Sei dir deiner selbst sicher, bevor du ihr oder auch einer anderen Frau wieder etwas versprichst.«

»Das werde ich, Makiko. Verlass dich darauf.«

Sie lächelte, aber ihr Gesicht war nun so zart und zerbrechlich wie an dem Abend, als er ihr die Scheidung vorgeschlagen hatte. Mit leiser Stimme sagte sie: »Ruf mich nicht mehr an, hörst du? Nie mehr. Ich ertrage es sonst nicht. Und nun lass uns Lebewohl sagen.«

»Aber ...«

»Bitte, Kenji!«

Sie trat an ihn heran, berührte ihn vorsichtig mit den Fingerspitzen an der Wange. Dann drehte sie sich um und ging den Weg zurück zum Ausgang des Parks. Takeda blickte ihr lange Zeit nach.

Schließlich ging auch er zum Ausgang des Parks, wo Asano-Kun mit dem Auto wartete. Er stieg ein, und sie fuhren durch die Straßen Tokios, seiner Heimat. Die Stadt hatte so viele Geschichten zu erzählen, Geschichten von traurigen und glücklichen Lieben, von Einsamkeit und Gemeinschaft, von Verlust und Zuversicht. Sicher, da waren auch die Geschichten von Gangstern und Radikalen, von Mördern und Erpressern, doch von denen wollte Takeda im Moment gar nichts wissen. Er war froh, dass er sich diese kurze Auszeit genommen hatte, um mit Makiko zusammenzutreffen.

Es sollte also das letzte Mal gewesen sein. Wieder war ein Stück seiner Vergangenheit von ihm abgefallen. Es war traurig und nicht einfach, es zu akzeptieren. Aber es würde ihm auch den Mut geben, in eine neue Zukunft aufzubrechen.

43.

Claudia blickte voller Erstaunen auf das berühmte Donnertor von Asakusa. Es war eine riesige rotlackierte Holzkonstruktion, in deren Mitte eine riesige Papierlaterne hing. Rechts und links davon bewachten furchteinflößende Shinto-Götter den hier beginnenden Bezirk des Sensō-Tempels.

Claudia war sich selbst nicht ganz sicher, ob sie als Touristin oder als Ermittlerin hierhergekommen war. Wahrscheinlich traf beides zu. Sie hatte seit ihrer Ankunft in Japan so viel Kritisches über das Land gehört, von der Wirtschaftsdepression und der Überalterung bis hin zum Kriegsfanatismus, dass sie einfach auch einmal die schönen Seiten von Tokio genießen wollte. Wo könnte das besser gehen als hier, im ältesten Tempel der Stadt.

Dumm nur, dass außer ihr ein paar tausend andere Touristen auf dieselbe Idee gekommen waren. Aber egal, auch das gehörte offenbar zum Charakter von Tokio. Überall war man von Menschen umringt, die Stadt war so lebhaft und trubelig, so fröhlich, geschäftig und leichtfüßig, dass all die düsteren Erzählungen eben nur eine Seite der Medaille waren.

Es war immer gut, die Dinge möglichst von allen Seiten zu betrachten.

Claudia durchschritt das Donnertor und ließ sich durch eine enge Gasse treiben, die von Verkaufsbuden gesäumt war und weiter zum eigentlichen Tempel führte. Offenbar gab es hier nichts, das man nicht kaufen konnte, von kleinen Buddha-Statuen über Superhelden-Masken bis hin zu traditionellen *Zōri*-Schuhen und allerlei japanischem Gebäck.

Vor dem Tempel beobachtete Claudia eine Gruppe junger Japanerinnen, die farbenprächtige Kimonos trugen und sich den dichten Qualm der Räucherstäbchen über den Körper fächelten. Ein Reinigungsritual, von dem Claudia im Reiseführer gelesen hatte und dem sie sich nun auch unterzog. Dann trat sie einige Stufen auf eine Plattform hinauf, von der sich der Blick ins Innere des Tempels öffnete. In einem goldenen, altar-ähnlichen Gebilde wurde Kannon angebetet, ein Bodhisattva, der sich im Volksglauben zu einer Göttin gewandelt hatte – und zum Namenspatron eines großen Kameraherstellers geworden war. In der Mitte entdeckte Claudia das obligatorische Hakenkreuz, natürlich in anderer Richtung als bei den Nazis.

Obwohl, ein wenig nachdenklich war sie schon, was nach dem Gespräch mit Pater Andrew ja auch kein Wunder war. Ihre Überzeugung, dass der Buddhismus die friedlichste aller Religionen war und die einzige, in deren Namen kein Krieg geführt worden war, war offenbar falsch gewesen. Auch in Buddhas Namen waren Soldaten losmarschiert und hatten Menschen getötet. Andererseits hatte der Pater ja auch gesagt, dass es niemals die Religionen waren, die mordeten, es waren immer die Menschen. Sie besaßen überall und zu allen Zeiten das Talent, für ihre Missetaten eine Rechtfertigung zu finden, und dabei nahmen sie auch Götter und Heilige in Anspruch.

Claudia besorgte sich einen Dosenkaffee und ließ sich auf einer der Bänke am Rande des Tempelbezirks nieder. Direkt neben ihr stand ein Kirschbaum, dessen Knospen schon prall und reif wirkten. Ob sie es während ihres Aufenthaltes wohl noch erleben durfte, dass die ersten Bäume zu blühen begannen? Claudia würde viel darum geben.

Sie holte den Aufsatz aus der Tasche, den Pater Andrew ihr gegeben hatte. Auf den ersten Seiten stand weitgehend das, was er ihr vorhin erzählt hatte. Es ging um den Zen-Buddhismus und einige seiner gelehrten Vertreter, die um die Jahrhundertwende, aber auch während des zweiten Weltkriegs die Politik des Kaiserreichs gerechtfertigt hatten. Interessanterweise erwähnte der Pater am Rande auch einige Deutsche, darunter Karlfried Graf Dürckheim und Eugen Herrigel, die beide zu den Pionieren des Zen in Deutschland gehörten. Beide waren offenbar stramme Nazis gewesen, auch wenn sie davon nach dem Krieg nichts mehr hatten wissen wollen.

Auf den beigefügten Seiten – die, die niemals veröffentlicht worden waren – ging es schließlich um die *Tōzaikai*. Pater Andrew beschrieb, dass ihr Gründer, Hidekazu Kawamura, während des Krieges zahlreiche Offiziere im Zen ausgebildet hatte. In seinen Vorträgen, die er damals hielt, hatte er erklärt, dass die buddhistische Ethik, die ja das Töten eigentlich verbot, eine komplizierte Sache sei. Mitunter könne es durchaus dem buddhistischen Erbarmen entsprechen, wenn man niedere Kreaturen, auch niedere Menschen, eben doch niedermetzelte, nicht zuletzt, um ihnen so eine höhere Wiedergeburt zu ermöglichen. Kawamura sprach auch vom buddhistischen Ideal, das eigene Ich zu überwinden und damit die Verwobenheit mit der materiellen Welt hinter sich zu lassen. In Kriegszeiten bedeute dieses Ideal nichts anderes, als dem Befehl des Kaisers und den militärischen Vorgesetzen bedingungslos zu gehorchen. Und wenn dieser Befehl bedeutete, das eigene Leben zu riskieren, so würde ein wahrer Buddhist dies mit Freuden tun. Diese Tugend mache die japanische Armee so stark, so dass der Endsieg über die alliierten Mächte unausweichlich sei. Am Ende des Artikels ging Pater Andrew auf die Gründung der *Tōzaikai* in den fünfziger Jahren ein. Kawamura, der seine Verwicklung in den Krieg keineswegs abstritt, gab sich geläutert. Seine neue Religion solle die Gegensätze zwischen Ost und West überwinden und einzig dem Frieden dienen. Pater Andrew aber machte darauf aufmerksam, dass die Sekte von Beginn an von vielen ehemaligen Kriegsteilnehmern gefördert wurde und bis heute von einem Netzwerk rechtskonservativer Politiker protegiert werde. Der Verdacht liege nahe, dass die *Tōzaikai* in Wahrheit ganz in der Tradition des Kriegs-Zen stehe. Die waghalsigen Hilfseinsätze der *Tōzaikai*-Mitglieder zeigten, dass es der Sekte in Wahrheit darum gehe, die alten, militaristischen Tugenden bei ihren Mitgliedern aufrechtzuerhalten.

Claudia blickte von den Seiten auf und stieß ein Seufzen aus. Hatte all das, was sie seit ihrer Ankunft in Tokio erfahren hatte, wirklich etwas mit dem Tod von Ryūtarō Matsumoto, dem Star des HSV zu tun? Oder verrannten sie und Takeda sich hoffnungslos in seltsamen Theorien? Auf einmal kam ihr alles so unwirklich und fern vor. Ein Phantasiegespinst, in dem alles durcheinandergeriet, Buddhismus und Fußball, die Nazis und der Zen, die *Yakuza* und Deutschland ...

Dann jedoch musste Claudia wieder an den Vorfall im Bad des Hotels denken, an die junge, so schöne Frau, die ihr gekonnt die Hände um den Hals gelegt hatte. Das wiederum war alles andere als unwirklich gewesen, und wenn es eines Beweises bedurft hätte, dass sie eben doch auf der richtigen Spur waren, dann war er damit erbracht. Misstrauisch blickte Claudia sich um. Wurde sie verfolgt? Wurde sie beobachtet? Sie konnte nichts dergleichen erkennen. Und doch blieb ein Gefühl des Misstrauens. Am Morgen, als sie sich verabschiedet hatten, hatte sie Takeda gebeten, ihr eine Waffe zu besorgen. Asano-Kun, sein junger Kollege, könnte sicherlich eine organisieren. Aber Takeda hatte abgelehnt. Seine Heimat wäre in Sachen Waffenrecht eines der strengsten Länder der Welt, und wenn Claudia eine Waffe trug, könne das zu großen Schwierigkeiten führen.

Claudia seufzte erneut. Vielleicht gab es hierzulande strenge Waffengesetze. Friedlich aber kam ihr Japan auf einmal nicht mehr vor. Jedenfalls nicht, wenn man unter die Oberfläche blickte.

44.

Takeda saß nun selbst am Steuer der Toyota-Limousine. Er hatte Asano-Kun an einem Bahnhof aussteigen lassen, damit er ins Präsidium zurückfuhr. Wenn er den jungen Kollegen zu lange von seinen Pflichten abhielt, erregte das früher oder später Misstrauen bei dessen Vorgesetzten. Oder Asano kam in ernste Erklärungsnöte, was Takeda nicht verantworten wollte.

Bevor er weiterfuhr, rief er Claudia auf dem Handy an. Sie befand sich in Asakusa auf dem Gelände des großen Tempels und gönnte sich dort eine Auszeit. Er erzählte ihr, dass ihm Masato Maeda, der Anführer der Yūkokurengō, die Adresse von Sling Morinaga gegeben habe und er nun versuchen wolle, ihn aufzusuchen. Claudia bedauerte es, nicht mitkommen zu können. Sie habe sich für den späten Nachmittag mit einem deutschen Geschichtsprofessor verabredet, in der Hoffnung, mehr über die Verbindung von Henningsen zur *Tōzaikai* zu erfahren.

Sie vereinbarten, sich abends wieder in der Hotelbar zu treffen. Takeda bat sie, möglichst immer in der Nähe anderer Menschen zu bleiben und einsame Orte zu meiden. Daraufhin hatte Claudia gelacht und gemeint, dass er sich keine Sorgen zu machen brauche. Wenn es eine Sache in Tokio nicht gebe, dann einsame Orte ...

Das kleine Haus, in dem Sling Morinaga wohnte, befand sich in einer ärmlichen Gegend im Stadtteil Nakachō, nördlich von Ikebukuro. Es war ziemlich heruntergekommen, eine zweistöckige Bruchbude aus altem Holz und Wellblechelementen, die sogar in dieser nicht gerade reichen Gegend verwahrlost wirkte. Der schmale Grundstücksstreifen zu den Nachbarhäusern hin war mit Unrat und Schrott übersät.

Takeda blickte noch einmal die Straße hinab, um sich zu vergewissern, dass ihm niemand folgte. Dann trat er durch die kleine

Pforte auf die Haustüre zu. Er wollte klingeln oder klopfen, merkte dann jedoch, dass die Tür nur angelehnt war. Ein kleiner Stoß genügte, und die Tür schwang auf, erlaubte einen Blick ins dämmrige Innere des Hauses. Offensichtlich waren die Amado, die hölzernen Fensterläden, zugezogen, so dass kein Tageslicht ins Innere des Hauses drang.

Takeda trat in den *Genkan* und lauschte in die Stille des Hauses. Nichts war zu hören.

»Hey, Sling! Bist du zuhause?«

Takeda wartete einige Momente, wiederholte seinen Ruf, erhielt jedoch immer noch keine Antwort. Es schien niemand da zu sein.

Unschlüssig blieb er im *Genkan* stehen, schlüpfte dann aber aus seinen Schuhen und trat auf die Wohnebene des Hauses.

»Sling? Ich bin eingetreten. Wenn du da bist, dann sag etwas.«

Wieder erhielt Takeda keine Antwort; er war nun überzeugt, dass niemand da war.

Das Haus war klein und hatte im Erdgeschoss gerade einmal zwei Zimmer und eine winzige Küche. Überall herrschte eine entsetzliche Unordnung. Das allein wäre nicht ungewöhnlich in einem japanischen Haus, doch das, was sich Takedas Augen hier bot, ging weit über das übliche Durcheinander hinaus, es war ein stinkendes, verdrecktes Chaos. Am schlimmsten war die Küche, wo sich die Verpackungen von Einwegmahlzeiten stapelten und ein Geruch der Verwesung herrschte. Unzählige Fliegen surrten durch die Luft, und auch andere Insekten krochen über den Fußboden.

In den Zimmern lagen Kleidungsstücke, Zeitschriften und Dutzende von Getränkedosen herum, auch hier roch es faulig. Ansonsten war nichts Besonderes zu entdecken, so dass Takeda beschloss, die schmale Treppe in den ersten Stock hinaufzusteigen. Da er kein Licht angeschaltet hatte, tastete er sich vorsichtig hinauf. Obwohl er sich von der Küche entfernte, wurde der Verwesungsgeruch stärker, war nun fast unerträglich. Auch die Zahl der herumschwirrenden Fliegen nahm zu, daher musste Takeda sich immer wieder vor dem Gesicht herumwedeln.

Er hatte gerade die oberste Stufe erreicht, als er ein schwaches Geräusch hörte. Er war sich nicht sicher, aber es konnte gut das unterdrückte Stöhnen eines Menschen gewesen sein.

Takeda musste an das Gespräch denken, das er am Morgen mit Claudia geführt hatte und in dem sie ihn um eine Waffe gebeten hatte. Er hatte ihre Bitte ablehnen müssen, auch wenn es ihm schwergefallen war. Bei ihm selbst war es etwas anderes. Er weigerte sich ohnehin, seine Pistole mit sich zu führen. Er hatte erlebt, was Schusswaffen anrichten konnten, auch die, die in der Hand eines Polizisten waren. Selten bereute er diesen Entschluss. Nun tat er es.

Dann hörte er es wieder, das seltsame Geräusch. Jetzt war er sicher, dass es ein Mensch war, der diese Laute von sich gab. Obwohl sie genauso gut das Stöhnen oder Winseln eines gequälten Hundes hätten sein können.

Mit tastenden Schritten bewegte Takeda sich im oberen Flur vorwärts, betrat dann das erste der beiden Zimmer. Es war mit Tatamis ausgelegt und sehr viel ordentlicher als die unteren Räume. Aber sein Blick galt nicht der Ordnung, sondern ruhte auf einem seltsamen Gegenstand, der von der Zimmerdecke hing. In der Dunkelheit konnte er nicht wirklich erkennen, was es war. Bis der Gegenstand ein schmerzvolles, leises Stöhnen von sich gab.

Erst jetzt entschlüsselten Takedas Augen das Bild, das sich ihm bot. Was dort von der Decke hing, war eine halbnackte, nur teilweise von einem Kimono bedeckte Frau, die mithilfe zahlloser Seile zu einem bizarren Paket zusammengeschnürt war. Ihre Arme waren auf unnatürliche Art verrenkt und an den Torso gebunden. Ihr Mund war geknebelt, ihre Augen verbunden. Als Letztes machte Takeda aus, dass die Beine der Frau so abgewinkelt und zusammengeschnürt waren, dass ihr Geschlechtsteil entblößt und ungeschützt zu sehen war.

Takeda war blass geworden, unschlüssig, was zu tun war. Offenbar pflegte Sling Morinaga eine Vorliebe für *Kinbaku,* die alte japanische Kunst des Fesselns. Ursprünglich diente sie den Samurai dazu, ihre Feinde am Kampf oder an der Flucht zu hindern, war inzwischen aber eher in der Welt der Kunst oder des Sex zu finden.

Nun war klar, wie Morinaga zu seinem Spitznamen gekommen war. Sling. Die Schlinge.

Das Problem war, dass die Frau ganz offenbar schon viele Stunden in dieser unnatürlichen Position verharrte und nicht mehr wirklich bei Bewusstsein war. Sie nun einfach von ihren Fesseln zu lösen könnte wegen des gestauten und wohl auch geronnenen Blutes ihren sofortigen Tod nach sich ziehen.

Takeda hatte sein Handy schon in der Hand, um eine Ambulanz zu rufen, als sein Blick durch die aufgeschobene Shojitür in den zweiten der oberen Räume fiel.

Der Anblick, der sich ihm bot, ließ ihn zurücktaumeln. Er stützte sich an der Wand ab, rang um Fassung, betrat dann den andren Raum.

Ein nackter Männerkörper lag auf dem Fußboden. Sein Bauch war aufgeschnitten, neben ihm auf den Strohmatten lag eine große Lache aus Blut und Gedärmen, auf der sich unzählige Fliegen tummelten. Seine Hände umfassten immer noch das Tantō, das Kurzschwert, mit dem er sich offenbar selbst entleibt hatte.

Aber das war nicht das Entscheidende. Es war der Kopf des Toten, von dem Takeda seinen Blick nicht abwenden konnte. Er lag einen guten Meter neben dem Torso auf den Tatami-Matten. Er konnte unmöglich nach der Enthauptung dorthin gerollt sein, jemand musste ihn aufgestellt haben. Seine Gesichtszüge wirkten seltsam unversehrt und friedlich, als würde der Mann immer noch leben und Takeda aus erstaunten Augen ansehen. Es war Sling Morinaga, er erkannte ihn sofort, schließlich hatte er ihn auf dem Foto gesehen, das in der Ramen-Bar in Hamburg aufgenommen worden war.

»Scheiße«, sagte Takeda. Laut und vernehmlich. Auf Deutsch. In keiner anderen Sprache der Welt gab es ein Wort, das so knapp und präzise ausdrückte, was er in diesem Moment empfand.

Takeda kehrte in das erste Zimmer zurück, löste den Knebel und die Augenbinde der Frau. Erst jetzt, wo er direkt neben ihr stand, erkannte er, dass ihre Füße wie auch Teile der Arme und Beine dunkelblau angelaufen und vermutlich bereits abgestorben waren.

Die Frau hatte kaum eine Chance zu überleben. Trotzdem musste ihr so schnell wie möglich geholfen werden. Takeda holte sein Handy hervor und wählte die Notrufnummer, er erklärte knapp, was die Einsatzkräfte erwartete. Als er nach seinem Namen gefragt wurde, kappte er die Verbindung.

Dem Inspektor war klar, dass er nicht mehr hier sein durfte, wenn die Einsatzkräfte eintrafen. Die Erklärung, die er für seine Anwesenheit in dem Haus liefern könnte, würde man ihm kaum glauben. Die unweigerliche Folge war klar. Es würden Tage vergehen, bevor man ihn wieder auf freien Fuß setzte.

Er strich der Frau sanft über die Wange, erklärte ihr, dass Hilfe unterwegs war. Sie hörte ihn nicht. Vielleicht war sie auch bereits tot.

Takeda stieg die Treppe hinunter.

In der Ferne hörte er bereits die Sirene eines Rettungswagens. Er durchschritt den kurzen Flur, war fast im *Genkan*, wo seine Schuhe standen.

Dann sah er den Schatten. Er war nicht mehr allein im Haus.

Aber es war zu spät, um zu reagieren.

45.

»Als Hitler 1933 an die Macht kam, sah es zunächst nicht nach einem deutsch-japanischen Bündnis aus. Hitler war uninteressiert und die auswärtige Politik des Reiches auf China fokussiert. Außerdem war Japan zunächst vom Rassismus der Nazis abgeschreckt. Hitler hatte in *Mein Kampf* geschrieben, dass die Japaner in kultureller Hinsicht zwar über den primitiven Völkern stünden, aber eben nicht auf einer Stufe mit den Deutschen. Er hegte jedoch gleichzeitig eine gewisse Bewunderung für die Japaner, zumal die 1905 die Russen geschlagen hatten. Aber in erster Linie waren sie für ihn eben minderwertige Gelbe. In der Führungsetage der Nazis gab es aber auch andere Stimmen. Ribbentrop zum Beispiel, der erst so etwas wie der inoffizielle Außenminister Hitlers war, später dann offiziell im Auswärtigen Amt saß, setzte von Anfang an einiges daran, die Beziehungen mit Japan zu verbessern, durchaus mit Erfolg. 1936 wurde der Anti-Komintern-Pakt geschlossen, dem dann auch Italien beitrat, 1940 der Dreimächtepakt. Zwischendurch gab es durch die Unterzeichnung des Hitler-Stalin-Paktes einen ziemlichen Rückschlag. Aus der Sicht der Japaner war das Abkommen der reinste Verrat. Deutschland paktierte auf einmal mit dem gemeinsamen Erzfeind, den Sowjets. Die Wut verging jedoch schnell, zumal Deutschland in den ersten Kriegsjahren ja auf der Siegerspur war. Spätestens nach der Besetzung Frankreichs und Hollands gierten die Japaner danach, die asiatischen Kolonien der beiden Länder zu übernehmen, mit Duldung der Deutschen. 1942 folgte schließlich ein Militärabkommen, in dem Deutschland und Japan endgültig die Welt untereinander aufteilten – wobei man das natürlich nicht überbewerten sollte. Wirklich zusammen gekämpft haben sie nie, haben nicht einmal ihre Strategien aufeinander abgestimmt. Bestes Beispiel dafür ist die Tatsache, dass die Japaner 1941 eben nicht die UdSSR angegriffen haben, sondern die USA. Hitler wollte das zuerst auch gar nicht, er dachte Russland wäre leichte Beute … jedenfalls sehen die Fanatiker darin bis heute eine historische Dummheit. Eine zweite, östliche Front gegen die UdSSR hätte den gesamten Kriegsverlauf verändert. Aber so ist es halt nicht gekommen, und darum ist die These einer deutsch-japanischen Weltverschwörung, die die Alliierten nach Kriegsende aufstellten, barer Unsinn …«

Markus Schäfer, Professor für Geschichte an der berühmten Tokio Universität und viel jünger als Claudia ihn sich vorgestellt hatte, blickte sie mit einem selbstgefälligen Lächeln an. Erwartete der Wissenschaftler jetzt Lob oder gar Applaus für seinen Vortrag? Vermutlich.

Aber Claudia enttäuschte ihn. Sie war nicht in der Stimmung zu applaudieren.

Stattdessen sagte sie in einem ziemlich nüchternen Tonfall: »Wenn ich ehrlich bin, Herr Schäfer, verstehe ich nicht, warum Sie mir das alles erzählen. Ich dachte, Sie sagen mir etwas zu dem Foto, auf dem der alte Henningsen, Heijiro Nishimori und dieser Kawamura Rōshi zu sehen sind. Das hatte mir jedenfalls Pater Andrew versprochen. Und so hatten wir es auch am Telefon besprochen, oder nicht?«

Claudia und der Professor saßen im hintersten Winkel eines Doutor Coffeeshops in Hongo, nicht allzu weit vom Campus der Universität entfernt. Claudia, die zu Beginn des Treffens von einer geradezu betäubenden Müdigkeit überfallen worden war, hatte inzwischen drei Cappuccino getrunken, was sie nun wiederum in einen fast hyperaktiven Zustand versetzte. Umso geringer war ihre Neigung, langen historischen Vorträgen zu lauschen.

Schäfer, ein asketischer Typ, lächelte amüsiert und sagte: »Sicher, das Foto. Dazu komme ich gleich. Aber wenn Sie es wirklich verstehen wollen, muss ich vorher ein wenig ausholen. Sonst wird kein Schuh draus.«

»Dann hole ich mir aber vorher noch einen Kaffee«, erklärte Claudia.

»Ich nehme auch noch einen.«

Ein paar Minuten später hatte Claudia das Tablett mit den frischen Getränken zu ihrem Tisch balanciert, und der Professor fuhr fort: »Ich habe zwar gesagt, dass es keine deutsch-japanische Weltverschwörung gab, aber das heißt nicht, dass es nicht durchaus Leute gab, die das gerne gesehen hätten. Und zwar auf beiden Seiten, in Japan wie in Deutschland. Diese Leute wollten mehr als ein politisches Zweckbündnis, die glaubten zutiefst an eine geistige Verbundenheit beider Länder, ja fast schon an so etwas wie eine spirituelle Schicksalsgemeinschaft. Da war von den beiden

Welträtseln Deutschland und Japan die Rede, von den Soldatenvölkern, den Herrscherrassen. In ihrer Sicht waren der japanische Tenno-Glaube und der deutsche Führerkult durchaus vergleichbar, auch wenn die Deutschen immer ein wenig neidisch auf die Japaner blickten. So ergeben wie die Japaner ihrem Kaiser gegenüberstanden, waren unsere Landsleute dem Führer eben nicht. Die SS hat sich die japanischen Samurai zum Vorbild genommen. Himmler selbst hat das Vorwort zu einer entsprechenden Artikelserie im Schwarzen Korps, der SS-Zeitung, geschrieben. Da stand alles drin, vom Reichseiniger Toyotomi Hideyoshi bis zu den 47 Rōnin. Oder denken Sie an Karl Haushofer, den Erfinder der Geopolitik. Er war als junger Mann lange in Japan, das war noch vor dem Ersten Weltkrieg, und seitdem glaubte er, dass Japan und Deutschland sich über die russischen Landmassen hinweg zusammenschließen sollten. Rudolf Hess, der ein enger Schüler Haushofers war, hat diese Ideen immer wieder an Hitler herangetragen. All diese Leute sorgten schließlich dafür, dass der anfängliche Rassismus der Nazis abgemildert wurde und die Japaner schließlich sogar zu Ehrenariern erklärt wurden.«

»Ehrenarier?«

»Ja! Aber das war nur der Anfang. Es gab in Deutschland während der Kriegsjahre eine regelrechte Japan-Euphorie. Es gab Ausstellungen, Bücher und Zeitungsartikel. Auch die ersten Informationen über den Zen-Buddhismus stammen aus der Zeit. Die japanische Armee erschien den Deutschen so heldenhaft, dass die Wehrmacht dagegen verblasste. Goebbels persönlich hat dafür gesorgt, dass die deutsche Presse ihre Jubelartikel zurückschraubte ...«

»Herr Schäfer! Das ist ja alles furchtbar interessant. Aber können Sie bitte auf den Punkt kommen!«

Der Historiker machte eine entschuldigende Geste. Er trank von seinem Cappuccino und erklärte: »Tut mir leid, Frau Harms, aber ich beschäftige mich seit Jahren mit diesem Thema und darum gehen einfach die Pferde mit mir durch.«

»Schon klar. Ich ziehe jetzt allerdings an den Zügeln. Was hat es mit dem Foto auf sich?«

»Richtig, das Foto. Lassen Sie mich auf die deutsch-japanischen Verschwörer zurückkommen. Auf japanischer Seite spielt da ein Mann eine Rolle, der heute weitgehend in Vergessenheit geraten ist, General Hiroshi Ōshima. Er hat als Militärattaché in Berlin bei der Ausarbeitung des Antikomintern-Paktes eine Rolle gespielt, war später dann selbst Botschafter. Und er war ein Freund Ribbentrops und stand sogar Hitler nahe. Der Führer hat ihm so einige geheime Gedanken anvertraut, was ein Fehler war. Ōshimas chiffrierte Depeschen nach Japan wurden von den Amerikanern abgefangen und entschlüsselt, so dass der General einer der wichtigsten Quellen für strategische Informationen aus Deutschland war. Hätte das der Führer gewusst ... na, egal. Als Ōshima im Jahr 1941 zum zweiten Mal zum Botschafter in Berlin ernannt wurde, wurde er von einem knapp zwanzigjährigen jungen Mann begleitet, der als sein Privatsekretär wirkte. Er hieß Heijiro Nishimori ...«

Claudia zuckte so sehr zusammen, dass ihr Kaffee aus der Tasse schwappte. »Was? Nishimori war in Berlin? Während des Kriegs?«

»Aber ja. Sein Dienstherr Ōshima war zwar Japaner, aber, wie damalige Quellen belegen, ein fanatischer Anhänger der Nazis. Ich vermute einfach mal, dass dasselbe für Nishimori galt. Interessanterweise erhielt Nishimori etwas später auch eine offizielle Funktion in der Botschaft. Hitler hatte die deutsche Wirtschaft trotz deren Widerstände dazu angewiesen, sämtliche rüstungsrelevanten Technologien an die Japaner weiterzugeben. Es stand ja nicht mehr gut um den Sieg der Achsenmächte. Nishimori koordinierte diesen Technologietransfer im Bereich der Marine, sprich im Schiffs- und U-Bootbau. Dafür arbeitete er eng mit der Firma Henningsen in Hamburg zusammen.«

»Henningsen ...«, wiederholte Claudia schwach. Sie spürte, wie sie erneut von einem Schwindel ergriffen wurde. Es lag nicht am Kaffee und nicht an ihrer Müdigkeit. Sie spürte, wie der Nebel sich lichtete, wie die Dinge endlich erkennbare Gestalt annahmen.

Schäfer grinste. »Es gibt übrigens Stimmen, die wiederum behaupten, dass einige Baupläne und Blaupausen, die in Nishimoris Hände fielen, Japan nie erreichten. Als der junge Mann dann nach dem Krieg selbst in die Schiffsbaubranche einstieg, wurde seine Firma schnell zu einer der größten Werften Japans ... ein Schelm, wer dabei Übles denkt. Aber zurück zum Thema. Wir wechseln nun nach Japan. An der deutschen Botschaft in Tokio war ein ebenfalls noch junger Mitarbeiter für den gleichen Bereich zuständig, also für die Kooperation im Marinebereich. Es war ein Mann namens Hans Ulrich. Er arbeitete eng mit dem damaligen deutschen Botschafter Stahmer zusammen, der ebenfalls ein glühender Nazi war und übrigens aus Hamburg stammte. Stahmer und Ulrich wurden nach 1945 noch in Japan von den Amerikanern inhaftiert. Beide saßen im berühmten Sugamo-Gefängnis in Tokio ein, genau wie Nishimori und General Ōshima. Jetzt raten Sie einmal, wer sich noch auf der Liste der Gefangenen findet?«

Claudia rollte mit den Augen. »Bitte keine Quizshow, Herr Schäfer. Sagen Sie es einfach.«

»Theodor Henningsen, der während der Kriegszeit die japanische Niederlassung der Firma in Yokohama leitete.«

»Er ist auf dem Foto! Er ist der Vater von Klaus-Heinrich Henningsen, dem heutigen Senior der Firma«, rief Claudia und zwar so laut, dass sich einige Gäste zu ihr umdrehten.

»Genau der«, bestätigte Schäfer. »Die Firma Henningsen ist in vielerlei Hinsicht interessant, wenn man sich mit den deutsch-japanischen Beziehungen beschäftigt. Unter anderem, weil jede Generation der Eigentümerfamilie ein Mitglied hervorgebracht hat, das eine recht besondere Beziehung zu beiden Ländern hatte. Doch lassen wir die Familie Henningsen erst einmal beiseite und kehren noch einmal ins Sugamo-Gefängnis zurück, wo noch jemand einsaß, dessen Name Sie interessieren dürfte. Hidekazu Kawamura.«

»Wie bitte? Der Sektengründer saß im Gefängnis?«

»Ja, er wurde wegen seiner Rolle als Offiziersausbilder und Ideologe vor dem Tokioter Kriegsverbrechertribunal angeklagt und inhaftiert. Allerdings wurde er – genau wie Ōshima und überhaupt viele japanische Kriegsverbrecher – schon wenige Jahre später wieder entlassen. Kawamura gab sich geläutert, wandte sich ganz dem Zen-Buddhismus zu und gründete schließlich die *Tōzaikai*-Sekte. Und jetzt zeigen Sie mir bitte noch einmal Ihr Foto, Frau Harms.«

Claudia hatte die Aufnahme Schäfer schon ganz zu Beginn ihres Gesprächs präsentiert. Ihr Handy lag immer noch auf dem Tisch. Sie öffnete die Bilddatei erneut und legte das Display so hin, dass sie beide draufsehen konnten.

Schäfer sah das Bild lange Zeit an, bis ein Lächeln auf seinem Gesicht erschien. »Wo, sagten Sie, haben Sie die Aufnahme gemacht?«

Claudia erklärte es ihm.

Schäfer nickte und sagte: »Sie wissen, dass das hier nur ein Ausschnitt ist, oder?«

»Nein, wusste ich nicht. Was meinen Sie mit Ausschnitt?«

»Das kann ich Ihnen zeigen. Einen Moment.«

Der Historiker beugte sich zu seiner Tasche hinab und wühlte ein paar Unterlagen durch, die er darin aufbewahrte. Dann zog er eine Prospekthülle heraus, in der die blasse Kopie einer Fotografie steckte. Er schob sie zu Claudia hinüber und sagte: »Sehen Sie selbst.«

Claudia starrte überrascht auf die Aufnahme. Es war ganz zweifellos das gleiche Foto, das sie kannte. Allerdings war es weniger stark vergrößert. Links neben dem Ausschnitt, der nur Henningsen, Nishimori und Kawamura Rōshi zeigte und den sie bei Beate Rödinger an der Wand abfotografiert hatte, standen noch weitere Männer.

»Und wer genau ist jetzt noch auf dem Bild?«

»Eine illustre Runde, Frau Harms. Die drei Herren auf der

rechten Bildhälfte kennen Sie ja bereits. Links daneben sehen Sie außerdem noch besagten Hans Ulrich aus der deutschen Botschaft, der allerdings nach seiner Haftentlassung und Rückkehr nach Deutschland in der freien Wirtschaft tätig war. Der japanische Herr ist Takashi Honda, der zu der Zeit, als das Foto gemacht wurde, im Kabinettsbüro des damaligen japanischen Ministerpräsidenten Hatoyama arbeitete. Die beiden Herren dahinter sind leider verdeckt, aber ich vermute, dass es General Ōshima und der ehemalige Botschafter Stahmer sind, die ja beide den Krieg überlebt haben.«

Claudia, der vor lauter Namen und Zahlen schon richtig schwindelig geworden war, fragte: »Was hat das alles jetzt zu bedeuten? Was genau zeigt dieses Foto?«

»Das ist eine gute Frage, Frau Harms. Meiner Meinung nach gibt es zwei Möglichkeiten.«

»Und welche wären das?«

»Dieses Foto stammt meinen Recherchen zufolge aus dem Jahr 1955, also zehn Jahre nach Kriegsende. Es ist in einem großen Privatanwesen hier in Tokio aufgenommen worden. Ich selbst habe es im Privatarchiv der Familie Ulrich gefunden, zu dem ich dank meiner Forschungsarbeit Zugang hatte. Möglichkeit Nummer eins ist folgende: Das Bild zeigt eine Art Veteranentreffen von mehr oder weniger alten Männern, die über ihre Kriegserfahrungen in Deutschland und Japan plaudern wollten.«

Schäfers Tonfall ließ keinen Zweifel daran, dass er daran nicht so recht glauben wollte. Pflichtschuldig fragte Claudia: »Und die zweite Möglichkeit?«

»Die liegt auf der Hand, oder? Es könnte sein, dass all diese Männer, diese Nazis und Tennoisten, ihre deutsch-japanischen Großmachtphantasien im Jahr 1945 eben nicht abgelegt haben. In Wahrheit war ihr Netzwerk immer noch aktiv, jedenfalls in den fünfziger Jahren. In dieser Variante zeigt das Bild eine Art Arbeitstreffen, das der Wiederbegründung des Achsenbündnisses diente, diesmal natürlich ohne Italien. Wenn Sie so wollen, war für diese

Männer die letzte Schlacht des Zweiten Weltkriegs noch nicht geschlagen. Sie sind zusammengekommen, um zu beraten, wie es weitergehen könnte.«

Claudia starrte Schäfer mit offenem Mund an. Wie in einem magnetischen Feld ordneten sich in ihren Gedanken all die Splitter und Erkenntnisse, die sie und Takeda in den zurückliegenden Tagen hier in Japan, aber auch schon in Hamburg zusammengetragen hatten. Henningsen, auch wenn es nur der Sohn war, und seine seltsamen Nazisprüche, die vermeintlich harmlose Zen-Gemeinschaft der *Tōzaikai*, die Verbindung zu Nishimori, der mit Rechtsradikalen paktierende Morinaga. Hatte all das in den fünfziger Jahren seinen Anfang genommen? Ging es also wirklich immer noch um die Fortsetzung des Krieges? Hatte Jeff Menzinger mit seiner Verschwörungstheorie also recht gehabt? Und musste Ryū Matsumoto sterben, weil er von der Sache Wind bekommen hatte?

Claudia spürte, wie ihr Herz schnell in ihrer Brust hämmerte, wie sie von einer Mischung aus Aufregung und Angst überwältigt wurde. Mit atemloser Stimme fragte sie: »Halten Sie es für möglich, dass dieses Netzwerk bis heute besteht? Und dass diese Männer immer noch an der Verwirklichung ihrer Pläne arbeiten?«

Schäfer sah Claudia verdutzt an, lachte dann auf. »Völlig unmöglich. Überlegen Sie selbst. Theodor Henningsen, Hans Ulrich und Hidekazu Kawamura sind seit langem tot. Stahmer und Ōshima, falls sie es überhaupt sind, ebenfalls. Und Nishimori? Der ist fast hundert Jahre alt. Nein, vergessen Sie es. Was immer diese Männer damals geplant haben, es ist längst im Fluss der Geschichte untergegangen. Das letzte Flackern des alten Achsenbündnisses ist ein für alle Mal verloschen.«

Claudia starrte Schäfer an. Für sie stand fest, dass der Historiker sich in diesem letzten Punkt gewaltig irrte.

Nachdem Claudia sich von dem Historiker verabschiedet hatte, spazierte sie durch die Straßen der Umgebung und ordnete ihre

Gedanken. Es war bereits dunkel geworden, aber überraschend warm, jedenfalls für einen Tag im März.

Sie verließ die große, vierspurige Straße mit den vielen Geschäften und fand sich schlagartig in einer ruhigen Wohngegend wieder. Sie schlenderte durch schmale Gassen und betrachtete die Häuser, vor denen die Wäsche zum Trocknen hing. Sie versuchte, Takeda auf dem Handy zu erreichen, allerdings ohne Erfolg. Sein Gerät war ausgeschaltet. Ob er Sling Morinaga, den *Yakuza*-Gangster, gefunden hatte?

Claudia erreichte an der nächsten Ecke einen kleinen Park, stellte dann fest, dass er zu einem Tempel gehörte. Das Hauptgebäude war aus altem ausgeblichenen Holz. Durch eine geöffnete Flügeltür konnte man ins Innere blicken, das leer zu sein schien. Der Tempel wirkte ganz anders als die prächtige Anlage in Asakusa, die sie am Vormittag besucht hatte. Er war viel beschaulicher und schlichter, strahlte eine ehrwürdige Ruhe aus.

Claudia setzte sich auf eine Bank und versuchte erneut, Takeda zu erreichen. Wiederum hatte sie keinen Erfolg. Sie brannte darauf, ihm von dem Gespräch mit Markus Schäfer zu erzählen. Und sie war gespannt darauf, was er herausgefunden hatte.

Sie blieb eine ganze Weile so sitzen. Gelegentlich blickte sie sich um, scannte misstrauisch die Umgebung. Sie konnte nichts Verdächtiges erkennen und fühlte sich erleichtert. Eines stand für sie ohnehin fest. Noch einmal würde sie sich nicht so überrumpeln lassen wie in dem Hotelbad. Sie war gewarnt, und wenn sich ihr nächstes Mal jemand verdächtig näherte, würde sie entsprechend reagieren.

Schließlich stand Claudia auf und machte sich auf den Rückweg, wobei sie sich nicht ganz sicher war, ob sie sich nicht heillos verlaufen hatte. Die Gasse, durch die sie lief, war so schmal, dass sie zur Seite treten musste, als ein Auto an ihr vorbeifahren wollte.

Das Fahrzeug, ein Van mit Metallic-Lackierung, hielt überraschenderweise direkt auf ihrer Höhe an. Die Seitentür wurde geöffnet, und eine Stimme sprach sie auf Japanisch an.

Hatte Takeda nicht gesagt, dass Japan ein strenges Waffenrecht hatte?

Offenbar gab es Ausnahmen. Der Mann im Inneren des Vans richtete eine Schusswaffe auf Claudia. Auch wenn sie nicht verstand, was er sagte, war doch klar, was er wollte. Als sie dennoch zögerte, wurde sie von kräftigen Händen gepackt und in den Van gezerrt.

46.

Der oberste Oyabun der Sumida-Gumi war ein Mann namens Kotaru Kanabe. Es war nicht übertrieben zu sagen, dass er einer der mächtigsten Paten Japans war, zugleich ein Held der Billigpresse und vielfach in verschiedenen Manga-Serien verewigt. Seine Stellung wurde vielleicht nur noch vom Chef des übermächtigen Yamaguchi-Syndikats übertroffen, der größten der japanischen Verbrecherorganisationen, deren Hauptsitz im westjapanischen Kobe lag.

Kanabe galt als hemdsärmelig und humorvoll, insgesamt durchaus als umgänglich. Aber das durfte nicht darüber hinwegtäuschen, dass er für zigfache Morde verantwortlich war. Wie viele er davon selbst begangen und wie viele er nur in Auftrag gegeben hatte, ließ sich kaum sagen, und höchstwahrscheinlich wusste er es nicht einmal selbst.

Als Claudia, immer noch mit der Waffe im Rücken, in einen Raum in einem unscheinbaren Bürokomplex im Stadtteil Ueno geführt wurde, erhob Kanabe sich von seinem Stuhl. All die Kobun, die niederen *Yakuza*, die neben und hinter ihrem Chef saßen, sprangen augenblicklich ebenfalls auf.

Der Pate, der um die sechzig war und einen biederen Anzug und eine altmodische Goldrandbrille trug, musterte Claudia mit unbewegter Miene. Dann zeigte er ein Lächeln und sagte auf Englisch: »Miss Harumusu. Aimu guratto zat yu accepted my Inbitation.«

Claudia blickte den Oyabun, über dessen Rang ihre Entführer sie aufgeklärt hatten, überrascht an. Invitation? Eine Einladung? Das sollte ja wohl ein Witz sein! Claudias Gesicht verzog sich zu einem gequälten Lächeln, und sie sagte: »Sie mich auch, Oyabun. Aber kreuzweise.«

Takeda, der weiter hinten im Raum in einem Sessel saß und zunächst voller Freude zu Claudia geblickt hatte, rollte entsetzt mit den Augen. Seine Lippen formten stumme Worte: »Bitte, Claudia! Kanabe versteht ein wenig Deutsch! Außerdem ist er … gefährlich.«

Claudia, die im ersten Moment, als sie Takeda gesehen hatte, ebenfalls am liebsten vor Freude aufgeschrien hätte, zuckte nur mit den Schultern, sagte dann laut und vernehmlich: »Sie können Deutsch, Kanabe-San? Umso besser. Dann kann ich es Ihnen ja auch ganz direkt sagen. Eine Beretta an der Schläfe ist für mich keine Einladung. Wenn Sie also nicht vorhaben, mich umzubringen, würde ich jetzt gerne wieder gehen. Und zwar zusammen mit meinem Kollegen. Verstanden?«

Takeda stöhnte auf. Kanabes Miene erstarrte. Die *Kobun*, zumeist junge Männer mit Goldkettchen um den Hals und tätowierten Armen, zuckten wie scharfgemachte Kampfhunde an der Leine.

Claudia war klar, dass sie es übertrieb. Aber Diplomatie war nun einmal nicht ihre starke Seite.

Dann begann Kanabe unvermittelt dröhnend zu lachen. Die Lakaien entspannten sich, lachten ebenfalls, auch wenn es bei ihnen ziemlich gequält klang.

Der Pate hob kurz darauf die Hand, woraufhin allesamt unisono verstummten. Weiter im Englischen verbleibend sagte er: »Ich habe schon von Ihrer sehr direkten Art gehört, Frau Harms. Beeindruckend! Aber wie dem auch sei, vielleicht hat mein Mitarbeiter, der Sie abgeholt hat, nicht deutlich genug gemacht, dass ich Sie lediglich zu einem gemeinsamen Abendessen empfangen möchte. Ich bitte also aufrichtig um Entschuldigung. Selbstverständlich können Sie jederzeit gehen. Aber ich würde mich freuen, wenn Sie bleiben. Ich glaube, dass wir einige wichtige Dinge zu besprechen haben.«

Kanabe verbeugte sich. Nicht sonderlich tief, aber immerhin. Das wollte etwas heißen, so viel war Claudia inzwischen über die Sitten in diesem Land klar geworden. Vor allem über das ausgeprägte Gespür für Hierarchien.

Auch wenn es ihr schwerfiel, verbeugte sie sich ebenfalls. Sogar ein bisschen tiefer als der Pate. »Offenbar haben wir in Deutschland etwas andere Vorstellungen davon, wie man jemanden zum Essen einlädt. Aber Schwamm drüber, Kanabe-San. Ich freue mich, Sie kennenzulernen. Und ich denke auch, dass wir ein paar Dinge besprechen sollten.«

Claudia streckte Kanabe die Hand entgegen. Der Pate blickte Claudia verdutzt an, ergriff dann ihre Hand und schüttelte sie inbrünstig.

Der Oyabun tauschte noch einige Höflichkeitsfloskeln mit Claudia aus, erklärte dann, dass sie sicherlich einen Moment ungestört mit Takeda, ihrem Kollegen, sprechen wolle. Er selbst entschuldige sich daher in der Zwischenzeit. Man werde sie und Takeda in Kürze zum Essen abholen.

Dann verließ Kanabe, gefolgt von seinen Männern, den Raum.

Claudia war so überrascht, dass sie einen Moment brauchte, um sich wieder rühren zu können. Sie und Takeda waren allein, wurden nicht mehr bedroht, könnten im Zweifel sogar einfach gehen, wenn sie wollten.

Obwohl, so ganz sicher war sie sich da nicht.

Claudia riss sich aus ihrer Erstarrung los, durchschritt den Raum und schlang ihre Arme um Takeda, der inzwischen aufgestanden war. Der Inspektor war zunächst völlig perplex, erwiderte dann aber ihre Umarmung, und so standen sie eine ganze Weile still da und schmiegten sich aneinander.

Schließlich sagte Claudia mit leiser Stimme: »Wenn ich ehrlich bin, fühle ich mich absolut nicht so cool, wie ich vielleicht rüberkomme. Als die *Yakuza*-Typen mich in ihr Auto gezerrt haben, dachte ich, es wäre vorbei mit mir.«

»Das ging mir ähnlich«, sagte Takeda.

»Dann bist du auch mit vorgehaltener Waffe zum Essen eingeladen worden?«

Takeda nickte nur stumm.

»Andererseits muss ich zugeben, dass die Lektion gesessen hat«, erklärte Claudia. »Irgendwie dachte ich, dass die *Yakuza*, ich weiß auch nicht, so ähnlich wie Mangafiguren sind. Oder nur in Filmen vorkommen. Ich habe geglaubt, dass sie mir, einer Ausländerin, nichts tun würden. Von der Vorstellung bin ich jedenfalls geheilt.«

Takeda lächelte erschöpft. »Es tut mir leid, Claudia. Ich hätte dich nie mit nach Japan nehmen dürfen.«

Sie löste sich von ihm, schloss die Augen und atmete tief ein. »Bei dem Gedanken habe ich mich auch schon ertappt. Doch das ist Unsinn. Klar, es ist anstrengend und ganz anders, als ich dachte. Aber auch spannend. Ich bin gerne hier.«

»Das freut mich sehr.«

Sie ließen sich auf den Sesseln im hinteren Teil des Raums nieder, tranken beide aus der Wasserkaraffe, die bereit stand, und brachten sich mit schnellen Worten auf den neuesten Stand. Claudia berichtete in Kurzform von ihrem Gespräch mit Markus Schäfer, von dem deutsch-japanischen Netzwerk, dem Sugamo-Gefängnis und dem Treffen in den fünfziger Jahren.

Takeda lauschte ihr mit unbewegtem Gesicht. Schließlich schüttelte er ungläubig den Kopf und sagte: »Du glaubst also, dass es dieses Netzwerk immer noch gibt? Obwohl die meisten der Männer längst tot sind?«

»Ja, das glaube ich, Ken. Alles passt zusammen. Der alte Henningsen hat seine Nazi-Einstellung offenbar auf seinen Sohn übertragen, auch wenn der inzwischen selbst alt ist – das habe ich dir ja von Anfang gesagt. Die *Tōzaikai* ist nicht der harmlose Zen-Verein, als der er rüberkommt, sondern eine Kaderschmiede für todesmutige junge Japaner. Und Sling Morinaga, das hast du mir selbst erzählt, versucht rechtsradikale Schläger für das letzte Gefecht zu rekrutieren ...«

»Ja, aber leider besteht er nur noch aus Einzelteilen«, sagte Takeda.

Claudia sah ihn fragend an. Der Inspektor berichtete ihr seinerseits, was er in dem Haus in Nakachō erlebt hatte.

»Also wieder ein *Seppuku*? Wieder ein ritueller Selbstmord?«

»So sah es zumindest aus. Aber es könnte genauso gut ein Mord gewesen sein. Genau wie bei Matsumoto. Nur, dass Morinaga die Chance, sich selbst das Leben zu nehmen, offenbar ergriffen hat.«

»Aber warum? Ich meine, warum musste Morinaga sterben? Wenn meine Theorie stimmt, dann hat er doch selbst für das Netzwerk gearbeitet, war höchstwahrscheinlich deswegen in Deutschland. Wieso sollte er nun auf einmal getötet werden?«

Takedas Miene verdüsterte sich. »Die einzige Antwort, die mir einfällt, wird dir nicht gefallen. Er musste sterben, weil wir hinter ihm her waren. Er durfte auf keinen Fall mit uns sprechen.«

Claudia sah Takeda erschrocken an. »Aber wer tut so etwas? Wer lässt Menschen auf so eine Art töten? Oder bringt sie sogar dazu, es selbst zu tun – wie bei Uemura?«

Sie brauchten es nicht auszusprechen. Heijiro Nishimori, der alte, fast hundertjährige Unternehmer. Auf ihn lief nun alles hinaus. Er war der einzige Überlebende des alten deutsch-japanischen Netzwerks. Nur er konnte der Strippenzieher im Hintergrund sein. Ihn zu finden war der Schlüssel zu allem. Nur dann würden sie die Dinge endgültig aufklären können.

Da Asano-Kun, der junge Assistent von Takeda, bei der Suche nach Nishimori nicht weiterkam, konnten sie nur hoffen, dass Kotaru Kanabe, der *Yakuza*-Pate, ihnen bei der Suche nach dem Unternehmer helfen würde.

Eine gute Stunde später musste Claudia sich eingestehen, dass die Art der Einladung zwar wirklich uncharmant gewesen war, das Essen dafür aber umso besser. Seeigel-Rogen, Matsutake-Pilze, Kobe-Beef. All das war nicht nur unbezahlbar, wie Takeda ihr versicherte, sondern wirklich köstlich. Dasselbe galt für die frittierten Tempura-Köstlichkeiten, den fetten Toro-Thunfisch, aber auch die einfachen Dinge wie das eingelegte Gemüse, die Miso-Suppe oder den Algensalat. Eine Herausforderung war das Sashimi vom *Fugu*, vom Kugelfisch, inklusive der eigentlich verbotenen Fischleber, die, aß man zu viel davon, tödlich sein konnte. Dennoch galt sie als Delikatesse. Wiederum meinte Takeda, dass es unhöflich wäre, abzulehnen, auch wenn das Gericht vielleicht das Todesurteil bedeutete. Claudia griff zu – was sollte sie auch sonst machen? Tatsächlich spürte sie kurz darauf ein seltsames Taubheitsgefühl auf den Lippen und der Zunge. Mehr passierte jedoch nicht. Und der Geschmack war köstlich, was sie Kanabe auch sagte, der es mit einem freundlichen Lächeln quittierte.

Während des Essens unterhielten sie sich über Japan und Deutschland, über die wachsende Macht Chinas, über den Verrückten in Nordkorea, den Verrückten in Washington, klassische Musik aus Europa und das klassische Theater aus Japan. Kanabe gab sich ganz als kultivierter Mann, der die Künste liebte. Er zeigte Claudia mehrere YouTube-Videos eines Nō-Schauspiels auf seinem Smartphone, verbunden mit der Einladung, demnächst einmal gemeinsam eine Vorstellung zu besuchen. Claudia begann allmählich, sich zu entspannen. Takeda schaffte es weniger, wie die Schweißtropfen auf seiner Stirn zeigten.

Zum Nachtisch gab es grünen Tee und kleine Küchlein aus gesüßtem Bohnenmus. Ebenfalls gewöhnungsbedürftig, aber köstlich.

Dann wurde Kanabe ernst. »Inspektor Takeda, Frau Harms, ich bin mir nicht sicher, was ich Ihnen raten soll. Sollte ich Ihnen besser empfehlen, sich möglichst schnell wieder nach Deutschland zu begeben? Vielleicht. Aber dann wiederum neige ich dazu, Sie zu ermutigen, mit dem weiterzumachen, wozu Sie nach Japan gekommen sind. Nämlich nach Antworten zu suchen. Es ist nur leider so, dass ich Sie in dem Fall nicht länger werde schützen können.«

»Haben Sie das denn bisher getan? Uns beschützt?«, fragte Claudia.

»Ich würde es nicht ausschließen, Frau Harms. Einige meiner Damen sind, denke ich, nicht zu spät in das Bad gekommen, in dem Sie hätten sterben sollen.«

Claudia brauchte einen Moment, um ihre Überraschung zu überwinden. Der Angriff auf sie war also mehr als eine Drohung gewesen. Und ihre Rettung kein Zufall.

»Wer ist es, der uns bedroht oder sogar töten möchte?«, fragte Claudia. »Ist es Nishimori? Zusammen mit Henningsen aus Hamburg? Geht es also wirklich um Politik? Um Nazis und Tenno-Faschisten oder wie immer man das nennen soll?«

Kanabe schnippte mit dem Finger, ließ sich von einem seiner Kobun eine Zigarette und Feuer geben. Claudia sah Takeda fragend an, doch der schüttelte sanft den Kopf. Er wollte die Gesprächsinitiative Claudia überlassen, der es viel besser zu gelingen schien, Kanabe zum Reden zu bringen, als er es gekonnt hätte.

Der Pate tat ein paar bedächtige Züge aus seiner Zigarette, sagte dann: »Ich weiß es nicht, Frau Kommissarin. Möglich, dass es um Politik geht. Ich höre so einiges, aber nicht alles davon ergibt Sinn. Auch ich habe ein Interesse daran, dass die Dinge geklärt werden. Es herrscht viel Unruhe in diesen Tagen. Wir *Yakuza* mögen keine Unruhe. Morinaga war einmal einer von uns. Was er zuletzt tat, hat er nicht in unserem Namen getan, aber es gibt Leute, die das nicht wissen. Vielleicht hat man ihn getötet, um mich damit zu warnen. Aufklärung tut not.«

»Dann helfen Sie uns, Kanabe-San. Vermitteln Sie einen Kontakt zu Nishimori! Wir sind uns sicher, dass er hinter all dem steckt. Heijiro Nishimori war während des Krieges in Deutschland. Seitdem kennt er die Familie Henningsen, mit der er auch heute noch in Verbindung steht. Er wird uns vermutlich auch die wichtigste unserer Fragen beantworten können, nämlich, warum Ryūtarō Matsumoto in Hamburg sterben musste.«

Der Oyabun nickte nachdenklich. Er schnippte erneut mit dem Finger, woraufhin einer der Kobun hinter ihn trat und ihm die Schultern massierte. Mit einem weiteren Fingerschnippen zog der Lakai sich wieder zurück.

Kanabe brummte einige Male, sagte dann: »Ich kann Ihnen bei Nishimori nicht weiterhelfen. Selbst wenn ich wüsste, wo er ist, was ich nicht tue, sind mir die Hände gebunden.«

»Aber warum? Wir wollen doch nur mit ihm sprechen!«

Der Pate schüttelte den Kopf. »Nishimori ist alt. Aber er ist immer noch mächtig. Wer sich ihm nähert, begibt sich in tödliche Gefahr. Lassen Sie die Finger von ihm.«

»Aber ...«

»Frau Harms! Hören Sie auf meine Worte! Halten Sie sich von Nishimori fern!« Kanabes Stimme glich nun einem Donnergrollen, das direkt aus der Mitte seines Körpers zu stammen schien. Dann wurde er wieder leiser, senkte die Stimme fast zu einem Flüstern herab. »Ich kann Ihnen bei Nishimori nicht weiterhelfen, so leid es mir tut. Doch ich habe eine andere Empfehlung für Sie, die Sie wahrscheinlich sogar noch weiterbringen wird.«

»Nämlich?«

»Sprechen Sie mit den Eltern von Ryūtarō Matsumoto. Sie werden Ihre Fragen beantworten können.«

Claudia sah den Oyabun überrascht an, sagte dann: »Das haben wir längst getan. Sie haben unseren Verdacht bestätigt, vor allem, was die *Tōzaikai*-Sekte angeht. Aber mehr wissen sie auch nicht.«

Kanabe gab ein heiseres Lachen von sich. »Sie verstehen mich falsch, Frau Harms. Ich rede nicht von dem Ehepaar, das Sie in Saitama besucht haben, nicht von Emiko und Hideyo Matsumoto. Ich rede von Ryūtarōs richtigen Eltern.«

Claudia blickte erneut ungläubig zu Takeda hinüber. Mit stammelnden Worten fragte sie: »Dann ist Ryū Matsumoto nicht ...«

»Nein, er ist nicht der Sohn des Ehepaares, mit dem Sie gesprochen haben. Oder ich sollte genauer sagen, er ist nicht ihr leiblicher Sohn. Matsumoto ist als Kind adoptiert worden.«

»Aber wer sind seine richtigen Eltern?«

Statt zu antworten, griff Kanabe in die Innentasche seines Sakkos, zog einen Umschlag hervor, den er Claudia überreichte. »Hier finden Sie den Namen und eine Adresse. Gehen Sie sorgfältig damit um. Weitere Menschenleben hängen davon ab, dass diese Informationen nicht in falsche Hände geraten. Ich wünsche Ihnen viel Glück.«

Mit diesen Worten stand der Oyabun auf und verließ grußlos den Raum.

47.

Der Nozomi-Superexpress-Zug raste mit über dreihundert Stundenkilometern in westliche Richtung. Es war der nächste Vormittag, und draußen flog eine Landschaft aus Reisfeldern, kleineren Siedlungen und Straßen vorüber, immer wieder unterbrochen von auf Stelzen geführten Zugtrassen und kleineren Industrieansiedlungen.

Kurz nachdem der Zug Tokio verlassen hatte, hatten sie in der Ferne den heiligen Berg Fuji sehen können, und Ken meinte zu Claudia, dass der Anblick ihnen sicherlich Glück bescheren werde.

Dann war er auch schon eingeschlafen. Auch jetzt saß er neben Claudia, hatte die Augen geschlossen und gab gelegentlich einen kurzen, niedlichen Schnarcher von sich.

Claudia hätte viel darum gegeben, ebenfalls schlafen zu können, sie fühlte sich nicht einfach nur müde, sondern auf eine tiefe, existentielle Art erschöpft. Die zurückliegenden Tage forderten ihren Tribut. Die vielen Eindrücke und Informationen, die auf sie eingeprasselt waren, waren einfach zu viel gewesen. Dazu kam die Brutalität, mit der sie konfrontiert worden war. Claudia hatte in der Nacht wach auf ihrem Bett gelegen, hatte an die Szene gedacht, die Takeda ihr beschrieben hatte. Die aufgeschlitzte und enthauptete Leiche Morinagas, die gefesselte, von der Decke hängende Frau. Sie selbst war, wie sie nun wusste, in dem Gemeinschaftsbad des Hotels auch nur knapp dem Tod entronnen. All das war brutal und grausam und zugleich auch von einer bizarren Schönheit geprägt. Galt das vielleicht für ganz Japan? Waren dies die Charakterzüge, die Japan ausmachten? Schönheit und Grausamkeit?

Während der Zug durch Stationen wie Shizuoka und Nagoya raste, dann auch Osaka hinter sich ließ, fiel Claudia endlich doch in einen leichten Schlaf. Halb im Traum dachte sie an den kurzen Besuch, den sie noch gestern Abend den Eltern, genauer den Adoptiveltern Matsumotos in Saitama abgestattet hatten. Takeda war dagegen gewesen, sie noch einmal aufzusuchen, doch Claudia hatte darauf bestanden. Nach allem, was sie nun wussten, befanden sich auch Emiko und Hideyo Matsumoto in Gefahr. Sie mussten sie warnen.

Das Ehepaar war verwundert gewesen wegen der späten Stunde, zu der Claudia bei ihnen klingelte. Auch betrachteten sie Takeda mit deutlichem Misstrauen. Als Claudia aber erklärte, wer er war, baten sie Ken und sie höflich in ihr Haus, bewirteten sie wieder mit köstlichem grünen Tee. Als Claudia erläuterte, weswegen sie gekommen waren, schlug die Stimmung erneut um. Das Ehepaar reagierte mit kühler Zurückweisung. Was Claudia behaupte, seien Hirngespinste und nichts als haltlose Vermutungen. Selbstverständlich sei Ryūtarō ihr leiblicher Sohn. Claudia aber, anstatt dagegenzuhalten, bat darum, erneut einen Blick in die Fotoalben werfen zu dürfen, die sie schon bei ihrem ersten Besuch betrachtet hatte. Dann zeigte sie auf die Bilder und fragte Emiko und Hideyo, warum die frühesten Bilder Ryūtarōs aus dessen Grundschulzeit stammten. Warum gab es keine Fotos, als er noch ein Säugling und ein Kleinkind gewesen war? Emiko brach schließlich in Tränen aus und begann zu sprechen, ließ sich auch von ihrem Mann nicht zurückhalten. Ja, es stimmte, Ryūtarō sei ein Adoptivkind, das sie zu sich genommen hatten, als der Junge fünf Jahre alt war. Sie wüssten nichts über seine wahre Abstammung. Damals sei ihnen durch die Vermittlung einer Bekannten nur gesagt worden, dass der Junge nicht mehr bei seiner Mutter bleiben könne, weil sein Leben in Gefahr sei. Da sie selbst, Emiko und Hideyo, keine Kinder bekommen konnten, hätten sie den Jungen aufgenommen. Sie hätten sogar den Wohnort gewechselt, um keinen Fragen von Freunden und Nachbarn ausgesetzt zu sein, hätten fortan Ryūtarō als ihren eigenen, leiblichen Sohn ausgegeben. Es sei die einzige Bedingung der Adoption gewesen, dass sie niemals über die wahre Abstammung ihres Kindes sprachen. Der Junge selbst sei zum Glück jung genug gewesen, um bald alle Erinnerungen an seine wahren Eltern so tief in seinem jungen Herz zu vergraben, dass er sie im Laufe der Jahre wohl völlig vergessen hatte.

Auf Claudias Frage hin bestätigte Emiko, dass Ryūtarōs seltsamer Wandel, der vor etwa zwei Jahren so plötzlich vonstattengegangen war, sehr gut daran liegen könnte, dass er sich seiner wahren Vergangenheit eben doch erinnert habe. Emiko habe ihn sogar danach gefragt, aber Ryūtarō sei abweisend gewesen und habe nicht geantwortet.

Als Claudia das nächste Mal aus ihrem Schlaf erwachte, hatte sich die Szenerie vor dem Fenster verändert. Sie blickte auf eine hügelige Landschaft, in der kaum Häuser oder andere Zeichen der Zivilisation zu sehen waren. Takeda hatte ihr erzählt, dass der weitaus größte Teil Japans gebirgig und nur dünn besiedelt war, was die meisten ausländischen Besucher aber nicht mitbekamen, weil sie sich immer nur in den Städten aufhielten. Dabei würde doch gerade auf dem Land und in der Natur das wahre Herz Japans schlagen.

Trotz all der schlimmen Dinge, die hinter ihr lagen, spürte Claudia zum ersten Mal so etwas wie Freude, ja ein tiefes Glück darüber, in diesem exotischen Land zu sein. Das galt besonders für die Reise, die sie und Ken nun unternahmen und die sie in Japans entlegenen Nordwesten führte. Die Adresse, die Kanabe ihnen in dem Umschlag überreicht hatte, lag in der Provinz Tottori. Die Gegend, erklärte Takeda ihr, gehörte zu den am dünnsten besiedelten Regionen des Landes. Sie galt als schön und mystisch, voller einsamer Orte, heiliger Berge und alter, fernab gelegener Tempel, die kaum noch besucht wurden.

Außerdem hatten sie in dem Umschlag den Namen einer Frau gefunden, offenbar die leibliche Mutter Ryūtarō Matsumotos. Ob auch sein Vater dort lebte, wussten sie nicht.

Claudia jedenfalls nahm sich vor, das Praktische mit dem Schönen zu verbinden. Sie würde mit aller Macht versuchen, diese Tage zu genießen. Noch einmal würde sie die Chance, solch einen Ort zu besuchen, wohl kaum bekommen.

Als der Zug schließlich in Himeji, ihrem ersten Ziel und Umsteigebahnhof, hielt, staunte Claudia nicht schlecht. Der Nozomi war trotz einer Strecke von gut sechshundert Kilometern auf die Minute pünktlich! Er hielt im Bahnhof genau vor den entsprechenden Markierungen, wo neue Fahrgäste in ordentlichen Schlangen auf das Einsteigen warteten.

Claudia stieg hinter Takeda aus dem Zug, wo der Schaffner gerade seine grüne Marke hob, um dem Lokführer das Startsignal für die Weiterfahrt zu geben. Claudia konnte einfach nicht anders. Sie machte einen Hüpfer nach vorne und drückte dem völlig verdutzten Bahnbeamten einen Kuss auf die Wange. Auf Deutsch sagte sie zu ihm: »Das ist für die tolle Fahrt, für den sauberen Zug, für die blitzblanken Toiletten und natürlich für die Pünktlichkeit. Können Sie und Ihre Kollegen nicht mal nach Deutschland kommen und unserer Bahn erklären, wie das geht? Die haben es nämlich leider komplett vergessen.«

Der Schaffner sah Claudia verstört an und stieg mit ängstlichen Schritten zurück in den Zug. Die Türen schlossen sich, und der Nozomi rollte aus dem Bahnhof. Natürlich pünktlich.

Takeda meinte lachend: »Ich glaube nicht, dass der arme Kerl dich verstanden hat.«

Claudia zuckte mit den Achseln. »Ist mir egal. Ich musste das einfach mal loswerden.«

48.

Erst am frühen Abend erreichten sie Tottori, die gleichnamige Hauptstadt der Präfektur, wo sie die Nacht in einem schnöden, kleinen Businesshotel verbrachten. Am nächsten Morgen frühstückten sie auf die Schnelle in einem Café am Bahnhof, stiegen dann in den Mietwagen, den Asano-Kun ihnen organisiert hatte, und machten sich auf den Weg ins gebirgige Hinterland.

Es war fast Mitte März, und unten in der Stadt war es bereits warm und frühlingshaft. Je höher und weiter sie aber in die Berge kamen, desto weiter zurück war die Natur, und desto ungemütlicher wurden die Temperaturen. Trotzdem hatte Claudia gute Laune. Sie schob die Gedanken an den bitteren Anlass ihrer Fahrt zur Seite und konzentrierte sich ganz darauf, die wilde, raue Einsamkeit der Landschaft zu genießen. Gelegentlich drehte sie sich um und nahm die Straße hinter ihnen in Augenschein. Kein anderes Fahrzeug war zu sehen. Sie wurden nicht verfolgt und mussten sich keine Sorgen machen.

Als sie eine erste Bergkuppe erreichten, hielt Takeda auf einem kleinen Schotterparkplatz. Sie stiegen aus. Die Luft war kühl und frisch, und die Sonne strahlte von einem makellos blauen Himmel auf sie hinab. Der Blick reichte endlos weit über die bewaldeten Hügel und Berge der Umgebung. Weit unten in der Ferne sahen sie die Stadt Tottori und dahinter das endlose, glitzernde Meer.

Claudia empfand zum ersten Mal seit langem wieder Leichtigkeit in sich, ja, mehr als das, sie kam sich auf eine seltsame Art schwerelos vor, so als könnte sie einfach davonschweben. Wenn sie jetzt jemand fragen würde, wo genau sie eigentlich war, sie könnte es nicht beantworten. Sicher, sie war in Japan, ihr Verstand wusste das. Aber wo genau war Japan? Irgendwo ganz weit im Osten, jenseits von China, jenseits von allem, was sie kannte. Irgendwo im Pazifik. Ihr Gefühl oder ihr Instinkt, ihr inneres Ortsgefühl gaben ihr keine Antwort auf diese Frage, zu fremd waren alle Gerüche, Blicke, Eindrücke. Seltsamerweise fand sie diese Schwerelosigkeit nicht schlimm, nicht beängstigend. Sie konnte sie genießen, konnte sich fallen lassen, konnte einfach aufhören, darüber nachzudenken …

Sie hakte sich bei Takeda ein, und gemeinsam blickten sie in die unbegrenzte Ferne. So vergingen gefühlte Ewigkeiten, dann sagte Claudia mit gedankenverlorener Stimme: »Vielleicht sollten wir einfach abtauchen, Ken. Wir suchen uns ein Hotel oder eine Herberge, geben falsche Namen an und sind für niemanden mehr erreichbar. Was interessieren uns diese verrückten Nazis und Tenno-Faschisten und *Yakuza*? Was interessieren uns überhaupt die Probleme dieser Welt? Wollen wir das alles nicht einfach für ein paar Tage vergessen?«

Takeda wandte den Kopf, sah ihr in die Augen. »Ich würde nichts lieber tun als das.«

»Was hält uns dann zurück?«

»Nichts … außer, dass uns die Probleme der Welt sehr schnell einholen würden. Und das würde meine Pläne durchkreuzen.«

»Welche Pläne?«

»Pläne, die dich und mich betreffen. Und für die ein paar Tage in einem Hotel nicht reichen würden. Ich brauche mehr Zeit. Viel mehr Zeit. Und darum möchte ich, dass wir all das, was uns im Weg steht, erst einmal wegräumen.«

Claudia schloss die Augen und schmiegte sich eng an Takeda. Das Gefühl, einfach fortschweben zu können, war noch viel größer geworden. Aber sie genoss es und stellte sich vor, dass ein Windstoß sie einfach alle beide packen und davonwehen würde.

Dann aber musste sie auflachen. Takeda sah sie verwundert an, sie schüttelte nur den Kopf. Wie sollte sie ihm erklären, was für seltsame, aus fernen Mädchentagen stammende Gedanken in ihrem Kopf herumgeisterten, süße, rosarote Träume, die aber auch albern und peinlich waren? Es ging um Ritter auf Pferden, die kamen, sie entführten und mit auf ihr Schloss nahmen. Nur, dass der Ritter in Wahrheit ein Samurai war …

Dann wurde sie wieder ernst und wischte ihre Gedanken zur Seite. Ken hatte recht. Es gab Dinge, um die sie sich kümmern mussten. Und dafür durfte sie nicht im Himmel schweben, sondern musste mit beiden Beinen auf dem Boden stehen.

Sie fuhren weiter. Das Navigationsgerät führte sie immer tiefer in eine hügelige, verwunschene Waldlandschaft hinein. In den flachen Tälern blickten sie auf alte Dörfer mit strohgedeckten Dächern, die von Schachbrettern aus rechteckigen Reisfeldern umgeben waren. Hier in den Senken machte sich der Frühling bemerkbar, und inmitten der grauen, noch im Winterschlaf befindlichen Berge leuchteten die bunten Kleckse blühender Pflaumenbäume.

Claudia bemerkte, dass viele der Häuser verlassen waren, sie waren teilweise sogar eingefallen. Takeda erklärte ihr, dass die ländlichen Regionen seiner Heimat dabei waren auszusterben. Die jungen Menschen gingen in die Städte, nur dort gab es Arbeit, gab es Ablenkung, gab es eine Verbindung zur Welt. Das jedenfalls glaubten sie. Die Alten blieben einsam zurück, hatten aber keine Kraft mehr, die Felder zu bestellen oder die Häuser instand zu halten. Wenn sie starben, erbten ihre Kinder oder Enkel die alten Häuser, aber sie hatten weder das Geld noch die Zeit, sich darum zu kümmern. Einige Gemeinden waren schon dazu übergegangen, den Grund und Boden, sogar die Häuser zu verschenken. Aber selbst dann fanden sie niemanden, der sich darum kümmern wollte. Der Niedergang schien unaufhaltsam zu sein, sodass das ländliche Herz Japans verwaiste und seinen so bezaubernden, über Jahrhunderte gewachsenen Charakter verlor.

»Meine Heimat löst sich auf«, sagte Takeda leise. »Wie Seifenschaum im Wind. Er wird davongetragen und verliert sich im Nirgendwo.«

»Vielleicht verändert sich deine Heimat einfach nur. Genau wie meine. Wir müssen uns damit abfinden.«

»Es ist nicht einfach.«

»Nein, das ist es nicht. Aber wer weiß, vielleicht kommt ja doch etwas Gutes dabei heraus.«

»Es fällt mir schwer, das zu glauben.«

»Mir auch. Aber man kann nie wissen, was die Zukunft bringt.«

Gegen Mittag machten sie Rast und stärkten sich in einem kleinen Restaurant mit einer Schale traditioneller Soba-Nudeln. Das Lokal wurde von einem alten Mann betrieben, der ihnen erzählte, dass von den einstmals zweihundert Bewohnern seines Dorfes gerade noch zwei Dutzend übrig wären. Der jüngste sei Mitte siebzig. Das Geschäft mit dem Restaurant lohne schon lange nicht mehr, es kämen kaum noch Gäste. Aber er sehe einfach nicht ein, den Laden zu schließen und einfach gar nichts zu tun. Also stehe er immer noch morgen für morgen auf, bereite die Nudeln zu und koche die Suppe, aber oft vergingen ganze Wochen, ohne dass ein einziger Gast sich blicken ließe.

Dann sah er Claudia lächelnd an und sagte, dass eine blonde *Gaijin-Sama* überhaupt noch nie hier gewesen sei. Aber er fühle sich durch Claudias Besuch geehrt.

Claudia, die nicht verstand, was der alte Mann sagte, wandte sich fragend an Takeda, der bei der Bemerkung gelacht hatte. »Was sagt er? Und was heißt *Gaijin-Sama*?«

»*Gaijin* heißt einfach nur *Mensch von draußen*. Ausländer. Und *Sama* ist eine Ehrenbezeichnung. Du bist also die ehrenwerte Frau Ausländerin für ihn.«

»Und warum lachst du darüber?«

Takeda fühlte sich ertappt. Er zuckte mit den Schultern. »Es ist ein wenig kurios, diesen Ausdruck zu hören. Früher wurden alle Ausländer *Gaijin* genannt, und hier in den ländlichen Gebieten hätte es dir passieren können, dass die Kinder hinter dir herrennen und mit dem Finger auf dich zeigen. Weil sie halt noch nie einen Ausländer gesehen hatten. Aber heutzutage ist es recht ungewöhnlich. Andererseits, wir sind nicht mehr in Tokio, sondern auf dem Land, und alles hinkt ein wenig hinterher.«

Takeda bezahlte die Soba und ließ sich von dem Alten den Weg zu dem Ort erklären, den Kotaru Kanabe, der *Oyabun* der *Yakuza*, ihnen aufgeschrieben hatte. Der Wirt blickte auf den Zettel und kratzte sich am Kopf. »Ich weiß wohl, wo das ist. Aber ich bin mir nicht sicher, ob Sie da noch jemanden antreffen.«

»Was meinen Sie?«

»Das Dorf ist schon vor Jahren aufgegeben worden. Aber vielleicht sind noch ein paar Leutchen dort. Ich weiß es nicht. Versuchen Sie Ihr Glück.«

»Das werden wir tun. Vielen Dank.«

»Es war mir eine Ehre. Bitte, beehren Sie mich wieder. Sie sind ein schönes Paar, und ich hoffe, Sie werden viele Kinder haben.«

Als sie vor dem Wagen standen, sagte Claudia: »War keine schlechte Idee von dem alten Mann, oder? Was meinst du, wollen wir Kinder machen?«

Takeda, der ihr die Worte des alten Mannes übersetzt hatte, lief rot an, suchte japsend nach Worten. »Ich ... äh ... also ...«

Claudia lachte laut auf. »Das war ein Witz, Ken. Also krieg dich wieder ein, sonst stirbst du mir noch vor Schreck ... und dann wird es sowieso nichts damit.«

Sie fuhren weiter, bogen von der Durchgangsstraße ab und folgten einer kleinen, gleichwohl perfekt asphaltierten Straße, die sie tiefer in die bewaldete Hügellandschaft brachte. Die Straße führte in einen tiefen Taleinschnitt, in dessen Mitte ein schmaler Bach verlief. Einmal sahen sie eine alte Mühle, die aufgegeben schien, aber deren Mühlrad sich gleichwohl in der trägen Strömung des Baches drehte. Dann weitete sich das Tal, und sie erreichten einen Sprengel, der aus kaum mehr als einem Dutzend alter Häuser zu bestehen schien, einige davon wiederum strohgedeckt, andere mit schönen Schindeldächern. Sie lagen harmonisch eingebettet an den Hängen des Tals, waren umgeben von ins Kraut geschossenen Feldern und freien Flächen, auf denen wohl vor langer Zeit einmal Korn oder Reis gedroschen worden war. Der Anblick des Dorfes zauberte Claudia ein Lächeln ins Gesicht, sie kam sich vor wie Bilbo Beutlin, der nach großen Abenteuern in die Friedlichkeit des Auenlandes zurückkehrte.

»Es ist wunderschön«, sagte sie leise.

»Das ist es. Ich weiß nur nicht, wie wir das richtige Haus finden sollen.«

»Gibt es keine Hausnummern?«

»Nein. Und bevor du fragst, es gibt auch keine Straßennamen. Wahrscheinlich müssen wir einfach so lange klopfen und klingeln, bis wir das richtige Haus gefunden haben.«

»So viele Häuser sind es ja nicht. Wir sind schnell damit durch.«

Die ersten Höfe, vor denen sie hielten, waren unbewohnt und aufgegeben. Dann klopften sie an einer Tür, und eine alte Frau öffnete ihnen. Sie musste mindestens hundert Jahre alt sein, ihr Gesicht bestand nur noch aus Falten. Sie war so klein und zart, dass Claudia Angst hatte, sie würde vor ihren Augen zu Staub zerfallen. Takeda fragte nach dem Namen, den Kanabe ihnen genannt hatte, und die Frau erklärte ihnen aus einem zahnlosen Mund, welches Haus das richtige war. Claudia und Takeda bedankten sich und fuhren weiter, legten die letzten Meter zurück.

Schließlich standen sie vor einem alten, gar nicht so kleinen Bauernhaus aus gedunkeltem Holz und vielen verwinkelten Neben- und Vordächern.

Sie stiegen aus, traten auf das Haus zu, und da es keine Klingel gab, klopfte Takeda und öffnete dann die altmodische Schiebetür.

»*Sumimasen*! Ist jemand zuhause?«, rief er ins dunkle Innere des Hauses.

»Ja, ja, ich komme. Einen Moment bitte«, antwortete eine Frauenstimme.

Sie hörten in der Tiefe des Hauses das Klappern von Töpfen, eine Kühlschranktür, dann Schritte, die sich näherten.

Schließlich stand eine Frau in einem traditionellen Hauskittel vor ihnen. Claudia schätzte sie auf vielleicht fünfzig Jahre, eine atemberaubend schöne, wenn auch von der Landarbeit müde wirkende Frau. Ganz von ferne erinnerten ihre Züge an die des toten Japaners, dessen Leiche sie in einem Hinterhof in Hamburg-Stellingen gefunden hatten.

»Was kann ich wohl für Sie tun?«, fragte die Frau mit einer leisen, schüchternen Stimme. Sie verbeugte sich dabei.

Takeda verbeugte sich ebenfalls, und Claudia folgte seinem Beispiel. Dann sagte er mit vorsichtigen, höflichen Worten: »Gehen wir recht in der Annahme, dass Sie die Mutter von Ryūtarō Matsumoto sind?«

49.

Die Frau, deren Name Chizuko Hayashi war, reagierte lange Zeit überhaupt nicht. Sie stand regungslos in der Tür, hielt den Blick gesenkt. Kein Zucken, kein Zittern, nur völlige Stille. Nichts verriet, was in ihr vorging.

Schließlich sah sie auf, sagte jedoch immer noch nichts, betrachtete erst Takeda und ließ ihren Blick lange auf Claudia ruhen.

Dann sagte sie in einem langsamen, tastenden Englisch: »Sie sind eine sehr schöne Frau. Ich weiß nicht, ob ich, wenn ich erfahren habe, warum Sie hier sind, noch die Kraft finde, es Ihnen zu sagen. Deswegen sage ich es gleich jetzt zu Anfang.«

Claudia war überrascht. Sie lächelte, sah die Frau an, und als sich ihre Blicke trafen, spürte sie sofort Zuneigung zu Chizuko, ja mehr als das. Da war Vertrauen, da war Verbindung.

Claudia sagte: »Das ist sehr nett von Ihnen. Ich möchte das Kompliment genauso zurückgeben.«

Ein kurzes Lächeln erschien auf dem Gesicht der Frau, verschwand aber sogleich wieder. »Woher kommen Sie?«

»Aus Deutschland.«

»Sie haben die lange Reise gemacht, um eben diese Frage zu stellen? Ob ich Ryūtarōs Mutter bin?«

»Nicht nur. Aber es wäre die erste und wohl auch die wichtigste unserer Fragen.«

Die Frau lächelte erneut, diesmal etwas länger, so dass das erloschene Strahlen ihrer Schönheit noch klarer zutage trat. Dann jedoch verschwand ihre Freude wieder, und sie sagte: »Ich habe viele Jahre an diesem Ort gelebt, der so fernab aller Pfade liegt, damit niemand mir jemals diese Frage stellt. Seit einiger Zeit wusste ich, dass der Tag kommen würde, an dem es doch geschieht. Nun ist es also soweit.«

Takeda verbeugte sich und sagte: »Wir wissen, dass es nicht einfach für Sie ist. Dennoch möchten wir schon jetzt unsere Dankbarkeit ausdrücken, dass Sie mit uns sprechen.«

Hayashi hob nur kurz den Blick, verbeugte sich wieder und sagte leise: »Es gibt keinen Grund, sich zu bedanken. Ich habe mit anderen Besuchern gerechnet, mit solchen, die weniger höflich sind als Sie. Ich bin daher erleichtert. Bitte, treten Sie ein. Ich werde Tee für Sie bereiten.«

Kurz darauf saßen Claudia und Takeda in einem Zimmer, das einem Museum entsprungen zu sein schien. Der Raum lag im Halbdunkel und war mit Tatamis ausgelegt. In der Mitte des Fußbodens war eine Aussparung, die mit Sand oder Asche gefüllt war. Darin glomm ein Kohlenfeuer. Von einem Deckenbalken hing an langen Stäben ein Eisenkessel über den Kohlen, aus dem Chizuko Hayashi heißes Wasser schöpfte und Tee für sie aufgoss.

Danach setzte sie sich zu ihnen an den flachen Tisch, schenkte den Tee in Becher, die sie zu Claudia und Takeda schob.

Der Inspektor räusperte sich und sagte mit zurückhaltender

Stimme: »Es stimmt also, Sie bestätigen, dass Sie die leibliche Mutter von Ryūtarō sind und dass sie ihn als Kind zur Adoption freigegeben haben?«

»Ja, das ist richtig. Aber sagen Sie mir doch bitte auch, wer Sie sind.«

Claudia und Takeda wechselten einen Blick, dann erklärte sie, dass sie Polizisten aus Hamburg seien und mit der Untersuchung von Ryūtarōs Tod betraut seien ... An dieser Stelle stockte Claudia, sah die Frau forschend an und fragte: »Sie wissen doch davon, oder? Sie wissen, dass Ihr Sohn fernab von hier in Deutschland erschossen worden ist?«

Wiederum reagierte Hayashi lange Zeit nicht. Dann nickte sie und sagte: »Ja, ich weiß, dass mein Junge nicht mehr am Leben ist. Ich weiß, dass all das, was ich vor vielen Jahren unternommen und für das ich einen hohen Preis bezahlt habe, umsonst gewesen ist.«

Claudia rechnete damit, dass sie zu weinen begann, doch sie sah sich getäuscht. Wahrscheinlich hatte die Frau schon damals, als sie ihren Sohn fortgegeben hatte, so unendlich viele Tränen vergossen, dass sie nun keine mehr hatte, um die traurige Nachricht zu beweinen.

Claudia hatte einen Kloß im Hals. Sie wollte etwas sagen, zögerte dann und ließ zunächst einige Momente der Stille vergehen. Erst danach sagte sie: »Bitte, erzählen Sie uns Ihre Geschichte, Frau Hayashi. Erklären Sie uns, warum Sie glaubten, sich von Ihrem Sohn trennen zu müssen, und warum damals sein Leben in Gefahr war. Und vielleicht können Sie uns auch helfen zu verstehen, warum Ihr Sohn sterben musste.«

Wiederum sah Chizuko Hayashi sie und Takeda in einer für Japaner ungewöhnlichen Direktheit an, blickte in ihre Gesichter, las darin. Eine Antwort aber gab sie nicht, und Claudia war sich nicht sicher, ob sie ihre Frage überhaupt verstanden hatte. Dann nickte Chizuko doch und sagte: »Ich werde Ihnen alles erzählen. Und ich hoffe, dass ich Ihnen damit behilflich sein kann.«

Die Frau senkte ihren Blick und sann wohl ihren Erinnerungen nach. Schließlich begann sie mit leisen, zurückhaltenden Worten zu sprechen und lächelte dabei, als erzählte sie die Lebensgeschichte einer anderen, ihr fremden Person.

Chizuko Hayashi stammte ursprünglich aus einem ähnlich kleinen Dorf wie dem, in dem sie jetzt lebte, allerdings in der nordwestlichen Provinz Akita. Im Alter von achtzehn Jahren verließ sie den Hof ihrer Eltern und ging nach Tokio, getrieben vom Überdruss am Landleben und einer Neugier auf die große Stadt. Ihren Optimismus, mit dem sie loszog, verdankte sie ihrer Schönheit, welche die der meisten anderen Mädchen ihres Alters übertraf. Aber Tokio entpuppte sich als unfreundliche Stadt, jedenfalls für ein junges Mädchen, das niemanden kannte und dem das Leben in einer Metropole fremd war.

Mit dem wenigen Ersparten, das sie hatte, konnte sie sich ein winziges Zimmer leisten, fand Arbeit als Verkäuferin in einem kleinen Haushaltswarengeschäft. Die Besitzerin des Ladens war eine alte, missgünstige Frau, die Chizuko mit sinnloser, harter Arbeit quälte. Tag für Tag musste sie zwölf und mehr Stunden im Laden stehen, durfte sich nicht hinsetzen und wurde gerügt, sobald sie einmal nicht lächelte. Nach Geschäftsschluss musste sie die ausgestellten Waren reinigen, was oft bis in die Nacht dauerte, doch schon am nächsten Morgen begann die Arbeit von neuem. Schon nach wenigen Wochen fühlte Chizuko sich müde und ausgelaugt, so dass sie immer nur weinen wollte. An ihrem einzigen freien Tag im Monat spazierte sie durch Tokio, sah die vielen Läden, die Vergnügungsviertel, all die glücklichen, lachenden Menschen. Sie selbst hatte schon lange nicht mehr gelacht. Als sie einen Aushang einer Bar sah, die nach einer Kellnerin suchte, bewarb sie sich um die Stelle und wurde genommen. Sie verließ das Haushaltswarengeschäft noch am selben Tag. Ihr Schicksal aber besserte sich nicht, im Gegenteil, alles wurde noch schlimmer. Auch in der Bar musste sie viel zu lange Stunden arbeiten und immer lächeln, nur dass ihre Dienstzeiten nun vom Nachmittag bis zum frühen Morgen reichten. Die Gäste waren nett und großzügig, auch ihre anzüglichen Scherze und ihre unsittlichen Angebote ertrug Chizuko. Der Wirt aber war ein übellauniger Mann, der sein Glück bei ihr versuchte und sie abstrafte, als sie sein Werben ignorierte. Nun verlangte er neben der Arbeit als Kellnerin auch noch, dass sie die Bar nach Geschäftsschluss reinigte und vor dem Öffnen des Lokals in der Küche half. Es war, als würde ihre Schönheit ihr keine Türen öffnen, sondern die Missgunst der Menschen wecken.

An dieser Stelle unterbrach Chizuko Hayashi ihre Erzählung, sie blickte Claudia an und lächelte schmerzvoll. »Japan ist ein schönes, ein gastfreundliches, ein herzliches Land, doch all dies wird mit einem hohen Preis erkauft. Viele Menschen leiden sehr, damit wenige das Leben genießen können. Das mag in anderen Ländern auch so sein, doch wir Japaner gestatten es uns nicht einmal, an der Ungerechtigkeit zu leiden. Wir werden von frühester Kindheit dazu erzogen, unser Schicksal im Stillen zu erdulden. Sogar das Unerträgliche erdulden wir, und anstatt zu weinen, lächeln wir.«

Eines Nachts wurde Chizuko in der Bar von einem Gast angesprochen. Er war mit einigen Geschäftskollegen dort, hatte getrunken und gegessen, in Wahrheit aber die ganze Zeit nur sie beobachtet. Chizuko rechnete damit, dass auch er ihr auf den Hintern hauen oder an die Brust fassen wollte, dass er ihr Geld für eine Nacht anbot und sie verhöhnen würde, wenn sie ablehnte. Aber es kam anders. Der Mann erwartete sie im Morgengrauen auf der Straße vor dem Lokal, bot an, sie mit dem Wagen nach Hause zu fahren. Sie müsse sich keine Sorgen machen, er wolle lediglich etwas mit ihr bereden und ihr einen Vorschlag machen, der sie von ihrem so offensichtlichen Unglück erlösen könne. Chizuko glaubte ihm kein Wort, doch ihre Verzweiflung war so tief, dass sie sich nicht mehr fürchtete. Egal, was der Mann ihr antat, es könnte nicht schlimmer sein als das, was sie ohnehin schon zu erleiden hatte. Sie stieg also in den Wagen, der von einem Chauffeur gesteuert wurde, und hörte dem Mann zu. Er spreche im Auftrag seines Arbeitgebers, der ein reicher, mächtiger Mann sei, erklärte er. Dieser wisse Chizukos Schönheit sicherlich zu schätzen, sie sei genau die Art eines schlichten, unverdorbenen Mädchens vom Land, die er bevorzuge. Wenn Chizuko also bereit sei, ihn kennenzulernen, würde sie es gewiss nicht bereuen. Chizuko wusste, dass nun genau das geschah, wovor ihre Eltern sie damals, als sie in die Stadt gegangen war, gewarnt hatten. Aber ihr Widerstand war längst gebrochen, sie war zu allem bereit, also erklärte sie sich einverstanden. Dann fragte der Mann, ob sie womöglich noch unberührt sei, und als sie daraufhin nickte, lachte er auf, rieb sich die Hände und steckte ihr eine Summe zu, die sie in der Bar in einem ganzen Monat nicht verdiente – nur, damit sie es sich nicht anders überlegte.

Eine Woche später wurde sie von einer Limousine abgeholt und in das Anwesen jenes mächtigen Mannes gebracht, für den sie ausgesucht worden war. Er war älter als sie erwartet hatte, sicherlich siebzig Jahre alt, und doch eine kraftvolle, würdige Erscheinung. Er speiste mit ihr in einem edlen Zimmer mit Blick auf einen wunderschönen Garten, es gab teure Köstlichkeiten zu essen, und alles, was sie zu tun hatte, war, ihm den Sake einzuschenken und ihm still und demütig zuzuhören, während er von Dingen sprach, von denen sie nichts verstand. Bevor sie zurück nach Hause gebracht wurde, kam noch eine ältere Dame ins Zimmer. Es war die Ehefrau des Mannes. Sie stand für einige Momente still im Zimmer und betrachtete Chizuko, nickte ihr dann wohlwollend zu und verschwand wieder.

Ein paar Tage später wurde Chizuko in ein teuer möbliertes Apartment in guter Lage gebracht, das, so wurde ihr gesagt, ab sofort ihr Zuhause sei. In einem Umschlag erhielt sie eine Summe, die ihr nun monatlich zugehen würde. Ein Schneider nahm Maß, und ein paar Tage später erhielt sie neue Kleidung, darunter zwei kostbare Kimonos.

Erst einen Monat später wurde sie erneut in das Anwesen ihres neuen Gönners gebracht. Wieder speiste sie mit dem alten Mann. Er plauderte mir ihr, während Chizuko zumeist schweigend zuhörte. Nach dem Essen entjungferte er sie in einem kurzen, schmerzhaften Akt.

Chizuko weinte eine Woche lang, aber sie wusste auch, dass es nun keinen Rückweg mehr für sie gab. Ihr Vater würde mit einem einzigen Blick wissen, wie es um sie stand, und er würde sie totschlagen oder verstoßen. Sie konnte nicht mehr nach Hause zurück. Nie mehr. Und da Tokio ihr hinlänglich bewiesen hatte, was es sonst für sie bereithielt, beschloss Chizuko, ihr Schicksal anzunehmen und die Geliebte jenes Mannes zu bleiben, der sie nicht schlecht behandelte.

Chizuko nutzte die freie Zeit, die sie zur Verfügung hatte, und lernte Englisch, nahm Unterricht in der Teezeremonie und in Kalligraphie, sie spielte Tennis und lernte kochen. Der Alte ließ Chizuko nicht öfter als einmal im Monat zu sich kommen, verbrachte jeweils einen Abend und eine Nacht mit ihr. Dabei legte er eine überraschende Zärtlichkeit ihr gegenüber an den Tag, so dass sie nach und nach eine tiefe Zuneigung, ja Liebe zu ihm entwickelte.

Gelegentlich musste Chizuko einen ihrer Kimonos anlegen und ihren Gönner auf ein Bankett begleiten. Es waren oft mächtige Männer, Politiker und Wirtschaftsbosse, die sich dort versammelten, doch während die meisten Männer ihre Ehefrauen mitbrachten, war Chizukos Gönner der einzige, der offen seine Mätresse an seiner Seite führte. Früher wäre das durchaus üblich gewesen, doch in der Gegenwart betrachteten viele sein Verhalten als ungehörig. Ihr Gönner war nicht bereit, sich dem zu fügen. Überhaupt hasste er die Gegenwart und den Verfall des Althergebrachten, vergötterte dafür die Vergangenheit. In geheimen Zirkeln traf er sich mit anderen, die genauso dachten, und darunter waren nicht selten Männer von Einfluss, die Chizuko aus dem Fernsehen kannte. Politiker, Wirtschaftsbosse, Regierungsmitglieder. Während ihrer Besprechungen musste sie das Zimmer verlassen, aber japanische Häuser sind nicht dazu gemacht, um Geheimnisse zu bewahren, und durch die dünnen Wände und Schiebetüren hörte sie, was gesprochen wurde.

Auf diese Art lernte sie, dass ihr Gönner sie zwar gut behandelte, doch in Wahrheit ein hasserfüllter Mann war, voller Wut und Rachegelüste gegenüber vielem. Mit seinen Mitstreitern machte er Pläne für grausame Taten, für Attentate und Morde, für einen großen Aufstand. Chizuko ängstigten diese Dinge, und sie wusste, dass, wenn bekannt wurde, dass sie vieles mitangehört hatte, sie würde sterben müssen.

Eines Tages geschah dann etwas, das nicht hätte passieren dürfen, mit dem auch niemand gerechnet hatte. Chizuko wurde schwanger. Er hatte ihr immer gesagt, dass das nicht geschehen könne, weil es ihm auch in all den Jahrzehnten zuvor versagt geblieben war. Aber eine Laune der Natur hatte es anders gefügt. Ihr Gönner freute sich über alle Maßen. Er legte ihr die alte, faltige Hand auf den Bauch und sagte mit glühenden Augen, dass er das Kind, wenn es ein Junge wäre, adoptieren würde.

Es wurde tatsächlich ein Junge, der den Namen Seiji erhielt. Der alte Mann hatte darauf bestanden, dass die Geburt nicht in einer Klinik, sondern in seinem Anwesen in den Bergen bei Karuizawa stattfand, und so kam Seiji im Februar in der Schneewelt der japanischen Alpen zur Welt. Der Arzt wickelte den Jungen in ein Tuch, gab ihn aber nicht der Mutter, sondern legte ihn in die Hände des Vaters. Der öffnete die Schiebetüren des traditionellen Hauses und trat mit dem Sohn in den winterlichen Garten, wo er das Neugeborene schreiend in den Schnee legte. Chizuko weinte, und der Arzt protestierte, aber der Alte lachte nur und sagte, sein Sohn müsse vom ersten Atemzug an lernen, hart zu sein, ein echter Japaner. Denn er, sein Sohn, werde beweisen, dass die alten Gene der Rasse von Yamato immer noch stark seien.

So liebevoll der Alte zu ihr, Chizuko, war, so unnachgiebig und grausam war er gegenüber seinem Sohn. Und auch wenn es für eine Frau wie Claudia, die aus Europa stammte, wohl schwer zu glauben war, so tat er auch das aus purer Liebe. Der Alte glaubte fest daran, dass er seinen Sohn zu Ehrlichkeit und Gradlinigkeit, zu Tapferkeit und Selbstlosigkeit erziehen müsse, es wäre für ihn das Beste.

Während der Alte sich in den ersten beiden Lebensjahren seines Sohnes sogar noch zurückhielt, begann die wahre Erziehung, als Seiji drei Jahre alt wurde. Der Alte, der verfügt hatte, dass Chizuko und ihr Sohn nun dauerhaft in dem Haus in den Bergen lebten, verbrachte viel Zeit mit ihnen, wollte er doch selbst tagtäglich Hand an die Zucht des Jungen legen. Viel davon war liebesvolles Spielen, bei dem der Alte ganz vernarrt in den jungen Seiji zu sein schien, doch dann wieder gab es Momente, die hart und grausam waren. Wenn der Kleine nicht gehorchte oder einen Fehler beging, folgte die Strafe auf den Fuß. Der Alte schlug Seiji oder ließ ihn stundenlang, in kurzen Hosen und dünnem Hemd, in der Kälte ausharren, verweigerte ihm Essen oder tauchte ihn im Garten in die Wasserbecken, auf denen er im Winter zuvor die Eisschicht zerschlug. Ebenso, wie er den Körper des Kleinen zu stählen versuchte, tat er es mit seinem Geist. Er redete zu Seiji über Kaisertreue und Gehorsam, über Pflichterfüllung und den unbezwingbaren Geist des alten, heiligen Japans.

Chizuko ließ ihre Erzählung ausklingen, schwieg dann lange und schien dem Echo ihrer eigenen Worte nachzuhorchen. Dann riss sie sich endgültig aus der Vergangenheit los, war wieder in der Gegenwart und schenkte ihren Gästen ein zerbrechliches Lächeln. »Bitte, verzeihen Sie, aber es ist lange her, dass ich an diese Zeiten gedacht habe, und noch nie habe ich über sie gesprochen. Es ist Ihnen vielleicht schon jetzt klar, warum ich damals zu dem Ergebnis kam, dass mein Sohn nicht in diesem Haus und bei diesem Mann bleiben durfte. Ich musste ihn fortbringen, wenn er ein normales, ein glückliches Kind werden sollte. Aber ich wusste auch, dass mein Herr und Gebieter es niemals dulden würde, wenn ich oder sonst jemand ihm seinen Erben wegnehmen würde. Also begann ich, unsere Flucht zu planen. Mir war klar, dass ich meinen Jungen, sollte sein Leben sicher sein, nicht bei mir behalten durfte. Darum sorgte ich dafür, dass er über viele Hände zu den Menschen gelangte, die ihn schließlich großzogen und die selbst nicht wussten, woher Ryūtarō, wie sie ihn nannten, stammte. Ich hingegen kam hierher, in die Berge von Tottori, in der Hoffnung, dass mich niemand hier finden würde … Nun beweisen Sie mir, dass auch dieser Teil meines Planes nach vielen Jahren gescheitert ist.«

Claudia atmete tief ein und seufzte dann. Am liebsten hätte sie Chizuko in den Arm genommen, aber vermutlich wäre es ihr unangenehm gewesen. Sie wartete einige Momente, bevor sie schließlich sagte: »Wir sind Ihnen sehr dankbar, dass Sie über all diese Dinge mit uns sprechen. Aber Sie verstehen sicherlich, dass wir immer noch zahlreiche Fragen haben. Mich würde zum Beispiel interessieren, ob Seiji eigentlich wusste, dass die Familie Matsumoto ihn nur adoptiert hatte?«

Takeda räusperte sich und fügte hinzu: »Und am allerwichtigsten, wer ist sein Vater? Wie heißt er? Hat er herausgefunden, wohin Sie ihr gemeinsames Kind gegeben haben, und hatten die beiden Kontakt miteinander?«

Chizuko verbeugte sich und sagte: »Ich werde alle Ihre Fragen beantworten. Aber sehen Sie es mir bitte nach, dass ich jetzt erst einmal meine Pflichten hier im Dorf erfüllen muss. Ich konnte damals hierher ziehen, weil ich den ansässigen Familien versprochen habe, mich um die Alten zu kümmern, die sie hier zurückgelassen haben, als sie in die Städte zogen. Im Gegenzug haben sie es mir ermöglicht, in diesem Dorf unsichtbar zu werden. Einige der Herrschaften sind im Laufe der Jahre verstorben, aber andere leben noch, und ich versorge sie Tag für Tag.«

Claudia sah auf die Uhr auf dem Display ihres Handys. Es war später Nachmittag. »Ja, natürlich, Sie haben Ihre Aufgaben. Vielleicht können wir uns später weiter unterhalten«, sagte Claudia.

»Mir wäre es lieber, wir würden unser Gespräch morgen fortführen. Die vielen Worte haben mich sehr angestrengt, und ich brauche Ruhe. Bitte, kommen Sie nach dem Frühstück wieder. Haben Sie einen Ort, an dem Sie übernachten können?«

Takeda schüttelte den Kopf. »Nein, aber wir haben den Wagen und können in den nächsten größeren Ort fahren und ein Hotel suchen.«

Chizuko erklärte lächelnd: »Das müssen Sie nicht. Wenn Sie mit einer einfachen Unterkunft zufrieden sind, kann ich Ihnen im Nachbarhaus ein Zimmer richten. Das Haus steht seit langem leer, aber ich halte es in Ordnung. Ich werde jetzt für die alten Herrschaften im Dorf kochen, und es wird auch für Sie später zum Abendbrot reichen. Bitte, folgen Sie mir, ich werde Ihnen alles zeigen.«

Sie standen gemeinsam auf und gingen zur Tür. Als sie draußen im Licht standen, fühlte Claudia sich wieder leicht und unwirklich. Alles, was sie gehört hatte, dazu diese so idyllische Umgebung, es kam ihr wie ein Traum vor.

Sie gingen hinüber zum Nachbarhaus, das ebenfalls alt und strohgedeckt war. »Gestatten Sie mir bitte eine letzte Frage, Frau Hayashi. Weil ich sonst heute Nacht bestimmt kein Auge zumachen kann.«

»Bitte.«

»Haben Sie Seiji seit damals eigentlich wiedergesehen? Oder haben Sie damals tatsächlich jede Verbindung zu ihm verloren?«

Wieder nahmen Chizukos Augen einen traurigen Ausdruck an, und sie sagte mit kaum hörbarer Stimme: »Ja, ich habe ihn wiedergesehen. Er stand eines Tages hier vor meiner Tür, ganz so wie Sie heute dort standen. Das ist jetzt zwei Jahre her. Ich weiß nicht, wie er mich gefunden hat.«

»Haben Sie ihm all das erzählt, was Sie uns erzählt haben?«

»Ja, das habe ich. Ich habe auch ihm von seinem Vater erzählt. Ich weiß nun, dass es ein Fehler war, denn wenn ich geschwiegen hätte, würde mein Sohn heute noch leben.«

50.

Der Wind hatte sich gelegt, und die schon tiefstehende, aber immer noch warme Sonne verbreitete eine süße Frühlingsstimmung. Takeda richtete sich auf und wischte sich mit dem Handrücken über die schweißnasse Stirn. Er hatte sein Hemd ausgezogen und war dabei, Holz zu hacken, um später das *Ofuro*, das Bad, in dem alten Bauerhaus einzuheizen. Zuvor würde er Wasser aus dem Brunnen pumpen, um die alte hölzerne Bottichwanne zu füllen. Im Dorf gab es weder fließendes Wasser noch Strom, die Versorgung war schon vor Jahren abgestellt worden, hatte Chizuko erklärt. Es lohnte sich wohl nicht mehr für die wenigen verbliebenen Bewohner.

Takeda blickte zu Claudia hinüber. Sie saß im Laubengang vor dem Wohnzimmer, der eigentlich zum Inneren des Hauses gehörte. Da sie aber vorhin die hölzernen Läden zur Seite geschoben hatten, bildeten die Holzdielen nun eine Art überdachte Veranda. Ihr ging es wohl genau wie ihm, vermutete Takeda. Sie dachte über das Gespräch mit Chizuko nach, spürte der Trauer und zerbrechlichen Schönheit der Frau nach.

Claudia bemerkte seine Blicke, sah in seine Richtung und winkte ihm zu. Er winkte zurück, fuhr dann mit seiner anstrengenden und doch auch beglückenden Arbeit fort.

Takeda war trotz all der düsteren Erlebnisse der zurückliegenden Tage, auch trotz der traurigen Erzählung Chizukos nicht in einer gedrückten Stimmung. Dazu war dieser Ort zu schön. Für ihn, der in Tokio aufgewachsen war, war es wie eine Erinnerung an etwas, das er eigentlich nie wirklich erlebt hatte. Anders als viele seiner Landsleute auch noch seiner Generation hatte er seine Kindheit eben nicht auf dem Land verbracht, war nicht erst als junger Erwachsener in eine der großen Städte gezogen. Die Erinnerung an das alte, ursprüngliche Leben blieb in diesen Menschen wach. Natürlich, die meisten waren froh, der Einfachheit der Dörfer entkommen zu sein, dennoch schlummerte tief in ihnen die Sehnsucht nach einer Rückkehr, die Sehnsucht nach dem Glück und der Ganzheit dieser so stillen, harmonischen Welt inmitten der Felder und Wälder.

Chizuko hatte ihnen vorhin das Haus gezeigt, in dem sie übernachten konnten. Es glich dem ihren, war nur ein wenig kleiner. Claudia und Takeda hatten die äußeren Schiebewände geöffnet und Licht und Wärme ins Innere gelassen. Die Einrichtung in den Zimmern bestand aus alten Tansu-Truhen, einem alten Hibachi-Öfchen, ein paar schlichten Regalen. In einer Tokonoma-Nische hing ein schönes altes Tuschbild, und davor waren zwei Schwerter ausgestellt, alte Katana, vermutlich Familienerbstücke, für die sich einfach niemand mehr interessierte und die die Familie einfach zurückgelassen hatte. Außerdem stand in einer Ecke eine alte Shakuhachi, eine traditionelle Bambusflöte, und Takeda hatte Claudia das Versprechen geben müssen, später für sie zu spielen.

Er schichtete ein paar der Scheite auf eine Schubkarre, fuhr sie hinüber zum Haus. Dann kehrte er zurück, nahm die Axt wieder auf, hob sie hoch über den Kopf und ließ sie auf das Holzscheit niedersausen. Claudia, die ihm zusah, rief hinüber: »Gibt's in Japan eigentlich Chippendales? Du solltest dich bewerben. Wenn du die Axtnummer auf der Bühne machst, würden die Frauen dich vor Begeisterung mit ihren Schlüpfern bewerfen. Jede Wette.«

Takeda blickte hoch, schüttelte verständnislos den Kopf. »Ich weiß nicht, was du meinst.«

»Vergiss es.«

Er zuckte mit den Schultern und fuhr mit seiner Arbeit fort. Als er das nächste Mal zu Claudia blickte, hatte sie die Beine ausgestreckt und sich mit geschlossenen Augen in die Sonne gedreht. Takeda musste an ihre Worte vom Vormittag denken, als Claudia vorgeschlagen hatte, einfach für einige Zeit abzutauchen, alle Probleme zu vergessen und einfach zu leben.

Warum nur für einige Zeit?, fragte er sich. Warum nicht für immer? Es gab hier Land, das sie bestellen konnten, es gab ein Haus, das sie bewohnen konnten. Es gab Frieden.

Am Abend sanken die Temperaturen dicht an den Gefrierpunkt, sie waren eben in den Bergen, und noch war es früh im Jahr. Chizuko hatte ihnen im Wohnzimmer zwei Futons bereitet. Auf den Tisch hatte sie zwei Tablette mit Abendessen gestellt, das sie inzwischen verspeist hatten. Es waren einfache, gute Speisen gewesen, gebratener Fisch, Tofu, eingelegtes Gemüse, Reis. Ein kleiner, tragbarer Ölofen spendete ein wenig Wärme, die Nacht würde dennoch kalt werden.

Der behaglichste Raum im Haus war das Bad. Takeda hatte die traditionelle Wärmevorrichtung befeuert, und das Wasser im Holzzuber war angenehm heiß. Es verbreitete Dampfschwaden, die durch die Ritzen der alten Badezimmertür hindurchkrochen. Claudia war als Erste ins Bad gegangen, aber anscheinend gefiel es ihr so gut, dass sie gar nicht wieder herauskommen wollte.

Takeda lief ein paar Minuten im Zimmer herum, er wollte nicht ungeduldig erscheinen. Er hörte ihr behagliches Seufzen, auch das Plätschern, während sie sich in der Wanne räkelte und es sich gutgehen ließ.

Dann erinnerte Takeda sich daran, dass man früher in Japan oft gemeinsam gebadet hat, sogar in öffentlichen Thermalbädern, den *Onsen*, waren Männer und Frauen gemeinsam ins Wasser gestiegen. Zuhause hatte man es genauso gehalten, jedenfalls auf dem Land.

Und sie waren schließlich auf dem Land.

Takeda zog sich die Kleider vom Leib, schob die Schiebetür zum Bad auf. Im Inneren des kleinen Raumes raubte der dichte Wasserdampf jede Sicht.

»Ken? Bist du das?«

»Ja.«

»Gehört sich das? In ein Badezimmer reinzukommen, in dem gerade eine Frau badet?«

»In Japan schon.«

Kurze Pause. »Ich mag Japan.«

»Siehst du.«

Takeda hielt eine Hand ins Wasser, es hatte nun die perfekte Temperatur, nicht zu heiß, nicht zu kalt.

Er stieg in die Wanne und blickte in Claudias Augen. Sie wirkte überraschend gelassen. Dann lächelte sie und sagte: »Du weißt schon, dass ich nackt bin?«

»Sicher. Ich übrigens auch.«

»Das ist gefährlich, findest du nicht?«

»Nicht wirklich.«

»Nicht?«

Er schüttelte den Kopf. »Das Wasser ist einfach zu heiß, um sich groß darin zu bewegen.«

»Oh.«

»Das ist der Nachteil japanischer Bäder.«

Kurzes Schweigen.

»So heiß finde ich das Wasser gar nicht mehr«, sagte Claudia.

»Ich auch nicht.«

»Also?«

»Kein also.«

51.

Es war der nächste Vormittag. Claudia stand hoch über dem Dorf am Waldrand und blickte hinab auf die verstreut liegenden Häuser inmitten der verwaisten Felder. Sie hatte ihre Joggingklamotten an, wollte auch wirklich laufen. Bisher aber war sie einfach nur spazierend einem schmalen Pfad gefolgt, der sie hier hinaufgeführt hatte.

Der Anblick des Tales und der alten, von der Frühlingssonne beschienenen Häuser überwältigte sie. Alles wirkte harmonisch, die Gebäude waren Teil der Natur, die Dinge im Einklang mit sich selbst.

Und dann kamen ihre Tränen. Ganz von selbst. Sie konnte sie

nicht zurückhalten, wollte es auch gar nicht. Sie weinte, zum ersten Mal seit Ewigkeiten. Es waren keine Tränen der Trauer. Oder nicht nur. Es war alles zusammen. Trauer, Glück, Frieden, Sehnsucht, Erfüllung.

Sie konnte einfach nicht glauben, was mit ihr und ihrem Leben geschah. Sie war sechsunddreißig Jahre alt, und sie war – da machte sie sich keine Illusionen – eine kluge, aber eben auch zutiefst beziehungsunfähige deutsche Großstadtfrau.

Und ausgerechnet sie fand in einem verlassenen Dorf in den Bergen von Japan das Glück, an das sie selbst schon lange nicht mehr geglaubt hatte.

Da konnte man wohl doch mal weinen, oder?

Sie gönnte sich Minuten. Ewigkeiten. Dann wischte Claudia sich über die Augen und schlenderte weiter. Der schmale Pfad führte in den Wald hinein, in dem hochgewachsene Kiefern und Ahornbäume mit noch jungen, zarten Blättern standen. Ken hatte sie vorhin, als sie losging, gewarnt, es gebe in den japanischen Wäldern Bären und gar nicht wenige.

»Ja, klar und einen bindest du mir gerade auf, richtig?«

Er lag noch auf dem Futon, das Haar geöffnet, entspannt, schön, nackt, erschöpft von einer langen, viel zu kurzen Nacht. »Nein, ich meine es ernst. Es gibt wirklich viele Bären. Und Schlangen auch, zum Teil sehr giftig. Sei also vorsichtig.«

»Ist nicht meine Stärke, vorsichtig zu sein. Aber das ist doch auch gut so, oder? Sonst wäre die Nacht nicht so geworden, wie sie war.«

Er lachte, und sie hatte sich auf den Weg gemacht.

Die Luft im Wald war kühl und würzig. Der Pfad senkte sich auf der anderen Seite des Kammes in das benachbarte Tal. Wenn sie es richtig einschätzte, könnte sie einen großen Bogen schlagen und so wieder zurück ins Dorf gelangen.

Claudia joggte immer noch nicht, sie ging gemütlich und hing ihren Gedanken nach. In der Talsenke führte der Pfad durch einen dichten Bambushain. Die zartgrünen Stämme wiegten sich leicht im Wind. Durch die feinen Blätter rieselte grünblaues Licht hinab. Claudia blieb stehen und genoss die verzauberte Umgebung. Alles war voller Licht und Leichtigkeit.

In der Nacht hatten sie und Ken lange über den Fall geredet, hatten sich dann nur noch angesehen im rot flackernden Licht des kleinen Ölofens. Claudia hatte sich daran erinnert, wie sie Ken zum ersten Mal gesehen hatte. Das war vor einem guten halben Jahr am Hamburger Flughafen gewesen. Sie hatte ihn abgeholt und war alles andere als begeistert von seiner Ankunft gewesen. Sie befürchtete, nur noch als Reiseführerin für einen langweiligen, steifen Japaner herhalten zu müssen. Und jetzt lag sie mit eben diesem Japaner im Bett und wurde fast wahnsinnig vor Begehren. Und ihm ging es nicht anders. Ihre Hände fanden sich, ihre Lippen, ihre Körper. Ein erstes Mal, laut und stürmisch. Dann ein zweites Mal, ruhiger und gelassener, aber nicht weniger leidenschaftlich.

Es fühlte sich nach Ankommen an, dachte Claudia. Nach Ankommen bei ihm, bei sich, in einem Leben, das sie aushalten konnte. In einem Leben, das sie gerne führen wollte. Warum blieben sie also nicht wirklich einfach hier? Ken hatte davon gesprochen. Sie könnten es doch, oder? Niemand wusste, wo sie waren. Niemand konnte sie zwingen, von hier fortzugehen.

Okay, es war heute ihr fünfter Tag in Japan, und das hieß, dass sie in drei Tagen wieder im Hamburger Präsidium zum Dienst antreten mussten. Interessierte sie das? Weniger als gar nicht.

Der Pfad wand sich in einem weiten Bogen um einen Hügel herum. Dort wurde er leicht abschüssig und führte wieder zum Dorf zurück. Claudia folgte ihm für vielleicht zwei Kilometer. Dann öffnete sich der Ausblick über die alten Häuser, die so malerisch in die verwilderten Felder eingebettet waren.

Claudia war vielleicht noch zweihundert Meter vom Haus entfernt, als sie Ken sah. Er hatte die äußeren Schiebewände geöffnet, so dass das Innere des Hauses offen dalag. Er trug den traditionellen hellblauen Yukata, eine schlichte Variante des Kimono aus Baumwolle, saß vorne auf der erhöhten Holzumrandung in der Sonne, genau wie sie gestern, und spielte auf der Shakuhachi. Er hatte das gestern Nacht schon getan, hatte der traditionellen Flöte tiefe, ruhige Klänge voller Melancholie und Sehnsucht entlockt. Ken hatte ihr erklärt, dass die buddhistischen Wandermönche der alten Zeiten oft die Shakuhachi gespielt hatten. Sie zogen durch das Land, spielten und meditierten auf der Suche nach der Buddhaschaft.

War Ken auch eine Art Wandermönch? So, wie er sie gestern Nacht geliebt hatte, wohl kaum, dachte Claudia lächelnd. Und wenn, dann war er nicht auf der Suche nach Erleuchtung, sondern nach dem Einklang zwischen Ost und West. Sein Shakuhachi-Spiel hatte es ihr wieder einmal verraten, denn er spielte Stücke, die vom japanischen Mittelalter erzählten, aber dann ganz plötzlich Anklänge an Miles Davis hatten. Der Wandermönch begann zu jazzen, kein Bambushain, sondern die Hochhausschluchten von New York. Schließlich kehrte er wieder in die Stille zurück, in die Sehnsucht eines japanischen Weisen, der gemeinsam mit dem Buddha das Leiden der Welt zu überwinden trachtete.

Claudia stand lange so da, betrachtete Takeda und lauschte den tiefen Klängen der Flöte, die leise vom Haus herüberwehten.

Dann zerfetzte ein Knall die Stille. Laut. Ohrenbetäubend. Zuerst glaubte Claudia an ein Flugzeug, das die Schallmauer durchbrach, vielleicht auch ein fehlzündender Automotor.

Die schnelle, stakkatohafte Salve aus einer automatischen Waffe, die folgte, schaffte Klarheit. Kein Flugzeug. Kein Auto. Eine Waffe. Es wurde geschossen.

Dann sah Claudia wie in Zeitlupe, dass der Holzpfeiler, an dem Ken gerade eben noch gelehnt hatte, im Kugelhagel zersplitterte. Blitzschnell und gewandt rollte Ken zur Seite, aber es war zu spät. Er wurde getroffen. Blut spritzte auf, die Shakuhachi flog in einem Bogen durch die Luft. Ken selbst richtete sich auf, wurde erneut getroffen und stürzte zu Boden, fiel dann von der Holzumrandung des Hauses hinab und auf die nackte Erde.

Claudias Schrei übertönte alles, ein wortloser, erschütterter Ausdruck ihres Entsetzens.

Sie rannte auf das Haus zu, achtete nicht auf die Gefahr, in die sie sich begab. Dann sah sie die Männer. Es waren sechs oder sieben. Sie hatten sich im Schutz eines Schuppens dem Haus genähert, verließen jetzt ihre Deckung. Sie trugen dunkle Anzüge und Sonnenbrillen und waren mit Pistolen und Uzis bewaffnet. Weiter hinten im Dorf standen zwei schwarze SUV mit dunkel getönten Scheiben.

Die Männer schienen von Claudias Auftauchen überrascht zu sein. Sie war vielleicht noch siebzig, achtzig Meter entfernt. Sie blieb stehen und sah in die Mündung der Waffen, die die Männer nun auf sie richteten.

Claudia lächelte. Da war kein Impuls in ihr fortzulaufen. Ken war tot. Dann wollte sie auch nicht mehr leben.

Sie hatte ihr Glück in den Bergen Japans gefunden. Wenn es damit zu Ende gehen sollte, dann würde sie sich nicht dagegen wehren.

Langsam ging sie weiter auf die Männer zu, die unschlüssig wirkten, nicht sicher waren, was Claudias so seltsames Verhalten zu bedeuten hatte.

Dann aber hörte sie plötzlich Kens Stimme. »Lauf weg, Claudia! Lauf! Bring dich in Sicherheit!«

Seine Stimme war brüchig, aber laut genug, dass sie ihn hören konnte. Er stand schwankend vor dem Haus. Die Männer wirbelten herum, schossen wieder auf ihn, trafen ihn erneut und wieder spritzte Blut auf. Takeda fiel zu Boden. Claudia konnte ihn nicht mehr sehen, hörte nur noch seine Stimme: »Du kannst es schaffen, Claudia! Renn so schnell du …«

Wieder Schüsse.

Dann Stille.

Es war, als wäre Claudia aus einer Trance erwacht. Sie wusste, dass sie nur Sekundenbruchteile hatte. Noch waren die Angreifer dabei, aufs Haus zuzurennen, Ken ausfindig zu machen, ihn endgültig auszuschalten.

Sie drehte sich um und rannte. Es war kein Entschluss, es war

Instinkt. Er hatte es gesagt. Sie tat es. Hinter sich hörte sie Schüsse, war aber nicht sicher, ob sie das Ziel war oder immer noch Ken.

Im Rennen blickte sie zurück. Einer der Männer, gedrungener als die anderen, vermutlich der Anführer, zeigte in ihre Richtung. Zwei Männer nahmen ihre Verfolgung auf.

Claudia erreichte das nächstgelegene Haus, das ihr Schutz bot. In seinem Schatten rannte sie weiter, erreichte den Pfad, auf dem sie gekommen war und der um den Hügel führte. Ein paar Meter noch. Sie hörte wieder Schüsse. Rechts und links von ihr schlugen Kugeln in die Büsche ein. Einmal meinte sie sogar, den Luftzug eines dicht vorbeifliegenden Projektils zu spüren.

Sie erreichte die Grenze zum Wald, ein paar Meter noch und sie war außer Sicht. Irgendwo hinter ihr schrien die beiden Männer. Sie drehte sich nicht mehr um, es hätte nur Zeit gekostet. Claudia rannte so schnell, wie sie noch nie in ihrem Leben gerannt war. Der Bambushain, dahinter wieder der Wald aus Ahorn und Kiefern.

Sie rannte.

Die Stimmen wurden leiser.

Wurden noch leiser.

Sie rannte.

Viele Kilometer.

Ohne Rücksicht auf ihre Kraftreserven, ohne ihre totale Erschöpfung zu spüren.

Dann wagte sie es, langsamer zu werden, schließlich sogar anzuhalten. Sie hechelte, ihr war übel, sie wollte sich übergeben. Als sie sich umdrehte, war nichts zu sehen. Niemand war hinter ihr. Aber das konnte sich schnell ändern. Weit in der Ferne hörte sie immer noch Schüsse, das kurze stakkatohafte Rattern der Uzis.

Dann war es still.

Totenstill.

52.

Er war getroffen worden, mindestens zweimal, vielleicht auch öfter. Blut quoll warm und zäh aus seinen Wunden am Arm und am Oberschenkel, wurde vom Stoff des Yukata aufgesogen.

Schmerzen hatte er keine, das Adrenalin unterdrückte alle Empfindungen. Zudem half ihm die harte Schule, durch die sein Vater ihn hatte gehen lassen. Es war nicht unähnlich zu dem, was der junge Ryūtarō Matsumoto erlebt und durchlitten hatte. Auch Takedas Vater hatte ihn mit Härte erzogen, hatte ihn im Winter nur kurze Hosen tragen und ihn zur Strafe stundenlang in Schnee und Regen stehen lassen, hatte mit ihm *Kenjutsu*, die Kunst des Schwertkampfs, trainiert, kaum dass Takeda groß genug war, um eines der hölzernen Übungsschwerter zu halten.

Damals hatte er es gehasst, und auch heute fand er nicht, dass es die richtige Art war, Kinder großzuziehen.

Doch die strenge Zucht seiner Kindertage hatte ihm schon mehr als einmal das Leben gerettet.

Vielleicht tat sie es auch jetzt.

Er hatte sich nach der ersten Salve instinktiv zur Seite fallen lassen, war dann über die hölzernen Bohlen des Hauses gerollt und nach draußen, hinab auf die Erde geglitten.

Es ging um Sekunden. Bald schon würden seine Angreifer so nah sein, dass er keine Chance mehr hätte, ihren Kugeln auszuweichen. Er musste einen Ausweg finden, sofort.

Als er Claudias Stimme hörte, wusste er, dass alles noch viel schlimmer war. Er hatte gehofft, dass sie irgendwo tief im Wald war und erst zurückkehrte, wenn alles vorüber war. Die Hoffnung hatte sich nicht erfüllt.

Die Angreifer reagierten im ersten Moment verwirrt. Offenbar hatten sie vermutet, dass Claudia im Haus sei, hatten nicht damit gerechnet, dass sie aus der anderen Richtung auftauchen würde.

Das war ihre Chance. Sie konnte entkommen. Aber was tat Claudia? Sie kam näher, ignorierte seine Rufe. Merkte sie denn nicht, dass sie direkt in ihren Tod lief? Takeda stand auf, ging das Risiko ein, dadurch ein einfaches Ziel zu sein. Er rief ihr zu, dass sie fortlaufen sollte, so schnell sie konnte. Aber Claudia ging einfach weiter.

Die Angreifer nutzten seine Leichtsinnigkeit und schossen erneut. Wieder durchzuckte ihn ein kurzer, heftiger Schmerz, er war erneut getroffen worden, wenn auch nur leicht. Ein Streifschuss. Aushaltbar. Er ließ sich wieder fallen, rief Claudia erneut zu, sah im letzten Moment noch, wie sie endlich doch fortrannte. Sie wurde von zwei Angreifern verfolgt, hatte aber einen beträchtlichen Vorsprung. Sie könnte es schaffen.

Er hätte es sich nie verziehen, wenn ihr etwas geschehen sollte. Schon vorher nicht, aber nach letzter Nacht erst recht nicht. Das, wonach er sich schon seit langem gesehnt hatte, war endlich wahr geworden. Sogar jetzt, in höchster Gefahr, spürte er das Glück, das ihm zuteil geworden war. Ihr Zusammensein war kostbar, er würde es um jeden Preis beschützen.

Die Angreifer waren jetzt nah am Haus. Für ihn kam eine Flucht nicht mehr in Frage. Wenn er seine Deckung aufgab und rannte, würden sie ihn niedermähen. Was konnte er tun? Wenn er wenigstens eine Waffe hätte ... Zum Glück wurden traditionelle japanische Häuser immer leicht erhöht errichtet. Zwischen Erdboden und Erdgeschoss war eine halbe Armeslänge Platz. Das war die Lösung.

Takeda robbte unter das Haus. In der muffigen Dunkelheit nisteten oft Tiere, Waschbären, Marder, auch Schlangen, die vermeintlich sogar Glück brachten. Es war eine zusätzliche Gefahr. Aber das spielte jetzt keine Rolle, es gab keinen anderen Weg.

Vor dem Haus hörte er die Stimmen seiner Verfolger, sie suchten nach ihm, waren sich nicht sicher, wo er steckte. Wenn sie sich hinabbeugten und ihn sahen, wäre es zu Ende. Sie würden auf ihn schießen, und er könnte nicht entkommen.

Takeda legte kriechend mehrere Meter zurück, musste jetzt unterhalb des Raumes sein, in dem er und Claudia geschlafen hatten. Er drehte sich auf den Rücken, drückte mit ausgestreckten Arme gegen die Bodenbretter. Nichts bewegte sich. Dann fand er eine Bohle, die locker war. Er stemmte sie unter Aufbietung aller seiner Kräfte empor, dann auch die Bohle daneben. Die entstandene Lücke war breit genug, um sich hindurchzuzwängen. Er schob die Tatami, die darüber lagen, zur Seite, konnte nun ins Haus kriechen.

Er wollte in die Küche, um sich wenigstens mit einem Küchenmesser oder einem *Hōchō*, einem traditionellen Küchenbeil, zu bewaffnen. Dann fiel sein Blick auf die Tokonoma-Nische. Das Rollbild, die beiden altertümlichen Schwerter.

Katana gegen Uzi. Es würde kein fairer Waffengang werden. Nicht für seine Angreifer.

Takeda ergriff die beiden Klingen, und eine Art Verwandlung ging mit ihm vor. Seine Körperhaltung, seine Entschlossenheit. Er war nun ganz der Erbe einer alten Sippe von Samurai, dem Takeda-Clan. Jahrhunderte des Kampfes, Jahrhunderte des Sterbens auf den Schlachtfeldern. Kein Blick zurück, kein Gedanke ans Scheitern. Sollte er sterben, war das der Weg, der für ihn bestimmt war. Nun also würde er doch in die Fußstapfen seiner Vorfahren treten ...

Takeda verachtete eigentlich solch heroische Gedanken. Aber er wollte hier heil herauskommen und wieder vor sie treten und sie in den Arm nehmen. Claudia.

Er war kein Samurai.

Er wollte einfach nicht schuld daran sein, dass sie trauern musste.

Takeda zog die Waffen blank, begutachtete die Klingen, sie waren scharf genug. Er behielt das gezogene Katana in der Hand, schob das kürzere Wakizashi zurück in die Scheide und befestigte es an seinem Obi.

»*Yosh!*« Die kurze Silbe entstieg seiner innersten Mitte, war tief und grollend und schien das ganze Haus erzittern zu lassen.

Seine Feinde konnten ihn hören. Sie sollten ihn hören. Er war bereit. Nun galt es!

Schon kamen ihre Stimmen näher. Offenbar waren zwei von ihnen ins Haus geschickt worden, um ihn zu suchen. Takeda hörte tastende Schritte, dazu kehlige Stimmen: »Siehst du ihn?«

»Nein.«

»Verdammt, wo ist das Schwein?«

»Warum zünden wir das Haus nicht einfach an und räuchern ihn aus.«

»Du hast gehört, was der Boss gesagt hat. Sucht ihn, findet ihn, tötet ihn.«

»Mir soll's recht sein. Los, weiter!«

Als die beiden das Zimmer betraten, fiel Ken von der Decke herab wie ein giftiges Tier. Er hatte sich an einen der Deckenbalken geklammert und gelauert. Behände wie ein Panther landete er auf den Füßen, die Klinge surrte durch die Luft. Zwei Hiebe, zwei Opfer. Die Männer fielen leblos zu Boden.

Takeda sah auf sie herab. Wenn er richtig gezählt hatte, waren die Angreifer insgesamt zu siebt gewesen. Zwei waren nun erledigt. Zwei weitere verfolgten Claudia. Also noch drei.

Bevor er das Zimmer verließ, fiel Takedas Blick auf die Schusswaffen der beiden Angreifer. Er musste nur die Hand danach ausstrecken, und das Gefecht wäre schneller und gefahrloser beendet. Aber er tat es nicht. Sein alter Entschluss hatte Gültigkeit. Keine Schusswaffen. Nie mehr. Auch nicht, wenn er sein eigenes Leben dabei verlor.

Seine Wunden bluteten noch immer, und von ferne ahnte er den Schmerz, der ihn überkommen würde. Aber noch nicht. Er musste ihn unterdrücken, musste ganz auf den Kampf konzentriert bleiben. Der Yukata war nun blutgetränkt und hinderte ihn am Kämpfen. Kurz entschlossen glitt er mit einem Arm aus dem Ärmel, warf das Oberteil nach hinten. Sein nun nackter Oberkörper glänzte von Schweiß und Blut. Sein langes schwarzes Haar fiel ihm offen über die Schultern.

Es war noch nicht entschieden.

Von draußen rief die tiefe Stimme eines Mannes, der wohl der Anführer des Trupps war. »Hey, was ist los da drinnen? Katsu? Tora? Habt ihr ihn erledigt?«

»Sie antworten nicht, Boss«, sagte ein anderer.

»Das höre ich selbst, Idiot. Ihr zwei, geht ins Haus und seht nach, was passiert ist. Schießt auf alles, was sich bewegt. Nehmt keine Rücksicht. Er muss sterben.«

»Warum gehen wir nicht alle zusammen rein? Oder noch besser, wir durchlöchern die Bruchbude mit den Uzis, bis alles nur noch Kleinholz ist.«

»Halt die Klappe, Idiot. Tu, was ich dir sage.«

»Schon gut, Boss. Wir gehen.«

Takeda hörte das Geräusch der Schiebetür, dann schleichende Schritte im Flur und im vorderen Raum. Durch den Spalt der Shojis sah er eine Hand, die einen Revolver hielt. Sie kämmten das Haus durch, schlichen durch alle Zimmer, die Küche, das Bad.

Sie würden ihn jedoch nicht finden. Er wusste, wie man unsichtbar wurde.

Dann hörte er die Stimme des einen Mannes, der nach draußen rief: »Er ist nicht hier, Boss. Aber Katsu und Tora liegen am Boden.«

»Sind sie tot?«

»Schwer zu sagen. Sie rühren sich nicht.«

»Sucht weiter, ihr Deppen. Er muss irgendwo stecken.«

Aus der Ferne waren andere, neue Stimmen zu hören. Dann das Geräusch sich nähernder Schritte.

»Wir haben die *Gaijin*-Frau verloren. Sie hatte zu viel Vorsprung.«

»*Chikushō*! Verdammt! Seid ihr zu dumm, eine Frau zu töten?«

»Sie war schnell, Boss. Im Wald hatten wir keine Chance.«

Takeda schloss für einen kurzen Moment die Augen. Claudia lebte und war entkommen. Die Nachricht beflügelte seine Kräfte.

Nun war es mehr als ein Wunsch zu überleben. Nun war es seine Pflicht.

Takeda wandte seine Blicke erneut zur Decke. Ebenso wie die Bohlen am Boden waren die Deckenplatten in den alten Häusern beweglich.

Er wusste, was zu tun war.

Draußen war wieder die dröhnende Stimme des Bosses zu hören: »Um die Frau kümmern wir uns später. Erst einmal erledigen wir den Bullen. Geht rein und helft den anderen. Aber ... verdammt, was ist das?«

Ken erschien wie ein Geist auf dem Vordach des Hauses. Dann sprang er mitten in die Gruppe der drei Männer. Sie konnten nicht schießen, da sie sich sonst gegenseitig getroffen hätten. Er wirbelte wie ein Derwisch um die eigene Achse, nun mit zwei Klingen bewaffnet, in jeder Hand eine. Seine Gegner fielen nieder wie Gras, das von einer Sense erfasst wurde.

Ken atmete schwer, das Blut quoll wieder aus seinen Wunden, die Anstrengung zerriss beinahe sein Herz. Lange würde er nicht mehr durchhalten.

Er musste es schnell zu Ende bringen. Fünf waren erledigt, blieben nur noch die zwei, die der Boss ins Haus geschickt hatte.

Ken wollte gerade hinter ihnen her, als sie durch die Tür nach draußen traten. Sie reagierten sofort, rissen die Abzüge ihrer Waffen bis zum Anschlag durch. Ein Kugelhagel ging auf Takeda nieder, die nächsten beiden Treffer. Diesmal brannte heißer Schmerz in seiner Brust auf, diesmal hatte es ihn böse erwischt.

Er würde sich später darum kümmern.

Mit einer Hechtrolle tauchte er unter dem Kugelhagel durch, warf die kürzere der Klingen wie einen Speer. Sie schnitt einem der Angreifer in den Arm, der ließ die Uzi fallen. Der andere riss erschrocken die Augen auf, als er den blutüberströmten Ken sah, vielfach getroffen, aber immer noch aufrecht. Ein Geist aus alter Zeit. Der Angreifer ahnte, dass nur noch er da war. Er stieß ein Wimmern aus, wollte sich umdrehen und fliehen. Zu spät. Takedas Klinge traf ihn im Genick, er sank mit einem würgenden Geräusch nieder.

Alle sieben. Es war vollbracht.

Aber Takeda machte sich keine Illusionen. Er hatte nur kurze Momente, bis seine Gegner wieder zu sich kamen. Mit der stumpfen Seite eines Schwertes zu kämpfen war eine hohe Kunst, die nicht viele beherrschten. Er war nahezu perfekt darin. Er brach Knochen, er schickte seine Feinde in die Ohnmacht. Aber er tötete sie nicht. Mit Pech aber währte die Bewusstlosigkeit nicht lange. Er musste sich beeilen.

Mit schnellen Bewegungen klaubte Takeda die Schusswaffen zusammen, warf sie in das Regenbecken neben dem Haus, wo sie plätschernd versanken. Er fand eine Wäscheleine und andere Stricke, die einmal dazu gedient hatten, Bohnen und anderes Gewächs zu binden. Er fesselte seine Gegner an Händen und Füßen, knebelte ihre Münder. *Kinbaku*. Für ihn war es immer noch die Kunst der alten Krieger und kein Sexspiel, um Frauen in ästhetische Pakete zu verschnüren. Takedas Vater hatte ihn auch darin unterrichtet.

Er war fertig mit der Arbeit, klopfte sich zufrieden die Hände ab. Nun war es an der Zeit, sich um die eigenen Wunden zu kümmern. Der Schmerz meldete sich allmählich und würde ihm bald schon das klare Denken trüben. Es waren nur Streifschüsse, die nicht lebensbedrohlich waren. Die Summe der Wunden war jedoch ein Problem, der Blutverlust konnte ihn in die Knie zwingen.

Takeda hatte sich gerade im Bad daran gemacht, seine Wunden zu waschen und mit Stoffstreifen abzubinden, als er ein leises, entferntes Wimmern hörte. Nicht der Laut eines Mannes, sondern der einer Frau.

Claudia.

Nein, sie konnte es nicht sein.

Chizuko.

Er ließ alles fallen und rannte los.

53.

Der Tempel stand auf einer Lichtung, umgeben von hochaufragenden Zedern. Er war nicht sonderlich groß und bestand aus altem, von Sonne und Wetter ausgeblichenem Holz. Eingerahmt wurde er von Reihen verwitterter, von Moos überzogener Buddhastatuen.

Claudia kam sich vor wie in einem Traum, einer Halluzination, die ihrer Erschöpfung und Trauer geschuldet war. Würden die steinernen Buddhas auf einmal lebendig werden, sie an die Hand nehmen und in das ferne Reich des Nirwana geleiten?

Sie blieb stehen, rieb sich übers Gesicht und versuchte, ihre aufgewühlten Gedanken zu beruhigen. Ken hatte ihr während der Fahrt erzählt, dass die Provinz Tottori und besonders die einsamen Bergregionen früher ein reges Zentrum des Buddhismus waren, das aber irgendwann in Vergessenheit geraten war. Immer noch lagen verstreut in den Bergen zahlreiche Tempel, von denen einige schon verfallen waren, während andere notdürftig erhalten wurden. Offenbar war Claudia hier, mitten im Wald, auf solch einen vergessenen Tempel gestoßen.

Sie blickte sich um und fragte sich, ob außer ihr wohl jemand hier war. Doch sie hörte und sah niemanden.

Dann entdeckte sie neben einem kleineren Nebengebäude einen modernen Getränkeautomaten, der offenbar sogar ans Stromnetz angeschlossen war. Irritiert blickte sie auf den Automaten, dessen leuchtendes Display für allerlei Getränkesorten warb, ein seltsames Artefakt, als hätten Außerirdische aus einer technologisch höherstehenden Zivilisation es hier vergessen.

Alt und neu, schön und hässlich.

Leben und Tod.

Japan.

Claudia wurde klar, dass der Tempel keineswegs aufgegeben

war, sondern immer noch bewirtschaftet wurde. Es konnte also gut sein, dass hier noch andere Menschen auftauchten. War das gut? Sollte sie sich hilfesuchend an sie wenden? Sie wusste es nicht.

Claudia ging zu dem Automaten hinüber. Sie hätte viel um einen Schluck aus einer heißen Getränkedose gegeben, lechzte nach Zucker, nach Energie. Sie hatte sich völlig verausgabt. Nachdem sie nicht mehr hatte rennen können, war sie erst gegangen, am Ende nur noch gestolpert.

Aber sie hatte kein Geld dabei, keinen einzigen Yen. Sie hatte überhaupt gar nichts bei sich, außer den Kleidern, die sie am Leib trug. Keinen Ausweis, kein Handy.

Aber wen hätte sie auch anrufen sollen? Sie kannte doch niemanden in Japan.

Und der einzige Mensch, den sie eben doch kannte, war vermutlich tot. Erschossen im Kugelhagel der *Yakuza* oder Neonazis oder wer immer sie überfallen hatte.

Wie sollte es nun weitergehen? Claudia hatte keine Idee und fühlte sich völlig verloren.

Erschöpft ließ sie sich auf die Stufen vor dem Tempel sinken, vergrub das Gesicht in den Händen und schluchzte auf. Sie und Ken waren viel zu naiv gewesen, zu unbeschwert, zu leichtsinnig. Sie war doch gewarnt worden, schon am ersten Tag. Und dann, als Ken die enthauptete Leiche Morinagas gesehen hatte, hätte ihnen klar sein müssen, dass ihre Gegner nicht zimperlich waren.

Und eigentlich war es doch noch viel früher deutlich gewesen. Der tote Matsumoto. Uemura, der sich in ihrem Beisein das Leben genommen hatte.

Diese Typen pfiffen auf ein Menschenleben. Sogar auf ihr eigenes.

Aber sie und Takeda hatten es einfach ignoriert.

»*Konnichiwa!*« Eine Stimme riss Claudia aus den Gedanken. Sie blickte hoch und sah in das faltige Gesicht eines alten Mannes. Er trug ein kimono-artiges Gewand in erdigen Farben, hatte an den Füßen Strohsandalen. Er musste wohl ein Mönch sein, vielleicht der Vorsteher des Waldtempels.

»*Konnichiwa*«, sagte auch Claudia und verbeugte sich.

»*Dōshite naiteiru no deshōka, Ojōsama?*«, fragte der alte Mönch.

Claudia hob hilflos die Hände, versuchte auszudrücken, dass sie kein Japanisch verstand.

Der Mönch nickte, deutete dann mit den Fingern Tränen an, die ihre Wangen hinunterliefen, sah sie fragend an.

»Warum ich weine? Weil ich alles falsch gemacht habe. Weil ich alles verloren habe. Und weil es meine Schuld ist.«

Der alte Mönch sann ihren Worten nach, schüttelte dann aber seufzend den Kopf. Auch er verstand kein Wort.

Er lächelte und verbeugte sich, forderte sie dann mit einer Geste auf, ihm zu folgen. Claudia stand auf. Sie kramte das einzige, schon völlig durchweichte Papiertaschentuch, das sie hatte, aus der Tasche und tupfte sich die Augen trocken. Dann ging sie dem alten Mann hinterher.

Er führte sie in eine kleine Hütte hinter dem Tempel. Sie bestand aus einem einzigen Raum, der mit alten, vergilbten Tatami-Matten ausgelegt war. In einer Wandnische hing ein Rollbild, davor stand eine Vase mit einem einzelnen Kiefernzweig.

Der Mönch wies sie mit der Hand an, sich zu setzen. Er selbst kniete sich vor einen gusseisernen Wasserkessel, der auf einer Art großem Stövchen stand, in dem ein paar Kohlen glühten.

Mit erfahrenen Handbewegungen begann er, eine grobe, aus rohem Ton bestehende Teeschale zu reinigen. Claudia kämpfte immer noch mit den Tränen, musste zugleich aber auch lächeln. Der Mönch führte eine Teezeremonie für sie durch, genauso wie Ken es oft in Hamburg getan hatte. In ihrem Dienstzimmer im Polizeipräsidium.

Schließlich war der Tee bereitet. Der Mönch stellte die Schale auf die Matten. Claudia beugte sich vor, nahm die Schale in die Hand und trank von der starken, leuchtend grünen Flüssigkeit des Matcha-Tees.

Sie spürte die Ruhe, die der Tee ihr spendete. Die Ausgeglichenheit. Die Stille. Tee löste keine Probleme. Aber er spendete Abstand. Eine Auszeit.

Schönheit und Stille.

Leben und Tod.

Der Mönch wartete geduldig, bis Claudia die Tasse geleert hatte und sie ihm zurückgab. Er führte die abschließende Reinigungszeremonie durch. Dann verbeugten sie sich beide noch einmal.

»Ich weiß, dass Sie mich wahrscheinlich nicht verstehen können, Herr Mönch. Aber ich möchte einen Schwur leisten. Vor Buddha. Ist das in Ordnung?«

Der alte Mann schüttelte lächelnd den Kopf, er verstand sie nicht.

Claudia fuhr dennoch fort. »Ich habe keine Hoffnung, dass Ken noch lebt. Aber wenn doch nur eine winzige Möglichkeit besteht, dann möchte ich das Schicksal mit meinem Schwur gnädig stimmen. Ich gelobe, dass ich ab jetzt meditieren und den Buddha ehren werde. Vielleicht werde ich nicht gerade zur Nonne, aber so in die Richtung soll es schon gehen. Ich weiß gar nicht – leben die buddhistischen Nonnen enthaltsam? Ich meine, haben sie keinen Sex? Okay, wenn es sein muss, dann gelobe ich auch das! Doch, wirklich, ich schwöre es, ich werde keinen Mann mehr berühren. Auch Ken nicht. Obwohl mir das nach der letzten Nacht echt schwerfallen wird. Ich werde die Erinnerung daran bis zum Ende meines Lebens in meinem Herzen bewahren. Aber sie wird sich nie wiederholen, wenn ich dadurch beitragen kann, dass er überlebt.«

Claudia verbeugte sich und blickte in das mild lächelnde Gesicht des alten Mönches. Vielleicht hatte er sie ja doch verstanden? Jedenfalls schien er keine Einwände zu haben.

54.

Chizuko lag auf den Tatami-Matten ihres Hauses, blickte mit todgeweihten Augen hinauf zu Takeda, atmete dabei schwer und röchelnd.

Sie hatten ihr mit einem Messer die Kehle aufgeschnitten.

Er kniete sich neben sie, drückte ihr ein Tuch auf die große Wunde am Hals. Dann bemerkte er, dass sie zudem noch viele Stichwunden am ganzen Körper hatte. Ihr Leib war zerfetzt, eine blutende Masse.

Selbst wenn eine Ambulanz schnell zur Stelle wäre, was in einer solch abgelegenen Gegend ohnehin nicht zu erwarten war, hätte sie keine Chance zu überleben. Sie tat ihre letzten Atemzüge.

Takeda strich ihr sanft über die Wange und sagte: »Sorgen Sie sich nicht. Alles wird gut werden.«

Chizukos Züge zeigten ein angestrengtes, zerbrochenes Lächeln. Sie machte eine zitternde Bewegung mit der Hand, deutete Takeda an, näher zu kommen. Er beugte sich über sie und lauschte ihren schwachen, im Blutstrom gurgelnden Worten.

»Mein Sohn ist tot, und nun ist es auch mir bestimmt zu sterben. So soll es sein, ich habe nichts dagegen. Damals, als junge Frau, habe ich den falschen Weg gewählt, und nun bezahle ich dafür.«

»Sprechen Sie nicht, Chizuko-San. Sparen Sie Ihren Atem. Ich habe einen Rettungswagen alarmiert. Er wird sicherlich bald da sein.«

»Sie lügen, Inspektor. Niemand wird kommen. Aber es macht nichts. Ich bin bereit zu sterben. So wie mein Sohn bereit war zu sterben.«

»Was meinen Sie damit? Wieso glauben Sie, dass er bereit dazu war? Bitte, sagen Sie mir, was Sie gestern nicht sagen wollten.«

Sie hob mühsam die Hand, zeigte auf eine alte Tansu-Kommode, die an der Wand stand. »Dort. In der Schublade.«

Takeda stand auf, trat vor das altmodische Möbelstück, das aus dunkel gebeiztem Zedernholz gearbeitet war. Die oberen Schubladen waren mit einem zentralen, oben und unten verankerten Holzriegel und einem prächtig geschmiedeten Schloss versperrt.

»In der Schale. Der Schlüssel«, hörte er die schwache Stimme Chizukos.

Er fand den alten eisernen Schlüssel, öffnete den Riegel und zog die Schublade auf. Der Brief war in einem länglichen japanischen Kuvert. Er zog zwei Seiten feinen Reispapiers heraus, sie waren auf einen der ersten Januartage dieses Jahres datiert. Takeda erinnerte sich an den Brief, den Uemura in Hamburg hinterlassen hatte, erwartete ein ähnliches Schreiben. Doch schon nach den ersten Sätzen, verfasst in schöner Schreibschrift mit einem Pinselstift, wusste er, dass dies hier etwas anderes war. Er las weiter und konnte kaum glauben, was er dort geschrieben fand. Dann lenkte ihn ein lautes Stöhnen Chizukos ab. Er kniete sich wieder hin und nahm ihre Hand in seine. Es ging dem Ende entgegen.

Chizuko aber fand noch einmal Kraft und sagte leise: »Bitte, Inspektor. Lesen Sie mir den Brief noch einmal vor. Es sind die letzten Worte, die mein Junge an mich gerichtet hat. Ich möchte sie noch einmal hören, bevor es vorbei ist.«

Takeda zog ein Zabuton-Kissen heran, faltete es in der Mitte und bettete Chizukos Kopf darauf. Dann begann er vorzulesen.

Verehrte Mutter,
Hamburg zeigt sich in diesen ersten Tagen des Jahres in einem weißen Gewand. Der Schnee hat sich sanft auf die Dächer und Straßen gelegt, er zwingt die Menschen dazu, ihre Schritte langsam und vorsichtig zu setzen. Auch ich setze meine Schritte mit Bedacht, denn ich weiß, dass ein jeder von ihnen zu den letzten gehört, die ich in diesem Leben gehen werde.

Vor wenigen Tagen ist die Entscheidung gefallen. Es ist mir nun bestimmt, dass ich den Frühling mit seinen frischen Farben und neuen Düften nicht mehr erleben werde. Der Gedanke, bald nicht mehr zu sein, erfüllt mich in keiner Weise mit Furcht. Die strengen Übungen der zurückliegenden beiden Jahre haben mir die Furcht vor dem Tod genommen. Mehr noch, sie haben mich die Einsicht in die Unabänderlichkeit des Schicksals gelehrt, und so blicke ich voller Stolz auf diese letzte Reise, die vor mir liegt.

Deine Beweggründe, mich vor vielen Jahren fortzugeben, waren edel und voller Mitgefühl. Ich grolle dir daher nicht, obwohl du mir damals den wahren Vater und mit dir auch die wahre Mutter genommen hast. Aber nun wirst auch du einsehen, dass es uns nicht bestimmt ist, das Schicksal zu ändern. Es kommt nun so, wie es von Beginn an hatte sein sollen. Ist das nicht ein Grund, dankbar und fröhlich zu sein?

Es steht mir nicht zu, mich selbst einen Helden zu nennen, und doch ist die Sache, der ich mich hingebe, gerecht und groß. Sie ist ein Schritt dahin, unserem Vaterland den verlorenen Stolz und die Würde zurückzugeben, die ihm im Kreise der Nationen zusteht. Vater hat mich schon vor langer Zeit dazu bestimmt, diesen Weg zu gehen. Ich reihe mich ein in die lange Reihe unserer Vorväter, die ihr Leben dem Kaiser und dem Vaterland geopfert haben, und so blicke ich dem Tod voller Freude entgegen.

Ich erwarte nicht von dir, dass du meine Beweggründe verstehst, und doch hege ich die Hoffnung, dass auch du mit Stolz an mich denken wirst, wenn du von meinem Tode erfährst. Die Leute werden sagen, dass es Unrecht ist, was ich tue, denn ich werde viele andere Menschen mit in den Tod nehmen. Aber schenke ihnen bitte keinen Glauben. Eine gerechte Sache muss den Weg des Schmerzes gehen. Am Ende wird sie dem Frieden dienen.

Ich grüße dich ein letztes Mal, Mutter, und möchte mit einer demütigen Bitte enden. Eine gewisse Zeit der Vorbereitung scheint mir zu verbleiben, doch darf ich dich ersuchen, nichts zu unternehmen, um mich von meinem Pfad abzubringen. Es geschieht so, wie ich es mir wünsche. Bitte, bleibe gesund.

Dein dich liebender Sohn.

Takeda versuchte mit rasenden Gedanken zu begreifen, was er da las. Er hatte vor langer Zeit in einem Buch einige der Abschiedsbriefe gelesen, die die jungen Soldaten der *Tokkōtai*, der Sondereinheiten der Todesflieger, die im Westen meistens *Kamikaze* genannt wurden, ihren Eltern und Angehörigen geschickt hatten, bevor sie zu ihren Todeseinsätzen aufbrachen. Der Abschiedsbrief Ryūtarō Matsumotos war diesen Schreiben in Ton und Inhalt nachempfunden.

Darum also hatte Matsumoto Todesahnungen gehabt. Er war dazu bestimmt worden, ein Todeskommando, ein Selbstmordkommando durchzuführen. *Ich werde viele andere Menschen mit in den Tod nehmen.* Claudia hatte recht gehabt. Das alte deutsch-japanische Bündnis lebte. Der Krieg war nicht vorüber. Matsumoto war dazu auserkoren worden, ebenfalls ein Kamikaze-Kämpfer zu werden, also freiwillig in den Tod zu gehen und viele Opfer mit sich zu reißen.

Aber warum war es anders gekommen? Warum hatte er die Tat nicht ausgeführt, sondern war schnöde auf einem Hof in einem Industriegebiet in Hamburg durch eine Kugel in den Kopf gestorben? Lag es an Ermin Delibasic? Hatte der Bosnier Matsumoto von seinem Weg abgebracht? Gegenüber Claudia hatte er davon gesprochen, dass er, Ermin Delibasic, Matsumoto die Augen geöffnet habe, dass er ihn dazu gebracht habe, seinen ihm auferlegten Auftrag nicht mehr auszuführen.

Noch wichtiger war die Frage, gegen wen sich sein ursprünglicher Todesauftrag richten sollte. Und vor allem wo? Etwa in Deutschland? In Hamburg?

Takeda beugte sich wieder zu Chizuko hinab, sah in ihren Augen noch ein wenig Leben glimmen. »Wissen Sie etwas darüber, was Ihr Sohn vorhatte? Was für einen Auftrag er hätte erfüllen müssen? Chizuko?«

Zunächst reagierte sie nicht. Dann aber erschien auf ihrem Gesicht erneut der Hauch eines Lächelns. »Ich weiß es nicht. Er hat es nicht getan, nicht wahr?«

»Nein, hat er nicht.«

»Das macht mich sehr froh.«

»Vielleicht hatte er am Ende doch ein Einsehen und hat sich geweigert. Ich möchte nicht ausschließen, dass er eben darum sterben musste.«

»Wenn es so war, dann war er wirklich ein Held.«

»Das war er.«

»Inspektor …«

»Ja?«

»Sorgen Sie dafür, dass sein Andenken nicht besudelt wird? Versprechen Sie es mir?«

»Das werde ich, Chizuko. Verlassen Sie sich auf mich. Aber sagen Sie mir jetzt noch das eine. Wer war sein Vater? Sagen Sie mir seinen Namen!«

Chizukos Stimme war noch ein Hauch. »Sie wissen es doch längst, nicht wahr, Inspektor?«

»Es ist Heijiro Nishimori.«

»So ist es, Inspektor. So ist es. Nishimori hat ihn gezeugt, und er hat ihn geopfert. Meine Schuld besteht darin, dass ich auch meinem Sohn seinen Namen genannt habe, als er zu mir kam. Aber vielleicht hätte er ihn auch so erfahren. Vielleicht erinnerte er sich die ganze Zeit an ihn.«

Takeda hielt die Hand der sterbenden Frau. »Sie trifft keine Schuld, Chizuko. Ihr Sohn hat es in seinem Brief selbst geschrieben. Das Schicksal, das ihm vorherbestimmt war, hat sich erfüllt. Es war sein eigener Wunsch. Machen Sie sich keine Vorwürfe.«

»Sie sind ein guter Mensch, Inspektor. Ein guter Mensch.«

Die letzten Silben ihrer Worte waren kaum gesprochen, als Chizukos Kopf zur Seite fiel.

55.

Der schwarze Mitsubishi-SUV raste in östlicher Richtung über die nächtliche Autobahn. Takeda saß am Steuer, blickte aus glasigen, erschöpften Augen auf die Fahrbahn. Er trug wieder seinen Anzug, hatte zwar immer noch so einige Schrammen im Gesicht, sah insgesamt aber einigermaßen in Ordnung aus.

Der Schein trog. Seine Wunden pochten schmerzhaft, und der Blutverlust machte ihm immer mehr zu schaffen. Außerdem setzte ihm ein Fieber zu, das im besten Fall der Erschöpfung geschuldet war, im schlimmsten aber bedeutete, dass die Wunden sich schon entzündet hatten.

Claudia, die auf dem Beifahrersitz saß, sah ihn an. Ihr Blick verriet Sorge wie auch Unverständnis. »Das ist doch Wahnsinn, Ken. Wie lange, glaubst du, kannst du durchhalten? Wir sollten wirklich das nächste Krankenhaus anfahren.«

Sie hatte diese und ähnliche Worte in den zurückliegenden Stunden mehrfach und in immer neuen Variationen vorgebracht. Ohne Erfolg. Takeda wollte nichts davon hören, blickte stur auf die Straße und jagte den Wagen durch die Nacht.

Auch jetzt knurrte er nur: »Wir haben keine Zeit dazu. Wir müssen weiter. Das weißt du.«

»Ich weiß, dass du dein Leben riskierst.«

»Und wenn schon. Sollten wir versagen, könnten noch viel mehr Menschen sterben.«

Claudia schnaubte, und die Wut überwog nun ihre Sorge. »Soll ich das auf deinen Grabstein schreiben? Er hatte keine Zeit ins Krankenhaus zu fahren? Weil er lieber ein Held sein wollte?«

Takeda warf ihr einen kurzen Seitenblick zu und lächelte. »Es geht mir gut. Es sind nur ein paar Kratzer.«

»Außerdem wissen wir doch gar nicht, ob es wirklich einen zweiten Attentäter gibt, der an Matsumotos Stelle treten soll.«

»Doch, wir wissen es.«

Claudia schrie in theatralischer Wut auf. Dann sah sie ihn erneut an, und diesmal lächelte auch sie, und in ihrem Lächeln drückte sich ihre ganze Verzweiflung und genauso ihre ganze Erleichterung aus.

Sie hatten sich wiedergefunden! Und sie waren beide am Leben. Besonders bei Ken glich das einem Wunder. Der Buddha hatte sie erhört! War das nicht schon Grund genug, ewig dankbar zu sein?

Claudia erinnerte sich daran, wie sie sich dazu entschlossen hatte, den Waldtempel zu verlassen und doch wieder ins Dorf zurückzukehren. Wenn sich dort die Gangster eingenistet hatten, wovon sie ausging, brachte sie ihr Leben in Gefahr. Es war ihr gleichgültig. Sie musste herausfinden, was mit Ken geschehen war. Sie brauchte Gewissheit. Egal, was der Preis dafür war.

Anstatt dem Waldpfad zu folgen, ließ sie sich von dem alten Mönch einen anderen Weg beschreiben. Er gab ihr ein Täschchen mit Nigiri-Reisklößen als Wegzehrung mit. Am liebsten hätte sie den alten Mann in den Arm genommen, aber da sich das nicht gehörte, verbeugte sie sich tief vor ihm.

Dann marschierte sie los, näherte sich Schritt für Schritt dem Dorf und damit der unentrinnbaren Gewissheit, was geschehen war und ob Ken noch lebte.

Der Nachmittag ging in den Abend über, als sie endlich in Sichtweite der alten Bauernhäuser kam. Auf einmal raste ein schwarzer SUV auf sie zu. Claudia überlegte, in den Straßengraben zu springen und sich zu verstecken. Aber welchen Sinn hätte das? Der Fahrer musste sie längst gesehen haben. Also blieb sie einfach auf dem Weg stehen, bis der SUV mit quietschenden Reifen unmittelbar vor ihr stehen blieb. Durch die getönten Scheiben konnte sie nicht sehen, wer am Steuer saß. Lange Zeit passierte nichts. Dann surrte die Scheibe an der Fahrertür hinunter, und Kens Stimme sagte im normalsten Tonfall der Welt: »Steig schon ein, Claudia. Wir haben es eilig.«

Da stieß sie ihn zum ersten Mal aus, diesen theatralischen Schrei zwischen Glück und Verzweiflung. Sie stürmte zum Auto, riss die Tür auf, wollte sich ihm an den Hals werfen. Doch dann zuckte sie zurück. Sie hatte es geschworen, hatte ein Gelübde abgelegt, ob nun vor Gott oder Buddha oder wem auch immer. Wenn er überlebte, würde sie sich von ihm fernhalten. Eine Umarmung wäre sicherlich drin, aber riskieren wollte sie es nicht.

Sonst überlegte es sich der Buddha noch anders.

Also umrundete sie den Wagen, stieg auf der Beifahrerseite ein und sagte: »Ich bin ja schon da. Und jetzt gib Gas.«

Sie fuhren zunächst über die Landstraße, hielten nur einmal an, um zu tanken und etwas zu trinken zu kaufen. Claudia saß neben Takeda und weinte vor Glück und Schmerz.

Er erzählte ihr von dem Brief, den Matsumoto an seine Mutter geschrieben hatte, einen Abschiedsbrief im Stile der Kamikaze-Flieger.

Claudia sah ihn verständnislos an, und er erklärte: »Der Brief sagt es ganz eindeutig. Matsumoto sollte nicht einfach sterben. Er sollte töten.«

»Du meinst, wie ein Kamikaze-Flieger? So Nine-Eleven-mäßig? Das ist doch verrückt!«

»Natürlich ist es das. Aber überleg doch einmal selbst. Auf einmal ergibt alles einen Sinn! Die Zen-Schulungen der *Tōzaikai*, einer Sekte, die von einem Kriegsverbrecher gegründet wurde, das Netzwerk, dem auch Nishimori und Henningsen angehören. Du hattest von Anfang an recht gehabt. Henningsen ist ein alter Nazi, der das Erbe seines Vaters weiterführt!«

»Aber Matsumoto ist tot, und nichts ist passiert. Und dass er einen Pilotenschein gehabt hätte, davon haben wir auch nichts gehört.«

»Es hatte nichts mit Flugzeugen zu tun. Und doch ging es um ein Selbstmordkommando.«

»Kann alles sein, Ken! Aber es ist vorbei. Also fahr gefälligst die nächste Klinik an und lass dich ordentlich verarzten.«

Takeda schüttelte vehement den Kopf, erzählte ihr in kurzen Worten, was geschehen war, nachdem Chizuko für immer die Augen geschlossen hatte. Einer Ahnung folgend war er nach draußen gerannt, hatte das Schwert in die Hand genommen und dem Anführer des Mordkommandos den Knebel vom Mund geschnitten. Er hatte ihm die Klinge an die Kehle gelegt – mit der scharfen Seite an seiner Haut – und gefragt: »Wer hat euch geschickt?«

»Leck mich, Bulle.«

Takeda verstärkte den Druck der Klinge. Blut sickerte hervor. »Diesmal meine ich es ernst. Rede oder stirb. Wer hat euch geschickt?«

»Nishimori.«

»In Ordnung. Wo finde ich ihn?«

»Gar nicht.«

Erneut drückte Takeda stärker zu. Der Mann stöhnte auf. »Nishimori ist weg. Er ist nicht mehr in Japan.«

»Red keinen Unsinn, der Mann ist fast hundert Jahre alt.«

»Richtig. Er ist fast hundert. Es soll seine letzte Reise sein.«

»Wohin?«

»Dann bring mich halt um, Bulle.«

Die Klinge drang tief in sein Fleisch. »Wohin?«

»Er ist nach Deutschland gefahren. Weil er es miterleben möchte.«

»Weil er was erleben möchte?«

»Es geht um eine Bombe. In einem Stadion. Sein Sohn sollte es tun, aber er hat sich im letzten Moment geweigert. Jetzt gibt es einen anderen, der es tun wird.«

»Sag den Namen.«

»Ich kenne ihn nicht, ich schwöre es.«

»Wann?«

»Sehr bald schon. Heute oder morgen.«

»Verdammt …«

Takeda rannte los, stieg in einen der Wagen der Gangster. Dann traf er Claudia.

Jetzt zeigte Takeda auf das grüne Autobahnschild, auf dem in großformatigen Schriftzeichen die Zielstädte angezeigt waren. Es waren noch gute zweihundert Kilometer bis Osaka, dem nächsten internationalen Flughafen, den sie erreichen konnten. Er sah Claudia an und fragte: »Glaubst du mir jetzt, dass es nicht vorbei ist? Dass sie es immer noch tun wollen?«

Claudia presste die Lippen zusammen, schüttelte den Kopf. »Ich kann es einfach nicht glauben.«

»Ich auch nicht.«

»Und wenn wir uns doch täuschen? Wenn alles nur Unsinn ist? Von Anfang an? Der feuchte Traum von ein paar alten unverbesserlichen Nazis?«

»Es wäre schön, wenn es so wäre. Aber zu viele Menschen sind bereits gestorben, Matsumoto, Uemura, Sling Morinaga. Und jetzt Chizuko. Auch wir sollten getötet werden. Und das alles nur für einen Traum?«

Claudias Kopf fühlte sich auf einmal wie leergefegt an, sie dachte nichts, fühlte nichts. Sie blickte durch die Frontscheibe auf die dunkle Straße. Erst nach und nach kamen ihre Gedanken wieder in Gang. Sie wusste, dass Ken recht hatte. Mit leiser Stimme, als spräche sie zu sich selbst, fragte sie: »Aber warum? Was soll das alles? Wieso ein Anschlag und dann noch in Deutschland? Ich verstehe es einfach nicht.«

»Doch, das tust du. Wir tun es beide. Schon lange. Das deutsch-japanische Netzwerk ist erwacht. Sie wollen Krieg! Die Achsenmächte sind nicht geschlagen, daran glauben sie. Nishimori, Henningsen, wahrscheinlich noch weitere. Sie wollen Tod und Verderben, weil sie die Gegenwart hassen. Sie wollen die Uhr zurückdrehen.«

Claudia lachte auf, es klang hysterisch. »So, als wenn der Zweite Weltkrieg noch nicht vorbei wäre …«

»Oder als sollte er nahtlos in den Dritten übergehen.«

»Aber das ist doch Wahnsinn!«, schrie Claudia.

»Natürlich ist es das. Aber es wird sie nicht davon abhalten, es zu tun. In Hamburg wird eine Bombe hochgehen. Wenn wir es nicht verhindern!«

Claudia kramte ihr Handy hervor, öffnete den Browser und gab ein paar Stichworte ein. Eine Internetseite baute sich mit quälender Langsamkeit auf. Claudia überflog die Zeilen, sagte dann atemlos: »Morgen Abend spielt der HSV im Pokal. Das Stadion ist ausverkauft. Sechzigtausend Leute.«

»Und ein Attentäter.«

»Also schön, Ken. Kein Krankenhaus. Wir müssen auf dem schnellsten Weg zurück nach Deutschland.«

»Wir sind in zwei Stunden am Kansai-Flughafen. Wir nehmen die nächste Maschine Richtung Europa, ganz egal, wo genau sie hinfliegt. Mit etwas Glück sind wir morgen Nachmittag in Hamburg.«

»Halt trotzdem bei der nächsten Gelegenheit an und lass mich ans Steuer. Ich fahre weiter, in Ordnung?«

»Aber nein«, antwortete Takeda voller Empörung. »Du hast keinen Führerschein, der in Japan gültig wäre.«

Claudia stieß eine Art Fauchen aus. »Darum sorgst du dich? Nach allem, was passiert ist? Nach allem, worüber wir gerade gesprochen haben? Dass ich keinen gültigen Führerschein habe?«

»Ja, absolut.«

»Weißt du was? Ihr Japaner seid deutscher, als wir Deutschen jemals gewesen sind.«

»Kann sein. Aber ich bleibe am Steuer.«

Claudia schüttelte ungläubig den Kopf. Und dann – sie konnte es selbst kaum glauben – musste sie aus tiefster Seele lachen.

TEIL 3

56.

Als Claudia mit ihrem Wagen auf das Gelände des Volksparkstadions fuhr, empfing sie nichts als Ruhe. Es war drei Uhr am Nachmittag, und der große Parkplatz war noch weitgehend leer, das riesige Oval des Stadionbaus wirkte verwaist. Ein paar Catering-Fahrzeuge standen herum, ein Funkwagen der uniformierten Kollegen stand einsam am Rande des Parkplatzes.

Ansonsten herrschte eine gespenstische Stille.

Schon in wenigen Stunden würde sich das Bild völlig gewandelt haben, würden sich hier Zehntausende Menschen drängeln, würden Schlachtgesänge erschallen, sich die Massen durch die engen Security-Schleusen drängeln, mehr oder weniger sorgfältig von den Ordnern abgetastet werden und ihre Plätze im Stadion einnehmen. Eine Pokalbegegnung, ein Abendspiel. Die Stimmung würde euphorisch sein, geprägt von der kollektiven Erwartung auf ein Fußballfest. Es würden Familien dabei sein, Alte, Junge, Kranke, Gesunde, Sportbegeisterte und Hooligans, Hardcore-Fans und Fußball-Nostalgiker.

Und ein Attentäter.

Claudia blieb im Wagen sitzen und schloss noch einmal die Augen. Sie fühlte sich erschöpft, obwohl die Anstrengung doch gerade erst begann. Aber das war wohl auch kein Wunder. Es war gerade einmal zwei Stunden her, dass sie und Takeda in Hamburg gelandet waren.

Alles in allem hatten sie Glück gehabt. Schon kurz nachdem sie den Kansai-Airport erreicht hatten, konnten sie eine Maschine nach Dubai boarden. Am Check-in-Schalter und auch noch danach hatten sie sich immer wieder misstrauisch umgesehen, fürchteten sowohl das Auftauchen ihrer Angreifer als auch die Aufmerksamkeit von Takedas japanischen Polizeikollegen. Aber nichts geschah. Erst im letzten Moment, als sie schon vom

Gate zur Maschine gingen, griff Takeda zum Handy und informierte die Behörden über das Geschehen in den Bergen von Tottori.

Der Flug verlief ereignislos. Die erzwungene Ruhe tat Takedas Wunden gut, sie bluteten nicht mehr nach. Er schlief die meiste Zeit, obwohl er das ja sowieso immer tat, sobald er irgendeine Art von Gefährt bestieg, ganz egal, ob es nun ein Flugzeug, ein Schiff oder eine Eisenbahn war. Claudia hingegen hing grüblerischen Gedanken nach. Seltsamerweise kamen ihr die zurückliegenden Ereignisse mit jeder Flugstunde, die sie sich von Japan entfernten, immer unwirklicher vor. All die Dinge, die sie in der kurzen Zeit über Nazis und *Yakuza*, über Tennoisten und die Veteranen des Achsenbündnisses gehört hatte – es war wie das ferne Echo längst vergangener Zeiten. Vielleicht hatte sie von all dem einmal in der Schule gehört. Doch dass es sie einmal auf diese Weise einholen, sie beinahe das Leben kosten würde, hätte sie niemals für möglich gehalten.

Der Aufenthalt in Dubai war kurz, und der Anschlussflug brachte sie pünktlich nach Hamburg, wo sie in den Mittagsstunden landeten. Die Zeitverschiebung spielte ihnen zum Glück in die Karten, sie gewannen einige, vermutlich entscheidende Stunden.

Claudia versuchte Ken nach der Landung zu überzeugen, dass er direkt vom Flughafen aus in eine Klinik fuhr. Aber er wollte immer noch nichts davon wissen. Natürlich nicht. Schien etwas Japanisches zu sein. Lieber sterben, als eine Aufgabe nicht zu erfüllen. So waren ihre Gegner, so war Takeda.

Claudia selbst machte vom Flughafen aus einen kurzen Abstecher nach Hause, sie zog sich um, steckte ihre Dienstwaffe ein. Dann war sie nach Harvestehude gefahren. Dort klingelte sie am Tempel der *Tōzaikai*, hämmerte schließlich gegen die Tür. Sie war schon kurz davor gewesen, die Tür einzutreten, als Beate Rödinger ihr endlich öffnete. Die Frau war allein in dem Gebäude, hatte geschlafen oder meditiert. Claudia war sich nicht ganz sicher – obwohl sie es spontan eine sympathische Vorstellung fand, dass auch eine Zen-Äbtissin einfach mal einen Mittagsschlaf machte.

»Ich brauche eine Liste Ihrer Mitglieder«, sagte Claudia noch an der Tür.

»Das kann ich leider nicht machen, Frau Harms. Oder nur nach einem richterlichen Beschluss. Unsere Mitglieder haben ein Recht darauf, dass ihre Privatsphäre geschützt wird.«

»Und die Bürger dieser Stadt haben ein Recht darauf, dass ihr Leben geschützt wird.«

»Wieso sagen Sie das?«

»Kann ich Ihnen gerne erklären.«

Claudia berichtete Beate Rödinger bei einer Tasse Sencha-Tee in aller Kürze, was passiert war und was sie und Takeda in Japan herausgefunden hatten. Die *Tōzaikai*-Zentrale in Japan, die *Yakuza*, Kawamura Rōshi, der zusammen mit Nishimori und anderen im Sugamo-Gefängnis gesessen hatte. Schließlich hatte Claudia auf das Foto an der Wand gezeigt. Das Bild zeigte eben kein freundschaftliches Treffen einiger älterer Herren, es war die Zusammenkunft deutscher und japanischer Kriegsverbrecher beim Gründungsakt eines geheimen Netzwerkes, das sich der *Tōzaikai* bediente, um im Zen gestählte Selbstmordattentäter zu rekrutieren ... und einen ebensolchen vermuteten sie – auch nach dem Tod Matsumotos – immer noch unter den Mitgliedern des Hamburger Tempels.

Daraufhin hatte Beate Rödinger sich ohne ein weiteres Wort umgedreht, hatte ihren Rechner hochgefahren und eine Liste mit gut vierhundert Namen ausgedruckt.

Mit dieser Liste war Claudia nun hier, am Volksparkstadion. Ihre Aufgabe war eigentlich ganz einfach. Sie musste die Nadel im Heuhaufen finden. Nur dass es eine tödliche Nadel war.

57.

»Wie schön, dass Sie vorbeischauen, Inspektor. Kommen Sie herein. Sie sehen übrigens furchtbar aus. Hatten Sie einen Unfall?«

Klaus-Heinrich Henningsen war die Liebenswürdigkeit in Person, als Takeda an der Haustür der Villa an der Elbchaussee erschien. Der Grund für seine Bemerkung war unschwer zu erraten. Takedas Schusswunden am Körper waren zwar unter seiner Kleidung verborgen, andere Blessuren aber, die er sich bei dem Kampf in den Bergen von Tottori zugezogen hatte, waren ohne weiteres zu sehen. Sein Gesicht war verschorft, Pflaster klebten über seiner Braue und an seinem Kinn. Er hatte sich am Flughafen notdürftig verarzten lassen, die folgenden Warnungen der behandelnden Ärztin, sich sofort in eine Klinik zu begeben, jedoch ignoriert. Auch hatte er sie unter Vorlage seines Dienstausweises davon abgehalten, die unschwer als Schussverletzungen zu identifizierenden Spuren an Armen, Schulter und Bein zu melden. Er war sich mit Claudia einig. Sie durften keine Zeit verlieren, mussten ihre ganze Aufmerksamkeit darauf richten, das zu verhindern, was in eben diesem Haus an der Elbchaussee, in dem er sich nun befand, in Gang gesetzt werden sollte.

Ob es wirklich schon heute so weit sein sollte, wussten sie nicht. Um eben das herauszufinden, war er hier.

»Es ist nichts, nur eine Kleinigkeit«, sagte der Inspektor zu Henningsen an der Haustür. Er war sich sicher, dass der Hausherr ohnehin wusste, was in Wahrheit geschehen war.

»Eine Kleinigkeit? So sieht es aber nicht aus. Ich habe einen sehr guten Hausarzt, der jederzeit verfügbar ist. Soll ich ihn kommen lassen?«

»Machen Sie sich bitte keine Mühe, Herr Henningsen. Ich bin völlig in Ordnung.«

Der alte Unternehmer legte Takeda eine Hand in den Rücken

und führte ihn durch den Hausflur in das Kaminzimmer, in dem sie schon einmal gesessen hatten. Während der Hausherr sich weiterhin besorgt gab, ruhten die Augen des Inspektors auf dem schlohweißen Hinterkopf eines weiteren Mannes, der auf einem der englischen Ledersessel saß und in die Flammen des Kaminfeuers blickte. Dieser andere Mann machte keine Anstalten, sich zu erheben oder Takeda zu begrüßen, er drehte sich nicht einmal um.

Und doch wusste der Inspektor, wer dort saß und sich nicht im Geringsten darüber zu wundern schien, dass er, Takeda, überhaupt noch lebte: Heijiro Nishimori, der Mann, der ihm eben jene Killer auf den Hals gehetzt hatte, der ebenso für den Tod von Chizuko Hayashi und Sling Morinaga, vermutlich auch von Hiroyuki Uemura und letztlich auch von Ryū Matsumoto verantwortlich war.

Henningsen, der Takedas Blick bemerkte, verzog sein Gesicht zu einem Lächeln. »Ich weiß nicht, ob Sie sich kennen, Inspektor. Nein? Dann freue ich mich, Sie einander vorzustellen. Nishimori-San – Inspektor Takeda.«

Der Alte erhob sich nun doch mit einer langsamen, für einen fast hundertjährigen erstaunlich geschmeidigen Bewegung. Er drehte sich um und blickte Takeda aus einem von Falten durchzogenen und doch stoisch unbewegten Gesicht entgegen.

Der Inspektor hatte die Fahrt vom Flughafen hierher genutzt, um sich mental auf eben diese Begegnung vorzubereiten. Jetzt aber, wo er Nishimori gegenüberstand, musste er einige Mühe aufwenden, um beherrscht zu bleiben. Der Gedanke durchzuckte ihn, was diese Augen, die ihn nun so unverwandt anstarrten, in einem langen Leben alles gesehen hatten. Den Niedergang der japanischen Demokratie in den zwanziger Jahren, als Nishimori ein Kind gewesen war, den Aufstieg des Militarismus, die Eroberungen in China und Asien, der Krieg gegen die USA und schließlich die vollständige Niederlage ihrer gemeinsamen Heimat, gefolgt von einem unvergleichlichen Wiederaufstieg Japans seit den fünfziger und sechziger Jahren und nun den rasanten Wandel durch eine globalisierte Welt zu Beginn des dritten Jahrtausends ...

Aber was hatte Nishimori aus all dem gelernt?

Hatte er überhaupt etwas gelernt?

Der Alte schien zu wissen, was in Takeda vorging. Er ertrug die Musterung durch den Inspektor ohne Regung. Schließlich sagte er mit einer Stimme, die tief und dröhnend direkt aus den Tiefen seines Körpers zu dringen schien: »Takeda! Ich hatte nicht erwartet, dass wir uns hier sehen. Aber die Dinge sind anders gekommen und harren also immer noch einer Klärung.«

Der Inspektor sprach ebenfalls Japanisch, als er antwortete: »Ich hoffe, Sie sind nicht zu sehr enttäuscht, dass ich noch lebe, Nishimori-San. Die Grüße ihrer Bediensteten in den Bergen von Tottori wurden mir zwar zugestellt, hatten aber leider nicht die erhoffte Wirkung.«

Nishimori stieß ein heiseres Lachen aus, wurde sofort darauf aber wieder ernst. »Ich bin im Bilde, Inspektor. Mir wurde von Ihrer Kampfkraft berichtet. Dafür gebührt Ihnen Respekt. Doch leider täuschen Sie sich in einem entscheidenden Punkt. Sie glauben, Sie hätten in dem Dorf in den Bergen gewonnen, nicht wahr? Aber das haben Sie nicht.«

»Es geht mir gewiss nicht darum zu gewinnen.«

Der Alte prustete verächtlich. »Sie hätten die Männer töten müssen, Inspektor, dann wäre der Sieg tatsächlich der Ihre gewesen. Aber Sie haben sich als schwach erwiesen, ein typisches Geschöpf der modernen Zeiten. Auch Sie sind von der Krankheit des Mitleids befallen. Der Tod, dem Sie nicht dienen wollten, wird sich an Ihnen schadlos halten.«

Takedas Gesicht war nun ebenso starr wie das seines Gegenübers, ihre Blicke waren ineinander verkeilt. Takeda hatte nicht damit gerechnet, dass Nishimoris seine Täterschaft für das Geschehen in den Bergen so unumwunden zugeben würde. Er spürte im Blick des alten, milliardenschweren Unternehmers die große, ungebrochene Kraft, die einem ungehemmten reinen Willen entsprang. In sich selbst hingegen bemerkte er die Erschöpfung der zurückliegenden Tage und Stunden, die pochenden Wunden, den Jetlag.

Es war ein ungleicher Kampf, trotz des Altersunterschiedes. Der Ausgang war offen. Aber auch Takeda hatte noch einige Überraschungen auf Lager. Vielleicht war ihm das sogar anzumerken. Jedenfalls spürte er unter der unnachgiebigen Schale des Alten eben doch eine gewisse Verunsicherung. Nishimori hatte gewiss nicht erwartet, dass Takeda hierher, in die Höhle des Löwen kommen würde, und er rätselte vermutlich fieberhaft, was er vorhaben könnte.

Klaus-Heinrich Henningsens Stimme schnitt in die Stille, er sagte auf Deutsch: »Kommen Sie, Inspektor. Setzen Sie sich zu uns an den Kamin. Soweit ich weiß, trinken Sie Whiskey? Es ist zwar noch früh am Tag, aber wie wäre es mit einem Glas Karuizawa? Über dreißig Jahre alt, ein Mitbringsel des ehrenwerten Nishimori-Sama. Müsste Ihnen munden, denke ich?«

Takeda konnte nicht anders, er musste lächeln. Ein echter Karuizawa-Singlemalt, dazu ein solcher Jahrgang! Das war schon etwas! Er hatte nicht damit gerechnet, in diesem Leben überhaupt einmal davon kosten zu dürfen. Die Destille war längst untergegangen, nur noch wenige Fässer waren übrig. Die älteren Abfüllungen wurden für Tausende von Dollar gehandelt. Wenn Henningsen jetzt noch vorschlug, eine Schallplatte von John Coltrane oder Miles Davis aufzulegen, wüsste er, dass dies hier nur ein bizarrer Traum war.

Aber die Musik erklang nicht. Es war nur das Prasseln des Kaminfeuers zu hören und dazu der schwere Atem zweier alter Männer, die zusammensaßen und offenbar darauf warteten, dass jemand anderes in ihrem Auftrag sich selbst und unzählige unschuldige Opfer in die Luft sprengte.

Takeda ließ sich ebenfalls in einen Sessel vor den Kamin sinken, er konnte nicht anders, als dabei leise zu stöhnen. Er erntete ein herablassendes Lächeln Nishimoris dafür. Schmerz war Schwäche.

Sicher, dachte Takeda. Aber Schmerz war auch Leben.

Dann fiel Takedas Blick auf eine Art Skulptur, die vor ihm auf dem Couchtisch stand. Bei seinem ersten Besuch vor rund einer Woche hatte er sie nicht bemerkt, oder sie hatte dort nicht gestanden. Es war eine Arbeit aus dunkelglänzendem Hartholz, die einen Buddha zeigte, der vor einer Palme meditierte, dabei gekrönt wurde von einem buddhistischen Hakenkreuz.

Henningsen, der Takedas Blick bemerkte, sagte lächelnd: »Mal ehrlich, Inspektor, Sie haben doch bestimmt erwartet, dass Sie eines Tages genau dieses Symbol sehen würden, aber dass das Hakenkreuz in die andere, in die Richtung der Nazis zeigt, richtig?«

Takeda zuckte mit den Schultern. Es stimmte, er hatte mit Claudia über diese Möglichkeit gesprochen.

»Tja, so billig ist es aber nicht«, erklärte der Unternehmer, die Stimme voller Hohn, voller Verachtung.

»Worauf wollen Sie hinaus?«

Henningsen stieß ein Lachen aus, in das auch Nishimori einstieg. Dann sagte der Deutsche: »Es war die ganze Zeit direkt vor Ihren Augen, Inspektor. Auch jetzt. Schauen Sie hin. Aber Sie sehen es nicht, richtig? Weil Sie es einfach nicht verstehen. Ebenso wenig wie Ihre Kollegin Harms. Sie sind unwissend und blind.«

58.

Der Container, in dem an Spieltagen die Einsatzzentrale der Polizei untergebracht war, stand neben der Einlassschleuse in der nordöstlichen Ecke des Stadions.

Keine dreißig Meter entfernt thronte der riesige Bronzeabguss von Uwe Seelers rechtem Fuß auf einem Betonsockel. Über drei Meter groß und eigentlich ziemlich ekelig. So, als würde das Metall einen leichten Schweißgeruch verströmen. Aber der Mann war halt eine Legende in Hamburg, ein Idol, ein großer Sohn der Stadt. Das fand Claudia ja auch.

Trotzdem, hätte es nicht eine ganz normale Büste sein können?

Wo führte das denn hin, wenn andere auf ähnliche Ideen kamen? Würde es dann demnächst eine Skulptur von Udo Lindenbergs Unterlippe geben? Oder eine von Helmut Schmidts Lunge?

Der Einsatzleiter am Stadion hieß Hans-Jürgen Schlink, er war einundfünfzig Jahre alt und hatte schon die Verantwortung für so manche Demo, Großkundgebung, Konzertveranstaltung innegehabt. Der Mann war gut, er verstand sein Handwerk.

Aber er war eben auch ein Paragraphenreiter, das sah Claudia auf den ersten Blick. Es machte die Sache komplizierter. Claudia nannte ihren Namen, ließ sich dann ungefragt in dem Stuhl gegenüber von Schlinks Schreibtisch nieder und begann, ihr Anliegen vorzutragen.

Als sie von Attentatsplänen und einer Bombe im Stadion sprach, horchte Schlink auf und war regelrecht alarmiert.

Aber als sie dann die Hintergründe erläuterte und dabei die *Tōzaikai* und den Zen-Buddhismus, den Dreimächtepakt und das Achsenbündnis, Nishimori, Henningsen und Kawamura Rōshi erwähnte, wusste sie, dass sie Schlink wieder verloren hatte.

Am Ende sah der Einsatzleiter sie nur noch genervt an.

Vermutlich war Schlink kurz davor, eine Ambulanz zu rufen und Claudia in Richtung Ochsenzoll bringen zu lassen. Ein stehender Begriff in Hamburg für die dortige Nervenheilanstalt. Die Kollegin schien ja eindeutig einen an der Waffel zu haben. War ihr Dienstausweis überhaupt echt? Immerhin trug sie mehr oder weniger sichtbar ein Schulterholster mit einer Waffe unter dem Blazer. Aber sollte er nicht trotzdem besser im Präsidium anrufen und mal nachfragen, ob es dort überhaupt eine Claudia Harms gab?

Claudia wusste genau, was in Schlink vorging. Einen Trumpf hatte sie jedoch noch. Ihre letzte Hoffnung.

Sie griff nach Schlinks Kaffeetasse, die auf der anderen Seite des Tisches stand, trank daraus. Er hatte ihr nichts angeboten. Aber sie brauchte dringend Coffein. Obwohl ihr Puls sowieso schon wie ein Trommelwirbel schlug.

»Hören Sie zu, Schlink. Mein Kollege und ich versuchen seit

fast zwei Wochen herauszufinden, warum Ryūtarō Matsumoto erschossen wurde. Davon haben Sie ja wohl gehört, oder?«

Schlink verzog das Gesicht. »Wer nicht? Aber der Fall ist doch abgeschlossen. Ein durchgeknallter Japaner hat den Jungen aus Eifersucht erschossen.«

»Eben nicht. Matsumoto wurde hingerichtet, weil er sich geweigert hat, das zu tun, weswegen er nach Deutschland geschickt wurde. Nämlich Menschen zu töten. Viele Menschen.«

»Sie meinen ...«

Claudia kramte den Umschlag mit Matsumotos Abschiedsbrief aus ihrer Handtasche. Sie konnte nur hoffen, dass Schlink nicht hineinsehen wollte. Japanische Zeichen in Pinselschrift würden ihn kaum mehr von der Sache überzeugen. »Hier ist eine Art vorgeschobenes Geständnis, an dessen Echtheit kein Zweifel besteht. Matsumoto wollte ein Selbstmordattentat begehen, eine Art Kamikaze-Anschlag. Ich weiß, dass es verrückt klingt, aber wir müssen es akzeptieren.«

Schlink legte die Fingerspitzen zusammen, dachte angestrengt nach. Seine ablehnende Haltung bekam erste Risse. »Mal angenommen, dass Sie recht hätten, was dann? Ich meine, Matsumoto ist tot. Damit hat es sich doch erledigt, oder nicht?«

»Eben nicht. Die Leute, die Matsumoto beauftragt haben, haben einen zweiten Mann losgeschickt. Wir können es nicht mit letzter Gültigkeit beweisen, aber alles spricht dafür.«

Claudia wusste im gleichen Moment, dass sie die falschen Worte gewählt hatte. *Wir können es nicht beweisen.* Schlinks Züge wurden wieder genauso ablehnend wie zu Beginn ihres Gesprächs. Obwohl, nein, diesmal lächelte er noch dazu. Auf die herablassende Art. Claudia war klar, dass er vom Haken war. Sie hatte ihn endgültig verloren.

Den Beweis lieferte er keine Sekunde später. »Liebe Frau Harms, erstens möchte ich meine Kaffeetasse wiederhaben. Und zweitens frage ich mich, ob Sie das alles eigentlich ernst meinen. Was erwarten Sie von mir? Soll ich das Spiel absagen? Wissen Sie, was das bedeuten würde? In nicht einmal vier Stunden ist Anpfiff. Bis dahin sind gute sechzigtausend Leute auf dem Gelände. Soll ich die alle wieder nach Hause schicken? Soll ich ihnen sagen, dass die Begegnung leider ins Wasser fällt, weil Hitler und der japanische Tenno vor vielen Jahren mal gemeinsam die Welt erobern wollten? Und weil ein paar Spinner glauben, dass es immer noch möglich ist? Im Ernst, jetzt?«

Claudia sagte gar nichts. Es hatte keinen Sinn. Sie starrte Schlink nur an, war dabei hin- und hergerissen zwischen Wut und Niedergeschlagenheit.

Sie konnte es Schlink nicht einmal übelnehmen. Ihre Story klang wirklich idiotisch.

Trotzdem durfte Sie nicht einfach so aufgeben. Zu viel stand auf dem Spiel. »Hören Sie, Herr Kollege. Ich weiß ja, dass das alles …«

»Raus!«

»Herr Schlink!«

»Ich sag's noch einmal. Raus! Ich habe weiß Gott Wichtigeres zu tun, als mir weiter so einen Unsinn anzuhören. Verlassen Sie sich darauf, dass ich mich im Präsidium nach Ihnen erkundigen werde. Ihr Verhalten wird ein Nachspiel haben.«

Claudia schloss die Augen. Sie konzentrierte sich auf ihren Atem. Wie im Zen. Ein. Aus. Ein. Aus. Ruhig bleiben. Auch angesichts solcher Vollidioten.

Obwohl, Zen konnte doch auch das Gegenteil sein! Konnte laut und explosiv sein. Das war schon mehr ihr Ding.

Claudia schlug mit der flachen Hand so laut auf den Tisch, dass sämtliche uniformierten Kollegen, die weiter hinten im Container saßen, zusammenzuckten und erschrocken herüberstarrten. »Verdammt noch mal! Sie hören mir jetzt zu, verstanden? Im Laufe der Ermittlungen zu Matsumotos Tod sind drei weitere Menschen ermordet worden. Und zwar auf bestialische Art. Außerdem sind mein Kollege und ich mit Schusswaffen angegriffen worden, er ist schwer verletzt worden. Das hier ist kein Spiel, Herr Schlink.«

Claudia machte eine Pause, fuhr dann mit leiser, fast flüsternder Stimme fort, »Und wenn Sie sich weiterhin weigern, mich zu unterstützen, und ich eben doch recht habe, dann geht das auf Ihre Kappe. Ich kann Ihnen sagen, wessen Foto dann vorne auf den Zeitungen sein wird. Meines jedenfalls nicht.«

Schlink starrte sie regungslos an. Das Herablassende war aus seinem Gesicht verschwunden. Claudia konnte in seinen Augen sehen, was in ihm vorging. Wie er mental seine unehrenhafte Entlassung aus dem Polizeidienst durchspielte, seine Pensionsansprüche flöten gehen sah, wie der Rentnertraum vom eigenen Wohnmobil sich in Luft auflöste, seine Frau dann mit dem Nachbarn durchbrannte und er alt und einsam in der Eckkneipe über einem billigen Weinbrand hockte ...

Schlink atmete so laut aus, dass die Papiere auf seinem Schreibtisch zu flattern begannen. Claudia wusste, dass sie gewonnen hatte. Jetzt war Schlink auf ihrer Seite. Das war ein großer Schritt. Sie kannte solche Typen, sie mochte sie sogar. Man musste immer erst den Untertan, den Amtsschimmel, den Dienstwegsfetischisten aus ihnen rausprügeln. Dann allerdings waren diese Typen unschlagbar.

»Okay, ich will hören, wie Sie sich die Sache vorstellen. Aber ich sage es zum letzten Mal, geben Sie mir meinen Kaffee zurück! Sie bekommen einen eigenen. Von mir persönlich eingeschenkt.«

Er konnte sogar grinsen. Claudia machte mit. Schlink stand auf, kramte einen Pappbecher hervor und schenkte ihn aus einer Thermoskanne voll. Es gab sogar einen Keks dazu.

»Ich will, dass wir es erst einmal ohne jedes Aufsehen machen«, erklärte sie. »Das heißt, Sie informieren erst einmal nur einzelne Dienstgruppen, die das Gelände und die Arena durchkämmen und die Augen aufhalten. Wir drehen noch kein großes Rad. Es darf auf keinen Fall Panik entstehen. Darum sagen Sie auch den Kollegen erst einmal nicht, worum es geht.«

»Ich bin nicht blöd, Kollegin.«

»Ich war mir nicht ganz sicher.«

Schlink schüttelte ungläubig den Kopf. »Darum mag ich euch von der Kripo nicht.«

»Geht mir auch so.«

Er winkte ab. »In Ordnung, wir halten den Ball erst einmal flach. Was noch?«

Claudia kramte erneut in ihrer Tasche und zog den Computerausdruck hervor, den sie von Beate Rödinger erhalten hatte. »Wir versuchen den Attentäter zu identifizieren. Ich habe hier eine Liste mit den Mitgliedern der Sekte, von der ich Ihnen erzählt habe. Alles spricht dafür, dass der Attentäter aus ihren Reihen stammt. Ich brauche die Namen aller Personen, die heute hier im Stadion Dienst tun, angefangen vom Kartenabreißer bis zur Würstchenverkäuferin. Sogar unsere Kollegen zählen dazu. Wir gleichen die Listen ab. Wenn wir einen Treffer landen, sind wir einen großen Schritt weiter.«

Schlink schüttelte ungläubig den Kopf. »Haben Sie eine Vorstellung davon, was der Verein an einem Spieltag an Leuten mobilisiert? Wir reden über gut und gerne zweitausend Personen! Ordner, Security-Mitarbeiter, Service-Personal, Catering, was weiß ich …«

Claudia hielt Schlinks Blick locker stand. »Und wenn es fünftausend wären. Wir müssen den einen finden, der in Frage kommt. Und zwar so schnell wie möglich.«

»Also schön.«

Schlink wandte sich zu den uniformierten Kollegen im hinteren Bereich des Containers, bellte zwei Namen und sagte: »Ihr unterstützt die Kollegin in allem, was sie von euch möchte. Und ihr stellt bitte keine dummen Fragen, in Ordnung?«

Claudia nickte Schlink dankbar zu. Dann konnte sie also beginnen: die Suche nach der Nadel im Heuhaufen.

59.

»Wissen Sie, was die Irminsul ist, Inspektor?«, fragte Klaus-Heinrich Henningsen.

»Irminsul? Nein, ich befürchte nicht«, antwortete Takeda. Er haderte immer noch damit, vor einem behaglich flackernden Kamin zu sitzen, einen köstlichen Whiskey zu trinken und gleichzeitig zu wissen, dass die Männer, die mit ihm hier saßen, kaltblütige Mörder waren.

Aber er hatte keine Wahl. Er war hier, um den Dingen auf den Grund zu gehen.

»Es weiß leider heutzutage kaum noch jemand«, fuhr Henningsen fort. »Die Menschen sind selbstvergessen, besonders, wenn es um ihr eigenes Volk, um ihre Ahnen geht. Um ihre Identität.«

Takeda sah den Unternehmer an, schüttelte verständnislos den Kopf. Er sparte es sich, etwas zu sagen, Henningsen würde ihm ohnehin erklären, was ihm im Sinn lag.

»Die Irminsul ist der Lebensbaum der Germanen, die Allsäule, die das Universum trägt. Sie ist das Symbol unserer Vorväter, das Symbol unseres wahren Glaubens. Unsere Feinde haben sie gebeugt und geschändet. Doch gebrochen ist sie nicht. Sie wird wieder auferstehen, so wie auch unser Volk wieder auferstehen wird.«

Takeda beugte sich vor, er betrachtete zum ersten Mal das Gebilde genauer, das er und Claudia leichtfertig für eine Palme gehalten hatten. Es glich in der Tat eher einer umrankten Säule, aus deren oberen Ende zwei große fächerartige Blätter sprossen. Soweit hatte Henningsen recht. Sie hatten es gesehen, aber nicht verstanden.

Der Hausherr fuhr fort: »Die Irminsul steht für das uralte Verständnis der natürlichen Ordnung, für den Respekt vor der Natur und dem eigenen Ursprung, ganz so wie es auch dem japanischen Shinto eigen ist. Mein Vater und Kawamura Rōshi haben vor langer Zeit gemeinsam beschlossen, dass sie das wahre Zeichen der

Tōzaikai sein soll. Der Buddha hingegen spielt keine große Rolle. Zen ist keine Religion, es ist nur eine Methode, um die Menschen vorzubereiten.«

»Vorzubereiten worauf?«

Henningsen blickte zu Nishimori hinüber, der daraufhin, wieder ins Japanische wechselnd, erklärte: »Auf ihre Bestimmung, Inspektor. Doch dazu muss man verstehen, dass der Einzelne nichts ist, sein Ego eine Illusion. Was zählt, ist die Volksgemeinschaft. Das zu erkennen ist wahre Erleuchtung, ist völkisches Satori! Sich selbst zu vergessen und sich der Gemeinschaft zu opfern, das ist die Bestimmung des Einzelnen.«

»Völkisches Satori?«, wiederholte Takeda und verspürte dabei eine Übelkeit in sich aufsteigen. Satori war japanisch und bedeutete Erleuchtung. Aber in Verbindung mit dem deutschen Wort *völkisch* hatte er es noch nie gehört.

»Ein schöner, ein weiser Begriff, nicht wahr? Wir verdanken ihn Graf Dürckheim, dessen Ideen durchaus auch inspirierend für unsere Vereinigung waren.«

»Aber was ist mit all den Menschen, die in die Tempel der *Tōzaikai* gehen, um dort zu meditieren? Wissen die überhaupt etwas von den Dingen, über die Sie da reden?«

Beide Männer lachten in selbstgewisser Einigkeit auf. Henningsen sagte: »Natürlich nicht. Das sollen sie auch gar nicht. Aber wir erkennen unter ihnen diejenigen, die für höhere Aufgaben bestimmt sind. Wir erlegen ihnen Prüfungen auf, um ihren Todesmut zu stählen.«

»Indem sie sie in gefährliche Hilfseinsätze in Kriegsgebiete schicken?«

»Zum Beispiel. Wer sich dort bewährt, ist bereit, tiefere Weihen zu empfangen. Diese Erwählten führen wir nach und nach ihren wahren Aufgaben zu. Das ist der letzte, hohe Zweck der *Tōzaikai*, war es von Anfang an.«

»Ich verstehe. Auf die Art wissen Sie, wer wirklich bereit ist, sich zu opfern«, erwiderte Takeda.

So unerträglich all das war, das er zu hören bekam, es zeigte ihm doch, dass er und Claudia wirklich recht hatten. Die letzten, ohnehin nur noch schwachen Zweifel waren verflogen. Er musste die Männer nun dazu bewegen, weiter zu sprechen, damit er Einzelheiten zu ihrem teuflischen Plan in Hamburg erfuhr.

Nur dann ließ sich das Ganze vielleicht noch verhindern.

Henningsen fuhr fort: »Unsere Länder waren stark, als der Einzelne bereit war, sich für das Ganze, für die Gemeinschaft zu opfern. Doch das Wissen um diese Stärke wurde uns von unseren Feinden ausgetrieben. Der sogenannte Westen hat uns mit seiner Dekadenz durchseucht und geschwächt, hat uns in Egomanie und Selbstsucht getrieben, lässt uns die Götzen des Individualismus anbeten. Die Folgen davon können Sie jeden Tag in den Nachrichten sehen. Mord und Terror, überall auf der Welt und auch hier in unserer Heimat.«

Nishimori fixierte Takeda und sagte: »Stärke kommt immer aus der Bereitschaft, das eigene Leben hinzugeben. Unser beider Vorfahren, Takeda, die Samurai, wussten darum. Auch die kaiserliche Armee in den Schlachten des Zweiten Weltkrieges wusste es. Aber wir haben dieses Wissen verloren. Oder besser gesagt, wir haben es an unsere Feinde weitergegeben. Wer wohl hat die Muslime gelehrt, ihre wahre Macht zu erkennen und so die Welt in Schrecken zu stürzen?«

»Ich verstehe nicht.«

»Wir Japaner waren es. Lod, 1972. Damals fand der erste große Selbstmordanschlag im mittleren Osten statt. Japaner haben ihn begangen und sind so zum ewigen Vorbild der muslimischen Welt geworden. Viele von ihnen sind seither in die Fußstapfen unserer Landsleute getreten. Nun aber ist die Zeit gekommen, wo wir uns die Stärke zurückholen und wieder in den Dienst unserer Sache stellen werden.«

Takeda war von ferne bekannt, worauf Nishimori anspielte. Im Jahr 1972 hatte ein Kommando der japanischen Roten Armee, eine Gruppierung linksgerichteter Terroristen, einen Anschlag auf dem Flughafen von Tel Aviv begangen. Sechsundzwanzig Menschen kamen im Feuer ihrer Maschinengewehre ums Leben, einer der drei Attentäter wurde getötet, ein anderer beging vor Ort mithilfe einer Handgranate Selbstmord. Manche Beobachter interpretierten das Ereignis als eine Art Staffelübergabe, in der das Erbe der Selbstopferung im Dienste einer höheren Sache, das Erbe der Kamikaze, von Japan an die muslimische Welt übergegangen war. Tatsächlich war es noch mehr als das, denn während die echten Kamikaze-Flieger ausschließlich in einem militärischen Zusammenhang operierten, ging es seit diesem Zeitpunkt um Terrorismus. Bis zum heutigen Tag gedachten die Palästinenser der japanischen Attentäter. Befremdlich war allerdings, dass Nishimori die Idee des Selbstmordattentats offenbar als eine Art ideelles Eigentum Japans betrachtete, das in illegitime Hände übergegangen war und nun zurückgeholt werden musste. Andererseits, war das wirklich so überraschend? Takeda hatte gehört, dass auch in Deutschland rechtsgerichtete Radikale inzwischen in nostalgischer Bewunderung auf die Taten der Linksterroristen in den siebziger Jahren blickten.

Für einen Moment herrschte Schweigen im Raum. Die Stille wurde nur vom Prasseln des Kamins erfüllt.

Takeda leerte den letzten Schluck des *Karuizawa*-Whiskeys. Er wollte ihm trotz seiner erlesenen Qualität einfach nicht schmecken.

»Warum musste Ihr Sohn sterben, Nishimori-San? Warum ist Ryū Matsumoto erschossen worden?«

Takeda registrierte das leise Zucken in Nishimoris Zügen. Schmerz und Selbstzucht kämpften miteinander. Für kurze Sekunden schien es, als altere der Mann vor seinen Augen im Zeitraffer.

Doch dann kehrte die Härte in die Züge des Hundertjährigen zurück, und er blickte den Inspektor aus kalten, selbstgewissen Augen an. »Sie können sich nicht vorstellen, wie glücklich ich war, als mein Sohn zu mir zurückkehrte. Mein kleiner Soldat …

Das ist jetzt zwei Jahre her. Ich hatte damals die Hoffnung längst aufgegeben, ihn noch einmal wiederzusehen. Aber dann stand er vor mir. Er war so glücklich wie ich, dass Vater und Sohn sich wiedergefunden hatten. Und er war bereit, das fortzusetzen, was viele Jahre zuvor unterbrochen worden war. Ryūtarō, wie er sich nun nannte, war von Anfang an dazu bestimmt gewesen, Großes zu tun, Inspektor. Er ist mein Erbe. Er sollte den Funken schlagen, der den großen Weltenbrand in Gang setzt.«

»Indem er hier in Hamburg eine Bombe zündet?«

»Es klingt so klein, wie Sie es ausdrücken, Takeda. Es zeigt mir, dass Sie einfach nicht verstehen.«

»Sie haben recht, ich verstehe wirklich nicht. Was hat es für einen Sinn, unschuldige Menschen zu töten, und dann auch noch hier in Deutschland? Die Opfer werden Deutsche sein und eben keine Feinde, wenn man denn überhaupt dieses Wort benutzen möchte. Für mich klingt es wie reiner, sinnloser Wahnsinn, wie die pure Lust am Töten.«

Nishimori lachte heiser auf. »Aber eben die Sinnlosigkeit der Tat ist ihr Sinn, Inspektor. Es wird ein Fanal sein! Ein Weckruf! Es wird den Menschen die Augen dafür öffnen, dass der Tod immer unter uns ist. Die, die ihn fürchten, kann er beherrschen. Die anderen aber führt er in die Furchtlosigkeit und damit zur Freiheit und zur Macht!«

»Was Sie sagen, ist wirklich Wahnsinn!«

»Sie täuschen sich, Inspektor. Das, was unsere Länder machen, unsere Regierungen, das ist Wahnsinn! Sie geben unsere Nationen auf, überlassen sie unseren Feinden. Machen Sie die Augen auf, Inspektor! Der moralische und sittliche Verfall ist fortgeschritten, China erstarkt, die islamische Invasion durch Terror und Migration hier in Europa ist kaum noch aufzuhalten … Wenn wir jetzt nicht handeln, wird es zu spät sein.«

»Ich bleibe dabei, es ist krank, was Sie vorhaben.«

Nishimori sah Takeda enttäuscht an. »Sie sind wie mein Sohn, Takeda. Schwach und blind. Ja, er hat am Ende so gedacht wie Sie, und er hat mich sehr enttäuscht. Deutschland hat ihn schwach gemacht. Seine falschen Freunde haben ihn vom Weg abgebracht.«

»Sie meinen Ermin Delibasic?«, fragte Takeda, ein Schuss ins Dunkle.

»Er und andere. Sie haben Ryūtarō so weit getrieben, dass er uns verraten wollte. Mir blieb nichts übrig, als ihm zu befehlen, den letzten Weg zu gehen und sein eigenes Leben auszulöschen. Aber nicht einmal dazu reichte seine Kraft. Er war nicht in der Lage, es zu tun. Er hat Schande über mich gebracht.«

»Sie haben ihm also das *Seppuku* befohlen? Ihrem eigenen Sohn? Und Sie haben ihm Uemura zur Seite gestellt, der dann das vollstreckt hat, was Ryūtarō von eigener Hand nicht tun wollte oder konnte?«

Nishimori stieß ein verächtliches Schnauben aus. »Er hätte in seinen letzten Momenten Mut und Ehre beweisen können, aber er hat versagt. Darum ist ihm das Schicksal zuteil geworden, dass er verdient hat. Ein Schwächling.«

Nishimori wandte sich ab und blickte stumm in die Kaminglut. Es war alles gesagt.

Henningsen wartete einige Momente, sagte dann: »Ihre Worte, Inspektor, zeigen uns, dass auch Sie sich weit vom Erbe unserer beiden Völker entfernt haben. Sie verstehen nicht, dass es nur eines gibt, das das Opfer des eigenen Lebens noch übersteigt. Nämlich die eigenen Nachkommen zum Opfer zu bringen. Nishimori-Sama war ein glücklicher Mann, als sein Sohn nach vielen Jahren zu ihm zurückgekehrt ist. Anfangs zeigte Ryūtarō Begeisterung für die Welt und die Gedanken seines Vaters. Er war bereit, in seine Fußstapfen zu treten, hat sich den strengen Exerzitien der *Tōzaikai* unterworfen. Er ist nach Deutschland gekommen, um hier seine Bestimmung zu finden. Aber dann … Ryūtarōs Verrat hat Nishimori-Sama tief erschüttert.«

»Aber warum lernen Sie daraus nichts? Warum sehen Sie nicht ein, dass Sie einer Vergangenheit anhängen, die sich nicht zurückholen lässt? Ihr Plan ist gescheitert!«

Henningsen lachte auf. »Aber nicht doch, Inspektor. Sie sind es, der gescheitert ist. Das werden Sie noch heute einsehen. Ein anderer wird nun in Matsumotos Fußstapfen treten. Und mir gefällt diese neue Variante sogar noch besser. Sie wird zeigen, dass auch in den Reihen von uns Deutschen der Geist der Opferbereitschaft nicht erloschen ist. Auch unser Volk hat noch mutige Söhne!«

Die beiden Männer lachten auf. Dann blickte Nishimori auf seine Uhr. »Sie werden es sehr bald schon erleben, Inspektor. Aber zerbrechen Sie sich nicht weiter den Kopf darüber. Sie werden es nicht mehr aufhalten können. Oder meinen Sie, wir würden sonst so offen mit Ihnen sprechen?«

Takeda sparte sich eine Antwort, erhob sich stattdessen aus seinem Sessel. Er hatte genug gehört, und es gab keinen Grund mehr, länger zu bleiben. Er musste los, um das tödliche Vorhaben der beiden alten Männer eben doch aufzuhalten.

Ganz plötzlich aber überkam ihn ein jäher Schwindel. Alles drehte sich vor seinen Augen. Er versuchte sich an der Sessellehne abzustützen, griff jedoch ins Leere. Sein verschwommener Blick fiel auf das Glas mit dem *Karuizawa*. War der Whiskey vergiftet gewesen? Schwach hörte er die scheinheiligen Stimmen Henningsens und Nishimoris, die sich besorgt erkundigten, ob alles in Ordnung mit ihm sei.

Dann wurde ihm schwarz vor Augen.

60.

Es war völlig sinnlos.

Zwei Stunden waren vergangen, und Claudia war klar geworden, dass sie eben keine Nadel im Heuhaufen suchte, sondern einen Menschen inmitten Hunderter, Tausender anderer Menschen.

Alles, was sie dazu zur Verfügung hatte, war ein riesiger Papierstapel mit Dutzenden von Listen. In denen verbarg sich ein Name, den sie aufspüren musste.

Aber wie sollte sie das machen?

Wenn sich wenigstens Takeda endlich melden würde. Vielleicht hatte er etwas bei seinem Gespräch mit Henningsen und Nishimori herausgefunden, das sie weiterbrachte. Claudia hatte schon ein paar Mal versucht, ihn auf dem Handy anzuklingeln. Ohne Erfolg.

Was soll's, dann machte sie sich halt wieder an die Arbeit. Auf der rechten Seite ihres Schreibtisches lag die Liste mit den *Tōzaikai*-Mitgliedern, die sie von Beate Rödinger erhalten hatte. Knapp vierhundert Namen. Und auf der anderen Seite des Tisches hatte sie Listen und Formulare, Ausdrucke und handgeschriebene Zettel ausgebreitet. Es waren die Personalaufstellungen aller Beteiligten, die heute am und im Stadion in irgendeiner Form zugange waren, also Ordnerdienste und Caterer, Fahrer und Putzfirmen, Würstchenverkäufer und Bierzapfer.

Ein Wust von knapp tausendfünfhundert Namen. Und einer davon würde sich mit Glück eben auch auf der *Tōzaikai*-Liste finden.

Von den beiden Kollegen, die Schlink ihr zur Seite gestellt hatte, erwartete Claudia nicht wirklich Hilfe. Erstens weil die beiden sowieso nicht an die Sache glaubten und das Ganze für Hirngespinste und Zeitverschwendung hielten. Und zweitens wegen des guten alten Mann-Frau-Dings. Vor allem deswegen sogar.

Böhn und Rixen, so hießen die beiden uniformierten Kollegen, hatten sich zunächst von Claudia instruieren lassen, worum es ging. Listen sortieren, Listen abgleichen, Namen suchen, Dopplungen abgleichen – und im besten Fall einen Attentäter identifizieren und dann gezielt kaltstellen.

Aber anstatt loszulegen, hatten die beiden Kollegen ihr erst einmal mit einem süffisanten Grinsen erklärt, dass es so, wie Claudia es sich vorstelle, keinesfalls ging. Ihr Vorgehen sei zu zeitaufwendig und chaotisch. Man müsse es schon systematisch angehen.

»Genau das versuche ich doch«, hatte Claudia erklärt.

»Ach, Kollegin. Es geht um einen Datensatzabgleich, richtig? Das ist ohne Computer nicht zu machen«, erklärte Böhn im Tonfall des Wissenden.

»Aber mit dem richtigen Programm und ein paar Kniffen ist es eine Sache von Minuten, glauben Sie uns«, fügte Rixen hinzu. Genauso weise, genauso von sich selbst überzeugt.

Dann schenkten ihr die beiden einen Blick, mit dem sie zuhause vermutlich ihre Töchter oder auch deren Meerschweinchen ansahen.

Niedlich. Aber zu nichts Praktischem zu gebrauchen.

Seitdem saßen Böhn und Rixen an einem eigenen Schreibtisch und gaben sämtliche Namen in eine Excel-Tabelle ein. Bei insgesamt knapp zweitausend Namen würde es vermutlich bis Mitternacht dauern.

Aber dann, klar, dann ließ sich der Treffer mit einem einzigen Knopfdruck finden.

Männer.

Niedlich. Aber zu nichts Praktischem zu gebrauchen.

Claudia legte wieder los, und zwar mit Stift und Papier, und aller Konzentration, zu der sie angesichts ihrer Erschöpfung in der Lage war. Das Ganze wurde nicht einfacher dadurch, dass draußen vor dem Container allmählich die Schlachtgesänge der Fans anschwollen. Vom Parkplatz her war außerdem ein ewiges Hupkonzert zu hören, dazu das Getrappel und Geschiebe der Massen, die sich durch die viel zu engen Sicherheitsschleusen quetschten.

Claudia blickte hoch zur Uhr, die an der Wand des Containers hing. Um 18:30 Uhr war Anstoß. Noch anderthalb Stunden.

Es war nicht zu machen. Egal ob mit Computer oder per Hand.

Aber egal, sie durfte sich nicht irritieren lassen. Das hier war die einzige Chance, die sie hatten.

Also immer dem Alphabet nach. Claudia versuchte sich möglichst alle Namen mit dem gleichen Anfangsbuchstaben auf einmal zu merken. Adamski; Alborg; Ansorge. Erst die *Tōzaikai*-Liste. Dann alle anderen Listen.

Claudia erinnerte sich zwischendurch an ihren Zen-Schwur, den sie in Japan geleistet hatte.

Zen war eben nicht nur sitzen und meditieren. Zen war alles. Zen war Hingabe, war Konzentration, war die Fähigkeit, sich selbst zu vergessen und eins mit der Sache zu werden.

Und wenn es der Abgleich von Listen war.

Japaner konnten das.

Takeda konnte das.

Sie konnte es auch.

61.

Als Takeda wieder zu Bewusstsein kam, schwankte alles um ihn herum, alles schien in Bewegung zu sein. Er hörte Lärm. Quietschen, Rattern, Hupen, Dröhnen. Man hatte ihn geknebelt. Das Atmen fiel ihm schwer.

Wo war er? Was war passiert?

Ein Gesicht schob sich in sein Blickfeld, blickte aus freundlichen Augen auf ihn herab. Ein Mann. Er kannte ihn nicht. Der Mann sagte etwas, das Takeda nicht verstand. Er wollte antworten, konnte es aber nicht, wegen des Dings über seinem Gesicht. Der Mann lächelte breit, wandte sich wieder ab.

Der Inspektor schloss die Augen, atmete. Verschwommen tauchten Erinnerungen auf. Das Kaminzimmer in Henningsens Haus. Nishimoris Erzählungen von seinem Sohn. Der Whiskey. Takeda versuchte, die Panik zu unterdrücken, die sich erneut in ihm breitmachte. Es dauerte, doch dann schaffte er es, ruhiger zu werden. Auch seine Sinne klärten sich.

Mit einer jähen Bewegung setzte er sich auf, zerrte an der Maske über seinem Mund, bis die schmalen Gummibänder rissen und er frei war. Der Mann, ein Sanitäter, drehte sich zu ihm um, machte eine dämpfende Handbewegung. »He, Sie! Immer sachte, bitte! Machen Sie doch nicht alles kaputt.«

»Aber ...«

»Ja, ja, schon gut. Ist ein Wunder, dass Sie überhaupt schon wieder bei Bewusstsein sind. Aber jetzt machen Sie mal bitte ganz langsam, sonst sind Sie gleich wieder weg.«

Takeda rieb sich übers Gesicht. Sein Blick klärte sich nun endgültig, auch sein Gehör. Er saß auf einer Trage im Fond eines Rettungswagens. Der Lärm stammte von der eingeschalteten Sirene des Wagens. Das Schwanken, das er wahrnahm, rührte daher, dass sie in einer seltsamen Zickzack-Linie fuhren, zwischendurch immer wieder anhielten, nur um kurz darauf mit Vollgas weiterzufahren.

Takeda versuchte, aus der vermilchten Heckscheibe hinauszusehen, konnte aber nichts erkennen.

Der Sanitäter, der eine blaurote Uniform trug, schnalzte mit der Zunge und erklärte: »Baustellenstau. Typisch Hamburg. Wahrscheinlich müssen erst ein paar Leute auf dem Weg zum Krankenhaus sterben, bis die Stadt endlich mal ihr Straßenmanagement überdenkt.«

Takeda grinste. Er musste an Claudia denken, die einmal gesagt hatte, dass Bankräuber in der Hansestadt keine Angst davor zu haben bräuchten, von der Polizei verfolgt zu werden. Weil deren Einsatzfahrzeuge auf dem Weg zum Einsatz garantiert im Stau sowieso stecken blieben.

»Legen Sie sich lieber wieder hin, Herr Takeda. Selbst wenn Sie sich jetzt gerade besser fühlen. Der Blutverlust, den Sie erlitten haben, ist erheblich.«

Der Sanitäter deutete auf Takedas nackten Oberkörper. Der merkte erst jetzt, dass man ihn teilweise entkleidet hatte. Die Verbände über seinen Schusswunden an Arm und Brust hatten sich wieder mit Blut vollgesogen.

»Was ist passiert? Wie komme ich hierhin?«, fragte der Inspektor.

»Sie sind zusammengeklappt. Aber Ihr Gastgeber, Herr Henningsen, hat gut reagiert und uns alarmiert. Sie haben vielleicht

Nerven. In Ihrem Zustand mit Freunden am Kamin zu sitzen und Whiskey zu trinken ...«

Takedas Erinnerung kehrte erst jetzt so richtig zurück. Er war aufgestanden, hatte gehen wollen, war aber wohl ohnmächtig geworden.

»Es sind keine Freunde.«

»Wie auch immer. Die Herren haben uns alarmiert. Und das war auch gut so.«

Takeda nickte nur stumm. Sollte er dem Sanitäter erklären, wie absurd es war, was vor sich ging? Sollte er sagen, dass Henningsens anderer Gast, Heijiro Nishimori, noch vor kurzem einiges in Bewegung gesetzt hatte, um ihn töten zu lassen? Und jetzt, wo Takeda hilflos vor ihm gelegen hatte, hatte er nichts unternommen und stattdessen zugesehen, wie er von einem Rettungswagen abgeholt wurde ...

Nach und nach fielen die letzten Reste des Schwindels von Takeda ab. Er erklärte dem Sanitäter, dass er sich wirklich deutlich besser fühle, woraufhin der aber meinte, dass das nur an dem kreislaufstabilisierenden Mittel liege, dass sie ihm verabreicht hätten. Er dürfe seine Kräfte auf keinen Fall überschätzen. Sein Zustand sei durchaus als lebensbedrohlich zu bezeichnen, vor allem aufgrund des starken Blutverlusts. »Darum bringen wir Sie jetzt auch erst einmal ins Krankenhaus. Die Ärzte werden Sie durchchecken und entscheiden, wie es weitergeht. Aber stellen Sie sich besser drauf ein, dass Sie ein paar Tage dortbleiben müssen.«

»Wie spät ist es?«, fragte Takeda.

Der Sanitäter nannte die Uhrzeit.

»Das ist nicht gut.«

»Sie sind Japaner, richtig? Bei Ihnen zuhause kommen wahrscheinlich sogar die Rettungswagen immer pünktlich ans Ziel, was?«

Takeda sparte sich eine Antwort. Er blickte sich um. Seine restliche Kleidung, also Hemd, Sakko und Mantel lagen auf einem Arzneischrank in der Ecke des Rettungswagens. Er wollte danach greifen, wurde aber von der Kanüle zurückgehalten, durch die er immer noch mit einem Tropf verbunden war.

Er zögerte nicht lange, riss sich die Schläuche von der Hand, zog dann auch die Nadel aus seinen Blutgefäßen, ließ sie achtlos fallen.

»Hey. Fangen Sie schon wieder an?«, schrie der Sanitäter. »Legen Sie sich wieder hin!«

»Das ist leider nicht möglich«, erklärte Takeda. »Bitte geben Sie mir meine Kleidung. In meinem Mantel ist mein Handy. Ich muss dringend telefonieren.«

»Gar nichts müssen Sie.«

Takeda schloss kurz die Augen. Dann donnerte er los: »Mein Handy! Und dann sagen Sie dem Fahrer, dass er umdrehen und auf dem schnellsten Weg zum Stadion fahren soll.«

»Wir sind kein Taxi, Herr Takeda.«

»Aber ich bin Polizeibeamter, und Sie tun, was ich Ihnen sage. Sonst stecken Sie wegen Behinderung polizeilicher Ermittlungen richtig in der, pardon, Scheiße! Los, machen Sie schon. Es geht um Leben und Tod!«

Der Sanitäter blickte Takeda erschrocken an, reichte ihm seine Kleider. Dann klopfte er an die Verbindungstür zum Fahrer. »Fahr zum Stadion. Aber diesmal wirklich mit Vollgas.«

Takeda nickte ihm dankbar zu, er war gleichzeitig schon dabei, Claudias Nummer zu wählen.

62.

Der Lärm vor dem Polizeicontainer war inzwischen ohrenbetäubend geworden. Tausende von Fans drängelten in Richtung Arena, sangen dabei Fanlieder oder – je nach Alkoholpegel – grölten vor sich hin. Zum ungezählten Mal blickte Claudia zur Uhr hinauf. Nicht einmal mehr eine halbe Stunde bis zum Anstoß. Und sie war immer noch keinen Deut weitergekommen.

Dann endlich klingelte ihr Handy. Takeda. Als sie seinen Namen auf dem Display sah, hätte sie am liebsten vor Freude laut aufgeschrien.

»Ken! Endlich! Wo steckst du? Geht's dir gut? Was hast du herausgefunden?«

»Es ist alles in Ordnung.«

»Ist es überhaupt nicht«, schrie eine fremde Stimme von jemandem, der irgendwo hinter Takeda stehen musste.

»Wer war das?«, fragte Claudia.

»Niemand.«

»Komm schon.«

»Okay, ein Sanitäter. Aber er hat keine Ahnung. Ich bin auf dem Weg zum Stadion.«

»Ein Sanitäter? Wieso? Was ist passiert?«

»Nur ein kleiner Schwächeanfall, nicht weiter der Rede wert.«

»Er muss dringend in die Klinik«, rief die Stimme.

Takeda schien seine Hand über das Handy zu legen, so dass Claudia ihn nur noch dumpf hören konnte, als er sagte: »Mischen Sie sich gefälligst nicht ein. Sorgen Sie lieber dafür, dass der Fahrer weiterhin Gas gibt.«

Dann war Ken wieder deutlicher zu hören. »So, das ist geklärt. Wie sieht es bei dir aus? Bist du weitergekommen?«

»Leider nicht. Es ist nicht zu schaffen. Es sind einfach zu viele Namen. Ich bräuchte mehr Unterstützung, aber die bekomme ich nicht. Unsere Story klingt nicht gerade glaubhaft, der Einsatzleiter ...«

»Hör mir zu«, unterbrach Takeda sie, obwohl das sonst gar nicht seine Art war. »Das Gespräch mit Henningsen und Nishimori war schwierig, aber es hat sich gelohnt. Sie haben alles ganz offen zugegeben. Es soll heute passieren. Und diesmal wird es ein Deutscher sein, den sie losgeschickt haben. Wir suchen einen deutschen Namen.«

Claudia blieb für einen kurzen Moment die Luft weg. Dann hatte sie sich wieder im Griff. »Damit sind die letzten Zweifel ausgeräumt. Wir müssen Großalarm auslösen. Keine Ahnung, wie wir das machen sollen, ohne dass eine Panik entsteht. Aber wir können das Risiko nicht mehr tragen.«

»Ich bin spätestens in einer Viertelstunde da, hoffe ich jedenfalls. Dann können wir …«

»Warte mal kurz, Ken.«

Die Tür zum Polizeicontainer wurde aufgerissen. Ein Ordner mit orangener Weste kam herein und steuerte direkt auf Claudias Schreibtisch zu.

»Moin. Sind Sie die Dame, die die Personallisten braucht?«

»Ich dachte, die hätte ich schon.«

Der Mann zuckte mit den Schultern. »Denken führt selten zu was. Hier sind jedenfalls noch ein paar Nachzügler, die sich erst spät zum Dienst gemeldet haben.«

Mit diesen Worten knallte der Mann zwei handbeschriebene Blätter auf Claudias Schreibtisch, drehte sich um und verließ das Containerbüro.

Claudia wollte sich gerade wieder Takeda zuwenden, als ihre Augen auf der oberen der beiden Seiten hängen blieb. Erste Spalte, vierter Name von oben. Oliver Knauß. Ordner im Volksparkstadion.

Und Mitglied der *Tōzaikai*.

Sie hatte den Namen vor nicht einmal fünf Minuten auf der Liste gesehen, die Beate Rödinger ihr gegeben hatte.

»Wir haben ihn, Ken«, schrie Claudia in ihr Handy. »Der Mann heißt Oliver Knauß. Er …«, sie fuhr mit dem Finger die Zeile entlang, landete in der letzten Spalte, wo die Einsatzorte aufgeführt waren. »Er ist als Ordner auf dem großen Parkplatz vor der Ostseite der Arena eingeteilt. Wir treffen uns dort.«

»In Ordnung.«

Claudia sprang von ihrem Stuhl auf, griff nach ihrer Jacke und rief im Vorbeigehen: »Böhn, Rixen, mitkommen!«

Als sie vor den Container trat, fühlte sie sich für einen kurzen Moment wie betäubt. Menschenmassen drängten auf die Eingänge des Stadions zu, wirkten ekstatisch wie Anhänger eines seltsamen Kultes, in Erwartung der großen Messe. Viele trugen die blau-weißen Vereinsfarben des HSV, sangen die einschlägigen Fanlieder oder Schmähgesänge gegen die gegnerische Mannschaft. Die Luft roch nach Bier, Schweiß, Cannabis.

Unter normalen Umständen konnte Claudia das sogar genießen. Sie war da nicht zimperlich. Der HSV war Hamburg, und Hamburg war ihre Stadt. Klar, St. Pauli genauso. Aber darum ging es jetzt gerade nicht.

Dann riss sie sich von dem Anblick los, drängelte mit den Uniformierten im Schlepptau gegen den Strom der Besucher in Richtung Ausgang. Es war kaum zu machen. Aber sie hatte keine Wahl. Sie schrie, schubste und erstickte jedes Gemotze schon im Keim, indem sie mit ihrem Dienstausweis winkte und etwas von Arrest und Handschellen murmelte.

Sie erreichten die erste Sperre, wo die Leute ihre Karten vorzeigten, durch enge Einlassschleusen gingen und dann noch einmal abgetastet wurden. Direkt daneben war eine Pforte im Zaun, durch die VIP-Gäste eingelassen werden konnten. Sie wurde von einer Ordnerin bewacht. Claudia wechselte ein paar Worte mit ihr, wurde dann gemeinsam mit Böhn und Rixen hinausgelassen.

Draußen waren immer noch Tausende Besucher, aber hier war das Gelände weitläufiger, sie kamen nun viel schneller voran.

Sie hielten sich in südlicher Richtung, wo auch das Trainingsgelände lag. Dann erreichten sie den Parkplatz, der um diese Uhrzeit natürlich längst vollbesetzt war.

Ganz hinten stand ein einzelner Ordner. Orange Weste, darunter Parker und Jeans. War das Knauß? Und wenn ja, wie sollte sie sich ihm nähern? Wie gefährlich war er? Trug er eine Sprengstoffweste? Oder hatte er längst eine Bombe im Stadion deponiert?

So oder so, der Mann war ein Risiko.

Claudia hielt Rücksprache mit Böhn und Rixen, erklärte ihnen die Lage. Die beiden faselten etwas vom SEK, von Gefahrenzulage und dass das doch überhaupt alles Wahnsinn sei.

Claudia brauchte drei Sätze, um das zu klären. Drei sehr hässliche Sätze. Danach waren Böhn und Rixen zu allem bereit und nahmen widerstandslos ihre Anweisungen entgegen.

Sie verteilten sich. Claudia näherte sich auf direktem Weg dem Mann mit der Ordnerweste, während die beiden Uniformierten ausschwärmten und von den Seiten aus näherkamen. Beide hielten eine Hand vorsorglich auf ihrer Waffentasche.

Der Ordner, großgewachsen, breitschultrig, Typ Fels in der Brandung, allerdings nicht der schlaueste Fels, bemerkte Claudia und sah ihr ohne nennenswerte Reaktion entgegen.

»Sind Sie Oliver Knauß?«

»Was?«

»Oliver Knauß? Sind Sie das?«

»Nee.«

»Und wie heißen Sie?«

»Worum geht's denn, Lady?«

Aua. Auf die Anrede stand Claudia gar nicht. Aber gut, war jetzt auch egal. Sie hielt die Liste der Nachzügler hoch. »Laut Dienstplan soll Oliver Knauß genau hier Dienst tun. Wissen Sie, wo er ist?«

Claudia merkte, dass im Gesicht des Mannes etwas vor sich ging. Schwer zu sagen, was es war. Wut? Verunsicherung? Angst?

Jedenfalls nichts Gutes.

Dann sah sie seine ID-Karte. Sie war mit einem Clip an seiner Jacke befestigt, lugte halb unter der Ordnerweste hervor. Claudia trat auf den Mann zu, griff nach der Karte, zog sie so weit hervor, dass sie den Namen darauf sehen konnte.

Oliver Knauß.

Claudia schaltete sofort um, trat zwei Schritte zurück, zog dabei ihre Dienstwaffe aus dem Schulterholster und richtete sie auf Knauß. »Machen Sie jetzt bloß keine hektische Bewegung, Mann. Verstanden?«

Knauß' Augen weiteten sich vor Entsetzen. Er bewegte die Hände, wollte vielleicht nur eine beschwichtigende Bewegung machen – aber Claudia ließ es nicht drauf ankommen. Sie entsicherte und lud durch. »Ich habe gesagt, dass Sie sich nicht bewegen sollen. Ich werde schießen.«

Der Mann zitterte, sagte mit panischer Stimme: »Ist ja gut. Ich habe doch nichts getan.«

»Wieso haben Sie gelogen, als ich Sie nach Ihrem Namen gefragt habe?«

»Ich habe nicht gelogen, verdammt noch mal. Ich bin nicht Knauß. Ich heiße Martin Schacht. Ich habe … mit Knauß getauscht.«

Inzwischen waren auch Böhn und Rixen herangekommen, hatten ebenfalls ihre Waffen gezogen. Zum Glück war niemand in unmittelbarer Nähe, so dass der Vorfall mehr oder weniger unbeobachtet blieb.

Gut so. So etwas konnte heutzutage genügen, um eine Massenpanik auszulösen.

Oder es landete als millionenfach geklickter Clip auf YouTube und Instagram. Hashtag Bullenschweine.

»Was soll das heißen, Sie haben mit ihm getauscht?«

Schacht, wenn er denn wirklich so hieß, begann zu weinen. Ein irritierendes Bild, schließlich war der Mann eine körperlich beeindruckende Erscheinung, war durchtrainiert und an die zwei Meter groß. »Olli wollte heute unbedingt in den Innenraum. Bei der Gastmannschaft spielt einer, den er seit Jahren gut findet. Er wollte ein Autogramm abgreifen. Das geht halt nur, wenn er drinnen eingesetzt ist. Ich habe so was noch nie gemacht, ich schwöre. Aber … verdammt, er hat mir nen Hunderter rübergeschoben. Schien ihm echt wichtig zu sein.«

Für Sekundenbruchteile breitete sich in Claudias Kopf eine stille, schwarze Leere aus.

Dann rief sie sich zur Ordnung, war wieder konzentriert. »Wo genau war denn heute Ihr eigentlicher Einsatzort?«

»Im Innenraum. Genau erfahren wir das immer erst, wenn es

losgeht. Vielleicht am Zaun, vielleicht auch oben auf den Rängen.«

»Wer entscheidet das?«

»In der Regel Sonnekamp.«

»Wer ist das?«

»Unser Chef. Die stimmen das immer mit dem Verein und Ihren Kollegen von der Polizei ab.«

»Wo finde ich diesen Sonnekamp?«

»Keine Ahnung. Der ist irgendwo drinnen.«

»Scheiße.«

Claudia rief Böhn und Rixen zu, dass sie ihre Waffen wegstecken und den Mann mit zum Container nehmen sollten – vorsorglich in Handschellen.

»Muss das sein?«, fragte Schacht.

Claudia schüttelte ungläubig den Kopf. »Ich hoffe, dass Sie nie erfahren werden, was für ein Idiot Sie sind. Ist jetzt aber auch egal. Wie sieht Oliver Knauß aus?«

Schacht machte ein verzweifeltes Gesicht. »Geht mir bis zur Schulter, kräftig. Tattoo am Arm. War mal ein Hakenkreuz, weil er früher ... ist ja auch egal. Er ...«

»Er war ein Nazi?«, unterbrach Claudia.

»Irgendwann schon. Aber jetzt nicht mehr. Der macht jetzt einen auf Buddhismus.«

»Sie sind ein noch viel größerer Idiot.«

»Hey, also ...«

»Schnauze. Welche Haarfarbe hat er?«

»Keine.«

»Verarschen Sie mich nicht.«

»Tu ich nicht. Olli hat ne Glatze.«

»Also immer noch ein Skinhead?«

Schacht lachte kläglich. »Quatsch, nein. Der ist jetzt ein Mönch. Ist so ein Japan-Ding bei ihm.«

Claudia rannte los.

63.

Etwa zwanzig Minuten vor Anpfiff erreichte Takeda das Stadiongelände. Er sprang aus dem Rettungswagen, orientierte sich kurz und humpelte los.

Claudia hatte ihn noch einmal angerufen und gesagt, dass sie bei dem Außenparkplatz auf ihn warten würde.

Doch als Takeda dort ankam, konnte er sie nicht entdecken. Dafür sah er zahlreiche uniformierte Kollegen, auch in den Straßen der Umgebung waren immer mehr Sirenen zu hören.

Die Kollegen patrouillierten jeweils zu zweit über das Gelände, gingen zwischen den geparkten Autos hindurch, blickten auch immer wieder unter einzelne Fahrzeuge, offenbar auf der Suche nach verdächtigen Gegenständen.

Der Bombenalarm war also ausgelöst worden. Von einer Räumung des Stadions aber hatte man offenbar abgesehen.

Takeda sah hinüber zu der riesigen Arena. Das Gebäude, eine Konstruktion aus Stahl und Beton, schien von den Gesängen und dem Getrampel der Fans förmlich zu vibrieren, ein gigantischer, dem Himmel zugewandter Lautsprecher.

Vermutlich war es zu spät, um das Spiel abzusagen. Die Arena war mehr oder weniger voll besetzt. An die sechzigtausend Leute. Ein Spielabbruch könnte leicht zu einer Panik führen, zumindest wenn sich über die sozialen Netzwerke der Grund dafür herumsprach.

Dann könnte es so oder so Tote geben.

Ein paar verspätete Fans gingen auf das große Oval zu. Sie wirkten gut gelaunt, lachten, skandierten einen Schlachtruf für den HSV.

Glück war oft nichts anderes als Unwissenheit.

Hatte Claudia Oliver Knauß ausfindig gemacht? Hatte sie ihn festgesetzt?

Sein Handy klingelte. Sie war es. Takeda nahm das Gespräch an, kam aber nicht einmal dazu, Claudia zu begrüßen. Stattdessen sagte sie mit atemloser Stimme: »Hör zu, Ken. Knauß hat mit einem Kollegen die Dienstausweise getauscht, um ins Innere des Stadions zu gelangen. Eigentlich hätte er nur draußen Dienst gehabt. Ich habe mit dem Gruppenleiter der Ordner gesprochen. Das Problem ist, dass Knauß auch nicht da aufgetaucht ist, wo eigentlich der Andere seinen Dienst hätte antreten sollen.«

»Was heißt das?«

»Das heißt, dass wir keine Ahnung haben, wo er steckt. Er kann überall sein. Nur eines ist sicher. Er ist hier im Inneren der Arena. Und er ist nicht kontrolliert oder abgetastet worden.«

»Ich verstehe. Wie gehen wir also vor? Wie wollen wir ihn ausfindig machen?«

»Mit Glück, Ken. Nur noch mit Glück ...«

»Ich glaube nicht, dass das reichen wird.«

»Ich auch nicht. Aber immerhin sind jetzt alle anwesenden Kollegen alarmiert. Zusätzliche Kräfte sind auf dem Weg. Für alle gilt nur noch ein einziger Auftrag, nämlich Knauß zu suchen. Wir haben bisher nur eine unpräzise Beschreibung. In der Personalstelle suchen sie gerade ein Foto von ihm, das geht dann auf alle Handys der Kollegen. Ein Erkennungszeichen hat er, eine Glatze. Wir suchen einen Zenmönch.«

»Sag das bitte nicht ... wo bist du jetzt?«

»Oben auf der Tribüne, bei den Pressekabinen. Von hier hat man die beste Übersicht.«

»Ich komme zu dir.«

Takeda beendete das Gespräch und steckte sein Handy weg. Trotz der Schmerzen im Bein und im ganzen Körper rannte er wieder los, Richtung Arena, zog allerdings sofort die misstrauischen Blicke zweier uniformierter Kollegen auf sich. Die nahmen ihre Waffen in Anschlag, riefen ihm zu, dass er stehen bleiben solle.

Takeda gehorchte, hielt seinen Dienstausweis in die Höhe: »Ich bin ein Kollege ...«

Danach setzte er seinen Weg langsamer fort.

Kurz darauf erreichte er den Eingang der Arena. Noch zehn Minuten bis zum Anstoß. Das Gebäude war riesig, bestand aus unzähligen Ebenen, Gängen, Treppenhäusern, Büros, Logen, Verwaltungsräumen, Toiletten, Abstellkammern.

Jemand, der sich dort auskannte, fand genug Möglichkeiten, sich zu verstecken.

Claudia hatte recht. Sie hatten keine Chance. Sie brauchten Glück. Sonst würden sie Knauß nicht aufhalten können.

Es sei denn, sie fanden vorher heraus, wo er zuschlagen würde.

Takeda blieb stehen. Er befand sich unmittelbar unterhalb der Arena, die steil vor ihm aufragte.

Aus dem Inneren war ein Lied zu hören, das von Tausenden Kehlen verstärkt wurde. *Hamburg, meine Perle.*

Es war seine Aufgabe, dafür zu sorgen, dass diese Perle weiter glänzte.

Takeda schloss die Augen. Er dachte nicht wirklich nach, ging keinem bewussten Gedanken nach. Stattdessen ließ er von allem los, was er steuern konnte, ließ die Gedanken ziehen, als wären sie Wolken. Er konnte ab jetzt nichts mehr beeinflussen. Es musste von selbst geschehen. Die Lösung war da, das spürte er. Sie musste nur noch zu ihm kommen.

Der tote Matsumoto auf dem Parkplatz – eine Wolke, die in seinen Gedanken auftauchte und vorüberzog. Der Überfall der *Yakuza* in den Bergen von Tottori. Eine Wolke. Die Nacht mit Claudia. Eine Wolke – eine, die ihn lächeln ließ. Der aufgeschnittene Leib Morinagas. Die tote Chizuko, der Flug nach Deutschland. Wolken. Das Gespräch mit Henningsen und Nishimori. Eine Wolke, die sich näherte und weiterzog ... Halt! Da war etwas, etwas Wichtiges. Er sah dieser letzten Wolke nach, holte sie zurück, nahm sie in den Blick, studierte sie.

Was hatte Henningsen gesagt? *Sie verstehen nicht, dass es nur eines gibt, das das Opfer des eigenen Lebens noch übersteigt. Nämlich die eigenen Nachkommen zum Opfer zu bringen ...* Die eigenen

Nachkommen. Takeda hatte es so verstanden, dass Henningsen über Ryū Matsumoto sprach, den Sohn Nishimoris, den dieser in den Tod geschickt hatte. Aber wenn er das gar nicht gemeint hatte?

Die eigenen Nachkommen opfern.

Die eigenen Nachkommen.

Inspektor Takeda öffnete schlagartig die Augen. Er blickte sich um, rechts, links. Dann rannte er los.

Während der Fußballspiele war es üblich, dass die Profis beider Mannschaften immer ein Kind an der Hand führten, wenn sie aus den Umkleidekabinen hinaus in die Arena traten.

Die sogenannten Einlaufkinder.

Die eigenen Nachkommen opfern.

Es ging nicht um Nishimoris Sohn. Es ging gar nicht um ein bestimmtes Kind.

Es ging um die Nachkommen eines Volkes.

Takeda umrundete die Arena, in deren Inneren der ekstatische Jubel der Fans immer lauter wurde. In wenigen Minuten würden die Spieler auflaufen, würde die Begegnung angepfiffen werden. Takeda spürte sein erschöpftes Herz in seiner Brust hämmern.

Jetzt gerade warteten im Bauch des Stadions zweiundzwanzig Kinder aus Hamburg, freuten sich darauf, in den nächsten Minuten das wahrscheinlich größte Erlebnis ihres noch jungen Lebens zu genießen. Einmal an der Hand eines Vorbilds hinaus auf den Rasen treten und aus sechzigtausend Kehlen begeistert begrüßt werden.

Kein Moment war geeigneter, um ein ganzes Land in Schrecken zu versetzen. Um es so zu erschüttern, dass danach nichts mehr so sein würde wie zuvor.

Vermutlich hatten sich die Spieler gemeinsam mit den Kindern schon unten aufgestellt, an der inneren Seite des Spielertunnels.

Und Oliver Knauß besaß eine Berechtigung, mit der er jeden Ort im Stadion betreten durfte.

Auch die Umkleiden, auch den Tunnel.

Takeda rannte.

64.

Claudia konnte ihn kaum verstehen. Takeda rief sie an, schrie in sein Telefon, während er draußen um die Arena rannte. Sein Atem ging stoßweise.

»Ich versteh dich nicht, Ken. Bleib kurz stehen. Was ist los?«

»Geht nicht ... kann nicht stehen bleiben. Er wird unten sein, in der Halle, wo die Spieler sich versammeln. Oder draußen auf dem Spielfeld, direkt vor dem Tunnel. Dort müssen wir hin.«

Der Lärm in der Arena war ohrenbetäubend. Die Uhr auf dem Stadion zeigte an, dass es noch sechs Minuten bis zum Anpfiff waren.

Claudia blickte die steil ansteigenden Zuschauerränge hinab. Sie stand mehr oder weniger direkt oberhalb des Tunnels, durch den die Spieler gleich einlaufen würden.

»Die Kinder ... es geht ihm um die Kinder«, sagte Takeda.

»Welche Kinder? Ich verstehe nicht.«

»Die Einlaufkinder ... die eigenen Nachkommen ... opfern. Ich habe dir davon erzählt.«

Es fiel Claudia wie Schuppen von den Augen. Jetzt wusste sie, was Takeda meinte.

»Alles klar. Ich gehe runter. Du kommst von außen, richtig?«

»Richtig.«

Sie drückte den Feldstecher und das Funkgerät einem Kollegen in Uniform in die Hand, wandte sich gleichzeitig an einen der Ordner, der neben ihr stand. »Ich muss runter, aufs Spielfeld. Wie komme ich da am schnellsten hin?«

»Gar nicht. Die Eingänge sind bis auf den Spielertunnel alle blockiert. Wegen der Flitzer und so.«

»Ist mir egal. Was ist der schnellste Weg? Egal, wie!«

»Runter auf die Ränge. Dann über den Zaun.«

»In Ordnung. Kommen Sie mit. Helfen Sie mir.«

»Aber …«

»Sofort!«

Er sah die Panik in ihren Augen und verstand. »Folgen Sie mir.«

Der Ordner rannte los, Claudia war direkt hinter ihm.

65.

Takeda erreichte das Rolltor, durch das die Busse beider Mannschaften direkt in die Arena einfuhren. Die Umkleiden für die Mannschaften waren unmittelbar dahinter. Genauso die Halle, in der sie dann zum ersten Mal aufeinandertrafen, wo sie sich aufstellten, um schließlich nebeneinander durch den Tunnel auf den Rasen zu schreiten.

Er musste da rein.

Sofort.

Takeda rüttelte an dem Tor, es bewegte sich keinen Millimeter. Ein paar uniformierte Kollegen wurden auf ihn aufmerksam, kannten ihn aber nicht. Sie näherten sich, die Blicke misstrauisch.

»He! Was machen Sie da?«, rief einer der Uniformierten bellend herüber.

Takedas Brustkorb hob und senkte sich in schnellem Rhythmus. Er hielt seinen Dienstausweis in die Höhe. »Können Sie mich da rein lassen? Es ist dringend. Mehr als dringend.«

»Immer mit der Ruhe, Kollege. Hat Schlink Sie beauftragt,? Er ist hier federführend.«

»Schlink? Nein, aber der Attentäter, er ist …«

»Jetzt mal ganz ruhig, Kollege. Ich frage mal nach, ja!?«

Der Uniformierte wandte sich von Takeda ab, sprach ein paar Sätze in sein Funkgerät. Der andere Kollege behielt Takeda misstrauisch im Blick.

Takeda, immer noch stoßweise atmend, sagte keuchend: »Bitte, glauben Sie mir! Es geht um Minuten, um Sekunden.«

Der Beamte machte eine dämpfende Handbewegung, blickte zu seinen Kollegen, der offenbar auf den richtigen Gesprächspartner wartete. »Jetzt warten Sie erst mal ab, Herr ... äh.«

»Takeda.«

»Herr Takeda. Sind Sie überhaupt sicher mit dem, was Sie da sagen? Haben Sie einen konkreten Hinweis? Sie wirken ehrlich gesagt ziemlich durcheinander ...«

Der andere Beamte beendete seine Funkverbindung, blickte zu seinem Kollegen, schüttelte den Kopf. Takeda hielt noch einmal seinen Ausweis in die Höhe. »Hier! Sie sehen doch, dass ich ein Kollege bin. Wo ist das Problem?«

»Von unserer Seite aus gibt es keins. Aber ich würde vorschlagen, Sie kommen einfach mal mit uns mit. Wir können gemeinsam rüber zu Schlink gehen, der kann dann ja alles aufklären.«

»Sicher. Nur ...«

Takeda verstummte mitten im Satz. Es hatte keinen Sinn. Sie hielten ihn für einen Betrüger, einen Wahnsinnigen. Im Zweifel sogar für den Attentäter.

Wahrscheinlich hatte Schlink etwas über Japan gesagt, das im Zusammenhang mit dem Geschehen stand. Und klar, seitdem hielten die Kollegen jeden Japaner für verdächtig.

Takeda schloss kurz die Augen, holte Luft, sammelte sich. Dann sah er die uniformierten Kollegen an, sagte: »Es tut mir leid«

Die Kollegen waren verdutzt. »Was tut Ihnen leid?«

»Das hier.«

Zwei schnelle Kreisbewegungen, kaum sichtbares Schneiden und Hebeln mit den Armen. Die Kollegen flogen durch die Luft, landeten krachend auf dem Rücken, waren kurz betäubt. Takeda bewegte sich mit höchster Effizienz. Er dauerte nur Sekunden.

Er rannte weiter. Wenige Meter neben der Toreinfahrt für die Busse war eine Glastür, die in die Verwaltungsräume des Stadions führte. Takeda wollte sie öffnen. Vergeblich. Ebenfalls verschlossen.

Er dachte nicht lange nach. Er nahm Anlauf und sprang mit den Füßen voran durch das berstende Glas, rollte sich im Inneren ab.

Sofort war er wieder auf den Beinen. Aber er schwankte. Es war nicht so gut gelaufen, wie er gehofft hatte. Das Glas hatte ihm Gesicht und Unterarme zerschnitten. Noch mehr Blutverlust. Aber er spürte keine Schmerzen.

Rechts führte die Treppe nach oben, links war eine weitere Doppeltür, diesmal aus Stahl. Dahinter mussten die Halle und die Umkleidekabinen liegen.

Takeda drückte die Klinke runter. Natürlich, auch sie war verschlossen. Er warf sich mit der Schulter dagegen, einmal, zweimal. Die alten Wunden aus Japan meldeten sich, drohten wieder aufzuplatzen. Die neuen Schnittverletzungen bluteten ohnehin. Beim dritten Mal gab die Tür nach, sie flog nach innen auf, Takeda hinterher.

Diesmal schaffte er kein elegantes Abrollen, dazu war er bereits zu geschwächt. Das Blut lief ihm triefend aus dem linken Ärmel heraus. Auch sein Gesicht war nur noch eine Landschaft aus Schnitten und Verletzungen. Er schmeckte sein eigenes Blut süß auf den Lippen.

Erstaunte Blicke sahen ihm entgegen. Ängstliche Blicke. Die Busfahrer, Ordner, Betreuer. Er hielt seinen Dienstausweis in die Höhe: »Ich bin von der Kripo. Lassen Sie mich durch.«

Tatsächlich wichen alle zurück. Es lag nicht am Ausweis. Es lag an seinem Aussehen. Auch sein Haar hatte sich wieder gelöst, fiel ihm in wirren Strähnen ins Gesicht. Sein Blick aber war klar und zielstrebig. Nichts und niemand würde ihn aufhalten können. Das spürten die Leute. Angst und Bewunderung, zu gleichen Teilen.

»Wo ist der Tunnel?«, fragte Takeda.

Die Männer wiesen stumm mit dem Finger in die Richtung.

Takeda rannte los. Noch eine Tür. Er konnte sein Glück nicht fassen, als er sie unverschlossen fand. Takeda riss sie auf. Ohrenbetäubender Lärm empfing ihn. Die Lieder, Rufe, Schlachtgesänge aus dem Kessel drangen hier in den Stadionkeller, wurde von den Wänden tausendfach verstärkt.

Er legte die letzten Meter zurück. Er war am Ziel. Die Halle war nicht so groß, wie er erwartet hatte. Ein Raum aus Beton, vielleicht vierzig Meter im Durchmesser. Rechts vorne der Medienbereich, wo die Spieler nach der Begegnung vor die Kameras traten. Dahinter der Durchgang zur Umkleidekabine der Heimmannschaft. Die Gäste zogen sich auf der anderen Seite um.

Aber das war längst erledigt. Die Mannschaften standen schon aufgereiht vor der Tür, die hinaus auf den Platz führte. Direkt hinter der Tür war der Tunnel, der nichts anderes war als eine Art Balustrade. Dort gingen sie gleich hindurch, um dann mehr oder weniger an der Seitenauslinie auf den Rasen zu treten.

Seltsamerweise waren hier unten keine uniformierten Kollegen, nur ein paar Ordner. Dazu Medienleute, Funktionäre, Vereinsleute. Ein paar von ihnen starrten zu Takeda. Die meisten aber waren im Spielfieber, ihre Blicke waren zur Tür gewandt, zum Tunnel.

Die Spieler selbst traten nervös von einem Bein aufs andere. Links die Gäste, rechts die Heimmannschaft. Alle hielten sie ein Kind an der Hand, Jungen wie Mädchen. Die Kinder lachten. Die Spieler erledigten ihre kleinen Rituale. Sich bekreuzigen, ein Gebet sprechen, vielleicht auch an die Eltern, die Frau, die Freundin denken. Keiner von ihnen beachtete ihn, Takeda. Gut so.

Dann sah er ihn. Oliver Knauß. Er musste es sein. Groß, kräftig, glatzköpfig. Er stand keine zwei Meter neben der Tür, die aufs Spielfeld führte. Er trug eine gelbe Ordnerweste, darüber an einem Halsband den Ausweis, der ihn berechtigte, hier zu sein. Von Sprengstoff war nichts zu sehen.

Aber er zitterte, er schwitzte. Sein Gesicht wirkte nicht weniger wirr als das von Takeda. Nur, dass niemand hinsah. Er war halt nur ein Ordner, also einer, der hier für Sicherheit sorgte. Einer, dem man vertraute.

Darum sah auch niemand genau hin.

Takeda aber tat es. Er sah das Kabel, das aus Knauß' Ärmel lugte.

Es endete in einem golfballgroßen Gerät aus Plastik, das er in der Hand hielt. Darauf ein kleiner Knopf.

Ein Zünder.

Draußen war die Stimme des Stadionsprechers zu hören. Der Einlauf der Spieler stand unmittelbar bevor. Knauß machte einen Schritt auf die Reihen der Spieler zu, auf die Kinder. Sein Gesicht ein verzerrtes, festgefrorenes Lächeln.

Noch ein Schritt.

Er hob die Hand mit dem Zünder.

Zum zweiten Mal in kurzer Zeit bereute Takeda es, dass er keine Waffe trug. Ein gezielter Schuss wäre riskant. Aber vermutlich die einzige realistische Chance, den Mann jetzt noch zu stoppen.

Takeda schloss kurz die Augen. Dann setzte er alles auf eine Karte. Er schrie, seine Stimme schwoll dabei zu einem Donnergrollen an, übertönte den Lärm aus dem Stadionkessel: »Herr Knauß, tun Sie es nicht! Treten Sie zurück von den Kindern. Bitte!«

Alle drehten sich zu Takeda um. Die Spieler, die Betreuer, die anderen Ordner, die Medienleute. Unzählige Menschen. Sie waren halb erstaunt, halb verunsichert. Was ging hier vor? War das ein Scherz? Dann bemerkten sie das Blut an Takedas Armen, an seiner Kleidung, in seinem Gesicht.

Sie sahen den Ausdruck in seinen Augen. Da wussten sie es. Es war kein Scherz. Es war tödlicher Ernst.

Aber von wem ging die Gefahr aus? Von diesem verwundeten, vielleicht verwirrten Asiaten?

Oder von dem kahlgeschorenen Ordner mit dem seltsam starren Gesichtsausdruck?

Takeda wiederholte seine Worte, diesmal noch lauter: »Herr Knauß, öffnen Sie die Hand! Lassen Sie den Zünder los! Sofort!«

Die Blicke wandten sich zu Knauß. Der riss sich die gelbe Ordnerweste vom Körper, öffnete die Jacke darunter. Nun war es offensichtlich. Für alle. Unzählige Pakete von Sprengstoff hafteten an seinem gesamten Oberkörper, waren mit Klebeband befestigt und mit Kabeln verbunden.

Eine menschliche Bombe.

Es war das, wovor alle, bewusst oder unbewusst, Angst hatten. Wovor seit einiger Zeit ganz Deutschland Angst hatte. Weil es ständig in den Nachrichten war, wenn auch zumeist aus fernen Weltregionen. Aber jetzt geschah es hier. Ein Attentäter. Ein Selbstmordanschlag. Der Tod war angekommen.

Genau hier, genau jetzt. Die stille Hoffnung der Anwesenden, dass es andere, aber doch bitte nicht sie selbst treffen möge, ging nicht in Erfüllung.

Takedas adrenalingesättigtes Gehirn dehnte die Zeit, verzögerte die Bewegungen, die er rund um sich wahrnahm. Die Gesichter verzogen sich zeitlupenhaft zu angstverzerrten Grimassen. In einer Choreographie des Schreckens, rissen sich die Kinder von den Händen ihrer Idole los, stoben in Slowmotion in alle Richtungen davon. Auch einige der Spieler drehten sich um, wirkten dabei wie Menschen auf dem Mond, dessen geringere Anziehungskraft ihnen allen Schwung raubte. Eine Flucht in Schwerelosigkeit, panisch und unendlich verzögert …

Takeda wusste, dass es in Wahrheit nur Sekundenbruchteile waren. Alle rannten, schrien, warfen sich auf den Boden. Gleich schon würde es zu spät sein. Er würde in der panischen Menge den Blick auf Knauß verlieren. Der konnte dann fliehen. Oder zünden.

»Legen Sie den Zünder ab, Herr Knauß! Diese Menschen sind unschuldig!«

Es war eine letzte Warnung. Aber Oliver Knauß lachte. Heiser und wirr. Er trat einen Schritt nach vorne, hielt den Zünder drohend in Takedas Richtung, begann dann zu schreien, eine Ansprache, ein Manifest. Deutschland wird leben, Japan wird leben. Die einstmals großen Reiche werden auferstehen. Ihre Feinde werden sterben. Heute, an diesem Tag, wird der erste Funke geschlagen, der das Feuer der Wiederauferstehung entzünden wird. Ein Tag für die Geschichtsbücher. Es lebe der Führer, es lebe der Kaiser!

Takeda war jetzt vollkommen ruhig. Es gab nur noch einen

Weg. Er musste rennen, sich auf Knauß stürzen. Er musste die Wucht der Explosion mit seinem eigenen Körper dämpfen.

Knauß würde dabei sterben. Er selbst würde dabei sterben. Aber mit Glück würden die Kinder gerettet.

Takedas innere Ruhe wurde tief. Hier und jetzt würde es also zu Ende gehen. In Hamburg. In einem Stadion.

In Ausübung seines Dienstes.

Totale Ruhe. Zen. Leben und Tod waren eines. So war er erzogen worden, von frühester Kindheit an. Von seinem Vater, von seinen Ausbildern bei der Polizei. Seine Aufgabe war es zu dienen. Ohne Rücksicht auf sich selbst. Dem hatte er sich verschrieben. Eigentlich war es nicht anders als das, was auch Henningsen und Nishimori gesagt hatten. Das eigene Leben in den Dienst der Sache stellen, in den Dienst des Volkes. Darauf hatte Takeda seinen Eid geschworen.

Aber er wollte es nicht.

Er wollte nicht sterben.

Er wollte leben.

Er war nicht Teil eines großen Ganzen. Jedenfalls nicht nur. Er war auch er selbst. Ein Mensch. Ein Ich. Ein Individuum. Nicht nur der Baustein eines Volkes, nicht nur ein Glied in der Reihe der Generationen.

Er dachte an Claudia, an den Jazz, an Hamburg, Deutschland, die Welt.

Er wollte leben.

Er wollte glücklich sein.

Mit ihr.

Dann sah er, wie sich Knauß' Hand um den Zünder schloss. Er sah die Kinder, die noch viel zu nahe waren. Die auch leben wollten, glücklich sein.

Takeda rannte los. Kein Blick zurück. Kein überflüssiger Gedanke, der ihn hemmte. Ein reiner Wille.

Er musste es schaffen, musste den Attentäter erreichen, bevor er seine Bewegung vollendet hatte.

Bevor er die Hand zur Faust verschloss, den Daumen krümmte und damit den Zünder betätigte.

Rennen, sich auf ihn stürzen, das Schlimmste verhindern. Ewiger Frieden. Keine Gedanken.

Noch drei Meter, noch zwei, noch einer. Er war zu langsam. Er würde es nicht schaffen. In Zeitlupe sah Takeda, wie Knauß den Auslöser drückte. Sekundenbruchteile. Es war zu spät.

Er würde sterben, ohne es verhindert zu haben. Und viele mit ihm.

Dann zerriss der ohrenbetäubende Knall eines Schusses die kurze, atemlose Stille. Knauß' Augen weiteten sich. Takeda bremste ab. Ein zweiter Schuss. Diesmal wurde Knauß von den Füßen gerissen, er fiel auf die Knie. Sein Gesicht war festgefroren in einem ungläubigen Staunen. Ein dritter Schuss. Knauß fiel nach vorne, schlug hart auf den Beton auf. Sein Kopf war seitlich verdreht. Der letzte Funke Leben war noch in ihm. Er blickte aus glasigen Augen auf die eigene Hand, die den Zünder hielt. Er wollte auslösen, konnte es nicht. Offenbar gehorchten ihm die Finger nicht mehr. Ein weiterer Schuss, und Knauß sackte endgültig zusammen.

Dann hatte Takeda ihn erreicht, er warf sich auf den Mann, entriss ihm den Zünder. Rund herum nur noch hysterische Schreie, Rennen, Panik, ein einziges Durcheinander.

Takeda spürte, wie das letzte bisschen Leben aus dem Körper unter ihm entwich. Er rollte zur Seite, blickte hoch.

Claudia stand nur wenige Meter entfernt. Sie hielt die Waffe, mit der sie geschossen hatte, immer noch in der Hand. Ihre Augen waren starr, wie erloschen.

Einen Menschen zu töten bedeutete immer auch, selbst ein wenig zu sterben.

66.

Claudia saß in der geöffneten Wagentür ihres Peugeot, irgendwo auf dem Parkplatz vor dem Stadion. Die anderen Privatwagen waren längst alle fort, nur noch Dutzende Einsatzfahrzeuge standen rund herum, einige ließen immer noch ihr Blaulicht rotieren.

Claudia hatte einen der Kollegen um eine Zigarette gebeten. Als der ihr eine geben wollte, nahm sie ihm wortlos die ganze Packung und auch das Feuerzeug aus der Hand. Er protestierte nicht. Sie nickte ihm zu, unfähig zu sprechen, sich zu bedanken, irgendetwas. Sie hatte sich umgedreht und war gegangen.

Claudia wurde als Heldin gefeiert. Von den Medien, den Sondersendungen, den sozialen Netzwerken. Interessierte es eigentlich irgendwen, wie sie sich fühlte? Dass sie einen Scheiß draufgab, eine Heldin zu sein? Dass sie alles dafür geben würde, wenn all das nicht geschehen wäre?

Seit Ewigkeiten saß sie hier in ihrem Wagen, rauchte eine Zigarette nach der anderen und blickte ins Nichts.

Es gab positive Gedanken. Takeda lebte. Die Kinder lebten, die Spieler, die Zuschauer.

Auch sie.

Aber es fühlte sich nicht so an.

Sie hatte einen Menschen getötet. Mit vier Schüssen, zwei davon hatten Knauß in den Kopf getroffen, einer in die Brust, einer in den Rücken.

Es war die einzige Chance gewesen, die es gegeben hatte. Claudia war gut an der Waffe, ihre Trefferquote eine der besten unter allen Hamburger Kollegen. Sie wusste also, was sie tat. Der Schuss musste direkt ins Hirn gehen, musste die Motorik des Attentäters vernichten, so dass er nicht mehr in der Lage war, die Finger zu krümmen.

Niemand machte ihr einen Vorwurf.

Außer sie selbst.

In den ewigen Sekunden danach war erst einmal gar nichts passiert. Die Welt stand still.

Dann trat Erleichterung ein.

Aufatmen.

Menschen standen auf, umarmten sich, weinten.

Sie wurde nicht beachtet. Von keinem. Sie war die Retterin, und doch war sie ein düsterer Engel. Jemand, der getötet hatte. Es gab welche, die sie beglückwünschten, die auch sie in den Arm nahmen. Aber die Berührungen waren von einer seltsamen Kälte, die den Menschen im Zweifel gar nicht bewusst war. Sie aber spürte sie genau.

Stunden vergingen. Irgendwann war das Stadion leer, die Zuschauer in einer stillen Prozession gegangen. Zuvor hatte sich herumgesprochen, was geschehen war. Das Spiel selbst war abgesagt worden, weder Zuschauer noch Spieler bedauerten die Entscheidung.

Seltsame Worte fielen rund um Claudia. Belobigung, Bundesverdienstkreuz, Sonderurlaub.

Worte, die keinerlei Bedeutung für sie hatten.

Ihr Leben würde nie wieder dasselbe sein. Sie selbst würde nicht mehr dieselbe sein.

Claudia warf die Kippe auf den Asphalt vor dem Wagen und trat sie aus. Es war die letzte gewesen, die Packung war leer.

Sie stand auf, verschloss den Wagen, ging über den Parkplatz. Das Blaulicht schmerzte in ihren Augen. Was wollen die denn alle noch hier? Fahrt nach Hause. Es ist vorbei.

Jemand kam auf sie zu. Ein Kollege. Sie konnte ihn nicht richtig erkennen, ihr Blick war trüb und verschwommen. Dann war er bei ihr. Sie erkannte ihn. Es war Ottmar Preuß.

Er tat das einzig Richtige. Er sagte gar nichts. Er nahm sie einfach schweigend in den Arm.

Als sie sich voneinander lösten, sagte Otti: »Er möchte dich sehen.«

»Wer?«

»Takeda.«

»Er ist noch hier?«

»Sie wollten ihn längst in die Klinik bringen. Sein Blutverlust ist kritisch. Er hat sich beim Sprung durch die Scheibe eine Arterie im Arm aufgerissen. Dass er in dem Zustand noch rennen konnte, grenzt an ein Wunder.«

»Und wieso …?«

»Er hat der Ambulanz verboten zu fahren, bevor er nicht mit dir gesprochen hat.«

Claudia lächelte. Sie hätte nicht gedacht, dass ihr das überhaupt jemals noch einmal gelingen würde. Aber es ging. Sie lächelte, weil sie Takedas Namen hörte, weil sie an ihn dachte, weil sie ihn gleich sehen würde.

»Komm, ich bringe dich zu ihm«, sagte Preuß.

Er legte einen Arm um sie, führte sie wie eine alte Frau über den Parkplatz.

Sie blieben einige Meter vor dem Krankenwagen stehen. »Ich warte hier auf dich, in Ordnung? Ein Sanitäter ist bei ihm. Aber vielleicht gibt er euch ja eine Minute allein.«

»Danke, Otti.«

»Vergiss es.«

Claudia klopfte an die Hintertür der Ambulanz. Sie wurde von innen geöffnet. Ein Sanitäter sah sie fragend an: »Sie sind Frau Harms?«

»Ja.«

»Kommen Sie rein. Ich gebe Ihnen eine halbe Minute, in Ordnung? Der Mann schwebt in Lebensgefahr, er muss dringend in die Klinik. Und Sie ja wohl auch, so wie Sie aussehen. Oder sollen wir einfach losfahren? Sie können hinten bei ihm sitzen bleiben.«

Claudia nickte nur. Sie stieg in den Wagen. Der Sanitäter winkte Preuß zu, schloss die Türen und gab dem Fahrer Bescheid. Der Wagen setzte sich in Bewegung.

Takeda lag auf der Trage, war an allerlei Schläuche und Geräte angeschlossen. Er war nicht bei Bewusstsein. Sein Gesicht war leichenblass, dazu voller Schnitte, seine Lippen spröde und aufgesprungen. Es war ihr egal. Sie gab ihm einen Kuss, so schwach und vorsichtig, als könnte er unter ihrer Bewegung zu Staub zerfallen.

Er war alles, was sie noch hatte. Wenn er jetzt auch ginge, wäre alles vorbei.

Die Ambulanz raste mit Blaulicht durch den abendlichen Verkehr. Claudia saß neben Takeda und hielt seine Hand.

67.

Der Alltag eines Polizisten fand in erster Linie am Schreibtisch statt. Es gab Protokollpflichten, Aktennummern, Registraturregeln, Formulare – die ganze bürokratische Ordnung der Welt.

Es war zum Kotzen.

Für Claudia aber war es im Moment die reinste Medizin.

Aus ihren Schmerzen wurde ein Vorgang. Aus Gefühlen wurde Papier, und aus diesem Papier wurde eine Akte. Die ließ sich ablegen und vielleicht irgendwann sogar vergessen.

Das Geschehen im Stadion lag drei Tage zurück. Claudia saß in ihrem Büro und hackte auf die Computertastatur ein. Zwischendurch blickte sie immer mal wieder hoch und sah auf den leeren Schreibtisch, der ihrem gegenüberstand. Takedas Arbeitsplatz.

Es ging ihm besser, aber er lag immer noch im Krankenhaus. Die erste Nacht hatte er nur dank mehrerer Bluttransfusionen überlebt. Doch schon am nächsten Tag war er wieder einigermaßen wohlauf. Einer der Ärzte, mit denen Claudia sprach, meinte, dass ihr Japaner ein verdammt zäher Hund sei. Ihr Japaner. Claudia hatte es mit einem Lächeln hingenommen.

Sie besuchte ihn immer an den Nachmittagen, saß dann an seinem Bett. Sie sprachen miteinander und hielten sich dabei an den Händen wie schüchterne Teenager.

Das war in Ordnung. Sie hatten es nicht eilig. Und sie wollten beide ihre mehr als nötige Erholungsphase nicht durch verwirrende, chaotische Gefühle gefährden.

Das heißt, doch, Claudia wollte es. Aber sie riss sich zusammen. Weil sie wusste, dass es besser so war. Für ihn. Für sie. Für ihr Zusammensein. Was immer damit gemeint sein könnte.

Ken würde ein paar Narben im Gesicht davontragen, dazu eine größere am Arm. Die Schnittverletzung hatte mit über vierzig Stichen genäht werden müssen und zog sich vom Oberarm bis fast zum Handgelenk hinunter.

Mehr Gedanken machten sich die Ärzte über Takedas ältere Verletzungen. Die, die er sich in den Bergen von Tottori zugezogen hatte und mit denen er um die halbe Welt geflogen war. Er hätte verantwortungslos gegenüber sich selbst gehandelt, meinten sie. Die Wunden hätten sich entzünden, er an einer Sepsis sterben können.

Takeda versprach, künftig besser auf sich selbst acht zu geben.

Sie würde das auch tun, dachte Claudia. Sie würde besser auf ihn achtgeben.

Und auf sich selbst.

Claudia versuchte, die Gedanken abzuschütteln. Sie konzentrierte sich auf den Monitor, wollte den Absatz, über dem sie schon seit einer Stunde brütete, endlich zu Ende bringen. Ihr Bericht zum gesamten Vorgang Matsumoto/Uemura/Knauß. Ihre Hände schwebten über der Tastatur. Doch dann zog sie sie zurück. Sie griff zur Maus, speicherte das, was sie bisher geschrieben hatte, und schloss die Datei. Für heute reichte es.

Das Protokoll würde sie noch diese und nächste Woche, vielleicht noch den ganzen Rest des Monats beschäftigen. Es war in Ordnung. Holger Sauer gestand ihr so viel Zeit zu, wie sie eben benötigte. Ansonsten ließ er sie gnädigerweise in Ruhe. Er verlangte nur von ihr, dass sie den ganzen Komplex so schlüssig zu Papier brachte wie möglich. Und dass sie sich dabei an die Wahrheit hielt. Jedenfalls soweit das möglich war, ohne dass sie sich selbst und Takeda in Schwierigkeiten brachte, insbesondere, wenn es um die Verletzung von Dienstvorschriften ging.

»Wir verstehen uns, Frau Harms?«, hatte Sauer gefragt.

»Voll und ganz, Chef. Wie immer.«

Sie wussten beide, dass die Zielvorgabe unmöglich einzuhalten war. Ohne die Wahrheit aufzuhübschen, wäre ein Disziplinarverfahren unausweichlich. Sie und Takeda hatten einfach zu viele Regeln gebrochen, als dass es sich irgendwie gegenüber der Staatsanwaltschaft und den übrigen Paragraphenreitern begründen ließ.

Dass sie mit ihrem Alleingang am Ende unzähligen Menschen das Leben gerettet hatten – geschenkt. Das interessierte die Bürokraten nicht. Stellen Sie sich vor, werte Kollegin, was wäre, wenn alle so handeln würden! Die blanke Anarchie würde ausbrechen. Das können und dürfen wir nicht zulassen.

Arschlöcher.

Claudia stand auf, nahm den Bestäuber zur Hand und besprühte ihre Zimmerpflanzen mit einem feinen Nebel aus winzigen Wassertröpfchen. Immer wieder strich sie zärtlich über einige der Blätter, erkundigte sich mit leisen Worten bei den Pflanzen nach ihrem Befinden, fragte, ob sie sich wohl an ihrem Platz fühlten, ob sie mehr Licht, mehr Dünger, mehr Wasser bräuchten.

Nein, alles sei prima so, antworteten sie. Sie fühlten sich alles in allem ganz wohl.

Das freut mich, antwortete Claudia lächelnd.

Nein, sie war nicht verrückt geworden. Sie konnte einfach nur wirklich gut zuhören. Und dass musste man, wenn man verstehen wollte, was ein Benjamini oder ein Zimmerfarn zu sagen hatten.

Pflanzen waren die einzigen Lebewesen, die auf eine konsequente, durch nichts zu erschütternde Art friedlich waren. Sie waren bescheiden. Sie nahmen sich genau das, was sie brauchten, nicht mehr und nicht weniger. Keine Philosophie, keine Religion, kein Krieg. Sie waren einfach nur da.

Zen in absoluter Vollkommenheit.

Claudia hatte in den zurückliegenden Tagen versucht zu meditieren. Es war nicht einfach gewesen. Der Versuch, ruhig dazusitzen, hatte anfangs dazu geführt, dass sie vor Unruhe fast explodierte. Ihre Ängste, ihre Erinnerung, ihr schlechtes Gewissen, alles war in einer Intensität über sie hereingebrochen, die sie nicht aushalten konnte. Sie war aufgesprungen, hatte sich ihre Joggingklamotten übergestreift und war losgerannt.

Vielleicht war das ihre Art von Zen. Rennen. Äußerlich unruhig, innerlich still.

Danach, nach dem Rennen, war sie in ihre Wohnung zurückgekehrt, hatte sich auf ihr Sofa gesetzt und ein großes Glas Wasser getrunken. Sie stellte weder den Fernseher noch das Radio an. Die Wohnung war vollkommen still, wurde nur vom leisen Rhythmus der alten Pendeluhr erfüllt. Sie saß da und sagte es sich zum hundertsten, zum tausendsten Mal. Du hast einen Menschen getötet.

Aber du hattest keine Wahl.

Die Hysterie, die Panik, das nagende schlechte Gewissen wurden leiser, verschwanden fast ganz. Das war ein erstes, zartes Zeichen der Besserung.

Hoffentlich.

Inzwischen war einiges über Oliver Knauß bekannt geworden. Er war sechsundzwanzig Jahre alt, hatte sich seit seiner Jugend in rechtsradikalen Vereinigungen herumgetrieben, war darüber in Kontakt zu Gruppen in den USA gekommen, wo er eine Art paramilitärischer Ausbildung genossen hatte. Er entdeckte sein Interesse für die Wehrmacht, befasste sich mit der deutsch-japanischen Waffenbrüderschaft und gelangte schließlich durch Vermittlung eines Bekannten zur *Tōzaikai*, wo er dann auch Klaus-Heinrich Henningsen kennenlernte. In seiner Wohnung wurde ein pathetischer Abschiedsbrief gefunden, halb Wutrede, halb politisches Manifest. Beate Rödinger, mit der Claudia noch einmal sprach, kannte Knauß zwar, hatte aber keine Ahnung von dessen politischer Einstellung gehabt. Überhaupt war ihr nicht klar gewesen, dass es innerhalb der *Tōzaikai* eine Art geheimen Zirkel gab, der politische Zwecke verfolgte, ja, dass der eigentliche Anlass zur

Gründung der Sekte politisch gewesen war. Wahrscheinlich würde die ganze Vereinigung von der japanischen Regierung verboten und aufgelöst werden.

Auch Ermin Delibasic würde Hamburg verlassen. Claudia hatte mit ihm ein langes Gespräch geführt, und er hatte zugegeben, dass er von Matsumotos tödlichem Auftrag zwar nichts gewusst, es aber doch geahnt hatte. Nur deshalb war er mit ihm ins Leben aufgebrochen, hatte ihm St. Pauli gezeigt, die Shisha-Bars, die Sexshops, hatte ihm Freunde vorgestellt, war mit ihm essen und zocken und kiffen gewesen. Das Leben war nichts Reines, nichts Würdevolles. Es war schmutzig und laut. Aber es war das Einzige, das wir haben, und es gab keinen gerechten Grund, um es zu zerstören. Delibasic war der wahre Held in dieser Geschichte. Sein Name würde jedoch in Claudias Bericht nur am Rande erwähnt werden. Irgendein Vorgesetzter könnte auf die Idee kommen, ihm sonst etwas anzuhängen. Für ihn war es in Ordnung so. Es ging ihm wie Claudia. Er wollte vergessen.

Abends, wenn Claudia im Bett lag, kehrte die Situation im Stadion in ihre Gedanken zurück, die Bilder, der Lärm. Die Spieler, die Kinder, die Betreuer. Oliver Knauß. Takeda, der blutüberströmt auf den Attentäter zurannte, offenbar in der Absicht, sich auf ihn zu werfen, um mit seinem eigenen Körper das Schlimmste abzuwenden.

Hatte sie nicht in Wahrheit nur deshalb geschossen? Um Takeda zu retten? Weil sie ihn einfach nicht hergeben wollte?

Sie sprach mit der Polizeipsychologin darüber, die sie täglich zu Sitzungen empfing. Die Frau, nur ein paar Jahre älter als Claudia, eine gute, eine nette Kollegin, lächelte daraufhin. Sie stand auf, kam zu Claudia herüber und nahm sie in den Arm. Dann flüsterte sie ihr leise ins Ohr: »Vielleicht war das ihr Motiv in dem Moment, in dem Sekundenbruchteil. Vielleicht wollten Sie nur diesen einen Menschen retten. Aber gilt es dann nicht erst recht? Dass Sie das einzig Richtige getan haben?«

Da hatte Claudia wieder zu weinen begonnen. Sehr lange, sehr laut, hemmungslos. In den Armen dieser Kollegin, deren leise Worte sie endlich wieder atmen ließen.

Ihre wichtigste Lektion lautete, dass sie Geduld brauchte. Vor allem mit sich selbst. Es würde lange dauern, bis die Dinge wieder normal wurden. Vielleicht wurden sie auch niemals wieder normal. Aber sie konnte mit ihnen leben.

Sie war auch wütend. Aus gutem Grund. Niemand würde für das Verbrechen zur Verantwortung gezogen werden. Am Tag nach dem gescheiterten Attentat wurden im Rahmen einer Hausdurchsuchung an der Elbchaussee die Leichen von Klaus-Heinrich Henningsen und Heijiro Nishimori gefunden. Beide lagen tot im Keller der Villa. Die vorläufige Rekonstruktion ergab, dass Nishimori sich selbst mit einem Kurzschwert entleibt, dann von Henningsen als seinem Sekundanten per Kopfschuss getötet worden war. Henningsen hatte sich anschließend mit aufgesetzter Waffe in den Mund geschossen und war sofort tot gewesen.

Erstaunlicherweise hatten beide Männer keine Abschiedsbriefe hinterlassen. Vielleicht hatten sie der Welt einfach nichts mehr zu sagen gehabt, nachdem ihr großer Plan schiefgegangen war. Kein Funke war entfacht worden, kein Weltenbrand entstanden. Am Ende war alles nur ein Hirngespinst gewesen. Die tödliche Phantasie zweier alter Männer. Eine Phantasie allerdings, die viele Menschen das Leben gekostet hatte. Zu den ohnehin schon vielen Opfern war ein weiteres hinzugekommen. In einem anderen Kellerraum der Villa an der Elbchaussee war die Leiche von Haruko gefunden worden, die japanische Mätresse von Henningsen. Die junge Frau war offenbar schon Tage zuvor getötet worden, vielleicht schon kurz nachdem sie sich mit Takeda im Jenischpark getroffen hatte.

Claudia hatte zunächst überlegt, Takeda nichts davon zu sagen. Sie wollte seine Genesung nicht unnötig erschweren, denn er würde sich die Schuld am Tod der jungen Frau geben. Sie wusste allerdings auch, dass Takeda es ihr nicht verzeihen würde, wenn sie schwieg, und so erzählte sie ihm bei ihrem nächsten Besuch davon. Takeda nahm die Nachricht mit unbewegtem Gesicht auf. Sie hatte keine Ahnung, was in ihm vorging. Dann sah er sie an, sagte immer noch nichts, sah sie einfach nur an.

Schließlich traten Tränen in seine Augen. Sie weinte mit ihm.

Die Last dieses Falls war unerträglich. Aber immerhin konnten sie sie gemeinsam schultern.

Claudia beendete die Pflege ihrer Pflanzen, fuhr den Rechner herunter, zog sich die Jacke über. Kurz darauf saß sie in ihrem Auto und fuhr durch den Krohnstiegtunnel in westlicher Richtung. Sie stellte das Autoradio an, doch auf allen Kanälen wurde die Musik immer wieder unterbrochen, um über das verhinderte Attentat zu sprechen. Seit Tagen war das so. Es ging natürlich immer wieder auch um die beiden heldenhaften Polizisten, die die große Katastrophe in letzter Sekunde verhindert hatten. Ein deutsch-japanisches Terrornetzwerk, das von einem deutsch-japanischen Ermittlerteam aufgedeckt worden war …

Claudias Hand schnellte nach vorne, sie schlug auf den Ausschalter des Radios. Sie wollte das Wort Heldin nie wieder hören. Dem nächsten Menschen, der es in ihrer Gegenwart benutzte, würde sie an die Gurgel gehen.

Vor einer roten Ampel schnäuzte Claudia sich lautstark die Nase, warf das Taschentuch achtlos in den Fußraum des Beifahrersitzes. Takeda hasste es, wenn sich jemand in seiner Umgebung die Nase schnäuzte, jedenfalls wenn er es auf typisch deutsche Art so laut tat, als spielte er auf einer Tuba. In Japan gehörte es sich nicht, das zu tun. Da zogen die Menschen stundenlang die Nase hoch, ohne dass es jemanden störte. Kein Wunder, dass es mit dem bescheuerten Achsenbündnis nicht geklappt hatte, weder damals noch heute. Bei Ländern, deren Kulturen so unterschiedlich waren, dass sie sich nicht einmal über das Naseschnäuzen einigen konnten, konnte das gar nicht klappen. Hoffentlich sahen das bald auch die letzten versprengten Nazi-Nostalgiker ein, die immer noch daran glaubten.

Claudia parkte den Peugeot im Schatten eines hochgeschossigen Siedlungsbaus im Stadtteil Lurup. Es war kein einfacher Gang, den sie vor sich hatte. Aber sie wollte ihn machen. Die Psychologin hatte ihr nicht einmal dazu raten müssen, es war ihr ein ureigenes Bedürfnis.

Claudia suchte mit den Augen die vielen Klingelschilder ab, drückte dann auf den Knopf neben dem Namen Knauß. Die Stimme von Marion Knauß, der Mutter des Attentäters, meldete sich in der Gegensprechanlage. Claudia nannte ihren Namen, wollte erklären, wer sie war, aber das musste sie nicht. Marion Knauß schien Bescheid zu wissen. Lange Zeit geschah nichts. Dann summte der Türöffner. Claudia trat ein und fuhr mit dem Fahrstuhl nach oben.

Das hier war beschissen. Aber es war einer der vielen kleinen Schritte, die sie hoffentlich irgendwann in ein normales Leben zurückführten.

68.

An einem Tag Anfang April stand Inspektor Takeda mit seiner kleinen Reisetasche vor dem Hamburger Universitätsklinikum. Er war knapp zwei Wochen nach dem Vorfall im HSV-Stadion endlich entlassen worden.

Beim Entlassungsgespräch mit dem Chefarzt hatte der Inspektor versichert, dass es kein Problem für ihn war, nun allein in seiner Wohnung zu sein. Außerdem würde ihm eine Freundin bei Dingen wie Einkaufen und Kochen sicherlich helfen.

»Sind Sie sicher?«, fragte der Arzt.

»Aber ja. Es ist alles geregelt. Ich werde selbstverständlich auch wieder zum Dienst erscheinen.«

»Davon will ich nichts hören, Inspektor. An Arbeit ist für Sie noch keinesfalls zu denken. Ich schreibe Sie noch die ganze nächste Woche krank.«

Takeda räusperte sich und sagte: »Das Gefühl der Schwäche,

das mich immer wieder überkommt, ist in der Tat noch recht ausgeprägt, Doktor.«

»Zwei Wochen?«

»Mir wird schwarz vor Augen. Und ein Schwindel kommt hinzu. Dazu die Schmerzen in den Narben...«

»Also gut, die nächsten drei Wochen bleiben Sie mal schön zu Hause. Und wenn Sie dann immer noch nicht fit sind, kommen Sie einfach wieder zu mir, Inspektor.«

»Danke sehr, Doktor«, sagte Takeda und strahlte.

Er nahm den gelben Zettel entgegen und verbeugte sich nach japanischer Sitte. Obwohl er sich alles andere als wie ein Japaner fühlte. Drei Wochen krankgeschrieben, obwohl er sich eigentlich fit genug fühlte, um sofort vom Krankenhaus ins Präsidium zu fahren ... Das wäre in Japan wirklich undenkbar. Auch für ihn selbst wäre es noch vor kurzem außerhalb jeder Vorstellung gewesen.

Aber offenbar war er inzwischen überraschend deutsch geworden. Und es fühlte sich richtig gut an.

Takeda nahm seine Tasche in die Hand und schlenderte langsam zum Ausgang des Krankenhausgeländes. Es war ein warmer, frühlingshafter Tag; vom blauen Himmel schien eine warme, kraftvolle Sonne.

Ein kurzes Hupen lenkte Takedas Blicke zu einem in der Nähe geparkten Auto. Claudia. Ihr Peugeot stand auf der anderen Straßenseite, sie selbst lehnte an der Außentür und genoss die Sonne. Als sie ihn gesehen hatte, hatte sie mit dem Arm durch die geöffnete Seitenscheibe ins Wageninnere gegriffen und auf die Hupe gedrückt. Jetzt winkte sie ihm zu.

Takeda überquerte die Straße und verbeugte sich. »Das ist nett, dass du mich abholst.«

Sie lächelte. »Hatte gerade nichts Besseres zu tun.«

»Dann habe ich ja Glück gehabt.«

»Ich auch. Hab dich schließlich gerne im Wagen.«

Sie lächelten beide, stiegen dann in den Wagen. Claudia startete den Motor und fragte Takeda, ob er direkt nach Hause wolle. Er aber meinte, dass er angesichts des schönen Wetters gerne noch einen Spaziergang an der frischen Luft machen wollte.

»Elbe oder Alster? Und sag jetzt nichts Falsches«, meinte Claudia.

»Alster.«

»Das war falsch.«

»Ich weiß. Wir sind halt sehr unterschiedlich. Du Elbe. Ich Alster.«

»Das ist schwieriger, als Deutschland und Japan unter einen Hut zu bekommen.«

»Dann werden wir es nicht schaffen?«

»Ich weiß nicht. Aber wir könnten es ja versuchen.«

»Auf jeden Fall.«

Sie fuhren in Richtung Alster, und Claudia stellte den CD-Player an. Schon Sekunden, nachdem die Musik begonnen hatte, starrte Takeda sie entsetzt an. Er deutete auf die Musikanlage und sagte: »Das meinst du nicht ernst.«

»Doch. Absolut.«

»Das ... das ist *Enka*! Das ist keine Musik, das ist ein Verbrechen. Es tut in den Ohren weh! Jedenfalls, wenn man jünger als hundert ist.«

Enka war die japanische Variante des volkstümlichen Schlagers.

»Finde ich gar nicht. Die CD habe ich aus Japan mitgebracht. Mir gefällt Enka. Außerdem ist es nur fair. Du hörst neuerdings ja die Kastelruther Spatzen im Auto. Dafür höre ich ab sofort Hiroshi Itsuki. Ist doch irgendwie dasselbe, oder?«

Takeda rollte mit den Augen, Claudia lachte laut heraus.

Kurze Zeit später spazierten sie gemeinsam am Alsterufer entlang. Claudia musste zugeben, dass Takeda richtig gewählt hatte. Ihr Favorit blieb zwar das rauere Elbufer, wo man Freiheit und große Welt atmen konnte, aber die Friedlichkeit der Alster war im Moment die bessere Wahl.

Außerdem blühten überraschenderweise die ersten japanischen Kirschbäume, die es hier zuhauf gab. Jeder Windstoß trieb einen zartrosanen Blütenregen durch die Luft. Claudia blieb stehen, öffnete die Hände und versuchte eines der Blütenblätter einzufangen.

Takeda aber griff nach ihrer Hand, zog sie hinab. »Du kannst sie nicht einfangen, Claudia. Du kannst sie nur genießen.«

»Sei dir da nicht so sicher«, sagte sie und zog seine Hand an ihre Wange.

Nach einem kleinen Rundgang ließen sie sich im AlsterCliff nieder, einem Café, von dem aus man direkt auf das Wasser blicken konnte.

Sie bestellten Kaffee, und nachdem der Kellner die Getränke gebracht hatte, fragte Claudia: »Was, glaubst du, passiert, wenn man ein Gelübde bricht, das man gegenüber Buddha abgegeben hat?«

Takeda sah sie erstaunt an. »Ich habe mir nie darüber Gedanken gemacht.«

»Dann glaubst du nicht an ihn?«

Er zuckte mit den Schultern. »Ich bin mir nicht sicher, ob man an Buddha auf die Art glauben kann, wie man, sagen wir, an Gott glaubt. Obwohl es dem vermutlich auch egal ist, ob und wie man an ihn glaubt. Der Buddha – zumindest dem Zen zufolge – ist etwas, das in uns ist, in jedem von uns. Die meisten Menschen wissen es nur nicht.«

Claudia rührte gedankenverloren in ihrem Cappuccino. »Das würde bedeuten, dass man ein Gelübde vor Buddha eigentlich eher vor sich selbst gegeben hat?«

Takeda forschte in Claudias Gesicht. »Ich denke, darauf läuft es hinaus. Aber ich verstehe nicht so ganz …«

»Ach, ist nicht so wichtig. Ich muss noch ein wenig darüber nachdenken, doch ich denke, das Ergebnis wird mir gefallen. Jetzt, wo du mir das erklärt hast.«

Ein Moment des Schweigens entstand, in dem sie beide ihren Gedanken nachhingen. Takeda beobachtete die übrigen Gäste an den anderen Tischen. Es war ein bunt gemischtes Publikum jeden

Alters. Die Leute wirkten gelöst und genossen die frühlingshafte Stimmung.

Takeda ließ sich jedoch nicht täuschen. Die entspannte Stimmung war nur oberflächlich. In Wahrheit hatten die Deutschen Angst. Vor der Zukunft, vor den Veränderungen, die sie bereithielt.

In Japan war das nicht anders. Auch dort hatten die Menschen Angst. Aber sie waren ebenso wie die Deutschen weit davon entfernt, es sich einzugestehen.

Das war nicht gut. Nicht für die Zukunft und nicht einmal für die Gegenwart. Angst, die verleugnet wurde, führte zu seltsamen Auswüchsen. Zum Beispiel zu der Hoffnung, dass die Zukunft wieder so sein könnte wie die so glorreiche Vergangenheit – obwohl die es vielleicht nie gewesen ist.

»Woran denkst du?«, fragte Claudia.

»An die Zukunft.«

»Und? Was denkst du, wird passieren?«

»Das kommt auf dich an«, sagte Takeda lächelnd.

Claudia blickte ihn überrascht an. »Auf mich?«

»Darauf, ob du dich traust.«

»Was soll ich mich denn trauen?«

»Der Arzt hat mich gegen meinen erbitterten Widerstand drei Wochen krankgeschrieben. Wie wäre es, wenn du dasselbe tust?«

Jetzt lächelte auch Claudia. »Und dann?«

»Wir könnten nach Italien fahren. Zum Beispiel an den Lago Maggiore. Ich war noch nie dort. Es soll sehr schön sein.«

»Das habe ich auch gehört.«

»Dann lass uns losfahren. Aber wir nehmen meinen Wagen und hören meine Musik.«

»Roland Kaiser? Andrea Berg? Dann bleibe ich hier.«

»Ich dachte mehr an Thelonious Monk oder Chet Baker. Vielleicht auch John Coltrane oder Miles Davis.«

Claudia lächelte. »Du und ich, dazu Miles Davis und Italien. Ich glaube, es ist genau das, was ich jetzt brauche.«

Nachwort

Im Vergleich zu einem Historiker genieße ich als Romanautor einen großen Vorteil. Ich kann die Lücken, die die Geschichtsforscher in der Aufarbeitung der Vergangenheit gelassen haben, mit meiner Phantasie füllen. Ich kann reale Personen mit solchen zusammenführen, die ich mir ausgedacht habe, kann historische Fakten mit unbelegten Spekulationen ergänzen.

Andererseits steht auch ein Schriftsteller in der Pflicht, sich mit der Wirklichkeit auseinanderzusetzen. Nur wenn ich weiß, was wirklich geschehen ist, kann ich in dichterischer Freiheit ergänzen und übertreiben, vielleicht auch verdrehen und sogar verfälschen, immer im Bewusstsein für die Grenzen des Gebotenen. Am Ende genießt der Leser im besten Falle nicht nur eine spannende Lektüre, sondern gewinnt die eine oder andere neue Erkenntnis, beendet das Buch vielleicht mit der Neugier, nun noch einmal nachzulesen, wie es denn wirklich gewesen ist.

Ich habe in diesem vierten Band der Inspektor-Takeda-Reihe einen weiten Bogen geschlagen. Beginnend mit einem toten Fußballer in Hamburg führt er über eine neureligiöse Sekte, die Anleihen am Zen-Buddhismus nimmt, zur japanischen *Yakuza* und schließlich zu einem Bündnis alter Fanatiker, die davon träumen, das alte Achsenbündnis zwischen Japan und Deutschland wiederaufleben zu lassen.

Vieles davon ist offenkundig Dichtung, so einiges aber – vielleicht auf überraschende Weise – Wahrheit.

Ryūtarō Matsumoto, der junge japanische Fußballer, ist unschwer als erfundene Figur zu erkennen. Und doch ist ein solcher japanischer Spieler in den Reihen eines deutschen Bundesliga-Vereins keineswegs eine Ausnahme mehr. Die frühen Pioniere wie Yasuhiko Okudeira oder Kazuo Ozaki bleiben unvergessen und waren damals dennoch eher exotische Farbtupfer in den deutschen oder maximal europäisch geprägten Teams. Spätestens mit Naohiro Takahara und noch mehr mit Shinji Kagawa sind japanische Spieler zu Leistungsträgern und Spielmachern im deutschen Fußball geworden. Angesichts der Tatsache, dass die japanische Profiliga in ihrer heutigen Form noch keine dreißig Jahre alt ist, ist das eine bemerkenswerte Entwicklung.

Die Blüten, die die japanischen Shinshūkyō, die Neureligionen treiben, bilden die Grundlage und das Vorbild für die *Tōzaikai*, die es in dieser Form selbstverständlich nicht gibt. Der Wahrheit entspricht es aber, dass einige der japanischen Neureligionen Niederlassungen in Europa und eben auch in Deutschland unterhalten. Zu ihren Mitgliedern zählen dabei nicht nur Japaner, die fernab der Heimat leben, sondern oftmals auch Deutsche. Beispielhaft ließen sich hier Gruppen wie Shinnyo-en oder Perfect Liberty Kyōdan nennen, aber auch die Sōka Gakkai oder Seichō-No-Ie, die auf die eine oder andere Weise mit politischen Ambitionen auf sich aufmerksam gemacht haben. In dieser Hinsicht waren real existierende Shinshūkyō durchaus inspirierend für die Ausarbeitung der *Tōzaikai*, zumal es eine nicht zu leugnende Nähe zwischen zumindest einer der genannten Glaubensgemeinschaften und radikalen politischen Betätigungen gegeben hat. In diesem Zusammenhang lohnt es sich, dem Stichwort »Nippon Kaigi« nachzugehen. Bei dieser sogenannten »Japan Konferenz« handelt es sich um ein durchaus wirkmächtiges Netzwerk, das in höchste politische Ebenen reicht und das zugleich in einem überkommenenen shintoistisch-nationalistischen Glauben wurzelt, wie zumindest kritische Beobachter anmerken.

Die meisten der japanischen Shinshūkyō folgen synkretistischen Glaubensvorstellungen, mal mit eher buddhistischer, mal mit eher shintoistischer Akzentuierung. Viele der Gruppen betreiben Formen der Meditation, die allerdings in aller Regel nichts mit dem Zen-Buddhismus zu tun haben. Auch da habe ich mich also künstlerischer Freiheit bedient. Dies gilt jedoch nicht für die historischen Ausführungen zum Zen, ebensowenig wie für die Haltung führender Zen-Vertreter zum japanischen Nationalismus, seinen Kriegen und Kriegsverbrechen. Ich verweise hier auf die Arbeiten des amerikanischen Gelehrten und buddhistischen Priesters Brian Victoria, die für mich in vielfacher Hinsicht inspirierend waren. Victorias umfangreiche Arbeiten zum Verhältnis von Zen-Buddhismus und japanischem Nationalismus bzw. Imperialismus haben zwar Kritik im Detail, etwa bei Übersetzungsfragen auf sich gezogen, blieben aber im Grundsatz unwidersprochen.

Die Erwähnung Karlfried Graf Dürckheims im Roman erfolgte nicht zufällig, auch wenn es selbstverständlich keine Begegnung mit der erfundenen Figur des Kawamura Rōshi gegeben hat. Graf Dürckheims Verdienste für die Popularisierung des Zen in Deutschland und auch seine Fruchtbarmachung für die psychotherapeutische Arbeit nach 1945 mögen unbestritten sein. Und doch gilt es auch bei Dürckheim die Ambivalenzen zu ertragen, die bei ihm, einem zutiefst spirituellen Menschen, zudem mit teilweise jüdischer Familie, besonders ausgeprägt sind.

Dürckheim ist nur ein Beispiel für das überraschende und oftmals befremdende Verhältnis der Nationalsozialisten zu Japan, zur Samurai-Kultur und damit verbunden auch zum Zen-Buddhismus. Spätestens nach Besiegelung des Antikomintern-Paktes und später des Dreimächtepaktes schlug die rassistische Hybris der Nazis in Bewunderung, gar in Ehrfurcht gegenüber Japan um. Manchem Parteigänger kam die japanische Gesellschaft jener Zeit mit dem Tenno an der Spitze wie die Idealverkörperung von Volk und Führer vor.

Ebenso überliefert ist, dass die Japan-Begeisterung der deutschen Bevölkerung in den Jahren des Zweiten Weltkrieges den Nazis schließlich zu weit ging. Die Geheimberichte des Sicherheitsdienstes der SS geben Auskunft darüber, dass die Strahlkraft der Wehrmacht gegenüber den heroischen Erfolgen der japanischen Soldaten geradezu verblasste. Hitler hat mehr als einmal geäußert, dass Japan glücklicherweise keine europäische Macht sei, es wäre sonst für Deutschland schwierig geworden.

Es gibt zahlreiche Studien zu den deutsch-japanischen Beziehungen jener Zeit, sowohl was die gesellschaftliche als auch was die politische und militärische Ebene angeht. Viele Bücher ließen sich empfehlen, doch möchte ich hier in erster Linie auf zwei ebenso umfang- wie kenntnisreiche Werke verweisen. Da ist einmal die 1300 Seiten starke Arbeit von Hans-Joachim Bieber, die im Jahr 2014 unter dem sprechenden Titel »SS und Samurai« erschien. Beeindruckend bis in kleinste Details ist auch die Studie von Christian W. Spang, deren Inhalt weit über das titelgebende Thema »Karl Haushofer und Japan« hinausreicht. Einige Inspirationen verdanke ich der Dissertationsarbeit von Till Philipp Koltermann, in der er das Verhältnis Hitlers und des Nationalsozialismus zu Japan untersucht.

Es hat selbstverständlich nach 1945 keine Versuche gegeben, das deutsch-japanische Achsenbündnis wiederzubeleben, auch und erst recht nicht unter terroristischen Vorzeichen. Jedenfalls wäre mir nichts dergleichen bekannt, so dass alles, was ich im Roman anhand der Figuren von Klaus Heinrich Henningsen und Heijiro Nishimori beschrieben habe, ausgedacht ist.

Nach Kriegsende waren beide Nationen, Deutschland wie Japan, auf sich selbst zurückgeworfen. Sie waren zerstört und geschlagen – besser sollte es heißen: befreit. Das große Wort, wie es Richard von Weizsäcker in seiner Rede im Jahr 1985 geprägt hat, hat in Japan große Aufmerksamkeit gefunden. Und doch will der Begriff der Befreiung den Menschen in Japan bis zum heutigen Tage mühsamer und seltener über die Lippen kommen als in Deutschland, was angesichts der Atombombenabwürfe über Hiroshima und Nagasaki verständlich sein mag.

Das deutsch-japanische Kriegsbündnis, das niemals wirklich zu einer gemeinsamen Strategie führte, hat über das Kriegsende hinaus ausgestrahlt. Noch bis in die neunziger Jahre konnte man es als deutscher Besucher in Japan erleben, dass man von älteren japanischen Herren wohlwollend mit Hitlergruß und einem gemurmelten *Alte Kameraden* begrüßt wurde. Inzwischen sind die Zeugen der alten Zeiten in beiden Ländern wenige geworden, die Erinnerung an den Krieg und das Achsenbündnis ist blass geworden. Und doch bleiben die Kriegsjahre in so mancher Hinsicht für beide Länder der überbordende Einflussfaktor ihrer Politik, im Inneren wie im Äußeren.

Gibt es eine Verbindungslinie zwischen japanischer Kamikaze-Politik zu Kriegszeiten, dem Agieren japanischer Linksradikaler in den sechziger und siebziger Jahren und schließlich dem Selbstmord-Terrorismus islamistischer Gruppen, vor allem im Mittleren Osten? Die Inspiration dazu lieferte das Buch »Der Märtyrer als Waffe«, in dem der Journalist Joseph Croitoru die Genese des modernen Selbstmordanschlags nachzeichnet. Eine abschließende Bewertung kann ich nicht leisten, auch wenn mich die Darstellung Croitorus fasziniert hat. Dies mag auch daran liegen, dass ich, damals noch ein Kind, gemeinsam mit meiner Familie dem Anschlag auf den Flughafen von Lod im Jahr 1972 nur um wenige Stunden entgangen bin. Das schreckliche Geschehen ist seitdem zum unauslöschlichen Teil der Familienerinnerung geworden.

In Deutschland ist oft zu hören, dass es eine Vergangenheitsbewältigung, wie sie hierzulande geleistet wurde und immer noch wird, in Japan nicht gegeben habe. In der Tat scheint manch dummer, geschichtsvergessener Satz eines japanischen Politikers – mit absehbaren Reaktionen besonders in China und Korea – das nahezulegen. Ich glaube jedoch, das sich deutsche Selbstgewissheit in dieser Hinsicht verbietet. Die japanische Debatte um Schuld und Verbrechen der Kriegsjahre, um ihre Lehren und ihre Weitergabe an die Jugend, ist um einiges komplexer, als es im Ausland oftmals vermutet wird. Die Versuche japanischer Historiker, die Kriegsverbrechen der kaiserlichen Armee aufzuklären, sind reichlich vorhanden. Allerdings hat Japan niemals zu einem so weitgehenden Konsens in der Bewertung jener Zeit gefunden, wie es in Deutschland geschehen ist, und so ist das Spektrum der öffentlich geäußerten Meinungen in Japan auf eine oft erschreckende Art größer. Dies sollte aber nicht pauschal als Blindheit oder Vergessenheit gegenüber der eigenen Vergangenheit gewertet werden, sondern als Zeichen der Zerrissenheit einer Gesellschaft gegenüber der eigenen Vergangenheit, damit aber ebenso gegenüber der eigenen Zukunft.

Ich möchte daher abschließend für einen Gedanken werben, dem vereinzelt in Deutschland, aber viel mehr in Japan immer noch leidenschaftlicher Widerstand entgegengesetzt wird. Ich glaube, dass wir das Andenken unserer Vorfahren am besten dadurch ehren, dass wir sie nicht verklären, sondern mit all ihren Stärken und Schwächen sehen. Das schließt ihre Verfehlungen und Verbrechen, sogar ihre unfassbaren Grausamkeiten mit ein. Ihre Taten jedoch zu leugnen oder schönzureden, wird ihnen nicht gerecht. Es macht das Andenken nicht ehrenvoll, sondern verlogen. Das haben sie nicht verdient. Liebe erfordert Wahrhaftigkeit, das gilt für die Gegenwart wie für die Vergangenheit.

Henrik Siebold